I0748560

ОДИССЕЯ КАНИТАНА БЛАДА. ХРОНИКА КАПИТАНА БЛАДА

Рафаэль Сабатини

Одиссея канитана Блада. Хроника капитана Блада

Рафаэль Сабатини

Перевод: Татьяна Алексеевна Озёрская, Лев Маркович Василевский, Анатолий Вениаминович Горский

В книгу вошли два приключенческих исторических романа "Одиссея капитана Блада" и "Хроника капитана Блада" английского писателя Рафаэля Сабатини (1875–1950). Автор рассказывает о "расцвете" пиратства на Карибском море во второй половине XVII века.

ISBN: 978-1-7638223-1-3

ОДИССЕЯ КАПИТАНА БЛАДА

Глава I. ПОСЛАНЕЦ

Питер Блад, бакалавр[1] медицины, закурил трубку и склонился над горшками с геранью, которая цвела на подоконнике его комнаты, выходившей окнами на улицу Уотер Лэйн в городке Бриджуотер.

Блад не заметил, что из окна на противоположной стороне улицы за ним с укором следят чьи-то строгие глаза. Его внимание было поглощено уходом за цветами и отвлекалось лишь бесконечным людским потоком, заполнившим всю узенькую улочку. Людской поток вот уж второй раз с нынешнего утра струился по улицам городка на поле перед замком, где незадолго до этого Фергюсон, капеллан герцога, произнёс проповедь, в которой было больше призывов к мятежу, нежели к богу.

Беспорядочную толпу возбуждённых людей составляли в основном мужчины с зелёными веточками на шляпах и с самым нелепым оружием в руках. У некоторых, правда, были охотничьи ружья, а кое у кого даже мечи. Многие были вооружены только дубинками; большинство же тащили огромные пики, сделанные из кос, страшные на вид, но мало пригодные в бою. Среди этих импровизированных воинов тесы, каменщики, сапожники и представители других мирных профессий. Бриджуотер, так же как и Таунтон, направил под знамёна незаконнорождённого герцога почти всё своё мужское население. Для человека, способного носить оружие, попытка уклониться от участия в этом ополчении была равносильна признанию себя трусом или католиком. Однако Питер Блад — человек, не знавший, что такое трусость, — вспоминал о своём католичестве только тогда, когда это ему требовалось. Способный не только носить оружие, но и мастерски владеть им, он

---

[1] Бакалавр — низшая учёная степень в старинных университетах, сохранившаяся в настоящее время лишь в Англии.

в этот тёплый июльский вечер ухаживал за цветущей геранью, покуривая трубку с таким безразличием, будто вокруг ничего не происходило, и даже больше того, бросал время от времени вслед этим охваченным военной лихорадкой энтузиастам слова из любимого им Горация[1]: «Куда, куда стремитесь вы, безумцы?»

Теперь вы, быть может, начнёте догадываться, почему Блад, в чьих жилах текла горячая и отважная кровь, унаследованная им от матери, происходившей из рода морских бродяг Сомерсетшира, оставался спокоен в самый разгар фанатичного восстания, почему его мятежная душа, уже однажды отвергшая учёную карьеру, уготованную ему отцом, была невозмутима, когда вокруг всё бурлило. Сейчас вы уже понимаете, как он расценивал людей, спешивших под так называемые знамёна свободы, расшитые девственницами Таунтона, воспитанницами пансионов мадемуазель Блэйк и госпожи Масгров. Невинные девицы разорвали свои шёлковые одеяния, как поётся в балладах, чтобы сшить знамёна для армии Монмута. Слова Горация, которые Блад презрительно бросал вслед людям, бежавшим по мостовой, указывали на его настроение в эту минуту. Все эти люди казались Бладу глупцами и безумцами, спешившими навстречу своей гибели.

Дело в том, что Блад слишком много знал о пресловутом Монмуте и его матери — красивой смуглой женщине, чтобы поверить в легенду о законности притязаний герцога на трон английского короля. Он прочёл нелепую прокламацию, расклеенную в Бриджуотере, Таунтоне и в других местах, в которой утверждалось, что «… после смерти нашего государя Карла II право на престол Англии, Шотландии, Франции и Ирландии со всеми владениями и подвластными территориями переходит по наследству к прославленному и благородному Джеймсу, герцогу Монмутскому, сыну и законному наследнику Карла II».

---

[1] Гораций — римский поэт I века до н. э.

Эта прокламация вызвала у него смех, так же как и дополнительное сообщение о том, что «герцог Йоркский Яков[1] приказал отравить покойного короля, а затем захватил престол».

Блад не смог даже сказать, какое из этих сообщений было большей ложью. Треть своей жизни он провёл в Голландии, где тридцать шесть лет назад родился этот самый Джеймс Монмут, ныне объявивший себя милостью всевышнего королём Англии, Шотландии и т. д. и т. п. Блад хорошо знал настоящих родителей Монмута. Герцог не только не был законным сыном покойного короля, якобы сочетавшегося секретным браком с Люси Уолтере, но сомнительно даже, чтобы Монмут был хотя бы его незаконным сыном. Что, кроме несчастий и разрухи, могли принести его фантастические притязания? Можно ли было надеяться, что страна когда-нибудь поверит такой небылице? А ведь от имени Монмута несколько знатных вигов[2] подняли народ на восстание.

— «Куда, куда стремитесь вы, безумцы?»

Блад усмехнулся и тут же вздохнул. Как и большинство самостоятельно мыслящих людей, он не мог сочувствовать этому восстанию. Самостоятельно же мыслить его научила жизнь. Более мягкосердечный человек, обладающий его кругозором и знаниями, несомненно нашёл бы немало причин для огорчения при виде толпы простых, ревностных протестантов, бежавших, как стадо овец на бойню.

К месту сбора — на поле перед замком — этих людей сопровождали матери, жёны, дочери и возлюбленные. Они шли, твёрдо веря, что оружие в их руках будет защищать право, свободу и веру. Как и всем в Бриджуотере, Бладу было известно о намерении Монмута дать сражение нынешней ночью. Герцог должен был лично руководить внезапным нападением на королевскую армию, которой командовал Февершем, — она стояла

---

[1] Король Яков II, занявший престол Англии после смерти короля Карла II.

[2] Виги — политическая партия в Англии (XVII-XIX вв.), предшественница английской либеральной партии.

лагерем у Седжмура. Блад был почти уверен, что лорд Февершем прекрасно осведомлён о намерениях своего противника. Даже если бы предположения Блада оказались ошибочными, он всё же имел основания думать именно так, ибо трудно было допустить, чтобы командующий королевской армией не знал своих обязанностей.

Выбив пепел из трубки, Блад отодвинулся от окна, намереваясь его закрыть, и в это мгновение заметил, что из окна дома на противоположной стороне улицы за ним следили враждебные взгляды милых, сентиментальных сестёр Питт, самых восторженных в Бриджуотере обожательниц красавца Монмута.

Блад улыбнулся и кивнул этим девушкам, с которыми находился в дружеских отношениях, а одну из них даже недолго лечил. Ответом на его приветствие был холодный и презрительный взгляд. Улыбка тут же исчезла с тонких губ Блада; он понял причину враждебности сестёр, возросшей с тех пор, как на горизонте появился Монмут, вскруживший головы женщинам всех возрастов. Да, сёстры Питт, несомненно, осуждали поведение Блада, считая, что молодой и здоровый человек, обладающий военным опытом, мог бы помочь правому делу, а он в этот решающий день остаётся в стороне, мирно покуривает трубку и ухаживает за цветами, в то время как все мужественные люди собираются примкнуть к защитнику протестантской церкви и готовы даже отдать за него свои жизни, лишь бы только он взошёл на престол, принадлежащий ему по праву.

Если бы Бладу пришлось обсуждать этот вопрос с сёстрами Питт, он сказал бы им, что, вдоволь побродив по свету и изведав множество приключений, он намерен сейчас продолжать заниматься делом, для которого ещё с молодости был подготовлен своим образованием. Он мог бы сказать, что он врач, а не солдат; целитель, а не убийца. Однако Блад заранее знал их ответ. Они заявили бы ему, что сегодня каждый, кто считает себя мужчиной, обязан взять в руки оружие. Они указали бы ему на своего племянника Джереми, моряка по профессии, шкипера торгового судна, к несчастью для этого молодого человека недавно бросившего якорь в бухте Бриджуотера. Они сказали бы, что Джереми оставил штурвал корабля и взял в руки мушкет, чтобы защищать правое дело. Однако Блад не принадлежал к числу людей, которые спорят. Как я уже сказал, он был самостоятельным человеком. Закрыв окна и задёрнув занавески, он направился в глубь уютной, освещённой свечами комнаты, где его хозяйка, миссис Барлоу, накрывала на стол. Обратившись к ней, Блад высказал вслух свою мысль:

— Я вышел из милости у девушек, живущих в доме через дорогу.

В приятном, звучном голосе Блада звучали металлические нотки, несколько смягчённые и приглушённые ирландским акцентом, которые не могли истребить даже долгие годы блужданий по чужим странам. Весь характер этого человека словно отражался в его голосе, то ласковом и обаятельном, когда нужно было кого-то уговаривать, то жёстком и звучащем, как команда, когда следовало кому-то внушать повиновение. Внешность Блада заслуживала внимания: он был высок, худощав и смугл, как цыган. Из-под прямых чёрных бровей смотрели спокойные, но пронизывающие глаза, удивительно синие для такого смуглого лица. И этот взгляд и правильной формы нос гармонировали с твёрдой, решительной складкой его губ. Он одевался во всё чёрное, как и подобало человеку его профессии, но на костюме его лежал отпечаток изящества, говорившего о хорошем вкусе. Всё это было характерно скорее для искателя приключений, каким он прежде и был, чем для степенного медика, каким он стал сейчас. Его камзол из тонкого камлота [1] был обшит серебряным позументом, а манжеты рубашки и жабо украшались брабантскими кружевами. Пышный чёрный парик отличался столь же тщательной завивкой, как и парик любого вельможи из Уайтхолла[2].

Внимательно приглядевшись к Бладу, вы невольно задали себе вопрос: долго ли сможет такой человек прожить в этом тихом

---

[1] Камлот — тонкое сукно из верблюжьей шерсти.

[2] Уайтхолл — резиденция английского правительства.

уголке, куда он случайно был заброшен шесть месяцев назад? Долго ли он будет заниматься своей мирной профессией, полученной им ещё до начала самостоятельной жизни? И всё же, когда вы узнаете историю жизни Блада, не только минувшую, но и грядущую, вы поверите — правда, не без труда, — что, если бы не превратность судьбы, которую ему предстояло очень скоро испытать, он мог бы долго ещё продолжать тихое существование в глухом уголке Сомерсетшира, полностью довольствуясь своим скромным положением захолустного врача. Так могло бы быть…

Блад был сыном ирландского врача и уроженки Сомерсетширского графства. В её жилах, как я уже говорил, текла кровь неугомонных морских бродяг, и этим, должно быть, объяснялась некоторая необузданность, рано проявившаяся в характере Питера. Первые признаки её серьёзно встревожили его отца, который для ирландца был на редкость миролюбивым человеком. Он заранее решил, что в выборе профессии мальчик должен пойти по его стопам. И Питер Блад, обладая способностями и жаждой знаний, порадовал своего отца, двадцати лет от роду добившись степени бакалавра медицины в дублинском колледже. После получения столь радостного известия отец прожил только три месяца (мать умерла за несколько лет до этого), и Питер, наследовав после смерти отца несколько сот фунтов стерлингов, отправился поглядеть на мир, с тем чтобы удовлетворить свой неугомонный дух. Забавное стечение некоторых обстоятельств привело его на военную службу к голландцам, воевавшим в то время с французами, а любовь к морю толкнула его во флот. Произведённый в офицеры знаменитым де Ритером[1], он участвовал в той самой морской битве на Средиземном море, когда был убит этот знаменитый флотоводец.

---

[1] Де Ритер — голландский адмирал XVII века.

Полоса жизни Блада после подписания Неймегенского[1] мира нам почти совершенно неизвестна. Мы знаем, однако, что Питер провёл два года в испанской тюрьме, но за что он попал туда, осталось для нас неясным. Быть может, именно благодаря этому он, выйдя из тюрьмы, поступил на службу к французам и в составе французской армии участвовал в боях на территории Голландии, оккупированной испанцами. Достигнув наконец тридцати двух лет, полностью удовлетворив некогда томившую его жажду приключений и чувствуя к тому же, что его здоровье пошатнулось в результате запущенного ранения, он вдруг ощутил сильнейшую тоску по родине и сел в Нанте на корабль, рассчитывая пробраться в Ирландию. Однако здоровье Блада во время путешествия ухудшилось, и, когда буря загнала его корабль в Бриджуотерскую бухту, он решил сойти на берег, тем более что здесь была родина его матери.

Таким образом, в январе 1685 года Блад прибыл в Бриджуотер, имея в кармане примерно такое же состояние, с каким одиннадцать лет назад он отправился из Дублина бродить по свету.

Место, куда попал Блад, ему понравилось, да и здоровье его здесь быстро восстановилось. После многих приключений, каких другой человек не испытает за всю свою жизнь, Питер решил обосноваться в этом городе и вернуться наконец к своей профессии врача, от которой он, с такой небольшой выгодой для себя, оторвался.

Такова краткая история Питера Блада, или, вернее, та её часть, которая закончилась в ночь битвы при Седжмуре, спустя полгода после его прибытия в Бриджуотер.

Считая, что предстоящее сражение не имеет к нему никакого отношения, — а это вполне соответствовало действительности, — и оставаясь равнодушным к возбуждению, охватившему в эту ночь Бриджуотер, Блад рано улёгся спать. Он спокойно уснул задолго до

---

[1] Неймеген — город в Голландии, где было подписано шесть мирных договоров, Франции с Голландией, Испанией, Австрией, в 1678-1679 годах увенчавших войну Швецией и Данией.

одиннадцати часов, когда, как вы знаете, Монмут во главе повстанцев двинулся по дороге на Бристоль, чтобы обойти болото, за которым находилась королевская армия. Вы знаете также, что численное превосходство повстанцев и некоторое преимущество, заключавшееся в том, что повстанцы имели возможность внезапно напасть на сонную королевскую армию, оказались бесполезными из-за ошибок командования, и сражение было проиграно Монмутом ещё до того, как началась рукопашная схватка.

Армии встретились примерно в два часа ночи. Блад не слышал отдалённого гула канонады. Только в четыре часа утра, когда начало подниматься солнце, разгоняя остатки тумана над печальным полем битвы, мирный сон Блада был нарушен.

Сидя в постели, он протирал глаза, пытаясь прийти в себя. В дверь его дома сильно стучали, и чей-то голос что-то бессвязно кричал. Этот шум и разбудил Питера. Полагая, что его срочно вызывают к какой-нибудь роженице, он набросил на плечи ночной халат, сунул ноги в туфли и выбежал из комнаты, столкнувшись на лестничной площадке с миссис Барлоу. Перепуганная грохотом, она ничего не понимала и металась без толку. Блад успокоил её и спустился открыть дверь.

На улице в золотых лучах восходящего солнца стоял молодой человек в изодранной одежде, покрытой грязью и пылью. Он тяжело дышал, глаза его блуждали. Находившаяся рядом с ним лошадь была вся в пене. Человек открыл рот, но дыхание его прерывалось и он ничего не мог произнести.

Блад узнал молодого шкипера Джереми Питта, племянника девушек, которые жили напротив его дома. Улица, разбуженная шумным поведением моряка, просыпалась: открывались двери, распахивались ставни окон, из которых выглядывали головы озабоченных и недоумевающих соседей.

— Спокойней, спокойней, — сказал Блад. — Поспешность никогда к добру не приводит.

Однако юноша, в глазах которого застыл ужас или, быть может, страх, не обратил внимания на эти слова. Кашляя и задыхаясь, он наконец заговорил:

— Лорд Гилдой тяжело ранен… он сейчас в усадьбе Оглторп… у реки… я перетащил его туда… он послал меня за вами… Скорее к нему… скорей!

Он бросился к доктору, чтобы силой увлечь его за собой в ночном халате и в домашних туфлях, но доктор уклонился от тянущихся к нему рук.

— Конечно, я поеду, — сказал он, — но не в этом же наряде.

Блад был расстроен. Лорд Гилдой покровительствовал ему со дня его приезда в Бриджуотер. Бладу хотелось отплатить чем-нибудь за хорошее отношение к нему, и он был огорчён тем, что для этого представился такой печальный случай. Ему хорошо было известно, что молодой аристократ был одним из горячих сторонников герцога Монмута.

— Конечно, я поеду, — повторил Блад. — Но прежде всего мне нужно одеться и захватить с собой то, что нам может понадобиться.

— Мы теряем время!

— Спокойно, спокойно. Мы доедем скорее, если не будем спешить. Войдите и подождите меня, молодой человек.

Жестом руки Питт отклонил его приглашение:

— Я подожду здесь. Ради бога, поспешите!

Блад быстро поднялся наверх, чтобы одеться и захватить сумку с инструментами. Расспросить о ранениях лорда Гилдоя он мог по дороге в усадьбу Оглторп. Обуваясь, Блад разговаривал с миссис Барлоу, дал несколько поручений, распорядившись заодно и насчёт обеда, которого, увы, ему так и не суждено было отведать.

Когда доктор наконец спустился на улицу вместе с миссис Барлоу, кудахтавшей, как обиженная наседка, он нашёл молодого Питта в окружении толпы напуганных, полуодетых горожан. В большинстве это были женщины, поспешно сбежавшиеся за новостями о битве. Не составляло труда догадаться, какие именно новости сообщил им Питт, ибо утренний воздух сразу же наполнился плачем и горестными стенаниями.

Увидев доктора, уже одетого и с сумкой для инструментов под мышкой, Питт освободился от окружавшей его толпы, стряхнул с себя усталость и отстранил обеих своих тётушек, в слезах цеплявшихся за него. Схватив лошадь за уздечку, он вскочил в седло.

— Поехали! — закричал он. — Садитесь позади меня!

Не тратя слов, Блад последовал этому совету, и Питт тут же дал шпоры лошади. Толпа расступилась. Питер Блад сидел на крупе лошади, отяжелённой двойным грузом. Держась за пояс своего спутника, он начал свою одиссею. Питт, которого Блад считал только посланцем раненого мятежника, на самом деле оказался посланцем Судьбы.

Глава II. ДРАГУНЫ КИРКА

Усадьба Оглторп стояла на правом берегу реки примерно в миле к югу от Бриджуотера. Это был серый приземистый, в стиле эпохи Тюдоров, дом, фундамент которого покрывала густая зелень плюща. Приближаясь к усадьбе по дороге, проходившей среди душистых фруктовых садов, мирно дремавших на берегу Парретта, искрившегося под лучами утреннего солнца, Блад с трудом мог поверить, что находится в стране, раздираемой кровопролитной междоусобицей.

На мосту, при выезде из Бриджуотера, их встретил авангард усталых, измученных беглецов с поля битвы. Среди них было много раненых. Напрягая остатки своих сил, они торопливо ковыляли в город, тщетно надеясь найти там кров и защиту. Их глаза, выражавшие усталость и страх, жалобно глядели на Блада и его спутника. Несколько охрипших голосов предупредили их, что погоня уже близка. Однако молодой Питт, не обращая внимания на предупреждения, мчался по пыльной дороге, на которой количество беглецов из-под Седжмура всё увеличивалось. Вскоре он свернул в сторону на тропинку, проходившую через луга, покрытые росой. Даже здесь им встречались разрозненные группы беглецов, разбегавшихся во всех направлениях. Пробиваясь сквозь высокую траву, они боязливо оглядывались, ожидая, что вот-вот покажутся красные камзолы королевских драгун.

Но поскольку Питт и его спутник приближались к месту расположения штаба Февершема, человеческие обломки битвы вскоре перестали уже им встречаться.

Сейчас мимо них тянулись мирные фруктовые сады; деревья были отягощены плодами, но никто не собирал их, хотя время приготовления сидра уже наступило.

Наконец они спешились на каменные плиты двора, где их приветствовал опечаленный и взволнованный владелец усадьбы — Бэйнс.

В огромной комнате с каменным полом доктор нашёл лорда Гилдоя — высокого человека с массивным подбородком и крупным носом. Его лицо покрывала свинцовая бледность, он лежал с закрытыми глазами, вытянувшись на сделанной из тростника кушетке, стоявшей у большого окна. Лорд с трудом дышал, и с каждым вздохом с его синих губ срывались слабые стоны. Около раненого хлопотали жена Бэйнса и его миловидная дочь.

Несколько минут Блад молча рассматривал своего пациента, сожалея, что этот молодой аристократ с блестящим будущим должен был рисковать всем — и, вероятно, даже своей жизнью — ради честолюбия бесчестного авантюриста. Вздохнув, Блад опустился на колени перед раненым и, приступая к своим профессиональным обязанностям, разорвал его камзол и нижнее бельё, чтобы обнажить изуродованный бок молодого лорда, а затем велел принести воды, полотна и всё, что ему требовалось.

Полчаса спустя, когда драгуны ворвались в усадьбу, Блад ещё занимался раненым, не обращая внимания на стук копыт и грубые крики. Его вообще нелегко было вывести из равновесия, особенно когда он был поглощён своей работой. Однако раненый, придя в сознание, проявил серьёзную озабоченность, а Джереми Питт, одежда которого выдавала его причастность к событиям, поспешил спрятаться в бельевом шкафу. Владелец усадьбы заметно волновался, его жена и дочь дрожали от страха, и Бладу пришлось их успокаивать.

— Ну, чего вы боитесь? — говорил он. — Ведь мы живём в христианской стране, а христиане не воюют с ранеными и с теми, кто их приютил.

Блад, как можно судить по этим словам, ещё питал какие-то иллюзии в отношении христиан. Затем он поднёс к губам раненого стакан с лекарством, приготовленным по его указаниям:

— Успокойтесь, лорд. Худшее уже позади.

В это мгновение в комнату с грохотом и бряцанием ворвалось человек двенадцать драгун Танжерского полка, одетых в камзолы цвета варёного рака. Драгунами командовал мрачный коренастый человек в мундире, обильно расшитом золотыми позументами.

Бэйнс остался стоять на месте в полувызывающей позе, а его жена и дочь отпрянули в сторону. Блад, сидевший у изголовья больного, обернулся и взглянул на ворвавшихся.

Офицер приказал солдатам остановиться, а затем, позвякивая шпорами и держа руку в перчатке на эфесе своей сабли, важно прошёл вперёд ещё несколько шагов.

— Я — капитан Гобарт из драгун полковника Кирка, — сказал он громко. — Вы укрываете мятежников?

Бэйнс, встревоженный грубым тоном военного, пролепетал дрожащим голосом:

— Я... я не укрыватель мятежников, сэр. Этот джентльмен ранен...

— Это ясно без слов! — прикрикнул на него капитан и, тяжело ступая, подошёл к кушетке. Мрачно нахмурясь, он наклонился над лордом. Лицо раненого приняло серо-землистый оттенок. — Нет нужды спрашивать, где ранен этот проклятый мятежник... Взять его, ребята! — приказал он своим драгунам.

Но тут Блад загородил собою раненого.

— Во имя человечности, сэр! — сказал он с ноткой гнева в голосе. — Мы живём в Англии, а не в Танжере. Этот человек тяжело ранен, его нельзя трогать без опасности для жизни.

Заступничество доктора рассмешило капитана:

— Ах, так я ещё должен заботиться о здоровье мятежников! Чёрт побери! Вы думаете, что мы будем его лечить? Вдоль всей дороги от Вестона до Бриджуотера расставлены виселицы, и он подойдёт для любой из них. Полковник Кирк научит этих дураков-протестантов кое-чему такому, о чём будут помнить их дети, внуки и правнуки!

— Вешать людей без суда?! — воскликнул Блад возмущённо. — Я, наверно, ошибся. Очевидно, мы сейчас не в Англии, а в Танжере, где стоял когда-то ваш полк.

Гобарт внимательно посмотрел на доктора, и во взгляде капитана начал разгораться гнев. Разглядывая Блада с ног до головы, он обратил внимание на его сухощавое, мускулистое телосложение, надменную посадку головы, на тот заметный налёт властности, который так мало соответствовал профессии доктора, и, сам будучи солдатом, узнал солдата и в Бладе. Глаза капитана сузились. Он начал кое-что припоминать.

— Кто вы такой, чёрт бы вас побрал? — закричал он.

— Моя фамилия — Блад, Питер Блад. К вашим услугам.

— А… ага… Припоминаю вашу фамилию. Вы служили во французской армии, не так ли?

Если Блад и был удивлён, то не показал этого:

— Да, служил.

— Так, так… Лет пять назад, или около того, вы были в Танжере?

— Да, я знал вашего полковника.

— Клянусь честью, я помогу возобновить это знакомство! — И капитан неприятно засмеялся. — Как вы здесь очутились?

— Я врач, и меня привезли сюда для оказания помощи раненому.

— Вы — доктор?

В голосе Гобарта, убеждённого в том, что Блад лжёт, прозвучало явное презрение.

— Medicinae baccalaureus, — ответил Блад латинским термином, означавшим в переводе «бакалавр медицины».

— Не тычьте мне в нос вашим французским языком! — свирепо закричал Гобарт. — Говорите по-английски!

Улыбка Блада раздражала и бесила капитана.

— Я — врач, практикующий в городе Бриджуотере.

Гобарт криво усмехнулся:

— А в этот город вы приехали из Лаймского залива [1], сопровождая вашего приблудного герцога?

Насмешливая улыбка скользила по губам Блада.

— Если бы ваш ум был бы так же остёр, как громоподобен ваш голос, то вы давно уже были бы великим человеком.

Драгун на мгновение потерял дар речи, и на лице его выступил густой румянец.

— Вы убедитесь, что я достаточно велик, когда вас повесят! — прохрипел он злобно.

— Не сомневаюсь, — спокойно сказал Блад. — У вас и внешность и манеры палача. Однако если вы попрактикуетесь в вашем ремесле на моём пациенте, то этим самым завяжете петлю на собственной шее. Он не принадлежит к категории людей, которых вы можете вздёрнуть, не задавая вопросов. Он имеет право требовать суда, суда пэров[2].

— Суда пэров?

---

[1] Лаймский залив — место высадки Монмута.

[2] По английским законам, лорда (пэра) могут судить только лица, также имеющие звание лордов (пэров), выделяемые верхней палатой (палатой лордов) английского парламента.

Капитан был ошеломлён этими двумя словами, подчёркнутыми Бладом.

— Разумеется. Любой человек, если он не идиот или не дикарь, прежде чем посылать человека на виселицу, спросил бы его фамилию. Этот человек — лорд Гилдой.

Тут раненый пошевелился и слабым голосом произнёс:

— Я не скрываю своей связи с герцогом Монмутским и готов отвечать за все последствия. Однако, с вашего разрешения, я буду отвечать за эти последствия перед судом пэров, как правильно заметил доктор.

Он умолк, и в комнате воцарилось молчание. Как у многих хвастливых людей, в натуре Гобарта таилась значительная доля робости, и сообщение о титуле раненого разбудило в нём это чувство. Будучи раболепствующим выскочкой, он благоговел перед титулами. Но наряду с этим капитан трепетал и перед своим полковником, потому что Перси Кирк не прощал ошибок своим подчинённым.

Жестом руки Гобарт остановил своих людей. Он должен был всё обдумать и взвесить. Заметив его нерешительность, Блад добавил ещё один аргумент, давший Гобарту пищу для дополнительных размышлений:

— Запомните, капитан, что лорд Гилдой имеет в лагере тори[1] друзей и родственников, которые не преминут сказать кое-что полковнику Кирку, если с его светлостью обойдутся, как с обычным уголовным преступником. Будьте осторожны, капитан, или, как я уже сказал, нынче утром вы сплетёте верёвку себе на шею.

Капитан Гобарт с презрением отмахнулся от этого предупреждения, хотя на самом деле и учёл его.

— Возьмите кушетку! — приказал он. — И доставьте на ней арестованного в Бриджуотер, в тюрьму.

---

[1] Тори — политическая партия, выражавшая интересы крупной земельной аристократии и высшего духовенства. В середине XIX века была преобразована в консервативную партию.

— Он не перенесёт этого пути, — запротестовал Блад. — Его нельзя сейчас трогать.

— Тем хуже для него. Моё дело — арестовывать мятежников! — И жестом руки он подтвердил ранее отданное им приказание.

Двое из его людей подняли кушетку и направились с ней к двери. Гилдой сделал слабую попытку протянуть Бладу руку.

— Я ваш должник, доктор, — сказал он, — и если выживу, то постараюсь заплатить этот долг.

Вместо ответа Блад только поклонился, а затем сказал солдатам:

— Несите осторожно, ибо от этого зависит его жизнь.

Как только Гилдоя унесли, капитан оживился и, повернувшись к Бэйнсу, спросил:

— Ну, кого ещё из проклятых мятежников вы укрываете?

— Больше никого, сэр. Его светлость…

— Мы уже разделались с его светлостью. А вами займёмся, как только обыщем дом, и, клянусь богом, если вы мне лжёте…

Он прорычал соответствующее приказание своим драгунам: трое из них тут же вышли в соседнюю комнату, откуда через минуту послышался производимый ими грохот. Между тем капитан внимательно осматривал комнату, простукивая панели рукояткой пистолета.

Блад, считая, что ему не следует здесь больше задерживаться, сказал, обращаясь к Гобарту:

— С вашего разрешения, хочу пожелать вам всего хорошего, капитан.

— С моего разрешения, вы задержитесь здесь ещё! — резко ответил ему Гобарт.

Блад пожал плечами и сел.

— Вы нестерпимо скучны, — сказал он. — Удивляюсь, как этого ещё не заметил ваш полковник.

Однако капитан не обратил на него внимания, ибо, нагнувшись, чтобы поднять чью-то потрёпанную и запылённую шляпу, заметил прикреплённый к ней маленький пучок дубовых веток. Шляпа лежала у бельевого шкафа, где прятался бедный Питт.

Капитан со злорадной улыбкой вновь оглядел комнату, остановив свой насмешливый взгляд на Бэйнсе, затем на двух женщинах, стоявших позади, и наконец на Бладе, который сидел, положив ногу на ногу, с видом безразличия, но на самом деле ему было далеко не безразлично, как развернутся дальнейшие события.

Подойдя к шкафу, Гобарт широко распахнул одну из его массивных дубовых створок и, схватив за воротник камзола скорчившегося там Питта, вытащил его наружу.

— А это что за тип? — спросил он. — Ещё один вельможа?

Воображение Блада немедленно нарисовало картину виселиц, о которых говорил капитан, и несчастного молодого моряка, без суда вздёрнутого на одну из них взамен другой жертвы, обманувшей ожидания Гобарта. Блад тут же придумал молодому повстанцу не только титул, но и целую знатную семью.

— Вы угадали, капитан. Это виконт Питт, двоюродный брат сэра Томаса Вернона, женатого на красотке Молли Кирк — сестре вашего полковника. Вам должно быть известно, что она была фрейлиной жены короля Якова.

Капитан и его пленник едва не задохнулись от удивления. Но в то время как Питт счёл за лучшее скромно промолчать, капитан отвратительно выругался, с интересом рассматривая свою новую жертву.

— Он лжёт, не правда ли? — проговорил Гобарт, схватив юношу за плечи и свирепо глядя ему в лицо. — Клянусь богом, он издевается надо мной!

— Если вы в этом уверены, — сказал Блад, — то повесьте его — и увидите, что с вами сделают.

Драгун гневно взглянул на доктора, а затем на своего пленника.

— Взять его! — приказал он, толкнув юношу в руки своих людей. — Свяжите и этого тоже, — указал капитан на Бэйнса. — Мы покажем ему, как укрывать мятежников!

Солдаты набросились на хозяина дома. Бэйнс бурно протестовал, пытаясь вырваться из цепких и грубых рук солдат. Перепуганные женщины кричали от страха до тех пор, пока к ним не подошёл капитан. Он схватил дочь Бэйнса за плечо. Прелестная золотоволосая девушка с нежными голубыми глазами умоляюще глядела прямо в лицо капитану. Его глаза вспыхнули, и приподняв голову девушки за подбородок, драгун грубо поцеловал её в губы, заставив бедняжку вздрогнуть от отвращения.

— Это задаток, — мрачно улыбаясь, сказал он. — Пусть он успокоит тебя, маленькая мятежница, пока я не разделаюсь с этими мошенниками.

И он отошёл от девушки, оставив её в полуобморочном состоянии на руках перепуганной матери. Его люди, посмеиваясь в ожидании дальнейших распоряжений, стояли около двух крепко связанных пленников.

— Убрать! — приказал Гобарт. — Корнет Дрэйк отвечает за них головой.

Его горящие глаза снова остановились на съёжившейся от страха девушке.

— Я ненадолго здесь задержусь, — сказал он своим драгунам. — Надо обыскать это логово — не прячутся ли тут и другие мятежники. — Как бы мимоходом вспомнив о чём-то, он, небрежно указав на Блада, добавил — И этого парня прихватите с собой тоже. Да пошевеливайтесь!

Блад, словно очнувшись от глубокого раздумья, изумлённо взглянул на Гобарта. В эту минуту он как раз думал о том, что в его сумке с инструментами лежал ланцет, с помощью которого можно было бы осуществить над капитаном Гобартом благодетельную операцию, весьма полезную для человечества: драгун, несомненно, страдал полнокровием, и кровопускание никак не повредило бы его здоровью. Однако осуществить этот план было нелегко. Блад уже начал прикидывать в уме, не следует ли ему отозвать капитана в сторону, якобы для того, чтобы поведать лакомую сказку о спрятанных сокровищах, но несвоевременное вмешательство Гобарта положило конец занимательным домыслам доктора.

Он всё же попытался выиграть время.

— Клянусь честью, меня это устраивает, — сказал он. — Я как раз и собирался идти домой, в Бриджуотер. Если бы вы не задержали меня, то я бы уже давно был в пути.

— Вам и придётся идти туда — но только не домой, а в тюрьму.

— Ба! Вы, конечно, шутите!

— Там найдётся и виселица, если вас это устраивает. Вопрос лишь в том, когда вас повесят — сейчас или несколько позже.

Грубые руки схватили Блада, а его замечательный ланцет остался в сумке с инструментами, лежавшей на столе. Будучи сильным и гибким человеком, он вырвался из рук солдат, но на него тут же набросились и повалили на пол, связали руки за спиной и грубо поставили на ноги.

— Взять его! — коротко сказал Гобарт и, повернувшись к остальным драгунам, распорядился: — Обыскать этот дом от чердака до подвала. Результаты доложите мне. Я буду здесь.

Солдаты разбежались по всему дому. Конвоиры вытолкали Блада во двор, где уже находились Питт и Бэйнс, ожидавшие отправки в тюрьму. На пороге дома Блад повернулся лицом к Гобарту, и в синих глазах доктора вспыхнул гнев. С его уст готово было сорваться обещание того, что он сделает с капитаном, если ему удастся выжить. Однако он вовремя сдержался, сообразив, что высказать такое обещание вслух было бы равносильно тому, если бы он сам захотел погубить все надежды сохранить жизнь, нужную для осуществления этого обещания. Сегодня люди короля были владыками на Западе[1], где они вели себя, как в завоёванной стране,

[1] Автор имеет в виду юго-западную часть Англии, охваченную восстанием.

и простой кавалерийский капитан играл роль властелина жизни и смерти людей.

Блад и его товарищи по несчастью стояли под яблонями сада, привязанные к стременам сёдел. По отрывистой команде корнета Дрэйка маленький отряд направился в Бриджуотер. Страшное предположение Блада о том, что для драгун эта часть Англии стала оккупированной вражеской страной, полностью подтвердилось. Из дома послышался треск отдираемых досок, грохот переворачиваемой мебели, крики и смех грубых людей, для которых охота за повстанцами была лишь предлогом для грабежа и насилия. И в довершение всего, сквозь этот дикий шум донёсся пронзительный крик женщины.

Бэйнс остановился и с выражением муки на пепельно-бледном лице обернулся к дому. Но рывок верёвки, которой он был привязан к стремени, свалил его с ног, и пленник беспомощно протащился по земле несколько ярдов, прежде чем драгун остановил лошадь. Осыпая Бэйнса грубой бранью, солдат несколько раз ударил его плоской стороной своей сабли.

В это чудесное и душистое июльское утро Блад шёл среди яблоневых деревьев, склонившихся под тяжестью плодов, и думал, что человек, как он давно уже подозревал, — это не венец природы, а её отвратительнейшее создание, и только идиот мог избрать себе профессию целителя этих созданий, которые заслуживали уничтожения.

Глава III. ВЕРХОВНЫЙ СУДЬЯ

Только два месяца спустя — 19 сентября 1685 года, — если вы интересуетесь точной датой, Питер Блад предстал перед судом по обвинению в государственной измене. Мы знаем, что он не был в ней повинен, но можно не сомневаться в том, что ко времени предъявления ему обвинения он полностью подготовился к такой измене. За два месяца, проведённых в тюрьме в нечеловеческих условиях, трудно поддающихся описанию, Блад страстно возненавидел короля Якова и всех его сторонников. Уже одно то, что Блад вообще смог сохранить разум в такой обстановке, свидетельствует о наличии у него большой силы духа. И всё же каким бы ужасным ни было положение этого совершенно невинного человека, он мог ещё благодарить судьбу прежде всего за то, что его вообще вызвали в суд, а затем за то, что суд состоялся именно 19 сентября, а не раньше этой даты. Задержка, столь раздражавшая Блада, представляла для него единственную возможность спастись от виселицы, хотя в то время он не отдавал себе в этом отчёта. Могло, разумеется, случиться и так, что он оказался бы среди тех арестованных, которых на следующий же день после битвы вывели из переполненной тюрьмы в Бриджуотере и по распоряжению жаждавшего крови полковника Кирка повесили без суда на рыночной площади. Командир Танжерского полка, безусловно, поступил бы так же и с остальными заключёнными, если бы не вмешался епископ Мьюсский, положивший конец этим беззаконным казням.

Только за одну неделю, прошедшую после Седжмурской битвы, Февершем и Кирк, не устраивая комедии суда, казнили свыше ста человек. Победителям требовались жертвы для виселиц, воздвигнутых на юго-западе страны; их ничуть не беспокоило, где и как были захвачены эти жертвы и сколько среди них было невинных людей. Что, в конце концов, стоила жизнь какого-то олуха! Палачи работали не покладая рук, орудуя верёвками, топорами и котлами с кипящей смолой... Но я избавлю вас от описания деталей отвратительных зрелищ, ибо, в конце концов, нас больше занимает судьба Питера Блада, нежели участь повстанцев, обманутых Монмутом.

Блад дожил до того дня, когда его вместе с толпой других несчастных, скованных попарно, погнали из Бриджуотера в Таунтон. Не способных ходить заключённых, с гноящимися и незабинтованными ранами, солдаты бесцеремонно бросили на переполненные телеги. Кое-кому посчастливилось умереть в пути. Когда Блад, как врач, пытался получить разрешение оказать помощь наиболее страдавшим, его сочли наглым и назойливым, пригрозив высечь плетьми. Если он сейчас о чём-либо и сожалел, так только о том, что не участвовал в восстании, организованном Монмутом. Это, конечно, было нелогично, но едва ли следовало ожидать логического мышления от человека в его положении.

Весь кошмарный путь из Бриджуотера в Таунтон Блад прошёл в кандалах плечом к плечу с тем самым Джереми Питтом, который в значительной степени был причиной его несчастий. Молодой моряк всё время держался рядом с Бладом. Июль, август и сентябрь они задыхались от жары и зловония в переполненной тюрьме, а перед отправкой их в суд они вместе были скованы кандалами.

Обрывки слухов и новостей понемножку просачивались сквозь толстые стены тюрьмы из внешнего мира. Кое-какие слухи умышленно распространялись среди заключённых — к их числу относился слух о казни Монмута, повергший в глубочайшее уныние тех, кто переносил все мучения ради этого фальшивого претендента на престол. Многие из заключённых отказывались верить этому слуху. Они безосновательно утверждали, что вместо Монмута был казнён какой-то человек, похожий на герцога, а сам герцог спасся, для того чтобы вновь явиться в ореоле славы.

Блад отнёсся к этой выдумке с таким же глубоким безразличием, с каким воспринял известие о подлинной смерти Монмута. Однако одна позорная деталь не только задела Блада, но и укрепила его ненависть к королю Якову. Король изъявил желание встретиться с Монмутом. Если он не имел намерения помиловать мятежного герцога, то эта встреча могла преследовать только самую низкую и подлую цель — насладиться зрелищем унижения Монмута.

Позднее заключённые узнали, что лорд Грей, фактически возглавлявший восстание, купил себе полное прощение за сорок тысяч фунтов стерлингов. Тут Питер Блад уже не мог не высказать вслух своего презрения к королю Якову.

— Какая же низкая и грязная тварь сидит на троне! Если бы мне было известно о нём столько, сколько я знаю сегодня, несомненно я дал бы повод посадить меня в тюрьму гораздо раньше, — заявил он и тут же спросил — А как вы полагаете, где сейчас лорд Гилдой?

Питт, которому он задал этот вопрос, повернул к Бладу своё лицо, утратившее за несколько месяцев пребывания в тюрьме почти весь морской загар, и серыми округлившимися глазами вопросительно посмотрел на товарища по заключению.

— Вы удивляетесь моему вопросу? — спросил Блад. — В последний раз мы видели его светлость в Оглторпе. Меня, естественно, интересует, где другие дворяне — истинные виновники неудачного восстания. Полагаю, что история с Греем объясняет их отсутствие здесь, в тюрьме. Все они люди богатые и, конечно, давно уж откупились от всяких неприятностей. Виселицы ждут только тех несчастных, которые имели глупость следовать за аристократами, а сами аристократы, конечно, свободны. Курьёзное и поучительное заключение. Честное слово, насколько же ещё глупы люди!

Он горько засмеялся и несколько позже с тем же чувством глубочайшего презрения вошёл в Таунтонский замок, чтобы предстать перед судом. Вместе с ним были доставлены Питт и Бэйнс, ибо все они проходили по одному и тому же делу, с разбора которого и должен был начаться суд.

Огромный зал с галереями, наполненный зрителями, в большинстве дамами, был убран пурпурной материей. Это была чванливая выдумка верховного судьи, барона Джефрейса, жаждавшего крови. Он сидел на высоком председательском кресле. Пониже сутулились четверо судей в пурпурных мантиях и тяжёлых чёрных париках. А ещё ниже сидели двенадцать присяжных заседателей.

Стража ввела заключённых. Судебный пристав, обратившись к публике, потребовал соблюдения полной тишины, угрожая нарушителям тюрьмой. Шум голосов в зале стал постепенно затихать, и Блад пристально разглядывал дюжину присяжных заседателей, которые дали клятву быть «милостивыми и справедливыми». Однако внешность этих людей свидетельствовала о том, что они не могли думать ни о милости, ни о справедливости. Перепуганные и потрясённые необычной обстановкой, они походили на карманных воров, пойманных с поличным. Каждый из двенадцати стоял перед выбором: или меч верховного судьи, или веление своей совести.

Затем Блад перевёл взгляд на членов суда и его председателя — лорда Джефрейса, о жестокости которого шла ужасная слава.

Это был высокий, худой человек лет под сорок, с продолговатым красивым лицом. Синева под глазами, прикрытыми набрякшими веками, подчёркивала блеск его взгляда, полного меланхолии. На мертвенно бледном лице резко выделялись яркие полные губы и два пятна чахоточного румянца. Верховный судья, как было известно Бладу, страдал от мучительной болезни, которая уверенно вела его к могиле наиболее кратким путём. И доктор знал также, что, несмотря на близкий конец, а может, и благодаря этому, Джефрейс вёл распутный образ жизни.

— Питер Блад, поднимите руку!

Хриплый голос судебного клерка вернул Блада к действительности. Он повиновался, и клерк монотонным голосом стал читать многословное обвинительное заключение: Блада обвиняли в измене своему верховному и законному владыке Якову II, божьей милостью королю Англии, Шотландии, Франции и

Ирландии. Обвинительное заключение утверждало, что Блад не только не проявил любви и почтения к своему королю, но, соблазняемый дьяволом, нарушил мир и спокойствие королевства, разжигал войну и мятеж с преступной целью лишить своего короля короны, титула и чести, и в заключение Бладу предлагалось ответить: виновен он или не виновен?

— Я ни в чём не виновен, — ответил он не задумываясь.

Маленький востролицый человек, сидевший впереди судейского стола, подскочил на своём месте. Это был военный прокурор Полликсфен.

— Виновен или не виновен? — закричал он. — Отвечайте теми же словами, которыми вас спрашивают.

— Теми же словами? — переспросил Блад. — Хорошо! Не виновен. — И, обращаясь к судьям, сказал: — Я должен заявить, что не сделал ничего, о чём говорится в обвинительном заключении. Меня можно обвинить только в недостатке терпения во время двухмесячного пребывания в зловонной тюрьме, где моё здоровье и моя жизнь подвергались величайшей опасности...

Он мог бы сказать ещё многое, но верховный судья прервал его мягким, даже жалобным голосом:

— Я вынужден прервать вас. Мы ведь обязаны соблюдать общепринятые судебные нормы. Как я вижу, вы не знакомы с судебной процедурой?

— Не только не знаком, но до сих пор был счастлив в своём неведении. Если бы это было возможно, я вообще с радостью воздержался бы от подобного знакомства.

Слабая улыбка на мгновенье скользнула по грустному лицу верховного судьи.

— Я верю вам. Вы будете иметь возможность сказать всё, что хотите, когда выступите в свою защиту. Однако то, что вам хочется сказать сейчас, и неуместно и незаконно.

Блад, удивлённый и обрадованный явной симпатией и предупредительностью судьи, выразил согласие, чтобы его судили бог и страна[1]. Вслед за этим клерк, помолившись богу и попросив его помочь вынести справедливый приговор, вызвал Эндрью Бэйнса, приказал ему поднять руку и ответить на обвинение. От Бэйнса, признавшего себя невиновным, клерк перешёл к Питту, и последний дерзко признал свою вину. Верховный судья оживился.

— Ну, вот так будет лучше, — сказал он, и его коллеги в пурпурных мантиях послушно закивали головами. — Если бы все упрямились, как вот эти несомненные бунтовщики, заслуживающие казни, — и он слабым жестом руки указал на Блада и Бэйнса, — мы никогда бы не закончили наше дело.

Зловещее замечание судьи заставило всех присутствующих содрогнуться.

После этого поднялся Полликсфен. Многословно изложив существо дела, по которому обвинялись все трое подсудимых, он перешёл к обвинению Питера Блада, дело которого разбиралось первым.

Единственным свидетелем обвинения был капитан Гобарт. Он живо обрисовал обстановку, в которой он нашёл и арестовал трёх подсудимых вместе с лордом Гилдоем. Согласно приказу своего полковника, капитан обязан был повесить Питта на месте, если бы этому не помешала ложь подсудимого Блада, который заявил, что Питт является пэром и лицом, заслуживающим внимания.

По окончании показаний капитана лорд Джефрейс посмотрел на Питера Блада:

— Есть ли у вас какие-либо вопросы к свидетелю?

— Никаких вопросов у меня нет, ваша честь. Он правильно изложил то, что произошло.

— Рад слышать, что вы не прибегаете к увёрткам, обычным для людей вашего типа. Должен сказать, что никакие увиливания вам здесь и не помогли бы. В конце концов, мы всегда добьёмся правды. Можете не сомневаться.

---

[1] Одна из стандартных формул английского судопроизводства.

Бэйнс и Питт, в свою очередь, подтвердили правильность показаний капитана. Верховный судья, вздохнув с облегчением, заявил:

— Ну, если всё ясно, так, ради бога, не будем тянуть, ибо у нас ещё много дел. — Сейчас уже в его голосе не осталось и признаков мягкости. — Я полагаю, господин Полликсфен, что, коль скоро факт подлой измены этих трёх мерзавцев установлен и, более того, признан ими самими, говорить больше не о чём.

Но тут прозвучал твёрдый и почти насмешливый голос Питера Блада:

— Если вам будет угодно выслушать, то говорить есть о чём.

Верховный судья взглянул на Блада с величайшим изумлением, поражённый его дерзостью, но затем изумление его сменилось гневом. На неестественно красных губах появилась неприятная, жёсткая улыбка, исказившая его лицо.

— Что ещё тебе нужно, подлец? Ты опять будешь отнимать у нас время своими бесполезными увёртками?

— Я бы хотел, чтобы ваша честь и господа присяжные заседатели выслушали, как это вы мне обещали, что я скажу в свою защиту.

— Ну что же… Послушаем… — Резкий голос верховного судьи внезапно сорвался и стал глухим. Фигура судьи скорчилась. Своей белой рукой с набухшими синими венами он достал носовой платок и прижал его к губам. Питер Блад понял как врач, что Джефрейс испытывает сейчас приступ боли, вызванной разрушающей его болезнью. Но судья, пересилив боль, продолжал: — Говори! Хотя что ещё можно сказать в свою защиту после того, как во всём признался?

— Вы сами об этом будете судить, ваша честь.

— Для этого я сюда и прислан.

— Прошу и вас, господа, — обратился Блад к членам суда, которые беспокойно задвигались под уверенным взглядом его светло-синих глаз. Присяжные заседатели смертельно боялись

Джефрейса, ибо он вёл себя с ними так, будто они сами были подсудимыми, обвиняемыми в измене.

Питер Блад смело вышел вперёд... Он держался прямо и уверенно, но лицо его было мрачно.

— Капитан Гобарт в самом деле нашёл меня в усадьбе Оглторп, — сказал Блад спокойно, — однако он умолчал о том, что я там делал.

— Ну, а что же ты должен был делать там в компании бунтовщиков, чья вина уже доказана?

— Именно это я и прошу разрешить мне сказать.

— Говори, но только короче. Если мне придётся выслушать всё, что здесь захотят болтать собаки-предатели, нам нужно будет заседать до весны.

— Я был там, ваша честь, для того, чтобы врачевать раны лорда Гилдоя.

— Что такое? Ты хочешь сказать нам, что ты доктор?

— Да, я окончил Тринити-колледж в Дублине.

— Боже милосердный! — вскричал Джефрейс, в голосе которого вновь зазвучала сила. — Поглядите на этого мерзавца! — обратился он к членам суда. — Ведь свидетель показал, что несколько лет назад встречал его в Танжере как офицера французской армии. Вы слышали и признание самого подсудимого о том, что показания свидетеля правильны.

— Я признаю это и сейчас. Но вместе с тем правильно также и то, что сказал я. Несколько лет мне пришлось быть солдатом, но раньше я был врачом и с января этого года, обосновавшись в Бриджуотере, вернулся к своей профессии доктора, что может подтвердить сотня свидетелей.

— Не хватало ещё тратить на это время! Я вынесу приговор на основании твоих же собственных слов, подлец! Ещё раз спрашиваю: как ты, выдающий себя за врача, мирно занимавшегося практикой в Бриджуотере, оказался в армии Монмута?

— Я никогда не был в этой армии. Ни один свидетель не показал этого и, осмеливаюсь утверждать, не покажет. Я не сочувствовал целям восстания и считал эту авантюру сумасшествием. С вашего разрешения, хочу спросить у вас: что мог делать я, католик, в армии протестантов?

— Католик? — мрачно переспросил судья, взглянув на него. — Ты — хныкающий ханжа — протестант! Должен сказать тебе, молодой человек, что я носом чую протестанта за сорок миль.

— В таком случае, удивляюсь, почему вы, обладая столь чувствительным носом, не можете узнать католика на расстоянии четырёх шагов.

С галерей послышался смех, немедленно умолкший после направленных туда свирепых взглядов судьи и криков судебного пристава.

Подняв изящную белую руку, всё ещё сжимавшую носовой платок, и подчёркивая каждое слово угрожающим покачиванием указательного пальца, Джефрейс сказал:

— Вопрос о твоей религии, мой друг, мы обсуждать не будем. Однако запомни, что я тебе скажу: никакая религия не может оправдать ложь. У тебя есть бессмертная душа. Подумай об этом, а также о том, что всемогущий бог, перед судом которого и ты, и мы, и все люди предстанем в день великого судилища, накажет тебя за малейшую ложь и бросит в бездну, полную огня и кипящей серы. Бога нельзя обмануть! Помни об этом всегда. А сейчас скажи: как случилось, что тебя захватили вместе с бунтовщиками?

Питер Блад с изумлением и ужасом взглянул на судью:

— В то утро, ваша честь, меня вызвали к раненому лорду Гилдою. По долгу профессии я считал своей обязанностью оказать ему помощь.

— Своей обязанностью? — И судья с побелевшим лицом, перекошенным усмешкой, гневно взглянул на Блада. Затем, овладев собой, Джефрейс глубоко вздохнул и с прежней мягкостью сказал: — О, мой бог! Нельзя же так испытывать наше терпение. Ну хорошо. Скажите, кто вас вызывал?

— Находящийся здесь Питт. Он может подтвердить мои слова.

— Ага! Подтвердит Питт, уже сознавшийся в своей измене. И это — ваш свидетель?

— Здесь находится и Эндрью Бэйнс. Он скажет то же самое.

— Дорогому Бэйнсу ещё предстоит самому ответить за свои прегрешения. Полагаю, он будет очень занят, спасая свою собственную шею от верёвки. Так, так! И что все ваши свидетели?

— Почему же все, ваша честь? Можно вызвать из Бриджуотера и других свидетелей, которые видели, как я уезжал вместе с Питтом на крупе его лошади.

— О, в этом не будет необходимости, — улыбнулся верховный судья. — Я не намерен тратить на вас время. Скажите мне только одно: когда Питт, как вы утверждаете, явился за вами, знали ли вы, что он был сторонником Монмута, в чём он уже здесь сознался?

— Да, ваша честь, я знал об этом.

— Вы знали! Ага! — И верховный судья грозно посмотрел на присяжных заседателей, съёжившихся от страха. — И всё же, несмотря на это, вы поехали с ним?

— Да, я считал святым долгом оказать помощь раненому человеку.

— Ты называешь это святым долгом, мерзавец?! — заорал судья. — Боже милосердный! Твой святой долг, подлец, служить королю и богу! Но не будем говорить об этом. Сказал ли вам этот Питт, кому именно нужна была ваша помощь?

— Да, лорду Гилдою.

— А знали ли вы, что лорд Гилдой был ранен в сражении и на чьей стороне он сражался?

— Да, знал.

— И тем не менее, будучи, как вы нас пытаетесь убедить, лояльным подданным нашего короля, вы отправились к Гилдою?

На мгновение Питер Блад потерял терпение.

— Меня занимали его раны, а не его политические взгляды! — сказал он резко.

На галереях и даже среди присяжных заседателей раздался одобрительный шёпот, который лишь усилил ярость верховного судьи.

— Господи Исусе! Жил ли ещё когда-либо на свете такой бесстыжий злодей, как ты? — И Джефрейс повернул своё мертвенно-бледное лицо к членам суда. — Я обращаю ваше внимание, господа, на отвратительное поведение этого подлого изменника. Того, в чём он сам сознался, достаточно, чтобы повесить его десять раз... Ответьте мне, подсудимый, какую цель вы преследовали, мороча капитана Гобарта враньём о высоком сане изменника Питта?

— Я хотел спасти его от виселицы без суда.

— Какое вам было дело до этого негодяя?

— Забота о справедливости — долг каждого верноподданного, — спокойно сказал Питер Блад. — Несправедливость, совершённая любым королевским слугой, в известной мере бесчестит самого короля.

Это был сильный выпад по адресу суда, обнаруживающий, как мне кажется, самообладание Блада и остроту его ума, особенно усиливавшиеся в моменты величайшей опасности. На любой другой состав суда эти слова произвели бы именно то впечатление, на которое и рассчитывал Блад. Бедные, малодушные овцы, исполнявшие роли присяжных, заколебались. Но тут снова вмешался Джефрейс.

Он громко, с трудом задышал, а затем неистово ринулся в атаку, чтобы сгладить благоприятное впечатление, произведённое словами Блада.

— Владыка небесный! — закричал судья. — Видали вы когда-нибудь такого наглеца?! Но я уже разделался с тобой. Кончено! Я вижу, злодей, верёвку на твоей шее!

Выпалив эти слова, которые не давали возможности присяжным прислушаться к голосу своей совести, Джефрейс опустился в кресло и вновь овладел собой. Судебная комедия была окончена. На бледном лице судьи не осталось никаких следов возбуждения, оно сменилось выражением тихой меланхолии. Помолчав, он заговорил мягким, почти нежным голосом, однако каждое его слово отчётливо раздавалось в притихшем зале:

— Не в моём характере причинять кому-либо вред или радоваться чьей-либо гибели. Только из сострадания к вам я употребил все эти слова, надеясь, что вы сами позаботитесь о своей бессмертной душе, а не будете способствовать её проклятию, упорствуя и лжесвидетельствуя. Но я вижу, что все мои усилия, всё моё сострадание и милосердие бесполезны. Мне не о чём больше с вами говорить. — И, повернувшись к членам суда, он сказал: — Господа! Как представитель закона, истолкователями которого являемся мы — судьи, а не обвиняемый, должен напомнить вам, что если кто-то, хотя бы и не участвовавший в мятеже против короля, сознательно принимает, укрывает и поддерживает мятежника, то этот человек является таким же предателем, как и тот, кто имел в руках оружие. Таков закон! Руководствуясь сознанием своего долга и данной вами присягой, вы обязаны вынести справедливый приговор.

После этого верховный судья приступил к изложению речи, в которой пытался доказать, что и Бэйнс и Блад виновны в измене: первый — за укрытие предателя, а второй — за оказание ему медицинской помощи. Речь судьи была усыпана льстивыми ссылками на законного государя и повелителя — короля, поставленного богом над всеми, и бранью в адрес протестантов и Монмута, о котором он сказал, что любой законнорождённый бедняк в королевстве имел больше прав на престол, нежели мятежный герцог.

Закончив свою речь, он, обессиленный, не опустился, а упал в своё кресло и несколько минут сидел молча, вытирая платком губы.

Потом, корчась от нового приступа боли, он приказал членам суда отправиться на совещание.

Питер Блад выслушал речь Джефрейса с отрешённостью, которая впоследствии, когда он вспоминал эти часы, проведённые в зале суда, не раз удивляла его. Он был так поражён поведением верховного судьи и быстрой сменой его настроений, что почти забыл об опасности, угрожавшей его собственной жизни.

Отсутствие членов суда было таким же кратким, как и их приговор: все трое признавались виновными. Питер Блад обвёл взглядом зал суда, и на одно мгновение сотни бледных лиц заколебались перед ним. Однако он быстро овладел собой и услышал, что кто-то его спрашивает: может ли он сказать, почему ему не должен быть вынесен смертный приговор[1] после признания его виновным в государственной измене?

Он внезапно засмеялся, и смех этот странно и жутко прозвучал в мёртвой тишине зала. Правосудие, отправляемое больным маньяком в пурпурной мантии, было сплошным издевательством. Да и сам верховный судья — продажный инструмент жестокого, злобного и мстительного короля — был насмешкой над правосудием. Но даже и на этого маньяка подействовал смех Блада.

— Вы смеётесь на пороге вечности, стоя с верёвкой на шее? — удивлённо спросил верховный судья.

И здесь Блад использовал представившуюся ему возможность мести:

— Честное слово, у меня больше оснований для радости, нежели у вас. Прежде чем будет утверждён мой приговор я должен сказать следующее: вы видите меня, невинного человека, с верёвкой на шее, хотя единственная моя вина в том, что я выполнил свой долг, долг врача. Вы выступали здесь, заранее зная, что меня ожидает. А я как врач могу заранее сказать, что ожидает вас, ваша честь. И, зная это, заявляю вам, что даже сейчас я не поменялся бы с вами местами, не сменял бы той верёвки, которой

---

[1] Одна из формул английского судопроизводства.

вы хотите меня удавить, на тот камень, который вы в себе носите. Смерть, к которой вы приговорите меня, будет истинным удовольствием по сравнению с той смертью, к которой вас приговорил тот господь бог, чьё имя вы здесь так часто употребляете.

Бледный, с судорожно дёргающимися губами, верховный судья неподвижно застыл в своём кресле. В зале стояла полнейшая тишина. Все, кто знал Джефрейса, решили, что это затишье перед бурей, и уже готовились к взрыву.

Но никакого взрыва не последовало. На лице одетого в пурпур судьи медленно проступил слабый румянец. Джефрейс как бы выходил из состояния оцепенения. Он с трудом поднялся и приглушённым голосом, совершенно механически, как человек, мысли которого заняты совсем другим, вынес смертный приговор, не ответив ни слова на то, о чём говорил Питер Блад. Произнеся приговор, судья снова опустился в кресло. Глаза его были полузакрыты, а на лбу блестели капли пота.

Стража увела заключённых.

Один из присяжных заседателей случайно подслушал, как Полликсфен, несмотря на своё положение военного прокурора, втайне бывший вигом, тихо сказал своему коллеге-адвокату:

— Клянусь богом, этот черномазый мошенник до смерти перепугал верховного судью. Жаль, что его должны повесить. Человек, способный устрашить Джефрейса, пошёл бы далеко.

Глава IV. ТОРГОВЛЯ ЛЮДЬМИ

Полликсфен был прав и не прав в одно и то же время.

Он был прав в своём мнении, что человек, способный вывести из себя такого деспота, как Джефрейс, должен был сделать хорошую карьеру. И в то же время он был не прав, считая предстоящую казнь Питера Блада неизбежной.

Я уже сказал, что несчастья, обрушившиеся на Блада в результате его посещения усадьбы Оглторп, включали в себя и два обстоятельства положительного порядка: первое, что его вообще судили, и второе, что суд состоялся 19 сентября. До 18 сентября приговоры суда приводились в исполнение немедленно. Но утром 19 сентября в Таунтон прибыл курьер от государственного министра лорда Сэндерленда с письмом на имя лорда Джефрейса. В письме сообщалось, что его величество король милостиво приказывает отправить тысячу сто бунтовщиков в свои южные колонии на Ямайке, Барбадосе и на Подветренных островах.

Вы, конечно, не предполагаете, что это приказание диктовалось какими-то соображениями гуманности. Лорд Черчилль, один из видных сановников Якова II, был совершенно прав, заметив как-то, что сердце короля столь же чувствительно, как камень. «Гуманность» объяснялась просто: массовые казни были безрассудной тратой ценного человеческого материала, в то время как в колониях не хватало людей для работы на плантациях, и здорового, сильного мужчину можно было продать за 10-15 фунтов стерлингов. Немало сановников при дворе короля имели основания претендовать на королевскую щедрость, и сейчас представлялся дешёвый и доступный способ для удовлетворения их насущных нужд.

В конце концов, что стоило королю подарить своим приближённым некоторое количество осуждённых бунтовщиков?

В своём письме лорд Сэндерленд подробно описывал все детали королевской милости, заключённой в человеческой плоти и крови. Тысяча осуждённых отдавалась восьми царедворцам, а сто поступали в собственность королевы. Всех этих людей следовало немедленно отправить в южные владения короля, где они и должны были содержаться впредь до освобождения через десять лет. Лица, которым передавались заключённые, обязывались обеспечить их немедленную перевозку.

От секретаря лорда Джефрейса мы знаем, как в эту ночь верховный судья в пьяном бешенстве яростно поносил это недопустимое, на его взгляд, «милосердие» короля. Нам известно, что в письме, посланном королю, верховный судья пытался убедить его пересмотреть своё решение, однако король Яков отказался это сделать. Не говоря уже о косвенных прибылях, которые он получал от этого «милосердия», оно вполне соответствовало его характеру. Король понимал, что многие заключённые умрут мучительной смертью, будучи не в состоянии перенести ужасы рабства в Вест-Индии, и судьбе их будут завидовать оставшиеся в живых товарищи.

Так случилось, что Питер Блад, а с ним Эндрью Бэйнс и Джереми Питт, вместо того чтобы быть повешенными, колесованными и четвертованными, как определялось в приговоре, были отправлены вместе с другими пятьюдесятью заключёнными в Бристоль, а оттуда морем на корабле «Ямайский купец». От большой скученности, плохой пищи и гнилой воды среди осуждённых вспыхнули болезни, унёсшие в океанскую могилу одиннадцать человек. Среди погибших оказался и несчастный Бэйнс.

Смертность среди заключённых, однако, была сокращена вмешательством Питера Блада. Вначале капитан «Ямайского купца» бранью и угрозами встречал настойчивые просьбы врача разрешить ему доступ к ящику с лекарствами для оказания помощи больным. Но потом капитан Гарднер сообразил, что его, чего доброго, ещё притянут к ответу за слишком большие потери живого товара. С некоторым запозданием он всё же воспользовался медицинскими познаниями Питера Блада. Улучшив условия, в которых находились заключённые, и наладив медицинскую помощь, Блад остановил распространение болезней.

В середине декабря «Ямайский купец» бросил якорь в Карлайлской бухте, и на берег были высажены сорок два оставшихся в живых повстанца.

Если эти несчастные воображали (а многим из них, видимо, так и казалось), что они едут в дикую, нецивилизованную страну, то одного взгляда на неё, брошенного во время торопливой перегрузки живого товара с корабля в лодки, было достаточно, для того чтобы изменить это представление. Они увидели довольно большой город с домами европейской архитектуры, но без сутолоки, характерной для городов Европы. Над красными крышами возвышался шпиль церкви. Вход в широкую бухту защищался фортом, из амбразур которого во все стороны торчали стволы пушек. На отлогом склоне холма белел фасад большого губернаторского дома. Холм был покрыт ярко-зелёной растительностью, какая бывает в Англии в апреле, и день напоминал такой же апрельский день в Англии, поскольку сезон дождей только кончился.

На широкой мощёной набережной выстроился вооружённый отряд милиции, присланный для охраны осуждённых. Здесь же собралась толпа зрителей, по одежде и по поведению отличавшаяся от обычной толпы в любом морском порту Англии только тем, что в ней было меньше женщин и больше негров. Для осмотра выстроенных на молу осуждённых приехал губернатор Стид — низенький полный человек с красным лицом, одетый в камзол из толстого голубого шёлка, обильно разукрашенный золотыми позументами. Он слегка прихрамывал и потому опирался на прочную трость из чёрного дерева. Вслед за губернатором появился высокий, дородный мужчина в форме полковника барбадосской милиции. На большом желтоватом лице его словно застыло выражение недоброжелательства. Рядом с ним шла стройная девушка в элегантном костюме для верховой езды. Широкополая серая шляпа, украшенная алыми страусовыми перьями, прикрывала продолговатое, с тонкими чертами лицо, на котором тропический климат не оставил никаких следов. Локоны блестящих каштановых волос кольцами падали на плечи. Широко поставленные карие глаза открыто смотрели на мир, а на лице её вместо обычного задорного выражения сейчас было видно сострадание.

Питер Блад спохватился, поймав себя на том, что он не сводит удивлённых глаз с очаровательного лица этой девушки, находившейся здесь явно не на месте. Обнаружив, что она, в свою очередь, также пристально его разглядывает, Блад поёжился, чувствуя, какое печальное зрелище он представляет. Немытый, с грязными и спутанными волосами и давно не бритой чёрной бородой, в лохмотьях, оставшихся от некогда хорошего камзола, который сейчас обезобразил бы даже огородное пугало, он совершенно не подходил для того, чтобы на него смотрели такие красивые глаза. И тем не менее эта девушка с каким-то почти детским изумлением и жалостью продолжала его рассматривать. Затем она коснулась рукой своего компаньона, который с недовольным ворчанием повернулся к ней.

Девушка горячо говорила ему о чём-то, но было совершенно очевидно, что полковник слушал её невнимательно. Взгляд его маленьких блестящих глаз, расположенных близко к мясистому крючковатому носу, перешёл с неё и остановился на светловолосом крепыше Питте, стоявшем рядом с Бладом. Но тут к ним подошёл губернатор, и между ними завязался общий разговор.

Девушка говорила очень тихо, и Блад её совсем не слышал; слова полковника доносились до него в форме неразборчивого мычания. Губернатор же, обладавший пронзительным голосом, считал себя остроумным человеком и любил, чтобы ему все внимали.

— Послушайте, мой дорогой полковник Бишоп. Вам предоставляется право первого выбора из этого прекрасного букета цветов и по той цене, которую вы назначите сами. А всех остальных мы продадим с торгов.

Полковник Бишоп кивнул головой в знак согласия:

— Ваше превосходительство очень добры. Но, клянусь честью, это не партия рабочих, а жалкое стадо кляч. Вряд ли от них будет какой-нибудь толк на плантациях.

Презрительно щуря маленькие глазки, он вновь осмотрел всех осуждённых, и выражение злой недоброжелательности на его лице ещё более усилилось. Затем, подозвав к себе капитана «Ямайского купца» Гарднера, он несколько минут разговаривал с ним, рассматривая полученный от него список.

Потом полковник сунул список обратно Гарднеру и подошёл к осуждённым повстанцам. Подле молодого моряка из Сомерсетшира Бишоп остановился. Ощупав мускулы на руках Питта, он приказал ему открыть рот, чтобы осмотреть зубы; облизнулся, кивнул головой и, не поворачиваясь, буркнул шедшему позади него Гарднеру:

— За этого — пятнадцать фунтов.

Капитан скорчил недовольную гримасу:

— Пятнадцать фунтов? Это не составит и половины того, что я хотел просить за него.

— Это вдвое больше того, что я был намерен заплатить, — проворчал полковник.

— Но ведь и тридцать фунтов за него — слишком дёшево, ваша честь.

— За такую цену я могу купить негра. Эти белые свиньи не умеют работать и быстро дохнут в нашем климате.

Гарднер начал расхваливать здоровье Питта, его молодость и выносливость, словно речь шла не о человеке, а о вьючном животном. Впечатлительный Питт стоял молча, не шевелясь. Лишь румянец, то появлявшийся, то исчезавший на его щеках, выдавал внутреннюю борьбу, которую вёл с собой молодой человек, пытаясь сохранить самообладание. У Питера Блада эта гнусная торговля вызывала чувство глубочайшего отвращения.

В стороне от всего этого прогуливалась, разговаривая с губернатором, девушка, на которую Блад обратил внимание. Губернатор прыгал около неё, глупо улыбаясь и прихорашиваясь. Девушка, очевидно, не понимала, каким мерзким делом занимался полковник. А быть может, подумал Блад, это было ей совершенно безразлично?

В эту секунду полковник Бишоп повернулся на каблуках, собираясь уходить.

— Двадцать фунтов — и ни пенса больше. Это моя предельная цена. Она вдвое больше той, какую вам предложит Крэбстон.

Капитан Гарднер, поняв по его тону, что это действительно окончательная цена, вздохнул и согласился. Бишоп направился дальше, вдоль шеренги заключённых. Блада и стоявшего рядом с ним худого юношу полковник удостоил только мимолётным взглядом. Однако, следующий за ними мужчина средних лет и гигантского телосложения, по имени Волверстон, потерявший глаз в сражении при Седжмуре, привлёк к себе его внимание, и торговля началась снова.

Питер Блад стоял в ослепительных лучах солнца, глубоко вдыхая незнакомый душистый воздух. Он был насыщен странным ароматом, состоящим из смеси запахов кампешевого дерева [1], ямайского перца и душистого кедра. Необычайный этот аромат заставил его забыть обо всём и погрузиться в бесполезные размышления. Он совершенно не был расположен к разговорам. Так же чувствовал себя и Питт, молча стоявший возле Блада и думавший о неизбежной разлуке с человеком, рядом с которым, плечом к плечу, он прожил смутные месяцы и полюбил его, как друга и старшего брата. Чувства одиночества и тоски властно охватили его, и по сравнению с этим всё, что он пережил раньше,

---

[1] Дерево из семейства бобовых, растущих в Центральной и Южной Америке. Экстракт из его древесины применяется для окрашивания тканей.

показалось ему незначительным. Разлука с доктором была для Питта мучительным завершением всех обрушившихся на него несчастий.

К осуждённым подходили другие покупатели, рассматривали их, проходили мимо, но Блад не обращал на них внимания. Затем в конце шеренги осуждённых произошло какое-то движение. Это Гарднер громким голосом сообщал что-то толпе остальных покупателей, ожидавших, пока полковник Бишоп отберёт нужный ему человеческий товар. После того как Гарднер закончил свою речь, Блад заметил, что девушка говорила о чём-то Бишопу и хлыстом с серебряной рукояткой показывала на шеренгу. Бишоп, прикрыв глаза рукой от солнца, поглядел на осуждённых и двинулся к ним тяжёлой, раскачивающейся походкой вместе с Гарднером и в сопровождении шедших позади девушки и губернатора. Медленно идя вдоль шеренги, полковник поравнялся с Бладом и прошёл бы мимо, если бы девушка не коснулась своим хлыстом руки Бишопа.

— Вот тот человек, которого я имела в виду, — сказала она.

— Этот? — спросил полковник, и в его голосе прозвучало презрение.

Питер Блад пристально всматривался в круглые глазки полковника, глубоко сидевшие, как изюминки в пудинге, на его жёлтом мясистом лице. Блад чувствовал, что этот оскорбительный осмотр вызывает краску на его лице.

— Ба! — услышал он голос Бишопа. — Мешок костей. Пусть его берёт кто хочет.

Он повернулся, чтобы уйти, но тут вмешался Гарднер:

— Он, может быть, и тощ, но зато вынослив. Когда половина арестантов была больна, этот мошенник оставался на ногах и лечил своих товарищей. Если бы не он, то покойников на корабле было бы больше… Ну, скажем, пятнадцать фунтов за него, полковник? Ведь это, ей-богу, дёшево. Ещё раз говорю, ваша честь: он вынослив и силён, хотя и тощ. Это как раз такой человек, который вынесет любую жару. Климат никогда не убьёт его.

Губернатор Стид захихикал:

— Слышите, полковник? Положитесь на вашу племянницу. Женщина сразу оценит мужчину, едва лишь на него взглянет.

Он рассмеялся, весьма довольный своим остроумием. Но смеялся он один. По лицу племянницы Бишопа пронеслось облачко раздражения, а сам полковник был слишком поглощён мыслями об этой сделке, чтобы обратить внимание на сомнительный юмор губернатора. Он пошевелил губами и почесал рукой подбородок. Джереми Питт почти перестал дышать.

— Хотите десять фунтов? — выдавил из себя наконец полковник.

Питер Блад молил бога, чтобы это предложение было отвергнуто. Мысль о том, что он может стать собственностью этого грязного животного и в какой-то мере собственностью кареглазой молодой девицы, вызывала у него величайшее отвращение. Но раб есть раб, и не в его власти решать свою судьбу. Питер Блад был продан пренебрежительному покупателю, полковнику Бишопу, за ничтожную сумму в десять фунтов стерлингов.

Глава V. АРАБЕЛЛА БИШОП

Солнечным январским утром, спустя месяц после прихода «Ямайского купца» в Бриджтаун, мисс Арабелла Бишоп выехала из красивого дядиного дома, расположенного на холме к северо-западу от города. Её сопровождали два негра, бежавших за ней на почтительном расстоянии. Она направлялась с визитом к жене губернатора: миссис Стид в последнее время жаловалась на недомогание. Доехав до вершины отлогого, покрытого травой холма, Арабелла увидела идущего навстречу ей высокого человека в шляпе и парике, строго и хорошо одетого. Незнакомцы не часто встречались здесь на острове. Но ей всё же показалось, что она где-то видела этого человека.

Мисс Арабелла остановила лошадь, будто для того, чтобы полюбоваться открывшимся перед ней видом: он в самом деле был достаточно красив, и задержка её выглядела естественной. В то же время уголками карих глаз она пристально разглядывала этого человека, по мере того как он приближался. Первое её впечатление о костюме человека было не совсем правильно, ибо хотя одет он был достаточно строго, но едва ли хорошо: камзол и брюки из домотканой материи, а на ногах — простые чулки. Если такой костюм хорошо сидел на нём, то объяснялось это скорее природным изяществом незнакомца, нежели искусством его портного. Приблизившись к девушке, человек почтительно снял широкополую шляпу, без ленты и пера, и то, что на некотором расстоянии она приняла за парик, оказалось собственной вьющейся, блестяще-чёрной шевелюрой.

Загорелое лицо этого человека было печально, а его удивительные синие глаза мрачно глядели на девушку. Он прошёл бы мимо, если бы она его не остановила.

— Мне кажется, я вас знаю, — заметила она.

Голос у неё был звонкий и мальчишеский, да и вообще в манерах этой очаровательной девушки было что-то ребяческое. Её непосредственность, отвергавшая все ухищрения её пола, позволяла ей быть в отличных отношениях со всем миром. Возможно, этим объяснялось и то странное на первый взгляд обстоятельство, что, дожив до двадцати пяти лет, Арабелла Бишоп не только не вышла замуж, но даже не имела поклонников. Со всеми знакомыми мужчинами она обращалась, как с братьями, и такое непринуждённое обращение осложняло возможность ухаживать за ней, как за женщиной.

Сопровождавшие Арабеллу негры остановились и присели на корточки в ожидании, пока их хозяйке заблагорассудится продолжить свой путь. Остановился и незнакомец, к которому обратилась Арабелла.

— Хозяйке полагается знать своё имущество, — ответил он.

— Моё имущество?

— Или вашего дяди. Позвольте представиться: меня зовут Питер Блад, и моя цена — ровно десять фунтов. Именно такую сумму ваш дядя уплатил за меня. Не всякий человек имеет подобную возможность узнать себе цену.

Теперь она вспомнила его.

— Боже мой! — воскликнула она. — И вы можете ещё смеяться!

— Да, это достижение, — признал он. — Но ведь я живу не так плохо, как предполагал.

— Я слыхала об этом, — коротко ответила Арабелла.

Ей действительно говорили, что осуждённый повстанец, к которому она проявила интерес, оказался врачом. Об этом стало известно губернатору Стиду, страдавшему от подагры, и он позаимствовал Блада у его владельца. Благодаря своему искусству или просто в результате счастливого стечения обстоятельств, но Блад оказал губернатору помощь, которую не смогли оказать его превосходительству два других врача, практикующих в Бриджтауне. Затем супруга губернатора пожелала, чтобы Блад вылечил её от мигрени. Блад обнаружил, что она страдает не столько от мигрени, сколько от сварливости, явившейся следствием природной раздражительности, усиленной скукой жизни на Барбадосе. Тем не менее он приступил к лечению губернаторши, и она убедила себя, что ей стало лучше. После этого доктор Блад стал известен всему Бриджтауну, так как полковник Бишоп пришёл к выводу, что для него значительно выгоднее разрешать новому рабу заниматься своей профессией, нежели использовать его на плантациях.

— Мне нужно поблагодарить вас, сударыня, за то, что я живу в условиях относительной свободы и чистоты, — сказал Блад. — Пользуюсь случаем, чтобы выразить вам свою признательность.

Однако благодарность, выраженная в словах, не чувствовалась в его голосе.

«Не издевается ли он?» — подумала Арабелла, глядя на него с такой испытующей искренностью, которая могла бы смутить другого человека.

Но он понял её взгляд как вопрос и тут же на него ответил:

— Если бы меня купил другой плантатор, то можно не сомневаться в том, что мои врачебные способности остались бы неизвестными и сейчас я рубил бы лес или мотыжил землю так же, как бедняги, привезённые сюда вместе со мной.

— Но почему вы благодарите меня? Ведь вас купил мой дядя, а не я.

— Он не сделал бы этого, если бы вы не уговорили его. Хотя надо признаться, — добавил Блад, — что в то время я был возмущён этим.

— Возмущены? — В её мальчишеском голосе прозвучало удивление.

— Да, именно возмущён. Не могу сказать, что не знаю жизни, однако мне никогда ещё не приходилось быть в положении живого товара, и едва ли я был способен проявить любовь к моему покупателю.

— Если я убедила дядю сделать это, то только потому, что пожалела вас. — В тоне её голоса послышалась некоторая строгость, как бы порицающая ту смесь дерзости и насмешки, с которыми он, как ей показалось, разговаривал. — Мой дядя, наверно, кажется вам тяжёлым человеком, — продолжала она. — Несомненно, это так и есть. Все плантаторы — жестокие и суровые люди. Видимо, такова жизнь. Но есть плантаторы гораздо хуже его. Вот, например, Крэбстон из Спейгстауна. Он тоже был там, на молу, ожидая своей очереди подобрать себе то, что останется после дядиных покупок. Если бы вы попали к нему в руки… Это ужасный человек… Вот почему так произошло.

Блад был несколько смущён.

— Но ведь там были и другие, достойные сочувствия, — пробормотал он.

— Вы показались мне не совсем таким, как другие.

— А я не такой и есть, — сказал он.

— О! — Она пристально взглянула на него и несколько насторожилась. — Вы, должно быть, очень высокого мнения о себе.

— Напротив, сударыня. Вы не так меня поняли. Те, другие, — это заслуживающие уважения повстанцы, а я им не был. В этом и заключается различие. Я не принадлежал к числу умных людей, которые считали необходимым подвергнуть Англию очищению.

Меня удовлетворяла докторская карьера в Бриджуотере, тогда как люди лучше меня проливали свою кровь, чтобы изгнать грязного тирана и его мерзавцев-придворных...

— Мне кажется, вы ведёте изменнические разговоры, — прервала она его.

— Надеюсь, что я достаточно ясно изложил своё мнение, — ответил Блад.

— Если услышат то, что вы говорите, вас запорют плетьми.

— О нет, губернатор не допустит этого. Он болен подагрой, а у его супруги — мигрень.

— И вы на это полагаетесь? — бросила она презрительно.

— Вижу, что вы не только никогда не болели подагрой, но даже не страдали от мигрени, — заметил Блад.

Она нетерпеливо махнула рукой и, отведя на мгновение свой взгляд от собеседника, поглядела на море. Её брови нахмурились, и она снова взглянула на Блада:

— Но если вы не повстанец, то как же попали сюда?

Он понял, что она сомневается, и засмеялся.

— Честное слово, это длинная история, — сказал он.

— И вероятно, она относится к числу таких, о которых вы предпочли бы умолчать.

Тогда он кратко рассказал ей о том, что с ним приключилось.

— Боже мой! Какая подлость! — воскликнула Арабелла, выслушав его.

— Да, Англия стала «чудесной» страной при короле Якове. Вам не нужно жалеть меня. На Барбадосе жить лучше. Здесь по крайней мере можно ещё верить в бога.

Говоря об этом, он посмотрел на высившуюся вдали тёмную массу горы Хиллбай и на бесконечный простор волнуемого ветрами океана. Блад невольно задумался, как бы осознав под впечатлением чудесного вида, открывшегося перед ним, и свою собственную незначительность и ничтожество своих врагов.

— Неужели жизнь так же грустна и в других местах? — печально спросила она.

— Её делают такой люди, — ответил Блад.

— Понимаю. — Она засмеялась, но в смехе её звучала горечь. — Я никогда не считала Барбадос раем, но вы, конечно, знаете мир лучше меня. — Она тронула лошадь хлыстом. — Рада всё же, что ваша судьба оказалась не слишком тяжёлой.

Он поклонился. Арабелла поехала дальше. Негры побежали за ней.

Некоторое время Блад стоял, задумчиво рассматривая блестевшую под лучами солнца поверхность огромной Карлайлской бухты, чаек, летавших над ней с пронзительными криками, и корабли, отдыхавшие у набережной.

Здесь действительно было хорошо, но всё же это была тюрьма. В разговоре с девушкой Блад преуменьшил своё несчастье.

Он повернулся и мерной походкой направился к группе беспорядочно расположенных хижин, сделанных из земли и веток. В маленькой деревушке, окружённой палисадом, ютились рабы, работавшие на плантации, а с ними вместе жил Блад.

В его памяти зазвучала строфа из Ловласа[1]:

Железные решётки мне не клетка,
И каменные стены — не тюрьма…

Однако он придал этим словам новое значение, совсем противоположное тому, что имел в виду поэт.

«Нет, — размышлял он. — Тюрьма остаётся тюрьмой, даже если она очень просторна и у неё нет стен и решёток».

Он с особой остротой понял это сегодня и почувствовал, что горькое сознание рабского положения с течением времени будет только всё больше обостряться. Ежедневно он возвращался к мысли о своём изгнании из мира и всё реже и реже к размышлениям о той случайной свободе, которой ему дали пользоваться. Сравнение относительно лёгкой его участи с участью

[1] Ричард Ловлас (1618-1658) — английский поэт, лирик.

несчастных товарищей по рабству не приносило ему того удовлетворения, которое мог бы ощущать другой человек. Больше того, соприкосновение с их мучениями увеличивало ожесточение, копившееся в его душе.

Из сорока двух осуждённых повстанцев, привезённых одновременно с Бладом на «Ямайском купце», двадцать пять купил Бишоп. Остальные были проданы другим плантаторам — в Спейгстаун и ещё дальше на север. Какова была их судьба, Блад не знал; с рабами же Бишопа он общался всё время и видел ужасные их страдания. С восхода до заката они трудились на сахарных плантациях, подгоняемые кнутами надсмотрщиков. Одежда заключённых превратилась в лохмотья, и некоторые остались почти нагими; жили они в грязи; кормили же их так плохо, что два человека заболели и умерли, прежде чем Бишоп предоставил Бладу возможность заняться их лечением, вспомнив, что рабы являются для него ценностью. Один из осуждённых, возмутившийся свирепостью надсмотрщика Кента, в назидание остальным был насмерть запорот плетьми на глазах у своих товарищей. Другой, осмелившийся бежать, был пойман, доставлен обратно и выпорот, после чего ему на лбу выжгли буквы «Б. К.», чтобы до конца жизни все знали, что это беглый каторжник. К счастью для страдальца, он умер от побоев. После этого тоскливая безнадёжность охватила осуждённых. Наиболее строптивые были усмирены и стали относиться к своей невыносимо тяжёлой судьбе с трагической покорностью отчаяния.

Только один Питер Блад, счастливо избегнув всех этих мучений, внешне не изменился, хотя в его сердце день ото дня росли ненависть к поработителям и стремление бежать из Бриджтауна, где так безжалостно глумились над людьми. Стремление это было ещё слишком смутным, но он не поддавался отчаянию. Храня маску безразличия, Блад лечил больных с выгодой для полковника Бишопа и всё более уменьшал практику двух других медицинских мужей Бриджтауна.

Избавленный от унизительных наказаний и лишений, ставших печальным уделом его товарищей, он сумел сохранить уважение к себе, и даже бездушный хозяин-плантатор обращался с ним не так грубо, как с остальными. Всем этим он был обязан подагре губернатора Стида и, что ещё более важно, мигрени его супруги, которой губернатор во всём потакал.

Изредка Блад видел Арабеллу Бишоп. Каждый раз она разговаривала с ним, что свидетельствовало о наличии у неё какого-то интереса к доктору. Сам Блад не проявлял склонности к тому, чтобы затягивать эти встречи. Он убеждал себя, что не должен обманываться её изящной внешностью, грациозностью молодости, мальчишескими манерами и приятным голосом. За всю свою богатую событиями жизнь он не встречал большего негодяя, чем её дядя, а ведь она была его племянницей, и какие-то пороки этой семьи — быть может, так же безжалостная жестокость богачей-плантаторов могла перейти и к ней. Поэтому он избегал попадаться на глаза Арабелле, а когда уж нельзя было уклониться от встречи, то держался с ней сухо и вежливо. Какими бы правдоподобными ни казались ему свои предположения, Блад поступил бы лучше, если бы поверил инстинкту, подсказывающему ему совсем иное.

Хотя в жилах Арабеллы и текла кровь, родственная полковнику Бишопу, у неё не было его пороков, к счастью, этими пороками обладал только он, а не вся их семья. Брат полковника Бишопа — Том Бишоп, отец Арабеллы, был добрым и мягким человеком. Преждевременная смерть молодой жены заставила Тома Бишопа покинуть Старый Свет, чтобы забыться в Новом. С пятилетней дочкой приехал он на Антильские острова и стал вести жизнь плантаторов. С самого начала его дела пошли хорошо, хотя он мало о них заботился. Преуспев в Новом Свете, он вспомнил о младшем брате, военном, служившем в Англии и пользовавшемся репутацией вздорного, жестокого человека. Том Бишоп посоветовал ему приехать на Барбадос, и этот совет подоспел как раз в то время, когда Вильяму Бишопу из-за необузданности его характера потребовалась срочная перемена климата. Вильям приехал на Барбадос, и брат сделал его совладельцем плантаций. Шесть лет спустя Бишоп-старший умер, оставив пятнадцатилетнюю дочь на попечение дяди. Пожалуй, это была единственная его ошибка, но, будучи добрым и отзывчивым человеком, он приукрашивал и других людей. Он сам воспитывал Арабеллу, выработал в ней самостоятельность суждений и независимость характера, но, видимо, всё же преувеличивал значение своего воспитания.

Обстоятельства сложились так, что в отношениях между дядей и племянницей не было ни сердечности, ни теплоты. Она его слушалась; он в её присутствии вёл себя насторожённо. В своё время у Вильяма Бишопа хватило ума признать высокие достоинства своего старшего брата, и всю жизнь он испытывал перед ним какой-то благоговейный страх. После смерти брата он начал испытывать нечто похожее и в отношении дочери покойного. К тому же она была его компаньоном по плантациям, хотя и не принимала активного участия в делах.

Питер Блад недостаточно знал Арабеллу, чтобы справедливо судить о ней. И вскоре ему пришлось убедиться в своей неверной оценке её душевных качеств. В конце мая, когда жара стала гнетущей, в Карлайлскую бухту медленно втащился искалеченный английский корабль «Прайд оф Девон». Его борта зияли многочисленными пробоинами; на месте рубки чернела большая дыра, а от бизань-мачты, снесённой пушечным ядром, торчал жалкий обрубок с зазубренными краями. По словам капитана, его корабль встретился у берегов Мартиники с двумя испанскими кораблями, перевозившими ценности, и подлые испанцы якобы навязали ему неравный морской бой. Капитан клялся, что он не нападал, а только оборонялся. Но никто не верил, что бой был начат испанцами.

Один из испанских кораблей бежал, и если «Прайд оф Девон» не преследовал его, то потому лишь, что из-за повреждений он потерял свою скорость. Второй испанский корабль был потоплен, но это случилось уже после того, как англичане сняли большую часть находившихся на нём ценностей. По существу, это была обычная пиратская история, одна из многих историй, являвшихся источником постоянных трений между Сент-Джеймским двором и Эскуриалом[1], которые попеременно жаловались друг на друга.

Тем не менее Стид, подобно большинству колониальных губернаторов, сделал вид, будто верит сообщению английского капитана. Так же как и многие люди — от обитателей Багамских островов до жителей Мэйна, — он питал к надменной и властной Испании вполне заслуженную ею ненависть и поэтому предоставил «Прайд оф Девон» убежище в порту и всё, что требовалось для починки корабля.

Прежде чем приступить к этой работе, английский капитан высадил на берег десятка два своих покалеченных в бою моряков и шесть раненых испанцев. Всех их поместили в длинном сарае на пристани, поручив заботу о них трём врачам Бриджтауна, в том числе и Питеру Бладу. На его попечение отдали испанцев — не только потому, что он хорошо владел испанским языком, но и потому, что, будучи невольником, он занимал среди других врачей низшее положение.

Блад не любил испанцев. Двухлетнее пребывание в испанской тюрьме и участие в кампаниях на оккупированной испанцами территории Голландии дали ему возможность познакомиться с такими сторонами испанского характера, которые никто не счёл бы привлекательными. Но он честно выполнял врачебные обязанности и относился к своим пациентам с дружественным вниманием. Испанцы, искренне удивлённые тем, что о них заботятся, что их лечат, вместо того чтобы повесить без всяких разговоров, проявляли истинное смирение. Однако жители Бриджтауна, приходившие в госпиталь с фруктами, цветами и сладостями для английских моряков, не скрывали своей враждебности к испанцам.

Когда Блад с помощью негра, присланного для ухода за ранеными, перевязывал одному из испанцев сломанную ногу, он услышал ненавистный хриплый голос своего хозяина.

---

[1] То есть между Англией и Испанией.

— Ты что здесь делаешь?

Блад, не поднимая глаз и не прекращая перевязки, ответил:

— Лечу раненого.

— Я вижу это сам, идиот! — И над Бладом выросла массивная фигура полковника.

Лежавший на соломе полуобнажённый человек со страхом уставился чёрными глазами на жёлтое лицо полковника. Не требовалось знания английского языка, чтобы понять враждебные намерения пришедшего.

— Я вижу это, идиот! — повторил полковник Бишоп раздражённо. — Так же как вижу и кого именно ты лечишь. Кто тебе это позволил?

— Полковник Бишоп, я — врач и выполняю свои обязанности.

— Свои обязанности? — иронически спросил Бишоп. — Если бы ты о них помнил, то не попал бы на Барбадос.

— Вот поэтому-то я здесь и оказался.

— Хватит болтать, мне уже известны твои лживые россказни! — Он приходил всё в большее бешенство, видя, что Блад спокойно продолжает заниматься своим делом. — Прекратишь ли ты свою возню с этим мерзавцем, когда с тобой говорит хозяин?!

Блад оторвался на секунду и взглянул на полковника.

— Этот человек мучается, — коротко ответил он и снова наклонился над раненым.

— Очень рад, что эта проклятая собака мучается. Но с тобой я поговорю по-иному. Я тебя заставлю слушаться! — вскричал полковник и поднял свою длинную бамбуковую трость, чтобы ударить Блада.

Но доктор быстро заговорил, стремясь предотвратить удар:

— Кем бы я ни был, но непослушным меня назвать нельзя. Я выполняю распоряжение господина губернатора.

Полковник остолбенел; жёлтое лицо его побагровело, а рот широко раскрылся.

— Губернатора… — повторил он и, опустив трость, быстро зашагал в другой конец сарая, где стоял губернатор.

Блад довольно усмехнулся. Его свирепому хозяину не удалось выместить на нём свой гнев. Испанец приглушённым голосом спросил доктора, что случилось. Блад молчаливо покачал головой и, напрягая слух, пытался уловить, о чём говорят Стид и Бишоп. Полковник, массивная фигура которого высилась над маленьким, сморщенным, разодетым губернатором, бушевал и неистовствовал. Однако маленького щёголя не так-то легко было запугать. Его превосходительство понимал, что его поддерживает общественное мнение, а таких лиц, которые разделяли бы жестокие взгляды полковника Бишопа, было сравнительно немного. Кроме того, его превосходительство считал нужным отвести посягательства на свои права. Да, действительно, он распорядился, чтобы Блад занимался ранеными испанцами, его распоряжения должны выполняться, и вообще больше не о чём разговаривать.

Но полковник Бишоп считал, что разговаривать есть о чём. И он, кипя от бешенства, громко высказал своё непристойное мнение по поводу раненых врагов.

— Вы разговариваете, как настоящий испанец, полковник, — сказал губернатор, чем нанёс жестокую рану тщеславию полковника.

В ярости, не поддающейся описанию, Бишоп выбежал из сарая.

На следующий день высокопоставленные дамы Бриджтауна — жёны и дочери богатых плантаторов и купцов — явились на пристань с подарками для раненых моряков. Питер Блад был на своём месте, оказывая помощь испанцам. Никто по-прежнему не обращал на них внимания. Общественное мнение как бы поддерживало Бишопа, а не губернатора. Все подарки шли только морякам команды «Прайд оф Девон», и Питеру Бладу это казалось естественным, но, к своему удивлению, он увидел вдруг, что какая-то дама положила несколько бананов и пучок сочного сахарного тростника на плащ, служивший одному из его пациентов одеялом.

Даму, изящно одетую в бледно-лиловый шёлк, сопровождал негр, тащивший большую корзину.

Питер Блад, без камзола, в одной рубашке с засученными до локтей рукавами и с кровавой тряпкой в руке, пристально глядел на эту даму. Словно почувствовав его взгляд, она обернулась. Блад увидел улыбку на губах Арабеллы Бишоп.

— Этот раненый — испанец, — сказал он, словно пытаясь исправить возможное недоразумение, и в голосе его едва заметно прозвучала нотка злой иронии.

Улыбка сошла с лица Арабеллы. Её брови нахмурились, лицо приняло надменное выражение.

— Я знаю, — сказала она. — Но он, кажется, тоже человек.

Ответ, в котором содержался явный упрёк по адресу Блада, поразил его.

— Ваш дядя придерживается иного мнения, — заметил он, придя в себя. — Полковник Бишоп считает этих раненых паразитами, которых лечить незачем.

Она почувствовала насмешку в его голосе и, пристально глядя на него, спросила:

— Зачем вы мне об этом говорите?

— Хочу предупредить вас, чтобы вы не навлекли на себя неудовольствие полковника. Я не имел бы возможности перевязывать их раны, если бы он и здесь мог проявить свою власть.

— И вы, конечно, полагаете, что я обязана думать так же, как и мой дядя? — В её голосе прозвучала какая-то враждебность, а в карих глазах сверкнула злая искорка.

— Даже в мыслях я не могу быть грубым с женщиной, — сказал он. — Но если полковник узнает, что вы раздаёте подарки испанцам… — Он запнулся, не зная, как закончить свою мысль.

Арабелла с трудом сдерживала возмущение:

— Замечательно! Вначале вы приписываете мне жестокость, потом трусость. Для человека, который даже в мыслях не бывает грубым с женщиной, это совсем недурно. — Она засмеялась, но в её мальчишеском смехе на этот раз прозвучала горечь.

Ему показалось, что сейчас он впервые понял Арабеллу.

— Простите меня, мисс, но как я мог догадаться... что племянница полковника Бишопа — ангел? — вырвалось у Блада.

Она бросила на него уничтожающий взгляд.

— Да, к сожалению, вы не обладаете догадливостью, — насмешливо сказала она и, наклонившись над корзиной, которую держал её негр, начала вынимать фрукты и сладости, обильно оделяя ими всех раненых испанцев. На долю англичан у неё ничего не осталось, да они, впрочем, и не нуждались в её помощи, так как их щедро одарили другие дамы.

Опустошив корзину, Арабелла позвала своего негра и, высоко подняв голову, удалилась, не только не сказав Бладу ни слова, но даже не удостоив его взглядом.

Питер со вздохом поглядел ей вслед.

Он был удивлён, что мысль о гневе Арабеллы причиняет ему беспокойство. Вчера он этого не почувствовал бы, ибо только сегодня перед ним раскрылся её подлинный характер.

«Нет, я совеем не знаю людей, — думал Блад и пытался оправдать себя. — Но кто бы мог допустить, что семья, вырастившая такого изверга, как полковник Бишоп, воспитала и такое совершенство милосердия, как Арабелла?»

Глава VI. ПЛАН БЕГСТВА

С этого времени Арабелла Бишоп стала ежедневно посещать барак на пристани. Вначале она приносила испанским пленникам фрукты, а потом деньги и одежду. Девушка старалась приходить в те часы, когда, по её расчётам, она не могла встретиться с Питером Бладом. Впрочем, и молодой доктор стал бывать здесь всё реже и реже, по мере того как его пациенты один за другим поднимались на ноги. Последнее обстоятельство немало способствовало росту популярности Питера Блада среди жителей Бриджтауна. Возможно, они несколько переоценивали его врачебное искусство, но, как бы то ни было, его больные поправлялись, а раненые, которых пользовали местные врачи — Вакер и Бронсон, постепенно переселялись из барака на кладбище. Горожане сделали из этого факта должный вывод, и практика Вакера и Бронсона заметно сократилась, тогда как у Питера Блада, наоборот, работы прибавилось, а вместе с тем увеличились и доходы его хозяина. Следствием этого явился план, после длительного размышления выношенный Вакером и Бронсоном, который повлёк за собой столько важных событий... Но не будем забегать вперёд.

Однажды, явившись на пристань на полчаса раньше обычного, Питер Блад встретил Арабеллу Бишоп, только что вышедшую из барака. Он снял шляпу и посторонился, уступая ей дорогу, но девушка, гордо подняв голову и не глядя на него, прошла мимо.

— Мисс Арабелла! — умоляюще произнёс Блад.

Арабелла сделала вид, что только сейчас заметила доктора. Бросив на него насмешливый взгляд, она сказала:

— Ах, это вы, воспитанный джентльмен!

— Неужели я никогда не буду прощён? Умоляю вас, мисс, сменить гнев на милость!

— О, какое самоуничижение!

— Вы издеваетесь надо мной, — сказал он с подчёркнутым смирением. — Я, конечно, только раб... но ведь и вы когда-нибудь можете заболеть.

— Ну и что же?

— Вы сочтёте неудобным для себя прибегать к моим услугам, если будете считать меня своим недругом.

— Разве вы единственный врач в Бриджтауне?

— Зато я самый безвредный из них!

Арабелла уловила в тоне Питера Блада нотку насмешки. Окинув его надменным взглядом, она раздражённо заметила:

— Не кажется ли вам, что вы ведёте себя слишком свободно?

— Возможно, — согласился Блад. — Но доктор имеет на это право.

Его спокойный ответ ещё больше рассердил Арабеллу.

— Но я не ваша пациентка! — с возмущением воскликнула она. — Запомните это раз и навсегда!

Не попрощавшись, Арабелла круто повернулась и быстро пошла вдоль пристани.

Блад долго смотрел ей вслед, затем сокрушённо развёл руками и воскликнул:

— Что же это такое?! Либо она мегера, либо я болван! Пожалуй, и то и другое справедливо...

И, придя к такому заключению, он вошёл в барак.

Этому утру суждено было стать утром волнений. Примерно через час после ухода Арабеллы, когда Блад покидал барак, к нему подошёл Вакер — как помнит читатель, один из двух других врачей Бриджтауна.

Блад очень удивился этому, ибо до сих пор врачи старались не замечать его, лишь изредка снисходя до сухого приветствия.

— Если вы идёте к полковнику Бишопу, то, с вашего согласия, я немного провожу вас, — любезно сказал Вакер, приземистый, широкоплечий человек лет сорока пяти, с обвислыми щеками и тусклыми голубыми глазами.

Предложение Вакера удивило Блада ещё более, но внешне он не показал этого.

— Я иду в дом губернатора, — ответил он.

— Да?! Вернее, к супруге губернатора? — многозначительно хихикнул Вакер. — Я слыхал, что она отнимает у вас уйму времени. Что ж, молодость и привлекательная внешность, доктор Блад! Молодость и красота! Это даёт врачу огромное преимущество, особенно когда он лечит дам!

Питер пристально взглянул на Вакера:

— Мне кажется, я угадываю вашу мысль. Поделитесь ею не со мной, а с губернатором Стидом. Быть может, это его позабавит.

— Вы неправильно поняли меня, дорогой! — поторопился исправить свои неосторожные слова Вакер. — У меня вовсе не было таких мыслей.

— Надеюсь, что так! — усмехнулся Блад.

— Не будьте так вспыльчивы, мой друг, — вкрадчиво заговорил Вакер и доверительно взял Питера под руку. — Я хочу помочь вам! — Голос доктора понизился почти до шёпота. — Ведь рабство должно быть очень неприятно для такого талантливого человека, как вы.

— Какая проницательность! — насмешливо воскликнул Блад.

Однако доктор не заметил этой насмешки или не счёл нужным её заметить.

— Я не дурак, дорогой коллега, — продолжал он. — Я вижу человека насквозь и могу даже сказать, что он думает.

— Вы убедите меня в этом, если скажете, о чём думаю я, — заметил Блад.

Доктор Вакер окинул взглядом пустынную пристань, вдоль которой они шли в этот момент, и, ещё ближе придвинувшись к Бладу, сказал вкрадчивым голосом:

— Не раз наблюдал я за вами, когда вы тоскливо всматривались в морскую даль. И вы полагаете, что я не знаю ваших мыслей? Если бы вам удалось спастись из этого ада, вы могли бы, как свободный человек, с удовольствием и выгодой для себя всецело отдаться своей профессии, украшением которой вы являетесь. Мир велик, и, кроме Англии, есть ещё много стран, где такого человека, как вы, всегда тепло встретят. Помимо английских колоний, есть и другие. — Вакер оглянулся по сторонам и продолжал тоном заговорщика: — Отсюда совсем недалеко до голландской колонии Кюрасао. В это время года туда вполне можно добраться даже в небольшой лодке. Кюрасао может стать мостиком в огромный мир. Он откроется перед вами, как только вы освободитесь от цепей.

Доктор Вакер умолк и выжидающе уставился на своего невозмутимого спутника. Но Блад молчал.

— Что вы на это скажете? — с нетерпением спросил Вакер.

Блад ответил не сразу. Ему нужно было время, чтобы хладнокровно разобраться в потоке мыслей, нахлынувших на него при этом неожиданном предложении. Подумав, он начал с того, чем другой бы кончил:

— У меня нет денег, а ведь для такого путешествия их потребуется немало.

— Разве я не сказал, что хочу быть вашим другом? — воскликнул Вакер.

— Почему? — в упор спросил Блад, хотя в ответе на свой вопрос он не нуждался.

Доктор Вакер стал пространно объяснять, как обливается кровью его сердце при виде коллеги, изнывающего в рабстве и лишённого возможности применить на деле свои чудесные способности. Но Питер Блад сразу понял истинную причину: любым способом врачи стремились отделаться от конкурента, присутствие которого разоряло их.

Медлительность в принятии решений не являлась недостатком Блада. До сих пор он даже не помышлял о бегстве, понимая, что всякая попытка бежать без посторонней помощи окончилась бы провалом. Сейчас же, когда он мог рассчитывать на помощь Вакера и, в чём Блад не сомневался, его друга Бронсона, побег уже не казался ему безнадёжным предприятием. И мысленно он уже сказал Вакеру: «Да!»

Выслушав длинные разглагольствования Вакера, Блад сделал вид, что искренне верит в дружеские побуждения своего коллеги.

— Это очень благородно с вашей стороны, коллега, — сказал он. — Именно так поступил бы и я, если бы мне представился подобный случай.

В глазах Вакера мелькнула радость, и он поспешно, даже слишком поспешно спросил:

— Значит, вы согласны?

— Согласен? — улыбнулся Блад. — А если меня поймают и приведут обратно, то мой лоб на всю жизнь украсится клеймом!

— Риск, конечно, велик, — согласился Вакер. — Но подумайте — в случае успеха вас ждёт свобода, перед вами откроется весь мир!

Блад кивнул головой:

— Всё это так. Однако для побега, помимо мужества, нужны и деньги.

Шлюпка обойдётся, вероятно, фунтов в двадцать.

— Деньги вы получите! — поторопился заверить Вакер. — Это будет заём, который вы нам вернёте… вернёте мне, когда сможете.

Это предательское «нам» и столь же быстрая поправка оговорки лишний раз подтвердили правильность предположения Блада. Сейчас у него не было и тени сомнения в том, что Вакер действовал вкупе с Бронсоном.

Навстречу им стали всё чаще попадаться люди, что заставило собеседников прекратить разговор. Блад выразил Вакеру свою благодарность, хотя понимал, что благодарить его, в сущности, не за что.

— Завтра мы продолжим нашу беседу, — сказал он. — Вы приоткрыли мне двери надежды, коллега!

Блад говорил правду: он чувствовал себя, как узник, перед которым внезапно приоткрылись двери темницы.

Распрощавшись с Вакером, Блад прежде всего решил посоветоваться с Джереми Питтом. Вряд ли можно было сомневаться, чтобы Питт отказался разделить с ним опасности задуманного побега. К тому же Питт был штурманом, а пускаться в неведомое плавание без опытного штурмана было бы по меньшей мере неразумно.

Задолго до наступления вечера Блад был уже на территории, огороженной высоким частоколом, за которым находились хижины рабов и большой белый дом надсмотрщика.

— Когда все уснут, приходи ко мне, — шепнул Блад Питту. — Я должен кое-что сообщить тебе…

Молодой человек удивлённо посмотрел на Блада. Его слова, казалось, пробудили Питта от оцепенения, в которое его вогнала жизнь, мало похожая на человеческую. Он кивнул головой, и они разошлись.

Полгода жизни на плантациях Барбадоса ввергли молодого моряка в состояние полной безнадёжности. Он уже не был прежним спокойным, энергичным и уверенным в себе человеком, а передвигался крадучись, как забитая собака. Его лицо, утратив былые краски, стало безжизненным, глаза потускнели. Он выжил, несмотря на постоянный голод, изнуряющую работу под жестокими лучами тропического солнца и плети надсмотрщика. Отчаяние притупило в нём все чувства, и он медленно превращался в животное. Лишь чувство человеческого достоинства ещё не совсем угасло в Питте. Ночью, когда Блад изложил план бегства, молодой человек словно обезумел.

— Бегство! О боже! — задыхаясь, сказал он и, схватившись за голову, зарыдал, как ребёнок.

— Тише! — прошептал Блад. Его рука слегка сжала плечо Питта. — Держи себя в руках. Нас запорют насмерть, если подслушают, о чём говорим.

Одна из привилегий, которыми пользовался Блад, состояла также в том, что он жил теперь в отдельной хижине. Она была сплетена из прутьев и свободно пропускала каждый звук. И хотя лагерь осуждённых давно уже погрузился в глубокий сон, поблизости мог оказаться какой-нибудь слишком бдительный надсмотрщик, а это грозило непоправимой бедой. Питт постарался взять себя в руки.

В течение часа в хижине слышался едва внятный шёпот. Надежда на освобождение вернула Питту его прежнюю сообразительность. Друзья решили, что для участия в задуманном предприятии следует привлечь человек восемь-девять, не больше. Из двух десятков ещё оставшихся в живых повстанцев, которых купил полковник Бишоп, предстояло выбрать наиболее подходящих. Было бы хорошо, если бы все они знали море, но таких людей насчитывалось всего лишь двое — Хагторп, служивший в королевском военно-морском флоте, и младший офицер Николас Дайк. И ещё один — артиллерист, по имени Огл, знакомый с морем, — также мог стать полезным спутником. Договорились, что Питт начнёт с этих трёх, а затем завербует ещё человек шесть — восемь. Блад советовал Питту действовать осторожно: выяснить сначала настроение людей, а потом уж говорить с ними более или менее откровенно.

— Помни, — говорил Блад, — что, выдав себя, ты погубишь всё: ведь ты — единственный штурман среди нас, и без тебя бегство невозможно.

Заверив Блада, что он всё понял, Питт прокрался в свою хижину и бросился на соломенную подстилку, служившую ему постелью.

На следующее утро Блад встретился на пристани с доктором Вакером. Доктор соглашался дать взаймы тридцать фунтов стерлингов, необходимые для приобретения шлюпки. Блад почтительно поблагодарил его и сказал:

— Мне нужны не деньги, а шлюпка. Но я не знаю, кто осмелится продать мне её после угроз наказаний, перечисленных в приказе губернатора Стида. Вы, конечно, знаете его?

Доктор Вакер в раздумье потёр подбородок:

— Да, я читал это объявление… Однако, согласитесь, не мне же приобретать для вас шлюпку! Это станет сразу же известно всем. Моё участие повлечёт за собой тюремное заключение и штраф в двести фунтов… вы понимаете?

Надежда, горевшая в душе Блада, потускнела, и тень отчаяния пробежала по его лицу.

— Да, но тогда… — пробормотал он, — к чему же мне ваши деньги?

— Отчаиваться рано, — сказал Вакер, и по тонким его губам скользнула улыбка. — Я об этом думал. Пусть человек, который купит шлюпку, уедет с вами. Здесь не должно остаться никого, кому пришлось бы впоследствии отвечать.

— Но кто же согласится бежать отсюда, кроме людей, влачащих такую же участь, как и я? — с сомнением спросил Блад.

— На острове есть не только невольники, но и ссыльные, — пояснил Вакер. — Люди, отбывающие ссылку за долги, будут счастливы расправить свои крылья. Я знаю одного корабельного плотника, по фамилии Нэтталл, и мне известно, что он с радостью воспользуется возможностью уехать.

— Но если он явится к кому-то покупать шлюпку, то, естественно, возникнет вопрос, откуда он взял деньги.

— Конечно, такой вопрос может возникнуть, но надо сделать так, чтобы на острове не осталось никого, кому можно было бы задать такой вопрос.

Блад понимающе кивнул головой, и Вакер подробно изложил свой план:

— Берите деньги и сразу же забудьте, что вам их дал я. Если же вас спросят о них, то вы скажете, что ваши друзья или родственники прислали вам эти деньги из Англии через одного из ваших пациентов, имя которого вы, как честный человек, ни в коем случае не можете назвать.

Он умолк и вопросительно посмотрел на Блада, и, когда тот ответил утвердительным взглядом, доктор, облегчённо вздохнув, продолжал:

— Если действовать осторожно, то никаких вопросов не последует. Вам следует договориться с Нэтталлом, потому что плотник может быть очень полезным членом вашей команды. Он подыщет подходящую шлюпку и купит её. Всю подготовку к бегству нужно закончить до приобретения шлюпки и, не теряя ни минуты, исчезнуть. Понимаете?

Блад понимал его так хорошо, что уже через час повидал Нэтталла и выяснил, что он действительно согласен участвовать в побеге. Они договорились, что плотник немедленно начнёт поиски шлюпки, а когда она будет найдена, Блад сразу же передаст ему необходимую сумму.

Поиски, однако, заняли гораздо больше времени, нежели предполагал Блад. Лишь недели через три Нэтталл, с которым Блад встречался почти ежедневно, сообщил, что нашёл подходящее судёнышко и что его согласны продать за двадцать два фунта. В тот же вечер, вдали от любопытных глаз, Блад вручил ему деньги, и Нэтталл ушёл, чтобы совершить покупку в конце следующего дня. Он должен был доставить шлюпку к пристани, откуда под покровом ночи Блад и его товарищи отправятся навстречу свободе.

Наконец все приготовления к побегу были закончены. В пустом бараке, где ещё недавно помещались раненые пленники, Нэтталл спрятал центнер[1] хлеба, несколько кругов сыра, бочонок воды,

---

[1] Английский центнер — около 50 килограммов.

десяток бутылок вина, компас, квадрант[1], карту, песочные часы, лаг [2], фонарь и свечи. За палисадом, окружавшим лагерь осуждённых, также все были готовы.

Хагторп, Дайк и Огл согласились бежать, как и восемь других людей, тщательно отобранных из бывших повстанцев. В хижине Питта, где он жил вместе с пятью заключёнными, согласившимися участвовать в смелой попытке Блада, в течение этих томительных ночей ожидания была сплетена лестница, чтобы с её помощью перебраться через палисад.

Со страхом и нетерпением ожидали участники побега наступления следующего дня, который должен был стать последним днём их страшной жизни на Барбадосе.

Вечером, перед закатом солнца, убедившись, что Нэтталл отправился за лодкой, Блад медленно подошёл к лагерю, куда надсмотрщики загоняли невольников, только что возвратившихся с плантаций. Он молча стоял у ворот, пропуская мимо себя измождённых, смертельно уставших людей, но посвящённым был понятен огонёк надежды, горевший в его глазах. Войдя в ворота вслед за невольниками, тащившимися к своим убогим хижинам, он увидел полковника Бишопа. Плантатор с тростью в руках разговаривал с надсмотрщиком Кентом, стоя около колодок, предназначенных для наказания провинившихся рабов. Заметив Блада, он мрачно взглянул на него.

— Где ты шлялся? — закричал он, и, хотя угрожающий тон, звучавший в голосе полковника, был для него обычным, Блад почувствовал, как его сердце болезненно сжалось.

— Я был в городе, — ответил он. — У госпожи Патч лихорадка, а господин Деккер вывихнул ногу.

---

[1] Квадрант — угломерный инструмент для измерения высот небесных светил и солнца; применялся в старину до изобретения более совершенных приборов.

[2] Лаг — простейший прибор для определения пройденного судном расстояния.

— За тобой ходили к Деккеру, но тебя там не нашли. Мне придётся кое-что предпринять, красавец, чтобы ты не лодырничал и не злоупотреблял предоставленной тебе свободой. Не забывай, что ты осуждённый бунтовщик!

— Мне всё время об этом напоминают, — ответил Блад, так и не научившийся сдерживать свой язык.

— Чёрт возьми! — заорал взбешённый Бишоп. — Ты ещё осмеливаешься говорить мне дерзости?

Вспомнив, как много поставлено им сегодня на карту и живо представив себе тот страх, с каким прислушиваются к его разговору с Бишопом товарищи в окружающих хижинах, Блад с необычным смирением ответил:

— О нет, сэр! Я далёк от мысли говорить вам дерзости. Я... чувствую себя виноватым, что вам пришлось искать меня...

Бишоп внезапно остыл:

— Да? Ну ладно, сейчас ты почувствуешь себя ещё больше виноватым. У губернатора приступ подагры, он визжит, как недорезанная свинья, а тебя нигде нельзя найти. Немедленно отправляйся в губернаторский дом. Тебя там ждут... Кент, дай ему лошадь, а то этот олух будет добираться туда всю ночь.

У Блада не было времени раздумывать. Он сознавал своё бессилие устранить эту неожиданную помеху. Но бегство было назначено на полночь. В надежде вернуться к этому времени доктор вскочил на подведённую Кентом лошадь.

— А как я вернусь назад? — спросил он. — Ведь ворота палисада будут закрыты.

— Об этом не беспокойся. До утра ты сюда не вернёшься, — ответил Бишоп. — Они найдут для тебя какую-нибудь конуру в губернаторском доме, где ты и переспишь.

Сердце Питера Блада упало.

— Но... — начал он.

— Отправляйся без разговоров! Ты, кажется, намерен болтать до темноты. Губернатор ждёт тебя! — И Бишоп с такой силой ударил лошадь Блада своей тростью, что она рванулась вперёд, едва не выбросив из седла всадника.

Питер Блад уехал с настроением, близким к отчаянию. Бегство приходилось откладывать до следующей ночи, а это грозило осложнениями: сделка Нэталла могла получить огласку, к нему могли обратиться с вопросами, на которые трудно было ответить, не возбудив подозрения.

Блад рассчитывал, что после визита в губернаторский дом ему удастся под покровом темноты незаметно прокрасться к частоколу и дать знать Питту и другим о своём возвращении. Тогда бегство ещё могло бы состояться. Однако и эти расчёты сорвал губернатор, у которого он нашёл свирепый приступ подагры и не менее свирепый приступ гнева, вызванный длительным отсутствием Блада.

Губернатор задержал доктора до глубокой ночи. Блад надеялся уйти после того, как ему удалось при помощи кровопускания несколько успокоить боли, мучившие губернатора, но Стид не хотел и слышать об отъезде Блада. Доктор должен был остаться на ночь здесь же, в губернаторской спальне. Судьба, казалось, издевалась над Бладом. Бегство в эту ночь окончательно срывалось.

Только рано утром Питер Блад, заявив, что ему необходимо побывать в аптеке, смог выбраться из губернаторского дома.

Он поспешил к Нэтталлу и застал его в ужасном состоянии. Несчастный плотник, прождавший на пристани всю ночь, был убеждён, что всё уже открыто и он погиб. Питер Блад как мог успокоил его.

— Мы бежим сегодня ночью, — сказал он с уверенностью, которой на самом деле не испытывал. — Бежим, если даже для этого мне придётся выпустить у губернатора всю его кровь. Будьте готовы сегодня ночью.

— Ну, а если днём у меня спросят, откуда я взял деньги? — проблеял Нэталл. Это был щуплый человечек с мелкими чертами лица и бесцветными, отчаянно моргающими глазами.

— Придумайте что-нибудь. Но не трусьте. Держитесь увереннней. Я не могу больше здесь задерживаться. — И с этими словами Блад расстался с плотником.

Через час после его ухода в жалкую лачугу Нэтталла явился чиновник из канцелярии губернатора. С тех пор как на острове появились осуждённые повстанцы, губернатор установил правило, по которому каждый, продавший шлюпку, обязан был сообщить об этом властям, после чего имел право на получение обратно залога в десять фунтов стерлингов, который вносил каждый владелец шлюпки. Однако губернаторская канцелярия отложила выплату залога человеку, продавшему Нэтталлу шлюпку, чтобы проверить, действительно ли была совершена эта сделка.

— Нам стало известно, что ты купил лодку у Роберта Фаррела, — сказал чиновник.

— Да, — ответил Нэтталл, убеждённый, что для него уже наступил конец.

— Не кажется ли тебе, что ты вовсе не торопишься сообщить об этой покупке в канцелярию губернатора? — Это было сказано таким тоном, что бесцветные глазки Нэтталла замигали ещё быстрее.

— С... сообщить об этом?

— Ты знаешь, что это требуется по закону.

— Если вы позволите... я... я не знал!

— Но об этом было объявлено ещё в январе.

— Я... я... не умею читать.

Чиновник посмотрел на него с нескрываемым презрением.

— Теперь ты об этом знаешь. Потрудись до двенадцати часов дня внести в канцелярию губернатора залог — десять фунтов стерлингов.

Чиновник удалился, оставив Нэтталла в холодном поту, хотя утро было очень жаркое. Несчастный плотник был рад, что ему не задали самого неприятного вопроса: откуда у человека, сосланного на остров за неуплату долгов, оказались деньги для покупки шлюпки? Он понимал, конечно, что это была только временная отсрочка, что этот вопрос ему всё равно зададут, и тогда ему придёт конец.

Нэттал проклинал ту минуту, когда он согласился принять участие в бегстве. Ему казалось, что все их планы раскрыты, что его, наверно, повесят или по крайней мере заклеймят калёным железом и продадут в рабство, как и тех арестантов, с которыми он имел безумие связаться. Если бы только в его руках были эти злосчастные десять фунтов для внесения залога, тогда он мог бы сейчас же закончить все формальности, и это отсрочило бы необходимость отвечать на вопросы. Ведь чиновник не обратил внимания на то, что Нэттал был должником. Следовательно, его коллеги тоже могли оказаться такими же рассеянными хотя бы на один-два дня. А за это время Нэттал надеялся оказаться вне пределов их досягаемости.

Нужно было что-то немедленно предпринять и во что бы то ни стало найти деньги до двенадцати часов дня.

Схватив шляпу, Нэттал отправился на поиски Питера Блада. Но где мог быть сейчас доктор? Где его искать? Он осмелился спросить у одно-двух прохожих, не видели ли они доктора Блада, делая вид, будто чувствует себя плохо, что, впрочем, весьма походило на истину. Но никто не мог ответить ему на этот вопрос, а поскольку Блад никогда не говорил плотнику о роли Вакера в предполагаемом побеге, то Нэттал прошёл мимо дома единственного человека на Барбадосе, который охотно помог бы ему найти Блада.

В конце концов Нэттал отправился на плантацию полковника Бишопа, решив, что если Блада не окажется и там, то он повидает Питта — о его участии в бегстве ему было известно — и через него передаст Бладу обо всём, что с ним произошло.

Встревоженный Нэттал, не замечая ужасной жары, вышел из города и отправился на холмы к северу от города, где находилась плантация.

В это же самое время Блад, снабдив губернатора лекарством, получил разрешение отправиться по своим делам. Он выехал из губернаторского дома, намереваясь отправиться на плантацию, и попал бы туда, конечно, гораздо раньше Нэтталла, если бы непредвиденная задержка не повлекла за собой несколько неприятных событий. А причиной задержки оказалась Арабелла Бишоп.

Они встретились у ворот пышного сада, окружавшего губернаторский дом.

На этот раз Питер Блад был в хорошем настроении. Здоровье знатного пациента улучшилось настолько, что Блад приобрёл наконец свободу передвижения, и это сразу же вывело его из состояния мрачной подавленности, в котором он находился последние двенадцать часов. Ртуть в термометре его настроения подскочила вверх. Он смотрел на будущее оптимистически: ну что ж, не удалось прошлой ночью — удастся нынешней; один день, в конце концов, ничего не решает. Конечно, губернаторская канцелярия — малоприятное учреждение, но от её внимания они избавлены по меньшей мере на сутки, а к этому времени их судёнышко будет уже далеко отсюда.

Его уверенность в успехе была первой причиной несчастья. Вторая же заключалась в том, что и у Арабеллы Бишоп в этот день было такое же хорошее настроение, и она не испытывала к Бладу никакой вражды. Эти два обстоятельства и явились причиной его задержки, приведшей к печальным последствиям.

Увидев Блада, Арабелла с милой улыбкой поздоровалась с ним и заметила:

— Кажется, уже целый месяц прошёл со дня нашей последней встречи.

— Точнее говоря, двадцать один день. Я считал их.

— А я уже начала думать, что вы умерли.

— В таком случае благодарю вас за венок.

— Какой венок?

— Венок на мою могилу.

— Почему вы всегда шутите? — спросила Арабелла, вспомнив, что именно его насмешливость во время последней встречи оттолкнула её от Блада.

— Человек должен уметь иногда посмеяться над собой, иначе он сойдёт с ума, — ответил Блад. — Об этом, к сожалению, знают очень немногие, и поэтому в мире так много сумасшедших.

— Над собой вы можете смеяться сколько угодно. Но, мне кажется, что вы смеётесь и надо мной, а это ведь невежливо.

— Честное слово, вы ошибаетесь. Я смеюсь только над смешным, а вы совсем не смешны.

— Какая же я тогда? — улыбнулась Арабелла.

Он с восхищением глядел на неё — такую очаровательную, доверчивую и искреннюю.

— Вы — племянница человека, которому я принадлежу как невольник. — Он сказал это мягко, без озлобления.

— Нет, нет, это не ответ! — настаивала она. — Сегодня вы должны отвечать мне искренне.

— Искренне? — переспросил Блад. — На ваши вопросы вообще отвечать трудно, а отвечать искренне... Ну хорошо. Я скажу, что тот человек, другом которого вы станете, может считать себя счастливцем... — Он, видимо, хотел ещё что-то сказать, но сдержался.

— Это даже более чем вежливо! — рассмеялась Арабелла. — Оказывается, вы умеете говорить комплименты! Другой на вашем месте...

— Вы думаете, я не знаю, что сказал бы другой на моём месте? — перебил её Блад. — Вы, очевидно, полагаете, что я не знаю мужчин?

— Возможно, мужчин вы знаете, но в женщинах вы совершенно не способны разбираться, и инцидент в госпитале лишь подтверждает это.

— Неужели вы никогда не забудете о нём?

— Никогда!

— Какая память! Разве у меня нет каких-либо хороших качеств, о которых можно было бы говорить?

— Почему же, таких качеств у вас несколько.

— Какие же, например? — поспешно спросил Блад.

— Вы прекрасно говорите по-испански.

— И это всё? — уныло протянул Блад.

Но девушка словно не заметила его огорчения.

— Где вы изучили этот язык? Вы были в Испании? — спросила она.

— Да, я два года просидел в испанской тюрьме.

— В тюрьме? — переспросила Арабелла, и в её тоне прозвучало замешательство, не укрывшееся от Блада.

— Как военнопленный, — пояснил он. — Я был взят в плен, находясь в рядах французской армии.

— Но ведь вы врач!

— Полагаю всё-таки, что это моё побочное занятие. По профессии я солдат. По крайней мере, этому я отдал десять лет жизни. Большого богатства эта профессия мне не принесла, но служила она мне лучше, чем медицина, по милости которой, как видите, я стал рабом. Очевидно, бог предпочитает, чтобы люди не лечили друг друга, а убивали.

— Но почему вы стали солдатом и оказались во французской армии?

— Я — ирландец и получил медицинское образование, но мы, ирландцы, очень своеобразный народ и поэтому... О, это очень длинная история, а полковник уже ждёт меня.

Однако Арабелла не хотела отказаться от возможности послушать интересную историю. Если Блад немного подождёт, то обратно они поедут вместе, после того как по просьбе дяди она справится о состоянии здоровья губернатора.

Блад, конечно, согласился подождать, и вскоре, не торопя лошадей, они возвращались к дому полковника Бишопа. Кое-кто из встречных не скрывал своего удивления при виде раба-доктора, столь непринуждённо беседующего с племянницей своего хозяина. Нашлись и такие, которые дали себе слово намекнуть об этом полковнику. Что касается Питера и Арабеллы, то в это утро они совершенно не замечали окружающего. Он поведал ей о своей бурной юности и более подробно, чем раньше» рассказал о том, как его арестовали и судили.

Он уже заканчивал свой рассказ, когда они сошли с лошадей у дверей её дома и задержались здесь ещё на несколько минут, узнав от грума, что полковник ещё не вернулся с плантации. Арабелла явно не хотела отпускать Блада.

— Сожалею, что не знала всего этого раньше, — сказала девушка, и в её карих глазах блеснули слёзы. На прощание она по-дружески протянула Бладу руку.

— Почему? Разве это что-либо изменило бы? — спросил он.

— Думаю, что да. Жизнь очень сурово обошлась с вами.

— Могло быть и хуже, — сказал он и взглянул на неё так пылко, что на щеках Арабеллы вспыхнул румянец и она опустила глаза.

Прощаясь, Блад поцеловал её руку. Затем он медленно направился к палисаду, находившемуся в полумиле от дома. Перед его глазами всё ещё стояло её лицо с краской смущения и необычным для неё выражением робости. В это мгновение он уже не помнил, что был невольником, осуждённым на десять лет каторги, и что в эту ночь над планом его бегства нависла серьёзная угроза.

Глава VII. Пираты

Джеймс Нэтталл очень быстро добрался до плантации полковника Бишопа. Его тонкие, длинные и сухие ноги были вполне приспособлены к путешествиям в тропическом климате, да и сам он выглядел таким худым, что трудно было предположить, чтобы в его теле пульсировала жизнь, а между тем, когда он подходил к плантации, с него градом катился пот.

У ворот он столкнулся с надсмотрщиком Кентом — приземистым, кривоногим животным, с руками Геркулеса и челюстями бульдога.

— Я ищу доктора Блада, — задыхаясь, пролепетал Нэтталл.

— Ты что-то уж очень спешишь! — заворчал Кент. — Ну что ещё за чертовщина? Двойня?

— Как? Двойня? О нет. Я не женат, сэр... Это... мой двоюродный брат, сэр.

— Что, что?

— Он заболел, сэр, — быстро солгал Нэтталл. — Доктор здесь?

— Его хижина вон там, — небрежно указал Кент. — Если его там нет, ищи где-нибудь в другом месте. — И с этими словами он ушёл.

Обрадовавшись, что Кент удалился, Нэтталл вбежал в ворота. Доктора Блада в хижине не оказалось. Любой здравомыслящий человек на его месте дождался бы доктора здесь, но Нэтталл не принадлежал к числу людей такого рода...

Он выскочил из ворот ограды и после минутного раздумья решил идти в любом направлении, только не туда, куда ушёл Кент. По выжженному солнцем лугу Нэтталл пробрался на плантацию сахарного тростника, золотистой стеной высившегося в ослепительных лучах июньского солнца. Дорожки, проходившие вдоль и поперёк плантации, делили янтарное поле на отдельные квадраты. Заметив вдали работающих невольников, Нэтталл подошёл к ним. Питта среди них не было, а спросить о нём Нэтталл не решался. Почти полчаса бродил он по дорожкам в поисках доктора. В одном месте его задержал надсмотрщик и грубо спросил, что ему здесь нужно. Нэтталл опять ответил, что ищет доктора Блада. Тогда надсмотрщик послал Нэтталла к дьяволу и потребовал, чтобы тот немедленно убрался. Испуганный плотник пообещал сейчас же уйти, но по ошибке пошёл не к хижинам, где жили невольники, а в противоположную сторону, на самый дальний участок плантации, у опушки густого леса.

Надсмотрщику, изнемогавшему от полуденного зноя, вероятно, было лень исправлять его ошибку.

Так Нэтталл добрался до конца дорожки и, свернув с неё, наткнулся на Питта, который чистил деревянной лопатой оросительную канаву.

Питт был бос, вся его одежда состояла из коротких и рваных бумажных штанов. На голове торчала соломенная шляпа с широкими полями. Увидев его, Нэтталл вслух поблагодарил бога. Питт удивлённо поглядел на плотника, который унылым тоном, охая и вздыхая, рассказал ему печальные новости, суть которых заключалась в том, что необходимо было срочно найти Блада и получить у него десять фунтов стерлингов, без которых всем им грозила гибель.

— Будь ты проклят, дурак! — гневно сказал Питт. — Если тебе нужен Блад, так почему ты тратишь здесь время?

— Я не могу его найти, — проблеял Нэтталл, возмутившись таким отношением к нему. Он не мог, разумеется, понять, в каком взвинченном состоянии находится Питт, который к утру, после бессонной ночи и тревожного ожидания, дошёл уже до отчаяния. — Я думал, что ты...

— Ты думал, я брошу лопату и отправлюсь на поиски доктора? Боже мой, и от такого идиота зависит наша жизнь! Время дорого, а ты тратишь его попусту. Ведь если надсмотрщик увидит тебя со мной, что ты ему скажешь, болван?!

От таких оскорблений Нэтталл на мгновение лишился дара речи, а потом вспылил:

— Клянусь богом, мне жаль, что я вообще связался с вами! Клянусь...

Но чем ещё хотел поклясться Нэтталл, осталось неизвестным, потому что из-за густых зарослей появилась крупная фигура мужчины в камзоле из светло-коричневой тафты. Его сопровождали два негра, одетые в бумажные трусы и вооружённые абордажными саблями. Неслышно подойдя по мягкой земле, он оказался в десяти ярдах[1] от Нэтталла и Питта.

Испуганный Нэтталл бросился в лес, как заяц. Это был самый глупый и предательский поступок, какой он только мог придумать. Питт простонал и, опершись на лопату, не двигался с места.

— Эй, ты! Стой! — заорал полковник Бишоп, и вслед беглецу понеслись страшные угрозы, перемешанные с бранью.

Однако беглец, ни разу не обернувшись, скрылся в чаще. В его трусливой душе теплилась одна-единственная надежда, что полковник Бишоп не заметил его лица, ибо он знал, что у полковника хватит власти и влияния отправить на виселицу любого не понравившегося ему человека.

Уже после того, как беглец был далеко, плантатор вспомнил о двух неграх, шедших за ним по пятам, словно гончие собаки. Это были телохранители Бишопа, без которых он не появлялся на плантации, с тех пор как несколько лет назад один невольник бросился на него и чуть не задушил.

— Догнать его, чёрные свиньи! — закричал Бишоп, но, едва лишь негры бросились вдогонку за беглецом, он тут же остановил их — Ни с места, проклятые!

Ему пришло в голову, что для расправы над беглецом нет нужды охотиться за ним. В его руках был Питт, у которого он мог вырвать имя его застенчивого приятеля и содержание их

[1] Ярд — английская мера длины, равная 3 футам — около 91 сантиметра.

таинственной беседы. Питт, конечно, мог заупрямиться, но изобретательный полковник знал немало способов, для того чтобы сломить упрямство любого своего раба.

Повернувшись к невольнику лицом, пылавшим от жары и от ярости, Бишоп посмотрел на него маленькими глазками и, размахивая лёгкой бамбуковой тростью, сделал шаг вперёд.

— Кто этот беглец? — со зловещим спокойствием спросил он.

Питт стоял молча, опираясь на лопату. Он тщетно пытался найти какой-нибудь ответ на вопрос хозяина, но в голосе теснились лишь проклятия по адресу идиота Нэтталла.

Подняв бамбуковую трость, полковник изо всей силы ударил юношу по голой спине. Питт вскрикнул от жгучей боли.

— Отвечай, собака! Как его зовут?

Взглянув исподлобья на плантатора, Джереми сказал:

— Я не знаю. — В его голосе прозвучало раздражение, которое полковник расценил как дерзость.

— Не знаешь? Хорошо. Вот тебе ещё, чтобы ты думал побыстрей! Вот ещё, и ещё, и ещё... — Удары сыпались на юношу один за другим. — Ну, как теперь? Вспомнил его имя?

— Нет, я же не знаю его.

— А!. Ты ещё упрямишься! — Полковник со злобой посматривал на Питта, но затем им вдруг овладела ярость. — Силы небесные! Ты решил со мной шутить? Ты думаешь, что я тебе это позволю?

Стиснув зубы и пожав плечами, Питт переминался с ноги на ногу. Для того чтобы привести полковника Бишопа в бешенство, требовалось очень немного. Взбешённый плантатор стал нещадно избивать юношу, сопровождая каждый удар кощунственной бранью, пока Питт не был доведён до отчаяния, вызванного вспыхнувшим в нём чувством человеческого достоинства, и не бросился на своего мучителя.

Но за всеми его движениями зорко следили бдительные телохранители. Их мускулистые бронзовые руки тотчас же охватили Питта, скрутили ему руки назад и связали ремнём. Лицо у Бишопа покрылось пятнами. Тяжело дыша, он крикнул:

— Взять его!

Негры потащили несчастного Питта по длинной дорожке меж золотистых стен тростника. Их провожали испуганные взгляды работавших невольников. Отчаяние Питта было безгранично. Его мало трогали предстоящие мучения; главная причина его душевных страданий заключалась в том, что тщательно разработанный план спасения из этого ада был сорван так нежданно и так глупо.

Пройдя мимо палисада, негры, тащившие Питта, направились к белому дому надсмотрщика, откуда хорошо была видна Карлайлская бухта. Питт бросил взгляд на пристань, у которой качались на волнах чёрные шлюпки. Он поймал себя на мысли о том, что в одной из этих шлюпок, если бы им хоть немного улыбнулось счастье, они могли уже быть за горизонтом.

И он тоскливо посмотрел на морскую синеву.

Там, подгоняемый лёгким бризом, едва рябившим сапфировую поверхность Карибского моря, величественно шёл под английским флагом красный фрегат.

Полковник остановился и, прикрыв руками глаза от солнца, внимательно посмотрел на корабль. Несмотря на лёгкий бриз, корабль медленно входил в бухту только под нижним парусом на передней мачте. Остальные паруса были свёрнуты, открывая взгляду внушительные очертания корпуса корабля — от возвышающейся в виде башни высокой надстройки на корме до позолоченной головы на форштевне, сверкавшей в ослепительных лучах солнца.

Осторожное продвижение корабля свидетельствовало, что его шкипер плохо знал местные воды и пробирался вперёд, то и дело сверяясь с показаниями лота. Судя по скорости движения, кораблю требовалось не менее часа, для того чтобы бросить якорь в порту. Пока полковник рассматривал корабль, видимо восхищаясь его красотой, Питта увели за палисад и заковали в колодки, всегда стоявшие наготове для рабов, нуждавшихся в исправлении.

Сюда же неторопливой, раскачивающейся походкой подошёл полковник Бишоп.

— Непокорная дворняга, которая осмеливается показывать клыки своему хозяину, расплачивается за обучение хорошим манерам своей исполосованной шкурой, — сказал он, приступая к исполнению обязанностей палача.

То, что он сам, своими собственными руками, выполнял работу, которую большинство людей его положения, хотя бы из уважения к себе, поручали слугам, может дать представление о том, как низко пал этот человек. С видимым наслаждением наносил он удары по голове и спине своей жертвы, будто удовлетворяя свою дикую страсть. От сильных ударов гибкая трость расщепилась на длинные, гибкие полосы с краями, острыми, как бритва. Когда полковник, обессилев, отбросил в сторону измочаленную трость, вся спина несчастного невольника представляла собой кровавое месиво.

— Пусть это научит тебя нужной покорности! — сказал палач-полковник. — Ты останешься в колодках без пищи и воды — слышишь меня: без пищи и воды! — до тех пор, пока не соблаговолишь сообщить мне имя твоего застенчивого друга и зачем он сюда приходил.

Плантатор повернулся на каблуках и ушёл в сопровождении своих телохранителей.

Питт слышал его будто сквозь сон. Сознание почти оставило его, истерзанного страшной болью, измученного отчаянием. Ему было уже безразлично — жив он или нет.

Однако новые муки пробудили его из состояния тупого оцепенения, вызванного болью. Колодки стояли на открытом месте, ничем не защищённом от жгучих лучей тропического солнца, которые, подобно языкам жаркого пламени, лизали изуродованную, кровоточащую спину Питта. К этой нестерпимой боли прибавилась и другая, ещё более мучительная. Свирепые мухи Антильских островов, привлечённые запахом крови, тучей набросились на него.

Вот почему изобретательный полковник, так хорошо владеющий искусством развязывать языки упрямцев, не счёл нужным прибегать к другим формам пыток. При всей своей дьявольской жестокости он не смог бы придумать больших мучений, нежели те, которые природа так щедро отпустила на долю Питта.

Рискуя переломать себе руки и ноги, молодой моряк стонал, корчился и извивался в колодках.

В таком состоянии его и нашёл Питер Блад, который внезапно появился перед затуманенным взором Питта, с большим пальмовым листом в руках. Отогнав мух, облепивших Питта, он привязал лист к шее юноши, укрыв его спину от назойливых насекомых и от палящего солнца. Усевшись рядом с Питтом, Блад положил голову страдальца к себе на плечо и обмыл ему лицо холодной водой из фляжки. Питт вздрогнул и, тяжело вздохнув, простонал:

— Пить! Ради бога, пить!

Блад поднёс к дрожащим губам мученика флягу с водой. Молодой человек жадно припал к ней, стуча зубами о горлышко, и осушил её до дна, после чего, почувствовав облегчение, попытался сесть.

— Спина, моя спина! — простонал он.

В глазах Питера Блада что-то сверкнуло, кулаки его сжались, а лицо передёрнула гримаса сострадания, но, когда он заговорил, голос его снова был спокойным и ровным:

— Успокойся, Питт. Я прикрыл тебе спину, хуже ей пока не будет. Расскажи мне покороче, что с тобой случилось. Ты, наверное, полагал, будто мы обойдёмся без штурмана, если дал этой скотине Бишопу повод чуть не убить тебя?

Питт застонал. Однако на этот раз его мучила не столько физическая, сколько душевная боль.

— Не думаю, Питер, что штурман вообще понадобится.

— Что, что такое? — вскричал Блад.

Прерывистым голосом Питт, задыхаясь, поведал другу обо всём случившемся.

— Я буду гнить здесь… пока не скажу ему имя… зачем он… приходил сюда…

Блад поднялся на ноги, и рычание вырвалось из его горла.

— Будь проклят этот грязный рабовладелец! — сказал он. — Но мы должны что-то придумать. К чёрту Нэтталла! Внесёт он залог или нет, выдумает какое-либо объяснение или нет, — всё равно шлюпка наша. Мы убежим, а вместе с нами и ты.

— Фантазия, Питер, — прошептал мученик. — Мы не сможем бежать… Залог не внесён… Чиновники конфискуют шлюпку… Если даже Нэтталл не выдаст нас… и нам не заклеймят лбы…

Блад отвернулся и с тоской взглянул на море, по голубой глади которого он так мучительно надеялся вернуться к свободной жизни.

Огромный красный корабль к этому времени уже приблизился к берегу и сейчас медленно входил в бухту. Две или три лодки отчалили от пристани, направляясь к нему. Блад видел сверкание медных пушек, установленных на носу, и различал фигуру матроса около передней якорной цепи с левой стороны судна, готовившегося бросить лот.

Чей-то гневный голос прервал его мысли:

— Какого дьявола ты здесь делаешь?

Это был полковник Бишоп со своими телохранителями.

На смуглом лице Блада появилось иное выражение.

— Что я делаю? — вежливо спросил он. — Как всегда, выполняю свои обязанности.

Разгневанный полковник заметил пустую фляжку рядом с колодками, в которых корчился Питт, и пальмовый лист, прикрывавший его спину.

— Ты осмелился это сделать, подлец? — На лбу плантатора, как жгуты, вздулись вены.

— Да, я это сделал! — В голосе Блада звучало искреннее удивление.

— Я приказал, чтобы ему не давали пищи и воды до моего распоряжения.

— Простите, господин полковник, но ведь я не слышал этого распоряжения.

— Ты не слышал?! О мерзавец! Исчадие ада! Как же ты мог слышать, когда тебя здесь не было?

— Но в таком случае, можно ли требовать от меня, чтобы я знал о вашем распоряжении? — с нескрываемым огорчением спросил Блад. — Увидев, что ваш раб страдает, я сказал себе: «Это один из невольников моего полковника, а я у него врач и, конечно, обязан заботиться о его собственности». Поэтому я дал этому юноше глоток воды и прикрыл спину пальмовым листом. Разве я не был прав?

— Прав? — От возмущения полковник потерял дар речи.

— Не надо волноваться! — умоляюще произнёс Блад. — Вам это очень вредно. Вас разобьёт паралич, если вы будете так горячиться...

Полковник с проклятиями оттолкнул доктора, бросился к колодкам и сорвал пальмовый лист со спины пленника.

— Во имя человеколюбия... — начал было Блад.

Полковник, задыхаясь от ярости, заревел:

— Убирайся вон! Не смей даже приближаться к нему, пока я сам не пошлю за тобой, если ты не хочешь отведать бамбуковой палки!

Он был ужасен в своём гневе, но Блад даже не вздрогнул. И полковник, почувствовав на себе пристальный взгляд его светло-синих глаз, казавшихся такими удивительно странными на этом смуглом лице, как бледные сапфиры в медной оправе, подумал, что этот мерзавец-доктор в последнее время стал слишком много себе позволять. Такое положение требовалось исправить немедля. А Блад продолжал спокойно и настойчиво:

— Во имя человеколюбия, разрешите мне облегчить его страдания, или клянусь вам, что я откажусь выполнять свои обязанности врача и не дотронусь ни до одного пациента на этом отвратительном острове.

Полковник был так поражён, что сразу не нашёлся, что сказать. Потом он заорал:

— Милостивый бог! Ты смеешь разговаривать со мной подобным тоном, собака? Ты осмеливаешься ставить мне условия?

— А почему бы и нет? — Синие глаза Блада смотрели в упор на полковника, и в них играл демон безрассудства, порождённый отчаянием.

В течение нескольких минут, показавшихся Бладу вечностью, Бишоп молча рассматривал его, а затем изрёк:

— Я слишком мягко относился к тебе. Но это можно исправить. — Губы его сжались. — Я прикажу пороть тебя до тех пор, пока на твоей паршивой спине не останется клочка целой кожи!

— Вы это сделаете? Гм-м!.. А что скажет губернатор?

— Ты не единственный врач на острове.

Блад засмеялся:

— И вы осмелитесь сказать это губернатору, который мучается от подагры так, что не может даже стоять? Вы прекрасно знаете, что он не потерпит другого врача.

Однако полковника, охваченного диким гневом, нелегко было успокоить.

— Если ты останешься в живых после того, как мои черномазые над тобой поработают, возможно, ты одумаешься.

Он повернулся к неграм, чтобы отдать приказание, но в это мгновение, сотрясая воздух, раздался мощный, раскатистый удар. Бишоп подскочил от неожиданности, а вместе с ним подскочили оба его телохранителя и даже внешне невозмутимый Блад. После этого все они, как по команде, повернулись лицом к морю.

Внизу, в бухте, там, где на расстоянии кабельтова[1] от форта стоял большой красивый корабль, заклубились облака белого дыма. Они целиком скрыли корабль, оставив видимыми только верхушки мачт. Стая испуганных морских птиц, поднявшаяся со скалистых берегов, с пронзительными криками кружила в голубом небе.

Ни полковник, ни Блад, ни Питт, глядевший мутными глазами на голубую бухту, не понимали, что происходит. Но это продолжалось недолго — лишь до той поры, как английский флаг

[1] Кабельтов — морская единица длины, равная 185, 2 метра.

быстро соскользнул с флагштока на грот-мачте и исчез в белой облачной мгле, а на смену ему через несколько секунд взвился золотисто-пурпурный стяг Испании. Тогда всё сразу стало понятно.

— Пираты! — заревел полковник. — Пираты!

Страх и недоверие смешались в его голосе. Лицо Бишопа побледнело, приняв землистый оттенок, маленькие глазки вспыхнули гневом. Его телохранители в недоумении глядели на хозяина, выкатив белки глаз и скаля зубы.

Глава VIII. ИСПАНЦЫ

Большой корабль, которому разрешили так спокойно войти под чужим флагом в Карлайлскую бухту, оказался испанским капером[1]. Он явился сюда не только для того, чтобы расквитаться за кое-какие крупные долги хищного «берегового братства», но и для того, чтобы отомстить за поражение, нанесённое «Прайд оф Девон» двум галионам[2], шедшим с грузом ценностей в Кадикс. Повреждённым галионом, скрывшимся с поля битвы, командовал дон Диего де Эспиноса-и-Вальдес — родной брат испанского адмирала дона Мигеля де Эспиноса, очень вспыльчивого и надменного господина.

Проклиная себя за понесённое поражение, дон Диего поклялся дать англичанам такой урок, которого они никогда не забудут. Он решил позаимствовать кое-что из опыта Моргана[3] и других морских разбойников и предпринять карательный налёт на ближайшую английскую колонию. К сожалению, рядом с ним не было брата-адмирала, который мог бы отговорить Диего де Эспиноса от этакой авантюры, когда в Сан Хуан де Пуэрто-Рико он оснащал для этой цели корабль «Синко Льягас». Объектом своего налёта он наметил остров Барбадос, полагая, что защитники его, понадеявшись на естественные укрепления острова, будут застигнуты врасплох. Барбадос он наметил ещё и потому, что, по сведениям, доставленным ему шпионами, там ещё стоял «Прайд оф Девон», а ему хотелось, чтобы его мщение имело какой-то оттенок справедливости. Время для налёта он выбрал такое, когда в Карлайлской бухте не было ни одного военного корабля.

---

[1] Капер — каперское судно, владельцы которого занимались в море захватом торговых судов (XVI-XVIII вв.).

[2] Галион — большое трёхмачтовое судно особо прочной постройки, снабжённое тяжёлой артиллерией. Эти суда служили для перевозки товаров и драгоценных металлов из испанских и португальских колоний в Европу (XV-XVII) вв).

[3] Морган — английский корсар, позднее вице-губернатор о. Ямайка (XVII в.).

Его хитрость осталась нераскрытой настолько, что, не возбудив подозрений, он преспокойно вошёл в бухту и отсалютовал форту в упор бортовым залпом из двадцати пушек.

Прошло несколько минут, и зрители, наблюдавшие за бухтой, заметили, что корабль осторожно продвигается в клубах дыма. Подняв грот[1] для увеличения хода и идя в крутом бейдевинде[2], он наводил пушки левого борта на не подготовленный к отпору форт.

Сотрясая воздух, раздался второй залп. Грохот его вывел полковника Бишопа из оцепенения. Он вспомнил о своих обязанностях командира барбадосской милиции.

Внизу, в городе, лихорадочно били в барабаны, слышался звук трубы, как будто требовалось ещё оповещать об опасности.

Место полковника Бишопа было во главе немногочисленного гарнизона форта, который испанские пушки превращали сейчас в груду камней. Невзирая на гнетущую жару и свой немалый вес, полковник поспешно направился в город. За ним рысцой трусили его телохранители.

Повернувшись к Джереми Питту, Блад мрачно улыбнулся:

— Вот это и называется своевременным вмешательством судьбы. Хотя один лишь дьявол знает, что из всего этого выйдет!

При третьем залпе он поднял пальмовый лист и осторожно прикрыл им спину своего друга.

И как раз в это время на территории, огороженной частоколом, появились охваченные паникой Кент и человек десять рабочих плантации. Они вбежали в низкий белый дом и минуту спустя вышли оттуда уже с мушкетами и кортиками.

Сюда же, к белому дому Кента, группками по два, по три человека стали собираться сосланные на Барбадос повстанцы-рабы, брошенные охраной и почувствовавшие общую панику.

---

[1] Грот — самый нижний парус на второй от носа мачте (грот мачте) парусного судна.

[2] Бейдевинд — курс парусного судна относительно ветра, когда направление ветра составляет с направлением хода судна угол меньше 90 градусов.

— В лес! — скомандовал Кент рабам. — Бегите в лес и скрывайтесь там, пока мы не расправимся с этими испанскими свиньями.

И он поспешил вслед за своими людьми, которые должны были присоединиться к милиции, собиравшейся в городе для оказания сопротивления испанскому десанту.

Если бы не Блад, рабы беспрекословно подчинились бы этому приказанию.

— А к чему нам спешить в такую жару? — спросил Блад, и невольники удивились, что доктор говорил на редкость спокойно. — Мы можем поглядеть на этот спектакль, а если нам и придётся уходить, — продолжал Блад, — то мы успеем это сделать, когда испанцы уже захватят город.

Рабы-повстанцы — а всего их набралось более двадцати человек — остались на возвышенности, откуда хорошо была видна вся сцена действия и закипавшая на ней отчаянная схватка.

Милиция и жители острова, способные носить оружие, с отчаянной решимостью людей, понимавших, что в случае поражения им не будет пощады, пытались отбросить десант. Зверства испанской солдатни были общеизвестны, и даже самые гнусные дела Моргана бледнели перед жестокостью кастильских насильников. Командир испанцев хорошо знал своё дело, чего, не погрешив против истины, нельзя было сказать о барбадосской милиции.

Используя преимущество внезапного нападения, испанец в первые же минуты обезвредил форт и показал барбадосцам, кто является хозяином положения.

Его пушки вели огонь с борта корабля по открытой местности за молом, превращая в кровавую кашу людей, которыми бездарно командовал неповоротливый Бишоп. Испанцы умело действовали на два фронта: своим огнём они не только вносили панику в нестройные ряды оборонявшихся, но и прикрывали высадку десантных групп, направлявшихся к берегу.

Под лучами палящего солнца битва продолжалась до самого полудня, и, судя по тому, что трескотня мушкетов слышна была всё ближе и ближе, становилось очевидным, что испанцы теснили защитников города.

К заходу солнца двести пятьдесят испанцев стали хозяевами Бриджтауна.

Островитяне были разоружены, и дон Диего, сидя в губернаторском доме, с изысканностью, весьма похожей на издевательство, определял размеры выкупа губернатору Стиду, со страха забывшему о своей подагре, полковнику Бишопу и нескольким другим офицерам.

Дон Диего милостиво заявил, что за сто тысяч песо и пятьдесят голов скота он воздержится от превращения города в груду пепла.

Пока их учтивый, с изысканными манерами командир уточнял эти детали с перепуганным британским губернатором, испанцы занимались грабежом, пьянством и насилиями, как это они обычно делали в подобных случаях.

С наступлением сумерек Блад рискнул спуститься вниз — в город. То, что он там увидел, было позднее поведано им Джереми Питту, записавшему рассказ Блада в свой многотомный труд, откуда и позаимствована значительная часть моего повествования. У меня нет намерения повторять здесь что-либо из этих записей, ибо поведение испанцев было отвратительно до тошноты. Трудно поверить, чтобы люди, как бы низко они ни пали, могли дойти до таких пределов жестокости и разврата.

Гнусная картина, развернувшаяся перед Бладом, заставила его побледнеть, и он поспешил выбраться из этого ада. На узенькой улочке с ним столкнулась бегущая ему навстречу девушка с распущенными волосами. За ней с хохотом и бранью гнался испанец в тяжёлых башмаках. Он уже почти настиг её, когда Блад внезапно преградил ему дорогу. В руках у него была шпага, которую он несколько раньше снял с убитого солдата и на всякий случай захватил с собой.

Удивлённый испанец сердито остановился, увидев, как в руках у Блада сверкнул клинок шпаги.

— А, английская собака! — закричал он и бросился навстречу своей смерти.

— Надеюсь, что вы подготовлены для встречи со своим создателем? — вежливо осведомился Блад и с этими словами проткнул его шпагой насквозь. Сделал он это очень умело, с искусством врача и ловкостью фехтовальщика.

Испанец, не успев даже простонать, бесформенной массой рухнул наземь.

Повернув к себе плачущую девушку, стоявшую у стены, Блад схватил её за руку.

— Идите за мной! — сказал он.

Однако девушка оттолкнула его и не двинулась с места.

— Кто вы? — испуганно спросила она.

— Вы будете ждать, пока я предъявлю вам свои документы? — огрызнулся Блад.

За углом улочки, откуда выбежала девушка, спасаясь от испанского головореза, послышались тяжёлые шаги. И возможно, успокоенная его чистым английским произношением, она, не задавая больше вопросов, подала ему руку.

Быстро пройдя по переулку и поднявшись в гору по пустынным улочкам, они, к счастью, никого не встретив, вышли на окраину Бриджтауна. Скоро город остался позади, и Блад из последних сил втащил девушку на крутую дорогу, ведущую к дому полковника Бишопа. Дом был погружён в темноту, что заставило Блада вздохнуть с облегчением, ибо, если бы здесь уже были испанцы, в нём горели бы огни. Блад постучал в дверь несколько раз, прежде чем ему робко ответили из верхнего окна:

— Кто там?

Дрожащий голос, несомненно, принадлежал Арабелле Бишоп.

— Это я — Питер Блад, — сказал он, переводя дыхание.

— Что вам нужно?

Питер Блад понимал её страх: ей следовало опасаться не только испанцев, но и рабов с плантации её дяди — они могли взбунтоваться и стать не менее опасными, нежели испанцы. Но тут девушка, спасённая Бладом, услышав знакомый голос, обрадованно вскрикнула:

— Арабелла! Это я, Мэри Трэйл.

— О, Мэри! Ты здесь?

После этого удивлённого восклицания голос наверху смолк, и несколько секунд спустя дверь распахнулась. В просторном вестибюле стояла Арабелла, и мерцание свечи, которую она держала в руке, таинственно освещало её стройную фигуру в белой одежде.

Блад вбежал в дом и тут же закрыл дверь. Его спутница упала на грудь Арабеллы и разрыдалась. Но Блад не обратил внимания на слёзы девушки: нельзя было терять времени.

— Есть в доме кто-нибудь из слуг? — быстро и решительно спросил он.

Из мужской прислуги в доме оказался только старый негр Джеймс.

— Он-то нам и нужен, — сказал Блад, вспомнив, что Джеймс был грумом [1]. — Прикажите подать лошадей и сейчас же отправляйтесь в Спейгстаун. Там вы будете в полной безопасности. Здесь оставаться нельзя. Торопитесь!

— Но ведь сражение уже закончилось... — нерешительно начала Арабелла и побледнела.

— Самое страшное впереди. Мисс Трэйл потом вам расскажет. Ради бога, поверьте мне и сделайте так, как я говорю!

— Он... он спас меня, — со слезами прошептала мисс Трэйл.

— Спас тебя? — Арабелла была ошеломлена. — От чего спас, Мэри?

[1] Грум — конюх или слуга, верхом сопровождающий всадника либо экипаж.

— Об этом после! — почти сердито прервал их Блад. — Вы сможете говорить целую ночь, когда выберетесь отсюда в безопасное место. Пожалуйста, позовите Джеймса и сделайте так, как я говорю! Немедленно!

— Вы не говорите, а приказываете.

— Боже мой! Я приказываю! Мисс Трэйл, ну скажите же, есть ли у меня основания…

— Да, да, — тут же откликнулась девушка, не дослушав его. — Арабелла, умоляю, послушайся его!

Арабелла Бишоп вышла, оставив мисс Трэйл вдвоём с Бладом.

— Я… я никогда не забуду, что вы сделали для меня, сэр! — с глазами, полными слёз, проговорила Мэри.

И только сейчас Блад как следует разглядел тоненькую, хрупкую девушку, похожую на ребёнка.

— В своей жизни я делал кое-что посерьёзней, — ласково сказал он и добавил с горечью: — Поэтому-то я здесь и очутился.

Она, конечно, не поняла его слов и не пыталась сделать вид, будто они ей понятны.

— Вы… вы убили его? — со страхом спросила Мэри.

Пристально взглянув на девушку, освещённую мерцанием свечи, Блад ответил:

— Надеюсь, что да. Это вполне вероятно, но совсем неважно. Важно лишь, чтобы Джеймс поскорее подал лошадей.

Наконец лошадей подали. Их было четыре, так как помимо Джеймса, ехавшего в качестве проводника, Арабелла взяла с собой и служанку, которая ни за что не хотела оставаться в доме.

Посадив на лошадь лёгкую, как пёрышко, Мэри Трэйл, Блад повернулся, чтобы попрощаться с Арабеллой, уже сидевшей в седле. Он пожелал ей счастливого пути, хотел добавить ещё что-то, но не сказал ничего.

Лошади тронулись и вскоре исчезли в лиловом полумраке звёздной ночи, а Блад всё еще продолжал стоять около дома полковника Бишопа.

Из темноты до его донёсся дрожащий детский голос:

— Я никогда не забуду, что вы сделали для меня, мистер Блад! Никогда!

Однако слова эти не доставили Бладу особой радости, так как ему хотелось, чтобы нечто похожее было сказано другим голосом. Он постоял в темноте ещё несколько минут, наблюдая за светлячками, роившимися над рододендронами, пока не стихло цоканье копыт, а затем, вздохнув, вернулся к действительности. Ему предстояло сделать ещё очень многое.

Он спустился в город вовсе не для того, чтобы познакомиться с тем, как ведут себя победители. Ему нужно было кое-что разузнать. Эту задачу он выполнил и быстро вернулся обратно к палисаду, где в глубокой тревоге, но с некоторой надеждой его ждали друзья — рабы полковника Бишопа.

Глава IX. ССЫЛЬНЫЕ ПОВСТАНЦЫ

К тому времени, когда фиолетовый сумрак тропической ночи опустился над Карибским морем, на борту «Синко Льягас» оставалось не больше десяти человек охраны: настолько испанцы были уверены — и, надо сказать, не без оснований — в полном разгроме гарнизона острова. Говоря о том, что на борту находилось десять человек охраны, я имею в виду скорее цель их оставления, нежели обязанности, которые они на самом деле исполняли. В то время как почти вся команда корабля пьянствовала и бесчинствовала на берегу, остававшийся на борту канонир со своими помощниками, так хорошо обеспечившими лёгкую победу, получив с берега вино и свежее мясо, пировал на пушечной палубе. Часовые — один на носу и другой на корме — несли вахту. Но их бдительность была весьма относительной, иначе они давно уже заметили бы две большие лодки, которые отошли от пристани и бесшумно пришвартовались под кормой корабля.

С кормовой галереи всё ещё свисала верёвочная лестница, по которой днём спустился в шлюпку дон Диего, отправлявшийся на берег. Часовой, проходя по галерее, неожиданно заметил на верхней ступеньке лестницы тёмный силуэт.

— Кто там? — спокойно спросил он, полагая, что перед ним кто-то из своих.

— Это я, приятель, — тихо ответил Питер Блад по-испански.

Испанец подошёл ближе:

— Это ты, Педро?

— Да, меня зовут примерно так, но сомневаюсь, чтобы я был тем Питером, которого ты знаешь.

— Как, как? — останавливаясь, спросил испанец.

— А вот так, — ответил Блад.

Испанец, застигнутый врасплох, не успев издать и звука, перелетел через низкий гакаборт[1] и камнем упал в воду, едва не свалившись в одну из лодок, стоявших под кормой. В тяжёлой кирасе, со шлемом на голове, он сразу же пошёл ко дну, избавив людей Блада от дальнейших хлопот.

— Тс!. — прошептал Блад ожидавшим его внизу людям. — Поднимайтесь без шума.

Пять минут спустя двадцать ссыльных повстанцев уже были на борту. Выбравшись из узкой галереи, они ничком растянулись на корме. Впереди горели огни. Большой фонарь на носу корабля освещал фигуру часового, расхаживавшего по полубаку[2]. Снизу, с пушечной палубы, доносились дикие крики оргии.

Сочный мужской голос пел весёлую песню, и ему хором подтягивали остальные:

Вот какие славные обычаи в Кастилии!

— После сегодняшних событий этому можно поверить. Обычаи хоть куда! — заметил Блад и тихо скомандовал: — Вперёд, за мной!

Неслышно, как тени, повстанцы, пригибаясь, пробрались вдоль поручней кормовой части палубы на шкафут[3]. Кое-кто из повстанцев был вооружён мушкетами. Их добыли в доме надсмотрщика и вытащили из тайника, где хранилось оружие, с большим трудом собранное Бладом на случай бегства. У остальных были ножи и абордажные сабли.

Со шкафута можно было видеть всю палубу от кормы до носа, где, на свою беду, торчал часовой. Бладу пришлось тут же им заняться. Вместе с двумя товарищами он пополз к часовому, оставив других под командой того самого Натаниэля Хагторпа, который когда-то был офицером королевского военно-морского флота.

---

[1] Гакаборт — верхняя часть кормовой оконечности судна.
[2] Полубак, или бак — носовая часть верхней палубы корабля.
[3] Шкафут — средняя часть палубы судна.

Блад задержался ненадолго. Когда он вернулся к своим товарищам, ни одного часового на палубе испанского корабля уже не было.

Испанцы продолжали беззаботно веселиться внизу, считая себя в полной безопасности. Да и чего им было бояться? Гарнизон Барбадоса разгромлен и разоружён, товарищи на берегу, став полными хозяевами города, жадно упивались успехами лёгкой победы. Испанцы не поверили своим глазам, когда их внезапно окружили ворвавшиеся к ним полуобнажённые, обросшие волосами люди, казавшиеся ордой дикарей, хотя в недавнем прошлом они, видимо, были европейцами.

Песня и смех сразу же оборвались, и подвыпившие испанцы в ужасе и замешательстве вытаращили глаза на дула мушкетов, направленные в упор на них.

Из толпы дикарей вышел стройный, высокий человек со смуглым лицом и светло-синими глазами, в которых блестел огонёк зловещей иронии, и сказал по-испански:

— Вы избавитесь от многих неприятностей, если тут же признаете себя моими пленниками и позволите без сопротивления удалить вас в безопасное место.

— Боже мой! — прошептал канонир, хотя это восклицание лишь в малой степени отражало то изумление, которое он сейчас испытывал.

— Прошу вас, — сказал Блад.

После чего испанцы без всяких увещеваний, если не считать лёгких подталкиваний мушкетами, были загнаны через люк в трюм.

Затем повстанцы угостились хорошими блюдами, оставшимися от испанцев. После солёной рыбы и маисовых лепёшек, которыми питались рабы Бишопа в течение долгих месяцев, жареное мясо, свежие овощи и хлеб показались им райской пищей. Но Блад не допустил никаких излишеств, для чего ему потребовалось применить всю твёрдость, на которую он был только способен.

В конце концов повстанцы выиграли лишь предварительную схватку.

Предстояло ещё удержать в руках ключ к свободе и закрепить победу. Нужно было приготовиться к дальнейшим событиям, и приготовления эти заняли значительную часть ночи. Однако всё было закончено до того, как над горой Хиллбай взошло солнце, которому предстояло освещать день, богатый неожиданностями.

Едва лишь солнце поднялось над горизонтом, как один из ссыльных повстанцев, расхаживавший по палубе в кирасе и шлеме, с испанским мушкетом в руках, объявил о приближении лодки. Дон Диего де Эспиноса-и-Вальдес возвращался на борт своего корабля с четырьмя огромными ящиками. В каждом из них находилось по двадцать пять тысяч песо выкупа, доставленного ему на рассвете губернатором Стидом. Дона Диего сопровождали его сын дон Эстебан и шесть гребцов. На борту фрегата царил обычный порядок. Корабль, левым бортом обращённый к берегу, спокойно покачивался на якоре. Лодка с доном Диего и его богатством подошла к правому борту, где висела верёвочная лестница. Питер Блад очень хорошо подготовился к встрече, так как не зря служил под начальством де Ритера: с борта свисали тали, у лебёдки стояли люди, а внизу в готовности ждали канониры под командой решительного Огла. Уже одним своим видом он внушал доверие.

Дон Диего, ничего не подозревая, в превосходном настроении поднялся на палубу. Да и почему он мог что-либо подозревать?

Удар палкой по голове, умело нанесённый Хагторпом, сразу же погрузил дона Диего в глубокий сон. Бедняга не успел даже взглянуть на караул, выстроенный для его встречи.

Испанского гранда немедленно унесли в капитанскую каюту, а ящики с богатством подняли на палубу. Закончив погрузку сокровищ на корабль, дон Эстебан и гребцы по одному поднялись по верёвочной лестнице на палубу, где с ними разделались так же неторопливо и умело, как и с командиром корабля. Питер Блад проводил подобного рода операции с удивительным блеском и, как я подозреваю, не без некоторой театральности. Несомненно, драматическое зрелище, разыгравшееся сейчас на борту испанского корабля, могло бы украсить собой сцену любого театра.

К сожалению, описанная драматическая сцена из-за дальности расстояния была недоступна многочисленным зрителям, находившимся на берегу. Жители Бриджтауна во главе с полковником Бишопом и страдающим от подагры губернатором Стидом, уныло сидевшими на развалинах порта, глядели не на корабль, а на восьмёрку лодок, в которые усаживались испанские головорезы, утомлённые насилиями и пресыщенные убийствами.

Барбадосцы следили за отплытием лодок со смешанным чувством радости и отчаяния. Они радовались уходу беспощадных врагов и приходили в отчаяние от тех ужасных опустошений, какие, по крайней мере на время, нарушили счастье и процветание маленькой колонии.

Наконец лодки отчалили от берега. Гогочущие испанцы откровенно глумились над своими несчастными жертвами. Лодки были уже на полпути между пристанью и кораблём, когда воздух внезапно сотрясся от гула выстрела. Пушечное ядро упало в воду за кормой передней лодки, обдав брызгами находившихся в ней гребцов. На минуту они перестали грести, застыв от изумления, а затем заговорили все разом, проклиная опасную неосторожность их канонира, которому вздумалось салютовать им из пушки, заряженной ядром. Они всё ещё проклинали его, когда второе ядро, более метко направленное, разнесло одну из лодок в щепки. Все, кто был в лодке — живые и мёртвые, оказались в воде.

Однако если холодная ванна заставила этих головорезов умолкнуть, то ругательства и проклятия с остальных семи лодок только усилились. Подняв вёсла над водой и вскочив на ноги, испанцы посылали непристойные проклятия, умоляя небо и всех чертей сообщить им, какой пьяный идиот добрался до корабельных пушек.

Но тут третье ядро превратило в обломки ещё одну лодку, пустив на дно всё её содержимое. За минутой зловещего молчания последовал новый взрыв брани и невнятных криков, сопровождаемых всплесками вёсел. Испанские пираты растерялись: одни из них спешили вернуться на берег, другие хотели направиться прямо к кораблю и выяснить, что за чертовщина там творится. В том, что на корабле происходит что-то очень серьёзное, никаких сомнений уже не оставалось. Это было тем более очевидно, что, пока они спорили, ругались и посылали проклятия в голубое небо, два новых ядра потопили третью лодку.

Решительный Огл получил прекрасную возможность попрактиковаться и полностью доказал правильность своих утверждений, что он кое-что понимает в пушкарском деле. Замешательство же испанцев облегчило ему его задачу, так как все их лодки сгрудились вместе.

Новый выстрел положил предел разногласиям пиратов. Словно сговорившись, они развернулись или, вернее, попытались развернуться, но, прежде чем им удалось это сделать, ещё две лодки отправились на дно.

Три оставшиеся лодки, не утруждая себя оказанием помощи утопающим, поспешили обратно к пристани.

Если испанцы не могли сообразить, что же именно происходит на корабле, то ещё непонятнее всё это было для несчастных островитян, пока они не увидели, как с грот-мачты «Синко Льягас» соскользнул флаг Испании и вместо него взвился английский флаг. Но и после этого они оставались в замешательстве и со страхом наблюдали за возвращением на берег своих врагов, несомненно готовых выместить на барбадосцах свою злобу, вызванную столь неприятными событиями. Однако Огл продолжал доказывать, что его знакомство с пушками не устарело, и вдогонку спасавшимся испанцам прогремело несколько выстрелов. Последняя лодка разлетелась в щепки, едва причалив к пристани.

Таков был конец пиратской команды, не более десяти минут назад со смехом подсчитывавшей количество песо, которое придётся на долю каждого грабителя за участие в совершённых ими злодеяниях. Человек шестьдесят всё же ухитрились добраться до берега. Однако были ли у них какие-либо основания поздравлять себя с избавлением от смерти, я не могу сказать, так как никаких записей, по которым можно было бы проследить их дальнейшую судьбу, не сохранилось. Такое отсутствие документов уже достаточно красноречиво говорит за себя. Нам известно, что, как только испанцы вскарабкивались на берег, их тут же связывали; а учитывая свежесть и глубину их преступлений, можно не сомневаться в том, что они имели серьёзные основания сожалеть о своём спасении после гибели их лодок.

Кто же были эти таинственные помощники, которые в последнюю минуту отомстили испанцам, сохранив вымогательски полученный с островитян выкуп в сто тысяч песо? Загадка эта ещё требовала разрешения. В том, что «Синко Льягас» находился в руках друзей, сейчас, после получения таких наглядных доказательств, никто уже не сомневался. «Но кто были эти люди? — спрашивали друг у друга жители Бриджтауна. — Откуда они появились?» Единственное их предположение приближалось к истине: несомненно, какая-то кучка смелых островитян проникла нынешней ночью на корабль и овладела им. Оставалось лишь выяснить личность этих таинственных спасителей и воздать им должные почести.

Именно с таким поручением и отправился на корабль полковник Бишоп как полномочный представитель губернатора (сам губернатор Стид не смог этого сделать по состоянию здоровья) в сопровождении двух офицеров. Поднявшись по верёвочной лестнице на борт корабля, полковник узрел рядом с главным люком четыре денежных ящика. Это было чудесное зрелище, и глаза полковника радостно заблестели, тем более что содержимое одного из ящиков почти полностью было доставлено им лично.

По обеим сторонам ящиков поперёк палубы двумя стройными шеренгами стояли человек двадцать солдат с мушкетами, в кирасах и в испанских шлемах.

Нельзя было требовать от полковника Бишопа, чтобы он с первого же взгляда признал в этих подтянутых, дисциплинированных солдатах тех грязных оборванцев, которые только ещё вчера трудились на его плантациях. Ещё меньше можно было ожидать, чтобы он сразу же опознал человека, подошедшего к нему с приветствием. Это был сухощавый джентльмен с изысканными манерами, одетый по испанской моде во всё чёрное с серебряными позументами. На расшитой золотом перевязи висела шпага с позолоченной рукояткой, а из-под широкополой шляпы с большим плюмажем [1] видны были тщательно завитые локоны чёрного парика.

— Приветствую вас на борту «Синко Льягас», дорогой полковник! — прозвучал чей-то смутно знакомый голос. — В честь вашего прибытия нам по возможности пришлось использовать гардероб испанцев, хотя, честно говоря, мы даже не осмеливались ожидать вас лично. Вы находитесь среди друзей, среди ваших старых друзей!

Полковник остолбенел от изумления: перед ним стоял Питер Блад — чисто выбритый и, казалось, помолодевший, хотя фактически он выглядел так, как это соответствовало его тридцатитрехлетнему возрасту.

— Питер Блад! — удивлённо воскликнул Бишоп. — Значит, это ты...

— Вы не ошиблись. А вот это мои и ваши друзья. — И Блад, небрежным жестом откинув манжету из тонких кружев, указал рукой на застывшую шеренгу.

Полковник вгляделся внимательно.

— Чёрт меня побери! — с идиотским ликованием закричал он. — И с этими ребятами ты захватил испанский корабль и поменялся ролями с испанцами! Это изумительно! Это героизм!

— Героизм? Нет, скорее это эпический подвиг. Вы, кажется, начинаете признавать мои таланты, полковник?

Бишоп сел на крышку люка, снял свою широкополую шляпу и вытер пот со лба.

[1] Плюмаж — украшение из страусовых или павлиньих перьев.

— Ты меня удивляешь! — всё ещё не оправившись от изумления, продолжал он. — Клянусь спасением души, это поразительно! Вернуть все деньги, захватить такой прекрасный корабль со всеми находящимися на нём богатствами! Это хотя бы частично возместит другие наши потери. Чёрт меня побери, но ты заслуживаешь хорошей награды за это.

— Полностью разделяю ваше мнение, полковник.

— Будь я проклят! Вы все заслуживаете хорошей награды и моей признательности.

— Разумеется, — заметил Блад. — Вопрос заключается в том, какую награду мы, по-вашему, заслужили и в чём будет заключаться ваша признательность.

Полковник Бишоп удивлённо взглянул на него:

— Но это же ясно. Его превосходительство губернатор Стид сообщит в Англию о вашем подвиге, и, возможно, вам снизят сроки заключения.

— О, великодушие короля нам хорошо известно! — насмешливо заметил Натаниэль Хагторп, стоявший рядом, а в шеренге ссыльных повстанцев раздался смех.

Полковник Бишоп слегка поёжился, впервые ощутив некоторое беспокойство. Ему пришло в голову, что дело может повернуться совсем не так гладко.

— Кроме того, есть ещё один вопрос, — продолжал Блад. — Это вопрос о вашем обещании меня выпороть. В этих делах, полковник, вы держите своё слово, чего нельзя сказать о других. Насколько я помню, вы заявили, что не оставите и дюйма целой кожи на моей спине.

Плантатор слабо махнул рукой с таким видом, будто слова Блада обидели его:

— Ну как можно вспоминать о таких пустяках после того, что вы совершили, дорогой доктор!

— Рад, что вы настроены так миролюбиво. Но я думаю, мне очень повезло. Ведь если бы испанцы появились не вчера, а сегодня, то сейчас я находился бы в таком же состоянии, как бедный Джереми Питт...

— Ну, к чему об этом сейчас говорить?

— Приходится, дорогой полковник. Вы причинили людям столько зла и столько жестокостей, что ради тех, кто может здесь оказаться после нас, я хочу, чтобы вы получили хороший урок, который остался бы у вас в памяти. В кормовой рубке лежит сейчас Джереми, чью спину вы разукрасили во все цвета радуги. Бедняга проболеет не меньше месяца. И если бы не испанцы, то сейчас он, может быть, был бы уже на том свете, и там же мог бы оказаться и я...

Но тут выступил вперёд Хагторп, высокий, энергичный человек с резкими чертами привлекательного лица.

— Зачем вы тратите время на эту жирную свинью? — удивлённо спросил бывший офицер королевского военно-морского флота. — Выбросите его за борт, и дело с концом.

Глаза полковника вылезли из орбит.

— Что за чушь вы мелете?! — заревел он.

— Должен вам сказать, полковник, — перебил его Питер Блад, — что вы очень счастливый человек, хотя даже и не догадываетесь, чему вы обязаны своим счастьем.

Вмешался ещё один человек — загорелый, одноглазый Волверстон, настроенный более воинственно, нежели его товарищ.

— Повесить его на нок-рее! [1] — сердито крикнул он, и несколько бывших невольников, стоявших в шеренге, охотно поддержали его предложение.

Полковник Бишоп задрожал. Блад повернулся. Лицо его было совершенно невозмутимо.

— Позволь, Волверстон, но командуешь судном всё-таки не ты, а я, и я поступлю так, как найду нужным. Так мы договаривались, и прошу об этом не забывать, — сказал он громко, как бы обращаясь ко всей команде. — Я хочу, чтобы полковнику Бишопу была

[1] Нок-рея — оконечность поперечины мачты.

сохранена жизнь. Он нужен нам как заложник. Если же вы будете настаивать на том, чтобы его повесить, то вам придётся повесить вместе с ним и меня.

Никто ему не ответил. Хагторп пожал плечами и криво улыбнулся. Блад продолжал:

— Помните, друзья, что на борту корабля может быть только один капитан. — И, обернувшись к полковнику, он сказал — Хотя вам обещано сохранить жизнь, но я должен впредь до нашего выхода в открытое море задержать вас на борту как заложника, который обеспечит порядочное поведение со стороны губернатора Стида и тех, кто остался в форте.

— Впредь до вашего выхо… — Ужас, охвативший полковника, помешал ему закончить свою речь.

— Совершенно верно, — сказал Блад и повернулся к офицерам, сопровождавшим Бишопа: — Господа, вы слышали, что я сказал. Прошу передать это его превосходительству вместе с моими наилучшими пожеланиями.

— Но сэр… — начал было один из них.

— Больше говорить не о чём, господа. Моя фамилия Блад, я — капитан «Синко Льягас», захваченного мною у дона Диего де Эспиноса-и-Вальдес, который находится здесь же на борту в роли пленника. Вот трап, господа офицеры. Я полагаю, что вам удобнее воспользоваться им, нежели быть вышвырнутыми за борт, как это и произойдёт, если вы задержитесь.

Невзирая на истошные вопли полковника Бишопа, офицеры сочли за лучшее ретироваться — правда, после того, как их слегка подтолкнули мушкетами. Однако бешенство полковника усилилось, после того как он остался один на милость своих бывших рабов, которые имели все основания смертельно его ненавидеть.

Только человек шесть повстанцев обладали кое-какими скудными познаниями в морском деле. К ним, разумеется, относился и Джереми Питт. Однако сейчас он был ни к чему не пригоден.

Хагторп немало времени провёл в прошлом на кораблях, но искусства навигации никогда не изучал. Всё же он имел некоторое представление, как управлять судном, и под его командой вчерашние невольники начали готовиться к отплытию.

Убрав якорь и подняв парус на грот-мачте, они при лёгком бризе направились к выходу в открытое море. Форт молчал. Поведение губернатора не вызывало нареканий.

Корабль проходил уже неподалёку от мыса в восточной части бухты, когда Питер Блад подошёл к полковнику, уныло сидевшему на крышке главного люка.

— Скажите, полковник, вы умеете плавать?

Бишоп испуганно взглянул на Блада. Его большое лицо пожелтело, а маленькие глазки стали ещё меньше, чем обычно.

— Как врач, я прописываю вам купание, чтобы вы остыли, — с любезной улыбкой произнёс Блад и, не получив ответа, продолжал — Вам повезло, что я по натуре не такой кровожадный человек, как вы или некоторые из моих друзей. Мне дьявольски трудно было уговорить их забыть о мести, впрочем, совершенно законной. И я склонен сомневаться, что ваша шкура стоит тех усилий, которые я на вас затратил.

Никаких сомнений у Блада не было. Ему приходилось сейчас лгать, ибо если бы он поступил так, как ему подсказывали ум и инстинкт, то полковник давно уж болтался бы на рее, и Блад считал бы это справедливым возмездием.

Но мысль об Арабелле Бишоп заставила его сжалиться над палачом, вынудила его выступить не только против своей совести, но и против естественной жажды мести его друзей-невольников. Только потому, что полковник был дядей Арабеллы, хотя сам Бишоп и не подозревал этого, к нему была проявлена такая снисходительность.

— Вам придётся немножко поплавать, — продолжал Блад. — До мыса не больше четверти мили, и, если в пути ничего не произойдёт, вы легко туда доберётесь. К тому же у вас такая солидная комплекция, что вам нетрудно будет держаться на воде. Живей! Не медлите! Иначе вы уйдёте с нами в дальнее плавание, и только дьяволу известно, что с вами может случиться завтра или послезавтра. Вас любят здесь не больше, чем вы этого заслуживаете.

Полковник Бишоп овладел собой и встал. Беспощадный тиран, который никогда и ни в чём себя не сдерживал, сейчас вёл себя, как смирная овечка. Питер Блад отдал распоряжение, и поперёк планшира[1] привязали длинную доску.

— Прошу вас, полковник, — сказал Блад, изящным жестом руки указывая на доску.

Полковник со злобой взглянул на него, но тут же согнал с лица это выражение. Он быстро снял башмаки, сбросил на палубу свой красивый камзол из светло-коричневой тафты и влез на доску.

Цепляясь руками за ванты[2], он с ужасом посматривал вниз, где в двадцати пяти футах от него плескались зелёные волны.

— Ну, ещё один шаг, дорогой полковник, — произнёс позади него спокойный, насмешливый голос.

Продолжая цепляться за верёвки, Бишоп оглянулся и увидел фальшборт[3], над которым торчали загорелые лица. Ещё вчера они побледнели бы от страха, если бы он только слегка нахмурился, а сегодня злорадно скалили зубы.

На мгновение бешенство вытеснило его страх и осторожность. Он громко, но бессвязно выругался, выпустил верёвки и пошёл по доске. Сделав три шага, Бишоп потерял равновесие и, перевернувшись в воздухе, упал в зелёную бездну.

Когда он, жадно глотая воздух, вынырнул, «Синко Льягас» был уже в нескольких сотнях ярдов от него с подветренной стороны. Но

---

[1] Планшир — брус, проходящий поверх фальшборта судна.

[2] Ванты — оттяжки из стальных или пеньковых тросов, которыми производится боковое крепление мачт, стеньг или брамстеньг.

[3] Фальшборт — лёгкая обшивка борта судна выше верхней палубы.

до Бишопа ещё доносились издевательские крики, которыми его напутствовали ссыльные повстанцы, и бессильная злоба вновь овладела плантатором.

Глава X. ДОН ДИЕГО

Дон Диего де Эспиноса-и-Вальдес очнулся от сильной боли в затылке и мутным взглядом окинул каюту, залитую солнечным светом, струившимся в квадратные окна, выходившие на корму. Он застонал от боли, закрыл глаза и, лёжа так, попытался определиться во времени и в пространстве. Но дикая боль в затылке и сумбур в голове мешали ему мыслить связно.

Ощущение смутной тревоги заставило его вновь открыть глаза и осмотреться ещё раз.

Бесспорно, он лежал в большой каюте у себя на корабле «Синко Льягас», а если это так, то он не должен был ощущать чувство тревоги. И всё же обрывки смутных воспоминаний упорно подсказывали ему, что не всё было так, как нужно.

Судя по положению солнца, сквозь квадратные окна заливавшего каюту золотистым светом, сейчас должно было быть раннее утро, если, конечно, корабль шёл на запад. Затем ему пришла в голову другая мысль. Возможно, они шли на восток — тогда сейчас была уже вторая половина дня. То, что корабль двигался, ему было ясно по слабой килевой качке судна. Но как случилось, что он, капитан, не имел понятия, шли они на восток или на запад, что он не знал, куда же направлялся корабль?

Мысли его вернулись к вчерашним событиям, если они действительно случились вчера. Он отчётливо представил своё успешное нападение на Барбадос. Все детали этой удачной экспедиции были свежи в его памяти вплоть до самого возвращения на борт корабля. Здесь все его воспоминания внезапно и необъяснимо обрывались.

Его уже начали терзать различные догадки, когда открылась дверь и он с удивлением увидел, как в каюту вошёл его лучший камзол. Это был на редкость элегантный, отделанный серебряными позументами испанский костюм из чёрной тафты, сшитый около года назад в Кадиксе. Командир «Синко Льягас» настолько хорошо знал все его детали, что никак не мог ошибиться.

Камзол остановился, чтобы закрыть за собой дверь, и направился к дивану, на котором лежал дон Диего. В камзоле оказался высокий, стройный джентльмен, примерно такого же роста, как и дон Диего, и почти с такой же фигурой. Заметив, что испанец с удивлением рассматривает его, джентльмен ускорил шаги и спросил по-испански:

— Как вы себя чувствуете?

Ошеломлённый дон Диего встретил взгляд синих глаз. Смуглое насмешливое лицо джентльмена обрамляли чёрные локоны. Склонив голову, он ожидал ответа; но испанец был слишком взволнован, чтобы ответить на такой простой вопрос.

Незнакомец прикоснулся рукой к затылку дона Диего. Испанец поморщился и застонал.

— Больно? — спросил незнакомец, взяв дона Диего за руку повыше кисти большим и указательным пальцами.

Озадаченный испанец спросил:

— Вы доктор?

— Да, помимо всего прочего, — ответил смуглый незнакомец, продолжая щупать пульс своего пациента. — Пульс частый, ровный, — наконец объявил он, опуская руку. — Большого вреда вам не причинили.

Дон Диего с трудом поднялся и сел на диван, обитый красным плюшем.

— Кто вы такой, чёрт побери? — спросил он. — И какого дьявола вы залезли в мой костюм и на мой корабль?

Прямые чёрные брови незнакомца приподнялись, а губы тронула лёгкая усмешка:

— Боюсь, что вы всё ещё бредите. Это не ваш корабль, а мой. И костюм этот также принадлежит мне.

— Ваш корабль? — ошеломлённо переспросил испанец и ещё более ошеломлённо добавил: — Ваш костюм? Но... тогда... —

Ничего не понимая, он огляделся вокруг, затем ещё раз внимательно осмотрел каюту, останавливаясь на каждом знакомом предмете. — Может быть, я сошёл с ума? — наконец спросил он. — Но ведь этот корабль, вне всякого сомнения, «Синко Льягас»?

— Да, это «Синко Льягас».

— Тогда…

Испанец умолк, а взгляд его стал ещё более беспокойным.

— Господи помилуй! — закричал он, как человек, испытывающий сильную душевную муку. — Может быть, вы скажете мне, что и дон Диего де Эспиноса — это тоже вы?

— О нет. Моё имя Блад, капитан Питер Блад. Ваш корабль, так же как и этот изящный костюм принадлежат мне как военные трофеи. Вы же, дон Диего, мой пленник.

Как ни неожиданно показалось дону Диего это объяснение, всё же оно слегка успокоило испанца, так как было более естественно, нежели то, что он уже начал воображать.

— Но… Значит, тогда вы не испанец?

— Вы льстите моему испанскому произношению. Я имею честь быть ирландцем. Вы, очевидно, думаете, что произошло какое-то чудо. Да, так оно и есть, но это чудо создал я, у которого, как можете судить по результатам, неплохо варит голова.

И капитан Блад вкратце изложил ему все события последних суток. Слушая его рассказ, испанец попеременно то бледнел, то краснел. Дотронувшись до затылка, дон Диего нащупал там шишку величиной с голубиное яйцо, полностью подтверждавшую слова Блада. Широко раскрыв глаза, испанец уставился на улыбающегося капитана и закричал:

— А мой сын? Где мой сын? Он был со мной, когда я прибыл на корабль.

— Ваш сын в безопасности. Как он, так и гребцы вместе с вашим канониром и его помощниками крепко закованы в кандалы и сидят в уютном трюме.

Дон Диего устало вздохнул, но его блестящие чёрные глаза продолжали внимательно изучать смуглое лицо человека, который стоял перед ним. Обладая твёрдым характером, присущим человеку отчаянной профессии, он взял себя в руки. Ну что ж, на сей раз кости упали не в его пользу. Его заставили отказаться от роли в тот самый момент, когда успех был уже у него в руках. Со спокойствием фаталиста он смирился с новой обстановкой и хладнокровно спросил:

— Ну, а что же дальше, господин капитан?

— А дальше, — ответил капитан Блад, если согласиться со званием, которое он сам себе присвоил, — как человек гуманный я должен выразить сожаление, что вы не умерли от нанесённого вам удара. Ведь это означает, что вам придётся испытать все неприятности, связанные с необходимостью умирать снова.

— Да? — Дон Диего ещё раз глубоко вздохнул и внешне невозмутимо спросил — А есть ли в этом необходимость?

В синих глазах капитана Блада промелькнуло одобрение: ему нравилось самообладание испанца.

— Задайте этот вопрос себе, — сказал он. — Как опытный и кровожадный пират скажите мне: что бы вы сделали на моём месте?

— О, но ведь между нами есть разница. — Дон Диего уселся прочнее, опершись локтем на подушку, чтобы продолжить обсуждение этого серьёзного вопроса. — Разница заключается в том, что я не называю себя гуманным человеком.

Капитан Блад пристроился на краю большого дубового стола.

— Но ведь я тоже не дурак, — сказал он, — и моя ирландская сентиментальность не помешает мне сделать то, что необходимо. Оставлять на корабле вас и десяток оставшихся в живых мерзавцев — опасно. Как вам известно, в трюме моего корабля не так уж много воды и продуктов. Правда, у нас малочисленная команда, но вы и ваши соотечественники, к большому нашему неудобству, увеличиваете количество едоков. Сами видите, что из благоразумия мы должны отказать себе в удовольствии побыть в вашем обществе и, подготовив ваши нежные сердца к неизбежному, любезно пригласить вас перешагнуть через борт.

— Да, да, я понимаю, — задумчиво заметил испанец. Он понял этого человека и пытался разговаривать с ним в том же тоне напускной изысканности и внешнего спокойствия. — Должен вам признаться, что ваши слова довольно убедительны.

— Вы снимаете с меня большую тяжесть, — сказал капитан Блад. — Мне не хотелось бы быть грубым без особой к тому необходимости, тем более что мои друзья и я многим вам обязаны. Независимо от того, что произошло с другими, но для нас ваше нападение на Барбадос окончилось весьма благополучно. Мне приятно убедиться в вашем согласии с тем, что у нас нет иного выбора.

— Но позвольте, мой друг, почему нет выбора? В этом я с вами не могу согласиться.

— Если у вас есть иное предложение, я буду счастлив рассмотреть его.

Дон Диего провёл рукой по своей чёрной бородке, подстриженной клинышком.

— Можете ли вы дать мне время подумать до утра? Сейчас у меня так болит голова, что я не способен что-либо соображать. Согласитесь сами: такой вопрос всё-таки следует обдумать.

Капитан Блад поднялся, снял с полки песочные часы, рассчитанные на тридцать минут, повернул их так, чтобы колбочка с рыжим песком оказалась наверху, и поставил на стол.

— Сожалею, дорогой дон Диего, что мне приходится торопить вас. Вот время, на которое вы можете рассчитывать. — И он указал на песочные часы. — Когда этот песок окажется внизу, а мы не придём к приемлемому для меня решению, я буду вынужден просить вас и ваших друзей прогуляться за борт.

Вежливо поклонившись, капитан Блад вышел и закрыл за собой дверь на ключ.

Опершись локтями о колени и положив на ладони подбородок, дон Диего наблюдал, как ржавый песок сыплется из верхней колбочки в нижнюю. По мере того как шло время, его сухое загорелое лицо всё более мрачнело.

И едва лишь последние песчинки упали на дно нижней колбочки, дверь распахнулась.

Испанец вздохнул и, увидев возвращающегося капитана Блада, сразу же сообщил ему ответ, за которым тот пришёл:

— У меня есть план, сэр, но осуществление его зависит от вашей доброты. Не можете ли вы высадить нас на один из островов этого неприятного архипелага, предоставив нас своей судьбе?

Капитан Блад провёл языком по сухим губам.

— Это несколько затруднительно, — медленно произнёс он.

— Я опасался, что вы так и ответите. — Дон Диего снова вздохнул и встал. — Давайте не будем больше говорить об этом.

Синие глаза пристально глядели на испанца:

— Вы не боитесь умереть, дон Диего?

Испанец откинул назад голову и нахмурился:

— Ваш вопрос оскорбителен, сэр!

— Тогда разрешите мне задать его по-иному и, пожалуй, в более приемлемой форме: хотите ли вы остаться в живых?

— О, на это я могу ответить. Я хочу жить, а ещё больше мне хочется, чтобы жил мой сын. Но как бы ни было сильно моё желание, я не стану игрушкой в ваших руках, господин насмешник.

Это был первый признак испытываемого им гнева или возмущения.

Капитан Блад ответил не сразу. Как и прежде, он присел на край стола.

— А не хотели бы вы, сэр, заслужить жизнь и свободу себе, вашему сыну и остальным членам вашего экипажа, находящимся сейчас здесь, на борту?

— Заслужить? — переспросил дон Диего, и от внимания Блада не ускользнуло, что испанец вздрогнул. — Вы говорите — заслужить? Почему же нет, если служба, которую вы предложите, не будет связана с бесчестием как для меня лично, так и для моей страны.

— Как вы можете подозревать меня в этом! — негодуя, сказал капитан. — Я понимаю, что честь имеется даже у пиратов. — И он тут же изложил ему своё предложение: — Посмотрите в окно, дон Диего, и вы увидите на горизонте нечто вроде облака. Не удивляйтесь, но это остров Барбадос, хотя мы — что для вас вполне понятно — стремились как можно дальше отойти от этого проклятого острова. У нас сейчас большая трудность. Единственный человек, знающий кораблевождение, лежит в лихорадочном бреду, а в открытом океане, вне видимости земли, мы не можем вести корабль туда, куда нам нужно. Я умею управлять кораблём в бою, и, кроме того, на борту есть ещё два-три человека, которые помогут мне. Но держаться всё время берегов и бродить около этого, как вы удачно выразились, неприятного архипелага — это значит накликать на себя новую беду. Моё предложение очень несложно: мы хотим кратчайшим путём добраться до голландской колонии Кюрасао. Можете ли вы дать мне честное слово, что если я вас освобожу, то вы приведёте нас туда? Достаточно вашего согласия, и по прибытии в Кюрасао я отпущу на свободу вас и всех ваших людей.

Дон Диего опустил голову на грудь и в раздумье подошёл к окнам, выходящим на корму. Он стоял, всматриваясь в залитое солнцем море и в пенящуюся кильватерную струю[1] корабля. Это был его собственный корабль. Английские собаки захватили этот корабль и сейчас просят привести его в порт, где он будет полностью потерян для Испании и, вероятно, оснащён для военных операций против его родины. Эти мысли лежали на одной чаше весов, а на другой были жизни шестнадцати человек. Жизни

[1] Кильватерная струя — след, остающийся на воде позади идущего судна.

четырнадцати человек значили для него очень мало, но две жизни принадлежали ему и его сыну.

Наконец он повернулся и, став спиной к свету, так, чтобы капитан не мог видеть, как побледнело его лицо, произнёс:

— Я согласен!

Глава XI. СЫНОВНЯЯ ПОЧТИТЕЛЬНОСТЬ

После того как дон Диего де Эспиноса дал слово привести корабль в Кюрасао, ему были переданы обязанности штурмана и предоставлена полная свобода передвижения на его бывшем корабле. Все повстанцы относились к испанскому гранду с уважением в ответ на его изысканную учтивость. Это вызывалось не только тем, что никто, кроме него, не мог вывести корабль из опасных вод, омывавших берега Мэйна[1], но также и тем, что рабы Бишопа, увлечённые собственным спасением, не видели всех ужасов и несчастий, перенесённых Бриджтауном, иначе они к любому испанскому пирату относились бы как к злому и коварному зверю, которого нужно убивать на месте. Дон Диего обедал в большой каюте вместе с Бладом и тремя его офицерами: Хагторпом, Волверстоном и Дайком.

В лице дона Диего они нашли приятного и интересного собеседника, и расположение их к нему подкреплялось выдержкой и невозмутимостью, с какими он переносил постигшее его несчастье.

Нельзя было даже заподозрить, чтобы дон Диего вёл нечестную игру. Он сразу же указал им на их ошибку: отойдя от Барбадоса, они пошли по ветру, в то время как, направляясь от архипелага в Карибское море, должны были оставить остров Барбадос с подветренной стороны. Исправляя ошибку, они вынуждены были вновь пересечь архипелаг, чтобы идти в Кюрасао. Перед тем как лечь на этот курс, он предупредил, что такой манёвр связан с некоторым риском. В любой точке между островами они могли встретиться с таким же или более мощным кораблём, и, независимо от того, будет ли он испанским или английским, им грозила одинаковая опасность: при нехватке людей, ощущаемой на

[1] Мэйн, или испанский Мэйн, — прежнее название, данное испанским владениям на северном побережье Южной Америки, начиная от устья реки Ориноко до полуострова Юкатан.

«Синко Льягас», они не могли бы дать бой. Стремясь предельно уменьшить этот риск, дон Диего повёл корабль вначале на юг, а затем повернул на запад. Они счастливо прошли между островами Тобаго и Гренада, миновали опасную зону и выбрались в относительно спокойные воды Карибского моря.

— Если ветер не переменится, — сказал дон Диего, определив местонахождение корабля, — мы через три дня будем в Кюрасао.

Ветер стойко держался в течение этих трёх дней, а на второй день даже несколько посвежел, и всё же, когда наступила третья ночь, никаких признаков суши не было. Рассекая волны, «Синко Льягас» шёл быстрым ходом, но, кроме моря и голубого неба, ничего не было видно. Встревоженный капитан Блад сказал об этом дону Диего.

— Земля покажется завтра утром, — невозмутимо ответил испанец.

— Клянусь всеми святыми, но у вас, испанцев всё завтра, а это «завтра» никогда не наступает, мой друг.

— Не беспокойтесь, на этот раз «завтра» наступит. Как бы рано вы ни встали, перед вами уже будет земля, дон Педро.

Успокоенный капитан Блад отправился навестить своего пациента — Джереми Питта, болезненному состоянию которого дон Диего был обязан своей жизнью. Вот уже второй день, как у Питта не было жара и раны на спине начали подживать. Он чувствовал себя настолько лучше, что пожаловался на своё пребывание в душной каюте. Уступая его просьбам, Блад разрешил больному подышать свежим воздухом, и вечером, с наступлением сумерек, опираясь на руку капитана, Джереми Питт вышел на палубу.

Сидя на крышке люка, он с наслаждением вдыхал свежий ночной воздух, любовался морем и по привычке моряка с интересом разглядывал тёмно-синий свод неба, усыпанный мириадами звёзд. Некоторое время он был спокоен и счастлив, но потом стал тревожно озираться и всматриваться в яркие созвездия, сиявшие над безбрежным океаном. Прошло ещё несколько минут, и Питт перевёл взгляд на капитана Блада.

— Ты что-нибудь понимаешь в астрономии, Питер? — спросил он.

— В астрономии? К сожалению, я не могу отличить пояс Ориона от пояса Венеры[1].

— Жаль. И все остальные члены нашей разношёрстной команды, должно быть, так же невежественны в этом, как и ты?

— Ты будешь ближе к истине, если предположишь, что они знают ещё меньше меня.

Джереми показал на светлую точку в небе справа, по носу корабля, и сказал:

— Это Полярная звезда. Видишь?

— Разумеется, вижу, — ленивым голосом ответил Блад.

— А Полярная звезда, если она висит перед нами, почти над правым бортом, означает, что мы идём курсом норд-норд-вест или, может быть, норд-вест, так как я сомневаюсь, чтобы мы находились более чем в десяти градусах к западу.

— Ну и что же? — удивился капитан Блад.

— Ты говорил мне, что, пройдя между островами Тобаго и Гренада, мы пошли в Кюрасао к западу от архипелага. Но если бы мы шли таким курсом, то Полярная звезда должна была бы быть у нас на траверсе[2] — вон там.

Состояние лени, владевшее Бладом, исчезло мгновенно. Он сжался от какого-то мрачного предчувствия и только хотел что-то сказать, как луч света из двери каюты на корме прорезал темноту у них над головой. Дверь закрылась, и они услыхали шаги по трапу. Это был дон Диего. Капитан Блад многозначительно сжал пальцами плечо Джереми и, подозвав испанца, обратился к нему по-

[1] Непереводимая игра слов. Пояс Ориона — созвездие Ориона. Пояс Венеры — умышленно искажённое Бладом название ленточного морского животного — Венерин пояс, которое водится в тропических морях.

[2] Траверс — направление, перпендикулярное курсу судна.

английски, как обычно делал в присутствии людей, не знавших испанского языка.

— Разрешите наш маленький спор, дон Диего, — шутливо сказал он. — Мы здесь спорим с Питтом, какая из этих звёзд — Полярная.

— И это всё? — спокойно спросил испанец. В его тоне звучала явная ирония. — Если мне не изменяет память, вы говорили, что господин Питт ваш штурман.

— Да, за неимением лучшего, — с шутливым пренебрежением заметил капитан. — Но я сейчас был готов спорить с ним на сто песо, что искомая звезда — вот эта. — И он небрежно указал рукой на первую попавшуюся светлую точку в небе.

Блад потом признался Питту, что, если бы дон Диего с ним согласился, он убил бы его на месте. Однако испанец откровенно выразил своё презрение к астрономическим познаниям Блада.

— Ваше убеждение основано на невежестве, дон Педро. Вы проиграли: Полярная звезда — вот эта, — сказал он, указывая на неё.

— А вы убеждены в этом?

— Мой дорогой дон Педро! — запротестовал испанец, которого начал забавлять этот разговор. — Ну мыслимо ли, чтобы я ошибся? Да и у нас есть, наконец, такое доказательство, как компас. Пойдёмте взглянуть, каким курсом мы идём.

Его полная откровенность и спокойствие человека, которому нечего скрывать, сразу же рассеяли подозрения Блада. Однако убедить Питта было не так легко.

— В таком случае, дон Диего, — спросил он, — почему же мы идём в Кюрасао таким странным курсом?

— У вас есть все основания задать мне такой вопрос, — без малейшего замешательства ответил дон Диего и вздохнул. — Я надеялся, что допущенная мной небрежность не будет замечена. Обычно я не веду астрономических наблюдений, так как всецело полагаюсь на навигационное счисление пути. Но, увы, никогда нельзя быть слишком уверенным в себе. Сегодня, взяв в руки квадрант, я, к своему стыду, обнаружил, что уклонился на полградуса к югу, а поэтому Кюрасао находится сейчас от нас почти прямо к северу. Именно эта ошибка и вызвала задержку в пути. Но теперь всё в порядке, и мы придём туда к утру.

Объяснение это было настолько прямым и откровенным, что не оставляло сомнений в честности дона Диего. И когда испанец ушёл, Блад заметил, что вообще нелепо подозревать его в чём-либо, ибо он доказал свою честность, открыто заявив о своём согласии скорее умереть, чем взять на себя какие-либо обязательства, несовместимые с его честью.

Впервые попав в Карибское море и не зная повадок здешних авантюристов, капитан Блад всё ещё питал по отношению к ним некоторые иллюзии. Однако события следующего дня грубо их развеяли.

Выйдя на палубу до восхода солнца, он увидел перед собой туманную полоску земли, обещанную им испанцем накануне. Примерно в десяти милях от корабля тянулась длинная береговая линия, простираясь по горизонту далеко на восток и запад. Прямо перед ними лежал большой мыс. Очертания берегов смутили Блада, он нахмурился, так как никогда не думал, что остров Кюрасао может быть так велик. То, что находилось перед ним, скорее походило не на остров, а на материк.

Справа по борту, в трёх-четырёх милях от них, шёл большой корабль, водоизмещением не меньшим, если не большим, чем «Синко Льягас». Пока Блад наблюдал за ним, корабль изменил курс, развернулся и в крутом бейдевинде пошёл на сближение.

Человек двенадцать из команды Блада, встревоженные, бросились на бак, нетерпеливо посматривая на сушу.

— Вот это и есть обещанная земля, дон Педро, — услышал он позади себя чей-то голос, говоривший по-испански.

Нотка скрытого торжества, прозвучавшая в этом голосе, сразу же разбудила в Бладе все его подозрения. Он так круто повернулся к дону Диего, что увидел ироническую улыбку, не успевшую исчезнуть с лица испанца.

— Ваша радость при виде этой земли по меньшей мере непонятна, — сказал Блад.

— Да, конечно! — Испанец потёр руки, и Блад заметил, что они дрожали. — Это радость моряка.

— Или предателя, что вернее, — спокойно сказал Блад. Когда испанец попятился от него с внезапно изменившимся выражением лица, которое полностью уничтожило все сомнения Блада, он указал рукой на сушу и резко спросил: — Хватит ли у вас наглости и сейчас утверждать, что это берег Кюрасао? — Он решительно наступал на дона Диего, который шаг за шагом отходил назад. — Может быть, вы хотите, чтобы я сказал вам, что это за земля? Вы хотите этого?

Уверенность, с которой говорил Блад, казалось, ошеломила испанца; он молчал. И здесь капитан Блад наугад, а быть может, и не совсем наугад, рискнул высказать свою догадку. Если эта береговая линия не принадлежала Мэйну, что было не совсем невероятно, то она могла принадлежать либо Кубе, либо Гаити. Но остров Куба, несомненно, лежал дальше к северо-западу, и Блад тут же сообразил, что дон Диего, замыслив предательство, мог привести их к берегам ближайшей из этих испанских территорий.

— Эта земля, предатель и клятвопреступник, — остров Гаити!

Он пристально всматривался в смуглое и сразу же побледневшее лицо испанца, чтобы убедиться, как он будет реагировать на его слова. Но сейчас отступавший испанец дошёл уже до середины шканцев[1], где бизань[2] мешала стоявшим внизу англичанам видеть Блада и дона Диего. Губы испанца скривились в презрительной улыбке.

— Ты слишком много знаешь, английская собака! — тяжело дыша, сказал он и, бросившись на Блада, схватил его за горло.

---

[1] Шканцы — часть верхней судовой палубы между средней и задней мачтами.

[2] Бизань — нижний косой парус на бизань мачте.

Они отчаянно боролись, крепко обхватив друг друга. Блад подставил испанцу ногу и вместе с ним упал на палубу. Испанец, слишком понадеявшись на свои силы, рассчитывал, что сумеет задушить Блада и выиграет полчаса, необходимые для подхода того прекрасного судна, которое уже направлялось к ним. То, что судно было испанским, не вызывало никаких сомнений, так как ни один корабль другой национальности не мог бы так смело крейсировать в испанских водах у берегов Гаити. Однако расчёты дона Диего не оправдались, и он сообразил это слишком поздно, когда стальные мускулы сжали его клещами. Прижав испанца к палубе коленом, Блад криками сзывал своих людей, которые, топая по трапу, поднимались наверх.

— Не пора ли тебе помолиться за свою грязную душу? — в ярости спросил Блад.

Однако дон Диего, положение которого было совершенно безнадёжным, заставил себя улыбнуться и ответил издевательски:

— А кто помолится за твою душу, когда вот этот галион возьмёт вас на абордаж?!

— Вот этот галион? — переспросил Блад, мучительно осознав, что уже было нельзя избежать последствий предательства дона Диего.

— Да, этот галион! Ты знаешь, что это за корабль? Это «Энкарнасион» флагманский корабль главнокомандующего испанским флотом в здешних водах — адмирала дона Мигеля де Эспиноса, моего брата. Это очень удачная встреча. Всевышний, как видишь, блюдёт интересы католической Испании.

Светлые глаза капитана Блада блеснули, а лицо приняло суровое выражение.

— Связать ему руки и ноги! — приказал Блад своим людям и добавил: — Чтобы ни один волосок не упал с драгоценной головы этого мерзавца!

Такое предупреждение было отнюдь не лишним, так как его люди, рассвирепев от мысли, что им угрожает рабство более страшное, чем то, из которого они только что вырвались, были готовы разорвать испанца в клочья. И если сейчас они подчинились своему капитану и удержались от этого, то только потому, что стальная нотка в голосе Блада обещала дону Диего де Эспиноса-и-Вальдес не обычную смерть, а нечто более изощрённое.

— Грязный пират! — презрительно бросил Блад. — Где же твоё честное слово, подлец!

Дон Диего взглянул на него и засмеялся.

— Ты недооцениваешь меня, — сказал он по-английски, чтобы все его поняли. — Да, я говорил, что не боюсь смерти, и докажу это! Понятно, английская собака?!

— Ирландская, с твоего разрешения, — поправил его Блад. — А где же твоё честное слово, испанская скотина?

— Неужели ты мог допустить, чтобы я оставил в ваших грязных лапах прекрасный корабль, на котором вы сражались бы с испанцами? Ха-ха-ха! — злорадно засмеялся дон Диего. — Идиоты! Можете меня убить, но я умру с сознанием выполненного долга. Не пройдёт и часа, как всех вас закуют в кандалы, а «Синко Льягас» будет возвращён Испании.

Капитан Блад, спокойное лицо которого побледнело, несмотря на густой загар, испытующе взглянул на пленника. Разъярённые повстанцы стояли над ним, готовые его растерзать. Они жаждали крови.

— Не смейте его трогать! — властно скомандовал капитан Блад, повернулся на каблуках, подошёл к борту и застыл в глубоком раздумье.

К нему подошли Хагторп, Волверстон и канонир Огл. Молчаливо всматривались они в приближавшийся корабль. Сейчас он шёл наперерез курсу «Синко Льягас».

— Через полчаса он сблизится с нами, и его пушки сметут всё с нашей палубы, — заметил Блад.

— Мы будем драться! — с проклятием закричал одноглазый гигант.

— Драться? — насмешливо улыбнулся Блад. — Разве мы можем драться, если у нас на борту всего двадцать человек? Нет, у нас только один выход: убедить капитана этого корабля в том, что мы испанцы, что на борту у нас всё в порядке, а затем продолжать наш путь.

— Но как это сделать? — спросил Хагторп.

— Как это сделать? — повторил Блад. — Конечно, если бы… — Он смолк и задумчиво стал всматриваться в зелёную воду.

Огл, склонный к сарказму, предложил:

— Конечно, мы могли бы послать дона Диего де Эспиноса с испанскими гребцами заверить его брата-адмирала, что все мы являемся верноподданными его католического величества, короля Испании…

Капитан вскипел и резко повернулся к нему с явным намерением осадить насмешника. Но внезапно выражение его лица изменилось, а в глазах вспыхнуло вдохновение.

— Чёрт возьми, а ведь ты прав! Проклятый пират не боится смерти, но у его сына может быть другое мнение. Сыновняя почтительность у испанцев весьма распространённое и сильное чувство… Эй, вы! — обратился он к людям, стоявшим возле пленника. — Тащите его сюда!

И, показывая дорогу, Блад спустился через люк в полумрак трюма, где воздух был пропитан запахом смолы и снастей, затем направился к корме и, широко распахнув дверь, вошёл в просторную кают-компанию.

Несколько человек волокли за ним связанного испанца.

Все, кто остался на борту, готовы были примчаться сюда, чтобы узнать, как Блад расправится с предателем, но капитан приказал им не покидать палубы.

В кают-компании стояли три заряженные кормовые пушки. Их дула высовывались в открытые амбразуры.

— За работу, Огл! — приказал Блад, обращаясь к коренастому канониру, указав ему на среднюю пушку. — Откати её назад.

Огл тотчас же выполнил распоряжение капитана. Блад кивнул головой людям, державшим дона Диего.

— Привяжите его к жерлу пушки! — приказал он и, пока они торопливо выполняли его приказ, сказал, обратясь к остальным: — Отправляйтесь в кормовую рубку и приведите сюда испанских пленных. А ты, Дайк, беги наверх и прикажи поднять испанский флаг.

Дон Диего, привязанный к жерлу пушки, неистово вращал глазами, проклиная капитана Блада. Руки испанца были заведены за спину и туго стянуты верёвками, а ноги привязаны к станинам лафета. Даже бесстрашный человек, смело глядевший в лицо смерти, может ужаснуться, точно узнав, какой именно смертью ему придётся умирать.

На губах у испанца выступила пена, но он не переставал проклинать и оскорблять своего мучителя:

— Варвар! Дикарь! Проклятый еретик! Неужели ты не можешь прикончить меня как-нибудь по-христиански?

Капитан Блад, не удостоив его даже словом, повернулся к шестнадцати закованным в кандалы испанским пленникам, спешно согнанным в кают-компанию.

Уже по пути сюда они слышали крики дона Диего, а сейчас с ужасом увидели, в каком положении он находится. Миловидный подросток с кожей оливкового цвета, выделявшийся среди пленников своим костюмом и манерой держаться, рванулся вперёд и крикнул:

— Отец!

Извиваясь в руках тех, кто с силой удерживал его, он призывал небо и ад отвратить этот кошмар, а затем обратился к капитану с мольбой о милосердии, причём эта мольба в одно и то же время была и неистовой и жалобной. Взглянув на молодого испанца, капитан Блад с удовлетворением подумал, что отпрыск дона Диего в достаточной степени обладает чувством сыновней привязанности.

Позже Блад признавался, что на мгновение его разум возмутился против выработанного им жестокого плана. И для того чтобы прогнать это чувство, он вызвал в себе воспоминание о злодействах испанцев в Бриджтауне. Он припомнил побледневшее личико Мэри Трэйл, когда она в ужасе спасалась от насильника-головореза, которого он убил; он вспомнил и другие, не поддающиеся описанию картины этого кошмарного дня, и это укрепило угасавшую в нём твёрдость. Бесчувственные, кровожадные испанцы, со своим религиозным фанатизмом, не имели в себе даже искры той христианской веры, символ которой был водружён на мачте приближавшегося к ним корабля. Ещё минуту назад мстительный и злобный дон Диего утверждал, будто господь бог благоволит к католической Испании. Ну что ж, дон Диего будет сурово наказан за это заблуждение.

Почувствовав, что твёрдость вернулась в его сердце, Блад приказал Оглу зажечь фитиль и снять свинцовый фартук с запального отверстия пушки, к жерлу которой был привязан дон Диего. И когда Эспиноса-младший разразился новыми проклятиями, перемешанными с мольбой, Блад круто повернулся к нему.

— Молчи! — гневно бросил он. — Молчи и слушай! Я вовсе не имею намерения отправить твоего отца в ад, как он этого заслуживает. Я не хочу убивать его, понимаешь?

Удивлённый таким заявлением, сын дона Диего сразу же замолчал, и капитан Блад заговорил на том безупречном испанском языке, которым он так блестяще владел, к счастью как для дона Диего, так и для себя:

— Из-за подлого предательства твоего отца мы попали в тяжкое положение. У нас есть все основания опасаться, что этот испанский корабль захватит «Синко Льягас». И тогда нас ждёт гибель. Так же как твой отец опознал флагманский корабль своего брата, так и его брат, конечно, уже узнал «Синко Льягас». Когда «Энкарнасион» приблизится к нам, то твой дядя поймёт, что именно здесь произошло. Нас обстреляют или возьмут на абордаж. Твой отец знал, что мы не в состоянии драться, потому что нас слишком мало, но мы не сдадимся без боя, а будем драться! — Он положил руку на лафет пушки, к которой был привязан дон Диего. — Ты должен ясно представить себе одно: на первый же выстрел с «Энкарнасиона» ответит вот эта пушка. Надеюсь, ты понял меня?

Дрожащий от страха Эспиноса-младший взглянул в беспощадные глаза Блада, и его оливковое лицо посерело.

— Понял ли я? — запинаясь, пробормотал юноша. — Но что я должен понять? Если есть возможность избежать боя и я могу помочь вам, скажите мне об этом.

— Боя могло бы и не быть, если бы дон Диего де Эспиноса лично прибыл на борт корабля своего брата и заверил его, что «Синко Льягас» по-прежнему принадлежит Испании, как об этом свидетельствует его флаг, и что на борту корабля всё в порядке. Но дон Диего не может отправиться лично к брату, так как он... занят другим делом. Ну, допустим, у него лёгкий приступ лихорадки и он вынужден оставаться в своей каюте. Как его сын ты можешь передать всё это своему дяде и засвидетельствовать ему своё почтение. Ты поедешь с шестью гребцами-испанцами, из которых сам отберёшь наименее болтливых, а я, знатный испанец, освобождённый вами на Барбадосе из английского плена, буду сопровождать тебя. Если я вернусь живым и если ничто не помешает нам беспрепятственно отплыть отсюда, дон Диего останется жить, так же как и все вы. Но если случится какая-либо неприятность, то бой с нашей стороны, как я уже сказал, начнётся выстрелом вот из этой пушки, и твой отец станет первой жертвой схватки.

Он умолк. Из толпы его товарищей послышались возгласы одобрения, а испанские пленники заволновались. Эспиноса-младший, тяжело дыша, ожидал, что отец даст ему какие-то указания, но дон Диего молчал. Видимо, мужество покинуло его в этом жестоком испытании, и он предоставлял решение сыну, так как, возможно, не рискнул советовать ему отвергнуть предложение Блада или, по всей вероятности, посчитал для себя унизительным убеждать сына согласиться с ним.

— Ну, хватит! — сказал Блад. — Теперь тебе всё понятно. Что ты скажешь?

Дон Эстебан провёл языком по сухим губам и дрожащей рукой вытер пот, выступивший у него на лбу. Он в отчаянии взглянул на отца, словно умоляя его сказать что-нибудь, но дон Диего продолжал молчать. Юноша всхлипнул, и из его горла вырвался звук, похожий на рыдание.

— Я... согласен, — ответил он наконец и повернулся к испанцам. — И вы... вы тоже согласны! — с волнением и настойчивостью произнёс он. — Ради дона Диего, ради меня, ради всех нас. Если вы не согласитесь, то с нами расправятся без всякой пощады.

Поскольку дон Эстебан дал согласие, а их командир не приказывал им сопротивляться, то зачем же им было проявлять какой-то бесполезный героизм? Не раздумывая, они ответили, что сделают всё, как нужно.

Блад отвернулся от них и подошёл к дону Диего:

— Очень сожалею, что я вынужден оставить вас на некоторое время в таком неудобном положении... — Тут он на секунду прервал себя, нахмурился, внимательно поглядел на своего пленника и после этой едва заметной паузы продолжал: — Но я думаю, что вам уже нечего опасаться. Надеюсь, худшее не случится.

Дон Диего продолжал молчать.

Питер Блад ещё раз внимательно поглядел на бывшего командира «Синко Льягас» и затем, поклонившись ему, отошёл.

Глава XII. Дон Педро Сангре[1]

Обменявшись приветственными сигналами, «Синко Льягас» и «Энкарнасион» легли в дрейф на расстоянии четверти мили друг от друга. Через это пространство покрытого рябью и залитого солнцем моря от «Синко Льягас» к «Энкарнасиону» направилась шлюпка с шестью гребцами-испанцами. На корме с доном Эстебаном де Эспиноса сидел капитан Блад.

На дне шлюпки стояли два железных ящика, хранивших пятьдесят тысяч песо. Золото во все времена было отличным доказательством добросовестности, а Блад считал необходимым произвести самое благоприятное впечатление. Правда, люди Блада пытались доказать ему, что он слишком уж усердствовал в обеспечении обмана, однако он сумел настоять на своём. Он взял с собой также объёмистую посылку с многочисленными печатями герба де Эспиноса-и-Вальдес, адресованную испанскому гранду, — ещё одно «доказательство», поспешно сфабрикованное на «Синко Льягас».

В немногие минуты, оставшиеся до прибытия на «Энкарнасион», Блад давал последние указания своему молодому спутнику — дону Эстебану, который, видимо, всё ещё колебался в чём-то и не мог решиться высказать вслух свои сомнения.

Блад внимательно взглянул на юношу.

— А что, если вы сами выдадите себя? — воскликнул тот.

— Тогда всё закончится крайне печально для... всех. Я просил твоего отца молиться за наш успех, а от тебя жду помощи, — сказал Блад.

— Я сделаю всё, что смогу. Клянусь богом, я сделаю всё! — с юношеской горячностью воскликнул дон Эстебан.

---

[1] Sangre (исп.) — кровь, что вполне соответствует значанию этого слова (Blood) по-английски.

Блад задумчиво кивнул головой, и никто уже не произнёс ни слова до тех пор, пока шлюпка не коснулась обшивки плавучей громады «Энкарнасиона». Дон Эстебан в сопровождении Блада поднялся по верёвочному трапу. На шкафуте в ожидании гостей стоял сам адмирал — высокий, надменный человек, весьма похожий на дона Диего, но немного старше его и с сединой на висках. Рядом с ним стояли четыре офицера и монах в чёрно-белой сутане доминиканского ордена.

Испанский адмирал прижал к груди своего племянника, объяснив себе его трепет, бледность и прерывистое дыхание волнением от встречи с дядей. Затем, повернувшись, он приветствовал спутника дона Эстебана.

Питер Блад отвесил изящный поклон, вполне владея собой, если судить только по его внешнему виду.

— Я — дон Педро Сангре, — объявил он, переводя буквально свою фамилию на испанский язык, — несчастный кабальеро из Леона, освобождённый из плена храбрейшим отцом дона Эстебана. — И в нескольких словах он изложил те воображаемые обстоятельства, при которых он якобы попал в плен к проклятым еретикам с острова Барбадос и как его освободил дон Диего.

— Benedicticamus Domino[1], — сказал монах, выслушав эту краткую историю.

— Ex hoc nunc et usque in seculum[2], — скромно опустив глаза, ответил Блад, который всегда, когда это было ему нужно, вспоминал о том, что он католик.

Адмирал и офицеры, сочувственно выслушав рассказ кабальеро, сердечно его приветствовали. Но вот наконец был задан давно уже ожидаемый вопрос:

— А где же мой брат? Почему он не прибыл на корабль, чтобы лично приветствовать меня?

---

[1] Benedicticamus Domino (лат.) — возблагодарим господа.

[2] Ex hoc nunc et usque in seculum (лат.) — ныне и присно и во веки веков.

Эспиноса-младший ответил так:

— Мой отец с огорчением вынужден был лишить себя этой чести и удовольствия. К сожалению, дорогой дядя, он немного нездоров, и это заставляет его не покидать своей каюты... О нет, нет, ничего серьёзного! У него лёгкая лихорадка от небольшой раны, полученной им во время недавнего нападения на остров Барбадос, когда, к счастью, был освобождён из неволи и этот кабальеро.

— Позволь, племянник, позволь! — с притворной суровостью запротестовал дон Мигель. — Какое нападение? Мне ничего не известно обо всём этом. Я имею честь представлять здесь его католическое величество короля Испании, а он находится в мире с английским королём. Ты уже и так сообщил мне больше, чем следовало бы... Я попытаюсь забыть всё это, о чём попрошу и вас, господа, — добавил он, обращаясь к своим офицерам. При этом он подмигнул улыбающемуся капитану Бладу и добавил: — Ну что ж! Если брат не может приехать ко мне, я сам поеду к нему.

Дон Эстебан побледнел, словно мертвец, с лица Блада сбежала улыбка, но он не потерял присутствия духа и конфиденциальным тоном, в котором восхитительно смешивались почтительность, убеждение и ирония, сказал:

— С вашего позволения, дон Мигель, осмеливаюсь заметить, что вот именно этого вам не следует делать. И в данном случае я высказываю точку зрения дона Диего. Вы не должны встречаться с ним, пока не заживут его раны. Это не только его желание, но и главная причина, объясняющая его отсутствие на борту «Энкарнасиона». Говоря по правде, раны вашего брата, дон Мигель, не настолько уж серьёзны, чтобы помешать его прибытию сюда. Дона Диего гораздо больше тревожит не его здоровье, а опасность поставить вас в ложное положение, если вы непосредственно от него услышите о том, что произошло несколько дней назад. Как вы изволили сказать, ваше высокопревосходительство, между его католическим величеством королём Испании и английским королём — мир, а дон Диего, ваш брат... — Блад на мгновение запнулся. — Полагаю, у меня нет необходимости что-либо добавлять. То, что вы услыхали о каком-то нападении, только слухи, вздорные слухи, не больше. Ваше высокопревосходительство прекрасно понимает это, не правда ли?

Его высокопревосходительство адмирал нахмурился.

— Да, я понимаю, но… не всё, — сказал он задумчиво.

На какую-то долю секунды Бладом овладело беспокойство. Не вызвала ли его личность сомнений у этого испанца? Но разве по одежде и по языку кабальеро Педро Сангре не был настоящим испанцем и разве не стоял рядом с ним дон Эстебан, готовый подтвердить его историю? И прежде чем адмирал успел вымолвить хотя бы слово, Блад поспешил дать дополнительное подтверждение:

— А вот здесь в лодке два сундука с пятьюдесятью тысячами песо, которые нам поручено доставить вашему высокопревосходительству.

Его высокопревосходительство даже подпрыгнул от восторга, а офицеры его внезапно заволновались.

— Это выкуп, полученный доном Диего от губернатора Барба…

— Ради бога, ни слова больше! — воскликнул адмирал. — Я ничего не слышал… Мой брат желает, чтобы я доставил для него эти деньги в Испанию? Хорошо! Но это дело семейное. Оно касается только моего брата и меня. Сделать это, конечно, можно. Но я не должен знать… — Он смолк. — Гм! Пока будут поднимать на борт эти сундуки, прошу ко мне на стаканчик малаги, господа.

И адмирал в сопровождении четырёх офицеров и монаха, специально приглашённых для этого случая, направился в свою каюту, убранную с королевской роскошью.

Слуга, разлив по стаканам коричневатое вино, удалился. Дон Мигель, усевшись за стол, погладил свою курчавую острую бородку и, улыбаясь, сказал:

— Пресвятая дева! У моего брата, господа, предусмотрительнейший ум. Ведь я мог бы неосторожно посетить его на корабле и увидеть там такие вещи, которые мне, как адмиралу Испании, было бы трудно не заметить. Эстебан и Блад тут же с ним согласились. Затем Блад, подняв стакан, выпил за процветание Испании и за гибель идиота Якова, сидящего на английском престоле. Вторая половина его тоста была вполне искренней.

Адмирал рассмеялся:

— Синьор! Синьор! Жаль, нет моего брата. Он обуздал бы ваше неблагоразумие. Не забывайте, что его католическое величество и король Яков добрые друзья, и, следовательно, тосты, подобные вашим, в этой каюте, согласитесь, неуместны, но, поскольку такой тост уже произнесён человеком, у которого есть особые причины ненавидеть этих английских собак, мы, конечно, можем выпить, господа, но... неофициально.

Все громко рассмеялись и выпили за гибель короля Якова с ещё большим энтузиазмом, поскольку тост был неофициальным. Затем дон Эстебан, беспокоясь за судьбу отца и помня, что страдания его затягивались по мере их задержки здесь, поднялся и объявил, что им пора возвращаться.

— Мой отец торопится в Сан-Доминго, — объяснил юноша. — Он просил меня прибыть сюда только для того, чтобы обнять вас, дорогой дядя. Поэтому прошу вашего разрешения откланяться.

Адмирал, разумеется, не счёл возможным их задерживать.

Подходя к верёвочному трапу, Блад тревожно взглянул на матросов «Энкарнасиона», которые, перегнувшись через борт, болтали с гребцами шлюпки, качавшейся на волнах глубоко внизу. Поведение гребцов, однако, не вызывало оснований для беспокойства. Люди из команды «Синко Льягас», к счастью для себя, держали язык за зубами.

Адмирал попрощался с Эстебаном нежно, а с Бладом церемонно:

— Весьма сожалею, что нам приходится расставаться с вами так скоро, дон Педро. Мне хотелось бы, чтобы вы провели больше времени на «Энкарнасионе».

— Мне, как всегда, не везёт, — вежливо ответил Блад.

— Но льщу себя надеждой, что мы вскоре встретимся, кабальеро.

— Вы оказываете мне высокую честь, дон Мигель, — церемонно ответил Блад. — Она превышает мои скромные заслуги.

Они спустились в шлюпку и, оставляя за собой огромный корабль, с гакаборта которого адмирал махал им рукой, услыхали пронзительный свисток боцмана, приказывающий команде занять свои места. Ещё не дойдя до «Синко Льягас», они увидели, что «Энкарнасион», подняв паруса и делая поворот оверштаг [1], приспустил в знак прощания флаг и отсалютовал им пушечным выстрелом.

На борту «Синко Льягас» у кого-то (позже выяснилось, что у Хагторпа) хватило ума ответить тем же. Комедия заканчивалась, но финал её был неожиданно окрашен мрачной краской.

Когда они поднялись на борт «Синко Льягас», их встретил Хагторп. Блад обратил внимание на какое-то застывшее, почти испуганное выражение его лица.

— Я вижу, что ты уже это заметил, — тихо сказал Блад.

Хагторп понимающе взглянул на него и тут же отбросил мелькнувшую в его мозгу мысль: капитан Блад явно не мог знать о том, что он хотел ему сказать.

— Дон Диего… — начал было Хагторп, но затем остановился и как-то странно посмотрел на Блада.

Дон Эстебан перехватил взгляды, какими обменялись Хагторп и Блад, побледнел как полотно и бросился к ним.

— Вы не сдержали слова, собаки? Что вы сделали с отцом? — закричал он, а шестеро испанцев, стоявших позади него, громко зароптали.

— Мы не нарушали обещания, — решительно ответил Хагторп, и ропот сразу умолк. — В этом не было никакой необходимости. Дон Диего умер ещё до того, как вы подошли к «Энкарнасиону».

---

[1] Поворот оверштаг (морск.) — поворот парусного судна против линии ветра с одного курса на другой.

Питер Блад продолжал молчать.

— Умер? — рыдая, спросил Эстебан. — Ты хочешь сказать, что вы убили его! Отчего он умер?

Хагторп посмотрел на юношу.

— Насколько я могу судить, — сказал он, — он умер от страха.

Услышав такой оскорбительный ответ, дон Эстебан влепил Хагторпу пощёчину, и тот, конечно, ответил бы ему тем же, если бы Блад не стал меж ними и если бы его люди не схватили молодого испанца.

— Перестань, — сказал Блад. — Ты сам вызвал мальчишку на это, оскорбив его отца.

— Я думаю не об оскорблении, — ответил Хагторп, потирая щёку, — а о том, что произошло. Пойдём посмотрим.

— Мне нечего смотреть, — сказал Блад. — Он умер ещё до того, как мы сошли с борта «Синко Льягас», и уже мёртвый висел на верёвках, когда я с ним разговаривал.

— Что вы говорите? — закричал Эстебан.

Блад печально взглянул на него, чуть-чуть улыбнулся и спокойно спросил:

— Ты сожалеешь о том, что не знал об этом раньше? Не так ли?

Эстебан недоверчиво смотрел на него широко открытыми глазами.

— Я вам не верю, — наконец сказал он.

— Это твоё дело, но я врач и не могу ошибиться, когда вижу перед собой умершего.

Снова наступила пауза, и юноша медленно начал сознавать, что случилось.

— Знай я об этом раньше, ты уже висел бы на нок-рее «Энкарнасиона!»

— Несомненно. Вот поэтому я сейчас и думаю о той выгоде, какую человек может извлечь из того, что знает он и чего не знают другие.

— Но ты ещё будешь там болтаться! — бушевал Эспиноса-младший.

Капитан Блад пожал плечами и отвернулся. Однако слова эти он запомнил, так же как запомнил их Хагторп и все, кто стоял на палубе. Это выяснилось на совете, состоявшемся вечером. Совет собрался для решения дальнейшей судьбы испанских пленников. Всем было ясно, что они не смогут добраться до Кюрасао, так как запасы воды и продовольствия были уже на исходе, а Питт ещё не мог приступить к своим штурманским обязанностям. Обсудив всё это, они решили направиться к востоку от острова Гаити и, пройдя вдоль его северного побережья, добраться до острова Тортуга.

Там, в порту, принадлежавшем французской Вест-Индской компании, им по крайней мере не угрожала опасность захвата.

Сейчас возникал вопрос, должны ли они тащить с собой испанских пленников или же, посадив их в лодку, дать им возможность самим добираться до земли, находившейся всего лишь в десяти милях. Именно это предлагал сделать Блад.

— У нас нет иного выхода, — настойчиво доказывал он. — На Тортуге их сожгут живьём.

— Эти свиньи заслуживают и худшего! — проворчал Волверстон.

— Вспомни, Питер, — вмешался Хагторп, — чем тебе сегодня угрожал мальчишка. Если он спасётся и расскажет дяде-адмиралу о том, что случилось, осуществление его угрозы станет более чем возможным.

— Я не боюсь его угроз.

— А напрасно, — заметил Волверстон. — Разумнее было бы повесить его вместе с остальными.

— Гуманность проявляется не только в разумных поступках, — сказал Блад, размышляя вслух. — Иногда лучше ошибаться во имя гуманности, даже если эта ошибка, пусть даже в виде исключения, объясняется состраданием. Мы пойдём на такое исключение. Я не могу согласиться с таким хладнокровным убийством. На рассвете дайте испанцам шлюпку, бочонок воды, несколько лепёшек, и пусть они убираются к дьяволу!

Это было его последнее слово. Люди, наделившие Блада властью, согласились с его решением, и на рассвете дон Эстебан и его соотечественники покинули корабль.

Два дня спустя «Синко Льягас» вошёл в окружённую скалами Кайонскую бухту. Эта бухта, созданная природой, представляла собой неприступную цитадель для тех, кому посчастливилось её захватить.

Глава XIII. ТОРТУГА

Сейчас будет вполне своевременно предать гласности тот факт, что история подвигов капитана Блада дошла до нас только благодаря трудолюбию Джереми Питта — шкипера из Сомерсетшира. Молодой человек был не только хорошим моряком, но и обладателем бойкого пера, которое он неутомимо использовал, воодушевляемый несомненной привязанностью к Питеру Бладу.

Питт вёл судовой журнал так, как не вёлся ни один подобного рода журнал из тех, что мне довелось видеть. Он состоял из двадцати с лишним томов различного формата. Часть томов безвозвратно утрачена, в других не хватает многих страниц. Однако если при тщательном ознакомлении с ними в библиотеке г-на Джеймса Спека из Комертина я временами страшно досадовал на пропуски, то порой меня искренне удручало чрезмерное многословие Питта, создававшее большие трудности при отборе наиболее существенных фактов из беспорядочной массы дошедших до нас документов.

Первые тома журнала Питта почти целиком заняты изложением событий, предшествовавших появлению Блада на Тортуге. Эти тома, так же как и собрание протоколов государственных судебных процессов, пока что являются главными, хотя и не единственными источниками, откуда я черпал материалы для моего повествования.

Питт особенно подчёркивает тот факт, что именно эти обстоятельства, на которых я подробно останавливался, вынудили Питера Блада искать убежища на Тортуге. Он пишет об этом пространно и с заметным пристрастием, убеждающим нас в том, что в своё время на этот счёт высказывалось другое мнение.

Он настаивает на отсутствии у Блада и его товарищей по несчастью каких-либо предварительных намерений объединиться с пиратами, которые превратили, под полуофициальной защитой французов, Тортугу в свою базу, откуда и совершали пиратские набеги на испанские колонии и корабли.

По утверждению Питта, Блад вначале стремился уехать во Францию или Голландию. Однако в ожидании попутного корабля он израсходовал почти все имевшиеся у него деньги. Их у него было не очень много, и Питт сообщает, что тогда-то он и заметил признаки внутреннего беспокойства, мучившего его друга. Питт высказывает предположение, что Блад, общаясь в эти дни вынужденного бездействия с искателями приключений, заразился их настроениями, столь характерными для этой части Вест-Индии.

Я не думаю, чтобы Питта можно было обвинить в придумывании каких-то оправданий для своего друга, потому что многое действительно могло угнетать Питера Блада. Несомненно, он часто думал об Арабелле Бишоп и сходил с ума, сознавая, что она для него недосягаема. Он любил Арабеллу и в то же время понимал, что она потеряна для него безвозвратно. Вполне объяснимо, конечно, его желание уехать во Францию или в Голландию, но вряд ли он мог объяснить и отчётливо представить себе, что будет там делать. Ведь в конце концов он был беглым рабом, человеком, объявленным вне закона у себя на родине, и бездомным изгнанником на чужбине. Оставалось только море, открытое для всех и особенно манящее к себе тех, кто чувствовал себя во вражде со всем человечеством.

Таким образом, душевное состояние Блада и свойственный ему дух смелой предприимчивости, толкнувшие его в своё время на поиски приключений просто из-за любви к ним, вынудили его уступить, а наличие у него богатого опыта и, я сказал бы, даже таланта в командовании военными кораблями лишь умножило соблазнительность выдвигаемых предложений. Следует также помнить, что такие заманчивые предложения исходили не только от знакомых ему пиратов, наполнявших кабачки Тортуги, но даже и от губернатора острова д'Ожерона, получавшего от корсаров в качестве портовых сборов десятую часть всей их добычи. Помимо этого, д'Ожерон неплохо зарабатывал и на комиссионных поручениях, принимая наличные деньги и выдавая взамен их векселя, подлежащие оплате во Франции.

Занятие, которое казалось бы отвратительным, если бы в защиту его высказывались только грязные, полупьяные авантюристы, охотники, лесорубы и прибрежные жители, собирающие всё то, что выбрасывается морем, становилось солидной, почти узаконенной разновидностью каперства[1], когда его необходимость убедительно доказывал изысканно одетый господин, представлявший здесь интересы французской Вест-Индской компании с таким видом, будто он был представителем самой Франции.

Все, кто спасся с Питером Бладом с плантаций Барбадоса, и в числе их сам Джереми Питт, в ушах которого постоянно шумел настойчивый зов моря, почувствовав себя вечными изгнанниками, также хотели присоединиться к великому «береговому братству», как называли себя пираты. Они настоятельно требовали от Блада согласия быть их, вожаком и клялись следовать за ним повсюду.

Если подвести итог под записями Джереми, посвящёнными этому вопросу, то выйдет так, что Блад подчинился своим настроениям и настояниям друзей и отдался течению судьбы, заявив, что от неё всё равно никуда не уйдёшь. Я думаю, что основной причиной его колебаний и столь длительного сопротивления была мысль об Арабелле Бишоп. Ни тогда, ни позже он не задумывался о том, что им, может быть, не суждено больше встретиться. Он представлял себе, с каким презрением она будет вспоминать о нём, услышав, что он стал корсаром, и это презрение, существовавшее пока лишь в его воображении, причиняло ему такую боль, как если бы оно уже стало реальностью.

Мысль об Арабелле Бишоп никогда не покидала его. Совершив сделку со своей совестью — а воспоминания об этой девушке

---

[1] Каперство — в военное время (до запрещения в 1856 году) преследование и захват частными судами коммерческих неприятельских судов или судов нейтральных стран, занимающихся перевозкой грузов в пользу воюющей страны.

делали его совесть болезненно чувствительной, — он дал клятву сохранить свои руки настолько чистыми, насколько это было возможно для человека отчаянной профессии, которую он сейчас выбрал. Он, видимо, не питал никаких обманчивых надежд когда-либо добиться взаимности этой девушки или даже вообще встретиться с ней, но горькая память о ней должна была навсегда сохраниться в его душе.

Приняв решение, он с увлечением занялся подготовкой к пиратской деятельности. Д'Ожерон, пожалуй, самый услужливый из всех губернаторов, дал ему значительную ссуду на снаряжение корабля «Синко Льягас», переименованного в «Арабеллу». Блад долго раздумывал, перед тем как дать кораблю новое имя, опасаясь выдать этим свои истинные чувства. Однако его друзья увидели в новом имени корабля лишь выражение иронии, свойственной их руководителю.

Неплохо разбираясь в людях, Блад добавил к числу своих сторонников ещё шестьдесят человек, тщательно отобранных им из числа искателей приключений, околачивающихся на Тортуге. Как было принято неписаными законами «берегового братства», он заключил договор с каждым членом своей команды, по которому договаривающийся получал определённую долю захваченной добычи. Но во всех остальных отношениях этот договор резко отличался от соглашений подобного рода. Все проявления буйной недисциплинированности, обычные для корсарских кораблей, на борту «Арабеллы» категорически запрещались. Те, кто уходил с Бладом в океан, обязывались полностью и во всём подчиняться ему и ими самими выбранным офицерам, а те, кого не устраивали эти условия, могли искать себе другого вожака.

В канун Нового года, после окончания сезона штормов, Блад вышел в море на хорошо оснащённом и полностью укомплектованном корабле. Но, ещё прежде чем он возвратился в мае из затянувшегося и насыщенного событиями плавания, слава о нём промчалась по Карибскому морю подобно ряби, гонимой ветром.

В самом начале плавания в Наветренном проливе произошла битва с испанским галионом, закончившаяся его потоплением. Затем с помощью нескольких пирог был совершён дерзкий налёт на испанскую флотилию, занимавшуюся добычей жемчуга у Риодель-Хача, и захвачена вся добыча этой флотилии. Потом была предпринята десантная экспедиция на золотые прииски Санта-Мария на Мэйне, подробностям описания которой даже трудно поверить, и совершено ещё несколько других менее громких дел. Из всех схваток команда «Арабеллы» вышла победительницей, захватив богатую добычу и понеся небольшие потери в людях.

Итак, слава об «Арабелле», возвратившейся на Тортугу в мае следующего года, и о капитане Питере Бладе прокатилась от Багамских до Наветренных островов и от Нью-Провиденс[1] до Тринидада.

Эхо этой славы докатилось и до Европы. Испанский посол при Сент-Джеймском дворе, как назывался тогда двор английского короля, представил раздражённую ноту, на которую ему официально ответили, что капитан Блад не только не состоит на королевской службе, но является осуждённым бунтовщиком и беглым рабом, в связи с чем все мероприятия против подлого преступника со стороны его католического величества[2] получат горячее одобрение Якова II.

Дон Мигель де Эспиноса — адмирал Испании в Вест-Индии и племянник его дон Эстебан страстно мечтали захватить этого авантюриста и повесить его на нок-рее своего корабля. Вопрос о захвате Блада, принявший сейчас международный характер, был для них личным, семейным делом.

Дон Мигель не скупился на угрозы по адресу Блада. Слухи об этих угрозах долетели — до Тортуги одновременно с заявлением испанского адмирала о том, что в своей борьбе с Бладом он опирается не только на мощь своей страны, но и на авторитет английского короля.

---

[1] Нью-Провиденс — остров из группы Багамских островов.
[2] Один из титулов испанских королей.

Хвастовство адмирала не испугало капитана Блада. Он не позволил себе и своей команде бездельничать на Тортуге, решив сделать Испанию козлом отпущения за все свои муки. Это вело к достижению двоякой цели: удовлетворяло кипящую в нём жажду мести и приносило пользу — конечно, не ненавистному английскому королю Якову II, но Англии, а с нею и всей остальной части цивилизованного человечества, которую жадная и фанатичная Испания пыталась не допустить к общению с Новым Светом.

Однажды, когда Блад, покуривая трубку, вместе с Хагторпом и Волверстоном сидел за бутылкой рома в пропахшей смолой и табаком прибрежной таверне, к ним подошёл неизвестный человек в расшитом золотом камзоле из тёмно-голубого атласа, подпоясанном широким малиновым кушаком.

— Это вы тот, кого называют Ле Сан?[1] — обратился он к Бладу.

Прежде чем ответить на этот вопрос, капитан Блад взглянул на разряженного головореза. В том, что это был именно головорез, не стоило сомневаться — достаточно было взглянуть на быстрые движения его гибкой фигуры и грубо-красивое смуглое лицо с орлиным носом. Его не очень чистая рука покоилась на эфесе длинной рапиры, на безымянном пальце сверкал огромный брильянт, а уши были украшены золотыми серьгами, полуприкрытыми длинными локонами маслянистых каштановых волос.

Капитан Блад вынул изо рта трубку и ответил:

— Моё имя Питер Блад. Испанцы знают меня под именем дона Педро Сангре, а француз, если ему нравится, может называть меня Ле Сан.

— Хорошо, — сказал авантюрист по-английски и, не ожидая приглашения, пододвинул стул к грязному столу. — Моё имя Левасер, — сообщил он трём собеседникам, из которых по крайней

---

[1] Сан (le sang) — по-французски «кровь».

мере двое подозрительно его рассматривали. — Вы, должно быть, слыхали обо мне.

Да, его имя, конечно, было им известно. Левасер командовал двадцатипушечным капером, неделю назад бросившим якорь в Тортугской бухте. Команда корабля состояла из французов-охотников, которые жили в северной части Гаити и ненавидели испанцев ещё сильнее, чем англичане. Левасер вернулся на Тортугу после малоуспешного похода, однако потребовалось бы нечто гораздо большее, нежели отсутствие успехов, для того чтобы умерить чудовищное тщеславие этого горластого авантюриста. Сварливый, как базарная торговка, пьяница и азартный игрок, он пользовался шумной известностью у дикого «берегового братства». За ним укрепилась и ещё одна репутация совсем иного сорта. Его щегольское беспутство и смазливая внешность привлекали к нему женщин из самых различных слоёв общества. Он открыто хвастался своими успехами у «второй половины человеческого рода», как выражался сам Левасер, и надо отдать справедливость — у него были для этого серьёзные основания.

Ходили упорные слухи, что даже дочь губернатора, мадемуазель д'Ожерон, вошла в число его жертв, и Левасер имел наглость просить у отца её руки. Единственно, чем мог ответить губернатор на лестное предложение стать тестем распутного бандита, — это указать ему на дверь, что он и сделал.

Левасер в ярости удалился, поклявшись, что он женится на дочери губернатора, невзирая на сопротивление всех отцов и матерей в мире, а д'Ожерон будет горько сожалеть, что он оскорбил будущего зятя.

Таков был человек, который за столиком портовой таверны предлагал капитану Бладу объединиться для совместной борьбы с испанцами.

Лет двенадцать назад Левасер, которому тогда едва исполнилось двадцать лет, плавал с жестоким чудовищем — пиратом Л'Оллонэ — и своими последующими «подвигами» доказал, что не зря провёл время в его школе. Среди «берегового братства» тех времён вряд ли нашёлся бы больший негодяй, нежели Левасер. Капитан Блад, чувствуя отвращение к авантюристу, всё же не мог отрицать, что его предложения отличаются смелостью и изобретательностью и что совместно с ним можно было бы предпринять более серьёзные операции, чем те, которые были под силу каждому из них в отдельности. Одной из таких операций, предлагаемых Левасером, был план нападения на богатый город Маракайбо, лежавший вдали от морского берега. Для этого набега требовалось не менее шестисот человек, а их, конечно, нельзя было перевезти на двух имевшихся сейчас у них кораблях. Блад понимал, что без двух-трёх предварительных рейдов, целью которых явился бы захват недостающих кораблей, не обойдёшься.

Хотя Левасер не понравился Бладу и он не захотел сразу же брать на себя какие-либо обязательства, но предложения авантюриста показались ему заманчивыми. Он согласился обдумать их и дать ответ. Хагторп и Волверстон, не разделявшие личной неприязни Блада к этому французу, оказали сильное давление на своего капитана, и в конце концов Левасер и Блад заключили договор, подписанный не только ими, но, как это было принято, и выборными представителями обеих команд.

Договор, помимо всего прочего, предусматривал, что все трофеи, захваченные каждым из кораблей, даже в том случае, если они будут действовать не в совместном бою, а вдали друг от друга, должны строго учитываться: корабль оставлял себе три пятых доли захваченных трофеев, а две пятых обязан был передать другому кораблю. Эти доли в соответствии с заключённым договором следовало честно делить между командами каждого корабля. В остальном все пункты договора не отличались от обычных, включая пункт, по которому любой член команды, признанный виновным в краже или укрытии любой части трофейного имущества, даже если бы стоимость утаённого не превышала одного песо, должен был быть немедленно повешен на рее. Закончив все эти предварительные дела, корсары начали готовиться к выходу в море. Но уже в канун самого отплытия

Левасер едва не был застрелен стражниками, когда перебирался через высокую стену губернаторского сада, для того чтобы нежно распрощаться с влюблённой в него мадемуазель д'Ожерон. Ему не удалось даже повидать её, так как по приказу осторожного папы стражники, сидевшие в засаде среди густых душистых кустарников, дважды в него стреляли. Левасер удалился, поклявшись, что после возвращения всё равно добьётся своего.

Эту ночь Левасер спал на борту своего корабля, названного им, с характерной для него склонностью к крикливости, «Ла Фудр», что в переводе означает «молния». Здесь же на следующий день Левасер встретился с Бладом, полунасмешливо приветствуя его как своего адмирала. Капитан «Арабеллы» хотел уточнить кое-какие детали совместного плавания, из которых для нас представляет интерес только их договорённость о том, что, если в море — случайно или по необходимости — им придётся разделиться, они поскорее должны будут снова встретиться на Тортуге.

Закончив недолгое совещание, Левасер угостил своего адмирала обедом, и они подняли бокалы за успех экспедиции. При этом Левасер проявил такое усердие, что напился почти до потери сознания.

Под вечер Питер Блад вернулся на свой корабль, красный фальшборт которого и позолоченные амбразуры сверкали в лучах заходящего солнца.

На душе у него было неспокойно. Я уже отмечал, что он неплохо разбирался в людях, и неприятное впечатление, произведённое на него Левасером, вызывало опасения, увеличивавшиеся по мере приближения выхода в море. Он сказал об этом Волверстону, встретившему его на борту «Арабеллы»:

— Чёрт бы вас взял, бродяги! Уговорили вы меня заключить этот договор. Вряд ли из нашего содружества выйдет толк.

Но гигант, насмешливо прищурив единственный налитый кровью глаз, улыбнулся и, выдвинув вперёд свою массивную челюсть, заметил:

— Мы свернём шею этому псу, если он попытается нас предать.

— Да, конечно, если к тому времени у нас будет возможность сделать это, — сказал Блад и, уходя в свою каюту, добавил: — Утром, с началом отлива, мы выходим в море.

Глава XIV. «ПОДВИГИ» ЛЕВАСЕРА

Утром, за час до отплытия, к борту «Ла Фудр» подошла маленькая туземная лодка — лёгкое каноэ. В ней сидел мулат в коротких штанах из невыделанной кожи и с красным одеялом на плечах, служившим ему плащом. Вскарабкавшись, как кошка, по верёвочному трапу на борт, мулат передал Левасеру сложенный в несколько раз грязный клочок бумаги.

Капитан развернул измятую записку с неровными, прыгающими строчками, написанными дочерью губернатора:

Мой возлюбленный! Я нахожусь на голландском бриге [1] «Джонгроув». Он скоро должен выйти в море. Мой отец-тиран решил разлучить нас навсегда и под опекой моего брата отправляет меня в Европу. Умоляю вас о спасении! Освободите меня, мой герой!

Покинутая вами, но горячо любящая вас

Мадлен.

Эта страстная мольба до глубины души растрогала «горячо любимого» героя. Нахмурившись, он окинул взглядом бухту, ища в ней голландский бриг, который должен был уйти в Амстердам с грузом кож и табака.

В маленькой, окружённой скалами гавани брига не было, и Левасер в ярости набросился на мулата с требованием сообщить, куда девался корабль. Вместо ответа мулат дрожащей рукой указал на пенящееся море, где белел небольшой парус. Он был уже далеко за рифами, которые служили естественными стражами цитадели.

— Бриг там, — пробормотал он.

— Там?! — Лицо француза побледнело; несколько минут он пристально всматривался в море, а затем, не сдерживая более своего мерзкого темперамента, заорал: — А где ты шлялся до сих

[1] Бриг — двухмачтовое парусное судно.

пор, чёртова образина? Почему только сейчас явился? Кому показывал это письмо? Отвечай!

Перепуганный непонятным взрывом ярости, мулат сжался в комок. Он не мог дать какого-либо объяснения, даже если бы оно у него и было, так как его парализовал страх.

Злобно оскалив зубы, Левасер схватил мулата за горло и, дважды тряхнув, с силой отшвырнул к борту. Ударившись головой о планшир, мулат упал и остался неподвижным. Из полуоткрытого рта побежала струйка крови.

— Выбросить эту дрянь за борт! — приказал Левасер своим людям, стоявшим на шкафуте. — А затем поднимайте якорь. Мы идём в погоню за голландцем.

— Спокойно, капитан. В чём дело?

И Левасер увидел перед собой широкое лицо лейтенанта Каузака, плотного, коренастого и кривоногого бретонца, который спокойно положил ему руку на плечо.

Пересыпая свой рассказ непристойной бранью, Левасер сообщил ему, что он намерен предпринять.

Каузак покачал головой:

— Голландский бриг? Нет, это не пойдёт! Нам никто этого не позволит.

— Какой дьявол может мне помешать? — вне себя не то от гнева, не то от изумления вскричал Левасер.

— Прежде всего твоя собственная команда. Ну, а кроме неё, есть ещё капитан Блад.

— Капитана Блада я не боюсь...

— А его следует бояться. Он обладает превосходством в силе, в мощи огня и в людях, и, думается мне, он скорее потопит нас, чем позволит нам разделаться с голландцами. Я ведь рассказывал тебе, что у этого капитана свои взгляды на каперство.

— Да?! — процедил Левасер, заскрежетав зубами.

Не спуская глаз с далёкого паруса, он задумался, но ненадолго. Сообразительность и инициатива, подмеченные капитаном Бладом, помогли ему тут же найти выход из положения. Он проклинал в душе своё содружество с Бладом и обдумывал, как ему обмануть компаньона. Каузак был прав: Блад ни за что не позволит напасть на голландское судно. Но ведь это можно сделать и в отсутствие Блада. Ну, а после того, как всё закончится, он вынужден будет согласиться с Левасером, так как спорить уже будет поздно.

Не прошло и часа, как «Арабелла» и «Ла Фудр» подняли якоря и вышли в море. Капитан Блад был удивлён, что Левасер повёл свой корабль несколько иным курсом, но вскоре «Ла Фудр» лёг на ранее договорённый курс, которого держалось, кстати сказать, и одетое белоснежными парусами судно, бегущее к горизонту.

Голландский бриг был виден в течение всего дня, хотя к вечеру он уменьшился до едва заметной точки в северной части безбрежного водного круга. Курс, которым должны были следовать Блад и Левасер, пролегал на восток, вдоль северного побережья острова Гаити. Всю ночь «Арабелла» тщательно придерживалась этого направления, но, когда занялась заря следующего дня, она оказалась одна. «Ла Фудр» под покровом темноты, подняв на реях все свои паруса, повернул на северо-восток.

Каузак ещё раз пытался возразить против самовольства Левасера.

— Чёрт бы тебя побрал! — ответил заносчивый капитан. — Судно остаётся судном, безразлично — голландское оно или испанское. Наша задача — это захват кораблей, и команде достаточно этого объяснения.

Его лейтенант не сказал ничего. Но, зная о содержании письма, привезённого покойным мулатом, и понимая, что предметом вожделений Левасера является не корабль, а девушка, он мрачно покачал головой. Однако приказ капитана есть приказ, и, ковыляя на своих кривых ногах, лейтенант пошёл отдавать необходимые распоряжения.

На рассвете «Ла Фудр» оказался на расстоянии мили от «Джонгроува».

Брат мадемуазель д'Ожерон, опознавший корабль Левасера, встревожился не на шутку и внушил своё беспокойство капитану голландского судна. На «Джонгроуве» подняли дополнительные паруса, пытаясь уйти от «Ла Фудр». Левасер, чуть свернув вправо, гнался за голландцем до тех пор, пока не смог дать предупредительный выстрел поперёк курса «Джонгроува». Голландец, повернувшись кормой, открыл огонь, и небольшие пушечные ядра со свистом проносились над кораблём Левасера, нанося незначительные повреждения парусам. И пока корабли шли на сближение, «Джонгроуву» удалось сделать только один бортовой залп.

Пять минут спустя абордажные крюки крепко вцепились в борт «Джонгроува», и корсары с криками начали перепрыгивать с палубы «Ла Фудр» на шкафут голландского судна.

Капитан «Джонгроува», побагровев от гнева, подошёл к пирату. Голландца сопровождал элегантный молодой человек, в котором Левасер узнал своего будущего шурина.

— Капитан Левасер! — сказал голландец. — Это неслыханная наглость! Что вам нужно на моём корабле?

— Мне нужно только то, что у меня украли. Но коль скоро вы первыми начали военные действия: открыв огонь, повредили «Ла Фудр» и убили пять человек из моей команды, то ваш корабль будет моим военным трофеем.

Стоя у перил кормовой рубки, мадемуазель д'Ожерон, затаив дыхание, восхищалась своим возлюбленным. Властный, смелый, он казался ей в эту минуту воплощением героизма. Левасер, увидев девушку, с радостным криком бросился к ней. На его пути оказался голландский капитан, протянувший руки, чтобы задержать пирата.

Левасер, горевший нетерпением поскорее обнять свою возлюбленную, взмахнул алебардой, и голландец упал с раскроенным черепом. Нетерпеливый любовник переступил через труп и помчался в рубку. Мадемуазель д'Ожерон в ужасе отпрянула от перил. Это была высокая, стройная девушка, обещавшая стать восхитительной женщиной. Пышные чёрные волосы обрамляли её гордое лицо цвета слоновой кости. Выражение высокомерия ещё сильнее подчёркивалось низко опущенными веками больших чёрных глаз.

Левасер взбежал наверх и, отбросив в сторону окровавленную алебарду, широко раскрыл объятия, намереваясь прижать к груди свою возлюбленную. Но, попав в объятия, из которых ей уже трудно было вырваться, она съёжилась от страха, и гримаса ужаса исказила её лицо, согнав с него обычное выражение высокомерия.

— О, наконец-то ты моя! Моя, несмотря ни на что! — напыщенно воскликнул её герой.

Но она, упираясь руками в его грудь, пыталась оттолкнуть его и едва слышно проговорила:

— Зачем, зачем вы его убили?

Её герой громко засмеялся и, подобно божеству, которое милостиво снисходит к простому смертному, с пафосом произнёс:

— Он стоял между нами! Пусть его смерть послужит символом и предупреждением для всех, кто осмелится стать между нами!

Этот блестящий и широкий жест так очаровал Мадлен, что она, отбросив в сторону свои страхи, перестала сопротивляться и покорилась своему герою. Перебросив девушку через плечо, он под торжествующие крики своих людей легко перенёс свою драгоценную ношу на «Ла Фудр». Её отважный брат мог бы помешать этой романтической сцене, если бы Каузак со свойственной ему предупредительностью не успел сбить его с ног и крепко связать ему руки.

А затем, пока капитан Левасер наслаждался в каюте улыбками своей дамы, лейтенант занялся подробным учётом плодов победы. Голландскую команду посадили в баркас и велели убираться к дьяволу. К счастью, голландцев оказалось не более тридцати человек, и баркас, хотя и перегруженный, мог их вместить. Затем Каузак, осмотрев груз, оставил на «Джонгроуве» своего старшину и человек двадцать людей, приказав им следовать за «Ла Фудр» направлявшимся на юг — к Подветренным островам.

Настроение у Каузака было отвратительное. Риск, которому они подвергались, захватив голландский бриг и совершив насилие над членами семьи губернатора Тортуги, совсем не соответствовал ценности их добычи. Не скрывая своего раздражения, он сказал об этом Левасеру.

— Держи своё мнение при себе! — ответил ему капитан. — Неужели ты думаешь, что я такой идиот, который суёт голову в петлю, не зная заранее, как её оттуда вытащить? Я поставлю губернатору Тортуги такие условия, что он не сможет их не принять. Веди корабль к острову Вихрен Магра. Мы сойдём там и на берегу уладим всё. Да прикажи доставить в каюту этого щенка д'Ожерона.

И Левасер вернулся в каюту к даме своего сердца.

Туда же вскоре привели и её брата. Капитан приподнялся с места, чтобы встретить его, нагнувшись при этом из опасения удариться головой о потолок каюты. Мадемуазель д'Ожерон также встала.

— Зачем это? — спросила она, указывая на связанные руки брата.

— Весьма сожалею об этой вынужденной необходимости, — сказал Левасер. — Мне самому хочется положить этому конец. Пусть господин д'Ожерон даст слово…

— Никакого слова я не дам! — воскликнул побледневший от гнева юноша, не испытывавший недостатка в храбрости.

— Ну, вот видишь, — пожал плечами Левасер, как бы выражая этим своё сожаление.

— Анри, это же глупо! — воскликнула девушка. — Ты ведёшь себя не как мой друг. Ты…

— Моя маленькая глупышка… — ответил ей брат, хотя слово «маленькая» совсем не подходило к ней, так как она была значительно крупнее его. — Маленькая глупышка, неужели я мог бы считать себя твоим другом, если бы унизился до переговоров с этим мерзавцем-пиратом?

— Спокойно, молодой петушок! — засмеялся Левасер, но его смех не сулил ничего приятного.

— Подумай, сестра, — говорил Анри, — погляди, к чему привела тебя глупость! Несколько человек уже погибло по милости этого чудовища. Ты не отдаёшь себе отчёта в своих поступках. Неужели ты можешь верить этому псу, родившемуся в канаве и выросшему среди воров и убийц?.

Он мог добавить ещё кое-что, но Левасер ударил юношу кулаком в лицо.

Как и многие другие, он очень мало интересовался правдой о себе. Мадемуазель д'Ожерон подавила готовый вырваться у неё крик, а её брат, шатаясь от удара, с рассечённой губой, прислонился к переборке. Но дух его не был сломлен; он искал глазами взгляд сестры, и на бледном его лице появилась ироническая улыбка.

— Смотри, — спокойно заметил д'Ожерон. — Любуйся его благородством. Он бьёт человека, у которого связаны руки.

Простые слова, произнесённые тоном крайнего презрения, разбудили в Левасере гнев, всегда дремавший в несдержанном, вспыльчивом французе.

— А что бы ты сделал, щенок, если бы тебе развязали руки? — И, схватив пленника за ворот камзола, он неистово начал его трясти. — Отвечай мне! Что бы ты сделал, пустозвон, мерзавец, подлец… — И вслед за этим хлынул поток слов, значения которых мадемуазель д'Ожерон не знала, но всё же могла понять их грязный и гнусный смысл.

Она смертельно побледнела и вскрикнула от ужаса. Опомнившись, Левасер распахнул дверь и вышвырнул её брата из каюты.

— Бросьте этого мерзавца в трюм! — проревел он, захлопывая дверь.

Взяв себя в руки, Левасер, заискивающе улыбаясь, повернулся к девушке. Но бледное лицо её окаменело. До этой минуты она приписывала своему герою несуществующие добродетели; сейчас же всё, что она увидела, наполнило её душу смятением. Вспомнив, как он зверски убил голландского капитана, она сразу же убедилась в справедливости слов, сказанных её братом об этом человеке, и на лице её отразились ужас и отвращение.

— Ну, что ты, моя дорогая? Что с тобой? — говорил Левасер, приближаясь к ней.

Сердце девушки болезненно сжалось. Продолжая улыбаться, он подошёл к ней и с силой притянул её к себе.

— Нет… нет!. — задыхаясь, закричала она.

— Да, да! — передразнивая её, смеялся Левасер.

Эта насмешка показалась ей ужаснее всего. Он грубо тащил её к себе, умышленно причиняя боль. Отчаянно сопротивляясь, девушка пыталась вырваться из его объятий, но он, рассвирепев, насильно поцеловал её, и с его лица слетели последние остатки маски героя.

— Глупышка, — сказал он. — Именно глупышка, как назвал тебя твой брат. Не забывай, что ты здесь по своей воле. Со мной играть нельзя! Ты знала, на что шла, поэтому будь благоразумна, моя кошечка! — И он поцеловал её снова, но на сей раз чуть ли не с презрением и, отшвырнув в сторону, добавил: — Чтоб я больше не видел таких сердитых взглядов, а то тебе придётся пожалеть об этом!

Кто-то постучал в дверь каюты. Левасер открыл её и увидел перед собой Каузака. Лицо бретонца было мрачно. Он пришёл доложить, что в корпусе корабля, повреждённого голландским ядром, обнаружена течь. Встревоженный Левасер отправился вместе с ним осмотреть повреждение. Пока стояла тихая погода, пробоина не представляла опасности, но даже небольшой шторм сразу же мог изменить положение. Пришлось спустить за борт матроса, чтобы он прикрыл пробоину парусиной, и привести в действие помпы…

Наконец на горизонте показалось длинное низкое облако, и Каузак объяснил, что это самый северный остров из группы Виргинских островов.

— Надо поскорей дойти туда, — сказал Левасер. — Там мы отстоимся и починим «Ла Фудр». Я не доверяю этой удушливой жаре. Нас может захватить шторм…

— Шторм или кое-что похуже, — буркнул Каузак. — Ты видишь? — И он указал рукой через плечо Левасера.

Капитан обернулся, и у него перехватило дыхание. Не дальше как в пяти милях он увидел два больших корабля, направлявшихся к ним.

— Чёрт бы их побрал! — выругался он.

— А вдруг они вздумают нас преследовать? — спросил Каузак.

— Мы будем драться, — решительно сказал Левасер. — Готовы мы к этому или нет — всё равно.

— Смелость отчаяния, — сказал Каузак, не скрывая своего презрения, и, чтобы ещё больше подчеркнуть его, плюнул на палубу. — Вот что случается, когда в море выходит изнывающий от любви идиот! Надо взять себя в руки, капитан! Из этой дурацкой истории с голландцем мы так просто не выкрутимся.

С этой минуты из головы Левасера вылетели все мысли, связанные с мадемуазель д'Ожерон. Он ходил по палубе, нетерпеливо поглядывая то на далёкую сушу, то на медленно, но неумолимо приближавшиеся корабли. Искать спасения в открытом море было бесполезно, а при наличии течи в его корабле и небезопасно. Он понимал, что драки не миновать. Уже к вечеру, находясь в трёх милях от побережья и намереваясь отдать приказ готовиться к бою, Левасер чуть не упал в обморок от радости, услыхав голос матроса с наблюдательного поста на мачте.

— Один из двух кораблей — «Арабелла», — доложил тот. — А другой, наверно, трофейный.

Однако это приятное сообщение не обрадовало Каузака.

— Час от часу не легче! — проворчал он мрачно. — А что скажет Блад по поводу нашего голландца?

— Пусть говорит всё, что ему угодно! — засмеялся Левасер, всё ещё находясь под впечатлением огромного облегчения, испытанного им.

— А как быть с детьми губернатора Тортуги?

— Он не должен о них знать.

— Но в конце концов он же узнает.

— Да, но к тому времени, чёрт возьми, всё будет в порядке, так как я договорюсь с губернатором. У меня есть средство заставить д'Ожерона договориться со мной.

Вскоре четыре корабля бросили якоря у северного берега Вихрен Магра. Это был лишённый растительности, безводный, крохотный и узкий островок длиной в двенадцать миль и шириной в три мили, населённый только птицами и черепахами. В южной части острова было много соляных прудов. Левасер приказал спустить лодку и в сопровождении Каузака и двух своих офицеров прибыл на «Арабеллу».

— Наша недолгая разлука оказалась, как я вижу, весьма прибыльной, — приветствовал Левасера капитан Блад, направляясь с ним в свою большую каюту для подведения итогов. «Арабелле» удалось захватить «Сантьяго» — большой испанский двадцатишестипушечный корабль из Пуэрто-Рико, который вёз 120 тонн какао, 40 тысяч песо и различные ценности стоимостью в 10 тысяч песо. Две пятых этой богатой добычи, согласно заключённому договору, принадлежали Левасеру и его команде. Деньги и ценности были тут же поделены, а какао решили продать на острове Тортуга.

Наступила очередь Левасера отчитаться в том, что сделал он; и, слушая хвастливый рассказ француза, Блад постепенно мрачнел. Сообщение компаньона вызвало резкое неодобрение Блада. Глупо было превращать дружественных голландцев в своих врагов из-за такой безделицы, как табак и кожи, стоимость которых в лучшем случае не превышала двадцати тысяч песо. Но Левасер ответил ему так же, как незадолго перед этим Каузаку, что корабль остаётся кораблём, а им нужны суда для намеченного похода. Быть может, потому, что этот день был удачным для капитана Блада, он пожал плечами и махнул рукой. Затем Левасер предложил, чтобы «Арабелла» и захваченное ею судно возвратились на Тортугу, разгрузили там какао, а Блад навербовал дополнительно людей, благо сейчас их уже было на чём перевезти. Сам Левасер, по его словам, хотел заняться необходимым ремонтом своего корабля, а затем направиться на юг, к острову Салтатюдос, удобно расположенному на 11° 11' северной долготы. Здесь Левасер был намерен ожидать Блада, чтобы вместе с ним уйти в набег на Маракайбо.

К счастью для Левасера, капитан Блад не только согласился с его предложением, но и заявил о своей готовности отплыть немедленно.

Едва лишь ушла «Арабелла», как Левасер завёл свои корабли в лагуны и приказал разбить на берегу палатки, в которых должна жить команда корабля на время ремонта «Ла Фудр».

Вечером к заходу солнца ветер усилился, а затем перешёл в сильный шторм, сопровождаемый ураганом. Левасер был рад тому, что успел вывезти людей на берег, а корабли ввести в безопасное убежище. На минуту он задумался было над тем, каково сейчас приходилось капитану Бладу, попавшему в этот ужасный шторм, но тут же отогнал эти мысли, так как не мог позволить себе, чтобы они долго его беспокоили.

Глава XV. ВЫКУП

Утро следующего дня было великолепно. В прозрачном и бодрящем после шторма воздухе чувствовался солоноватый запах озёр, доносившийся с южной части острова. На песчаной отмели Вихрен Магра, у подножия белых дюн, рядом с парусиновой палаткой Левасера разыгрывалась странная сцена.

Сидя на пустом бочонке, французский пират был занят решением важной проблемы: он размышлял, как обезопасить себя от гнева губернатора Тортуги.

Вокруг него, как бы охраняя своего вожака, слонялось человек шесть его офицеров; пятеро из них — неотёсанные охотники в грязных кожаных куртках и таких же штанах, а шестой — Каузак. Перед Левасером стоял молодой д'Ожерон, а по бокам у него — два полуобнажённых негра. На д'Ожероне была сорочка с кружевными оборками на рукавах, сатиновые короткие панталоны и на ногах красивые башмаки из дублёной козлиной кожи. Камзол с него был сорван, руки связаны за спиной. Миловидное лицо молодого человека осунулось. Здесь же на песчаном холмике в неловкой позе сидела его сестра. Она была очень бледна и под маской высокомерия тщетно пыталась скрыть душившие её слёзы.

Левасер долго говорил, обращаясь к д'Ожерону, и наконец с напускной учтивостью заявил:

— Полагаю, месье, что теперь вам всё ясно, но, во избежание недоразумений, повторяю: ваш выкуп определяется в двадцать тысяч песо, и, если вы дадите слово вернуться сюда, можете отправляться за ними на остров Тортуга. На поездку я даю вам месяц и предоставляю все возможности туда добраться. Мадемуазель д'Ожерон останется здесь заложницей. Вряд ли ваш отец сочтёт эту сумму чрезмерной, ибо в неё входит цена за свободу сына и стоимость приданого дочери. Чёрт меня побери, но мне кажется, что я слишком скромен! Ведь о господине д'Ожероне ходят слухи, что он человек богатый.

Д'Ожерон-младший, подняв голову, бесстрашно взглянул прямо в лицо пирату:

— Я отказываюсь — категорически и бесповоротно! Понимаете? Делайте со мной, что хотите. И будьте вы прокляты, грязный пират без совести и без чести!

— О, какие слова! — усмехнулся Левасер. — Какой темперамент и какая глупость! Вы не подумали, что я могу с вами сделать, если вы будете упорствовать в своём отказе? А у меня есть возможность заставить любого упрямца согласиться. И кроме того, советую помнить, что честь вашей сестры находится у меня в залоге. Ну, а если вы забудете вернуться с приданым, то не считайте меня нечестным, если я забуду жениться на Мадлен.

И Левасер, осклабясь, подмигнул молодому человеку, заметив, что лицо брата Мадлен передёрнулось от ужаса. Д'Ожерон бросил дикий взгляд на сестру и увидел в её глазах отчаяние.

Отвращение и ярость снова овладели молодым человеком.

— Нет, собака! Нет! Тысячу раз нет!

— Глупо упорствовать, — холодно, без малейшей злобы, но с издевательским сожалением заметил Левасер. В его руках вилась и дёргалась бечёвка, по всей длине которой он механически завязывал крепкие узелки. Подняв её над собой, он произнёс — Знаете, что это такое? Это чётки боли. После знакомства с ними многие упрямые еретики превратились в католиков. Эти чётки помогают человеку стать благоразумным, так как от них глаза вылезают на лоб.

— Делайте, что вам угодно!

Левасер швырнул бечёвку одному из негров, который на лету поймал её и быстро закрутил вокруг головы пленника. Между бечёвкой с узлами и головой он вставил небольшой кусок металла, круглый и тонкий, как чубук трубки. Тупо уставившись на своего капитана, негр ожидал его знака начинать пытку.

Левасер взглянул на свою жертву. Лицо д'Ожерона стало свинцово-бледным, и на лбу, пониже бечёвки, выступили капли пота.

Мадемуазель д'Ожерон вскрикнула и хотела подняться, но, удерживаемая стражами, со стоном опустилась на песок.

— Образумьтесь и избавьте свою сестру от малопривлекательного зрелища, — медленно сказал Левасер. — Ну что такое в конце концов та сумма, которую я назвал? Для вашего отца это сущий пустяк. Повторяю ещё раз: я слишком скромен. Но если уж сказано — двадцать тысяч песо, пусть так и останется.

— С вашего позволения, я хотел бы знать, за что вы назначили сумму в двадцать тысяч песо?

Вопрос этот был задан на скверном французском языке, но чётким и приятным голосом, в котором, казалось, звучали едва приметные нотки той злой иронии, которой так щеголял Левасер.

Левасер и его офицеры удивлённо оглянулись.

На самой верхушке дюны на фоне тёмно-синего неба отчётливо вырисовывалась изящная фигура высокого, стройного человека в чёрном камзоле, расшитом серебряными галунами. Над широкими полями шляпы, прикрывавшей смуглое лицо капитана Блада, ярким пятном выделялся тёмно-красный плюмаж из страусовых перьев. Выругавшись от изумления, Левасер поднялся с бочонка, но тут же взял себя в руки. Он предполагал, что капитан Блад, если ему удалось выдержать вчерашний шторм, должен был находиться сейчас далеко за горизонтом, на пути к Тортуге.

Легко скользя по осыпающемуся песку, в котором по щиколотку проваливались его сапоги из мягкой испанской кожи, капитан Блад спустился на отмель. Его сопровождал Волверстон и с ним человек двенадцать из команды «Арабеллы». Подойдя к ошеломлённой его появлением группе людей, Блад снял шляпу, отвесил низкий поклон мадемуазель д'Ожерон, а затем повернулся к Левасеру.

— Доброе утро, капитан! — сказал он, сразу же приступая к объяснению причин своего внезапного появления. — Вчерашний ураган вынудил наши корабли возвратиться. У нас не было иного выхода, как только убрать паруса и отдаться на волю стихии. А шторм пригнал нас обратно. К довершению несчастья, грот-мачта «Сантьяго» дала трещину, и я рад был случаю поставить его на якорь в бухточку западного берега острова, в двух милях отсюда. Ну, а затем мы решили пересечь этот остров, чтобы размять ноги и поздороваться с вами… А кто это? — И он указал на пленников.

Левасер закусил губу и переменился в лице, но, сдержавшись, вежливо ответил:

— Как видите, мои пленники.

— Да? Выброшенные на берег вчерашним штормом, а?

— Нет! — Левасер, взбешённый этой явной насмешкой, с трудом сдерживался. — Они — с голландского брига.

— Не припомню, чтобы вы раньше упоминали о них.

— А зачем вам это знать? Они — мои личные пленники. Это моё личное дело. Они — французы.

— Французы? — И светлые глаза капитана Блада впились сначала в Левасера, а потом в пленников. Д'Ожерон вздрогнул от пристального взгляда, но выражение ужаса исчезло с его лица. Это вмешательство, явно неожиданное как для мучителя, так и для жертвы, внезапно зажгло в сердце молодого человека огонёк надежды. Его сестра, широко раскрыв глаза, устремилась вперёд.

Капитан Блад, мрачно нахмурясь, сказал Левасеру:

— Вчера вы удивили меня, начав военные действия против дружественных нам голландцев. А сейчас выходит, что даже ваши соотечественники должны вас остерегаться.

— Ведь я же сказал, что они… что это моё личное дело.

— Ах, так! А кто они такие? Как их зовут?

Спокойное, властное, слегка презрительное поведение капитана Блада выводило из себя вспыльчивого Левасера. На его лице медленно выступили красные пятна, взгляд стал наглым, почти угрожающим. Он хотел ответить, но пленник опередил его:

— Я — Анри д'Ожерон, а это — моя сестра.

— Д'Ожерон? — удивился Блад. — Не родственник ли моего доброго приятеля — губернатора острова Тортуга?

— Это мой отец.

— Да сохранят нас все святые! Вы что, Левасер, совсем сошли с ума? Сначала вы нападаете на наших друзей — голландцев, потом берёте в плен двух своих соотечественников. А на поверку выходит, что эти молодые люди — дети губернатора Тортуги, острова, который является единственным нашим убежищем в этих морях...

Левасер сердито прервал его:

— В последний раз повторяю, что это моё личное дело! Я сам отвечу за это перед губернатором Тортуги.

— А двадцать тысяч песо? Это тоже ваше личное дело?

— Да, моё.

— Ну, знаете, я совсем не намерен соглашаться с вами. — И капитан Блад спокойно уселся на бочонок, на котором недавно сидел Левасер. — Не будем зря тратить время! — сказал он резко. — Я отчётливо слышал предложение, сделанное вами этой леди и этому джентльмену. Должен также напомнить вам, что мы с вами связаны совершенно строгим договором. Вы определили сумму их выкупа в двадцать тысяч песо. Следовательно, эта сумма принадлежит вашей и моей командам, в тех долях, какие установлены договором. Надеюсь, вы не станете этого отрицать. А самое неприятное и печальное — это то, что вы утаили от меня часть трофеев. Такие поступки, согласно нашему договору, караются, и, как вам известно, довольно сурово.

— Ого! — нагло засмеялся Левасер, а затем добавил: — Если вам не нравится моё поведение, то мы можем расторгнуть наш союз.

— Не премину это сделать, — с готовностью ответил Блад. — Но мы расторгнем его только тогда и только так, как я найду нужным, и это случится немедленно после выполнения вами условий соглашения, заключённого нами перед отправлением в плавание.

— Что вы имеете в виду?

— Постараюсь быть предельно кратким, — сказал капитан Блад. — Я не буду касаться недопустимости военных действий против голландцев, захвата французских пленников и риска навлечь гнев губернатора Тортуги. Я принимаю все дела в таком виде, в каком их нашёл. Вы сами назначили сумму выкупа за этих людей в двадцать тысяч песо, и, насколько я понимаю, леди должна перейти в вашу собственность. Но почему она должна принадлежать вам, когда, по нашему обоюдному соглашению, этот трофей принадлежит всем нам?

Лицо Левасера стало мрачнее грозовой тучи.

— Тем не менее, — добавил Блад, — я не намерен отнимать её у вас, если вы её купите.

— Куплю её?

— Да, за ту же сумму, которая вами назначена.

Левасер с трудом сдерживал бушевавшую в нём ярость, пытаясь как-то договориться с ирландцем:

— Это сумма выкупа за мужчину, а внести её должен губернатор Тортуги.

— Нет, нет! Вы объединили этих людей и, должен признаться, сделали это как-то странно. Их стоимость определена именно вами, и вы, разумеется, можете их получить за установленную вами сумму. Вам придётся заплатить за них двадцать тысяч песо, и эти деньги должны быть поделены среди наших команд. Тогда наши люди, быть может, снисходительно отнесутся к нарушению вами соглашения, которое мы вместе подписали.

Левасер зло рассмеялся:

— Вот как?! Чёрт побери! Это неплохая шутка.

— Полностью с вами согласен, — заметил капитан Блад.

Смысл этой шутки заключался для Левасера в том, что капитан Блад с дюжиной своих людей осмелился явиться сюда, чтобы запугать его, хотя он, Левасер, мог бы легко собрать здесь до сотни своих головорезов. Однако при этих своих подсчётах Левасер упустил из виду одно важное обстоятельство, которое правильно учёл его противник. И когда Левасер, всё ещё смеясь, повернулся к своим офицерам, чтобы пригласить их посмеяться за компанию, он увидел то, от чего его напускная весёлость мгновенно померкла. Капитан Блад искусно сыграл на алчности авантюристов, побуждавшей их заниматься ремеслом пиратов. Левасер прочёл на их лицах полное согласие с предложением Блада поделить между всеми выкуп, который их вожак думал себе присвоить.

Головорез на минуту задумался и, мысленно кляня жадность своих людей, вовремя сообразил, что он должен действовать осторожно.

— Вы не поняли меня, — сказал он, подавляя в себе бешенство. — Выкуп, как только он будет получен, мы поделим между всеми. А пока девушка останется у меня.

— Это дело другое, — проворчал Каузак. — Тогда всё устраивается само собой.

— Вы так полагаете? — заметил капитан Блад. — А если губернатор д'Ожерон откажется внести этот выкуп? Тогда что? — Он засмеялся и не спеша встал. — Нет, нет! Капитан Левасер хочет пока оставить у себя девушку? Хорошо. Пусть будет так. Но до этого он обязан внести выкуп и взять на себя риск, связанный с тем, что мы можем и не получить его.

— Правильно! — воскликнул один из офицеров Левасера.

А Каузак добавил:

— Капитан Блад прав. Это соответствует нашему договору.

— Что соответствует договору? Болваны! — Левасер терял самообладание. — Дьявол вас разорви! Откуда я возьму двадцать тысяч песо? У меня нет и половины этой суммы. Я буду вашим должником, пока не заработаю таких денег. Вас это устраивает?

Пираты одобрительно зашумели. Можно было не сомневаться, что это их устраивало бы, но у капитана Блада были иные соображения:

— А если вы умрёте до того, как заработаете такую сумму? Ведь наша профессия полна неожиданностей, мой капитан.

— Будьте вы прокляты! — заревел Левасер, побагровев от злости. — Вас ничто не удовлетворит!

— О, совсем нет. Двадцать тысяч песо и немедленный делёж.

— У меня их нет.

— Тогда пусть пленников купит тот, у кого есть такие деньги.

— А у кого же, по-вашему, они есть, если их нет у меня? Кто может выложить такую сумму?

— Я, — ответил капитан Блад.

— Вы? — изумился Левасер. — Вам... вам нужна эта девушка?

— Почему же нет? Я превосхожу вас не только в галантности, идя на определённые материальные жертвы, чтобы получить эту девушку, но и в честности, поскольку готов платить за то, что мне требуется.

Левасер остолбенел от удивления и, по-идиотски открыв рот, глядел на капитана «Арабеллы». Так же изумлённо глядели на него и офицеры «Ла Фудр». Капитан Блад, снова усевшись на бочонок, вытащил из внутреннего кармана своего камзола маленький кожаный мешочек.

— Мне приятно решить трудную задачу, которая кажется вам неразрешимой.

Левасер и его офицеры не сводили выпученных глаз с маленького мешочка, который медленно развязывал Блад. Осторожно раскрыв его, он высыпал на левую ладонь четыре или пять жемчужин. Каждая из них была величиной с воробьиное яйцо. Двадцать таких жемчужин достались Бладу при дележе трофеев, захваченных после разгрома испанской флотилии искателей жемчуга.

— Вы как-то хвастались, Каузак, что хорошо разбираетесь в жемчуге. Во что вы оцените эту жемчужину?

Бретонец алчно схватил грубыми пальцами блестящий, нежно переливающийся всеми цветами радуги шарик и, любуясь им, стал его рассматривать.

— Тысяча песо, — ответил он хриплым от волнения голосом.

— На Тортуге или Ямайке за эту жемчужину дадут несколько больше, а в Европе она стоит в два раза дороже. Но я принимаю вашу оценку, лейтенант. Как видите, все они почти одинаковы. Вот вам двенадцать жемчужин, то есть двенадцать тысяч песо, которые и являются долей экипажа «Ла Фудр» в три пятых стоимости трофеев, как обусловлено нашим договором. За восемь тысяч песо, следуемых «Арабелле», я несу ответственность перед моими людьми... А сейчас, Волверстон, прошу доставить мою собственность на борт «Арабеллы». — И, указав на пленников, он поднялся с бочонка.

— О нет! — взвыл Левасер, дав волю своей ярости. — Вы её не получите!

И он бросился на стоявшего в стороне насторожённого и внимательного Блада, но один из офицеров Левасера преградил ему дорогу:

— Бог с тобой, капитан! Ведь всё улажено честь по чести, и все довольны.

— Все? — завизжал Левасер. — Ага! Вы все довольны, скоты!

Каузак, сжимая в своей огромной ручище жемчужины, подбежал к Левасеру.

— Не будь идиотом, капитан! Ты хочешь вызвать драку между командами? У Блада вдвое больше людей. Ну что ты цепляешься за эту девку? Чёрт с ней, и не связывайся, ради бога, с Бладом. Он хорошо заплатил за неё и честно поступил с нами...

— Честно? — заревел взбешённый капитан. — Ты!. Ты!. — И, не найдя в своём обширном гнусном словаре подходящего ругательства, он так ударил лейтенанта кулаком, что чуть не сбил его с ног. Жемчужины рассыпались по песку.

Каузак и его люди стремительно, подобно пловцам, прыгающим в воду, бросились за жемчужинами, полагая, что с мщением можно подождать. Они ползали на четвереньках, старательно разыскивая жемчужины и не обращая внимания на то, что над ними развернулись важные события.

Левасер, положив руку на эфес шпаги, с побледневшим от бешенства лицом встал перед капитаном Бладом, собравшимся уходить.

— Пока я жив, ты её не получишь! — закричал он.

— Тогда это будет после твоей смерти, — сказал Блад, и клинок его шпаги блеснул на солнце. — Наш договор предусматривает, что любой из членов экипажа кораблей, кто утаит часть трофеев хотя бы на один песо, должен быть повешен на нок-рее. Именно так я и намерен был с тобой поступить. Но поскольку тебе не нравится верёвка, то, так и быть, навозная дрянь, я ублажу тебя по-иному!

Он знаком остановил людей, которые пытались помешать столкновению, и со звоном скрестил свой клинок со шпагой Левасера.

Д'Ожерон ошеломлённо наблюдал за ним, совершенно не представляя, что может означать для него исход этой схватки. Между тем два человека из команды «Арабеллы», сменившие негров, охранявших французов, сняли бечёвку с головы молодого человека. Его сестра, с лицом белее мела и с выражением дикого ужаса в глазах, поднялась на ноги и, прижимая руки к груди, неотступно следила за схваткой.

Схватка закончилась очень быстро. Звериная сила Левасера, на которую он так надеялся, уступила опыту и ловкости ирландца. И когда пронзённый в грудь Левасер навзничь упал на белый песок, капитан Блад, стоя над сражённым противником, спокойно взглянул на Каузака.

— Я думаю, это аннулирует наш договор, — сказал он.

Каузак равнодушным и циничным взглядом окинул корчившееся в судорогах тело своего вожака. Возможно, дело кончилось бы совсем не так, будь Левасер человеком другого склада. Но тогда, очевидно, и капитан Блад применил бы к нему другую тактику. Сейчас же люди Левасера не питали к нему ни любви, ни жалости. Единственным их побуждением была алчность. Блад искусно сыграл на этой черте их характера, обвинив капитана «Ла Фудр» в самом тяжком преступлении — в присвоении того, что могло быть обращено в золото и поделено между ними.

И сейчас, когда пираты, угрожающе потрясая кулаками, спустились к отмели, где разыгралась эта стремительная трагикомедия, Каузак успокоил их несколькими словами.

Видя, что они всё ещё колеблются, Блад для ускорения благоприятной развязки добавил:

— На нашей стоянке вы можете получить свою долю добычи с захваченного нами «Сантьяго» и поступить с ней по своему усмотрению. Как видите, я поступаю честно.

И в ответ на эти слова пираты одобрительно зашумели. Сопровождая Блада, они вместе с обоими пленниками пересекли остров и пришли к стоянке «Арабеллы».

Во второй половине дня, после раздела добычи, они бы расстались, если бы Каузак, по настоянию своих людей, избравших его преемником Левасера, не предложил капитану Бладу услуги всей французской команды.

— Хорошо, я согласен, — ответил Блад, — но только при обязательном условии: вы должны помириться с голландцами и вернуть им бриг вместе с грузом.

Условие было принято без колебаний, и капитан Блад отправился к своим гостям — детям губернатора Тортуги.

Мадемуазель д'Ожерон и её брат, освобождённый от верёвок, сидели в большой каюте «Арабеллы».

Бенджамэн, чёрный слуга и повар Блада, поставив на стол вино и еду, уговаривал их поесть. Но они ни к чему не притронулись.

В мучительном замешательстве сидели брат и сестра, полагая, что их спасение было лишь сменой огня на полымя. Наконец мадемуазель д'Ожерон, измученная неизвестностью, бросилась на колени перед братом, умоляя его о прощении за все страдания, которые она причинила ему своим легкомыслием.

Однако её брат не был склонен к снисходительности.

— Надеюсь, ты наконец поймёшь, что ты натворила. Сейчас тебя купил другой пират, и ты принадлежишь ему. Надеюсь, тебе тоже это понятно...

Он мог бы сказать и больше, но умолк, заметив, что дверь каюты приоткрывается. На пороге стоял капитан Блад. Он пришёл сюда после того, как закончил расчёты с людьми Левасера, и хорошо слышал последние слова д'Ожерона. Поэтому его не удивило, что мадемуазель д'Ожерон, увидев своего нового хозяина, вздрогнула и сжалась от страха.

Сняв шляпу с пером, Блад подошёл к столу.

— Мадемуазель, прошу вас успокоиться, — сказал он на плохом французском языке. — Здесь, на борту «Арабеллы», с вами будут обращаться со всем подобающим вам уважением. Как только наши корабли выйдут в море, мы направимся на остров Тортуга, чтобы отвезти вас к отцу. И забудьте, пожалуйста, о том, что я вас купил, как сейчас говорил вам ваш брат. Чтобы избавить вас от опасности, я вынужден был подкупить банду негодяев и убедить их выйти из повиновения ещё большему негодяю, который руководил ими. Если найдёте нужным, считайте данный мной за вас выкуп дружеским займом.

Девушка, не веря своим ушам, изумлённо смотрела на него, а её брат даже привстал от удивления.

— Вы серьёзно это говорите?

— Вполне! Хотя такие слова вы услышите не часто. Я — пират, но я не могу поступать так, как Левасер. У меня есть своё понятие о чести и своя честь… или, допустим, остатки от прежней чести. — И, перейдя на деловой тон, он добавил — Обед будет подан через час. Надеюсь, вы окажете мне честь отобедать со мной. А пока мой Бенджамэн позаботится о вашем гардеробе.

И, поклонившись, он повернулся, чтобы уйти, но мадемуазель д'Ожерон остановила его громким восклицанием:

— Капитан! Месье!

Блад повернулся, а она, медленно приближаясь к нему и глядя на него со страхом и удивлением, сказала взволнованно:

— Вы благородный человек, капитан!

— О, мадемуазель, вы преувеличиваете мои достоинства, — улыбнулся Блад.

— Нет, нет! — горячо воскликнула она. — Вы благородный, вы настоящий рыцарь! Я очень виновата в том, что произошло. Я должна вам рассказать... Вы имеете на это право.

— Мадлен! — закричал её брат, пытаясь удержать её.

Но ей трудно было сдерживать свою пылкую благодарность, переполнявшую её сердце. Внезапно она упала перед Бладом на колени, схватила его руку и, прежде чем он успел опомниться, поцеловала её.

— Что вы делаете? — воскликнул он.

— Пытаюсь искупить свою вину. Мысленно я обесчестила вас. Я думала, что вы такой же, как и Левасер, а ваша схватка с ним — это драка шакалов. На коленях умоляю вас — простите меня!

Капитан Блад взглянул на неё, и мгновенно промелькнувшая улыбка зажгла огонёк в его светло-синих глазах, которые будто засветились на его смуглом лице.

— Не нужно, дитя моё, — мягко сказал он, поднимая её. — Ведь ваша мысль обо мне, в сущности, была совершенно правильной. Иначе вы и не могли думать.

Он пытался уверить себя, что, вызволив молодых людей из неволи, совершил неплохой поступок, и тут же вздохнул.

Его сомнительная слава, так быстро распространившаяся в обширных границах Карибского моря, несомненно, дошла уже до Арабеллы Бишоп. Он был убеждён, что она относится к нему с презрением, считая его таким же мерзавцем, какими являлись все прочие пираты. Он надеялся поэтому, что какое-то, пусть даже очень отдалённое, эхо сегодняшнего его поступка также докатится до неё и хоть немного смягчит её сердце. Он, конечно, скрыл от мадемуазель д'Ожерон истинную причину её спасения. Блад решил рискнуть своей жизнью, движимый единственной мыслью, что Арабелла Бишоп была бы довольна им, если бы смогла присутствовать здесь сегодня.

Глава XVI. ЗАПАДНЯ

Спасение мадемуазель д'Ожерон, естественно, улучшило и без того хорошие отношения между капитаном Бладом и губернатором Тортуги. Капитан стал желанным гостем в красивом белом доме с зелёными жалюзи, который д'Ожерон построил для себя к востоку от Кайоны, среди большого, роскошного сада. Губернатор считал, что его долг Бладу не ограничивается двадцатью тысячами песо, которые тот уплатил за Мадлен. Умному и опытному дельцу не чужды были и благородство и чувство признательности.

Француз доказал это различными способами, и под его покровительством акции капитана Блада среди пиратов поднялись к зениту.

Когда пришло время оснащать эскадру для набега на Маракайбо, в своё время предложенного Левасером, у капитана Блада оказалось достаточно и людей и кораблей. Он легко набрал пятьсот авантюристов, а при желании мог бы навербовать и пять тысяч. Точно так же ему ничего не стоило вдвое увеличить и свою эскадру, но он предпочёл ограничиться тремя кораблями: «Арабеллой», «Ла Фудр» с командой в сто двадцать французов под начальством Каузака и «Сантьяго», оснащённого заново и переименованного в «Элизабет». Это имя они дали кораблю в честь английской королевы, во время царствования которой моряки проучили Испанию так же, как сейчас собирался это сделать снова капитан Блад.

Командиром «Элизабет» он назначил Хагторпа, и это назначение было одобрено всеми членами пиратского братства.

В августе 1687 года небольшая эскадра Блада после некоторых приключений в пути, о которых я умалчиваю, вошла в огромное Маракайбское озеро и совершила нападение на богатый город Мэйна — Маракайбо.

Операция эта прошла не столь гладко, как предполагал Блад, и отряд его попал в опасное положение. Сложность этого положения лучше всего характеризуют слова Каузака — их старательно записал Питт, — произнесённые в пылу ссоры, вспыхнувшей на ступенях церкви Нуэстра Сеньора дель Кармен, в которой Блад бесцеремонно устроил кордегардию[1]. Раньше я уже упоминал, что ирландец был католиком только тогда, когда это его устраивало.

В споре принимали участие, с одной стороны, Хагторп, Волверстон и Питт, а с другой — Каузак, чья трусость и послужила причиной спора. Перед вожаками пиратов, на выжженной солнцем пыльной площади, окаймлённой редкими пальмами с опущенными от зноя листьями, бурлила толпа из нескольких сот головорезов обеих партий.

Каузака, видимо, никто не останавливал, и его резкий, крикливый голос покрывал нестройный шум толпы, стихавший по временам, когда француз бессвязно обвинял Блада во всех смертных грехах. Питт утверждает, что Каузак говорил на ужасном английском языке, который Питт даже не пытается воспроизвести. Одежда на французском капитане была так же нелепа и растрёпана, как и его речь, и весь облик Каузака резко отличался от скромной фигуры Хагторпа, одетого в чистый костюм, и от почти щегольского облика Питта, появившегося там в нарядном камзоле и блестящих туфлях. Вымазанная в крови блуза из синей бумажной ткани, мешковато сидевшая на французе, была расстёгнута, открывая его грязную волосатую грудь; за поясом кожаных штанов у него торчал нож и целый арсенал пистолетов, и, кроме того, на перевязи болталась абордажная сабля. Над широким и скуластым, как у монгола, лицом свисал красный шарф, обвязанный вокруг головы в виде тюрбана.

— Разве я не предупреждал вас ещё вначале, что всё идёт слишком гладко, слишком благополучно? — выкрикивал он, яростно подпрыгивая на своих кривых ногах. — Я ведь не дурак,

---

[1] Кордегардия — помещение для военного караула, а также для содержания арестованных под стражей.

друзья! У меня всё-таки есть глаза. Мы входим в озеро — и что мы видим? Брошенный форт. Вы помните, да? Там никого не было. Помните? Никто в нас не стрелял. Пушки молчали. Я тогда уже заподозрил неладное. Да и любой на моём месте, у кого есть глаза и мозги, думал бы так же. Но мы всё-таки плывём дальше. И что же мы находим? Такой же брошенный, как и форт, город, из которого бежали жители, забрав с собой всё ценное. Я снова предупреждаю капитана Блада, я говорю ему, что это неспроста, что тут ловушка. Но он меня не слушает, не хочет слушать. Мы продолжаем идти дальше, не встречая никакого сопротивления. Наконец все уже видят, что ещё немного — и думать о возвращении будет слишком поздно. Я снова предупреждаю, но меня по-прежнему никто не слушает. Боже мой! Капитан Блад должен идти дальше! И мы двигаемся дальше и доходим до Гибралтара[1]. Правда, здесь в конце концов мы находим вице-губернатора, заставляем его заплатить нам выкуп за этот город, но стоимость всех наших трофеев составляет две тысячи песо! Может быть, вы ответите мне, что это такое? Или я вам должен объяснить? Это кусок сыра, понимаете? Кусок сыра в мышеловке! Кто же мыши? — спросите вы. Мыши это мы, чёрт возьми! А кошки? О, они ещё ожидают нас! Кошки — это четыре испанских военных корабля, которые стерегут нас у выхода из этой мышеловки. Боже мой! Мы попали в капкан из-за дурацкого упрямства нашего замечательного капитана Блада!

Волверстон засмеялся. Каузак рассвирепел.

— А-а, чёрт возьми! Ты ещё смеёшься, скотина! Отвечай мне: как мы сможем выбраться отсюда, если не примем условий испанского адмирала?

Пираты, стоявшие на ступеньках внизу, одобрительно загудели. Огромный Волверстон, гневно взглянув на них своим единственным глазом, сжал кулаки, как бы готовясь ударить француза, подстрекавшего людей к бунту. Но Каузака это не смутило. Воодушевлённый поддержкой пиратов, он продолжал:

---

[1] Гибралтар — небольшой город на берегу озера Маракайбо (Венесуэла).

— Ты, должно быть, полагаешь, что капитан Блад — это бог и что он может творить чудеса, да? Да знаешь ли ты, что ваш хвалёный капитан Блад смешон…

Он внезапно умолк, потому что как раз в эту минуту из церкви не торопясь выходил капитан Блад. Рядом с ним шёл Ибервиль, длинноногий, высокий француз. Несмотря на свою молодость, он не пользовался славой лихого корсара, и его считали настоящим морским волком ещё до того, как гибель собственного судна вынудила Ибервиля поступить на службу к Бладу. Капитан «Арабеллы», в широкополой шляпе с плюмажем, приближался к пиратам, слегка опираясь на длинную трость из чёрного дерева. По внешнему виду никто не назвал бы его корсаром; он скорей походил на праздного щёголя с Пелл Молл[1] или с Аламеды[2]. Последнее, пожалуй, вернее, так как его элегантный камзол с отделанными золотом петлями был сшит по последней испанской моде. Но при более пристальном взгляде на него это впечатление менялось. Длинная боевая шпага, небрежно откинутая назад, и стальной блеск в глазах Блада выдавали в нём искателя приключений…

— Вы находите меня смешным, Каузак, а? — спросил он, останавливаясь перед бретонцем, который вдруг как-то внезапно выдохся. — Кем же тогда я должен считать вас? — Он говорил тихим, утомлённым голосом. — Вы кричите, что наша задержка породила опасность. А кто в этой задержке виноват? Мы потратили почти месяц на то, что можно было сделать за одну неделю, если бы не ваши ошибки.

— О, боже мой! Значит, я ещё и виноват, что…

— А разве я посадил «Ла Фудр» на мель посреди озера? Вы понадеялись на себя, отказались от лоцмана. Это привело к тому, что мы потеряли три драгоценных дня на разгрузку вашего корабля, чтобы стащить его с мели. За эти три дня жители Гибралтара не только узнали о нас, но и успели скрыться. Вот что

[1] Пелл Молл — улица в Лондоне.
[2] Аламеда — улица в Мадриде.

вынудило нас гнаться за губернатором и потерять у стен этой проклятой крепости около сотни людей и две недели времени! Вот в чём причина нашей задержки! А пока мы со всем этим возились, подоспела испанская эскадра, вызванная из Ла Гуайры кораблём береговой охраны. Но даже и сейчас мы могли бы вырваться в открытое море, если бы не был потерян «Ла Фудр». И вы ещё осмеливаетесь обвинять меня в том, в чём виноваты вы сами или, вернее, ваша глупость!

Надеюсь, вы согласитесь со мной, что сдержанность Блада трудно не назвать удивительной, если учесть, что испанской эскадрой, сторожившей выход из озера Маракайбо, командовал его злейший враг — дон Мигель де Эспиноса-и-Вальдес, адмирал Испании. У адмирала, помимо долга перед страной, были, как вам уже известно, и личные причины желать встречи с Бладом из-за истории, которая произошла около года назад на борту «Энкарнасиона» и завершилась смертью его брата дона Диего. Вместе с доном Мигелем плавал и его племянник дон Эстебан, ещё более, чем сам адмирал, жаждавший мщения.

И всё же капитан Блад сохранял полное спокойствие и высмеивал трусливое поведение Каузака.

— Сейчас нечего говорить о том, что сделано в прошлом! — закричал Каузак. — Вопрос сейчас стоит так: что мы теперь будем делать?

— Такого вопроса вообще не существует! — отрезал Блад.

— Как не существует? — кипятился Каузак. — Испанский адмирал дон Мигель обещал обеспечить нам безопасность, если мы немедленно уйдём, оставив город в целости, если мы освободим пленных и вернём всё, что захватили в Гибралтаре.

Капитан Блад улыбнулся, зная цену обещаниям дона Мигеля, а Ибервиль, не скрывая своего презрения к Каузаку, сказал:

— Это лишний раз доказывает, что испанский адмирал, несмотря на все преимущества, какими он располагает, всё же боится нас.

— Так это потому, что ему неизвестно, насколько мы слабы! — закричал Каузак. — Нам нужно принять его условия, так как иного выхода у нас нет. Таково моё мнение.

— Но не моё, — спокойно заметил Блад. — Поэтому-то я и отклонил эти условия.

— Отклонили? — Широкое лицо Каузака побагровело. Ропот стоявших позади людей подбодрил его. — Отклонили и даже не посоветовались со мной?

— Ваш отказ ничего изменить не может. Нас большинство, так как Хагторп придерживается того же мнения, что и я. Но если вы и ваши французские сторонники хотите принять условия испанца, то мы вам не будем мешать. Пошлите сообщить об этом адмиралу. Можно не сомневаться, что ваше решение только обрадует дона Мигеля.

Каузак сердито посмотрел на него, а затем, взяв себя в руки, спросил:

— Какой ответ вы дали адмиралу?

Лицо и глаза Блада осветились улыбкой.

— Я ответил ему, что если в течение двадцати четырёх часов он не гарантирует нам свободного выхода в море и не выплатит за сохранность Маракайбо пятьдесят тысяч песо, то мы превратим этот прекрасный город в груду развалин, а затем выйдем отсюда и уничтожим его эскадру.

Услышав столь дерзкий ответ, Каузак потерял дар речи. Однако многим пиратам из англичан пришёлся по душе смелый юмор человека, который, будучи в западне, всё же диктовал свои условия тому, кто завлёк его в эту ловушку. В толпе пиратов раздались хохот и крики одобрения. Многие французские сторонники Каузака были захвачены этой волной энтузиазма. Каузак же со своим свирепым упрямством остался в одиночестве. Обиженный, он ушёл и не мог успокоиться до следующего дня, который стал днём его мщения.

В этот день от дона Мигеля прибыл посланец с письмом. Испанский адмирал торжественно клялся, что, поскольку пираты отклонили его великодушное предложение, он будет ждать их теперь у выхода из озера, чтобы уничтожить. Если же отплытие пиратов задержится, предупреждал дон Мигель, то, как только его эскадра будет усилена пятым кораблём — «Санто Ниньо», идущим к нему из Ла Гуайры, он сам войдёт в озеро и захватит их у Маракайбо.

На сей раз капитан Блад был выведен из равновесия.

— Не беспокой меня больше! — огрызнулся он на Каузака, который с ворчанием снова ввалился к нему. — Сообщи адмиралу, что ты откололся от меня, чёрт побери, и он выпустит тебя и твоих людей. Возьми шлюп[1] и убирайся к дьяволу!

Каузак, конечно, последовал бы этому совету, если бы среди французов было единодушие в этом вопросе. Их раздирали жадность и беспокойство: уходя с Каузаком, они начисто отказывались от своей доли награбленного, а также и от захваченных ими рабов и пленных. Если же хитроумному капитану Бладу удастся выбраться отсюда невредимым, то он, конечно, на законном основании захватит всё, что они потеряют. Одна лишь мысль о такой ужасной перспективе была слишком горькой. И в конце концов, несмотря на все уговоры Каузака, его сторонники перешли на сторону Питера Блада. Они заявили, что отправились в этот поход с Бладом и вернутся только с ним, если им вообще доведётся вернуться. Об этом решении угрюмо сообщил ему сам Каузак.

Блад был рад такому решению и пригласил бретонца принять участие в совещании, на котором как раз в это время обсуждался вопрос о дальнейших действиях. Совещание происходило в просторном внутреннем дворике губернаторского дома. В центре, окружённый аркадами каменного четырёхугольника, под сеткой вьющихся растений бил прохладный фонтан. Вокруг фонтана росли

[1] Шлюп — одномачтовое морское судно.

апельсиновые деревья, и неподвижный вечерний воздух был напоён их ароматом. Это было одно из тех приятных снаружи и внутри сооружений, которые мавританские архитекторы строили в Испании по африканскому образцу, а испанцы затем уже перенесли в Новый Свет.

В совещании принимали участие всего лишь шесть человек, и оно закончилось поздней ночью. На этом совещании обсуждался план действий, предложенный Бладом.

Огромное пресноводное озеро Маракайбо тянулось в длину на сто двадцать миль, кое-где достигая такой же ширины. Его питали несколько рек, стекавших со снежных хребтов, окружавших озеро с двух сторон. Как я уже говорил, озеро это имеет форму гигантской бутылки с горлышком, направленным в сторону моря у города Маракайбо.

За этим горлышком озеро расширяется снова, а ближе к морю лежат два длинных острова — Вихилиас и Лас Паломас, закрывая выход в океан. Единственный путь для кораблей любой осадки проходит между этими островами через узкий пролив. К берегам острова Лас Паломас могут пристать только небольшие, мелкосидящие суда, за исключением его восточной оконечности, где, господствуя над узким выходом в море, высится мощный форт, который во время подхода к нему корсаров оказался брошенным. На водной глади между этими островами стояли на якорях четыре испанских корабля.

Флагманский корабль «Энкарнасион», с которым мы уже встречались, был мощным галионом, вооружённым сорока восьмью большими пушками и восьмью малыми. Следующим по мощности был тридцатишестипушечный «Сальвадор», а два меньших корабля — «Инфанта» и «Сан-Фелипе» — имели по двадцать пушек и по сто пятьдесят человек команды каждый.

Такова была эскадра, на вызов которой должен был ответить капитан Блад, располагавший, помимо «Арабеллы» с сорока пушками и «Элизабет» с двадцатью шестью пушками, ещё двумя шлюпами, захваченными в Гибралтаре, каждый из которых был вооружён четырьмя кулевринами [1]. Против тысячи испанцев корсары могли выставить не более четырёхсот человек.

План, представленный Бладом, отличаясь смелостью замысла, со стороны всё же казался отчаянным, и Каузак сразу же высказал свои опасения.

— Да, не спорю, — согласился капитан Блад, — но мне приходилось идти и на более отчаянные дела. — Он с удовольствием закурил трубку, набитую душистым табаком, которым так славился Гибралтар. — И что ещё более важно — все эти дела кончались удачно. Audaces fortuna juvat[2], — добавил он по-латыни и напоследок сказал: — Честное слово, старики римляне были умные люди.

Своей уверенностью он заразил даже недоверчивого и трусоватого Каузака. Все деятельно принялись за работу и три дня с восхода до заката готовились к бою, сулившему победу. Время не ждало. Они должны были ударить первыми, прежде чем к дону Мигелю де Эспиноса могло подоспеть подкрепление в виде пятого галиона «Санто Ниньо», идущего из Ла Гуайры. Основная работа велась на большем из двух шлюпов, захваченных в Гибралтаре. Этот шлюп играл главную роль в осуществлении плана Блада. Все перегородки и переборки на нём были сломаны, и судно превратилось как бы в пустую скорлупу, прикрытую досками палубы, а когда в его бортах просверлили сотни отверстий, то оно стало походить на половину пустого ореха, источенного червями. Затем в палубе было пробито ещё несколько люков, а внутрь корпуса уложен весь запас смолы, дёгтя и серы, найденных в городе. Ко всему этому добавили ещё шесть бочек пороха, выставив их наподобие пушек из бортовых отверстий шлюпа.

К вечеру четвёртого дня, когда все работы были закончены, пираты оставили за собой приятный, но безлюдный город Маракайбо. Однако снялись с якоря только часа через два после

[1] Кулеврина — старинное длинноствольное орудие.

[2] Audaces fortuna juvat (лат.) — счастье покровительствует смелым.

полуночи, воспользовавшись отливом, который начал их тихо сносить по направлению к бару[1]. Корабли шли, убрав все паруса, кроме бушпритных, подгоняемые лёгким бризом, едва ощутимым в фиолетовом мраке тропической ночи. Впереди шёл наскоро сделанный брандер[2] под командованием Волверстона, с шестью добровольцами. Каждому из них, кроме специальной награды, было обещано ещё по сто песо сверх обычной доли добычи. За брандером шла «Арабелла», на некотором расстоянии от неё следовала «Элизабет» под командой Хагторпа; на этом же корабле разместился и Каузак с французскими пиратами. Арьергард замыкали второй шлюп и восемь каноэ с пленными, рабами и большей частью захваченных товаров. Пленных охраняли два матроса, управлявшие лодками, и четыре пирата с мушкетами.

По плану Блада, они должны были находиться в тылу и ни в коем случае не принимать участия в предстоящем сражении.

Едва лишь первые проблески опалового рассвета рассеяли темноту, корсары, напряжённо всматривавшиеся в даль, увидели в четверти мили от себя очертания рангоутов[3] и такелажей[4] испанских кораблей, стоявших на якорях.

Испанцы, полагаясь на своё подавляющее превосходство, не проявили большей бдительности, чем им диктовала их обычная беспечность, и обнаружили эскадру Блада только после того, как их уже заметили корсары. Увидя сквозь предрассветный туман испанские галионы, Волверстон поднял на реях своего брандера все

---

[1] Бар — песчаная подводная отмель; образуется в море на некотором расстоянии от устья реки под действием морских волн.

[2] Брандер — судно, нагружённое горючими и взрывчатыми веществами; во времена парусного флота применялось для поджога неприятельских кораблей.

[3] Рангоут — совокупность деревянных частей оснащения судна, предназначенных для постановки парусов, сигнализации, поддержания грузовых стрел и проч. (мачты, стеньги, гафеля, бушприт и т. д.).

[4] Такелаж — все снасти на судне, служащие для укрепления рангоута и управления им и парусами.

паруса, и не успели испанцы опомниться, как он уже вплотную подошёл к ним.

Направив свой шлюп на огромный флагманский корабль «Энкарнасион», Волверстон намертво закрепил штурвал и, схватив висевший около него тлеющий фитиль, зажёг огромный факел из скрученной соломы, пропитанной нефтью. Факел вспыхнул ярким пламенем в ту минуту, когда маленькое судно с треском ударилось о борт флагманского корабля. Запутавшись своими снастями в его вантах, оно начало разваливаться. Шестеро людей Волверстона без одежды стояли на своих постах с левого борта шлюпа: четверо на планшире и двое — на реях, держа в руках цепкие абордажные крючья. Как только брандер столкнулся с испанским кораблём, они тут же закинули крючья за его борт и как бы привязали к нему брандер. Крюки, брошенные с рей, должны были ещё больше перепутать снасти и не дать испанцам возможности освободиться от непрошеных гостей.

На борту испанского галиона затрубили тревогу, и началась паника. Испанцы, не успев продрать от сна глаза, бегали, суетились, кричали. Они пытались было поднять якорь, но от этой попытки, предпринятой с отчаяния, пришлось отказаться, поскольку времени на это всё равно не хватило бы. Испанцы полагали, что пираты пойдут на абордаж, и в ожидании нападения схватились за оружие. Странное поведение нападающих ошеломило экипаж «Энкарнасиона», потому что оно не походило на обычную тактику корсаров. Ещё более поразил их вид голого верзилы Волверстона, который, размахивая поднятым над головой огромным пылающим факелом, носился по палубе своего судёнышка. Испанцы слишком поздно догадались о том, что Волверстон поджигал фитили у бочек с горючим. Один из испанских офицеров, обезумев от паники, приказал послать на шлюп абордажную группу.

Но и этот приказ запоздал. Волверстон, убедившись, что шестеро его молодцев блестяще выполнили данные им указания и уже спрыгнули за борт, подбежал к ближайшему открытому люку, бросил в трюм пылающий факел, а затем нырнул в воду, где его подобрал баркас с «Арабеллы». Но ещё до того, как подобрали Волверстона, шлюп стал похож на гигантский костёр, откуда силой взрывов выбрасывались и летели на «Энкарнасион» пылающие куски горючих материалов. Длинные языки пламени лизали борт галиона, отбрасывая назад немногих испанских смельчаков, которые хотя и поздно, но всё же пытались оттолкнуть шлюп.

В то время как самый мощный корабль испанской эскадры уже в первые минуты сражения быстро выходил из строя, Блад приближался к «Сальвадору». Проходя перед его носом, «Арабелла» дала бортовой залп, который с ужасной силой смёл всё с палубы испанского корабля. Затем «Арабелла» повернулась и, продвигаясь вдоль борта «Сальвадора», произвела в упор по его корпусу второй залп из всех своих бортовых пушек. Оставив «Сальвадор» наполовину выведенным из строя и продолжая следовать своим курсом, «Арабелла» несколькими ядрами из носовых пушек привела в замешательство команду «Инфанты», а затем с грохотом ударилась о её корпус, чтобы взять испанский корабль на абордаж, пока Хагторп проделывал подобную операцию с «Сан-Фелипе».

За всё это время испанцы не успели сделать ни одного выстрела — так врасплох они были захвачены и таким ошеломляющим был внезапный удар Блада.

Взятые на абордаж и устрашённые сверкающей сталью пиратских клинков, команды «Сан-Фелипе» и «Инфанты» не оказали никакого сопротивления. Зрелище объятого пламенем флагманского корабля и выведенного из строя «Сальвадора» так потрясло их, что они бросили оружие.

Если бы «Сальвадор» оказал решительное сопротивление и воодушевил своим примером команды других неповреждённых кораблей, вполне возможно, что счастье в этот день могло бы перекочевать на сторону испанцев. Но этого не произошло по характерной для испанцев жадности: «Сальвадору» нужно было спасать находившуюся на нём казну эскадры. Озабоченный прежде всего тем, чтобы пятьдесят тысяч песо не попали в руки пиратов, дон Мигель, перебравшийся с остатками своей команды на

«Сальвадор», приказал идти к форту на острове Лас Паломас. Рассчитывая на неизбежную встречу с пиратами, адмирал перевооружил форт и оставил в нём гарнизон. Для этой цели он снял с форта Кохеро, находившегося в глубине залива, несколько дальнобойных «королевских» пушек, более мощных, чем обычные.

Ничего не знавший об этом капитан Блад на «Арабелле» в сопровождении «Инфанты», уже с командой из корсаров и Ибервилем во главе, бросился в погоню за испанцами. Кормовые пушки «Сальвадора» беспорядочно отвечали на сильный огонь пиратов. Однако повреждения на нём были так серьёзны, что, добравшись до мелководья под защиту пушек форта, корабль начал тонуть и опустился на дно, оставив часть своего корпуса над водой. Команда корабля на лодках и вплавь добралась до берега Лас Паломас.

Когда капитан Блад считал победу уже выигранной, а выход в море свободным, форт внезапно показал свою огромную, но скрытую до этого мощь. Раздался залп «королевских» пушек. Тяжёлыми ядрами была снесена часть борта и убито несколько пиратов. На судне началась паника.

За первым залпом последовал второй, и если бы Питт, штурман «Арабеллы», не подбежал к штурвалу и не повернул корабль резко вправо, то «Арабелле» пришлось бы плохо. «Инфанта» пострадала значительно сильнее. В пробоины на ватерлинии её левого борта хлынула вода, и корабль, несомненно, затонул бы, если бы решительный и опытный Ибервиль не приказал немедленно сбросить в воду все пушки левого борта.

«Инфанту» удалось удержать на воде, хотя корабль сильно кренился на правый борт, и всё же он шёл вслед за «Арабеллой». Пушки форта продолжали стрелять вдогонку по уходящим кораблям, но уже не могли причинить им значительных повреждений. Выйдя из-под огня форта и соединившись с «Элизабет» и «Сан-Фелипе», «Арабелла» и «Инфанта» легли в дрейф, и капитаны четырёх кораблей могли наконец обсудить своё нелёгкое положение.

ГЛАВА XVII. ОДУРАЧЕННЫЕ

На полуюте «Арабеллы» под яркими лучами утреннего солнца заседал поспешно созванный совет. Капитан Блад, председательствовавший на совете, совершенно пал духом. Много лет спустя он говорил Питту, что этот день был самым тяжёлым днём его жизни. Он провёл бой с искусством, которым по справедливости можно было гордиться, и разгромил противника, обладающего безусловно подавляющими силами. И всё же Блад понимал всю бесплодность этой победы. Всего лишь три удачных выстрела батареи, о существовании которой они не подозревали, — и победа превратилась в поражение. Им стало ясно, что сейчас нужно бороться за своё освобождение, а оно могло прийти лишь после захвата форта, охраняющего выход в море.

Вначале капитан Блад сгоряча предложил немедля приступить к ремонту кораблей и тут же сделать новую попытку прорваться в море. Но его отговорили от этого рискованного шага: так можно было потерять всё. И капитан Блад, едва лишь спокойствие вернулось к нему, трезво оценил сложившуюся обстановку: «Арабелла» не могла выйти в море, «Инфанта» едва держалась на воде, а «Сан-Фелипе» получил серьёзные повреждения ещё до захвата его пиратами.

В конце концов Блад согласился с тем, что у них нет иного выхода, как вернуться в Маракайбо и там заново оснастить корабли, прежде чем сделать ещё одну попытку прорваться в море.

Так они и решили. И вот в Маракайбо вернулись победители, побеждённые в коротком, но ужасном бою. Раздражение Блада ещё более усилил мрачный пессимизм Каузака. Испытав головокружение от быстрой и лёгкой победы над превосходящими силами противника, бретонец сразу же впал в глубокое отчаяние, заразив своим настроением большую часть французских корсаров.

— Всё кончено, — заявил он Бладу. — На этот раз мы попались.

— Я слышал это от тебя и раньше, — терпеливо ответил ему капитан Блад. — А ведь ты, кажется, можешь понять, что произошло. Ведь никто не станет отрицать, что мы вернулись с большим количеством кораблей и пушек. Погляди сейчас на наши корабли.

— Я и так на них смотрю.

— Ну, тогда я и разговаривать не хочу с такой трусливой тварью!

— Ты смеешь называть меня трусом?

— Конечно!

Бретонец, тяжело сопя, исподлобья взглянул на обидчика. Однако требовать от него удовлетворения он не мог, помня судьбу Левасера и прекрасно понимая, какое удовлетворение можно получить от капитана Блада. Поэтому он пробормотал обиженно:

— Ну, это слишком! Очень уж много ты себе позволяешь!

— Знаешь, Каузак, мне смертельно надоело слушать твоё нытьё и жалобы, когда всё идёт не так гладко, как на званом обеде. Если ты ищешь спокойной жизни, то не выходи в море, а тем более со мной, потому что со мной спокойно никогда не будет. Вот всё, что я хотел тебе сказать.

Разразившись проклятиями, Каузак оставил Блада и отправился к своим людям, чтобы посоветоваться с ними и решить, что делать дальше.

А капитан Блад, не забывая и о своих врачебных обязанностях, отправился к раненым и пробыл у них до самого вечера. Затем он поехал на берег, в дом губернатора, и, усевшись за стол, на изысканном испанском языке написал дону Мигелю вызывающее, но весьма учтивое письмо.

«Нынче утром Вы, Ваше высокопревосходительство, убедились, на что я способен, — писал он. — Несмотря на Ваше более чем двойное превосходство в людях, кораблях и пушках, я потопил или захватил все суда Вашей эскадры, пришедшей в Маракайбо, чтобы нас уничтожить. Сейчас Вы не в состоянии осуществить свои угрозы, если даже из Ла Гуайры подойдёт ожидаемый Вами «Санто-Ниньо». Имея некоторый опыт, Вы легко можете себе представить, что ещё произойдёт. Мне не хотелось беспокоить Вас, Ваше высокопревосходительство, этим письмом, но я человек гуманный и ненавижу кровопролитие. Поэтому, прежде чем разделаться с Вашим фортом, который Вы считаете неприступным, так же как раньше я расправился с Вашей эскадрой, которую Вы тоже считали непобедимой, я из элементарных человеческих побуждений делаю Вам последнее предупреждение. Если Вы предоставите мне возможность свободно выйти в море, заплатите выкуп в пятьдесят тысяч песо и поставите сто голов скота, то я не стану уничтожать город Маракайбо и оставлю его, освободив сорок взятых мною здесь пленных. Среди них есть много важных лиц, которых я задержу как заложников впредь до нашего выхода в открытое море, после чего они будут отосланы обратно в каноэ, специально захваченных мною для этой цели. Если Вы, Ваше высокопревосходительство, неблагоразумно отклоните мои скромные условия и навяжете мне необходимость захватить форт, хотя это будет стоить многих жизней, я предупреждаю Вас, что пощады не ждите. Я начну с того, что превращу в развалины чудесный город Маракайбо...»

Закончив письмо, Блад приказал привести к себе захваченного в Гибралтаре вице-губернатора Маракайбо. Сообщив ему содержание письма, он направил его с этим письмом к дону Мигелю.

Блад правильно учёл, что вице-губернатор был самым заинтересованным лицом из всех жителей Маракайбо, который согласился бы любой ценой спасти город от разрушения.

Так оно и произошло. Вице-губернатор, доставив письмо дону Мигелю, действительно дополнил его своими собственными настойчивыми просьбами. Но дон Мигель не склонился на просьбы и мольбы. Правда, его эскадра частично была захвачена, а частично потоплена. Но адмирал успокаивал себя тем, что его застигли врасплох, и клялся, что это никогда больше не повторится.

Захватить форт никому не удастся. Пусть капитан Блад сотрёт Маракайбо с лица земли, но ему всё равно не уйти от сурового возмездия, как только он решится выйти в море (а рано или поздно ему, конечно, придётся это сделать)!

Вице-губернатор был в отчаянии. Он вспылил и наговорил адмиралу много дерзостей. Но ответ адмирала был ещё более дерзким:

— Если бы вы были верноподданным нашего короля и не допустили бы сюда этих проклятых пиратов, так же как я не допущу, чтобы они ушли отсюда, мы не попали бы сейчас в такое тяжёлое положение. Поэтому прошу не давать мне трусливых советов. Ни о каком соглашении с капитаном Бладом не может быть речи, и я выполню свой долг перед моим королём. Помимо этого, у меня есть личные счёты с этим мерзавцем, и я намерен с ним расплатиться. Так и передайте тому, кто вас послал!

Этот ответ адмирала вице-губернатор и принёс в свой красивый дом в Маракайбо, где так прочно обосновался капитан Блад, окружённый сейчас главарями корсаров. Адмирал проявил такую выдержку после происшедшей катастрофы, что вице-губернатор чувствовал себя посрамлённым и, вручая Бладу ответ, вёл себя весьма дерзко, чем адмирал остался бы очень доволен, если бы мог это видеть.

— Ах так! — спокойно улыбаясь, сказал Блад, хотя его сердце болезненно сжалось, так как он всё же рассчитывал на иной ответ. — Ну что ж, я сожалею, что адмирал так упрям. Именно поэтому он и потерял свой флот. Я ненавижу разрушения и кровопролития. Но ничего не поделаешь. Завтра утром сюда доставят вязанки хвороста. Может быть, увидев зарево пожара, адмирал поверит, что Питер Блад держит своё слово. Вы можете идти, дон Франциско.

Утратив остатки своей смелости, вице-губернатор ушёл в сопровождении стражи, с трудом волоча ноги.

Как только он вышел, Каузак, побледнев, вскочил с места и, размахивая дрожащими руками, хрипло закричал:

— Клянусь концом моей жизни, что ты на это скажешь? — И, не ожидая ответа, продолжал: — Я знал, что адмирала так легко не напугаешь. Он загнал нас в ловушку и знает об этом, а ты своим идиотским письмом обрёк всех на гибель.

— Ты кончил? — спокойно спросил Блад, когда француз остановился, чтобы передохнуть.

— Нет.

— Тогда избавь меня от необходимости выслушивать твой бред. Ничего нового ты не можешь сказать.

— А что скажешь ты? Что ты можешь сказать? — завизжал Каузак.

— Чёрт возьми! Я надеялся, что у тебя будут какие-нибудь предложения. Но если ты озабочен только спасением своей собственной шкуры, то лучше будет тебе и твоим единомышленникам убраться к дьяволу. Я уверен, что испанский адмирал с удовольствием узнает, что нас стало меньше. На прощанье мы дадим вам шлюп. Отправляйтесь к дону Мигелю, так как всё равно от вас пользы не дождёшься.

— Пусть это решат мои люди! — зарычал Каузак и, подавив в себе ярость, отправился к своей команде.

Придя на следующее утро к капитану Бладу, он застал его одного во внутреннем дворике. Опустив голову на грудь, Блад расхаживал взад и вперёд. Его раздумье Каузак ошибочно принял за уныние.

— Мы решили воспользоваться твоим предложением, капитан! — вызывающе объявил он.

Капитан Блад, продолжая держать руки за спиной, остановился и равнодушно взглянул на пирата. Каузак пояснил:

— Сегодня ночью я послал письмо испанскому адмиралу и сообщил, что расторгаю союз с тобой, если он разрешит нам уйти отсюда с военными почестями. Сейчас я получил ответ. Адмирал принимает наше предложение при условии, что мы ничего с собой не возьмём. Мои люди уже грузятся на шлюп, и мы отплываем немедленно.

— Счастливого пути, — ответил Блад и, кивнув головой, повернулся, чтобы возобновить свои прерванные размышления.

— И это всё, что ты мне хочешь сказать? — закричал Каузак.

— Я мог бы тебе сказать ещё кое-что, — стоя спиной к Каузаку, отвечал Блад» — но знаю, что это тебе не понравится.

— Да?! Ну, тогда прощай, капитан! — И ядовито добавил: — Я верю, что мы больше не встретимся.

— Я не только верю, но и хочу на это надеяться, — ответил Блад.

Каузак с проклятиями выбежал из дворика. Ещё до полудня он отплыл вместе со своими сторонниками. Их набралось человек шестьдесят. Настроение их было подавленное, так как они позволили Каузаку уговорить себя согласиться уйти с пустыми руками, несмотря на все попытки Ибервиля отговорить их. Адмирал сдержал своё слово и позволил им свободно выйти в море, чего Блад, хорошо зная испанцев, даже не ожидал.

Едва лишь французы успели отплыть, как капитану Бладу доложили, что вице-губернатор умоляет его принять. Ночные размышления пошли на пользу дону Франциско: они усилили его опасения за судьбу города Маракайбо, так же как и возмущение непреклонностью адмирала.

Капитан Блад принял его любезно:

— С добрым утром, дон Франциско! Я отложил фейерверк до вечера. В темноте он будет виден лучше.

Дон Франциско, хилый, нервный, пожилой человек, несмотря на знатное происхождение, не отличался особой храбростью. Будучи принят Бладом, он сразу же перешёл к делу:

— Я хочу просить вас, дон Педро, отложить разрушение города на три дня. За это время я обязуюсь собрать выкуп — пятьдесят тысяч песо и сто голов скота, которые отказался дать вам дон Мигель.

— А где же вы его соберёте? — спросил Блад с чуть заметным удивлением.

Дон Франциско повёл головой.

— Это моё личное дело, — ответил он, — и в этом деле мне помогут мои соотечественники. Освободите меня под честное слово, оставив у себя заложником моего сына.

И так как Блад молчал, вице-губернатор принялся умолять капитана принять его предложение. Но тот резко прервал его:

— Клянусь всеми святыми, дон Франциско, я удивлён тем, что вы решились прийти ко мне с такой басней! Вам известно место, где можно собрать выкуп, и в то же время вы отказываетесь назвать его мне. А не кажется ли вам, что с горящими фитилями между пальцами вы станете более разговорчивым?

Дон Франциско чуть побледнел, но всё же снова покачал головой:

— Так делали Морган, Л'Оллонэ и другие пираты, но так не может поступить капитан Блад. Если бы я не знал этого, то не сделал бы вам такого предложения.

— Ах, старый плут! — рассмеялся Питер Блад. — Вы пытаетесь сыграть на моём великодушии, не так ли?

— На вашей чести, капитан!

— На чести пирата? Нет, вы определённо сошли с ума!

Однако дон Франциско продолжал настаивать:

— Я верю в честь капитана Блада. О вас известно, что вы воюете, как джентльмен.

Капитан Блад снова засмеялся, но на сей раз его смех звучал издевательски, и это вызвало у дона Франциско опасение за благоприятный исход их беседы. Ему в голову не могло прийти, что Блад издевается над самим собой.

— Хорошо, — сказал капитан. — Пусть будет так, дон Франциско. Я дам вам три дня, которые вы просите.

Дон Франциско, освобождённый из-под стражи, отправился выполнять своё обязательство, а капитан Блад продолжал размышлять о том, что репутация рыцаря в той мере, в какой она совместима с деятельностью пирата, всё же может иногда оказаться полезной.

К исходу третьего дня вице-губернатор вернулся в Маракайбо с мулами, нагружёнными деньгами и слитками драгоценных металлов. Позади шло стадо в сто голов скота, которых гнали рабы-негры.

Скот был передан пиратам, ранее занимавшимся охотой и умевшим заготовлять мясо впрок. Большую часть недели они провели на берегу за разделкой туш и засолом мяса.

Пока шла эта работа и производился ремонт кораблей, капитан Блад неустанно размышлял над задачей, от решения которой зависела его дальнейшая судьба. Разведчики-индейцы сообщили ему, что испанцам удалось снять с «Сальвадора» тридцать пушек и таким образом увеличить и без того мощную артиллерию форта ещё на одну батарею. В конце концов Блад, надеясь, что вдохновение осенит его на месте, решил провести разведку самолично. Рискуя жизнью, он под покровом ночи с двумя индейцами, ненавидевшими жестоких испанцев, перебрался в каноэ на остров и, спрятавшись в низком кустарнике, покрывавшем берег, пролежал там до рассвета. Затем уже в одиночку Блад отправился исследовать остров и подобрался к форту значительно ближе, чем это позволяла осторожность.

Но он пренебрёг осторожностью, чтобы проверить возникшее у него подозрение.

Возвышенность, на которую Блад взобрался ползком, находилась примерно на расстоянии мили от форта. Отсюда всё внутреннее расположение крепости открывалось как на ладони. С помощью подзорной трубы он смог убедиться в основательности своих подозрений; да, вся артиллерия форта была обращена в сторону моря.

Довольный разведкой, он вернулся в Маракайбо и внёс на рассмотрение Питта, Хагторпа, Ибервиля, Волверстона, Дайка и Огла предложение о штурме форта с берега, обращённого в сторону материка. Перебравшись в темноте на остров, они нападут на испанцев внезапно и сделают попытку разгромить их до того, как они для отражения атаки смогут перебросить свои пушки.

Предложение Блада было холодно встречено всеми офицерами, за исключением Волверстона, который по своему темпераменту относился к типу людей, любящих риск. Хагторп же немедленно выступил против.

— Это очень легкомысленный шаг, Питер, — сурово сказал он, качая головой. — Подумал ли ты о том, что мы не сможем подойти незамеченными к форту на расстояние, откуда можно будет броситься на штурм? Испанцы не только вовремя обнаружат нас, но и успеют перетащить свои пушки. А если даже нам удастся подойти к форту незаметно, то мы не сможем взять с собой наши пушки и должны будем рассчитывать только на лёгкое оружие. Неужели ты допускаешь, что три сотни смельчаков — а их осталось столько после дезертирства Каузака — могут атаковать превосходящего вдвое противника, сидящего в укрытии?

Другие — Дайк, Огл, Ибервиль и даже Питт — шумно согласились с Хагторпом. Блад внимательно выслушал все возражения и попытался доказать, что он учёл все возможности, взвесил весь риск…

И вдруг Блад умолк на полуслове, задумался на мгновение, затем в глазах его загорелось вдохновение. Опустив голову, он некоторое время что-то взвешивал, бормоча то «да», то «нет», а потом, смело взглянув в лицо своим офицерам, сказал громко:

— Слушайте! Вы, конечно, правы — риск очень велик. Но я придумал выход. Атака, затеваемая нами, будет ложной. Вот план, который я предлагаю вам обсудить!

Блад говорил быстро, отчётливо, и, по мере того как он излагал своё предложение, лица его офицеров светлели. Когда же он кончил свою краткую речь, все в один голос закричали, что они спасены.

— Ну, это ещё нужно доказать, — сказал он.

Они решили выйти из Маракайбо утром следующего дня, так как ещё накануне всё уже было готово к отплытию и корсаров ничто больше не задерживало.

Уверенный в успехе своего плана, капитан Блад приказал освободить заложников и даже пленных негров-рабов, которых все считали законной добычей. Единственная предосторожность по отношению к освобождённым пленным заключалась в том, что всех их поместили в большой каменной церкви и заперли там на замок. Освободить пленных должны были уже сами горожане после своего возвращения в город.

Погрузив в трюмы все захваченные ценности, корсары подняли якорь и двинулись к выходу в море. На буксире у каждого корабля было по три пироги.

Адмирал, заметив паруса пиратских кораблей, блиставшие в ярких лучах полуденного солнца, с удовлетворением потирал длинные сухие руки и злорадно хихикал.

— Наконец-то! — радостно приговаривал он. — Сам бог доставляет их прямо в мои руки. Рано или поздно, но так должно было случиться. Ну, скажите, господа, — обратился он к офицерам, стоявшим позади него, разве не подтвердилось моё предположение? Итак, сегодня конец всем пакостям, которые причинял подданным его католического величества короля Испании этот негодяй дон Педро Сангре, как он мне однажды представился.

Тут же были отданы необходимые распоряжения, и вскоре форт превратился в оживлённый улей. У пушек выстроилась прислуга, в руках у канониров тлели фитили, но корсарская эскадра, идя на Лас Паломас, почему-то стала заметно отклоняться к западу. Испанцы в недоумении наблюдали за странными манёврами пиратских кораблей.

Примерно в полутора милях от форта и в полумиле от берега, то есть там, где начиналось мелководье, все четыре корабля стали на якорь как раз в пределах видимости испанцев, но вне пределов досягаемости их самых дальнобойных пушек.

Адмирал торжествующе захохотал:

— Ага! Эти английские собаки колеблются! Клянусь богом, у них есть для этого все основания!

— Они будут ждать наступления темноты, — высказал своё предположение его племянник, дрожавший от возбуждения.

Дон Мигель, улыбаясь, взглянул на него:

— А что им даст темнота в этом узком проливе под дулами моих пушек? Будь спокоен, Эстебан, сегодня ночью мы отомстим за твоего отца и моего брата.

Он прильнул к окуляру подзорной трубы и не поверил своим глазам, увидев, что пироги, шедшие на буксире за пиратскими кораблями, были подтянуты к бортам. Он не мог понять этого манёвра, но следующий манёвр удивил его ещё больше: побыв некоторое время у противоположных бортов кораблей, пироги одна за другой уже с вооружёнными людьми появились снова и, обойдя суда, направились в сторону острова. Лодки шли по направлению к густым кустарникам, сплошь покрывавшим берег и вплотную подходившим к воде. Адмирал, широко раскрыв глаза, следил за лодками до тех пор, пока они не скрылись в прибрежной растительности.

— Что означает эта чертовщина? — спросил он своих офицеров. Никто ему не мог ответить, все они в таком же недоумении глядели вдаль. Минуты через две или три Эстебан, не сводивший глаз с водной поверхности, дёрнул адмирала за рукав и, протянув руку, закричал:

— Вот они, дядя!

Там, куда он указывал, действительно показались пироги. Они шли обратно к кораблям. Однако сейчас в лодках, кроме гребцов, никого не было. Все вооружённые люди остались на берегу.

Пироги подошли к кораблям и снова отвезли на Лас Паломас новую партию вооружённых людей. Один из испанских офицеров высказал наконец своё предположение:

— Они хотят атаковать нас с суши и, конечно, попытаются штурмовать форт.

— Правильно, — улыбнулся адмирал. — Я уже угадал их намерения. Если боги хотят кого-нибудь наказать, то прежде всего они лишают его разума.

— Может быть, мы сделаем вылазку? — возбуждённо сказал Эстебан.

— Вылазку? Через эти заросли? Чтобы нас перестреляли? Нет, нет, мы будем ожидать их атаки здесь. И как только они нападут, мы тут же их уничтожим. Можете в этом не сомневаться.

Однако к вечеру адмирал был уже не так уверен в себе. За это время пироги шесть раз доставили людей на берег и, как ясно видел в подзорную трубу дон Мигель, перевезли по меньшей мере двенадцать пушек.

Он уже больше не улыбался и, повернувшись к своим офицерам, не то с раздражением, не то с беспокойством заметил:

— Какой болван говорил мне, что корсаров не больше трёхсот человек? Они уже высадили на берег по меньшей мере вдвое больше людей.

Адмирал был изумлён, но изумление его значительно увеличилось бы, если бы ему сказали, что на берегу острова Лас Паломас нет ни одного корсара и ни одной пушки. Дон Мигель не мог догадаться, что пироги возили одних и тех же людей: при поездке на берег они сидели и стояли в лодках, а при возвращении на корабли лежали на дне лодок, и поэтому со стороны казалось, что в лодках нет никого.

Возрастающий страх испанской солдатни перед неизбежной кровавой схваткой начал передаваться и адмиралу.

Испанцы боялись ночной атаки, так как им уже стало известно, что у этого кошмарного капитана Блада оказалось вдвое больше сил, нежели было прежде.

И в сумерках испанцы наконец сделали то, на что так рассчитывал капитан Блад: они приняли именно те самые меры для отражения атаки с суши, подготовка к которой была столь основательно симулирована пиратами. Испанцы работали как проклятые, перетаскивая громоздкие пушки, установленные так, чтобы полностью простреливать узкий проход к морю.

Со стонами и криками, обливаясь потом, подстёгиваемые грозной бранью и плётками своих офицеров, в лихорадочной спешке и панике перетаскивали они через всю территорию форта на сторону, обращённую к суше, свои тяжёлые пушки. Их нужно было установить заново, чтобы подготовиться к отражению атаки, которая могла начаться в любую минуту.

И когда наступила ночь, испанцы были уже более или менее подготовлены к отражению атаки. Они стояли у своих пушек, смертельно страшась предстоящего штурма. Безрассудная храбрость сумасшедших дьяволов капитана Блада давно уже стала поговоркой на морях Мэйна...

Но, пока они ждали нападения, эскадра корсаров под прикрытием ночи, воспользовавшись отливом, тихо подняла якоря. Нащупывая путь промерами глубин, четыре неосвещённых корабля направились к узкому проходу в море. Капитан Блад приказал спустить все паруса, кроме бушпритных, которые обеспечивали движение кораблей и были выкрашены в чёрный цвет.

Впереди борт о борт шли «Элизабет» и «Инфанта». Когда они почти поравнялись с фортом, испанцы, целиком поглощённые наблюдениями за противоположной стороной, заметили в темноте неясные очертания кораблей и услышали тихий плеск рассекаемых волн и журчание кильватерных струй. И тут в ночном воздухе раздался такой взрыв бессильной человеческой ярости, какого, вероятно, не слышали со дня вавилонского столпотворения[1].

---

[1] Вавилонским столпотворением, по библейскому преданию, называется неудавшаяся попытка царя Нимрода построить (сотворить) в Вавилоне столп (башню) высотой до неба. Бог, разгневавшись на людей за их безрассудное желание, решил покарать строителей: он смешал их язык так, что они перестали понимать друг друга, вынуждены были прекратить стройку и мало-помалу рассеялись по свету. Отсюда, как объясняли древние, и пошло различие языков. В обычном понятии вавилонское столпотворение или просто столпотворение означает беспорядок, неразбериху при большом скоплении народа.

Чтобы умножить замешательство среди испанцев, «Элизабет» в ту минуту, когда быстрый отлив проносил её мимо, произвела по форту залп из всех своих пушек левого борта.

Тут только адмирал понял, что его одурачили и что птичка благополучно улетает из клетки, хотя он ещё не мог сообразить, как это произошло. В неистовом гневе дон Мигель приказал перенести на старые места только что и с таким трудом снятые оттуда пушки. Он погнал канониров на те слабенькие батареи, которые из всего его мощного, но пока бесполезного вооружения одни охраняли проход в море. Потеряв ещё несколько драгоценных минут, эти батареи наконец открыли огонь.

В ответ прогремел ужасающей силы бортовой залп «Арабеллы», поднимавшей все свои паруса. Взбешённые испанцы на мгновение увидели её красный корпус, освещённый огромной вспышкой огня. Скрип фалов[1] утонул в грохоте залпа, и «Арабелла» исчезла, как призрак.

Скрывшись в благоприятствующую им темноту, куда беспорядочно и наугад стреляли мелкокалиберные испанские пушки, уходящие корабли, чтобы не выдать своего местоположения растерявшимся и одураченным испанцам, не произвели больше ни одного выстрела.

Повреждения, нанесённые кораблям корсаров, были незначительны. Подгоняемая хорошим южным бризом, эскадра Блада миновала узкий проход и вышла в море.

А дон Мигель, оставшись на острове, мучительно переживал казавшуюся такой прекрасной, но, увы, уже утраченную возможность расквитаться с Бладом и думал о том, какими словами он доложит высшему совету католического короля обстоятельства ухода Питера Блада из Маракайбо с двумя двадцатипушечными фрегатами, ранее принадлежавшими Испании, не говоря уже о двухстах пятидесяти тысячах песо и всякой другой добыче. Блад ушёл, несмотря на то что у дона Мигеля было четыре галиона и сильно вооружённый форт, которые позволяли испанцам держать пиратов в прочной ловушке.

«Долг» Питера Блада стал огромным, и дон Мигель страстно поклялся перед небом взыскать его сполна, чего бы это ему ни стоило.

Однако потери, понесённые королём Испании, этим не исчерпывались. Вечером следующего дня у острова Аруба эскадра Блада встретила «Санто Ниньо». Корабль на всех парусах спешил в Маракайбо на помощь дону Мигелю. Испанцы решили вначале, что

---

[1] Фал — верёвка (снасть), при помощи которой поднимают на судах паруса, реи, сигнальные флаги и проч.

навстречу им идёт победоносный флот дона Мигеля, возвращающийся после разгрома пиратов. Когда же корабли сблизились и на грот-мачте «Арабеллы», к величайшему разочарованию испанцев, взвился английский вымпел, капитан «Санто Ниньо», решив, что храбрость не всегда полезна в жизни, спустил свой флаг.

Капитан Блад приказал команде испанского корабля погрузиться в шлюпки и отправиться на Арубу, в Маракайбо, к чёрту на рога или куда им только заблагорассудится. Он был настолько великодушен, что подарил им несколько пирог, которые всё ещё шли на буксире за его кораблями.

— Вы застанете дона Мигеля в дурном настроении. Передайте адмиралу привет и скажите, что я беру на себя смелость напомнить ему следующее: за все несчастья, выпавшие на его долю, он должен винить только самого себя. Всё зло, которое он совершил, разрешив своему брату произвести неофициальный рейд на остров Барбадос, воздалось ему сторицей. Пусть он подумает дважды или трижды до того, как решится снова выпустить своих дьяволов на какое-либо английское поселение.

С этими словами он отпустил капитана «Санто Ниньо» и приступил к осмотру своего нового трофея. Подняв люки, люди «Арабеллы» обнаружили, что в трюмах испанского корабля находится живой груз.

— Рабы, — сказал Волверстон и на все лады проклинал испанцев, пока из трюма не выполз Каузак, щурясь и морщась от яркого солнечного света.

Бретонец морщился, конечно, не только от солнца. И те, кто выползал вслед за ним — а это были остатки его команды, — последними словами ругали Каузака за малодушие, заставившее их пережить позор, который заключался в том, что их спасли те самые люди, кого они предательски бросили и обрекли на гибель.

Три дня назад «Санто Ниньо» потопил шлюп, подаренный им великодушным Бладом. Каузак едва спасся от виселицы, но, должно быть, лишь только для того, чтобы на долгие годы стать посмешищем «берегового братства».

И долго потом на острове Тортуга его издевательски расспрашивали:

«Куда же ты девал своё маракайбское золото?»

Глава XVIII. «Милагроса»

Дело в Маракайбо должно считаться шедевром корсарской карьеры капитана Блада. Хотя в любом из многих его боёв, с любовной тщательностью описанных Джереми Питтом, легко сразу же обнаружить проявления военного таланта Питера Блада, однако ярче всего этот талант тактика и стратега проявился в боях при Маракайбо, завершившихся победоносным спасением из капкана, расставленного доном Мигелем де Эспиноса.

Блад и до этого пользовался большой известностью, но её нельзя было сравнить с огромной славой, приобретённой им после этих сражений. Это была слава, какой не знал ни один корсар, включая даже и знаменитого Моргана.

В Тортуге, где Блад провёл несколько месяцев, оснащая заново корабли, захваченные им из эскадры, готовившейся его уничтожить, он стал объектом поклонения буйного «берегового братства». Множество пиратов добивались высокой чести служить под командованием Блада. Это дало ему редкую возможность разборчиво подбирать экипажи для новых кораблей своей эскадры, и, когда он отправился в следующий поход, под его началом находились пять прекрасно оснащённых кораблей и более тысячи корсаров. Это была не просто слава, но и сила. Три захваченных испанских судна он, с некоторым академическим юмором, переименовал в «Клото», «Лахезис» и «Атропос»[1], будто для того, чтобы сделать свои корабли вершителями судеб тех испанцев, которые в будущем могли встретиться Бладу на морях.

В Европе известие об этой эскадре, пришедшее вслед за сообщением о разгроме испанского адмирала под Маракайбо, вызвало сенсацию. Испания и Англия были обеспокоены, хотя у этого беспокойства были разные основания, и если вы потрудитесь

---

[1] Клото, Лахезис и Атропос — по древней мифологии, три богини судьбы.

перелистать дипломатическую переписку того времени, посвящённую этому вопросу, то увидите, что она окажется довольно объёмистой и не всегда корректной.

А между тем дон Мигель де Эспиноса совершенно обезумел. Опала, явившаяся следствием поражений, нанесённых ему капитаном Бладом, чуть не свела с ума испанского адмирала. Рассуждая беспристрастно, нельзя не посочувствовать дону Мигелю. Ненависть стала ежедневной пищей этого несчастного, а жажда мщения глодала его, как червь. Словно одержимый, метался он по волнам Карибского моря в поисках своего врага и, не находя его, нападал на все английские и французские корабли, встречавшиеся на его пути, чтобы как-то удовлетворить эту жажду мести.

Говоря попросту, прославленный флотоводец и один из наиболее знатных грандов Испании потерял голову и, гоняясь за пиратскими кораблями, сам, в свою очередь, стал пиратом. Королевский совет мог, разумеется, осудить адмирала за его корсарские занятия. Но что это значило для человека, который уже давно был осуждён без всякой надежды на прощение? А вот если бы ему удалось схватить и повесить капитана Блада, то Испания, быть может, более снисходительно отнеслась бы к тому, что сейчас делал её адмирал, и к тому, что он натворил прежде, потеряв несколько превосходных кораблей и упустив из своих рук знаменитого корсара.

И, не учитывая того обстоятельства, что капитан Блад располагал сейчас подавляющим превосходством, испанец настойчиво искал дерзкого пирата на непроторённых просторах морей. Однако целый год поиски были тщетными. Наконец ему всё же удалось встретиться с Бладом, но при очень странных обстоятельствах.

15 сентября 1688 года три корабля бороздили воды Карибского моря.

Первым из них был одинокий флагманский корабль «Арабелла». Ураган, разразившийся в районе Малых Антильских островов, оторвал капитана Блада от его эскадры. Порывистый юго-восточный бриз этого душного периода года нёс «Арабеллу» к Наветренному проливу; Блад спешил к острову Тортуга единственному месту встречи мореплавателей, потерявших друг друга.

Вторым кораблём был огромный испанский галион «Милагроса», на борту которого плавал мстительный дон Мигель. Вспомогательный фрегат «Гидальго» скрывался в засаде у юго-западных берегов острова Гаити.

Третьим, и последним из кораблей, которые нас сейчас интересуют, был английский военный корабль, стоявший в упомянутый мною день на якоре во французском порту Сен-Никола, на северо-западном берегу Гаити. Он следовал из Плимута на Ямайку и вёз очень важного пассажира — лорда Джулиана Уэйда. Лорд Сэндерленд, родственник лорда Уэйда, дал ему довольно ответственное и деликатное поручение, прямо вытекающее из неприятностей переписки между Англией и Испанией.

Французское правительство, так же как и английское, было весьма раздражено действиями корсаров, ухудшавшими и без того натянутые отношения с Испанией. Тщетно пытаясь положить конец их операциям, правительства требовали от губернаторов своих колоний максимальной суровости к пиратам. Однако губернаторы, подобно губернатору Тортуги, наживались на своих тайных сделках с корсарами или же, подобно губернатору французской части Гаити, полагали, что пиратов следует не истреблять, а поощрять, так как они играют роль сдерживающей силы против мощи и алчности Испании. Поэтому губернаторы, не сговариваясь друг с другом, опасались применять какие-либо решительные меры, которые могли бы заставить корсаров перенести свою деятельность в новые районы.

Министр иностранных дел Англии лорд Сэндерленд, стремясь быстрее выполнить настойчивое требование короля Якова во что бы то ни стало умиротворить Испанию, посол которой неоднократно изъявлял крайнее недовольство своего правительства, назначил губернатором Ямайки решительного человека. Этим решительным человеком был самый влиятельный плантатор Барбадоса — полковник Бишоп.

Полковник принял назначение на пост губернатора с особым рвением, которое объяснялось тем, что он жаждал поскорее свести личные счёты с Питером Бладом.

Оставив свои плантации, явившиеся источником его огромных богатств, Бишоп сразу же после прибытия на Ямайку дал почувствовать корсарам, что он не намерен с ними якшаться. Многим из них пришлось туговато. Лишь один корсар, бывший раб бывшего плантатора, не давался в руки Бишопа и всегда ускользал от него. Бесстрашно он продолжал тревожить испанцев на воде и на суше. Его смелые набеги и налёты никак не улучшали натянутых отношений между Англией и Испанией, а это было особенно нежелательно в те годы, когда мир в Европе сохранялся с таким трудом.

Доведённый до бешенства не только день ото дня копившимся в нём раздражением, но и бесконечными выговорами из Лондона за неумение справиться с капитаном Бладом, полковник Бишоп начал всерьёз подумывать о захвате своего противника непосредственно на Тортуге. К счастью для себя, он отказался от этой безумной затеи: его остановили не только мощные природные укрепления острова, но и важные соображения о том, что затея очистить Тортугу от корсаров может быть расценена Францией как разбойничий налёт и тяжкое оскорбление дружественного государства. И всё же полковнику Бишопу казалось, что если не принять каких-то решительных мер, то тогда вообще ничего не изменится. Эти мысли он и выложил в письме министру иностранных дел.

Это письмо, по существу правильно излагавшее истинное положение дел, привело лорда Сэндерленда в отчаяние. Он понимал, что такую неприятную проблему немыслимо решить обычными средствами и что в таком деле не обойдёшься без применения средств чрезвычайных. Он вспомнил о Моргане, который при Карле II был привлечён на королевскую службу, и подумал, что такой же метод лестного для пирата решения вопроса мог бы оказаться полезным и по отношению к капитану Бладу. Его светлость учёл, что противозаконную деятельность Блада вполне можно объяснить не его врождёнными дурными наклонностями, а лишь абсолютной необходимостью, что он был вынужден заняться корсарством лишь в силу обстоятельств, связанных с его появлением на Барбадосе, и что сейчас Блад может обрадоваться, получив возможность отказаться от небезопасного занятия.

Действуя в соответствии с этим выводом, Сэндерленд и послал на остров Ямайку своего родственника лорда Джулиана Уэйда, снабдив его несколькими до конца заполненными, за исключением фамилий, офицерскими патентами. Министр дал ему чёткие указания, какой линии поведения он должен придерживаться, но вместе с тем предоставил полную свободу действий при выполнении этих указаний. Прожжённый интриган и хитрый политик, Сэндерленд посоветовал своему родственнику, в случае, если Блад окажется несговорчивым или Уэйд по каким-либо причинам сочтёт нецелесообразным брать его на королевскую службу, заняться его офицерами и, соблазнив их, настолько ослабить Блада, чтобы он стал лёгкой жертвой полковника Бишопа.

«Ройял Мэри», корабль, на котором путешествовал этот сносно образованный, слегка распущенный и безукоризненно элегантный посол лорда Сэндерленда, благополучно добрался до Сен-Никола — своей последней стоянки перед Ямайкой. Ещё в Лондоне было решено, что лорд Джулиан явится сначала к губернатору в Порт-Ройял, а оттуда уже отправится для свидания с прославленным пиратом на Тортугу. Но ещё до знакомства с губернатором лорду Джулиану посчастливилось познакомиться с его племянницей, гостившей в Сен-Никола у своих родственников, пережидая здесь совершенно нестерпимую в этот период года жару на Ямайке. Пробыв здесь несколько месяцев, она возвращалась домой, и просьба предоставить ей место на борту «Ройял Мэри» была сразу же удовлетворена.

Лорд Джулиан обрадовался её появлению на корабле. До сих пор путешествие было просто очень интересным, а сейчас приобретало даже некоторую пикантность. Дело в том, что его светлость принадлежал к тем галантным кавалерам, для которых существование, не украшенное присутствием женщины, было просто жалким и бессмысленным прозябанием.

Мисс Арабелла Бишоп, прямая, искренняя, без малейшего жеманства и с почти мальчишеской свободой движений, конечно, не была той девушкой, на которой в лондонском свете остановились бы глаза разборчивого лорда Уэйда, молодого человека лет двадцати восьми, выше среднего роста, но казавшегося более высоким из-за своей худощавости. Длинное, бледное лицо его светлости с чувственным ртом и тонкими чертами, обрамлённое локонами золотистого парика, и светло-голубые глаза придавали ему какое-то мечтательное или, точнее, меланхолическое выражение. Его изощрённый и тщательно тренированный в таких вопросах вкус направлял его внимание к иным девушкам — томным, беспомощным, но женственным. Очарование мисс Бишоп было бесспорным. Однако оценить его мог только человек с добрым сердцем и острым умом, а лорд Джулиан хотя совсем не был мужланом, но вместе с тем и не обладал должной деликатностью. Говоря так, я вовсе не хочу, чтобы всё это было понято, как какой-то намёк, компрометирующий его светлость.

Но как бы там ни было, Арабелла Бишоп была молодой, интересной женщиной из очень хорошей семьи, и на той географической широте, на которой оказался сейчас лорд Джулиан, это явление уже само по себе представляло редкость. Он же, со своей стороны, с его титулом и положением, любезностью и манерами опытного придворного, был представителем того огромного мира, который Арабелле, проведшей большую часть своей жизни на Антильских островах, был известен лишь понаслышке. Следует ли удивляться тому, что они почувствовали взаимный интерес ещё до того, как «Ройял Мэри» вышла из Сен-

Никола. Каждый из них мог рассказать много такого, чего не знал другой. Он мог усладить её воображение занимательными историями о Сент-Джеймском дворе, во многих из них отводя себе героическую или хотя бы достаточно приметную роль. Она же могла обогатить его ум важными сведениями о Новом свете, куда он приехал впервые.

Ещё до того как Сен-Никола скрылся из виду, они уже стали добрыми друзьями, и его светлость, внося поправки в своё первое впечатление о ней, ощутил очарование прямого и непосредственного чувства товарищества, заставлявшего её относиться к каждому мужчине, как к брату. И можно ли удивляться, зная, насколько голова лорда Уэйда была занята делами его миссии, что он как-то заговорил с ней о капитане Бладе!

— Интересно знать, — сказал он, когда они прогуливались по корме, — видели ли вы когда-нибудь этого Блада? Ведь одно время он был рабом на плантациях вашего дяди.

Мисс Бишоп остановилась и, облокотившись на гакаборт, глядела на землю, скрывающуюся за горизонтом. Прошло несколько минут, прежде чем она ответила спокойным, ровным голосом:

— Я часто видела его и знаю его очень хорошо.

— Да?! Не может быть!

Его светлость был слегка выведен из того состояния невозмутимости, которое он так старательно в себе культивировал, и поэтому не заметил внезапно вспыхнувшего румянца на щеках Арабеллы Бишоп, хотя лорд считал себя очень наблюдательным человеком.

— Почему же не может быть? — с явно деланным равнодушием спросила Арабелла.

Но Уэйд не заметил и этого странного спокойствия её голоса.

— Да, да, — кивнул он, думая о своём. — Конечно, вы могли его знать. А что же он собой представляет, по вашему мнению?

— В те дни я уважала его, как глубоко несчастного человека.

— Вам известна его история?

— Он рассказал её мне. Поэтому-то я и ценила его за удивительную выдержку, с какой он переносил своё несчастье. Однако после того, что он сделал, я уже почти сомневаюсь, рассказал ли он мне правду.

— Если вы сомневаетесь в несправедливости по отношению к нему со стороны королевской комиссии, судившей мятежников Монмута, то всё, что вам рассказал Блад, соответствует действительности. Точно выяснено, что он не принимал участия в восстании Монмута и был осуждён по такому параграфу закона, которого мог и не знать, а судьи расценили его естественный поступок как измену. Но, клянусь честью, он в какой-то мере отомстил за себя.

— Да, — сказала она едва слышно, — но ведь эта месть и погубила его.

— Погубила? — рассмеялся лорд Уэйд. — Вряд ли вы правы в этом. Я слыхал, что он разбогател и обращает испанскую добычу во французское золото, которое хранится им во Франции. Об этом побеспокоился его будущий тесть д'Ожерон.

— Его будущий тесть? — переспросила Арабелла, и глаза её широко раскрылись от удивления. — Д'Ожерон? Губернатор Тортуги?

— Он самый, — подтвердил лорд. — Как видите, у капитана Блада сильный защитник. Должен признаться, я был очень огорчён этими сведениями, полученными мной в Сен-Никола, потому что всё это осложняет выполнение задачи, которую мой родственник лорд Сэндерленд поручил решить вашему покорному слуге. Всё это не радует меня, но это так. А для вас, я вижу, это новость?

Она молча кивнула головой, отвернулась и стала смотреть на журчащую за кормой воду. Но вот заговорила снова, и голос её опять звучал спокойно и бесстрастно:

— Мне трудно во всём этом разобраться. Но, если бы это было правдой, он не занимался бы сейчас корсарством. Если он... если бы он любил женщину и хотел на ней жениться и если он так богат, как вы говорите, то зачем ему рисковать жизнью и…

— Вы правы. Я тоже так думал, — прервал её сиятельный собеседник, — пока мне не объяснили, в чём тут дело. А дело, конечно, в д'Ожероне: он алчен не только для себя, но и для своей дочери. Что же касается мадемуазель д'Ожерон, то мне рассказывали, что это дикая штучка, вполне под стать такому человеку, как Блад. Удивляюсь, почему он не женится и не возьмёт её на свой корабль, чтобы пиратствовать вместе. Нового в этом для неё ничего не будет. И я удивляюсь терпению Блада. Он ведь убил человека, чтобы добиться её взаимности.

— Убил человека? Из-за неё? — Голос Арабеллы прервался.

— Да, французского пирата, по имени Левасер. Француз был возлюбленным девушки и сообщником Блада в какой-то авантюре. Блад домогался любви этой девушки и, чтобы получить её, убил Левасера. История, конечно, омерзительная. Но что поделаешь? У людей, живущих в этих краях, иная мораль…

Арабелла подняла на него мертвенно-бледное лицо. Её карие глаза сверкнули, когда она резко прервала его попытку оправдать Блада:

— Да, должно быть, вы правы. Это мир иной морали, если его сообщники позволили ему жить после этого.

— О, почему же так? Мне говорили, что вопрос о девушке был решён в честном бою.

— Кто это сказал вам?

— Некий француз, по имени Каузак, которого я встретил в портовой таверне Сен-Никола. Он служил у Левасера лейтенантом и присутствовал на дуэли, в которой был убит Левасер.

— А девушка была там, когда они дрались?

— Да. Она тоже была там, и Блад увёл её после того, как разделался со своим товарищем корсаром.

— И сторонники убитого позволили ему уйти? (Он услыхал в её голосе нотку сомнения.) О, я не верю этой выдумке и не поверю никогда!

— Уважаю вас за это, мисс Бишоп. Я тоже не мог поверить, пока Каузак не объяснил мне, как было дело.

— Что? Что? — И чувство сомнения, будто вдохнувшее в неё бодрость, сразу же исчезло. Она вцепилась в поручни, словно боясь упасть, хотя море было на редкость спокойным.

— Блад купил у них право взять девушку себе. Он заплатил им за согласие жемчужинами, стоившими более двадцати тысяч песо. — Его светлость презрительно засмеялся. — Хорошая цена! Клянусь честью, но все они продажные мерзавцы… Простите меня, мисс. Такие истории не для женских ушей.

Она отвела глаза и с удивлением обнаружила, что горизонт, и небо, и реи корабля стали нерезкими и расплывчатыми, будто она глядела сквозь слёзы. Но, собрав все свои силы, Арабелла спустя несколько секунд уже менее ровным голосом, чем раньше, спросила пытливо:

— А для чего француз рассказал вам эту гнусную историю? Должно быть, он ненавидит этого капитана Блада?

— Н-не думаю, — медленно растягивая слова, сказал лорд Уэйд. — У меня не сложилось такого впечатления. Он передал это мне… ну, как банальность, что ли, как банальный эпизод из жизни пиратов.

— Банальность! — воскликнула она. — Боже мой!

— Омелюсь заметить, мисс Бишоп, что все мы ещё дикари под тонкой оболочкой цивилизации, — сказал Уэйд. — Ну, а этот Блад, судя по тому, что Каузак сообщил мне, — способный человек. В прошлом он был бакалавром медицыны.

— Да, это правда, — едва слышно прошептала она.

— Он служил в иностранных флотах и армиях. Каузак говорит — чему я с трудом могу поверить, — что он воевал под командованием де Ритера.

— Это тоже правда, — сказала она и тяжело вздохнула. — Очевидно, ваш Каузак хорошо знает его. Увы!

— Вы сожалеете об этом?

Арабелла мельком взглянула на него, и он заметилеё бледное лицо и лихорадочный блеск глаз.

— Все мы сожалеем о смерти человека, которого мы уважали. Когда-то я относилась к нему, как к несчастному, но достойному человеку. Сейчас... — по губам её скользнула слабая, кривая улыбка, — сейчас о таком человеке лучше всего забыть. — И она постаралась тут же перевести беседу на другие темы.

За короткое время дружба Арабеллы Бишоп с лордом Уэйдом углубилась и окрепла. Способность вызывать такую дружбу была величайшим даром Арабеллы. Но вскоре произошло событие, испортившее то, что обещало быть наиболее приятной частью путешествия его светлости.

Это приятное путешествие сиятельного лорда и очаровательной девушки нарушил всё тот же сумасшедший испанский адмирал, которого они встретили на второй день после отплытия из Сен-Никола.

Капитан «Ройял Мэри» был смелым моряком. Его сердце не дрогнуло даже тогда, когда дон Мигель открыл огонь. Высокий борт испанского корабля отчётливо возвышался над водой и представлял такую чудесную цель, что английский капитан решил достойно встретить нежданного противника. Если командир этого корабля, плававшего под вымпелом Испании, лез на рожон — ну что же, капитан «Ройял Мэри» мог удовлетворить его желание. Вполне возможно, что в этот день разбойничья карьера дона Мигеля де Эспиноса могла бы бесславно окончиться, если бы удачный выстрел с «Милагросы» не взорвал пороха, сложенного на баке «Ройял Мэри». От этого взрыва половина английского корабля взлетела на воздух ещё до начала боя. Как этот порох очутился на баке никто никогда не узнает: храбрый капитан не пережил своего корабля и, следовательно, не смог произвести надлежащего расследования.

В одно мгновение «Ройял Мэри» была изуродована, потеряла управление и беспомощно закачалась на воде, а её капитан и часть команды погибли. И прежде чем оставшиеся в живых английские моряки могли прийти в себя, испанцы уже взяли корабль на абордаж.

Когда дон Мигель как победитель вступил на борт «Рояйл Мэри», Арабелла Бишоп была в капитанской каюте, а лорд Джулиан пытался успокоить и ободрить её заверениями, что всё окончится благополучно. Сам Джулиан Уэйд чувствовал себя не очень спокойно, а лицо его было несколько бледнее обычного. Нельзя, конечно, сказать, что он принадлежал к числу трусов. Но мысль о рукопашном бое неведомо с кем в качающейся деревянной посудине, которая в любую минуту могла погрузиться в морскую пучину, была весьма неприятной для человека, довольно храброго на суше. К счастью, мисс Бишоп не нуждалась в том слабом утешении, которое мог ей предложить лорд Уэйд. Конечно, она тоже слегка побледнела, её карие глаза стали немного большими, нежели обычно. Но девушка хорошо владела собой и, склонившись над капитанским столом, сохраняла в себе достаточно самообладания, чтобы успокаивать свою перепуганную мулатку-горничную, ползавшую у её ног. Дверь распахнулась, и в каюту вошёл дон Мигель, высокий, загорелый, с орлиным носом. Лорд Джулиан быстро повернулся к нему, положив руку на эфес шпаги.

Однако испанец, не тратя слов, перешёл к делу.

— Не будьте идиотом! — сказал он резко. — Ваш корабль тонет.

За доном Мигелем стояли несколько человек в шлемах, и лорд Джулиан мгновенно оценил обстановку. Он выпустил эфес шпаги, и клинок мягко скользнул в ножны. Дон Мигель улыбнулся, сверкнув белыми зубами, и протянул к шпаге руку.

— С вашего разрешения, — сказал он.

Лорд Джулиан заколебался и взглянул на Арабеллу.

— Я думаю, что так будет лучше, — сказала она с полным самообладанием.

Его светлость передёрнул плечами и отдал свою шпагу.

— А сейчас идите на мой корабль, — сказал им дон Мигель и вышел из каюты.

Никто и не подумал отклонить это приглашение, высказанное в повелительной форме. Во-первых, испанец обладал силой, чтобы заставить их; во-вторых, было бессмысленно оставаться на тонущем корабле. Они задержались здесь ещё на несколько минут только для того, чтобы Арабелла успела собрать кое-какие вещи, а лорд Уэйд — схватить свой саквояж с документами.

Моряки, уцелевшие на изуродованных остатках того, что недавно называлось «Ройял Мэри», были предоставлены самим себе. Они могли спасаться на шлюпках; ну, а если шлюпок не хватало, то у них оставалась возможность держаться на воде, цепляясь за какой-нибудь обломок мачты, или же просто утонуть без долгих мучений. Если лорда Уэйда и Арабеллу Бишоп взяли на испанский корабль, то это объяснялось тем, что их явная ценность была слишком очевидной для дона Мигеля. Он вежливо принял их в своей большой каюте и церемонно предложил оказать ему честь, сообщив свои фамилии. Лорд Джулиан, ещё находившийся под влиянием только что пережитого ужаса, с трудом заставил себя назвать своё имя. Но тут же, в свою очередь, потребовал, чтобы ему сказали, кто именно напал на «Ройял Мэри» и захватил подданных английского короля. Уэйд был очень раздражён и зол на самого себя и на всё окружающее. Он сознавал, что не сделал ничего компрометирующего в столь необычном и трудном положении, в какое поставила его судьба, но и ничем положительным он также не мог похвастаться. Всё это, в общем, не имело бы существенного значения, если бы свидетелем его посредственного поведения не была дама. Он был полон решимости при первом же удобном случае исправить её впечатление о себе.

— Я дон Мигель де Эспиноса, — прозвучал насмешливый ответ, — адмирал военно-морского флота короля Испании.

Лорд Джулиан оцепенел от изумления.

Если Испания подняла такой шум из-за разбоев ренегата-авантюриста капитана Блада, то что же теперь могла говорить Англия?

— Тогда ответьте мне, почему вы ведёте себя, как проклятый пират? — спросил он. А затем добавил: — Я надеюсь, вам понятно, каковы будут последствия сегодняшнего дня и как строго с вас спросят за кровь, бессмысленно пролитую вами, и за ваше насилие над этой леди и мною?

— Я не совершал над вами никакого насилия, — ответил адмирал, ухмыляясь, как может ухмыляться человек, у которого на руках все козыри. — Наоборот, я спас вам жизнь...

— Спасли нам жизнь! — Лорд Джулиан на мгновение даже лишился языка от такой наглости. — А что вы скажете о погубленных вами жизнях? Клянусь богом, они дорого вам обойдутся!

Дон Мигель продолжал улыбаться.

— Возможно, — сказал он. — Всё возможно. Но это будет потом. А пока вам дорого обойдутся ваши собственные жизни. Полковник Бишоп — человек с большим состоянием. Вы, милорд, несомненно, также богаты. Я подумаю над этим и определю сумму вашего выкупа.

— Вы всё-таки проклятый, кровожадный пират, как я и предполагал! — вспылил Уэйд. — И у вас есть ещё наглость называть себя адмиралом флота короля Испании! Посмотрим, что скажет ваш король по этому поводу.

Адмирал сразу же нахмурился, и сквозь напускную любезность прорвалось сдерживаемое до сих пор бешенство.

— Я поступаю с английскими еретиками-собаками так, как они поступают с испанцами! — заорал он. — Вы грабители, воры, исчадия ада! У меня хватает честности действовать от своего собственного имени, а вы... вы, вероломные скоты, натравливаете на нас ваших морганов, бладов и хагторпов, снимая с себя ответственность за все их бесчинства! Вы умываете руки, как и Пилат. — Он злобно засмеялся. — А сейчас Испания сыграет роль Пилата. Пусть она снимет с себя ответственность и свалит её на меня, когда ваш посол явится в Эскуриал жаловаться на пиратские действия дона Мигеля де Эспиноса.

— Капитан Блад — не английский адмирал! — воскликнул лорд Джулиан.

— А откуда я знаю, что это не ложь? Как это может быть известно Испании? Разве вы способны говорить правду, английские еретики?

— Сэр! — негодующе вскричал лорд Джулиан, и глаза его заблестели. По привычке он схватился рукой за то место, где обычно висела его шпага, затем пожал плечами и насмешливо улыбнулся. — Конечно, — сказал он спокойно, — вы можете безнаказанно оскорблять безоружного человека, вашего пленника. Это так соответствует и вашему поведению и всему, что я слышал об испанской чести.

Лицо адмирала побагровело. Он уже почти поднял руку, чтобы ударить Уэйда, но сдержал свой гнев — возможно, под влиянием только что сказанных слов, — резко повернулся и ушёл, ничего не ответив.

Глава XIX. ВСТРЕЧА

Адмирал ушёл, хлопнув дверью. Лорд Джулиан повернулся к Арабелле, пытаясь улыбнуться. Он чувствовал, что неплохо держал себя в её присутствии, и от этого испытывал почти детское удовлетворение.

— Вы всё же согласитесь со мной, что последнее слово сказал я! — самодовольно заметил он, тряхнув своими золотистыми локонами.

Арабелла Бишоп подняла на него глаза:

— Какая разница, кто именно сказал последнее слово? Я думаю об этих несчастных с «Ройял Мэри». Многие из них действительно уже сказали своё последнее слово. А за что они погибли? За что потоплен прекрасный корабль?

— Вы очень взволнованы, мисс Бишоп. Я…

— Взволнована?! — Она принуждённо засмеялась. — Уверяю вас, сэр, я спокойна. Мне просто хочется знать, зачем испанец сделал всё это? Для чего?

— Вы же слыхали, что он говорил! — Уэйд сердито пожал плечами, затем коротко добавил: — Кровожадность.

— Кровожадность? — спросила она в изумлении. — Но это же дико, чудовищно!

— Да, вы правы, — согласился лорд Джулиан.

— Я не понимаю этого. Три года назад испанцы напали на Бриджтаун. Они вели себя так бесчеловечно и жестоко, что этому трудно даже поверить. И когда я сейчас вспоминаю об этом, мне кажется, что я видела кошмарный сон. Неужели люди такие скоты?

— Люди? — удивлённо переспросил лорд Джулиан. — Скажите — испанцы, и я тут же соглашусь с вами. Клянусь честью, всё это может почти оправдать поступки людей, подобных Бладу!

Она вздрогнула, словно от озноба, а затем, поставив локти на стол и опершись подбородком на ладони, уставилась перед собой.

Наблюдая за девушкой, лорд Джулиан видел, что она осунулась и побледнела. Причин для этого было достаточно. Но ни одна женщина из числа его знакомых не сохранила бы столько самообладания в таком тяжёлом испытании. Если же говорить о страхе, то за всё время она не проявила и малейшего признака его. Уэйд восхищался её мужеством.

В каюту вошёл слуга-испанец с чашкой шоколада и коробкой перуанских сладостей на серебряном подносе, который он поставил на стол перед Арабеллой.

— Адмирал просит вас откушать, — сказал он и, поклонившись, вышел.

Арабелла Бишоп, погружённая в свои думы, не обратила внимания ни на слугу, ни на то, что он принёс. Она продолжала сидеть, глядя прямо перед собой. Лорд Джулиан прошёлся по длинной и узкой каюте, свет в которую падал сквозь люк в потолке и большие квадратные окна, выходившие на корму. Каюта была богато обставлена: на полу — роскошные восточные ковры, у стен — книжные шкафы, а резной буфет из орехового дерева ломился от серебра. Под одним из окон на длинном низком сундуке лежала гитара, украшенная лентами. Лорд Джулиан взял гитару, нервно пробежал пальцами по струнам и положил инструмент обратно на сундук.

В каюте воцарилась тишина, но её вскоре нарушил Уэйд. Обернувшись к Арабелле, он сказал:

— Меня прислали сюда уничтожить пиратство. Но, чёрт возьми, простите меня, мисс, я склоняюсь к мысли, что французы правы, желая сохранить его как меру для обуздания этих испанских мерзавцев...

Прошло совсем немного времени, прежде чем эта резкая характеристика получила веское подтверждение. Но пока дон Мигель относился к своим пленникам достаточно внимательно и вежливо. Это лишь соответствовало предположению, презрительно высказанному Арабеллой, что, поскольку их держат для получения выкупа, у них нет оснований опасаться за свою жизнь. Арабелле и её служанке-мулатке была предоставлена отдельная каюта, в другой каюте поместили лорда Джулиана. Они могли свободно ходить по кораблю, и адмирал пригласил их обедать вместе с ним. Однако о своих дальнейших намерениях он продолжал хранить молчание.

«Милагроса» в сопровождении «Гильдальго», неотступно следовавшего за ней, двигалась в западном направлении, а затем, обойдя мыс Тибурон, свернула на юго-запад. Выйдя в открытое море, откуда земля казалась едва приметным облачком на горизонте, «Милагроса» направилась на восток и попала прямо в объятия капитана Блада, который, как нам уже известно, шёл к Наветренному проливу. Это событие произошло ранним утром следующего дня. Тщетные поиски своего врага, которыми дон Мигель занимался на протяжении целого года, закончились неожиданной встречей. Таковы странные дороги судьбы.

Но ирония судьбы состояла ещё и в том, что дон Мигель встретил «Арабеллу» в тот самый момент, когда она, оторвавшись от своей эскадры, находилась в явно невыгодном положении. И дону Мигелю показалось, что фортуна, так долго сопутствовавшая Бладу, теперь наконец отвернулась от него.

Арабелла только что встала и вышла на шканцы подышать свежим воздухом. Её сопровождал галантный джентльмен — лорд Джулиан. И тут они увидели большой красный корабль, некогда носивший имя «Синко Льягас». Наклонив вперёд громаду белоснежных парусов, корабль шёл им навстречу. На грот-мачте его трепетал развеваемый утренним бризом длинный вымпел с изображением креста святого Георга. Золочёные края портов[1] в красных бортах корабля и позолочённая деревянная скульптура на носу ярко сверкали в лучах восходящего солнца.

Арабелла Бишоп не могла, конечно, распознать в этом огромном корабле тот самый «Синко Льягас», который она видела

[1] Порты — отверстия в борту судна для пушечных стволов.

однажды в такой же яркий тропический день три года назад у острова Барбадос. Судя по флагу, это был английский корабль, величаво направлявшийся к ним. При виде его у неё пробудилось чувство гордости за свою страну, и она даже не подумала о той опасности, какая могла ей угрожать, если между кораблями завяжется бой.

Арабелла и лорд Джулиан взбежали на полуют. Захваченные открывшимся перед ними зрелищем, они всматривались в приближавшийся корабль. Лорд Джулиан, однако, не разделял радости Арабеллы, так как, побывав вчера в своём первом морском сражении, чувствовал, что этих впечатлений ему хватит надолго. Но я снова вынужден подчеркнуть, что этим фактом никак не хочу бросить тень на его светлость.

— Взгляните! — воскликнула она, указывая рукой на корабль.

И лорд Джулиан, к своему величайшему удивлению, заметил, что глаза её заблестели. «Понимает ли она, что сейчас произойдёт?» — подумал он.

Но Арабелла тут же рассеяла его сомнения, закричав:

— Это английский корабль! Он идёт к нам! Его капитан намерен драться.

— Помоги ему бог в таком случае, — уныло пробормотал лорд, — но он, должно быть, не в своём уме. Идти в бой против таких сильных кораблей, как эти?! Если им удалось так легко потопить «Ройял Мэри», то во что они превратят этот корабль? Посмотрите на этого дьявола, дона Мигеля! В своём злорадстве он просто отвратителен.

Адмирал шнырял взад и вперёд по шканцам, где лихорадочно готовились к бою. Заметив пленников, он махнул рукой, указав на английский корабль, и возбуждённо прокричал по-испански какие-то слова, смысл которых заглушил шум на палубе.

Они подошли к перилам полуюта и стали наблюдать за суматохой. Дон Мигель, подпрыгивая от нетерпения, распоряжался на шканцах, размахивая подзорной трубой. Его канониры раздували фитили; часть моряков, бегая по вантам, спешно убирали паруса, другие натягивали над шкафутом прочную верёвочную сеть для защиты от падающих обломков рангоута. Между тем «Гидальго» по сигналу «Милагросы» уверенно выдвинулся вперёд и, поравнявшись с «Милагросой», находился справа от неё примерно на расстоянии полукабельтова. С высокого полуюта лорд Джулиан и Арабелла Бишоп видели суматоху на «Гидальго» и могли также заметить, что и на борту английского корабля, приближавшегося к ним, готовились к предстоящему бою: на корабле убирались все паруса, за исключением парусов на бизань-мачте и бушприте. Не сговариваясь друг с другом, без вызова или обмена сигналами между собой, оба противника будто заранее решили, что сражение неизбежно.

Убрав паруса, «Арабелла» несколько замедлила ход, но всё же продолжала идти на сближение и уже находилась в пределах досягаемости мелких пушек с испанских кораблей. Испанцы ясно видели фигуры людей на баке и блеск медных пушек. Подняв пальники, канониры «Милагросы» начали раздувать тлеющие фитили, нетерпеливо посматривая на адмирала.

Однако адмирал отрицательно покачал головой.

— Терпение! — закричал он. — Стреляйте только наверняка. Он идёт прямо к своей гибели — прямо на нок-рею и к верёвке, которая давно уж его ожидает!

— Порази меня бог! — воскликнул лорд Джулиан. — Этот англичанин, должно быть, храбрец, если вступает в бой с такими неравными силами. Однако осторожность иногда является лучшим качеством, чем храбрость.

— Но храбрость чаще сокрушает силу, — возразила Арабелла.

Взглянув на неё, его светлость заметил в лице девушки только возбуждение, но ни малейшего признака страха. Лорд Джулиан уже больше не изумлялся. Да, она не принадлежала к числу тех женщин, с которыми его сталкивала жизнь.

— А сейчас, — сказал он, — я вынужден проводить вас в безопасное место.

— Отсюда мне лучше видно, — ответила она и тихо добавила — Я молюсь за этого англичанина. Он и вправду очень смел!

Лорд Джулиан мысленно проклял смелость безвестного соотечественника.

«Арабелла» шла сейчас курсом, линия которого пролегала как раз между двумя испанскими кораблями. Лорд Джулиан схватился за голову и воскликнул:

— Ну конечно, ваш смельчак сумасшедший! Сам лезет в западню. Когда он будет проходить между испанскими кораблями, они разнесут его в щепки. Неудивительно, что этот черномазый дон не стреляет. На его месте я поступил бы точно так же.

В это мгновение адмирал поднял руку. Внизу на шкафуте проиграла труба, и вслед за этим канонир на баке выстрелил из своих пушек. И как только прокатился их грохот, лорд Джулиан увидел позади английского корабля и неподалёку от левого его борта два больших всплеска. Почти одновременно из медных пушек на носу «Арабеллы» вырвались две вспышки огня. Одно из ядер упало в воду, обдав брызгами дозорных на корме, а второе ядро с грохотом ударилось в носовую часть «Милагросы», сотрясло весь корабль и разлетелось мелкими осколками. В ответ «Гидальго» выстрелил по «Арабелле» из своих носовых пушек, но и на таком близком расстоянии — всего каких-нибудь двести — триста ярдов — ни одно ядро не попало в цель.

И тут как раз носовые пушки «Арабеллы» дали залп по «Милагросе». На этот раз ядра превратили её бушприт в обломки, и, теряя управление, она уклонилась влево. Дон Мигель грубо выругался. Едва лишь корабль испанского адмирала резким поворотом руля был возвращён на свой прежний курс, в бой вновь вступили передние пушки «Милагросы». Но прицел был взят слишком высоко: одно из ядер пролетело сквозь ванты «Арабеллы», оцарапав её грот-мачту, а второе ядро упало в воду. Когда дым от выстрелов рассеялся, выяснилось, что английский корабль, идя тем же курсом, который, по мнению лорда Джулиана, должен был привести его в западню, находился уже почти между двумя испанскими кораблями.

Лорд Джулиан замер, Арабелла Бишоп ухватилась за поручни и задышала часто-часто. Перед ней промелькнули злая физиономия дона Мигеля и ухмыляющиеся лица канониров, стоявших у пушек. Наконец «Арабелла» полностью оказалась между испанскими кораблями. Дон Мигель прокричал что-то трубачу, который, забравшись на ют, стоял подле адмирала. Трубач поднёс к губам серебряный горн, чтобы дать сигнал стрелять из бортовых пушек. Но едва он успел поднести к губам трубу, как адмирал схватил его за руку. Только сейчас он сообразил, что слишком долго медлил и что капитан Блад воспользовался этой медлительностью. Попытка стрелять в «Арабеллу» привела бы к тому, что «Милагроса» и «Гидальго» обстреливали бы друг друга. Дон Мигель приказал рулевым резко повернуть корабль влево, чтобы занять более удобную позицию. Но и это приказание запоздало. «Арабелла», проходя между испанскими кораблями, как будто взорвалась: из всех её тридцати шести бортовых пушек одновременно раздался залп в упор по корпусам «Милагросы» и «Гидальго».

Корабль дона Мигеля вздрогнул от носа до кормы и от киля до верхушки грот-мачты. Оглушённая и потерявшая равновесие Арабелла Бишоп упала бы, если бы не его светлость, оказавший пассивную, но реальную помощь. Лорд Джулиан успел вцепиться в поручни, а девушка ухватилась за его плечи и благодаря этому держалась на ногах. Палуба покрылась клубами едкого дыма, от которого все на испанском корабле начали задыхаться и кашлять.

На палубу доносились со шкафута крики отчаяния, крепкая испанская ругань и стоны раненых. Покачиваясь на волнах, «Милагроса» медленно двигалась вперёд; в её борту зияли огромные дыры, фок-мачта была разбита, а в натянутой над палубой сетке чернели обломки рей. Нос корабля был изуродован:

одно из ядер разорвалось внутри огромной носовой каюты, превратив её в щепы.

Дон Мигель лихорадочно выкрикивал какие-то распоряжения, тревожно вглядываясь в густую пелену порохового дыма, медленно ползущего к корме. Он пытался определить, что происходит с «Гидальго».

В рассеивающейся дымке показались неясные очертания корабля. По мере его приближения контуры красного корпуса стали вырисовываться отчётливее. Это был корабль капитана Блада. Его мачты были обнажены. Только на бушприте смутно белел парус.

Дон Мигель был уверен, что «Арабелла» будет следовать своим прежним курсом, но вместо этого она под прикрытием пушечного дыма сделала поворот оверштаг и двинулась обратно, быстро сближаясь с «Милагросой». И прежде чем взбешённый дон Мигель мог что-либо сообразить, послышался треск ломающегося дерева и лязг абордажных крючьев, будто железные щупальца вцепились в борта и в палубу «Милагросы».

Пелена дыма наконец разорвалась, и адмирал увидел, что «Гидальго», накренившись на левый борт, быстро идёт ко дну. До полного его погружения в морскую пучину оставались считанные секунды. Команда в отчаянии пыталась спустить на воду шлюпки.

Потрясённый этим зрелищем, дон Мигель не успел перевести быстрый взгляд с «Гидальго» на «Милагросу», как на её палубу с рёвом ринулись вооружённые пираты капитана Блада. Никогда ещё уверенность столь быстро не сменялась отчаянием, никогда ещё охотник не превращался так быстро в беспомощную дичь. А испанцы оказались именно в таком положении. Мгновенно проведённый абордаж, последовавший за мощным бортовым залпом «Арабеллы», захватил их врасплох. Немногие из офицеров дона Мигеля мужественно пытались дать отпор атакующим. Но испанцы, никогда не отличавшиеся завидной храбростью в рукопашном бою, сейчас растерялись ещё более, так как знали, с каким страшным противником им нужно было драться. Под натиском корсаров испанские моряки отступали со шкафута на корму и на нос корабля, а пока этот молниеносный бой свирепствовал на верхней палубе, группа корсаров прорвалась через главный люк на нижнюю палубу и захватила канониров, стоявших около своих пушек.

Большая часть пиратов под командованием одноглазого, обнажённого до пояса верзилы Волверстона устремилась на ют, где, окаменев от отчаяния и бешенства, стоял дон Мигель де Эспиноса-и-Вальдес, адмирал Испании. Чуть повыше его, на полуюте, находились лорд Джулиан и Арабелла Бишоп. Уэйд был в ужасе от этой жестокой схватки, кипевшей на ограниченной площадке палубы. Арабелла старалась держаться спокойно и невозмутимо, но, не выдержав кровавого кошмара, с ужасом отпрянула от перил и на несколько мгновений потеряла сознание.

Недолгий, но ожесточённый бой кончился. Какой-то корсар своей абордажной саблей перерубил фал, и флаг Испании соскользнул с верхушки мачты. Пираты сейчас же овладели всем кораблём, и обезоруженные испанцы, как стадо баранов, толпились на верхней палубе.

Арабелла Бишоп быстро пришла в себя и, широко открыв глаза, едва удержалась, чтобы не броситься вперёд. Но усилием воли она остановилась, и лицо её покрылось мертвенной бледностью.

Осторожно пробираясь среди трупов и обломков, по палубе шёл лёгкой и непринуждённой походкой высокий человек с загорелым лицом. На голове его сверкал испанский шлем, а кираса из воронёной стали была богато украшена золотыми арабесками. На концах перевязи из пурпурного шёлка, надетой поверх кирасы наподобие шарфа, свисали пистолеты с рукоятками, оправленными в серебро. Спокойно и уверенно поднявшись по широкому трапу на ют, он остановился перед испанским адмиралом и отвесил ему церемонный поклон. До Арабеллы и лорда Уэйда, стоявших на полуюте, донёсся звонкий, отчётливый голос человека, говорившего на прекрасном испанском языке. И его слова лишь усилили восхищение, с которым лорд Джулиан давно уже наблюдал за этим человеком.

— Наконец-то мы встретились снова, дон Мигель, — произнёс высокий человек. — Льщу себя надеждой, что вы удовлетворены, хотя, быть может, встреча происходит не так, как представлялась она вашему воображению. Но, как мне известно, вы страстно желали и добивались её.

Потеряв дар речи, с лицом, искажённым от злобы, дон Мигель де Эспиноса выслушал ироническое приветствие человека, которого он считал виновником всех своих несчастий. Издав нечленораздельный вопль бешенства, адмирал хотел схватиться за шпагу, но не успел сделать это, так как его противник быстро сжал его руку своими железными пальцами.

— Спокойно, дон Мигель! — сказал он твёрдым голосом. — Не вызывайте своим безрассудством тех жестокостей, которые допустили бы ваши люди, окажись вы победителем.

Несколько секунд они стояли молча, не сводя глаз друг с друга.

— Что вы намерены со мной делать? — спросил наконец испанец хриплым голосом.

Капитан Блад пожал плечами, и его твёрдо сжатые губы тронула слабая улыбка.

— Мои намерения уже осуществлены. Я не хочу причинять вам ещё большие огорчения, в которых повинны вы сами. Вы сами добивались встречи со мной. — Он повернулся и, указывая на шлюпки, которые корсары спускали с талей, сказал: — Вы и ваши люди можете взять эти шлюпки, а мы сейчас пустим этот корабль ко дну. Вот — берега острова Гаити, вы доберётесь туда без особых затруднений. И заодно примите мой совет, сударь: не гоняйтесь за мной. Думаю, что я приношу вам только несчастье. Уезжайте домой, в Испанию, дон Мигель, и займитесь там чем-нибудь, что вы знаете лучше, нежели морское дело.

Побеждённый адмирал молча и с ненавистью глядел на Блада, а затем, шатаясь, как пьяный, спустился по трапу, волоча за собой побрякивавшую шпагу. Победитель, даже не потрудившись обезоружить адмирала, повернулся к нему спиной и увидел на юте

Уэйда с Арабеллой. Если бы мысли лорда Джулиана не были заняты чем-то другим, он мог бы заметить, как сразу же изменилась походка этого смельчака, как ещё больше потемнело его лицо. На секунду он задержался, пристально рассматривая своих соотечественников, потом быстро взбежал по трапу. Лорд Джулиан сделал шаг вперёд, чтобы встретить неизвестного капитана пиратского корабля под английским флагом.

— Неужели вы, сэр, отпустите на свободу этого испанского мерзавца? — воскликнул он по-английски.

Джентльмен в воронёной кирасе, кажется, только сейчас заметил его светлость.

— А какое вам дело и кто вы такой, чёрт возьми? — спросил он с заметным ирландским акцентом.

Его светлость решил, что невежливость этого человека и отсутствие должного почтения к нему должны быть немедленно исправлены.

— Я лорд Джулиан Уэйд! — гордо отчеканил он.

— Да что вы говорите?! Настоящий лорд? И вы, быть может, объясните мне, какая чума занесла вас на испанский корабль? Что вы тут делаете?

Лорд Джулиан едва удержался, чтобы не вспылить. Вспыльчивость, однако, была ни к чему, и он стал объяснять, что к испанцу они попали не по своей вине.

— Он взял вас в плен, не так ли? И вместе с вами мисс Бишоп?

— Вы знакомы с мисс Бишоп? — с удивлением воскликнул лорд Уэйд.

Однако невежливый капитан, не обращая внимания на слова лорда, низко склонился перед Арабеллой. К удивлению лорда, она не только не ответила на его галантный поклон, но всем своим видом выразила презрение. Тогда капитан повернулся к лорду Джулиану и с запозданием ответил на его вопрос.

— Когда-то я имел такую честь, — сказал он хмуро, — но, оказывается, у мисс Бишоп очень короткая память.

Его губы исказила кривая улыбка, а в синих глазах под чёрными бровями появилось выражение мучительной боли, и всё это так странно сочеталось с иронией, прозвучавшей в его ответе. Но Арабелла Бишоп, заметив только эту иронию, вспыхнула от негодования.

— Среди моих знакомых нет воров и пиратов, капитан Блад! — отрезала она, а его светлость чуть не подскочил от неожиданности.

— Капитан Блад! — воскликнул он. — Вы капитан Блад?

— Ну, а кто же ещё, по вашему мнению?

Блад задал свой вопрос устало, занятый совсем другими мыслями. «Среди моих знакомых нет воров и пиратов»... Эта жестокая фраза многократным эхом отдавалась в его мозгу.

Но лорд Джулиан не мог допустить, чтобы на него не обращали внимания. Одной рукой он схватил Блада за рукав, а другой указал на удалявшуюся фигуру дона Мигеля:

— Капитан Блад, вы в самом деле не собираетесь повесить этого мерзавца?

— Почему я должен его повесить?

— Потому что он презренный пират, и я могу это доказать.

— Да? — сказал Блад, и лорд Джулиан удивился, как быстро поблекло лицо и погасли глаза капитана Блада. — Я сам тоже презренный пират и поэтому снисходителен к людям моего сорта. Пусть дон Мигель гуляет на свободе.

Лорд Джулиан задыхался от возмущения:

— И это после того, что он сделал? После того, как он потопил «Ройял Мэри»? После того, как он так жестоко обращался со мной... с нами? — негодующе протестовал лорд Джулиан.

— Я не состою на службе Англии или какой-либо другой страны, сэр. И меня совсем не волнуют оскорбления, наносимые её флагу.

Его светлость даже отшатнулся от того свирепого взгляда, которым обжёг его капитан Блад. Но гнев ирландца угас так же быстро, как и вспыхнул, и он уже спокойно добавил:

— Буду признателен, если вы проводите мисс Бишоп на мой корабль. Прошу поторопиться — эту посудину мы сейчас потопим.

Он медленно повернулся, чтобы уйти, но лорд Джулиан задержал его и, сдерживая своё возмущение, холодно произнёс:

— Капитан Блад, вы окончательно разочаровали меня. Я надеялся, что вы сделаете блестящую карьеру!

— Убирайтесь к дьяволу! — бросил капитан Блад и, повернувшись на каблуках, ушёл.

Глава XX. «ВОР И ПИРАТ»

На полуюте, под золотистым сиянием огромного кормового фонаря, где ярко горели три лампы, расхаживал в одиночестве капитан Блад. На корабле царила тишина. Обе палубы, тщательно вымытые швабрами, блистали чистотой. Никаких следов боя уже нельзя было найти. Группа моряков, рассевшись на корточках вокруг главного люка, сонно напевала какую-то мирную песенку. Спокойствие и красота тропической ночи смягчили сердца этих грубых людей — вахтенных левого борта. Они ожидали, что вот-вот пробьёт восемь склянок.

Капитан Блад не слышал песни; он вообще ничего не слышал, кроме эха жестоких слов, заклеймивших его.

Вор и пират!

Одна из странных особенностей человеческой натуры состоит в том, что человек, имеющий твёрдое представление о некоторых вещах, всё же приходит в ужас, когда непосредственно убеждается, что его представление соответствует действительности. Когда три года назад, на острове Тортуга, Блада уговаривали встать на путь искателя приключений, он ещё тогда знал, какого мнения будет о нём Арабелла Бишоп. Только твёрдая уверенность в том, что она для него потеряна навсегда, ожесточила его душу, и, окончательно отчаявшись, он избрал этот путь.

Блад не допускал даже мысли, что когда-либо встретит Арабеллу, решив, что они разлучены навсегда. Постоянные думы об этом были источником его мучений. И всё же, несмотря на его глубокое убеждение в том, что эти мучения не могли бы вызвать у неё даже лёгкой жалости, он все эти бурные годы носил в своём сердце её милый образ. Мысль о ней помогала ему сдерживать не только себя, но и тех, кто за ним шёл. Никогда ещё за всю историю корсарства пираты не подчинялись такой жёсткой дисциплине и никогда ещё ими не управляла такая железная рука, никогда ещё так решительно не пресекались обычные грабежи и насилия, как это было среди пиратов, плававших с капитаном Бладом. Как вы помните, в соглашениях, которые он заключал, предусматривалось, что во всех вопросах они обязаны были беспрекословно повиноваться своему капитану. И поскольку счастье всегда ему сопутствовало, он и сумел ввести среди корсаров невиданную дотоле дисциплину. Как смеялись бы над ним его пираты, если бы он сказал им, что всё это делалось им из уважения к девушке, в которую он так сентиментально был влюблён! Как злорадствовали бы они, если б узнали, что эта девушка презрительно бросила ему в лицо: «Среди моих знакомых нет воров и пиратов»!

Вор и пират!

Какими едкими были эти слова, как они жгли его!

Совершенно не разбираясь в сложных переживаниях женской души, он даже и не подумал о том, почему она встретила его такими оскорблениями. Почему она была так раздражена? Он не мог разобраться, да и не хотел разбираться в этих естественных вопросах. Иначе ему пришлось бы сделать вывод, что если вместо заслуженной им благодарности за освобождение её из плена она выразила презрение, то это произошло потому, что она сама была чем-то оскорблена и что оскорбление предшествовало благодарности и было связано с его именем. Если бы он подумал обо всём этом, то светлый луч надежды мог бы озарить его мрачное и зловещее отчаяние, он мог, наконец, понять, что только сильная обида, нанесённая девушке, или даже горе, причиной которого был он сам, могли вызвать такое презрение.

Так рассуждали бы вы. Но не так рассуждал капитан Блад. Более того: в эту ночь он вообще не рассуждал. В его душе боролись два чувства: святая любовь, которую он в продолжение всех этих лет питал к ней, и жгучая ненависть, которая была сейчас в нём разбужена. Крайности сходятся и часто сливаются так, что их трудно различить. И сегодня вечером любовь и ненависть переплелись в его душе, превратившись в единую чудовищную страсть.

Вор и пират!

Вот кем она считала его без всяких оговорок, забыв о том, что он был осуждён жестоко и несправедливо. Она ничего не знала об отчаянном положении, в каком очутился он после бегства с острова Барбадос, и не считалась с обстоятельствами, превратившими его в пирата. То, что он, будучи пиратом, поступал не как пират, а как джентльмен, также не трогало её, и она не нашла у себя в сердце никакого сострадания. Всего лишь двумя словами Арабелла вынесла ему окончательный приговор. В её глазах он был только вор и пират.

Ну что ж! Если она назвала его вором и пиратом, то он и будет теперь вором и пиратом; будет таким же беспощадным и жестоким, как все пираты. Он прекратит эту идиотскую борьбу с самим собой, он не желает больше оставаться в двух мирах одновременно — быть пиратом и джентльменом. Она ясно указала ему, к какому миру он принадлежит. И сейчас она получит доказательства, что была права. Она у него на корабле, она в его власти, и он сделает с ней всё, что ему вздумается.

Блад издевательски засмеялся.

Но тут же он оборвал свой смех, и из его горла вырвалось нечто похожее на рыдание. Схватившись за голову, Блад обнаружил на лбу холодные капли пота.

Лорд Джулиан, знавший женскую половину рода человеческого несколько лучше капитана Блада, был занят в эту же ночь решением странной загадки, которую не мог разрешить и корсар. Я подозреваю, что это занятие его светлости было вызвано смутным чувством ревности. Поведение Арабеллы Бишоп в тех испытаниях, которым они подверглись, заставило его наконец понять, что девушка даже без врождённой грации и женственности всё же может быть ещё более привлекательной. Его очень заинтересовали прежние отношения Арабеллы с капитаном Бладом, и он чувствовал некоторое стеснение в груди и беспокойство, толкавшее его сейчас быстрее разобраться в этом вопросе.

Бесцветные, сонные глаза его светлости отличались умением замечать вещи, ускользавшие от внимания других людей, а ум у него, как я уже упоминал, был довольно острым.

Лорд Уэйд проклинал себя за то, что до сих пор не замечал многого или, по крайней мере, не присматривался ко всему более внимательно. Сейчас же он старался сопоставить всё, что замечал раньше, с более свежими наблюдениями, сделанными им в этот самый день.

Он, например, заметил, что корабль Блада носит имя мисс Бишоп, и это, несомненно, было неспроста. Он заметил также странные детали встречи капитана Блада с Арабеллой и те перемены, которые произошли с каждым из них после этой встречи.

Почему она была так оскорбительно груба с капитаном? Вести себя так по отношению к человеку, который её спас, было очень глупо, а его светлость не считал Арабеллу глупой. И всё же, несмотря на её грубость, несмотря на то, что она была племянницей злейшего врага Блада, к ней и к лорду Джулиану все относились исключительно внимательно. Каждому из них была дана отдельная каюта и предоставлена возможность свободно передвигаться по всему кораблю; обедали они за одним столом со шкипером Питтом и лейтенантом Волверстоном, которые относились к ним с подчёркнутой вежливостью. И вместе с тем было ясно, что сам Блад тщательно уклонялся от встречи с ними.

Лорд Джулиан, продолжая свои наблюдения, связывал воедино разрозненные факты, внимательно перебирая в уме все наблюдения, какими он располагал. Не придя к определённому выводу, он решил получить дополнительные сведения у Арабеллы Бишоп за обеденным столом. Для этого нужно было подождать, пока уйдут Питт и Волверстон. Уэйду не пришлось долго ждать дополнительных сведений. Едва лишь Питт поднялся из-за стола и направился вслед за ушедшим Волверстоном, как Арабелла Бишоп остановила его вопросом.

— Мистер Питт, — спросила она, — не были ли вы среди тех, кто бежал с Барбадоса вместе с капитаном Бладом?

— Да, мисс. Я тоже был одним из рабов вашего дяди.

— А потом вы всё время плавали вместе с капитаном Бладом?

— Да, мисс, я его бессменный штурман.

Арабелла кивнула головой. Она говорила очень сдержанно, но его светлость всё же обратил внимание на её необычную бледность, хотя в этом не было ничего удивительного, если учесть всё то, что ей пришлось недавно пережить.

— Плавали ли вы когда-либо с французом, по имени Каузак?

— Каузак? — Питт засмеялся, так как это имя вызвало у него в памяти курьёзные воспоминания. — Да, он был с нами в Маракайбо.

— А другой француз, по имени Левасер? — допытывалась она, и лорд Джулиан удивился, как она могла запомнить все эти имена.

— Да, Каузак был лейтенантом на корабле Левасера, пока он не умер.

— Пока кто не умер?

— Да этот Левасер. Он был убит года два назад на одном из Виргинских островов.

Наступило короткое молчание, а затем Арабелла Бишоп ещё более спокойным голосом спросила:

— А кто его убил?

Питт охотно, поскольку не видел необходимости скрывать правду, продолжал отвечать, заинтригованный таким градом вопросов:

— Его убил капитан Блад.

— За что?

Питт замялся, полагая, что история о гнусностях Левасера не для девичьих ушей.

— Они поссорились, — коротко ответил он.

— Эта ссора произошла... из-за женщины? — неумолимо продолжала Арабелла.

— Можно сказать, что так...

— А как звали эту женщину?

Питт удивлённо поднял брови, но всё же ответил:

— Мисс д'Ожерон, дочь губернатора Тортуги. Она бежала с этим Левасером... и... Блад вырвал её из его грязных лап. Левасер был очень скверный человек, мисс, и, поверьте мне, он получил от Питера Блада по заслугам.

— Понимаю. И... всё же капитан Блад не женился на ней.

— Пока нет, — засмеялся Питт, зная полную беспочвенность тортугских сплетен, в которых мадемуазель д'Ожерон называлась будущей женой его капитана.

Арабелла Бишоп молча кивнула головой, и Джереми Питт, обрадованный, что допрос наконец кончился, повернулся и хотел было уйти. Но, не желая так заканчивать этот странный разговор, скорее похожий на допрос, он остановился в дверях и поделился с гостями новостью:

— Может быть, вам будет приятно узнать, что капитан изменил для вас курс корабля. Он намерен высадить вас на Ямайке, как можно ближе к Порт-Ройялу. Мы уже сделали поворот, и, если ветер удержится, вы скоро будете дома.

— Мы очень признательны капитану... — протянул его светлость, заметив, что Арабелла не намеревается отвечать. Она сидела нахмурившись, печально глядя перед собой.

— Да... вы можете быть ему признательны, — кивнул Питт. — Капитан очень рискует. Вряд ли кто согласился бы так рисковать на его месте. Но он уж всегда такой...

Питт вышел, оставив лорда Джулиана в задумчивости. Его светлость с возрастающим беспокойством продолжал тщательно изучать лицо Арабеллы, хотя бесцветные глаза его сохраняли всё то же сонливое выражение. Наконец Арабелла перевела на него взгляд и сказала:

— Ваш Каузак, по-видимому, говорил правду.

— Я заметил, что вы это проверяли, — сказал лорд Джулиан, — и ломаю себе голову, к чему вам это знать.

Не получив ответа, он стал молча наблюдать за ней, перебирая пальцами локоны золотистого парика, обрамлявшие его длинное лицо.

Арабелла в задумчивости сидела у стола и, казалось, очень внимательно рассматривала чудесные испанские кружева, которыми была обшита скатерть. Лорд Джулиан прервал молчание.

— Этот человек поражает меня, — медленно произнёс он вялым голосом. — Изменить свой курс для нас?. Удивительно! Но ещё удивительней то, что из-за нас он подвергается большой опасности, решаясь войти в воды, омывающие Ямайку... Нет, этот человек просто поражает меня!

Арабелла Бишоп рассеянно взглянула на него. Затем её губы как-то странно, почти с презрением, вздрогнули. Своими пальчиками она начала что-то выстукивать по столу.

— Меня гораздо больше поражает иное, — сказала она. — То, что он не считает нас людьми, за которых можно взять хороший выкуп.

— Хотя это то, чего вы заслуживаете.

— Да? А почему?

— Потому что вы оскорбили его.

— Я привыкла называть вещи их собственными именами.

Тут лорд Джулиан взорвался:

— Вы привыкли? Но я, чтоб мне лопнуть, не хвастался бы этим! Это свидетельствует либо о крайней молодости, либо о крайней глупости. — Он помолчал секунду, чтобы вернуть себе обычное хладнокровие, и добавил: — Это также и проявление неблагодарности. Неблагодарность, конечно, человеческое свойство, но проявлять её... ребячество.

На щеках Арабеллы выступил слабый румянец.

— Ваша светлость, вы огорчены моим поведением... Но я... я не понимаю вас. К кому я проявила неблагодарность? И в чём, когда?

— К капитану Бладу. Разве он не пришёл и не спас нас?

— Пришёл? — холодно переспросила Арабелла. — Я не имела понятия о том, что он знал о нашем пребывании на «Милагросе».

Его светлость позволил себе проявить чуть заметную нетерпеливость.

— Как бы то ни было, а именно он освободил нас от этого испанского мерзавца, — сказал лорд Джулиан. — Неужели в этой варварской части света до сих пор не заметили того, что хорошо известно даже в Англии? Ведь капитан Блад, по существу, воюет только против испанцев. И назвать его вором и пиратом, как это сделали вы, по меньшей мере неблагоразумно и неосторожно.

— Неосторожно? — презрительно переспросила она. — А какое мне дело до осторожности?

— Вижу, что никакого. Но подумайте тогда хотя бы об элементарном чувстве признательности. Должен честно сказать вам, мисс Бишоп, что на месте Блада я не мог бы так вести себя. Чтоб мне утонуть! Поразмыслите, сколько мучений он претерпел от своих соотечественников, и вы, так же как и я, удивитесь, что он ещё способен отличать англичан от испанцев. Быть проданным в рабство! Бр-р-р! — И его светлость содрогнулся. — И кому? Проклятому колониальному плантатору… — Он запнулся. — Извините меня, мисс…

— Вы, кажется, слишком увлеклись, защищая этого… морского разбойника! — Презрение Арабеллы перешло почти в озлобление.

Лорд Джулиан пристально посмотрел на неё, а затем, полузакрыв свои большие бесцветные глаза и слегка наклонив голову, мягко заметил:

— Меня интересует, за что вы его так ненавидите?

Он решил, что рассердил Арабеллу, потому что щёки её вспыхнули, а в глазах загорелся гнев. Но взрыва не последовало: она тут же взяла себя в руки.

— Ненавижу его? О мой бог! Как это могло прийти вам в голову! Я его просто не замечаю.

— А напрасно! Вам следовало бы его заметить, мисс Бишоп! — Его светлость говорил откровенно, именно то, что думал. — Он стоит этого. Человек, который может действовать так, как он действовал против этого адмирала, был бы драгоценным приобретением для нашего флота. Он не напрасно служил под командованием де Ритера. Ритер был гениальным флотоводцем, и, будь я проклят, ученик достоин своего учителя, если я вообще в чём-либо разбираюсь! Сомневаюсь, чтобы в военно-морском флоте Англии кто-либо мог с ним сравниться. Подумать только! Умышленно втиснуться между двумя испанскими кораблями на расстояние прямого выстрела и таким образом заставить их поменяться ролями! Для этого нужны смелость, находчивость, изобретательность! Он обманул своим манёвром не только меня, плохого моряка. Испанский адмирал разгадал его намерения слишком поздно, когда Блад стал уже хозяином положения. Это великий человек, мисс Бишоп! Человек, которого стоит заметить!

Арабелла уже не могла удержаться от сарказма:

— Тогда используйте своё влияние на лорда Сэндерленда. Пусть он посоветует королю предложить Бладу офицерское звание.

Лорд Джулиан с удовольствием рассмеялся:

— О, это уже сделано! Его офицерский патент лежит у меня в кармане.

И он коротко рассказал ей о цели своей поездки сюда.

Оставив её в изумлении, лорд Уэйд отправился на поиски капитана, так и не выяснив отношения Арабеллы к Бладу. Будь она к нему немножко снисходительней, его светлость чувствовал бы себя счастливее.

Он нашёл капитана Блада расхаживающим по квартердеку[1]. Капитан был совершенно измучен своей борьбой с дьяволом, хотя его светлость даже и не подозревал о таком занятии Блада. С

[1] Квартердек — приподнятая часть верхней палубы в кормовой части судна.

обычной для него фамильярностью лорд Джулиан, взяв капитана под руку, пошёл рядом с ним.

— Что вам надо? Это ещё что такое? — сердито спросил Блад, у которого было отвратительное настроение.

Его светлость не смутили эти слова.

— Я хотел бы, сэр, чтобы мы стали друзьями, — вкрадчиво сказал он.

— Весьма польщён! — отрывисто бросил Блад. — Очень снисходительно с вашей стороны.

Лорд Джулиан не обратил внимания на явную иронию.

— Удивительно, что судьба столкнула нас. Ведь я приехал в Вест-Индию специально для того, чтобы вас увидеть.

— Вы не первый, кому это удаётся, — насмешливо ответил Блад. — Однако другие в основном были испанцами, и им не так везло, как вам.

— Вы не поняли меня, — сказал лорд Джулиан, серьёзно приступая к изложению цели своей миссии.

Когда он закончил, капитан Блад, удивлённо слушавший его, сказал:

— На этом корабле вы мой гость, а от прежних дней я ещё сохранил какое-то представление о порядочном обращении с гостями, хотя и могу считаться сейчас вором и пиратом. Потому не скажу, что думаю о вас. Умолчу и о том, что я думаю о лорде Сэндерленде, поскольку он ваш родственник, а также и о наглом предложении, которое вы мне сделали. Но для меня, конечно, не новость, что один из министров Якова Стюарта считает возможным соблазнить любого человека взятками и этим заставить его пойти на предательство тех, кто ему доверился. — И он махнул рукой по направлению к шкафуту, откуда доносилась грустная песня корсаров.

— Вы опять меня не понимаете! — воскликнул лорд Джулиан, подавляя своё возмущение. — Ваши люди также будут взяты на королевскую службу.

— И вы полагаете, что они будут охотиться вместе со мной за своими товарищами из «берегового братства»? Клянусь, лорд Джулиан, это вы ничего не понимаете! Неужто в Англии не осталось даже и тени чести? Но не будем об этом говорить. Поговорим о другом. Как вы могли думать, что я приму от короля Якова офицерское звание? Мне не хочется даже пачкать вашим патентом свои руки, хотя это руки вора и пирата. Вы слышали, как мисс Бишоп назвала меня сегодня вором и пиратом, то есть презренным человеком, отщепенцем. А кто меня сделал таким человеком? Кто сделал меня вором и пиратом?

— Если вы были бунтовщиком… — начал лорд Джулиан.

Но его перебил капитан Блад:

— Вы-то должны знать, что я не был бунтовщиком и вообще не участвовал в восстании. Если бы это было так или если бы судьи просто ошиблись, то их несправедливость по отношению ко мне я мог бы ещё простить, но никакой ошибки не было. Меня осудили именно за то, что я сделал, не больше и, не меньше. Этот кровавый вампир Джефрейс, будь он проклят, приговорил меня к смерти, а достойный его хозяин Яков Стюарт превратил меня в раба. А за что? За то, что я, выполняя свой профессиональный долг, из сострадания, не думая об убеждениях или политике, пытался облегчить муки другого человека, позднее осуждённого за измену. Вот всё моё преступление. Это легко проверить по документам. И за это я был продан в рабство! Видели ли вы хотя бы во сне, что значит быть рабом?.

Блад внезапно умолк, и было заметно, как он боролся с собой, а затем устало засмеялся.

От этого смеха лёгкий холодок пробежал по спине лорда Джулиана.

— Ну, хватит, — сказал капитан Блад. — Похоже на то, что я пытаюсь защищать себя, а всем известно, что это не входит в мои привычки. Признателен вам, лорд Джулиан, за ваши добрые намерения. Да, да! Возможно, вы поймёте меня. Вы кажетесь мне человеком, способным меня понять.

Лорд Джулиан стоял не двигаясь. Он был глубоко взволнован словами Блада и страстным взрывом его негодования. В нескольких коротких и ясных выражениях Блад убедительно изложил причины своего озлобления и своей ненависти, так же как и доводы в свою защиту и оправдание. Уэйд посмотрел на энергичное, смелое лицо капитана, освещённое огромным кормовым фонарём, тяжело вздохнул и медленно произнёс:

— Жаль, чертовски жаль! — И, движимый внезапным хорошим чувством, протянул Бладу руку. — Надеюсь, вы всё же не будете обижаться на меня, капитан Блад?

— Нет, милорд. Ведь я... вор и пират. — Он невесело засмеялся и, не обратив внимания на протянутую руку, ушёл.

Лорд Джулиан постоял на месте, наблюдая за высокой фигурой, медленно удалявшейся вдоль гакаборта. Затем, уныло покачав головой, он направился в каюту.

В дверях коридора его светлость чуть не наткнулся на Арабеллу Бишоп, идущую туда же, куда шёл и он. Уэйд следовал за нею, слишком занятый мыслями о капитане Бладе, чтобы поинтересоваться, куда она могла ходить. В каюте он бросился в кресло и вспылил с необычайной для него силой:

— Будь я проклят, если когда-либо встречал человека, который мне так нравился бы! И тем не менее с ним ничего нельзя сделать.

— Да, я слышала всё, — призналась Арабелла слабым голосом, склонив голову и не отрывая глаз от сложенных на коленях рук.

Он удивлённо взглянул на неё и, помолчав немного, сказал задумчиво:

— Я вот о чём думаю... Не вы ли виновны в том, что произошло с капитаном? Ваши слова гнетут его, он не может забыть их. Он отказался пойти на королевскую службу и даже не захотел пожать мне руку. Ну что можно сделать с таким человеком? Да, ему сопутствуют счастье, успех, удачи, а жизнь он кончит на нок-рее. Сейчас же этот донкихотствующий болван из-за нас подвергает себя смертельной опасности!

— Как? Почему? — взволнованно вскрикнула она.

— Как? Да разве вы забыли, что мы идём к Ямайке, где находится штаб английского флота? Правда, этим флотом командует ваш дядя...

Арабелла, подняв голову, прервала его, и он заметил, что дыхание её участилось, а широко раскрытые глаза тревожно взглянули на лорда Джулиана.

— Боже мой! — воскликнула она. — Это не поможет ему. Даже и не думайте об этом. В мире у него нет злейшего врага, чем мой дядя. Он ничего не прощает. Я уверена, что только надежда схватить и повесить капитана Блада заставила его оставить свои плантации на Барбадосе и принять пост губернатора Ямайки. Капитан Блад этого, конечно, не знает... — Она умолкла и беспомощно развела руками.

— Не думаю, чтобы Блад изменил своё решение, если бы даже узнал об этом, — печально заметил лорд Джулиан. — Человека, который мог простить такого врага, как дон Мигель, и так решительно отвергнуть моё предложение, по обычным правилам судить нельзя. Он рыцарь до идиотизма.

— И всё же на протяжении этих трёх лет он был тем, кем был, и сделал то, что сделал, — грустно сказала Арабелла без всякого намёка на презрение.

Лорд Джулиан, как я полагаю, любил читать нравоучения и был склонен к афоризмам.

— Жизнь чертовски сложная штука, — заключил он со вздохом.

Глава XXI. НА СЛУЖБЕ У КОРОЛЯ ЯКОВА

На следующий день рано утром Арабеллу Бишоп разбудили пронзительные звуки горна и настойчивый звон судового колокола. Она лежала с открытыми глазами, лениво посматривая на покрытую зыбью зелёную воду, бежавшую мимо позолоченного иллюминатора. Постепенно до неё начал доходить шум, похожий на суматоху: из кают-компании доносился топот ног, хриплые крики и оживлённая возня. Нестройный шум означал нечто иное, нежели обычную судовую работу. Охваченная смутной тревогой, Арабелла поднялась с постели и разбудила служанку.

Лорд Джулиан, разбуженный этим шумом, уже встал, торопливо оделся и вышел из своей каюты. Он с удивлением увидел возвышающуюся над его головой гору парусов. Они были подняты для того, чтобы поймать утренний бриз. Впереди, справа и слева от «Арабеллы» простиралась безбрежная гладь океана, сверкавшая золотом под лучами солнца, пламенеющий диск которого ещё только наполовину вышел из-за горизонта.

На шкафуте, где ещё прошлой ночью всё было так мирно, лихорадочно работали человек шестьдесят. У перил полуюта капитан Блад ожесточённо спорил с одноглазым верзилой Волверстоном. Голова лейтенанта была повязана красным бумажным платком, а расстёгнутая синяя рубаха открывала дочерна загорелую грудь. Едва лишь показался лорд Джулиан, как они тут же умолкли. Капитан Блад повернулся и поздоровался с ним.

— Я допустил очень большую ошибку, сэр, — сказал Блад, обменявшись приветствиями. — Мне не следовало бы так близко подходить к Ямайке ночью. Но я очень торопился высадить вас. Поднимитесь-ка сюда, сэр.

Удивлённый лорд Джулиан поднялся по трапу. Взглянув в ту сторону горизонта, куда ему указывал капитан, он ахнул от изумления. Не более чем в трёх милях к западу от них лежала земля, тянувшаяся ярко-зелёной полосой. А милях в двух со стороны открытого океана шли три огромных белых корабля.

— На них нет флагов, но это, конечно, часть ямайской эскадры, — спокойно сказал Блад. — Мы встретились с ними на рассвете, повернули, и с этого времени они начали погоню. Но так как «Арабелла» четыре месяца была в плавании, то у неё слишком обросло дно и она не может развить нужную нам скорость.

Волверстон, засунув огромные руки за широкий кожаный пояс, с высоты своего роста насмешливо взглянул на лорда Джулиана.

— Похоже, что вам, ваша светлость, придётся ещё раз побывать в морском бою до того, как мы разделаемся с этими кораблями, — сказал гигант.

— Об этом как раз мы сейчас и беседовали, — пояснил капитан Блад. — Я считаю, что мы не можем драться в таких неблагоприятных условиях.

— К чёрту неблагоприятные условия! — вскричал Волверстон, упрямо выставив свою массивную челюсть. — Для нас такие условия не новость. В Маракайбо они были ещё хуже, но мы всё же победили и захватили три корабля. Вчера, когда мы вступили в бой с доном Мигелем, преимущество тоже было не на нашей стороне.

— Да, но то были испанцы.

— А эти лучше? Неужели ты боишься этого неуклюжего барбадосского плантатора? Что тебя беспокоит, Питер? Ты ещё ни разу не вёл себя так, как сегодня.

Позади них грохнул пушечный выстрел.

— Это сигнал лечь в дрейф, — тем же равнодушным голосом заметил Блад и тяжело вздохнул.

И тут Волверстон вскипел.

— Да я скорее соглашусь встретиться с Бишопом в аду, чем лягу в дрейф по его приказу! — вскричал он и в сердцах плюнул на палубу.

Его светлость вмешался в разговор:

— О, вам нечего опасаться полковника Бишопа. Учитывая то, что вы сделали для его племянницы и для меня…

Волверстон хриплым смехом прервал лорда Джулиана.

— Вы не знаете полковника, — сказал он. — Ни ради племянницы, ни ради дочери и ни ради даже собственной матери он не откажется от крови, если только сможет её пролить. Он — кровопийца и гнусная тварь! Нам с капитаном это известно. Мы были его рабами.

— Но ведь здесь же я! — с величайшим достоинством сказал его светлость.

Волверстон рассмеялся ещё пуще, отчего его светлость слегка покраснел и вынужден был повысить свой голос.

— Уверяю вас, моё слово кое-что значит в Англии! — горделиво сказал он.

— Так то в Англии! Но здесь, чёрт побери, не Англия!

Тут грохот второго выстрела заглушил его слова. Ядро шлёпнулось в воду неподалёку от кормы.

Блад перегнулся через перила к белокурому молодому человеку, стоявшему под ним у штурвала, и сказал спокойно:

— Прикажи убрать паруса, Джереми. Мы ложимся в дрейф.

Но Волверстон, быстро нагнувшись над перилами, проревел:

— Стой, Джереми! Не смей! Подожди! — Он резко повернулся к капитану.

Блад с грустной улыбкой положил ему на плечо руку.

— Спокойно, старый волк! Спокойно! — твёрдо, но дружески сказал он.

— Успокаивай не меня, а себя, Питер! Ты сумасшедший! Уж не хочешь ли ты отправить нас в ад из-за твоей привязанности к этой холодной, щупленькой девчонке?

— Молчать! — закричал Блад, внезапно рассвирепев. Однако Волверстон продолжал неистовствовать:

— Я не стану молчать! Из-за этой проклятой юбки ты стал трусом! Ты трясёшься за неё, а ведь она племянница проклятого Бишопа! Клянусь богом, я взбунтую команду, я подниму мятеж! Это всё же лучше, чем сдаться и быть повешенным в Порт-Ройяле!

Их взгляды встретились. В одном был мрачный вызов, в другом — притупившийся гнев, удивление и боль.

— К чёрту говорить о чьей-либо сдаче. Речь идёт обо мне, — сказал Блад. — Если Бишоп сообщит в Англию, что я схвачен и повешен, он заработает славу и в то же время утолит свою личную ненависть ко мне. Моя смерть удовлетворит его. Я направлю ему письмо и сообщу, что готов явиться на борт его корабля вместе с мисс Бишоп и лордом Джулианом и сдаться, но только при условии, что «Арабелла» будет беспрепятственно продолжать свой путь. Насколько я его знаю, он согласится на такую сделку.

— Эта сделка никогда не будет предложена! — зарычал Волверстон. — Ты окончательно спятил, Питер, если можешь даже думать об этом!

— Я всё-таки не такой сумасшедший, как ты. Погляди на эти корабли. — И он указал на преследовавшие их суда, которые приближались медленно, но неумолимо. — О каком сопротивлении можешь ты говорить? Мы не пройдём и полумили, как окажемся под их огнём.

Волверстон замысловато выругался и вдруг внезапно смолк, заметив уголком своего единственного глаза нарядную фигурку в сером шёлковом платье. Они были так поглощены своим спором, что не видели спешившей к ним Арабеллы Бишоп, а также Огла, который стоял несколько поодаль в окружении двух десятков пиратов-канониров. Но Блад, не обращая на них внимания, повернулся, чтобы взглянуть на мисс Бишоп. Он удивился тому, что она рискнула сейчас прийти на квартердек, хотя ещё вчера избегала встречи с ним. Её присутствие здесь, учитывая характер его спора с Волверстоном, было по меньшей мере стеснительным.

Милая и изящная, она стояла перед ним в скромном платье из блестящего серого шёлка. Её щёки покрывал лёгкий румянец, а в ясных карих глазах светилось возбуждение. Она была без шляпы, и утренний бриз ласково шевелил её золотисто-каштановые волосы.

Капитан Блад, обнажив голову, молча приветствовал её поклоном. Сдержанно и церемонно ответила она на его приветствие.

— Что здесь происходит, лорд Джулиан? — спросила она.

Как бы в ответ на её вопрос послышался третий пушечный выстрел с кораблей, которые она удивлённо рассматривала. Нахмурив брови, Арабелла Бишоп оглядела каждого из присутствующих мужчин. Они угрюмо молчали и чувствовали себя неловко.

— Это корабли ямайской эскадры, — ответил ей лорд Джулиан.

Но Арабелле не удалось больше задать ни одного вопроса. По широкому трапу бежал Огл, а за ним спешили его канониры. Это мрачное шествие наполнило сердце Арабеллы смутной тревогой.

На верху трапа Оглу преградил путь Блад. Его лицо и вся фигура выражали непреклонность и строгость.

— Что это такое? — резко спросил капитан. — Твоё место на пушечной палубе. Почему ты ушёл оттуда?

Резкий окрик сразу же остановил Огла. Тут сказалась прочно укоренившаяся привычка к повиновению и огромный авторитет капитана Блада среди своих людей, что, собственно, и составляло секрет его власти над ними. Но канонир усилием воли преодолел смущение и осмелился возразить Бладу.

— Капитан, — сказал он, указывая на преследующие их корабли, — нас догоняет полковник Бишоп, а мы не можем уйти и не в состоянии драться.

Выражение лица Блада стало ещё более суровым. Присутствующим показалось даже, что он стал как-то выше ростом.

— Огл, — сказал он холодным и режущим, как стальной клинок, голосом, — твоё место на пушечной палубе. Ты немедленно вернёшься туда со своими людьми, или я…

Но Огл прервал его:

— Дело идёт о нашей жизни, капитан. Угрозы бесполезны.

— Ты так полагаешь?

Впервые за всю пиратскую деятельность Блада человек отказывался выполнять его приказ. То, что ослушником был один из его друзей по Барбадосу, старый дружище Огл, заставило Блада поколебаться, прежде чем прибегнуть к тому, что он считал неизбежным. И рука его задержалась на рукоятке пистолета, засунутого за пояс.

— Это не поможет тебе, — предупредил его Огл. — Люди согласны со мной и настоят на своём!

— А на чём именно?

— На том, что нас спасёт. И пока эта возможность в наших руках, мы не будем потоплены или повешены.

Толпа пиратов, стоявшая за спиной Огла, шумно одобрила его слова. Капитан мельком взглянул на этих решительно настроенных людей, а затем перевёл свой взгляд на Огла.

Во всём этом чувствовался какой-то необычный мятежный дух, которого Блад ещё не мог понять.

— Значит, ты пришёл дать мне совет, не так ли? — спросил он с прежней суровостью.

— Да, капитан, совет. Вот она… — и он указал на Арабеллу, — вот эта девушка, племянница губернатора Ямайки… мы требуем, чтобы она стала заложницей нашей безопасности.

— Правильно! — заревели внизу корсары, а затем послышалось несколько выкриков, подтверждающих это одобрение.

Капитан Блад внешне никак не изменился, но в сердце его закрался страх.

— И вы представляете себе, — спросил он, — что мисс Бишоп станет такой заложницей?

— Конечно, капитан, и очень хорошо, что она оказалась у нас на корабле. Прикажи лечь в дрейф и просигналить им — пусть они пошлют шлюпку и удостоверятся, что мисс здесь. Потом скажи им, что если они попытаются нас задержать, то мы сперва повесим её, а потом будем драться. Может быть, это охладит пыл полковника Бишопа.

— А может быть, и нет, — послышался медлительный и насмешливый голос Волверстона. И неожиданный союзник, подойдя к Бладу, стал рядом с ним. — Кое-кто из этих желторотых ворон может поверить таким басням, — и он презрительно ткнул большим пальцем в толпу пиратов, которая стала сейчас гораздо многочисленней, — но тот, кто мучился на плантациях Бишопа, не может. Если тебе, Огл, вздумалось сыграть на чувствах этого мерзавца-плантатора, то ты ещё больший дурак во всём, кроме пушек, чем я мог подумать. Ведь ты-то знаешь Бишопа! Нет, мы не ляжем в дрейф, чтобы нас потопили наверняка. Если бы наш корабль был нагружён только племянницами Бишопа, то и это никак не подействовало бы на него. Неужели ты забыл этого подлеца? Этот грязный рабовладелец ради родной матери не откажется от мести. Я только что говорил об этом лорду Уэйду. Он тоже вроде тебя считал, что мы в безопасности, поскольку у нас на корабле мисс Бишоп. И если бы ты не был болваном, Огл, мне не нужно было бы объяснять тебе это. Мы будем драться, друзья...

— Как мы можем драться? — гневно заорал Огл, пытаясь рассеять впечатление, произведённое на пиратов убедительной речью Волверстона. — Может быть, ты прав, а может быть, и нет. Мы должны попытаться. Это наш единственный козырь...

Его слова были заглушены одобрительными криками пиратов. Они требовали выдать им девушку. Но в это мгновение ещё громче, чем раньше, раздался пушечный выстрел с подветренной стороны, и далеко за правым бортом «Арабеллы» взметнулся высокий фонтан от падения ядра в воду.

— Они уже в пределах досягаемости наших пушек! — воскликнул Огл и, наклонившись над поручнями, скомандовал — Положить руля к ветру!

Питт, стоявший рядом с рулевым, повернулся к возбуждённому канониру:

— С каких это пор ты стал командовать, Огл? Я получаю приказы только от капитана!

— На этот раз ты выполнишь мой приказ, или же клянусь богом, что ты...

— Стой! — крикнул Блад, схватив руку канонира. — У нас есть лучший выход.

Он искоса взглянул на приближающиеся корабли и скользнул взглядом по мисс Бишоп и лорду Джулиану, которые стояли вместе в нескольких шагах от него. Арабелла, волнуясь за свою судьбу, была бледна и, полураскрыв рот, не спускала взора с капитана Блада.

Блад лихорадочно размышлял, пытаясь представить себе, что случится, если он убьёт Огла и вызовет этим бунт. Кое-кто, несомненно, станет на сторону капитана. Но так же несомненно, что большинство пиратов пойдут против него. Тогда они добьются своего, и при любом исходе событий Арабелла погибнет. Даже если полковник Бишоп согласится с требованиями пиратов, её всё равно будут держать как заложницу и в конце концов расправятся с нею.

Между тем Огл, поглядывая на английские корабли и теряя терпение, потребовал от капитана немедленного ответа:

— Какой это лучший выход? У нас нет иного выхода, кроме предложенного мной. Мы испытаем наш единственный козырь.

Капитан Блад не слушал Огла, а взвешивал все «за» и «против». Его лучший выход был тот, о котором он уже говорил Волверстону. Но был ли смысл говорить о нём сейчас, когда люди, настроенные Оглом, вряд ли могли что-либо соображать! Он отчётливо понимал одно: если они и согласятся на его сдачу, то от своего намерения сделать Арабеллу заложницей всё равно не откажутся. А добровольную сдачу самого Блада они просто используют как дополнительный козырь в игре против губернатора Ямайки.

— Из-за неё мы попали в эту западню! — продолжал бушевать Огл. — Из-за неё и из-за тебя! Ты рисковал нашими жизнями, чтобы доставить её на Ямайку. Но мы не собираемся расставаться с жизнью…

И тут Блад принял решение. Медлить было немыслимо! Люди уже отказывались ему повиноваться. Вот-вот они стащат девушку в трюм… Решение, принятое им, мало его устраивало, более того — оно было очень неприятным для него выходом, но он всё же не мог не использовать его.

— Стойте! — закричал снова он. — У меня есть иной выход. — Он перегнулся через поручни и приказал Питту: — Положить руля к ветру! Лечь в дрейф и просигналить, чтобы выслали шлюпку.

На корабле мгновенно воцарилось молчание, таившее в себе изумление и подозрение: никто не мог понять причину такой внезапной уступчивости капитана. Но Питт, хотя и разделявший чувства большинства, повиновался. Прозвучала поданная им команда, и после короткой паузы человек двадцать пиратов бросились выполнять приказ: заскрипели блоки, захлопали, поворачиваясь против ветра, паруса. Капитан Блад взглянул на лорда Джулиана и кивком головы подозвал его к себе. Его светлость подошёл, удивлённый и недоверчивый. Недоверие его разделяла и мисс Бишоп, которая, так же как и Уэйд и все остальные на корабле (хотя совсем по другим причинам), была ошеломлена внезапной уступкой Блада.

Подойдя к поручням вместе с лордом Джулианом, капитан Блад кратко и отчётливо сообщил команде о цели приезда лорда Джулиана в Карибское море и рассказал о предложении, которое ему вчера сделал Уэйд.

— Я отверг это предложение, как его светлость может вам подтвердить, считая его оскорбительным для себя. Те из вас, кто пострадал по милости короля Якова, поймут меня. Но сейчас, в нашем отчаянном положении… — он бросил взгляд на корабли, почти уже догнавшие «Арабеллу», и к ним же обратились взоры всех пиратов, — я готов следовать путём Моргана — пойти на королевскую службу и этим прикрыть вас всех.

На мгновение все оцепенели, как от удара грома, а затем поднялось настоящее столпотворение — крики радости, вопли отчаяния, смех, угрозы смешались в единый нестройный шум. Большая часть пиратов всё же обрадовалась такому выходу, и радость эта была понятна: люди, которые готовились умирать, внезапно получили возможность остаться в живых. Но многие из них колебались принять окончательное решение, пока капитан Блад не даст удовлетворительных ответов на несколько вопросов, главный из которых был задан Оглом:

— Посчитается ли Бишоп с королевским патентом, когда ты его получишь?

На это ответил лорд Джулиан:

— Бишопу не поздоровится, если он попытается пренебречь властью короля. Даже если он посмеет сделать такую попытку, офицеры эскадры никогда его не поддержат.

— Да, — сказал Огл, — это правда.

Однако несколько корсаров категорически возражали против такого выхода. Одним из них был старый волк Волверстон.

— Я скорее соглашусь сгореть в аду, чем пойду на службу к королю! — в бешенстве заорал он.

Но Блад успокоил и его и тех, кто думал так же, как и он:

— Кто из вас не желает идти на королевскую службу, вовсе не обязан следовать за мной. Я иду только с теми, кто этого хочет. Не думайте, что я охотно на это соглашаюсь, но у нас нет иной возможности спастись от гибели. Никто не тронет тех, кто не пожелает идти за мной, и они останутся на свободе. Таковы условия, на которых я продаю себя королю. Пусть лорд Джулиан, представитель министра иностранных дел, скажет, согласен ли он с этими условиями.

Уэйд согласился немедленно, и дело на этом, собственно, закончилось. Лорд Джулиан поспешно бросился в свою каюту за патентом, весьма обрадованный таким поворотом событий, давшим ему возможность так хорошо выполнить поручение своего правительства.

Тем временем боцман просигналил на ямайские корабли, вызывая лодку. Пираты на шкафуте столпились вдоль бортов, с чувством недоверия и страха разглядывая огромные, величественные галионы, подходившие к «Арабелле». Как только Огл покинул квартердек, Блад повернулся к Арабелле Бишоп.

Она всё время следила за ним сияющими глазами, но сейчас выражение её лица изменилось, потому что капитан был мрачен, как туча. Арабелла поняла, что его, несомненно, гнетёт принятое им решение, и с замешательством, совершенно необычным для неё, легко прикоснулась к руке Блада.

— Вы поступили мудро, сэр, — похвалила она его, — даже если это идёт вразрез с вашими желаниями.

Он хмуро взглянул на Арабеллу, из-за которой пошёл на эту жертву.

— Я обязан этим вам, или думаю, что обязан, — тихо ответил Блад.

Арабелла не поняла его.

— Ваше решение избавило меня от кошмарной опасности, — призналась она и содрогнулась при одном лишь воспоминании. — Но я не понимаю, почему вы вначале отклонили предложение лорда Уэйда. Ведь это почётная служба.

— Служба королю Якову? — насмешливо спросил он.

— Англии, — укоризненно поправила она его. — Страна — это всё, сэр, а суверен[1] — ничто. Король Яков уйдёт, придут и уйдут другие, но Англия останется, чтобы ей честно служили её сыны, не считаясь со своим озлоблением против людей, временно стоявших у власти.

Он несколько удивился, а затем чуть улыбнулся.

— Умная защита, — одобрил он. — Вы должны были бы сказать это команде. — А затем, с добродушной насмешкой в

---

[1] Суверен — носитель верховной власти.

голосе, заметил — Не кажется ли вам сейчас, что такая почётная служба могла бы восстановить любое имя человека, который был вором и пиратом?

Арабелла быстро опустила глаза, и голос её слегка дрожал, когда она ответила:

— Если он… хочет знать, то, может быть… нет, даже наверно… о нём было вынесено слишком суровое суждение…

Синие глаза Блада сверкнули, а твёрдо стиснутые губы смягчились.

— Ну… если вы думаете так, — сказал он, вглядываясь в неё с какой-то странной жаждой во взоре, — то в конце концов даже служба королю Якову может показаться терпимой.

Взглянув на море, Блад заметил шлюпку, отвалившую от одного из больших кораблей, которые, мягко покачиваясь на волнах, лежали в дрейфе не более чем в трёхстах ярдах от них. Он тут же взял себя в руки, чувствуя новые силы и бодрость, как бывает у выздоравливающего после длительной и тяжёлой болезни.

— Если вы спуститесь вниз, возьмёте служанку и свои вещи, то мы сразу же отправим вас на один из кораблей эскадры, — сказал он, указывая на шлюпку.

Когда Арабелла ушла, Блад, подозвав Волверстона и опершись на борт, стал вместе с ним наблюдать за приближением шлюпки, в которой сидели двенадцать гребцов под командованием человека в красном. Капитан навёл подзорную трубу на эту фигуру.

— Это не Бишоп, — полувопросительно, полуутвердительно заметил Волверстон.

— Нет, — ответил Блад, складывая подзорную трубу. — Не знаю, кто это может быть.

— Ага! — с иронической злостью воскликнул Волверстон. — Полковник, видать, совсем не жаждет появиться здесь самолично. Он уже побывал раньше на этой посудине, и мы тогда заставили его поплавать. Помня об этом, он посылает своего заместителя.

Этим заместителем оказался Кэлверлей — энергичный, самонадеянный офицер, не очень давно прибывший из Англии. Было совершенно очевидно, что полковник Бишоп тщательно проинструктировал его, как следует обращаться с пиратами.

Выражение лица Кэлверлея, когда он ступил на шкафут «Арабеллы», было надменным, суровым и презрительным.

Блад с королевским патентом в кармане стоял рядом с лордом Джулианом. Капитан Кэлверлей был слегка удивлён, увидев перед собой двух людей, так резко отличавшихся от того, что он ожидал встретить. Однако его надменность от этого не уменьшилась, и он удостоил лишь мимолётным взглядом свирепую орду полуобнажённых людей, стоявших полукругом за Бладом и Уэйдом.

— Добрый день, сэр, — любезно поздоровался с ним Блад. — Имею честь приветствовать вас на борту «Арабеллы». Моё имя Блад, капитан Блад. Возможно, вы слыхали обо мне.

Капитан Кэлверлей угрюмо взглянул на Блада. Знаменитый корсар своей внешностью отнюдь не походил на отчаявшегося человека, вынужденного к позорной капитуляции. Неприятная, кислая улыбка скривила надменно сжатые губы офицера.

— У тебя будет возможность поважничать на виселице! — презрительно буркнул он. — А сейчас мне нужна твоя капитуляция, но не твоя наглость.

Капитан Блад, делая вид, что он очень удивлён и огорчён, обратился к лорду Джулиану:

— Вы слышите? Вы когда-либо слышали что-либо подобное? Вы понимаете, милорд, как заблуждается этот молодой человек. Может быть, мы предотвратим опасность поломки костей кое-кому, если ваша светлость объяснит, кто я такой и каково моё положение?

Лорд Джулиан, выступив вперёд, небрежно и даже презрительно кивнул этому ещё совсем недавно надменному, а сейчас ошарашенному офицеру. Питт, который с квартердека наблюдал за этой сценой, рассказывает в своих записках, что его светлость был мрачен, как поп при свершении казни через повешение. Однако я склонен подозревать, что эта мрачность была лишь маской, которой забавлялся лорд Джулиан.

— Имею честь сообщить вам, сэр, — надменно заявил он, — что капитан Блад является офицером королевского флота, о чём свидетельствует патент с печатью лорда Сэндерленда, министра иностранных дел его величества короля Англии.

Капитан Кэлверлей выпучил глаза. Лицо его побагровело. В толпе корсаров послышались хохот, заковыристая брань и радостные восклицания, которыми они выражали своё удовольствие от этой комедии. Кэлверлей молча глядел на Уэйда, пытаясь понять, откуда у этого проходимца такой дорогой, элегантный костюм, такой спокойный, уверенный вид и столь холодная, чеканная речь. Должно быть, этот прохвост некогда вращался в изысканном обществе?

— Кто ты такой, чёрт тебя побери? — вспылил наконец Кэлверлей.

Голос его светлости стал более холодным и отчуждённым:

— Вы дурно воспитаны, сэр, как я замечаю. Моя фамилия Уэйд, лорд Джулиан Уэйд. Я — посол его величества в этих варварских краях и близкий родственник лорда Сэндерленда. Полковник Бишоп должен был знать о моём прибытии.

Внезапная перемена в манерах Кэлверлея при имени лорда Джулиана показала, что сообщение о нём уже дошло до Ямайки и Бишопу было об этом известно.

— Я... полагаю... полковник был уведомлен, — ответил Кэлверлей, колеблясь между сомнением и подозрением. — То есть ему было сообщено о приезде лорда Джулиана Уэйда. Но... но... на этом корабле?. — Он виновато развёл руками и, окончательно смешавшись, умолк.

— Я плыл на «Ройял Мэри»...

— Нам так и было сообщено.

— Но «Ройял Мэри» была потоплена испанским капером, и я никогда не добрался бы сюда, если бы не храбрость капитана Блада, который меня спас.

В хаос, царивший в мозгу Кэлверлея, проник луч света.

— Я вижу, я понимаю…

— Весьма сомневаюсь в этом. — Его светлость продолжал оставаться таким же суровым. — Но это придёт со временем… Капитан Блад, предъявите ему ваш патент. Это, вероятно, рассеет все его сомнения, и мы сможем следовать дальше. Я был бы рад поскорее добраться до Порт-Ройяла.

Капитан Блад сунул пергамент прямо в вытаращенные глаза Кэлверлея.

Офицер внимательно ознакомился с документом, особенно присматриваясь к печатям и подписям, а затем, обескураженный, отошёл и растерянно поклонился.

— Я должен вернуться к полковнику Бишопу за распоряжениями, — смущённо пробормотал он.

В эту минуту толпа пиратов расступилась, и в образовавшемся проходе показалась мисс Бишоп в сопровождении своей служанки-мулатки. Искоса поглядев через плечо, капитан Блад заметил её приближение.

— Быть может, вы проводите к полковнику его племянницу? — сказал Блад Кэлверлею. — Мисс Бишоп также была вместе с его светлостью на «Рояйл Мэри». Она сможет ознакомить дядю со всеми деталями гибели этого корабля и с настоящим положением дел.

Не успев прийти в себя от изумления, капитан Кэлверлей мог ответить на этот новый сюрприз только поклоном.

— Что же касается меня, — растягивая слова, сказал лорд Джулиан, — то я останусь на борту «Арабеллы» до прибытия в Порт-Ройял. Передайте полковнику Бишопу привет и скажите ему, что в ближайшем будущем я надеюсь с ним познакомиться.

Глава XXII. ССОРА

«Арабелла» стояла в огромной гавани Порт-Ройяла, достаточно вместительной, чтобы дать пристанище кораблям всех военных флотов мира. По существу, корабль был в плену, так как примерно в четверти мили от правого борта вздымалась тяжёлая громада круглой башни форта, а не более чем в двух кабельтовых за кормой и с левого борта «Арабеллу» стерегли шесть военных судов ямайской эскадры, стоявших на якоре.

Прямо перед «Арабеллой», на противоположном берегу гавани, белели плоские фасады зданий довольно большого города, спускавшегося почти к самой воде. За этими зданиями подобно террасам поднимались красные крыши, обозначая отлогий склон берега, на котором был расположен город. На фоне далёких зелёных холмов, под небом, напоминавшим купол из полированной стали, местами возвышались среди крыш остроконечные башенки и шпили. Лёжа на плетёной кушетке, прикрытой для защиты от жгучего солнца самодельным тентом из бурой парусины, на квартердеке скучал Питер Блад. В руках его была истрёпанная книга — «Оды» Горация в переплёте из телячьей кожи.

С нижней палубы доносилось шарканье швабр и журчание воды в шпигатах[1].

Было ещё очень рано, и моряки под командой боцмана Хэйтона работали на шкафуте и баке, а один из моряков хриплым голосом напевал корсарскую песенку:

В борт ударились бортом,
Перебили всех потом,
И отправили притом на дно морское!
Дружнее, хо! Смелей, йо-хо!
Кто теперь на чёртов Мэйн пойдёт со мною?

---

[1] Шпигат — отверстие в фальшборте или в палубной настилке для удаления воды с палубы.

Блад вздохнул, и по его энергичному загорелому лицу пробежало что-то вроде улыбки, а затем, забыв обо всём окружающем, он погрузился в размышления.

Последние две недели со дня получения им офицерского патента дела его шли отвратительно. Сразу же после прибытия на Ямайку начались неприятности с Бишопом. Едва лишь Блад и лорд Джулиан сошли на берег, как их встретил человек, даже не пытавшийся скрыть величайшей своей досады по поводу такого нежданного поворота событий и своей решимости изменить положение. Вместе с группой офицеров Бишоп ждал их на молу.

— Насколько я догадываюсь, вы лорд Джулиан Уэйд? — грубо спросил он, бросив злобный взгляд на капитана Блада.

Лорд Джулиан поклонился.

— Как мне кажется, я имею честь разговаривать с губернатором Ямайки полковником Бишопом? — спросил лорд с изысканной вежливостью, и его слова прозвучали так, как если бы его светлость давал полковнику Бишопу урок хорошего тона.

Сообразив это, полковник, хотя и с опозданием, сняв свою широкополую шляпу, отвесил церемонный поклон, а затем сразу же приступил к делу:

— Мне сказали, что вы выдали этому человеку королевский офицерский патент. — В его голосе чувствовалось раздражённое ожесточение. — Ваши мотивы были, несомненно, благородны… вы были признательны за освобождение из рук испанцев. Но патент должен быть немедленно аннулирован. Это недопустимая оплошность, милорд.

— Я вас не понимаю, — холодно заметил лорд Джулиан.

— Конечно, не понимаете, иначе вы никогда бы так не поступили. Этот человек обманул вас. Вначале он был бунтовщиком, потом стал беглым рабом, а сейчас это кровожадный пират. Весь прошлый год я за ним охотился.

— Мне всё это хорошо известно, сэр. Я не так легко раздаю королевские патенты.

— Да? А как же тогда назвать то, что вы сделали? Но ничего, я как губернатор Ямайки, назначенный его величеством королём Англии, исправлю вашу ошибку по-своему.

— Каким же образом?

— Этого мерзавца ждёт виселица в Порт-Ройяле.

Блад хотел вмешаться, но лорд Джулиан предупредил его:

— Я вижу, сударь, что вы не можете понять сути дела. Если патент выдан по ошибке, то эта ошибка не моя. Я действую в соответствии с инструкциями лорда Сэндерленда. Его светлость, хорошо зная обо всех этих фактах, поручил мне передать патент капитану Бладу, если капитан Блад согласится его принять.

От испуга полковник Бишоп разинул рот:

— Лорд Сэндерленд дал такое указание?

— Да.

Не дождавшись ответа губернатора, который окончательно потерял дар речи, лорд Джулиан спросил:

— Осмелитесь ли вы сейчас настаивать на том, что я ошибся? Берёте ли вы на себя ответственность исправить мою ошибку?

— Я... я... не думал...

— Это я понимаю, сэр. Разрешите представить вам капитана Блада.

Волей-неволей полковник Бишоп вынужден был сделать самое любезное выражение лица, на какое только был способен. Однако все понимали, что под этой маской он скрывал лютую ярость.

А вслед за таким сомнительным началом положение дел не только не улучшилось, но, пожалуй, ухудшилось.

Лёжа на кушетке, Блад думал ещё и о другом. Он уже две недели находился в Порт-Ройяле, так как его корабль фактически вошёл в состав ямайской эскадры. Когда весть об этом дойдёт до острова Тортуга и корсаров, ожидающих его возвращения, имя капитана Блада, до сих пор пользовавшееся таким уважением «берегового братства», теперь будет упоминаться с омерзением. Недавние друзья будут рассматривать его поступок как предательство, как переход на сторону врага. Пройдёт ещё немного времени, и может случиться, что он поплатится за это своей жизнью. Ради чего ему нужно было ставить себя в такое положение? Ради девушки, которая всё время упорно не замечает его? Он считал, что Арабелла по-прежнему питает к нему отвращение. За эти две недели она едва удостаивала его взглядом. А ведь именно для этого он ежедневно торчал в резиденции её дяди, не обращая внимания на нескрываемую враждебность полковника. Но и это ещё было не самое худшее. Он видел, что всё своё время и внимание Арабелла уделяет только лорду Джулиану — молодому и элегантному вельможе из числа бездельников Сент-Джеймского двора. Какие же надежды имелись у него, отъявленного авантюриста, изгнанного из общества, против такого соперника, который вдобавок ко всему был ещё и несомненно способным человеком? Нетрудно вообразить себе, какой горечью наполнилась его душа. Капитан Блад сравнивал себя с той собакой из басни, что выпустила из пасти кость, погнавшись за её отражением.

Он попытался найти утешение в двух строках на странице открытой им книги:

Люби не то, что хочется любить,
А то, что можешь, то, чем обладаешь…

Но и любимый Гораций не мог утешить капитана Блада.

Его мрачные раздумья прервал приход шлюпки, которая, незаметно подойдя с берега, ударилась о высокий красный корпус «Арабеллы»; потом послышался чей-то хриплый голос, судовой колокол отчётливо и резко пробил две склянки, и вслед за ними раздался длинный, пронзительный свисток боцмана.

Эти звуки окончательно привели в себя капитана Блада, и он поднялся с кушетки. Его красивый красный мундир, расшитый золотом, свидетельствовал о новом звании капитана. Сунув в карман книгу, он подошёл к резным перилам квартердека и увидел Питта, поднимавшегося по трапу.

— Записка от губернатора, — сказал шкипер, протягивая ему сложенный лист бумаги.

Капитан сломал печать и пробежал глазами записку. Питт, в просторной рубахе и бриджах, облокотясь на перила, наблюдал за ним, и его честное, открытое лицо выражало явную озабоченность и тревогу.

Блад, взглянув на Питта, засмеялся, но сразу же умолк, скривив губы.

— Весьма повелительный вызов, — сказал он, передавая своему другу записку.

Молодой шкипер прочёл её, а затем задумчиво погладил свою золотистую бородку.

— Ты, конечно, не поедешь?! — сказал он полувопросительно, полуутвердительно.

— А почему бы и нет? Разве я не бываю ежедневно в форту?.

— Но он хочет вести разговор о нашем старом волке. Эта история даёт ему повод для недовольства. Ты ведь знаешь, Питер, что только лорд Джулиан мешает Бишопу расправиться с тобой. Если сейчас он сможет доказать, что…

— Ну, а если даже он сможет? — беззаботно прервал его Блад. — Разве на берегу я буду в большей опасности, чем здесь, когда у нас осталось не более пятидесяти равнодушных мерзавцев, которые так же будут служить королю, как и мне? Клянусь богом, дорогой Джереми, «Арабелла» здесь в плену, под охраной форта и вот этой эскадры. Не забывай этого.

Питт сжал кулаки и, не скрывая недовольства, спросил:

— Но почему же в таком случае ты разрешил уйти Волверстону и другим? Ведь можно же было предвидеть…

— Перестань, Джереми! — перебил его Блад. — Ну, скажи по совести, как я мог удержать их? Ведь мы так договорились. Да и чем они помогли бы мне, если бы даже остались с нами?

Питт ничего не ответил, и капитан Блад, опустив руку на плечо друга, сказал:

— Вижу, что сам понимаешь. Я возьму шляпу, трость и шпагу и отправлюсь на берег. Прикажи готовить шлюпку.

— Ты отдаёшь себя в лапы Бишопа! — предупредил его Питт.

— Ну, это мы ещё посмотрим. Может быть, меня не так-то легко взять, как ему кажется. Я ещё могу кусаться! — И, засмеявшись, Блад ушёл в свою каюту.

На этот смех Джереми Питт ответил ругательством. Несколько минут он стоял в нерешительности, а затем нехотя спустился по трапу, чтобы отдать распоряжение гребцам.

— Если с тобой что-нибудь случится, Питер, — сказал он, когда Блад спускался с борта корабля, — то пусть Бишоп пеняет на себя. Эти пятьдесят парней сейчас, может быть, и равнодушны, но если нас обманут, то от их равнодушия и следа не останется.

— Ну что со мной может случиться, Джереми? Не волнуйся! Обещаю тебе, что буду обратно к обеду.

Блад спустился в ожидавшую его шлюпку, хорошо понимая, что, отправляясь сегодня на берег, подвергает себя очень большому риску. Может быть, поэтому, ступив на узкий мол у невысокой стены форта, из амбразур которого торчали чёрные жерла пушек, он приказал гребцам ждать его здесь. Ведь могло случиться, что ему придётся немедля возвращаться на корабль. Он не спеша обогнул зубчатую стену и через большие ворота вошёл во внутренний двор. Здесь бездельничало с полдюжины солдат, а в тени стены медленно прогуливался комендант форта майор Мэллэрд. Заметив капитана Блада, он остановился и отдал ему честь, как полагалось по уставу, но улыбка, ощетинившая его жёсткие усы, была мрачно-насмешливой. Однако внимание Питера Блада было поглощено совсем другим.

Справа от него простирался большой сад, в глубине которого находился белый дом губернатора. На главной аллее сада, обрамлённой пальмами и сандаловыми деревьями, он увидел Арабеллу Бишоп. Быстрыми шагами Блад пересёк внутренний двор и догнал её.

— Доброе утро, сударыня! — поздоровался он, снимая шляпу, и тут же протестующе добавил: — Честное слово, безжалостно заставлять меня гнаться за вами в такую жару!

— Зачем же вы тогда гнались? — холодно спросила она и торопливо добавила: — Я спешу, и, надеюсь, вы извините меня, что я не могу задержаться.

— Вы совсем не спешили до моего появления, — шутливо запротестовал он, и, хотя его губы улыбались, в глазах его появилось какое-то странное, жёсткое выражение.

— Но если вы заметили это, сэр, то меня удивляет ваша настойчивость.

Их шпаги скрестились. И не в привычках Блада было уклоняться от схватки.

— Честное слово, вы могли бы как-то объясниться, — заметил он. — Ведь только ради вас я нацепил этот королевский мундир, и вам должно быть неприятно, что его носит вор и пират.

Она пожала плечами и отвернулась, чувствуя одновременно и обиду и раскаяние. Однако, опасаясь выдать своё раскаяние, она решила прикрыться обидой и заметила:

— Я делаю всё от меня зависящее.

— Чтобы время от времени заниматься благотворительностью. — И он попытался улыбнуться. — Слава богу, признателен вам и за это. Я, может быть, беру на себя слишком много, но не могу забыть, что, когда я был только рабом на плантациях вашего дяди, вы относились ко мне с большей добротой.

— Тогда вы имели основание на неё рассчитывать. В то время вы были просто несчастным человеком.

— Ну, а кем же вы можете назвать меня сейчас?

— Едва ли несчастным. Ваше счастье на морях стало пословицей. Были слухи и ещё кое о чём: о вашем счастье и ваших успехах в других делах.

Она сказала это, вспомнив о мадемуазель д'Ожерон, и, если бы могла, тут же взяла бы свои слова обратно. Но Питер Блад и не придал им значения, совсем не поняв её намёка.

— Да? Всё это ложь, чёрт побери, и я могу это доказать вам.

— Я даже не понимаю, к чему вам утруждать себя доказательствами, — заметила она, чтобы выбить оружие у него из рук.

— Для того, чтобы вы думали обо мне лучше.

— То, что я думаю, сэр, должно очень мало вас трогать.

Это был обезоруживающий удар, и он, отказавшись от боя, принялся её уговаривать:

— Как вы можете говорить так, видя на мне мундир королевской службы, которую я ненавижу? Разве не вы сказали мне, что я могу искупить свою вину? Мне хочется только восстановить своё доброе имя в ваших глазах. Ведь в прошлом я не сделал ничего такого, чего мне следовало бы стыдиться.

Она не выдержала его пристального взгляда и опустила глаза.

— Я... я не понимаю, почему вы так говорите со мной, — сказала она уже не с той уверенностью, как раньше.

— Ах так! Теперь вы не понимаете! — воскликнул он. — Тогда я скажу вам.

— О нет, не нужно! — В её голосе прозвучала подлинная тревога. — Я сознаю всё, что вы сделали, и понимаю, что вы хоть немного, но беспокоились за меня. Верьте мне, я очень признательна. Я всегда буду признательна вам...

— Но если вы будете всегда думать обо мне, как о воре и пирате, то, честное слово, оставьте вашу признательность при себе. Мне она ни к чему.

На щеках Арабеллы вспыхнул яркий румянец, и Блад заметил, как её грудь под белым шёлком стала чаще вздыматься. Если даже её и возмутили слова Блада и тон, каким они были произнесены, она всё же подавила в себе возмущение, поняв, что сама была причиной его гнева. Арабелла честно попыталась исправить свою оплошность.

— Вы ошибаетесь, — начала она. — Это не так.

Но им не суждено было понять друг друга. Ревность — дурной спутник благоразумия, а она шла рядом с каждым из них.

— Но в таком случае что же так... или, вернее, кто? — спросил он и тут же добавил: — Лорд Джулиан?

Она взглянула на него с возмущением.

— О, будьте откровенны со мной! — безжалостно настаивал он. — Сделайте мне милость, скажите прямо.

Несколько минут Арабелла стояла молча. Она прерывисто дышала, и румянец на её щеках то появлялся, то исчезал.

— Вы... вы совершенно невыносимы, — сказала она, отводя глаза. — Разрешите мне пройти.

Он отступил и своей широкополой шляпой, которую всё ещё держал в руке, сделал жест в сторону дома.

— Я больше не задерживаю вас, сударыня. В конце концов, я могу ещё исправить свой отвратительный поступок. Потом вы припомните, что меня вынудила это сделать ваша жестокость.

Она тут же остановилась и взглянула ему прямо в лицо. Теперь она уже защищалась, и голос её дрожал от негодования.

— Вы говорите со мной таким тоном! Вы осмеливаетесь разговаривать со мной подобным образом! — воскликнула она, поражая его своей страстностью. — Вы имеете дерзость укорять меня за то, что я не хочу касаться ваших рук, когда мне известно, что они обагрены кровью, когда я знаю вас не только как убийцу...

Он глядел на неё, приоткрыв рот от удивления.

— Убийца? Я? — выговорил он наконец.

— Назвать вам ваши жертвы? Да? Разве не вы убили Левасера?

— Левасер? — Он даже чуть-чуть улыбнулся. — Значит, вам и это сказали?!

— А вы отрицаете это?

— К чему? Вы правы — я убил его. Но я могу припомнить ещё одно убийство другого человека при аналогичных обстоятельствах. Это произошло в Бриджтауне в ночь, когда на город напали испанцы. Мэри Трэйл может рассказать вам все подробности. Она была при этом.

Он яростно нахлобучил шляпу и сердито ушёл, до того как она успела что-либо ответить ему или хотя бы уразуметь смысл всего, что он ей сказал.

Глава XXIII. Заложники

Стоя у колонны портика губернаторского дома, Питер Блад с болью и гневом в душе смотрел на огромный рейд Порт-Ройяла, на зелёные холмы и цепь Голубых гор, смутно видимые в дымке струившегося от зноя воздуха. Раздумье Блада было прервано возвращением негра, который ходил доложить губернатору о приходе капитана. Следуя за слугой, он прошёл на широкую веранду, в тени которой полковник Бишоп с лордом Джулианом Уэйдом спасались от удушливой жары.

— А, пришли! — приветствовал его губернатор, сопровождая своё приветствие мычанием, не предвещавшим ничего доброго.

Бишоп не потрудился подняться с места даже после того, как это сделал более воспитанный лорд Джулиан. Нахмурив брови, бывший барбадосский плантатор рассматривал своего бывшего раба. Блад стоял, держа в руке шляпу и слегка опираясь на длинную, украшенную лентами трость. Внешне он был спокоен, и ничто не выдавало его гнева, вызванного таким высокомерным приёмом.

Помолчав немного, полковник сурово и вместе с тем самодовольно заявил:

— Я послал за вами, капитан Блад, потому что мне сообщили, что вчера с рейда ушёл фрегат с вашим сообщником Волверстоном и сотней пиратов из полутораста человек, находившихся до этого под вашим командованием. Мы с его светлостью хотели знать, на каком основании вы разрешили им уйти.

— Разрешил? — переспросил Блад. — Я просто приказал им уйти.

Полковник на мгновение остолбенел от такого ответа.

— Приказали? — наконец сказал он с изумлением, в то время как лорд Джулиан недоумевающе поднял брови. — Чёрт побери! Может быть, вы объяснитесь точнее? Куда вы послали Волверстона?

— На Тортугу. Я поручил ему сообщить от моего имени командирам четырёх других кораблей моей эскадры то, что здесь произошло и почему им не следует больше меня ждать.

Блад заметил, как полковник от бешенства побагровел. Глаза его налились кровью, и казалось, что от гнева он готов лопнуть. Плантатор резко повернулся к лорду Джулиану:

— Вы слышали, милорд? Он отпустил Волверстона, самого опасного после него человека из этой пиратской шайки. Я надеюсь, что ваша светлость теперь понимает, как безрассудно было выдать королевский офицерский патент такому человеку. Ведь это же... бунт... измена! Клянусь богом, этим делом должен заняться военно-полевой суд!

— Может быть, вы прекратите вздорную болтовню о бунте, измене и военно-полевом суде? — Блад надел шляпу и, не ожидая приглашения, сел. — Я послал Волверстона сообщить Хагторпу, Кристиану, Ибервилю и другим моим людям, что у них есть месяц на размышление, в течение которого они должны последовать моему примеру, прекратить пиратство и вернуться к мирным занятиям — охоте или заготовке леса, или же убраться из Карибского моря. Вот какое я дал поручение!

— Ну, а люди? — задал вопрос его светлость своим ровным голосом, не повышая тона. — Ведь Волверстон захватил с собой ещё сто человек.

— Это те люди из моей команды, которым не по душе служба у короля Якова. Нашим соглашением, милорд, предусматривалось, что никто из них не будет подвергаться какому-либо принуждению.

— Я не помню этого, — с искренним убеждением сказал Уэйд.

Блад удивлённо посмотрел на него и пожал плечами:

— Не хочу обвинять вас в забывчивости, милорд: так именно было, и я не лгу. Во всяком случае, нельзя даже и предполагать, чтобы я согласился на что-либо другое.

Губернатор уже не мог больше одерживаться:

— Значит, вы предупреждаете этих проклятых мерзавцев на Тортуге, чтобы они имели возможность спастись! Вот что вы сделали! Вот как вы используете офицерский патент, благодаря которому сами спаслись от виселицы!

Питер Блад невозмутимо взглянул на него.

— Хочу напомнить вам, — тихо сказал он, — что целью миссии лорда Уэйда, не принимая во внимание ваши собственные аппетиты, которые, как всем известно, являются аппетитами палача, — это освобождение Карибского моря от корсаров. Я принял сейчас самые эффективные меры для выполнения этой задачи. Известие о моём переходе на королевскую службу само по себе будет способствовать роспуску эскадры, которой я командовал до недавнего времени.

— Понимаю! — насмешливо проговорил губернатор. — Ну, а если этого не будет?

— У нас есть время обдумать, какие шаги можно будет предпринять.

Лорд Джулиан предупредил новую вспышку гнева полковника Бишопа.

— Возможно, — сказал он, — что лорд Сэндерленд будет доволен, если исход дела окажется таким, как вы обещаете.

Это были примирительные слова. Лорд Джулиан стремился не отступать от своих инструкций из расположения к Бладу. Поэтому сейчас он дружески протягивал ему руку, чтобы помочь преодолеть новое, весьма серьёзное затруднение, которое создал сам капитан, дав в руки Бишопу оружие против себя. К сожалению, молодой вельможа был тем самым человеком, от которого Блад не хотел никакой помощи, потому что смотрел на него глазами, ослеплёнными ревностью.

— Во всяком случае, — ответил Блад не только вызывающе, но и с насмешкой, — это максимум того, на что вы можете рассчитывать и что лорд Сэндерленд может от меня получить.

Лорд Джулиан нахмурился и несколько раз приложил к губам носовой платок.

— Мне всё это как-то не нравится, — сказал он уныло. — Более того, поразмыслив, я могу сказать, что мне это совсем не нравится.

— Сожалею, что это так, — дерзко улыбнулся Блад, — но я вовсе не намерен смягчать свои слова.

Его светлость слегка приподнял брови над чуть расширившимися бесцветными глазами.

— О! — покачал он головой. — Вы удивительно невежливы. Я разочаровался в вас, сэр. Мне казалось, что вы могли бы ещё стать джентльменом.

— И это не единственная ошибка вашей светлости, — вмешался Бишоп. — Вы сделали ещё более грубую ошибку, выдав ему офицерский патент и буквально сняв его с виселицы, которую я приготовил для него в Порт-Ройяле.

— Да, но самая грубая ошибка во всей этой истории с патентом, — сказал Блад, обращаясь к лорду Джулиану, — была допущена при назначении этого разжиревшего рабовладельца на пост губернатора Ямайки, в то время как его следовало бы назначить её палачом. Эта должность ему больше подошла бы.

— Капитан Блад! — с упрёком воскликнул лорд Джулиан. — Клянусь честью, вы заходите слишком далеко. Вы…

Но тут Бишоп прервал его. С трудом поднявшись и дав волю своей ярости, он разразился потоком непристойных ругательств. Капитан Блад, также встав с места, спокойно наблюдал за полковником. Когда Бишоп наконец умолк, Блад невозмутимо обратился к лорду Джулиану, будто ничего не произошло.

— Ваша светлость, вы, кажется, хотели что-то сказать? — спросил он с вызывающей вкрадчивостью.

Но к лорду Уэйду уже возвратилась его обычная выдержка и прежняя склонность занимать примирительную позицию. Он засмеялся и пожал плечами.

— Честное слово, мы слишком горячимся, — сказал он. — Одному богу известно, как этому способствует ваш проклятый климат. Возможно, что вы, полковник Бишоп, слишком непреклонны, а вы, сэр, слишком вспыльчивы. Я уже заявил от имени лорда Сэндерленда, что намерен ждать результатов вашего эксперимента.

Но Бишоп, рассвирепев, дошёл уже до такого состояния, что удержать его было невозможно.

— Ах так! — проревел он. — Ну, а я не согласен. Это вопрос, в котором, с вашего позволения, я могу разобраться лучше вас. В любом случае я беру на себя смелость действовать на свою собственную ответственность.

Лорд Джулиан устало улыбнулся, пожал плечами и беспомощно махнул рукой. Губернатор продолжал бушевать:

— Поскольку лорд Джулиан выдал вам патент, то я не имею права разделаться с вами так, как вы этого заслуживаете. Но вы предстанете перед военно-полевым судом за ваши действия в отношении Волверстона и будете нести ответственность за последствия.

— Всё ясно, — сказал Блад. — Теперь мы добрались до сути дела. Вы как губернатор будете председательствовать на этом суде. Вас, должно быть, очень радует возможность повесить меня и свести старые счёты. — Он засмеялся и добавил: — Praemonitus praemunitus.

— Что это значит? — резко спросил лорд Джулиан.

— Я полагал, что ваша светлость человек образованный, а вы даже по-латыни не знаете.

Как видите, он усиленно старался вести себя вызывающе.

— Я не спрашиваю у вас, сэр, точного значения этих слов, — с ледяным достоинством произнёс лорд Джулиан. — Я хочу знать, что вы желаете этим сказать.

— Можете сами догадаться, — сказал Блад. — Желаю вам всего доброго! — Он сделал широкий жест своей шляпой с перьями и галантно раскланялся.

— Прежде чем вы уйдёте, — сказал Бишоп, — хочу добавить, что капитан порта и комендант форта получили все необходимые распоряжения. Вы не уйдёте из порта, висельник! Будь я проклят, если я не обеспечу вам вечную стоянку здесь, на пирсе для казней!

Питер Блад насторожился и взглянул на обрюзгшее лицо своего врага. Переложив длинную трость в левую руку, он небрежно засунул правую руку за отворот своего камзола и быстро повернулся к нахмурившемуся лорду Джулиану:

— Если мне не изменяет память, ваша светлость обещали мне неприкосновенность.

— Да, я обещал, — сказал лорд Джулиан, — но вы своим поведением затрудняете выполнение этого обещания. — Он поднялся. — Вы оказали мне услугу, капитан Блад, и я надеялся, что мы сможем быть друзьями. Но поскольку вы предпочитаете другое… — Он пожал плечами и, взмахнув рукой, указал на губернатора.

Блад закончил фразу за него:

— Вы хотите сказать, что у вас не хватает твёрдости, чтобы противостоять требованиям этого хвастуна. — Внешне он был спокоен и даже улыбался. — Хорошо, praemonitus praemunitus. В латыни вы, действительно, не очень сильны, а то могли бы знать, что эти слова означают: кто предупреждён, тот вооружён.

— Предупреждён? Ого! — зарычал Бишоп. — Но предупреждение немножко запоздало. Вы не уйдёте из этого дома! — Он сделал шаг по направлению к двери. — Эй, кто там!. — раздался его зычный голос.

И тут же, издав горлом какой-то неопределённый звук, он застыл на месте. Капитан Блад, вытащив из-за отворота камзола правую руку, держал в ней пистолет, богато украшенный золотом и серебром. Чёрное дуло пистолета глядело прямо в лоб губернатору.

— И вооружён, — сказал Блад. — Ни с места, милорд, а то может произойти несчастный случай, — предупредил он лорда Джулиана, который бросился было Бишопу на помощь.

Лорд застыл на месте. Губернатор с внезапно побледневшим лицом и отвисшей нижней губой закачался. Питер Блад мрачно смотрел на него, вызывая этим ещё больший страх у полковника.

— Сам удивляюсь, почему бы мне не прикончить вас на месте без дальнейших разговоров, — сказал он спокойно. — И если я этого не делаю, то по той же причине, по которой однажды уже подарил вам жизнь, хотя и тогда вы не имели на неё права. Убеждён, что вы не знаете этой причины, но пусть вас утешает то, что она существует. И я советую вам не злоупотреблять моим терпением. Сейчас оно переселилось в мой указательный палец, лежащий на собачке пистолета. Вы хотите меня повесить... Это самое худшее, что может ожидать меня, но до этого, как вы понимаете, я не поколеблюсь выбить из вашей головы мозги. — Он отбросил трость, освободив левую руку. — Будьте добры, полковник Бишоп, дайте мне вашу руку. Живо, живо, вашу руку!

Побуждаемый повелительным тоном, взглядом решительных синих глаз и блеском пистолета, Бишоп повиновался без возражений. Его отвратительное многословие иссякло, и он не мог заставить себя произнести хотя бы одно слово. Капитан Блад продел свою левую руку сквозь согнутую руку губернатора, потом засунул свою правую руку с оружием за отворот камзола.

— Хотя пистолета и не видно, но тем не менее он направлен в ваше жирное брюхо. Даю честное слово, что при малейшей провокации, безразлично, от кого она будет исходить — от вас или от кого-либо другого, — я уложу вас на месте... Имейте это в виду, лорд Джулиан... Ну, а сейчас, гнусная рожа, шагай живо, деловито, улыбайся любезно, насколько это тебе удастся, и веди себя как следует, не то тебе придётся подумать о чёрных водах Коцита[1].

---

[1] Коцит — в древнегреческой мифологии одна из рек «подземного царства», где якобы обитали души умерших.

Рука об руку они прошли через дом и спустились в сад, где взволнованная Арабелла ожидала возвращения Блада.

Размышление над последними словами капитана сначала внесло в её душу смятение, но затем она ясно представила себе то, что могло быть причиной смерти Левасера. Она сообразила, что сделанный ею вывод мог быть с таким же успехом применён и к истории спасения Бладом Мэри Трэйл. Когда мужчина ради женщины рискует своей жизнью, то легко, конечно, предположить, что он лично заинтересован в этом, так как на свете найдётся очень немного мужчин, которые рисковали бы, не надеясь получить что-либо взамен. Но Блад был одним из этих немногих.

Теперь ему не пришлось бы долго убеждать Арабеллу в той чудовищной несправедливости, с какой она к нему относилась. Ей вспомнились все слова, случайно подслушанные на борту корабля, названного её именем, и то, что он сказал, когда она одобрила его решение принять королевский патент, и, наконец, всё сказанное им в это утро и вызвавшее лишь её негодование. Всё это приобрело новое значение в её сознании, освободившемся от необоснованных подозрений.

Вот почему она и решила задержаться в саду до его возвращения, извиниться и положить конец всем недоразумениям между ними. Она ждала его, но оказалось, что её терпение должно было подвергнуться новому испытанию. Когда Блад наконец появился, он был не один, а с дядей, причём они шли, к её удивлению, дружески беседуя. С досадой она поняла, что объяснение откладывается. Но если бы только она могла догадаться, на какое длительное время это объяснение откладывается, её досада перешла бы в отчаяние.

Вместе со своим спутником Блад вышел из благоухающего сада и прошёл во внутренний дворик форта. Комендант, получивший строгий приказ быть в готовности и иметь при себе некоторое количество солдат на случай ареста Блада, был крайне удивлён, увидев губернатора под руку с человеком, которого предполагалось арестовать. Его поразило их поведение, так как Блад оживлённо болтал и непринуждённо смеялся.

Никем не задержанные, они вышли из ворот и дошли до мола, где их ждала шлюпка с «Арабеллы». Не прерывая дружеской беседы, они уселись рядом на корме и отплыли к большому красному кораблю, где Джереми Питт с беспокойством ожидал новостей.

Вам нетрудно представить себе изумление шкипера, когда он увидел губернатора, который в сопровождении Блада, пыхтя, карабкался по верёвочной лестнице.

— Конечно, ты был прав, Джереми: я попал в западню! — приветствовал его капитан Блад. — Но, как видишь, я выбрался оттуда, захватив с собой мерзавца, заманившего меня в ловушку. Эта скотина, как тебе известно, любит жизнь.

Полковник Бишоп, с лицом землистого цвета и отвислой губой, стоял на шкафуте. Он боялся даже взглянуть на коренастых головорезов, столпившихся на грот-люке около ящика с ядрами.

Обратившись к боцману, который стоял тут же, опираясь на переборку бака, Блад громко распорядился:

— Перекинь верёвку с петлёй через нок-рею!. Не пугайтесь, дорогой полковник. Это только мера предосторожности на случай, если вы будете несговорчивым, хотя я уверен, что этого не случится. Мы обсудим вопрос за обедом. Надеюсь, вы окажете мне честь пообедать со мной.

Он отвёл в свою большую каюту безвольного, усмирённого хвастуна. Слуга Питера Блада негр Бенджамэн, в белых штанах и полотняной рубахе, бросился выполнять распоряжения капитана об обеде.

Полковник Бишоп, свалившись на сундук, стоявший под выходившими на корму иллюминаторами, пробормотал, заикаясь:

— М-м-могу я с-спросить, ка... каковы ваши н-намерения?

— Конечно, конечно. В них нет ничего страшного, полковник. Хотя вы вполне заслужили верёвки на нок-рее, но уверяю вас, что к этому мы прибегнем лишь в крайнем случае. Вы сказали, что лорд

Джулиан сделал ошибку, вручив мне патент, выданный министром иностранных дел. Пожалуй, вы правы. Я снова ухожу в море. Cras ingens iterabimus aequor[1]. Вы хорошо будете знать латынь к тому времени, когда я с вами покончу. Я возвращаюсь на Тортугу, к своим корсарам, честным и славным ребятам. Вас же я захватил с собой в качестве заложника.

— Боже мой! — простонал губернатор. — Вы… вы хотите взять меня на Тортугу?

— О нет! — рассмеялся Блад. — Я не окажу вам такой дурной услуги. Нет, нет! Я хочу только, чтобы мне был обеспечен свободный выход из Порт-Ройяла. Если вы окажетесь сговорчивым, то я на этот раз даже не заставлю вас плавать. Вы сообщили мне о том, что дали кое-какие распоряжения капитану порта и коменданту этого проклятого форта. А сейчас вам придётся вызвать их на корабль и в моём присутствии сказать им, что сегодня, во второй половине дня, «Арабелла» уйдёт в море по служебной надобности и никто не должен препятствовать её отправлению. Ваши офицеры совершат маленькую поездку с нами, чтобы я был уверен в их повиновении. Вот всё, что мне от вас нужно. А сейчас садитесь к столу и пишите, если вы, конечно, не предпочитаете нок-рею.

Полковник Бишоп попытался протестовать.

— Вы принуждаете меня силой… — начал было он.

Капитан Блад любезно прервал его:

— Позвольте, я ни к чему не хочу вас принуждать. К чему насилие? Вам предоставляется совершенно свободный выбор между пером и верёвкой. Этот вопрос можете решить только вы сами.

Бишоп гневно взглянул на него, а затем взял перо и присел к столу. Дрожащей рукой он написал офицерам письмо. Блад отправил его на берег, а затем пригласил своего невольного гостя к столу:

---

[1] Cras ingens iterabimus aequor (лат.) — завтра снова мы выйдем в огромное море.

— Надеюсь, полковник, вы не потеряли своего хорошего аппетита.

Жалкий Бишоп сел на указанный ему стул, но от страха не мог даже думать о еде, и Блад не настаивал. Сам же он с аппетитом приступил к обеду. Не успел он разделаться с ним и наполовину, как пришёл Хэйтон с докладом о прибытии на корабль лорда Джулиана Уэйда. Блад просил немедленно принять его.

— Я этого ждал, — сказал он. — Приведи его сюда.

С суровым и надменным видом в каюту вошёл лорд Джулиан и с первого взгляда понял обстановку. Капитан Блад поднялся с места со словами приветствия:

— Это очень дружеский жест, милорд, что вы решили к нам присоединиться.

— Капитан Блад, — резко сказал Уэйд, — ваш юмор несколько неуместен! Я не знаю ваших намерений, но меня интересует, отдаёте ли вы себе отчёт в том риске, на какой вы идёте.

— А меня интересует, милорд, отдаёте ли вы себе отчёт в том риске, на какой пошли вы, явившись ко мне на корабль?

— Что это значит, сэр?

Блад подал знак Бенджамэну, стоявшему позади Бишопа:

— Стул для его светлости... Хэйтон, отправь шлюпку его светлости на берег. Передай, что он здесь задержится.

— Что такое? — воскликнул лорд Джулиан. — Чёрт побери! Вы хотите задержать меня? Вы сошли с ума!

— Лучше подожди, Хэйтон, на случай, если его светлость вздумает буйствовать... Бенджамэн, ты слыхал распоряжение? Иди и передай его.

— Скажете ли вы, что вы намерены делать, сэр? — потребовал его светлость, дрожа от гнева.

— Просто хочу обезопасить себя и своих ребят от виселицы полковника Бишопа. Я правильно рассчитал, что ваше воспитание не позволит вам покинуть его в беде и вы последуете за ним сюда. Я отправил на берег письменное распоряжение полковника капитану порта и коменданту форта немедленно явиться на корабль. Как только они поднимутся на борт «Арабеллы», у меня будут все заложники, которые обеспечат нам полную безопасность.

— Это подлость! — процедил сквозь зубы лорд Джулиан.

— О, это зависит от того, как смотреть на вещи, — спокойно сказал Блад. — Обычно я никому не позволяю безнаказанно оскорблять меня. Но, учитывая, что в своё время вы по доброй воле оказали мне одну услугу, а сейчас поневоле оказываете другую, я не буду обращать внимания на вашу грубость.

Его светлость засмеялся.

— Вы идиот! — сказал он. — Неужели вы думаете, что я прибыл сюда, не приняв нужных предосторожностей? Коменданту уже известно, как вы заставили полковника Бишопа вас сопровождать. И об этом знает также капитан порта. Судите сами, явятся ли они сюда и позволят ли уйти вашему кораблю.

— Весьма сожалею об этом, милорд, — сказал Блад.

— Я знал, что вы будете сожалеть, сэр, — ответил лорд Джулиан.

— Да, но я сожалею совсем не о себе. Мне жаль губернатора. Знаете, что вы наделали? Вы уже почти повесили его.

— Боже мой! — воскликнул Бишоп, задрожав от страха.

— Если по моему кораблю будет сделан хотя бы один выстрел, мы тут же вздёрнем губернатора на нок-рею. Ваша единственная надежда, полковник, заключается в том, что я пошлю им словечко о моём намерении… И для того, чтобы вы, милорд, могли как можно лучше исправить нанесённый вами вред, вы сами отправитесь с этим посланием.

— Да я скорее отправлюсь в ад, чем поеду на берег! — продолжал бушевать Уэйд.

— Крайне неблагоразумный поступок, милорд, — сказал Блад. — Но, если вы так настроены… не буду вас уговаривать. Придётся послать кого-нибудь другого. А вы останетесь на корабле. Ну что ж, ещё один заложник! Это только усиливает мою позицию.

Лорд Джулиан уставился на него, сообразив, от чего он отказался.

— Может быть, вы перерешите, после того как я вам всё разъяснил? — спросил Блад.

— Послушайтесь его, поезжайте, ради бога, милорд! — брызжа слюной, простонал Бишоп. — Пусть немедленно выполнят его приказание. Этот проклятый пират схватил меня за горло…

Его светлость бросил на Бишопа взгляд, весьма далёкий от восхищения.

— Конечно, если вы на этом настаиваете… — начал было он, но затем, пожав плечами, снова повернулся к Бладу — Я могу положиться на вас, что полковнику Бишопу не будет причинено никакого вреда, если вам позволят отплыть?

— Даю вам слово, — сказал Блад, — так же как обещаю, что полковник Бишоп без задержки будет высажен на берег.

Лорд Джулиан надменно поклонился притихшему губернатору.

— Вы понимаете, сэр, что я поступаю так по вашему желанию, — холодно заметил он.

— Да… конечно, да! — поспешно согласился Бишоп.

— Хорошо! — Лорд Джулиан снова поклонился и пошёл к борту.

Блад проводил его до верёвочного трапа, внизу которого всё ещё покачивалась шлюпка «Арабеллы».

— До свидания, милорд, — сказал Блад. — Да, чуть было не забыл! — Он вынул из кармана пергамент и протянул его Уэйду: — Вот ваш патент. Бишоп был прав, говоря, что он был выдан мне по ошибке.

Лорд Джулиан внимательно посмотрел на Блада, и выражение его лица смягчилось.

— Мне очень жаль, — искренне проговорил он.

— При иных обстоятельствах, милорд… — начал было Блад. — Э, да что там! Вы понимаете… Шлюпка вас ждёт.

Уже поставив ногу на первую ступеньку лестницы, лорд Джулиан заколебался:

— Будь я проклят, но я ничего не могу понять! Почему вы не можете послать на берег кого-нибудь другого и не оставляете на корабле меня, как ещё одного заложника?

Своими ясными синими глазами Блад посмотрел прямо в честные и чистые глаза Уэйда и грустно улыбнулся. Казалось, Блад колеблется, но затем он решительно и откровенно сказал, что думал:

— Да почему бы мне и не сказать вам напоследок? Причина всё та же, милорд. Она толкала меня и на ссору с вами, чтобы иметь удовольствие проткнуть вас шпагой. Принимая ваш патент, я надеялся, что он поможет мне искупить свою вину за прошлое в глазах мисс Бишоп, ради которой, как вы, вероятно, догадались, я и взял его. Но теперь я понял, что всё это напрасно. Мои надежды — это горячечный бред больного. Я понял также, что если Арабелла Бишоп, как мне кажется, из нас двоих предпочла вас, то думаю, что она поступила правильно. Вот почему я не хочу оставлять вас на корабле и подвергать опасности — а такая опасность существует: нас могут обстрелять, мы будем защищаться. Слепой случай может вас погубить…

Поражённый лорд Джулиан уставился на Блада. Его длинное холёное лицо было очень бледно.

— Боже мой! — прошептал он. — И вы… вы говорите это мне!

— Я говорю вам это потому, что… Ах, чёрт возьми, ну, чтобы заставить её понять, что вор и пират, которым она меня считает, всё ещё сохранил кое-что от тех времён, когда он был джентльменом. Её счастье для меня драгоценней всего на свете. Зная об этом, она сможет… с большей теплотой вспоминать меня иногда, хотя бы только в своих молитвах. Это всё, милорд!

Лорд Джулиан долго смотрел на корсара, а потом молча протянул ему руку. Блад также молча пожал её.

— Я не уверен, что вы правы, — сказал лорд Джулиан. — Возможно, что из нас двоих вы являетесь для неё лучшим.

— Это только ваше мнение, милорд, а что касается Арабеллы, сделайте так, чтобы я оказался прав. Прощайте!

Лорд Джулиан крепко пожал ему руку. Затем он спустился в лодку и направился к берегу. Отплыв на некоторое расстояние, он помахал рукой Бладу, который, облокотившись на фальшборт, — наблюдал за удаляющейся шлюпкой.

Часом позже, пользуясь лёгким бризом, «Арабелла» вышла из порта. Форт молчал. Ни один из кораблей ямайской эскадры не сделал и движения, чтобы помешать её уходу. Лорд Джулиан хорошо выполнил поручение, и было ясно, что он подкрепил его своими личными распоряжениями.

Глава XXIV. ВОЙНА

Милях в пяти от Порт-Ройяла в открытом море, когда очертания побережья Ямайки стали затягиваться дымкой, «Арабелла» легла в дрейф, и к её борту был подтянут шлюп, который она тащила за кормой.

Капитан Блад проводил своего невольного гостя к верёвочному трапу. Полковник Бишоп, пребывавший в течение нескольких часов в состоянии смертельной тревоги, наконец вздохнул свободно. И по мере того как рассеивался его страх, к нему возвращалась его ненависть к дерзкому корсару. Но держался он осторожно. Если мысленно Бишоп и клялся не щадить по возвращении в Порт-Ройял ни усилий, ни нервов, чтобы захватить Питера Блада и доставить его к месту вечной стоянки на пирсе казней, то внешне он этого не показывал и старательно прятал свои чувства.

Питер Блад не питал никаких иллюзий в отношении Бишопа, но вёл себя с ним так только потому, что настоящим пиратом он не был и никогда не хотел быть. В Карибском море вряд ли нашёлся бы такой корсар, который отказал бы себе в удовольствии вздёрнуть мстительного и жестокого губернатора на нок-рее. Однако Питер Блад, во-первых, не принадлежал к корсарам такого типа, а во-вторых, он не мог забыть, что Бишоп был дядей Арабеллы.

Поэтому-то капитан и улыбнулся, глядя на пожелтевшее, одутловатое лицо Бишопа с маленькими глазками, уставившимися на него с нескрываемой враждебностью.

— Желаю вам счастливого пути, дорогой полковник! — любезно сказал он на прощание, и, судя по его спокойному виду, никто не догадался бы о сомнениях, раздиравших его сердце. — Вы второй раз оказываете мне услугу в качестве заложника. Советую вам не делать этого в третий раз. Пора уж понять, что я приношу вам несчастье, полковник!

Шкипер Джереми Питт, стоя рядом с Бладом, мрачно наблюдал за отъездом губернатора. Позади них с суровыми и загорелыми лицами толпились дюжие пираты, и только железная воля их капитана мешала им раздавить Бишопа, как мерзкого клопа. Ещё в Порт-Ройяле узнали они об опасности, грозившей Питеру Бладу, и хотя корсары, так же как и он, были рады развязаться с королевской службой, их всё же глубоко возмутили обстоятельства, сделавшие эту развязку неизбежной. Они поражались сдержанности своего капитана в отношении этого мерзавца Бишопа. Губернатора со всех сторон встречали яростные взгляды пиратов, и чувство самосохранения подсказывало ему, что любое необдуманное слово, вырвавшееся у него, могло вызвать такой взрыв ненависти, от которой его не спасла бы уже никакая сила. Поэтому, оставляя корабль, он, не говоря ни слова, поспешно кивнул головой капитану и неуклюже спустился в шлюп.

Негры-гребцы, оттолкнувшись от красного корпуса «Арабеллы», согнулись над длинными вёслами и, подняв паруса, направились в Порт-Ройял, рассчитывая добраться туда до наступления темноты. Грузный Бишоп, поджав толстые губы и скорчившись, как варёный краб, понуро сидел на корме. Злоба и жажда мщения овладели им сейчас с такой силой, что он забыл обо всём: и о своём страхе и о том, что он чудом спасся от петли.

На молу в Порт-Ройяле, около низкой зубчатой стены, его ожидали майор Мэллэрд и лорд Джулиан. С чувством огромного облегчения они помогли ему выбраться из шлюпа.

Майор Мэллэрд сразу же начал с извинений.

— Рад вас видеть в добром здравии, сэр! — сказал он. — Я должен бы потопить корабль Блада, но этому помешал ваш собственный приказ, переданный мне лордом Джулианом. Его светлость заверила меня, что Блад дал слово не причинять вам никакого вреда, если ему будет разрешено беспрепятственно уйти. Признаюсь, я считал, что его светлость поступил опрометчиво, возлагаясь на слово презренного пирата…

— Он держит слово не хуже, чем другие, — прервал красноречие майора его светлость.

Он произнёс эти слова с ледяным достоинством, которое весьма умело напускал на себя. У его светлости к тому же было омерзительное настроение, сообщив министру иностранных дел о блестящем успехе своей миссии, он был поставлен сейчас перед необходимостью послать дополнительное сообщение с признанием, что успех этот оказался эфемерным. И так как губы майора Мэллэрда кривились насмешкой над таким доверием к слову пирата, его светлость ещё более резко добавил:

— Мои действия оправданы благополучным возвращением полковника Бишопа. По сравнению с этим, сэр, ваше мнение не стоит и фартинга[1]. Вы должны отдавать себе отчёт в этом!

— О, как вам угодно, ваша светлость! — с иронией процедил майор Мэллэрд. — Конечно, полковник вернулся живым и невредимым, но вот там в море такой же живой и невредимый капитан Блад снова начнёт свои пиратские разбои.

— Сейчас я не намерен обсуждать этот вопрос, майор Мэллэрд.

— Ничего! Это долго не протянется! — зарычал полковник, к которому наконец вернулся дар речи. — Я истрачу всё своё состояние до последнего шиллинга, я не пожалею всех кораблей ямайской эскадры, но не успокоюсь до тех пор, пока не поймаю этого мерзавца и не повешу ему на шею пеньковый галстук! — От бешеной злобы он побагровел так, что у него на лбу вздулись вены. Слегка отдышавшись, он обратился к майору: — Вы хорошо сделали, выполнив указания лорда Джулиана! — И, похвалив Мэллэрда, он взял Уэйда за руку: — Пойдёмте, милорд. Нам нужно всё это обсудить.

Они направились к дому, где с большим беспокойством их ждала Арабелла. Увидев дядю, она почувствовала огромное облегчение не только за него, но также и за капитана Блада.

---

[1] Фартинг — самая мелкая разменная монета, стоимостью в четверть пенса.

— Вы очень рисковали, сэр, — серьёзно сказала она лорду Джулиану, после того как они обменялись обычными приветствиями.

Но лорд Джулиан ответил ей так же, как и майору Мэллэрду, что никакого риска в этом не было.

Она взглянула на него с некоторым удивлением. Его длинное аристократическое лицо было более задумчивым, чем обычно, и, чувствуя в её взгляде вопрос, он ответил:

— Мы разрешили Бладу беспрепятственно пройти мимо форта при условии, что полковнику Бишопу не будет причинено вреда. Блад дал мне в этом слово.

По её печальному лицу скользнула мимолётная улыбка, а на щеках выступил слабый румянец. Она продолжила бы разговор на эту тему, но у губернатора было совсем другое настроение. Он пыхтел и негодовал при одном лишь упоминании о том, что вообще можно верить слову Блада, забыв, что Блад сдержал своё слово и что только благодаря этому сам он остался жив. За ужином и ещё долго после ужина Бишоп говорил только о своих планах захвата капитана Блада и о том, каким ужасным пыткам он его подвергнет. Полковник пил вино без удержу, и речь его становилась всё грубее и грубее, а угрозы всё ужаснее и ужаснее. В конце концов Арабелла не выдержала и поспешно вышла из-за стола, стараясь лишь не разрыдаться. Бишоп не так уж часто открывал перед своей племянницей истинную свою сущность, но в этот вечер излишне выпитое вино развязало язык жестокому плантатору. Лорд Джулиан с трудом выносил омерзительное поведение Бишопа. Извинившись, он ушёл вслед за Арабеллой. Он искал её, чтобы передать просьбу капитана Блада, и, как ему казалось, нынешний вечер представлял для этого благоприятную возможность. Но Арабелла уже ушла к себе на покой, и лорд Джулиан вынужден был, несмотря на своё нетерпение, отложить объяснение до утра.

На следующий день, ещё до того как жара стала невыносимой, он из своего окна заметил Арабеллу в саду, среди цветущих азалий. Они служили прекрасным обрамлением для той, которая своей прелестью выделялась среди всех женщин, так же как азалия среди цветов. Уэйд поспешил присоединиться к ней, и, когда, пробудившись от своей задумчивости, Арабелла с улыбкой пожелала ему доброго утра, он заявил, что у него есть к ней поручение от капитана Блада.

Уэйд заметил, как она встрепенулась, насторожилась и как слегка вздрогнули её губы. Он обратил внимание и на её бледность, и на тёмные круги под глазами, на необычно печальное выражение её глаз, не замеченное им вчера вечером.

Они перешли с открытой территории сада в тенистую аллею, обсаженную благоухающими апельсиновыми деревьями. Лорд Джулиан, восхищённо любуясь ею, удивлялся, почему ему понадобилось так много времени, чтобы заметить её тонкую своеобразную грацию и то, что для него она была именно той милой и желанной женщиной, которая могла озарить его банальную жизнь и превратить её в сказку.

Он заметил и нежный блеск её мягких каштановых волос и как изящно лежали на её молочно-белой шее длинные шелковистые локоны. На ней было платье из тонкой блестящей ткани, а на груди, как кровь, пламенела только что сорванная пунцовая роза. И много позже, вспоминая об Арабелле, он представлял себе её именно такой, какой она была в это удивительное утро и какой он раньше её никогда не видел.

Так, молча, они углубились в тень зелёной аллеи.

— Вы сказали что-то о вашем поручении, сэр, — напомнила она, выдавая своё нетерпение.

Он в замешательстве перебирал кудри своего парика, несколько смущаясь предстоящим объяснением и обдумывая, с чего бы ему начать.

— Он просил меня, — сказал он наконец, — передать вам, что в нём всё же сохранилось ещё кое-что от того джентльмена... которого вы когда-то знали.

— Сейчас в этом уже нет необходимости, — печально сказала она.

Он не понял её, так как не знал, что ещё вчера ей всё казалось в другом свете.

— Я думаю… нет, я знаю, что вы были несправедливы к нему.

Арабелла не спускала с лорда Джулиана своих карих глаз.

— Если вы передадите мне то, о чём он вас просил, может быть, я сумею лучше разобраться…

Лорд Джулиан смешался. Дело было весьма деликатным и требовало очень осторожного подхода; впрочем, его не столько заботило то, как выполнить поручение капитана Блада, сколько то, как использовать его в своих собственных интересах. Его светлость, весьма опытный в искусстве обращения с женским полом и всегда чувствовавший себя непринуждённо в обществе светских дам, испытывал сейчас странную неловкость перед этой прямой и бесхитростной девушкой — племянницей колониального плантатора.

Они шли молча к освещённому ярким солнцем перекрёстку, где аллею пересекала дорожка, ведущая по направлению к дому. Здесь в солнечных лучах порхала красивая, величиной с ладонь бабочка, шелковистые крылышки которой отливали пурпурными тонами. Блуждающий взгляд его светлости следил за бабочкой до тех пор, пока она не скрылась из виду, и только после этого он ответил:

— Мне нелегко говорить, разрази меня гром! Этот человек заслуживает лучшего к себе отношения. И говоря между нами, мы все мешали ему стать иным: ваш дядя — тем, что не мог расстаться со своим озлоблением, а вы… вы, сказав ему, что королевской службой он искупит своё прошлое, не захотели признать за ним этого искупления, когда он перешёл на службу королю. И вы так поступили, несмотря на то что только забота о вашем спасении была единственной причиной, заставившей его принять такое решение.

Она отвернулась от него, чтобы лорд Уэйд не увидел её лица.

— Я знаю, теперь я знаю! — мягко сказала она и после небольшой паузы задала вопрос: — А вы? Какую роль сыграли в этом вы? Почему вам нужно было вместе с нами портить ему жизнь?

— Моя роль? — Он снова заколебался, а затем отчаянно ринулся вперёд, как обычно поступают люди, решившись поскорей сделать то, чего они боятся. — Если я понял его правильно, то моё, хотя и пассивное, участие тем не менее было очень активным… Умоляю вас не забывать, мисс Арабелла, что я только передаю его собственные слова. От себя я ничего не добавляю… Он сказал, что моё присутствие затруднило ему восстановить своё доброе имя в ваших глазах. А без этого ни о каком искуплении для него не могло быть и речи.

Она тревожно посмотрела ему прямо в глаза и в недоумении нахмурилась.

— Он считал, что ваше присутствие помешало ему восстановить своё доброе имя?. — повторила она. Было ясно, что она просит разъяснить значение этих слов. И он, краснея и волнуясь, стал путанно и сбивчиво объяснять ей:

— Да, он сообщил мне это в таких выражениях… я понял из них то, на что хочу очень надеяться… но не осмеливаюсь верить… богу известно, что я не фат, Арабелла. Он сказал… Прежде всего позвольте мне рассказать вам с самого начала — вы поймёте моё положение. Я явился к нему на корабль, чтобы потребовать немедленной выдачи вашего дяди. Блад рассмеялся мне в лицо. Ведь полковник Бишоп был заложником его безопасности. Приехав на корабль, я сам, в своём лице, дал ему ещё одного заложника, по меньшей мере столь же ценного, как и полковник Бишоп. И всё же капитан попросил меня уехать. Он сделал это совсем не из страха перед последствиями — нет, он вообще ничего не боится. Он поступил так и не из какого-то личного уважения ко мне. Напротив, он признался, что ненавидит меня по той же причине, которая вынуждает его беспокоиться о моей безопасности…

— Я не понимаю, — сказала она, когда лорд Джулиан запнулся на мгновение. — Всё это как-то противоречиво…

— Это так только кажется… а дело в том, Арабелла, что этот несчастный осмелился… полюбить вас.

Она вскрикнула и схватилась рукой за грудь. Сердце у неё учащённо забилось. В изумлении она смотрела на лорда Джулиана.

— Я… я напугал вас? — озабоченно спросил он. — Я опасался этого, но всё же должен был вам рассказать, чтобы вы наконец знали всё.

— Продолжайте, — попросила она.

— Хорошо. Он видел во мне человека, мешавшего ему, как он сказал, добиться вашей взаимности. Он с удовольствием расправился бы со мной, убив меня на дуэли. Но, поскольку моя смерть могла бы причинить вам боль и поскольку ваше счастье для него драгоценнее всего на свете, он добровольно отказался задержать меня как заложника. Если бы ему помешали отплыть и я мог бы погибнуть во время боя, то возможно, что… вы стали бы оплакивать меня. На это он также не соглашался. Он сказал — я точно передаю его слова, — что вы назвали его вором и пиратом и если из нас двоих вы предпочли меня, то ваш выбор, по его мнению, был сделан правильно. Поэтому он предложил мне покинуть корабль и приказал своим людям доставить меня на берег.

Глазами, полными слёз, она взглянула на него.

Затаив дыхание, он сделал шаг по направлению к ней и протянул ей руку:

— Был ли он прав, Арабелла? Моё счастье зависит от вашего ответа.

Но она молча продолжала смотреть на него. В глазах её стояли слёзы. Пока она молчала, он не решался подойти к ней ближе.

Сомнения, мучительные сомнения овладели им. А когда она заговорила, он сразу же почувствовал, насколько верными были эти сомнения.

Своим ответом Арабелла сразу дала понять ему, что из всего сказанного им до её сознания дошла и осталась в нём только та часть его сообщения, которая касалась чувств Блада к ней.

— Он так сказал?! — воскликнула она. — О боже мой!

Она отвернулась от него и сквозь листву апельсиновых деревьев, окаймлявших аллею, стала смотреть на блестящую гладь огромной бухты и холмы, видневшиеся вдали. Прошло несколько минут. Уэйд стоял, со страхом ожидая, что она скажет дальше. И вот Арабелла наконец заговорила снова медленно, словно размышляла вслух:

— Вчера вечером, когда мой дядя полыхал таким бешенством и такой злобой, я начала понимать, что безумная мстительность — это свойство тех людей, которые поступают дурно и неправильно. Они доводят себя до безумия, чтобы оправдать любые свои поступки. Я слишком легко верила всем ужасам, которые приписывали Питеру Бладу. Вчера он сам объяснил мне эту историю с Левасером, которую вы слыхали в Сен-Никола. А сейчас вы… вы сами подтверждаете его правдивость и порядочность… Только очень хороший человек мог поступить так благородно…

— Я такого же мнения, — мягко сказал лорд Джулиан.

Арабелла тяжело вздохнула.

— А что сегодня стоит ваше или моё мнение? — сказала она, вздохнув ещё раз. — Как тяжело и горько думать о том, что, если бы я не оттолкнула его вчера своими словами, он мог бы быть спасён! Если бы мне удалось переговорить с ним до его ухода! Я ждала, но он возвратился не один, с ним был мой дядя, и я даже не подозревала, что не увижу его больше. А сейчас он снова изгнанник, снова пират… Ведь когда-нибудь его всё равно поймают и повесят. И виновата в этом я, одна я!

— Ну что вы говорите! Единственный виновник — это ваш дядя с его дикой злобой и упрямством. Не обвиняйте себя ни в чём.

Арабелла нетерпеливо обернулась к нему, и глаза её по-прежнему были полны слёз.

— Как вы можете так говорить? — воскликнула она. — Он же сам рассказал вам, что виновата именно я. Он же сам говорил вам о том, как я оскорбляла его, как была к нему несправедлива, и я знаю теперь, как это верно.

— Не огорчайтесь, Арабелла, — успокаивал её лорд Джулиан. — Поверьте мне, я сделаю всё возможное, чтобы спасти его.

От волнения у неё перехватило дыхание.

— Правда? — воскликнула она со страстной надеждой. — Вы обещаете? Она порывисто протянула ему руку, и он сжал её в своих руках.

— Клянусь вам! Всё, что от меня будет зависеть, — ответил он и, не выпуская её руки, тихо сказал: — Но вы не ответили на мой вопрос, Арабелла...

— Какой вопрос? — Она изумлённо взглянула на него, как на сумасшедшего. Что могли значить сейчас какие-то вопросы, когда речь шла о судьбе Питера?

— Вопрос, касающийся лично меня, всего моего будущего, — сказал лорд Джулиан. — Я хочу знать... То, чему верил Блад, что заставило его... правда ли... что я вам не безразличен?

Он заметил, как мгновенно изменилось выражение её лица.

— Не безразличны? — переспросила она его. — Ну конечно, нет. Мы добрые друзья, и я надеюсь, лорд Джулиан, что мы останемся добрыми друзьями.

— Друзья! Добрые друзья? — произнёс он не то с отчаянием, не то с горечью. — Я прошу не только вашей дружбы, Арабелла! Неужели вы скажете мне, что Питер Блад ошибся?

Выражение её лица стало тревожным. Она мягко попыталась высвободить свою руку. Вначале он хотел удержать её, но, сообразив, что этим совершает насилие, выпустил из своих пальцев.

— Арабелла! — воскликнул он с болью в голосе.

— Я останусь вашим другом, лорд Джулиан. Только другом.

Воздушный замок рухнул, и его светлость почувствовал, будто на него нежданно свалилось несчастье. Он не был самонадеянным человеком, в чём и сам признавался себе. И всё же чего-то он не мог понять. Она обещала ему дружбу, а ведь он мог бы обеспечить ей такое положение, которое племяннице колониального плантатора даже и во сне не могло привидеться. Она отказывается и вместо этого говорит о дружбе. Значит, Питер Блад ошибся. Но тогда... тогда выходит, что Арабелла... его размышления оборвались. К чему гадать дальше? Зачем бередить свою рану? Нет! Ему нужен точный ответ. И он с суровой прямотой спросил её:

— Это Питер Блад?

— Питер Блад? — повторила она, не поняв смысла его вопроса. А когда поняла, то её лицо покрылось густым румянцем. — Н-не знаю, — запинаясь, сказала она.

Вряд ли этот ответ был правдивым. Произошло так, словно сегодня утром с её глаз спала пелена и наконец она увидела, как Питер Блад относился к людям. И это ощущение, запоздавшее на целые сутки, наполнило её жалостью и тоской.

Лорд Джулиан достаточно хорошо знал женщин, чтобы продолжать сомневаться. Он склонил голову, чтобы скрыть гнев, сверкнувший в его глазах, ибо, будучи порядочным человеком, стыдился его и вместе с тем не мог его всё же подавить.

И поскольку природа в нём была сильнее воспитания — впрочем, как и у большинства из нас, — лорд Джулиан с этого времени, почти вопреки своему желанию, начал заниматься тем, что весьма походило на подлость. Мне неприятно отмечать это в человеке, к которому вы, по-видимому, уже начали относиться с некоторым уважением. Однако истина заключалась в том, что желание уничтожить своего соперника и занять его место вытеснило в нём остаток расположения к Питеру Бладу. Он пообещал Арабелле использовать всё своё влияние в защиту Блада. К сожалению, мне приходится сообщить, что он не только забыл о своём обещании, но втайне от Арабеллы стал подстрекать её дядю и содействовать ему в составлении планов поимки и казни корсара.

Если бы лорда Уйэда обвинили в этом, то, вполне возможно, он принялся бы доказывать, что он только выполняет свой долг, на что вполне резонно можно было бы ответить, что в этом деле его долг находится в плену у ревности.

Несколько дней спустя, когда ямайская эскадра вышла в море, в каюте флагманского корабля вице-адмирала Кроффорда вместе с полковником Бишопом отплыл и лорд Джулиан Уэйд. В их поездке не было никакой необходимости. Более того, обязанности губернатора требовали, чтобы Бишоп оставался на берегу, а лорд Джулиан, как мы знаем, вообще не мог принести пользы на корабле. И всё же они оба отправились на охоту за капитаном Бладом, причём каждый из них использовал своё положение в качестве предлога для удовлетворения личных целей. Эта общая задача как-то связала их между собой и создала какое-то подобие дружбы, которая при других обстоятельствах была бы невозможной между людьми, столь отличавшимися друг от друга по своему воспитанию и по своим стремлениям.

И вот охота началась. Они крейсировали у берегов острова Гаити, ведя наблюдение за Наветренным проливом и страдая от лишений, связанных с наступлением дождливого сезона. Но охота была безрезультатной, и месяц спустя они вернулись с пустыми руками в Порт-Ройял, где их ожидали крайне неприятные известия из Старого Света.

Мания величия Людовика XIV зажгла в Европе пожар войны. Французские легионеры опустошили рейнские провинции, а Испания присоединилась к государствам, объединившимся для своей защиты от неистовых притязаний короля Франции. И это ещё было не самое худшее: из Англии, где народ изнемогал от изуверской тирании короля Якова, ползли слухи о гражданской войне. Сообщалось, что Вильгельм Оранский получил приглашение прибыть в Англию. Шли недели, и каждый прибывающий из Англии корабль доставлял в Порт-Ройял новые известия. Вильгельм прибыл в Англию, и в марте 1689 года на Ямайке узнали, что он вступил на английский престол и что Яков бежал во

Францию, пообещавшую оказать ему помощь в борьбе с новым королём. Родственника Сэндерленда не могли радовать такие известия. А вскоре было получено письмо от министра иностранных дел короля Вильгельма. Министр сообщал полковнику Бишопу о начале войны с Францией, что должно было отразиться и на колониях. В связи с этим в Вест-Индию направлялся генерал-губернатор лорд Уиллогби, и с ним для усиления ямайской эскадры, на всякий случай, следовала эскадра под командованием адмирала ван дер Кэйлена.

Полковник Бишоп понял, что его безраздельной власти в Порт-Ройяле пришёл конец, даже если бы он и остался губернатором. Лорд Джулиан не получал никаких известий лично для себя и не имел понятия, что ему следует делать. Поэтому он устанавливал с полковником Бишопом более близкие и дружественные отношения, связанные с надеждами получить Арабеллу. Полковник же, опасаясь, что политические события вынудят его уйти в отставку, ещё сильнее, чем прежде, мечтал породниться с лордом Джулианом, так как отдавал себе ясный отчёт, что такой аристократ, как Уэйд, всегда будет занимать высокое положение.

Короче говоря, между ними установилось полное взаимопонимание, и лорд Джулиан сообщил полковнику всё, что он знал о Бладе и Арабелле.

— Единственное наше препятствие — капитан Блад, — сказал он. — Девушка любит его.

— Вы сошли с ума! — воскликнул Бишоп.

— У вас, конечно, есть все основания прийти к такому выводу, — меланхолически заметил его светлость, — но я в здравом уме и говорю так потому, что знаю об этом.

— Знаете?

— Совершенно точно. Арабелла сама мне в этом призналась.

— Какое бесстыдство! Клянусь богом, я с ней разделаюсь по-своему!

— Не будьте идиотом, Бишоп! — Презрение, с каким лорд Джулиан произнёс эти слова, охладило пыл работорговца гораздо скорее, чем любые доводы. — Девушку с таким характером нельзя убедить угрозами. Она ничего не боится. Вы должны сдерживать свой язык и не вмешиваться в это дело, если не хотите навсегда погубить мои планы.

— Не вмешиваться? Боже мой, но что же делать?

— Послушайте! У Арабеллы твёрдый характер. Я полагаю, что вы ещё не знаете своей племянницы. До тех пор, пока Питер Блад жив, она будет ждать его.

— А если Блад исчезнет, то она образумится?

— Ну, вот теперь вы, кажется, начинаете рассуждать здраво! — похвалил его Джулиан. — Это первый важный шаг на пути к нашей цели.

— И у нас есть возможность сделать его! — воскликнул Бишоп с энтузиазмом. — Война с Францией аннулирует все запреты по отношению к Тортуге. Исходя из государственных интересов, нам следует напасть на Тортугу. А одержав победу, мы не плохо зарекомендуем себя перед новым правительством.

— Гм! — пробурчал его светлость и, задумавшись, потянул себя за губу.

— Я вижу, вам всё ясно! — грубо захохотал Бишоп. — Нечего тут долго и думать: мы сразу убьём двух зайцев, а? Отправимся к этому мерзавцу прямо в его берлогу, превратим Тортугу в груду развалин и захватим проклятого пирата.

Два дня спустя, то есть примерно через три месяца после ухода Блада из Порт-Ройяла, они снова отправились охотиться за неуловимым корсаром, взяв с собой всю эскадру и несколько вспомогательных кораблей. Арабелле и другим дано было понять, что они намерены совершить налёт на французскую часть острова Гаити, поскольку только такая экспедиция могла послужить удобным предлогом для отъезда Бишопа с Ямайки. Чувство долга, особенно ответственное в такое время, должно было бы прочно удерживать полковника в Порт-Ройяле. Но чувство это потонуло в ненависти — наиболее бесполезном и разлагающем чувстве из всех человеческих эмоций. В первую же ночь огромная каюта «Императора», флагманского корабля эскадры вице-адмирала Кроφорда, превратилась в кабак. Бишоп был мертвецки пьян и в своих подогретых винными парами мечтах предвкушал скорый конец карьеры капитана Блада.

Глава XXV. На службе у короля Людовика

А примерно за три месяца до этих событий корабль капитана Блада, гонимый сильными ветрами, достиг Кайонской гавани и бросил здесь якорь. Блад успел прибыть в Тортугу несколько раньше фрегата, который накануне вышел из Порт-Ройяла под командой старого волка Волверстона. В душе капитана Блада царил ад.

Четыре корабля его эскадры с командой в семьсот человек ожидали своего капитана в гавани, окружённой высокими скалами. Он расстался с ними, как я уже сообщал, во время шторма у Малых Антильских островов, и с тех пор пираты не видели своего вожака. Они радостно приветствовали «Арабеллу», и радость эта была искренней — ведь многие всерьёз начали беспокоиться о судьбе Блада. В его честь прогремел салют, и суда разукрасились флагами. Всё население города, взбудораженное шумом, высыпало на мол. Пёстрая толпа мужчин и женщин различных национальностей приветствовала знаменитого корсара.

Блад сошёл на берег, вероятно, только для того, чтобы не обмануть всеобщего ожидания. На лице его застыла мрачная улыбка, он решил молчать, потому что ничего приятного сказать не мог. Пусть только прибудет Волверстон, и все эти восторги по поводу его возвращения превратятся в проклятия.

На молу его встретили капитаны Хагторп, Кристиан, Ибервиль и несколько сот корсаров. Он оборвал их приветствия, а когда они начали приставать к нему с расспросами, предложил им дождаться Волверстона, который полностью сможет удовлетворить их любопытство. Отделавшись от них, он протолкался сквозь пёструю толпу, состоявшую из моряков, плантаторов и торговцев — англичан, французов и голландцев, из подлинных охотников с острова Гаити и охотников, ставших пиратами, из лесорубов и индейцев, из мулатов — торговцев фруктами и негров-рабов, из женщин лёгкого поведения и прочих представителей человеческого рода, превращавших Кайонскую гавань в подобие Вавилона.

С трудом выбравшись из этой разношёрстной толпы, капитан Блад направился с визитом к д'Ожерону, чтобы засвидетельствовать своё почтение губернатору и его семье.

Расходясь после встречи Блада, корсары поспешно сделали вывод, что Волверстон должен прибыть с каким-то редким военным трофеем. Но мало-помалу с борта «Арабеллы» начали доходить иные слухи, и радость корсаров перешла в недоумение. Однако простые моряки из небольшого экипажа «Арабеллы» в течение двух дней до возвращения Волверстона в разговорах со своими тортугскими друзьями были всё же сдержанны во всём, что касалось истинного положения вещей. Объяснялось это не только их преданностью своему капитану, но также и тем, что если Блад был повинен в ренегатстве, то в такой же степени были виноваты и они. Их недомолвки и умолчания, однако, не помешали возникновению самых тревожных и фантастических историй о компрометирующих (с точки зрения корсаров) поступках капитана Блада.

Обстановка накалилась так сильно, что, если бы в это время не вернулся Волверстон, возможно, произошёл бы взрыв. Едва лишь корабль старого волка встал на якорь, как все бросились за объяснениями, которые уже намеревались требовать от Блада.

У Волверстона был только один глаз, но видел он им гораздо лучше, чем многие видят двумя. И хотя голова Волверстона, живописно обвязанная пёстрым тюрбаном, серебрилась сединой, сердце его было юным, и большое место занимала в нём любовь к Питеру Бладу.

Когда корабль Волверстона обходил форт, высившийся на скалистом мысе, старый волк увидел «Арабеллу», которая стояла в бухте на якоре. Эта неожиданная картина поразила его. Он протёр свой единственный глаз, выпучил его снова и всё же не мог поверить тому, что видел. Но Дайк, ушедший вместе с ним из Порт-

Ройяла и сейчас стоявший рядом с Волверстоном, своим восклицанием подтвердил, что он был не одинок в своём замешательстве.

— Клянусь небом, это «Арабелла» или её призрак!

Волверстон уже открыл было рот, но тут же захлопнул его и сжал губы. Старый волк всегда проявлял большую осторожность, особенно в непонятных для него делах. В том, что это была «Арабелла», уже не оставалось никаких сомнений. Ну, а если это было так, то ему, прежде чем что-то сказать, следовало хорошенько подумать. Какого чёрта торчит здесь «Арабелла», когда ему известно, что она осталась в Порт-Ройяле? Продолжал ли Блад командовать «Арабеллой» или же остатки команды ушли на ней, бросив своего капитана?

Дайк повторил вопрос, и на этот раз Волверстон ответил ему укоризненно:

— У тебя же два глаза, Дайк, а у меня только один.

— Но я вижу «Арабеллу».

— Конечно. А ты чего ожидал?

— Ожидал? — Разинув рот, Дайк уставился на него. — А разве ты сам ожидал, что увидишь тут «Арабеллу»?

Взглянув на него с презрением, Волверстон засмеялся, а затем громко, чтобы слышали все окружающие, сказал:

— Конечно! А что же ещё? — Он снова засмеялся — как показалось Дайку, издевательски — и отвернулся от него, занявшись швартовкой корабля. Когда Волверстон сошёл на берег, его окружили недоумевающие пираты.

Их вопросы помогли ему выяснить положение дел. Он понял, что либо из-за недостатка мужества, либо по каким-то другим мотивам Блад не рассказал корсарам о том, что произошло после того, как шторм оторвал «Арабеллу» от других кораблей эскадры. Волверстон искренне поздравил себя с той выдержкой, какую он проявил в разговоре с Дайком.

— Уж очень наш капитан скромничает, — глубокомысленно заявил он Хагторпу и другим, столпившимся вокруг него пиратам. — Он, как вы знаете, никогда не любил хвастаться. А дело было так: встретились мы с нашим старым знакомым доном Мигелем и, после того как потопили его, взяли на борт одного лондонского хлыща, который не по своей воле оказался на испанском корабле. Здесь же выяснилось, что этого придворного шаркуна послал к нам министр иностранных дел. Он предлагал капитану принять офицерский патент, бросить пиратство и вообще вести себя паинькой. Капитан послал его, конечно, ко всем чертям. Но вскоре мы встретились с ямайской эскадрой, которой командовал этот жирный дьявол Бишоп. Капитану Бладу и каждому из нас угрожала верёвка. Ну, я пошёл к Бладу и сказал ему: «Да возьми ты этот паршивый королевский патент, и ты спасёшь от виселицы и свою шею и наши». Он, конечно, ни в какую. Но я уломал его, и он меня послушался. Лондонский хлыщ сразу же выдал ему патент, и Бишоп чуть не лопнул от злобы, узнав о таком сюрпризе. Но сделать с капитаном он уже ничего не мог. Ему пришлось примириться. Ну, мы уже как люди короля прибыли вместе с Бишопом в Порт-Ройял. Однако этот чёртов полковник не очень нам доверял, так как слишком хорошо знал нас. Не будь там этого франта из Лондона, Бишоп наплевал бы на королевский патент и повесил бы капитана. Блад хотел скрыться из Порт-Ройяла в ту же ночь, но эта собака Бишоп предупредил форт, чтобы за нами хорошенько следили. В конце концов Блад всё же перехитрил Бишопа, хотя на это и потребовалось две недели. За это время я успел купить фрегат, перевёл на него две трети наших людей, и ночью мы бежали из Порт-Ройяла, а утром капитан Блад на «Арабелле» бросился за мной в погоню, чтобы поймать меня... понимаете! Вот в этом и заключался хитроумный план Питера. Как ему удалось вырваться из порта, я точно не знаю, так как он прибыл сюда раньше меня, но я и полагал, что Бладу удастся его предприятие.

В лице Волверстона человечество, несомненно, потеряло великого историка. Он обладал таким богатым воображением, что точно знал, насколько можно отклониться от истины и как её приукрасить, чтобы правда приняла форму, которая соответствовала бы его целям.

Состряпав вполне удобоваримое блюдо из правды и выдумки и добавив ещё один подвиг к приключениям Питера Блада, Волверстон поинтересовался, что сейчас делает капитан. Ему ответили, что он сидит на своём корабле, и Волверстон отправился туда, чтобы, по его выражению, отрапортовать о своём благополучном прибытии.

Он нашёл Питера Блада одного, мертвецки пьяного, в большой каюте «Арабеллы». В таком состоянии никто и никогда ещё не видел Блада. Узнав Волверстона, он рассмеялся, и хотя этот смех был идиотским, в нём звучала ирония.

— А, старый волк! — сказал он, пытаясь подняться. — Наконец-то ты сюда добрался! Ну, что ты собираешься делать со своим капитаном, а? — И он мешком опустился в кресло.

Волверстон мрачно взглянул на него. Многое пришлось повидать ему на своём веку, и вряд ли что-либо могло уже тронуть сердце старого волка, но вид пьяного капитана Блада сильно потряс его. Чтобы выразить своё горе, Волверстон длинно и сочно выругался, так как иначе никогда и не выражал своих чувств, а потом подошёл к столу и уселся в кресло против капитана:

— Чёрт тебя подери, Питер, может быть, ты объяснишь мне, что это такое?

— Ром, — ответил капитан Блад, — ямайский ром. — Он подвинул бутылку и стакан к Волверстону, но тот даже не взглянул на них.

— Я спрашиваю, что с тобой? Что тебя мучает? — спросил он.

— Ром, — снова ответил капитан, криво улыбаясь. — Ну, просто ром. Вот видишь, я отвечаю на все… твои… вопросы. А почему ты не… отвечаешь на мои? Что… ты… думаешь делать со мной? А?

— Я уже всё сделал, — ответил Волверстон. — Слава богу, что у тебя хватило ума держать язык за зубами. Достаточно ли ты ещё трезв, чтобы понимать меня?

— И пьяный… и трезвый… я всегда тебя понимаю.

— Тогда слушай. — И Волверстон передал ему придуманную им басню об обстоятельствах, связанных с пребыванием Питера Блада в Порт-Ройяле. Капитан с трудом заставил себя слушать его историю.

— А мне всё равно, что ты выдумал, — сказал он Волверстону, когда тот закончил. — Спасибо тебе, старый волк… спасибо, старина… Всё это… неважно. Чего ты беспокоишься? Я уже не пират и никогда им не буду! Кончено! — Он ударил кулаком по столу, а глаза его яростно блеснули.

— Я приду к тебе опять, и мы с тобой потолкуем, когда у тебя в башке останется поменьше рома, — поднимаясь, сказал Волверстон. — Пока же запомни твёрдо мой рассказ о тебе и не вздумай опровергать мои слова. Не хватало ещё, чтобы меня обозвали брехуном! Все они, и даже те, кто отплыл со мной из Порт-Ройяла, верят мне, понимаешь? Я заставил их поверить. А если они узнают, что ты действительно согласился принять королевский патент и решил пойти по пути Моргана, то…

— Они устроят мне преисподнюю, — сказал капитан, — и это как раз то, чего я стою!

— Ну, я вижу, ты совсем раскис, — проворчал Волверстон. — Завтра мы поговорим опять.

Этот разговор состоялся, но толку из него почти не вышло. С таким же результатом они разговаривали несколько раз в течение всего периода дождей, начавшихся в ночь после возвращения Волверстона. Старый волк сообразил, что капитан болеет вовсе не от рома. Ром был только следствием, но не причиной. Сердце Блада разъедала язва, и Волверстон хорошо знал природу этой язвы. Он проклинал все юбки на свете и ждал, чтобы болезнь прошла, как проходит всё в нашем мире.

Но болезнь оказалась затяжной. Если Блад не играл в кости или не пьянствовал в тавернах Тортуги в такой компании, которой ещё недавно избегал, как чумы, то сидел в одиночестве у себя в каюте на «Арабелле». Его друзья из губернаторского дома всячески пытались развлечь его. Особенно огорчена была мадемуазель д'Ожерон. Она почти ежедневно приглашала его к ним в дом, но Блад очень редко принимал её приглашение.

Позднее, по мере приближения конца дождливого сезона, к нему стали обращаться его капитаны с проектами различных выгодных набегов на испанские поселения. Но ко всем предложениям он относился равнодушно. Вначале это вызывало недоумение, а когда установилась хорошая погода, недоумение перешло в раздражение.

В один из солнечных дней в каюту Блада вломился Кристиан — командир «Клото» — и с бранью потребовал, чтобы ему сказали, что он должен делать.

— Знаешь что, пошёл ты к чёрту, — равнодушно ответил Блад, даже не выслушав его.

Взбешённый Кристиан ушёл. А утром следующего дня его корабль снялся с якоря и ушёл. Так был показан пример дезертирства, и вскоре от повторения этого примера не могли удержать своих корсаров даже преданные Бладу капитаны других кораблей. Но они не осмеливались пускаться в крупные операции, ограничиваясь мелкими налётами на одиночные суда.

Иногда Блад задавал себе вопрос, зачем он вернулся на остров Тортуга. Непрестанно думая об Арабелле, назвавшей его вором и пиратом, он поклялся себе, что корсарством заниматься больше не будет. Зачем же тогда он торчит здесь? И на этот вопрос он отвечал себе другим вопросом: ну, а куда же он может уехать?

У всех на глазах Блад терял интерес и вкус к жизни. Раньше он одевался почти щегольски и очень заботился о своей внешности, а сейчас на его щеках и подбородке, прежде всегда чисто выбритых, торчала чёрная щетина. Энергичное и загорелое лицо приняло нездоровый, желтоватый оттенок, а недавно ещё живые синие глаза потускнели и стали безжизненными.

Только Волверстон, который знал о подлинных причинах этого печального перерождения Блада, рискнул однажды — и только однажды — поговорить с Бладом откровенно.

— Будет ли когда-нибудь этому конец, Питер? — проворчал старый верзила. — Долго ли ты ещё будешь пьянствовать из-за этой хорошенькой дуры из Порт-Ройяла? Ведь она же не обращает на тебя никакого внимания! Гром и молния! Да если тебе нужна эта девчонка, так почему ты, чума тебя задави, не отправишься туда и не возьмёшь её?

Блад исподлобья взглянул на Волверстона, и в тускло-синих глазах его блеснул огонёк... Но Волверстон, не обращая на это внимания, продолжал:

— Ей-богу, можно волочиться за девушкой, если из этого выйдет какой-то толк. Но я лучше сдохну, чем стану отравлять себя ромом из-за какой-то юбки. Это не в моём духе. Почему тебе не напасть на Порт-Ройял, если другие дела тебя не интересуют? Ты, конечно, можешь сказать, что это английский город и тому подобное. Но в этом городе распоряжается Бишоп, и среди наших ребят найдётся немало головорезов, которые согласятся пойти с тобой хоть в ад, лишь бы схватить этого мерзавца за глотку. Я уверен в успехе этого предприятия. Нам нужно только дождаться дня, когда из Порт-Ройяла уйдёт ямайская эскадра. В городе найдётся немало добра, чтобы вознаградить наших молодцов, а ты получишь свою девчонку. Хочешь, я выясню настроение, поговорю с нашими людьми…

Блад подскочил, глаза его сверкнули» а побелевшее лицо исказила судорога:

— Если ты сейчас же не уберёшься вон, то, клянусь небом, отсюда унесут твои кости! Как ты смеешь, паршивый пёс, являться ко мне с такими предложениями? — И, разразившись ужаснейшими проклятиями, он вскочил на ноги, потрясая кулаками.

Волверстон, придя в ужас от этой ярости, не успел больше сказать ни слова и выбежал из каюты. А капитан Блад остался наедине с самим собой и со своими мыслями.

Но однажды в ясное солнечное утро на «Арабеллу» явился давний друг капитана — губернатор Тортуги. Его сопровождал маленький, пухленький человечек с добродушным выражением на любезной и несколько самоуверенной физиономии.

— Дорогой капитан, — заявил д'Ожерон, — я прибыл к вам с господином де Кюсси, губернатором французской части острова Гаити. Он желал бы переговорить с вами.

Из уважения к своему другу Блад вынул трубку изо рта и попытался протрезветь хотя бы немного. Потом он встал и поклонился де Кюсси.

— Прошу вас, — сказал он тоном любезного хозяина.

Де Кюсси ответил на поклон и принял приглашение сесть на сундук около окна, выходившего на корму.

— Вы командуете сейчас крупными силами, дорогой капитан, — заметил он.

— Да, у меня около восьмисот человек, — небрежно ответил Блад.

— Насколько мне известно, они уже немножко волнуются от безделья.

— Они могут убираться к дьяволу, если это им угодно.

Де Кюсси деликатно отправил в нос понюшку табаку.

— Я хочу вам предложить интересное дело, — сказал он.

— Ну что ж, предлагайте, — равнодушно ответил Блад.

Де Кюсси, чуть приподняв брови, скосил глаза на д'Ожерона. Поведение капитана Блада было отнюдь не обнадёживающим. Но д'Ожерон, сжав губы, энергично кивнул головой, и губернатор Гаити приступил к изложению своего предложения:

— Мы получили сообщение, что между Францией и Испанией объявлена война.

— Это не новость, — буркнул Блад.

— Я говорю официально, дорогой капитан. Я имею в виду не те неофициальные стычки и неофициальные грабительские действия, на которые мы здесь закрываем глаза. В Европе между Францией и Испанией идёт война, настоящая война. Франция намерена перенести военные действия в Новый Свет. Для этой цели сюда идёт из Бреста эскадра под командованием барона де Ривароля. У меня есть письмо от него, в котором он поручает оснастить вспомогательную эскадру и выставить отряд, не меньше чем в тысячу человек, для усиления его эскадры. Моё предложение, с которым я прибыл к вам по рекомендации нашего доброго друга д'Ожерона, сводится к тому, что вы, вместе с вашими людьми и кораблями, поступите к нам на французскую службу под командованием барона де Ривароля.

Блад взглянул на него уже с некоторым интересом — правда, ещё очень слабым.

— Вы предлагаете нам пойти на французскую службу? — спросил он. — На каких условиях?

— В качестве капитана первого ранга для вас и с соответствующими рангами для ваших офицеров. Вы будете получать жалованье, положенное этому рангу, и будете иметь право, вместе с вашими людьми, на одну десятую долю всех захваченных трофеев.

— Мои люди вряд ли сочтут ваше предложение заманчивым. Они скажут, что могут сами отплыть отсюда завтра или послезавтра, разгромить какой-нибудь испанский город и оставить себе всю добычу.

— Да, но не забудьте о риске, связанном с такими пиратскими действиями. С нами же ваше положение будет вполне законным. У барона де Ривароля сильная эскадра, и вместе с ним вы сможете предпринимать операции в значительно более широком масштабе, чем те, какие осуществите сами. При совместных действиях одна десятая часть трофеев, пожалуй, будет побольше, чем вся стоимость трофеев, которые вы захватите одни.

Капитан Блад задумался. То, что ему предлагали, уже не было пиратством. Речь шла о законной службе под знаменем короля Франции.

— Я посоветуюсь со своими офицерами, — сказал он и послал за ними.

Они явились немедленно, и де Кюсси изложил им своё предложение. Хагторп заявил сразу же, что предложение приемлемо. Люди изнывают от затянувшегося безделья и, несомненно, согласятся пойти на службу, предлагаемую де Кюсси от имени короля Франции. Говоря это, Хагторп взглянул на мрачного Блада, который в знак согласия кивнул головой. Ободрённые этим, они приступили к обсуждению условий. Ибервиль, молодой французский корсар, указал де Кюсси, что доля трофеев, предложенная им, слишком мала. Только за одну пятую долю трофеев, и не меньше, офицеры могли бы дать согласие от имени своих людей.

Де Кюсси расстроился. У него были точные инструкции, и превысить их он не имел права или же должен был взять на себя очень большую ответственность. Но корсары не уступали. Торг между ними и де Кюсси тянулся более часа, но после того, как он всё же решился превысить свои полномочия, соглашение было составлено и подписано тут же. Корсары обязались к концу января быть в Пти Гоав, где к тому же времени ожидали прибытия эскадры де Ривароля.

А вслед за этим на Тортуге наступили дни кипучей деятельности: суда оснащались в дальний поход, заготавливалось мясо и другие продукты, грузились различные запасы, необходимые для военных действий. Во всей этой суматохе капитан Блад не принимал никакого участия, хотя прежде посвящал такой подготовке всё своё время. Сейчас же он держался в стороне равнодушно и безучастно, согласившись участвовать в операциях под французским флагом, или, говоря точнее, уступив желанию своих офицеров только потому, что новое дело было обычной военно-морской службой, непосредственно не связанной с пиратством. Но служба, на которую он поступил, не вызывала у него никакого энтузиазма. Хагторп пытался протестовать против подобного отношения к делу. Но Блад ответил, что ему совершенно безразлично, отправятся ли они в Пти Гоав или в преисподнюю, поступят ли на службу к королю Людовику XIV или к самому сатане.

Глава XXVI. Де Ривароль

В этом же отвратительном состоянии духа капитан Блад отплыл с острова Тортуга и прибыл, как было условленно, в бухту Пти Гоав. В таком же настроении он приветствовал барона де Ривароля, прибывшего наконец в середине февраля с эскадрой из пяти военных кораблей. Французы добирались сюда полтора месяца, так как их задержала неблагоприятная погода.

Де Ривароль вызвал Блада к себе, и капитан явился в замок Пти Гоав, где должна была состояться встреча. Барон, высокий горбоносый человек лет сорока, державшийся холодно и сухо, взглянул на Блада с явным неодобрением.

Вместе с капитаном пришли Хагторп, Ибервиль и Волверстон, но Ривароль не удостоил их даже взглядом. Де Кюсси предложил Бладу стул.

— Одну минуточку, господин де Кюсси. Мне кажется, что барон не заметил, что я здесь не один. Разрешите мне, сэр, представить вам моих спутников: капитан Хагторп с «Элизабет», капитан Волверстон с «Атропос», капитан Ибервиль с «Лахезис».

Барон надменно взглянул на капитана Блада, а потом высокомерно и чуть заметно кивнул головой каждому из представленных ему корсаров. Всем своим поведением он давал понять, что презирает их всех, и хотел, чтобы они это почувствовали. Поведение барона произвело на капитана Блада своеобразное действие — он был оскорблён таким приёмом, и в нём заговорило чувство собственного достоинства, дремавшее в течение всего последнего времени. Ему стало стыдно за свой неряшливый вид, и это, вероятно, заставило его держаться ещё более вызывающе. Жест, которым он поправил портупею, так, чтобы эфес его длинной шпаги оказался на виду у Ривароля, был почти намёком. Обращаясь к своим офицерам, Блад, указав рукой на стулья, стоявшие вдоль стены, сказал:

— Придвигайтесь ближе к столу, ребята. Вы заставляете барона ждать.

Корсары повиновались, а Волверстон при этом многозначительно ухмыльнулся. Выражение лица де Ривароля стало ещё более надменным. Он считал для себя бесчестьем сидеть за одним столом с этими разбойниками, полагая, что корсары должны были выслушать его стоя, за исключением, возможно, только одного Блада. И чтобы подчеркнуть разницу между собой и корсарами, он сделал единственное, что ему ещё оставалось, — надел шляпу.

— Вот это совершенно правильно, — дружески заметил Блад. — Я и не заметил, что здесь сквозит. — И он надел свою широкополую шляпу с плюмажем.

Де Ривароль от гнева заметно вздрогнул и какое-то мгновение, прежде чем открыть рот, сдерживал себя, чтобы не вспылить. Де Кюсси было явно не по себе.

— Сэр, — ледяным тоном заявил барон, — вы вынуждаете меня напомнить вам, что имеете звание капитана первого ранга и находитесь в присутствии генерала, командующего сухопутными и военно-морскими силами Франции в Америке. Я вынужден также напомнить вам, что вы обязаны с почтением относиться к человеку моего ранга.

— Счастлив заверить вас, — ответил Блад, — что это напоминание излишне. Я считаю себя джентльменом, хотя сейчас и не очень на него похожу, и как джентльмен всегда с уважением относился к тем, кого природа или фортуна поставила надо мной. Но вместе с этим, по моему мнению, надо уважать и тех, кто не имеет возможности возмутиться, если к ним проявляют неуважение. — Это был упрёк, умело облечённый в такую форму, что к нему нельзя было придраться. Де Ривароль прикусил губу, а Блад, не давая ему возможности ответить, продолжал: — А если этот вопрос выяснен, то мы, может быть, перейдём к делу?

Де Ривароль угрюмо посмотрел на него.

— Да, пожалуй, это будет лучше, — сказал он и взял лист бумаги. — Эта копия соглашения, которое вы подписали вместе с господином де Кюсси. Я должен отметить, что, предоставив вам право на одну пятую часть захваченных трофеев, господин де Кюсси превысил свои полномочия. Он мог согласиться выделить вам не более, чем одну десятую долю.

— Этот вопрос касается только вас и де Кюсси.

— О нет! В этом заинтересованы и вы.

— Извините, генерал. Соглашение подписано, и для нас вопрос исчерпан. Из уважения к господину де Кюсси нам не хотелось бы выслушивать ваши упрёки по его адресу.

— Не ваше дело, что я найду нужным ему сказать.

— Это то же самое, что говорю и я, генерал.

— Но, мой бог, мне кажется, вас должно интересовать, что мы не можем дать вам больше, чем одну десятую часть добычи! — Де Ривароль раздражённо ударил кулаком по столу: этот пират был дьявольски ловок в споре.

— А вы уверены, господин барон, что не можете дать?

— Уверен, что не дам!

Капитан Блад с презрением пожал плечами.

— В таком случае, — сказал он, — мне придётся установить сумму, которая компенсирует нам потерю времени и нарушение наших планов в результате прибытия в Пти Гоав. Как только этот вопрос будет урегулирован, мы расстанемся друзьями, господин барон. Пока никто никакого вреда никому не причинил, как я полагаю.

— Чёрт вас возьми, что вы имеете в виду? — Барон встал из-за стола.

— Разве я неясно выразился? — удивлённо спросил Блад. — Возможно, что я не очень бегло говорю по-французски, но...

— О, вы говорите по-французски достаточно бегло, господин пират! Но я не позволю вам валять дурака. Вы с вашими людьми поступили на службу к королю Франции. Вы имеете звание капитана первого ранга и, согласно этому званию, получаете жалованье, а ваши офицеры имеют звание лейтенантов. С этими рангами связаны не только обязанности, которые вам следует хорошенько изучить, но и наказания за невыполнение этих обязанностей, что вам также не мешает знать. Наказания эти иногда довольно суровы. Первейшая обязанность офицера — повиновение. Обращаю на это ваше внимание. Не воображайте себя моим союзником в намечаемых мною операциях. Вы только мои подчинённые. Надеюсь, вы поняли меня?

— О, конечно! — засмеялся капитан Блад. Этот конфликт, эта борьба с заносчивым генералом помогла Бладу быстро стать самим собой, и только одна мысль портила ему настроение — мысль о том, что он был небрит. — Уверяю вас, генерал, я ничего не забываю. Я, например, отлично помню — чего нельзя сказать о вас, — что условия нашей службы определялись подписанным нами соглашением. По этому соглашению мы должны были получить пятую долю трофеев. Отказываясь от этого обязательства, вы аннулируете соглашение и, следовательно, отказываетесь использовать наши силы и опыт. А мы, разумеется, лишаемся чести служить под вашим командованием.

Три офицера Блада громко выразили своё одобрение. Прижатый к стене, де Ривароль гневно посмотрел на них.

— Практически... — робко начал де Кюсси.

— Практически всё это ваша работа! — набросился на него барон, обрадовавшись, что нашёлся наконец человек, на котором он мог выместить своё раздражение. — Вас следует наказать за это. Вы ставите меня в дурацкое положение.

— Итак, вы не можете выделить нам драгоценную часть трофеев — заключил Блад спокойно. — В таком случае, нет никакой необходимости кричать на господина де Кюсси или наказывать его. Он не виноват в том, что на меньшую долю трофеев мы не соглашались. Так как вы заявили, что не можете пойти на предоставление нам большей доли, то мы удаляемся. Положение остаётся таким же, каким оно было бы, если бы господин де Кюсси точно придерживался ваших инструкций. Говоря по чести, вы аннулировали соглашение и потому не можете претендовать на наши услуги или задерживать наше отплытие.

— Говоря по чести? Что это значит? Вы намекаете на то, что я могу поступить бесчестно?

— Я ни на что не намекаю и не намерен больше спорить попусту, — ответил Блад. — Слово за вами, генерал: аннулируете вы соглашение или нет?

Командующий королевскими сухопутными и морскими силами Франции в Америке побагровел и, чтобы успокоиться, снова сел за стол.

— Я обдумаю этот вопрос, сердито сказал он, — и уведомлю о своём решении.

Капитан Блад встал. Его офицеры последовали за ним.

— Честь имею откланяться, господин барон! — сказал Блад и удалился вместе со своими корсарами.

Вы понимаете, конечно, что за этим наступило несколько весьма неприятных минут для господина де Кюсси. От брани надменного де Ривароля вся самоуверенность слетела с него, как осенью слетают пушинки с одуванчика. Командующий королевскими армиями кричал на губернатора Гаити, как на мальчишку. Де Кюсси, защищаясь, приводил ту самую точку зрения, которую капитан Блад так замечательно уже изложил от его имени. Однако де Ривароль угрозами и бранью заставил его замолчать.

Исчерпав арсенал ругательств, он перешёл к оскорблениям. По его мнению, де Кюсси не мог оставаться губернатором Гаити, и поэтому он сам решил исполнять губернаторские обязанности до времени своего отъезда во Францию. Исполнение обязанностей он начал с приказа выставить усиленную охрану вокруг замка де Кюсси.

Однако его непродуманные действия сразу же вызвали неприятности. Когда утром следующего дня на берег сошёл Волверстон, одетый очень живописно, с цветным платком на голове, то какой-то офицер из состава только что высадившихся французских войск начал потешаться над старым волком. Волверстон высмеял офицера, пообещав надрать ему уши. Офицер вскипел и перешёл к оскорблениям. В ответ на оскорбления Волверстон нанёс обидчику такой удар, что француз свалился без памяти. Через час об этом уже было доложено де Риваролю, и барон тут же приказал арестовать Волверстона и поместить под стражу в замок.

А ещё через час, когда барон и де Кюсси сели обедать, негр-лакей доложил им о приходе капитана Блада. После того как де Ривароль раздражённо согласился его принять, в комнату вошёл элегантно одетый джентльмен. На нём был дорогой чёрный камзол, отделанный серебром. Его смуглое, с правильными чертами лицо было тщательно выбрито. На воротник из тонких кружев падали длинные локоны парика. В правой руке джентльмен держал широкополую чёрную шляпу с плюмажем из красных страусовых перьев, а в левой — трость из чёрного дерева. Подвязки с пышными бантами из лент поддерживали его шёлковые чулки. Чёрные розетки на башмаках были искусно отделаны золотом.

Де Ривароль и де Кюсси не сразу узнали Блада. Он выглядел сейчас на десять лет моложе. К нему полностью вернулось чувство прежнего достоинства, и даже внешностью он хотел подчеркнуть своё равенство с бароном.

— Я пришёл не вовремя, — вежливо извинился он. — Сожалею об этом, но моё дело не терпит отлагательств. Речь идёт, господин де Кюсси, о капитане Волверстоне, которого вы арестовали.

— Арестовать Волверстона приказал я, — заявил де Ривароль.

— Да? А я полагал, что губернатором острова Гаити является господин де Кюсси.

— Пока я здесь, высшая власть принадлежит мне, — самодовольно заявил барон.

— Приму к сведению. Но вы, вероятно, не знаете, что здесь произошла ошибка.

— Ошибка?

— Да, ошибка. Это подходящее слово, так как оно избавляет нас от лишних споров, но вообще-то оно слишком мягко. Ваши люди, господин де Ривароль, арестовали невинного. Виноват французский офицер, который вёл себя вызывающе и нагло, а задержанным оказался капитан Волверстон. Прошу немедленно отменить ваше распоряжение.

Де Ривароль в гневе выпучил на него свои чёрные глаза, а его ястребиное лицо покрылось багровым румянцем.

— Это... н-нагло, это... н-недопустимо! — На этот раз генерал так рассвирепел, что начал даже заикаться.

— Вы напрасно тратите слова, господин барон. Мы с вами в Новом Свете. Это не пустое название. Здесь всё ново для человека, выросшего среди предрассудков Старого Света. У вас, разумеется, ещё не было времени понять всю его новизну, поэтому я не обращаю внимания на ваши оскорбительные выражения. Но справедливость и в Новом Свете и в Старом остаётся одним и тем же понятием. Несправедливость так же нетерпима здесь, как и там. Сейчас справедливость требует освобождения моего офицера и наказания вашего. Вот эту справедливость я покорно прошу вас осуществить.

— Покорно? — едва сдерживая себя от гнева, медленно произнёс де Ривароль. — Покорно?

— Именно так, барон. Но в то же время хочу напомнить вам, генерал, что в моём распоряжении восемьсот корсаров, а у вас только пятьсот солдат. Господин де Кюсси легко подтвердит, что один корсар в бою стоит по меньшей мере трёх солдат. Я совершенно откровенен с вами, барон. Либо вы немедленно освобождаете капитана Волверстона, либо я сам приму меры для его освобождения. Последствия будут, конечно, ужасными, но вы можете их предупредить одним словом. Вы, господин барон, представляете здесь высшую власть, и от вас зависит, какой выбор сделать.

Де Ривароль побледнел как полотно. За всю его жизнь никто так дерзко не разговаривал с ним и не проявлял такого неуважения. Но барон счёл за лучшее сдержаться:

— Буду признателен, если вы подождёте в приёмной, господин капитан. Я переговорю с господином де Кюсси.

Как только за капитаном закрылась дверь, вся ярость барона снова обрушилась на голову де Кюсси:

— Так вот каковы люди, взятые вами на королевскую службу! И этот Блад! Капитан первого ранга! Позор! Он не только не желает повиноваться, но ещё и диктует! Какое объяснение вы можете мне дать? Предупреждаю, что я очень недоволен вами. Более того, я просто взбешён!

Хотя вся самоуверенность де Кюсси давно уже исчезла, но он вытянулся и надменно произнёс:

— Ни ваш ранг, господин генерал, ни факты не дают вам права упрекать меня. Я привлёк вам на службу именно тех людей, которых вы хотели привлечь. Не моя вина, что вы не умеете обращаться с ними. Капитан Блад вам ясно сказал, что мы находимся в Новом Свете.

— Так, так! — злобно ухмыльнулся де Ривароль. — Вы ещё осмеливаетесь утверждать, что я виноват! Мне это начинает нравиться. По-вашему, здесь Новый Свет и, надо полагать, новые понятия и новые порядки. Но так не будет! Я заставлю ваш Новый Свет приспособиться ко мне! — начал угрожать барон и тут же прервал угрозы, вспомнив о капитане Бладе. — Сегодня я ещё соглашусь с вами, де Кюсси. Но не завтра! А сейчас вы, знаток варварских порядков Нового Света, скажите, что нам делать?

— Господин барон! Арест корсарского капитана был глупостью. Держать его под арестом будет безумием. Мы не можем силой отвечать на силу, потому что мы слабее.

— Замечательно! Тогда соблаговолите мне ответить, что же мы будем делать в дальнейшем? Значит, я буду обязан подчиняться этому капитану Бладу? Значит, операция, которую мы предпринимаем, будет проводиться, как он этого пожелает? Короче, должен ли я, представитель короля Франции в Америке, быть в зависимости у этих мерзавцев?

— О, совсем нет. Я рекрутирую добровольцев на острове Гаити и набираю отряд негров. Когда я это сделаю, наши силы возрастут до тысячи человек.

— Так почему же, в таком случае, нам не отказаться сейчас же от услуг пиратов?

— Потому что они явятся остриём любого оружия, которое мы выкуем. В военных действиях того типа, что нам предстоит вести, они очень искусны, и заявление капитана Блада, которое вы слыхали, — не пустая похвальба. Один корсар на самом деле стоит трёх солдат, а может быть, и четырёх. А тогда у нас будет достаточно своих людей, чтобы держать корсаров в руках. Должен добавить, что у них есть твёрдое понятие о чести. Если мы выполним свои обязательства, корсары не причинят нам никаких неприятностей. Я даю вам в этом своё слово, так как знаю их не первый год.

— Хорошо, я вам верю, — сказал барон, спасая свой престиж. — Будьте добры пригласить сюда этого капитана.

Блад с достоинством вошёл в комнату. Его уверенный вид раздражал де Ривароля, но он скрыл своё раздражение под маской суровой любезности.

— Вот что, капитан: я посоветовался с губернатором и допускаю возможность ошибки, но, будьте уверены, справедливость восторжествует. Я сам буду председательствовать на совете, в который войдут два моих старших офицера, вы и один из ваших офицеров. Мы сразу же проведём беспристрастное расследование, и виновный, то есть тот, кто затеял ссору, будет наказан.

Капитан Блад поклонился. Без острой необходимости ему вовсе не хотелось прибегать к крайним мерам.

— Превосходно, господин барон. Разрешим тогда ещё один вопрос. Я хотел бы знать: подтверждаете ли вы наше соглашение или аннулируете его?

Глаза де Ривароля сузились. Он целиком был поглощён мыслью о том, что сказал ему де Кюсси: корсары должны стать остриём любого оружия, которое он выкует. Отказаться от них было немыслимо. Несомненно, он допустил тактическую ошибку, торгуясь с Бладом. Отказ от соглашения всегда связан с потерей престижа. Торговаться с корсарами явно не следовало. Ведь де Кюсси набирал сейчас добровольцев, укрепляя французский отряд. Когда эти волонтёры станут реальной силой, то вопрос о распределении трофеев можно будет пересмотреть. А пока необходимо отступить как можно приличнее.

— Я думал также и об этом, — сказал он. — Моё мнение, разумеется, остаётся прежним. Но мы обязаны выполнять обязательства, данные де Кюсси от нашего имени. Поэтому я подтверждаю соглашение, сэр.

Капитан Блад снова поклонился. Де Ривароль тщетно искал на его твёрдо сжатых губах хотя бы какое-то подобие торжествующей улыбки, однако лицо корсара по-прежнему оставалось бесстрастным.

В тот же день Волверстон был освобождён, а его обидчик приговорён к двум месяцам ареста. Справедливость была восстановлена. Но такое начало не предвещало ничего хорошего, и дурное продолжение не замедлило последовать.

Спустя неделю Блад вместе со своими офицерами был вызван на совет, собравшийся для обсуждения плана операций против Испании. Де Ривароль изложил свой проект нападения на богатый испанский город Картахену. Капитан Блад не мог скрыть своего изумления. Когда барон раздражённо спросил, что его так удивляет, Блад высказался совершенно откровенно:

— Если бы я командовал французскими вооружёнными силами в Америке, у меня не было бы никаких сомнений или колебаний, как лучше принести пользу моему королю и французскому народу.

Для господина де Кюсси и для меня совершенно ясно, что сейчас нужно немедленно захватить испанскую часть острова Гаити и сделать весь этот плодородный и чудесный остров собственностью Франции.

— Это можно сделать потом, — ответил де Ривароль. — А я хочу начать с Картахены.

— Вы хотите сказать, сэр, что, отправляясь в эту авантюрную экспедицию через всё Карибское море, мы должны пренебречь тем, что лежит здесь, у самых наших дверей. В наше отсутствие испанцы могут вторгнуться во французскую часть острова Гаити. Если же мы разгромим испанцев здесь, на месте, то эта опасность исчезнет. Франция получила бы вдобавок к своим владениям в Вест-Индии такую колонию, на которую зарятся многие страны. Эта операция не представляет больших трудностей, и её можно провести очень быстро. А после этого у нас будет достаточно времени, чтобы решить, чем заняться дальше. Мне кажется, что надо начинать именно с такой операции.

Он умолк. Воцарилось молчание. Де Ривароль сидел в кресле, покусывая кончик гусиного пера. Наконец он откашлялся, чтобы прочистить горло, и спросил:

— Кто ещё придерживается мнения капитана Блада?

Никто ему не ответил. Офицеры де Ривароля, запуганные бароном, молчали. Сторонники Блада, со своей пиратской точки зрения, естественно, одобряли выбор Картахены, так как там было значительно больше добычи, но из уважения к своему вожаку также помалкивали.

— Вы, кажется, одиноки в своём мнении, — с кислой улыбкой заметил барон.

Капитан Блад внезапно рассмеялся. Но в его смехе было больше гнева, чем презрения. Его расчёты покончить с пиратством не оправдались. Выходило так, что он обманывал себя. Только уверенность, что на французской службе его не заставят делать что-либо позорное, вынудила его согласиться пойти под знамёна Франции. И вот теперь этот напыщенный, гордый, заносчивый генерал французской армии предлагает самый настоящий грабительский рейд. Под предлогом законных военных действий генерал хотел совершить обыкновенный пиратский налёт.

Де Ривароль, заинтригованный этим взрывом веселья, сердито нахмурился:

— Почему вы смеётесь, чёрт возьми!

— Да потому, что всё это чертовски смешно, господин барон. Вы, командующий королевскими сухопутными и морскими силами Франции в Америке, предлагаете мне пиратский рейд, а я, пират, отстаиваю необходимость операции, которая сделала бы честь Франции. Не находите ли вы, что это очень смешно?

Де Ривароль побагровел от гнева. Он вскочил как ошпаренный, и все, кто был вместе с ним в комнате, поднялись со своих мест. Только де Кюсси продолжал сидеть, и на его лице блуждала мрачная улыбка. Он так же, как и Блад, читал мысли барона, словно в открытой книге, и так же, как Блад, презирал алчного генерала.

— Господин пират, — хрипло произнёс де Ривароль, — неужели мне надо напоминать, что я ваш начальник?

— Мой начальник? Вы? Силы небесные! Да вы самый настоящий пират! И на сей раз, перед всеми этими джентльменами, которые имеют честь служить королю Франции, вы услышите всю правду о себе. Мне, «пирату и морскому разбойнику», приходится доказывать вам здесь, в чём состоят интересы и честь Франции. Вы же, французский генерал, пренебрегая всем этим, намереваетесь тратить предоставленные в ваше распоряжение средства на авантюру, не имеющую никакого значения для Франции. Вы хотите пролить кровь французов и захватить город, который нельзя удержать. Вы идёте на это с целью личного обогащения, зная, что в Картахене много золота. Такое поведение вполне достойно торгаша, который пытается урвать хоть кусочек из нашей доли добычи и выторговывает уступки уже после подписания договора. Если я не прав, пусть господин де Кюсси скажет об этом. Если я ошибаюсь, докажите мне это, и я извинюсь перед вами. А сейчас я ухожу, не желая принимать участия в таком совете. Я пошёл на службу к королю Франции, намереваясь честно выполнять свои обязательства. Честная служба, по-моему, несовместима с налётами и грабежами, и я не могу согласиться с напрасными потерями человеческих жизней и средств. Ответственность целиком ляжет на вас, генерал, и только на вас. Я хочу, чтобы господин де Кюсси передал моё мнение французскому правительству. Я буду, разумеется, выполнять ваши приказы, поскольку наше соглашение действует, а если вам кажется, что вы оскорблены моими словами, то я всегда к вашим услугам. Имею честь откланяться, господин барон!

Он ушёл, и вместе с ним ушли все три преданных ему офицера, хотя они считали, что Блад сошёл с ума.

Де Ривароль был похож на рыбу, вытащенную из воды. От неприкрашенной правды, которую его заставили выслушать, он задыхался и не мог говорить. Придя в себя, он бурно поблагодарил небо, что капитан Блад избавил совет от своего дальнейшего присутствия. Внутренне же де Ривароль сгорал от стыда и ярости. С него сорвали маску, и его, командующего королевскими морскими и сухопутными силами Франции в Америке, сделали посмешищем…

Тем не менее в середине марта они всё же отплыли в Картахену. Отряд под личным командованием де Ривароля, усиленный добровольцами и неграми, насчитывал около тысячи двухсот человек.

Де Ривароль полагал, что, располагая такими силами, он в случае необходимости сумеет заставить корсаров повиноваться.

Внушительную эскадру де Ривароля возглавлял мощный восьмидесятипушечный флагманский корабль «Викторьез». Каждый из четырёх других французских кораблей не уступал по своим боевым качествам «Арабелле» Блада с её сорока пушками. За эскадрой шли корсарские корабли — «Элизабет», «Лахезис» и «Атропос», а также двенадцать фрегатов, гружённых запасами, не считая лодок, которые тянулись на буксире.

По пути они чуть не столкнулись с ямайской эскадрой полковника Бишопа, которая вышла к острову Тортуга через два дня после того, как корабли де Ривароля проследовали в южном направлении.

Глава XXVII. КАРТАХЕНА

Французская эскадра, сдерживаемая сильными встречными ветрами, пересекла Карибское море и только в начале апреля смогла лечь в дрейф в виду Картахены. Для обсуждения плана штурма де Ривароль созвал на борту своего флагманского судна капитанов всех кораблей.

— Внезапность — первое дело, господа, — заявил он собравшимся. — Мы захватим город до того, как он сможет приготовиться к обороне, и таким образом не дадим испанцам возможности увезти в глубь страны находящиеся там ценности. Я предполагаю сегодня с наступлением темноты высадить к северу от города отряд, который сможет выполнить это задание. — И он подробно изложил детали разработанного им плана.

Офицеры де Ривароля выслушали его почтительно и с одобрением. Блад не скрывал своего презрения к этому плану, потому что был единственным человеком среди присутствующих, который точно знал, что надо делать. Два года назад он сам намечал налёт на Картахену и произвёл обстоятельную рекогносцировку. А предложения барона основывались только на знакомстве с картами.

В географическом и стратегическом отношении город Картахена расположен очень своеобразно. Он представляет собой четырёхугольник, выходящий своей южной стороной к внутреннему рейду, являющемуся одним из двух морских подступов к городу. С востока и севера город прикрыт холмами. Доступ на внешний рейд проходит через защищённый фортом узкий пролив, известный под названием Бока Чика, или Маленькая Горловина. Длинная, узкая коса, покрытая густым лесом, выдаётся на запад и служит естественным молом Картахены. А ближе к внутреннему рейду лежит ещё одна полоска земли, расположенная под прямым углом к естественному молу, и тянется на восток по направлению к материку. Неподалёку от материка эта полоска обрывается, образуя очень узкий, но глубокий канал, который служит своеобразными воротами в безопасный внутренний рейд. Проход защищён сильным фортом. К востоку и северу от Картахены лежит материк, не представляющий для нас никакого интереса. Но на западе и северо-западе город, так хорошо охраняемый с других сторон, непосредственно выходит к морю и, помимо невысоких каменных стен, не имеет других видимых укреплений. Однако эта видимость была обманчивой, и де Ривароль, составляя свой план, был полностью введён в заблуждение этой видимостью лёгкого захвата города с ничем не защищённой стороны.

Когда барон сообщил, что корсарам предоставляется честь быть первым отрядом, штурмующим город по разработанному им плану, Блад вынужден был объяснить ему, с какими трудностями им придётся встретиться.

Капитан саркастически улыбался, слушая сообщение де Ривароля об оказании такой чести корсарам. Это было именно то, чего он и ожидал. Корсарам доставался весь риск, а Риваролю — весь почёт, слава и вся добыча.

— Честь, которую вы так любезно нам оказываете, я должен отклонить, — холодно заметил капитан.

Волверстон что-то буркнул в знак одобрения, а Хагторп кивнул головой. Ибервиль, так же как и все, возмущался высокомерием своего соотечественника, никогда не ставя под сомнение правоту своего капитана. Присутствующие французские офицеры с высокомерным удивлением уставились на вожака корсаров, а де Ривароль спросил вызывающе:

— Что? Вы отклоняете? Вы говорите, что отказываетесь выполнить мой приказ?

— Как я понимаю, господин барон, вы созвали нас обсудить план штурма.

— О нет, господин капитан. Я вызвал вас для получения моего приказа. Мной всё уже продумано и решено. Надеюсь, что теперь вы понимаете?

— Да, я-то понимаю! — засмеялся Блад. — А вот понимаете ли вы? — И, не давая барону возможности задать вопрос, Блад продолжал: — Вы всё уже продумали и всё решили? Но, если ваше решение не основано на желании погубить большую часть моих людей, вы сейчас же измените его, как только узнаете то, что известно мне. Картахена кажется вам очень уязвимой с северной стороны, где она выходит к морю. А не возникал ли у вас, господин барон, законный вопрос: почему испанцы, строившие этот город, постарались так укрепить его с юга и оставили его таким незащищённым с севера?

Де Ривароль ничего не ответил, потому что в самом деле вынужден был задуматься.

— Испанцы совсем не такие уж болваны, какими вы их себе представляете, — продолжал Блад. — Два года назад, готовясь к рейду на Картахену, я провёл рекогносцировку города. Вместе с несколькими дружественными индейцами-торговцами, переодевшись индейцем, я явился туда и провёл в городе целую неделю, досконально изучая все подходы к нему. С той стороны, где город кажется таким соблазнительно доступным для штурма, испанцы защищены мелководьем. Оно простирается более чем на полмили от берега и не даёт возможности кораблям приблизиться настолько, чтобы огонь их пушек мог нанести ущерб городу.

— Но мы высадим десант на каноэ, пирогах и плоскодонных лодках! — нетерпеливо воскликнул один из офицеров.

— Даже в самую спокойную погоду прибой помешает осуществить вам такую операцию, — возразил ему Блад. — И следует также иметь в виду, что мы не сможем прикрывать наш десант огнём корабельных пушек. Людям будет угрожать опасность от своей же собственной артиллерии.

— Если мы проведём атаку ночью, её не придётся прикрывать огнём пушек, — сказал де Ривароль. — Ваш отряд будет на берегу ещё до того, как испанцы успеют опомниться.

— Вы исходите из того, что в Картахене живут только ослы и слепые. Неужели вы полагаете, что они уже не сосчитали наши паруса и не задали себе законного вопроса: кто мы такие и зачем сюда пожаловали?

— Но если они считают себя в безопасности с севера, как вы утверждаете, — нетерпеливо воскликнул барон, — то это чувство безопасности и усыпляет их!

— Оно не усыпляет их, барон, а напротив — не обманывает. Всякая попытка высадиться с этой стороны моря обречена на неудачу самой природой.

— И всё же мы сделаем такую попытку! — упрямо настаивал барон, так как его высокомерие не позволяло ему уступить в чём-либо в присутствии своих подчинённых.

— Ну что ж, — сказал капитан Блад, — если вас не убеждают мои слова, действуйте. Это, конечно, ваше право. Но я не поведу своих людей на верную смерть.

— А если я прикажу вам... — начал было барон.

— Послушайте, барон! — бесцеремонно прервал его Блад. — Нас привлекли на службу не только из-за тех сил, которыми мы располагаем, но и учитывая наши знания и опыт в военных действиях такого характера. Я предоставляю в ваше распоряжение мой личный опыт и знания и добавлю ещё, что в своё время я отказался от намеченного мною нападения на Картахену, так как не располагал достаточными силами, чтобы захватить гавань — единственные ворота города. Теперь же наши силы делают выполнение такой задачи возможным.

— Да, но пока мы будем заняты этой военной операцией, испанцы вывезут из города большую часть богатств. Мы должны напасть на них внезапно.

Капитан Блад пожал плечами:

— С точки зрения пирата, ваши соображения, конечно, очень убедительны. Так в своё время думал и я. Но если вы заинтересованы в том, чтобы сбить спесь с испанцев и водрузить флаг Франции на фортах этого города, то потеря части богатств не должна серьёзно вас беспокоить.

Де Ривароль прикусил губу. Мрачно и с ненавистью он посмотрел на корсара, который так независимо держал себя.

— А если я прикажу действовать вам? — спросил он. — Отвечайте мне на этот вопрос! Кто, в конце концов, командует этой экспедицией — вы или я?

— Ну, знаете, вы мне просто надоели, — сказал капитан Блад и быстро повернулся к де Кюсси, который чувствовал себя очень неловко и сидел как на иголках. — Господин губернатор, подтвердите наконец генералу, что я прав!

Де Кюсси очнулся от своего унылого раздумья:

— В связи с тем, что капитан Блад представил…

— К чёрту! — заревел де Ривароль. — Выходит так, что вокруг меня одни только трусы. Послушайте, вы, господин капитан! Вы боитесь вести эту операцию, и поэтому командовать ею буду я. Погода стоит хорошая, и мы успешно высадимся на берег. Если это будет так — а это так и будет, — то завтра вам придётся выслушать кое-что малоприятное. Я слишком великодушен, сэр! — Он сделал величественный жест рукой. — Разрешаю вам удалиться.

Де Риваролем руководили глупое упрямство и тщеславие, и он, конечно, получил вполне заслуженный урок. Во второй половине дня эскадра подошла поближе к берегу. Под покровом темноты триста человек, из которых двести были неграми (то есть все негры, участвовавшие в экспедиции), отправились на берег в каноэ, пирогах и лодках. Де Ривароль вынужден был взять на себя личное командование десантным отрядом, хотя это совсем не прельщало его.

Первые шесть лодок, подхваченные прибоем и брошенные на скалы, превратились в щепки ещё до того, как находившиеся в них люди смогли броситься в воду. Грохот волн, разбивающихся о камни, и крики утопающих послужили убедительным сигналом для экипажей других лодок. Командующий десантом барон сразу же отдал приказ уходить из опасной зоны и заняться спасением утопающих. Эта авантюра обошлась недёшево: погибло около пятидесяти человек и было потеряно шесть лодок с боеприпасами.

Де Ривароль вернулся на свой корабль взбешённым, но отнюдь не поумневшим. Он не принадлежал к числу тех людей, которые становятся мудрее в результате жизненного опыта. Он гневался на всё и на всех и от огорчения тут же завалился спать.

На рассвете его разбудили раскаты пушечных залпов. Выбежав на корму в ночном колпаке и в ночных туфлях, барон увидел странную картину, от которой его ярость удвоилась. Четыре корсарских корабля, подняв все паруса, совершали непонятные манёвры, находясь приблизительно в полумиле от Бока Чика и почти на таком же расстоянии от французской эскадры. Временами, окутываясь клубами порохового дыма, они обстреливали залпами большой круглый форт, защищавший узкий канал — вход на рейд. Пушки форта отвечали энергично, однако корсары маневрировали парусами и стреляли с такой исключительной точностью, что их огонь накрывал защитников форта в тот самый момент, когда они перезаряжали пушки. Произведя залп, корсарские корабли круто поворачивались, так, что канониры форта видели перед собой движущуюся мишень в виде кормы или носа кораблей противника. Маневрирование это производилось настолько искусно, что за одну-две секунды перед самым залпом испанцев пиратские корабли выстраивались только в перпендикулярной позиции к форту, так, что мачты кораблей сливались в одну линию.

Бормоча под нос проклятия, де Ривароль наблюдал за боем, по собственной инициативе начатым Бладом. Офицеры «Викторьез» столпились здесь же, на корме, и, когда наконец к ним присоединился де Кюсси, барон уже не мог больше сдерживать душившее его негодование. Собственно говоря, де Кюсси сам навлёк на себя эту бурю. Он подошёл к барону, потирая руки и всем своим видом выражая удовлетворение энергичными действиями тех, кого он привлёк на службу.

— Ну как, господин де Ривароль, — засмеялся он, — не находите ли вы, что этот Блад блестяще знает дело, а? Он водрузит знамя Франции на этом форту ещё до завтрака.

Барон с рычанием резко повернулся к нему:

— Вы говорите, что он знает своё дело, да? У вас не хватает ума понять, что его дело — выполнять мои приказы! Разве я отдавал такой приказ, чёрт возьми? Когда всё это кончится, я разделаюсь с ним за его самочинство.

— Позвольте, господин барон, но его действия будут полностью оправданы, если принесут удачу.

— Оправданы? О дьявольщина! Да разве можно оправдать самовольные поступки солдата?! — вспылил барон, взглянув на своих офицеров, также ненавидевших Блада.

А сражение корсаров с испанцами продолжалось. Форт получил серьёзные повреждения. Однако и корабли Блада, несмотря на свои искусные манёвры, сильно пострадали от огня форта. Планшир правого борта «Атропос» был превращён в щепки, и одно из крупных ядер разорвалось в кормовой каюте корабля. На «Элизабет» была серьёзно повреждена носовая часть, а на «Арабелле» сбита грот-мачта. К концу боя и «Лахезис» вышла из строя. Барон явно наслаждался этим зрелищем.

— Молю небо, чтобы испанцы потопили все эти мерзкие корабли!

Но небо не слышало его молитв. Едва он произнёс эти слова, как раздался ужасный взрыв, и половина форта взлетела на воздух. Одно из корсарских ядер попало в пороховой погреб.

Часа через два после боя капитан Блад, спокойный и нарядный, будто он только что вернулся с бала, ступил на квартердек «Викторьез». Его встретил де Ривароль, всё ещё в халате и в ночном колпаке.

— Разрешите доложить, господин барон, что мы овладели фортом на Бока Чика. На развалинах башни развевается знамя Франции, а эскадре открыт доступ в гавань.

Де Ривароль вынужден был сдержать свой гнев, хотя он почти задыхался от него. Его офицеры так бурно выражали свой восторг, что разносить Блада ему было просто неудобно. Но глаза его по-прежнему сохраняли злобное выражение, а лицо было бледным от ярости.

— Вам повезло, господин Блад, — сказал он, — что бой выигран. В случае неудачи вам пришлось бы жестоко поплатиться. В другой раз извольте ждать моих приказов, так как может случиться, что у вас не будет таких хороших оправданий, как сегодня.

Блад улыбнулся, сверкнув белыми зубами, и поклонился:

— Сейчас я был бы рад получить ваш приказ, генерал, чтобы развить наше преимущество. Надеюсь, вы понимаете, насколько важна в данный момент быстрота действий.

Ривароль растерянно взглянул на него: в своём гневе барон совершенно забыл о том, что необходимо руководить развёртывающимися операциями.

— Зайдите ко мне в каюту! — властно приказал он Бладу, но тот остановил его.

— Я полагаю, генерал, что нам лучше переговорить здесь, когда перед вами, как на карте, открыта вся сцена наших предстоящих действий. — Он указал рукой на лагуну, на окружающую её местность и на большой город, расположенный в некотором отдалении от берега. — Если это не будет расценено, как моя самонадеянность, я хотел бы сделать предложение… — Он умолк.

Де Ривароль пристально посмотрел на него, подозревая насмешку, но смуглое лицо корсара было невозмутимым, а его проницательные глаза спокойными.

— Ну ладно, послушаем, — милостиво согласился барон.

Блад указал на форт при входе на внутренний рейд, башни которого скрывались за пальмами, качавшимися на узкой полосе земли. Он заявил, что этот форт вооружён значительно слабее, чем внешний форт, который они уже захватили. Но вместе с тем и канал здесь сужается, и чтобы пройти по каналу, необходимо захватить это укрепление. Он предложил, чтобы французские корабли, войдя на внешний рейд, начали оттуда бомбардировку форта, а тем временем триста корсаров с пушками высадятся на восточном берегу лагуны позади острова, густо заросшего душистыми деревьями. Как только начнётся бомбардировка с моря, пираты бросятся на штурм форта с тыла. Блад полагал, что испанцы не смогут долго сопротивляться. После этого отряд де Ривароля останется в форту, а Блад со своими людьми продолжит наступление и захватит церковь Нуэстра Сеньора де ля Попа, стоящую на высоком холме к востоку от города. Захватив эту возвышенность, они будут контролировать единственную дорогу из Картахены в глубь страны и отрежут путь испанцам, которые не смогут вывезти из города ценности.

Как Блад рассчитывал, так и произошло: последний аргумент оказался для Ривароля самым убедительным. До этого барон надменно слушал корсара, намереваясь раскритиковать его предложение, но здесь он, приняв озабоченный вид, снизошёл до того, что похвалил план Блада и приказал немедленно начать бомбардировку форта.

Нам нет нужды описывать здесь все подробности этой операции. Из-за ошибок французских командиров она прошла не совсем гладко, и пушечным огнём форта были потоплены два французских корабля. Но к вечеру, благодаря неукротимой ярости пиратов при штурме с тыла, форт сдался. Ещё до наступления ночи Блад вместе со своими людьми захватил господствующую над городом высоту Нуэстра Сеньора де ля Попа и поставил там несколько пушек.

К середине следующего дня Картахена послала де Риваролю предложение о капитуляции.

Надувшись от гордости за победу, которую он целиком приписывал себе, барон продиктовал условия капитуляции. Он потребовал сдать все деньги, товары и все общественные ценности. Жителям была предоставлена возможность либо остаться в городе, либо уходить, но те, кто хотел уйти, обязаны были полностью сдать всё своё имущество, а оставшиеся сдавали только половину и становились подданными короля Франции. Де Ривароль обещал пощадить молитвенные дома и церкви, но потребовал, чтобы они представили ему отчёты о всех имеющихся у них суммах и ценностях. Картахена приняла эти условия, так как другого выхода у неё не было.

На следующий день, 5 апреля, де Ривароль вошёл в город, объявив его французской колонией и назначив её губернатором де Кюсси. После этого он проследовал в кафедральный собор, где в честь победы была отслужена благодарственная обедня. Всё это было только передышкой, так как после этих церемоний де Ривароль приступил к грабежу. Захват Картахены французами отличался от обычного пиратского налёта только тем, что солдатам под страхом строжайших наказаний было категорически запрещено заходить в дома горожан. Однако в действительности этот гуманный приказ был издан не для защиты личности и имущества побеждённых. Де Ривароль беспокоился о том, чтобы какой-либо дублон из огромного потока богатств не уплыл в карман солдат. Но едва лишь этот поток золота прекратился, как барон снял все ограничения и отдал город на разграбление своим солдатам. Они растащили имущество и той части горожан, которые стали французскими подданными, хотя де Ривароль обещал им неприкосновенность и защиту.

Добыча была колоссальной. На протяжении четырёх дней более ста мулов перевозили награбленное золото из города в порт, и оттуда оно переправлялось на корабли.

Глава XXVIII. «Честность» господина де Ривароля

Капитан Блад во время капитуляции и после неё занимал возвышенность Нуэстра Сеньора де ля Попа, ничего не зная о том, что происходило в Картахене. Пираты отлично понимали свою роль во взятии города, в котором оказалось так много богатств. И тем не менее капитана даже не пригласили на военный совет, где барон де Ривароль определял условия капитуляции.

В другое время Блад не стерпел бы такого пренебрежения. Но сейчас, порвав с пиратством, он довольствовался тем, что своё презрение выражал насмешливой улыбкой. Однако его офицеры, а тем более матросы, продолжавшие оставаться пиратами, были настроены совершенно иначе. Блад смог успокоить корсаров лишь обещанием немедленно переговорить с бароном де Риваролем.

Он нашёл генерала в одном из больших домов города, гудевшем, как пчелиный улей. Это была созданная бароном канцелярия, регистрировавшая доставленные сюда ценности и проверявшая кассовые книги торговых фирм для точного определения сумм, подлежащих сдаче. Окружённый клерками, де Ривароль, рассевшись, как купец, проверял гроссбухи и подсчитывал цифры, чтобы убедиться, не утаили ли побеждённые хотя бы одно песо. Это занятие, откровенно говоря, мало подходило для командующего королевскими сухопутными и морскими силами Франции в Америке, но де Ривароля эти торгашеские операции увлекали гораздо больше, нежели военные. С нескрываемым раздражением он вынужден был прервать их, когда в канцелярии появился капитан Блад.

— Здравствуйте, господин барон! — приветствовал его Блад. — Мне нужно откровенно поговорить с вами, как бы это ни было вам неприятно, мои люди на грани бунта!

Де Ривароль высокомерно приподнял брови:

— Капитан Блад, я также должен откровенно поговорить с вами, как бы это ни было неприятно вам. За бунт будете отвечать лично вы и ваши офицеры. Кроме того, вы ошибаетесь, разговаривая со мной тоном союзника. С самого начала я дал вам ясно понять, что вы только мой подчинённый. И пустых разговоров, как вы знаете, я не терплю.

Капитан Блад с трудом сдержал себя. Но он отлично понимал, что рано или поздно ему придётся сбить спесь с этого высокомерного петуха.

— Вы можете определять моё положение, как вам заблагорассудится, генерал, — сказал он. — Пустые разговоры меня тоже не интересуют. Речь идёт о соглашении, подписанном двумя сторонами. Мои люди не удовлетворены.

— Чем они не удовлетворены? — спросил барон с презрением.

— Вашей честностью, барон де Ривароль.

Пощёчина вряд ли оказала бы более сильное действие на барона. Он вскочил из-за стола, глаза его засверкали, лицо побледнело. Клерки за столом с ужасом ожидали взрыва. Молчание продолжалось несколько минут. Наконец де Ривароль, едва сдерживаясь, воскликнул:

— Вы сомневаетесь в моей честности? Вы и грязные воры, которые окружают вас! Вы ответите мне за это оскорбление, хотя дуэль с вами была бы для меня просто бесчестьем!

— Напоминаю вам, — спокойно сказал Блад, — что я говорю не о себе лично, а от имени своих людей. Мои люди недовольны. Они угрожают, что если их требования не будут удовлетворены добровольно, то они удовлетворят их силой.

— Силой? — воскликнул де Ривароль, содрогаясь от бешенства. — Пусть попытаются и…

— Не будьте опрометчивы, барон. Мои люди правы, и вам это известно. Они требуют, чтобы вы ответили им, когда будет произведён раздел добычи и когда они получат свою пятую часть в соответствии с соглашением.

— Боже, дай мне терпение! Как мы можем делить добычу, если она ещё не собрана полностью?

— Мои люди не без основания считают, что вся добыча уже собрана. Кроме того, они с законным недоверием относятся к тому, что она целиком находится на ваших кораблях и в полном вашем распоряжении. Они утверждают, что не в состоянии определить из-за этого объём добычи.

— О силы небесные! Но ведь всё записано в книгах, и любой может их видеть.

— Они не будут проверять ваши книги, тем более что мало кто из моих людей вообще умеет читать. Но им хорошо известно — вы заставляете меня быть резким, — что ваши подсчёты фальшивые. По вашим книгам стоимость добычи в Картахене составляет около десяти миллионов ливров[1]. В действительности же стоимость добычи превышает сорок миллионов ливров. Вот почему мои люди требуют, чтобы ценности были предъявлены и взвешены в их присутствии, как это принято среди «берегового братства».

— Я ничего не знаю о пиратских обычаях! — презрительно сказал де Ривароль.

— Но вы быстро их освоили, барон.

— Что вы имеете в виду, чёрт побери? Я — командующий армией солдат, а не грабителей!

— Да? — Блад не мог скрыть иронии. — Но кем бы вы ни были, предупреждаю, что если вы не удовлетворите наших требований, у вас будут неприятности. Меня не удивит, что вы вообще застрянете в Картахене и не сможете отправить во Францию хотя бы одно песо.

— А-а! Вы ещё и угрожаете мне?

— Ну что вы, барон! Я просто предупреждаю о неприятностях, которых при желании можно легко избежать. Вы не подозреваете, что сидите на вулкане. Вы ещё не знаете всех корсарских обычаев. Картахена захлебнётся в крови, и король Франции вряд ли получит от этого пользу.

---

[1] Ливр — серебряная французская монета начала XVIII века.

Де Ривароль сообразил, что дело зашло слишком далеко, и постарался перевести спор на менее враждебную почву. Он продолжался недолго и наконец закончился вынужденным согласием барона удовлетворить требования корсаров. Было очевидно, что генерал пошёл на это только после того, как Блад доказал ему опасность дальнейшей оттяжки дележа добычи. Вооружённое столкновение, возможно, могло бы кончиться поражением пиратов, а возможно, и нет. Но если бы даже де Риваролю удалось справиться с пиратами, то эта победа обошлась бы ему очень дорого — у него не осталось бы достаточно людей, чтобы удержать захваченную добычу.

В конце концов де Ривароль обещал немедленно уладить недоразумение. Он дал слово честно рассчитаться. Если капитан Блад со своими офицерами завтра утром явятся на «Викторьез», им предъявят и взвесят в их присутствии всё золото, все ценности, а затем они смогут доставить на свои корабли причитающуюся им одну пятую долю добычи.

В этот вечер корсары веселились в ожидании завтрашнего богатого дележа и ядовито посмеивались над неожиданной уступчивостью де Ривароля. Но едва лишь рассвет забрезжил над Картахеной, причины этой уступчивости стали понятны. В гавани на якоре стояли только «Арабелла» и «Элизабет», а «Лахезис» и «Атропос» сохли на берегу, вытащенные туда для заделки повреждений, полученных в бою. Ни одного французского корабля на рейде не было. Поздней ночью они бесшумно ушли из гавани. Только три маленьких, чуть заметных паруса в западной части горизонта напоминали о французах и де Ривароле. В Картахене остались с пустыми руками не только обманутые им корсары, но и де Кюсси вместе с добровольцами и неграми с острова Гаити.

Дикая ярость объединила пиратов с людьми де Кюсси.

Предчувствуя новые грабежи, жители Картахены испытывали ещё больший страх по сравнению с тем, что им пришлось перенести со дня появления эскадры де Ривароля.

Только капитан Блад внешне оставался спокойным, но это нелегко ему давалось, он с трудом сдерживал кипевшее в нём негодование. Ему хотелось в минуту расставания с подлым де Риваролем полностью рассчитаться за все обиды и оскорбления. Однако это свидание не состоялось.

— Мы должны догнать его! — сгоряча объявил он.

Вначале все подхватили его призыв, но тут же вспомнили, что в море могут выйти только два корабля, да и на тех не было достаточных продовольственных запасов для дальнего похода. Капитаны «Лахезис» и «Атропос» вместе со своими командами отказались принять участие в погоне за де Риваролем. Успех этой погони был гадательным, а в Картахене ещё оставалась возможность собрать немало ценностей. Поэтому они решили чинить свои корабли и одновременно заняться грабежом. А Блад, Хагторп и те, кто пойдёт вместе с ними, могут поступать как им угодно.

Только сейчас Блад сообразил, как опрометчиво было предлагать погоню за французской эскадрой. Он едва не вызвал схватки между двумя группами, на которые разделились корсары, обсуждая его предложение. А паруса французских кораблей становились всё меньше и меньше. Блад был в отчаянии. Если он уйдёт в море и оставит здесь пиратов, то только небу известно, что будет с городом. Если же он останется, то люди его и Хагторпа начнут дикий грабёж вместе с командами других пиратских кораблей.

Но пока Блад размышлял, его люди вместе с людьми Хагторпа, озлобленные против де Ривароля, решили этот вопрос за своих капитанов: де Ривароль вёл себя как подлец и мошенник, а потому он заслужил наказания; значит, у этого французского генерала, нагло нарушившего соглашение, можно было взять не только одну пятую захваченных ценностей, но всю добычу целиком.

Разрываемый противоречивыми соображениями, Блад колебался, и пираты почти силой доставили его на корабль.

Через час, когда на корабль доставили бочки с водой, «Арабелла» и «Элизабет» бросились в погоню.

«Когда мы вышли в открытое море, — пишет Питт в своём журнале, — и курс «Арабеллы» был уже проложен, я спустился к капитану, зная, как болезненно переживает он эти события. Блад сидел один у себя в каюте, обхватив голову руками, и взгляд его выражал страдание.

— Ну, что с тобой, Питер? — спросил я. — Что тебя мучает? Не мысли же о де Ривароле!

— Нет, — хрипло ответил Блад и с откровенностью высказал мне всё, чем он терзался: я был его верным другом и, несомненно, заслуживал его доверия. — Если бы она знала! Если б она только знала! Боже мой! А я-то думал, что покончил с пиратством навсегда! И этот мерзавец втянул меня в разбой, грабёж, насилия, убийства! Подумай о Картахене! Что творят там сейчас наши дьяволы! И ответственность за всё это падает на меня!

— Нет, нет, Питер! — успокаивал я его. — За это отвечаешь не ты, а де Ривароль. Этот подлый вор — виновник всего, что произошло. Ну, что ты мог сделать, чтобы предотвратить события?

— Я мог бы остаться в Картахене.

— Ты сам знаешь, что это было бы бесполезно. Зачем же тебе мучиться?

— Да ведь дело не только в этом, — со стоном сказал Блад. — А что же дальше? Что делать дальше? Служба у англичан для меня невозможна. Служба у французов привела к тому, что ты видишь. Какой же выход? Продолжать пиратствовать? Но с этим я покончил. Навсегда! Клянусь богом, мне кажется, остаётся единственная возможность — предложить свою шпагу королю Испании!

Но оставался ещё один выход, которого он ждал меньше всего. И к этому выходу мы приближались сейчас на своих кораблях, бежавших по морю, блиставшему в ослепительных лучах тропического солнца».

Корсары шли на север, к острову Гаити, рассчитывая, что де Ривароль до отправления во Францию должен будет отремонтировать там свои корабли. Подгоняемые умеренно благоприятным ветром, «Арабелла» и «Элизабет» в течение двух дней бороздили море, и за всё это время дозорные не видели своего противника хотя бы издали. На рассвете третьего дня корабли попали в полосу лёгкого тумана, который ограничивал видимость двумя-тремя милями, и корсары были озабочены и раздосадованы, что де Ривароль может вообще от них скрыться.

По записям Питта в судовом журнале, корабли в это время находились на 75° 30' западной долготы и 17° 45' северной широты. Ямайка лежала примерно в тридцати милях к западу от них по левому борту. Вскоре на северо-западе показался мощный хребет Голубых гор, похожий на едва заметную гряду облаков. Голубовато-сиреневые вершины как бы висели в прозрачном воздухе над низко лежащими грядами тумана. Корабли шли в бейдевинде при западном ветре, и до корсаров доносился какой-то далёкий гул, который для новичков в военно-морских делах мог бы показаться отдалённым шумом прибоя.

— Пушки! — воскликнул Питт, который стоял рядом с Бладом на квартердеке.

Блад, внимательно прислушиваясь, кивнул головой.

— По-моему, это милях в десяти — пятнадцати отсюда, где-то около Порт-Ройяла, — добавил Питт, взглянув на своего капитана.

— Пушечная стрельба неподалёку от Порт-Ройяла... — задумчиво сказал Блад. — Должно быть, полковник Бишоп с кем-то сражается. Против кого же он может действовать, если не против наших друзей? При всех обстоятельствах нам нужно подойти поближе. Дай распоряжение рулевым.

Они продолжали идти тем же курсом, руководствуясь гулом канонады, усиливавшимся по мере их приближения к месту сражения. Так продолжалось, наверно, около часа. Блад в подзорную трубу внимательно всматривался во мглу, вот-вот ожидая увидеть корабли, ведущие бой. Внезапно грохот пушек умолк.

Корсары продолжали идти тем же курсом.

Все, кто был свободен от вахты, высыпали на палубу и озабоченно всматривались вдаль. Вскоре они увидели большой корабль, объятый пламенем. По мере их приближения очертания пылающего корабля вырисовывались отчётливее, потом на фоне дыма и пламени показались чёрные мачты, и капитан Блад ясно разглядел в подзорную трубу трепетавший на грот-мачте вымпел с крестом святого Георга.

— Английский корабль! — воскликнул он, продолжая осматривать море и желая увидеть наконец победителя, жертва которого находилась перед ними.

И только подходя ближе к тонущему кораблю, пираты смогли различить смутные очертания трёх высоких судов, удалявшихся по направлению к Порт-Ройялу. Они сразу же сделали вывод, что три уходящих корабля принадлежат ямайской эскадре, а потерпевшее поражение судно было, несомненно, пиратским. Они поспешили подойти к нему поближе, чтобы подобрать моряков, сидевших в трёх до отказа перегруженных шлюпках, качавшихся на волнах. А Питт неотступно продолжал следить в подзорную трубу за удаляющимися кораблями: от его опытного глаза не укрылись некоторые их особенности, и ещё через несколько минут он громко объявил о своём совершенно невероятном открытии. Самым большим из трёх кораблей оказался флагманский корабль де Ривароля — «Викторьез».

Корсарские корабли подошли к шлюпкам и обломкам, за которые цеплялись моряки с тонущего корабля. Чтобы подобрать всех спасшихся и утопающих, «Арабелла» и «Элизабет» убрали паруса и легли в дрейф.

Глава XXIX. НА СЛУЖБЕ У КОРОЛЯ ВИЛЬГЕЛЬМА

Одна из шлюпок пристала к борту «Арабеллы», и на палубу поднялся сухопарый, небольшого роста человек, щегольски одетый в тёмно-красный атласный, шитый золотом камзол. Пышный, чёрный парик обрамлял жёлтое, сморщенное лицо, выражавшее крайнее раздражение, и такое же раздражение светилось в маленьких острых глазах. Дорогой и модный костюм совершенно не пострадал от пережитого несчастья, и владелец этого костюма держался с непринуждённой уверенностью настоящего вельможи. По всему было ясно, что это не пират. Вслед за ним на палубе показался второй человек, дородный мужчина с загорелым, обветренным лицом и добродушной складкой губ. Лицо его было кругло, как луна, а в голубых глазах мерцал незатухающий весёлый огонёк. На нём был хороший камзол без всяких украшений, но при взгляде на эту дородную фигуру и военную выправку сразу чувствовалось, что этот человек привык командовать.

Как только сухопарый джентльмен ступил с трапа на шканцы, его острые, как у хорька, глаза быстро пробежали по пёстрой толпе собравшейся команды «Арабеллы» и с удивлением остановились на капитане Бладе.

— Что за дьявольщина? Куда я попал? — резко спросил он. — Вы англичанин или ещё кто, чёрт бы вас побрал?

— Я лично имею честь быть ирландцем, сэр. Моя фамилия Блад, капитан Питер Блад, а это мой корабль «Арабелла». К вашим услугам, сэр.

— Блад?! — пронзительно воскликнул сухопарый человек. — Проклятие! Пират! — Он быстро обернулся к своему огромному спутнику — Ван дер Кэйлен, вы слышите: пират! Будь я проклят, мы попали из огня да в полымя!

— Да? — гортанным голосом спросил его спутник. — Это ошень интересный приклюшений! — И он рассмеялся.

— Чего вы хохочете, дельфин? — брызжа слюной, заорал человек в тёмно-красном камзоле. — Нечего сказать, посмеются же над нами в Англии! Сначала адмирал ван дер Кэйлен ночью теряет весь свой флот, потом французская эскадра топит его флагманский корабль, а кончается это тем, что его самого захватывают пираты. Весьма рад, что вы можете смеяться. Должно быть, судьба в наказание за мои грехи связала меня с вами, но будь я проклят, если мне смешно!

— Позволю себе сделать замечание, что здесь происходит явное недоразумение, — спокойно произнёс Блад. — Вы, сэр, вовсе не захвачены, а просто спасены. Когда вы это поймёте, то, возможно, найдёте нужным поблагодарить меня за гостеприимство. Правда, очень скромное гостеприимство, но, во всяком случае, вы будете иметь здесь всё лучшее, чем я только располагаю.

Неистовый маленький человечек уставился на него своими острыми глазками.

— Чёрт побери! Вы позволяете себе ещё иронизировать? — сердито сказал он и, очевидно, пытаясь прекратить дальнейшие насмешки, представился — Я — лорд Уиллогби, назначенный королём Вильгельмом на пост генерал-губернатора Вест-Индии. А это — адмирал ван дер Кэйлен, командующий вест-индской эскадрой его величества короля Вильгельма, которую он потерял где-то тут, в этом проклятом Карибском море.

— Короля Вильгельма? — удивлённо переспросил Блад, заметив, что и Питт, и Дайк, и стоявшие позади него пираты стали подходить ближе, охваченные тем же удивлением, что и он. — А кто такой король Вильгельм, ваша светлость? Король какой страны?

— Что, что такое? — Лорд Уиллогби, изумлённый этим вопросом, посмотрел на Блада и, помолчав некоторое время, сказал — Я говорю о его величестве короле Вильгельме Третьем — Вильгельме Оранском, который вместе с королевой Марией уже свыше двух месяцев правит Англией.

Воцарилось молчание. Блад не сразу осознал эту довольно ясную информацию.

— Вы хотите сказать, ваша светлость, что английский народ восстал и вышвырнул этого мерзавца Якова вместе с его бандой головорезов?

Добродушно улыбаясь, ван дер Кэйлен толкнул лорда Уиллогби локтем в бок и заметил:

— У него ошень правильный политишеский вскляд, а?

Его светлость также улыбнулся, отчего на его высушенном лице образовались глубокие морщины.

— Боже милосердный! Да вы ничего не знаете!. Где вас носил чёрт всё это время?

— Последние три месяца мы были оторваны от всего мира, сэр, — ответил Блад.

— Оно и видно! А за эти три месяца в мире произошли кое-какие перемены…

И Уиллогби коротко рассказал о них: король Яков бежал во Францию под защиту короля Людовика; по этой причине и по многим другим Англия присоединилась к антифранцузскому союзу и сейчас воюет с Францией; поэтому сегодня утром флагманский корабль голландского адмирала был атакован эскадрой де Ривароля. Очевидно, по пути из Картахены француз встретил какой-то корабль и от него узнал о начавшейся войне.

Капитан Блад ещё раз заверил генерал-губернатора и адмирала, что на «Арабелле» к ним будут относиться с подобающим уважением, и провёл их к себе в каюту. Между тем работа по спасению утопающих продолжалась. Капитана взволновали полученные известия. Если король Яков свергнут с престола и бежал во Францию, значит, наступил конец ссылке Блада и он мог вернуться в Англию к мирной жизни, столь трагически нарушенной четыре года назад. Внезапно открывшиеся перед ним возможности буквально ошеломили его. Он был так глубоко взволнован и растроган, что не мог молчать. Беседуя с умным и проницательным

Уиллогби, всё время пристально наблюдавшим за ним, Блад рассказал ему даже больше, чем намеревался рассказать.

— Что ж! Если хотите, отправляйтесь домой, — сказал Уиллогби, когда Блад умолк. — Можете быть уверены, за пиратство вас никто не будет преследовать, особенно учитывая то обстоятельство, которое вас вынудило им заняться. Но к чему такая спешка? Мы, конечно, слышали о вас и знаем, что вы можете делать на море. Именно здесь вы можете прекрасно проявить себя, если вам надоело пиратство. Если вы поступите на службу к королю Вильгельму на время войны, то своими знаниями вы можете быть очень полезны английскому правительству, а оно не останется в долгу. Подумайте об этом. Будь я проклят, сэр, но я повторяю: вам предоставляется прекрасная возможность проявить себя.

— Эту возможность предоставляете мне вы, ваша светлость, — поправил его Блад. — Я очень благодарен, но должен признаться, что сейчас способен думать только о тех важных событиях, которые меняют лицо мира. Прежде чем определить своё место в этом изменившемся мире, я должен приучить себя рассматривать его в новом виде.

В каюту вошёл Питт и доложил, что спасённые сорок пять человек размещены на двух корсарских кораблях. Он попросил дальнейших распоряжений.

Блад встал.

— Я беспокою вас своими делами и забываю о ваших. Вы хотите, чтобы я вас высадил в Порт-Ройяле?

— В Порт-Ройяле? — Маленький человечек гневно заёрзал в кресле, а затем раздражённо сообщил Бладу, что вчера вечером они уже заходили в Порт-Ройял, но губернатора там не застали. Забрав всю эскадру, он отправился на остров Тортуга в поисках каких-то корсаров.

Блад удивлённо посмотрел на него, а потом рассмеялся:

— Он отправился, вероятно, ещё до того, как узнал о смене правительства в Англии и о войне с Францией.

— Вовсе нет! — огрызнулся Уиллогби. — Губернатору было известно и о том и о другом, так же как и о моём прибытии, ещё до того, как он отправился в поход.

— О, это невозможно!

— Я тоже так думал. Но эта информация получена мной от майора Мэллэрда, который, видимо, управляет Ямайкой в отсутствие этого болвана.

— Но нужно быть сумасшедшим, чтобы бросить свой пост в такое время! — изумлённо произнёс Блад.

— И это ещё не всё! — раздражённо добавил лорд. — Этот идиот взял с собой всю эскадру, так что в случае нападения французов город остаётся без защиты. Вот каков губернатор, которого свергнутое правительство нашло возможным сюда назначить! Это неплохо характеризует всю их деятельность. Он оставляет Порт-Ройял на произвол судьбы, а его ветхий форт может быть превращён в развалины в течение какого-нибудь часа. Поведение Бишопа преступно!

Улыбка с лица Блада мгновенно исчезла.

— Известно ли об этом де Риваролю? — резко спросил он.

На этот вопрос ответил голландский адмирал:

— Разве Ривароль пошель бы туда, если бы не зналь этого? Он захватиль в плен кое-коко из наших людей и, наверно, расвязаль им язик. Такой короший возмошность он не пропускаль.

— Этот мерзавец Бишоп ответит головой, если здесь произойдёт что-нибудь неприятное! — зарычал Уиллогби. — А может быть, он сделал это умышленно, а? Может быть, он не дурак, а изменник? Может быть, он так служит королю Якову, который его сюда назначил, а?

Капитан Блад не согласился с этим.

— Вряд ли это так, — сказал он. — Им руководила лишь жажда мести. Он хотел захватить на Тортуге меня. Но я полагаю, что, пока он меня ищет, мне следует за него побеспокоиться о сохранении Ямайки для короля Вильгельма. — Он засмеялся, и в смехе этом было больше веселья, чем за все последние месяцы.

— Возьми курс на Порт-Ройял, Джереми, — приказал он Питту. — Нам надо попасть туда как можно скорее. Мы ещё успеем расквитаться с де Риваролем.

Лорд Уиллогби и адмирал ван дёр Кэйлен вскочили.

— Будь я проклят, но у вас же нет для этого достаточно сил! — воскликнул его светлость. — Каждый из кораблей французской эскадры по мощности не уступает «Арабелле» и «Элизабет», вместе взятым.

— По количеству пушек — да, — улыбаясь, сказал Блад. — Но в таких делах пушки не самое главное. Если ваша светлость желает видеть сражение по всем правилам военно-морского искусства, я вам предоставлю такую возможность.

Они оба посмотрели на Блада.

— Но условия неблагоприятны для вас, — продолжал настаивать его светлость.

— Это невозмошно, — сказал ван дер Кэйлен, качая своей круглой головой. — Конешно, кораблевошденье — ошень вашное дело, но пушки остаются пушки.

— Если мы не сможем победить де Ривароля, то я потоплю свои корабли в канале и не дам ему возможности уйти из Порт-Ройяла. А тем временем вернётся Бишоп со своей нелепой охоты или же появится ваша эскадра.

— Ну, а что это нам даст? — спросил Уиллогби.

— Вот это как раз я и хотел вам сказать. Де Ривароль просто идиот, что пошёл на Порт-Ройял, так как у него на кораблях награбленные им в Картахене ценности стоимостью около сорока миллионов ливров. (Оба его слушателя подскочили при упоминании об этой колоссальной сумме.) Он отправился в Порт-Ройял с этими ценностями. Безразлично, победит он меня или я его, этих ценностей из Порт-Ройяла ему не увезти. Рано или поздно они попадут в казну короля Вильгельма, после того как одна пятая часть их будет выплачена моим корсарам. Согласны, лорд Уиллогби?

Его светлость встал и протянул ему свою холёную руку.

— Капитан Блад, мне кажется, вы — великий человек! — сказал он.

— Позвольте, ваша светлость! У вас очень хорошее зрение, если вам удалось это увидеть, — засмеялся капитан.

— Да, да! Но как он это сделайть? — проворчал ван дёр Кэйлен.

И капитан Блад, смеясь, ответил:

— Поднимайтесь на палубу, и не успеет ещё зайти солнце, как я вам это продемонстрирую.

Глава XXX. Последний бой «Арабеллы»

— Шево ни щдете, мой друк? — ворчал ван дёр Кэйлен.

— Да, да, ради бога, чего вы ожидаете? — раздражённо повторил вслед за ним Уиллогби.

Был полдень того же самого дня. Оба корсарских корабля плавно покачивались на волнах, и ветер, дующий со стороны рейда Порт-Ройял, лениво хлопал парусами. Корабли находились менее чем в миле от защищённого фортом входа в пролив, ведущий на этот рейд. Прошло уже больше двух часов, как они подошли сюда, никем не замеченные ни из форта, ни с кораблей де Ривароля, так как между французами и защитниками порта шёл бой и воздух всё время сотрясался от грохота пушек, стрелявших и с суши и с моря.

Длительное пассивное ожидание уже начало отражаться на нервах лорда Уиллогби и адмирала ван дер Кэйлена.

— Ви обешаль показать нам кое-какой короший веши. Кте эти ваш короший веши? — спросил адмирал.

Уверенно улыбаясь, Блад стоял перед адмиралом в своей кирасе из воронёной стали.

— Я не намерен злоупотреблять вашим терпением, — сказал он. — Огонь начал уже стихать. Дело в том, что спешкой мы ничего не выиграем, а ударив в должный момент, мы добьёмся очень многого, и я вам сейчас это докажу.

Лорд Уиллогби с подозрением посмотрел на него:

— Вы надеетесь, что тем временем может вернуться Бишоп или подойти эскадра ван дер Кэйлена?

— О нет, ваша светлость, этих мыслей у меня нет и в помине. Я думаю вот о чём: де Ривароль, как мне известно, плохой командир, и его эскадра в бою с фортом неизбежно получит какие-то повреждения, что хотя бы немного уменьшит его превосходство над нами. А мы вступим в бой, когда форт расстреляет все свои ядра.

— Правильно! — резко одобрил сухопарый генерал-губернатор Вест-Индии. — Я одобряю ваши намерения. Вы обладаете качествами талантливого флотоводца, и я прошу извинить меня, что не понял вас раньше.

— О, это очень любезно с вашей стороны, милорд! Вы понимаете, у меня есть некоторый опыт ведения таких боёв. Я пойду на любой неизбежный риск, но не буду рисковать в тех случаях, когда в этом нет необходимости... — Он умолк и прислушался. — Да, я был прав. Канонада стихает. Значит, сопротивление Мэллэрда подходит к концу. Эй, Джереми!

Он перегнулся через резные перила и отдал чёткое приказание. Боцман пронзительно засвистел, и, казалось, сонный корабль мгновенно пробудился. Послышались топанье ног на палубе, скрип блоков и хлопанье поднимаемых парусов. «Арабелла» двинулась вперёд. За «Арабеллой» пошла «Элизабет». Блад вызвал к себе канонира Огла, и минуту спустя Огл помчался на своё место на пушечной палубе.

Через четверть часа они подошли к входу на рейд и внезапно на расстоянии выстрела мелкокалиберной пушки появились перед тремя кораблями де Ривароля.

На месте форта дымилась груда развалин. Победители с вымпелами Франции, реющими на грот-мачтах, быстро направлялись на шлюпках к берегу, чтобы овладеть богатым городом, укрепления которого они только что разгромили.

Блад внимательно осмотрел французские корабли и тихо рассмеялся.

«Викторьез» и «Медуза», видимо, были лишь слегка поцарапаны. А третий корабль — «Балейн» — полностью вышел из строя. Огромная пробоина зияла в его правом борту, и капитан, спасая судно от гибели, положил его в дрейф на левый борт, чтобы в пробоину не хлынула вода.

— Вы видите! — закричал Блад ван дёр Кэйлену и, не ожидая одобрительного ворчания голландца, отдал приказ: — Лево руля!

Вид поворачивающегося бортом к французам огромного красного корабля с позолоченной скульптурой на носу и открытыми портами ошеломляюще подействовал на де Ривароля, только что ликовавшего по случаю победы. Но ещё до того, как он мог сдвинуться с места, чтобы отдать приказ и сообразить вообще, какой приказ отдать, смертоносный шквал огня и металла бортового залпа корсаров смёл всё с палубы «Викторьез». Продолжая идти своим курсом, «Арабелла» уступила место «Элизабет», которая совершила такой же манёвр. Застигнутые врасплох, французы растерялись, их охватила паника. Между тем «Арабелла», сделав поворот оверштаг, вернулась на свой прежний курс, но в обратном направлении, и ударила из всех орудий левого борта. Ещё один бортовой залп прогремел с «Элизабет», после чего трубач «Арабеллы» проиграл какой-то сигнал, прекрасно понятый Хагторпом.

— Вперёд, Джереми! — закричал Блад. — Прямо на них, пока они не успели опомниться! Внимание! Приготовиться к абордажу! Хэйтон… крюки!

Он сбросил свою шляпу с перьями и надел стальной шлем, принесённый ему подростком-негром. Блад хотел лично руководить абордажем и коротко объяснил своим гостям:

— Абордаж — для нас единственный шанс на победу. У противника слишком много пушек.

И как бы в доказательство его слов последовал немедленный ответ французов. Оправившись от паники, они открыли огонь по «Арабелле», которая из двух противников была наиболее опасным.

В отличие от корсаров, стрелявших из своих пушек по палубам, французы стремились повредить корпус «Арабеллы». Под ударами ужасающей силы корабль Блада вздрогнул и замедлил движение, хотя Питт старался вести его таким курсом, чтобы «Арабелла» представляла наименьшую мишень для противника. Корабль продолжал двигаться, однако носовая часть его была изуродована, а чуть повыше ватерлинии чернела огромная пробоина. Чтобы вода не проникла в трюм, Блад приказал сбросить за борт носовые пушки, якоря и всё, что было под руками.

Французы, сделав поворот оверштаг, обстреляли также и «Элизабет». «Арабелла» при слабом попутном ветре пыталась подойти к своему противнику вплотную. Но, прежде чем корсарам удалось это сделать, «Викторьез» снова в упор произвёл по «Арабелле» залп из пушек правого борта. В грохоте канонады, среди треска ломающихся снастей и стонов раненых «Арабелла» ещё раз рванулась вперёд, закачалась и окуталась облаком дыма, который скрыл её от глаз французов. Прошло ещё несколько мгновений, и Хэйтон закричал, что «Арабелла» уходит носом под воду.

Сердце Блада в отчаянии замерло. Но тут же сквозь густой и едкий дым он увидел голубой с позолотой борт «Викторьез». Однако искалеченная «Арабелла» двигалась очень медленно, и ему стало ясно, что она затонет раньше, чем дойдёт до «Викторьез».

Точно такого же мнения был и голландский адмирал, изрыгавший ругательства и проклятия. Лорд Уиллогби также проклинал Блада за то, что он, идя на абордаж, азартно поставил всё на карту.

— У нас не было иного выхода! — дрожа как в лихорадке, воскликнул Блад. — Вы правы, что это отчаянный шаг. Но мои действия диктовались обстановкой и недостатком сил. Я терплю поражение накануне победы.

Однако корсары ещё не помышляли о сдаче. Хэйтон с двумя десятками коренастых головорезов, державших в руках абордажные крюки, скорчившись, притаились среди обломков на носу корабля. Ярдах в семи-восьми от «Викторьез» «Арабелла» остановилась, и, когда на глазах у ликующих французов её носовая палуба уже начала покрываться водой, корсары Хэйтона вскочили и с дикими воплями забросили абордажные крюки. Два из них впились в деревянные части французского корабля. Опытные пираты действовали с молниеносной быстротой. Ухватившись за цепь одного из этих крюков, они начали тянуть её изо всех сил к себе, чтобы сблизить корабли.

Блад, наблюдавший с квартердека за этой смелой операцией, закричал громовым голосом:

— Мушкетёры — на нос!

Мушкетёры, стоявшие в готовности на шкафуте, повиновались команде с потрясающей быстротой, в которой заключалась их единственная надежда на спасение от смерти. Пятьдесят мушкетёров бросились вперёд, и над головами людей Хэйтона, из-за обломков носовой части, засвистели пули. Это было как раз вовремя, потому что французские солдаты, убедившись в невозможности освободиться от крюков, глубоко впившихся в борта и палубу «Викторьез», готовились открыть огонь сами.

Корабли с резким стуком ударились друг о друга правыми бортами. Спустившись с квартердека на шкафут, Блад отдавал приказания, и они выполнялись с поразительной скоростью: мгновенно были спущены паруса, обрублены верёвки, поддерживавшие реи, выстроен на корме авангард абордажного отряда. В ту секунду, когда корабли столкнулись друг с другом, пираты по команде Блада взмахнули абордажными крючьями: тонущая «Арабелла» была накрепко пришвартована к «Викторьез».

Уиллогби и ван дёр Кэйлен, затаив дыхание, стояли на юте и широко открытыми глазами наблюдали за изумительной быстротой и точностью, с которыми действовали капитан Блад и его отчаянная команда. Но вот трубач проиграл атаку, и Блад, увлекая своих людей, стремительно ринулся на палубу французского корабля. Корсары из арьергардной группы абордажников, руководимые Оглом, с криком перескакивали на носовую часть «Викторьез», до уровня которой уже опустилась высокая корма «Арабеллы». Следуя примеру своего вожака, они накинулись на французов, как гончие собаки на загнанного оленя. А вслед за смельчаками «Арабеллы» на борт «Викторьез» бросились все остальные пираты. На палубе тонущего корабля остались только лорд Уиллогби и голландец, продолжавшие наблюдать за боем с квартердека.

Бой длился не более получаса. Начавшись в носовой части корабля, он быстро перекинулся на шкафут. Французы упорно сопротивлялись, ободряя себя тем, что они численно превосходят противника, и ожесточая свои сердца сознанием, что противник их не помилует. Но, несмотря на отчаянную доблесть французов, пираты постепенно оттесняли их к одной стороне палубы, и «Викторьез» под тяжестью пришвартованной «Арабеллы» опасно кренился на правый борт. Корсары дрались с безумной храбростью людей, знающих, что им некуда отступать и что они должны либо победить, либо погибнуть. И в конце концов им удалось овладеть «Викторьез», хотя эта победа стоила жизни половине экипажа. Уцелевшие защитники «Викторьез», загнанные на квартердек и подгоняемые разъярённым де Риваролем, ещё пытались кое-как сопротивляться. А когда де Ривароль упал с простреленной головой, его соотечественники, оставшиеся в живых, бросили оружие и взмолились о пощаде.

Но и после этого люди Блада не могли ещё отдохнуть. «Элизабет» и «Медуза», сцепленные абордажными крючьями, представляли собой единое поле боя, и французы уже дважды отбрасывали людей Хагторпа со своего корабля. Хагторпу требовалась срочная помощь. Пока Питт с матросами занимался парусами, а Огл наводил порядок на нижней пушечной палубе, Блад приказал вытащить крюки, чтобы освободить захваченный корабль от тяжкого груза. Лорд Уиллогби и адмирал ван дёр Кэйлен уже перешли на «Викторьез», и, когда он делал поворот, спеша на помощь Хагторпу, Блад, стоя на квартердеке, бросил последний взгляд на «Арабеллу», которая так долго служила ему и стала почти частью его самого. После того как отцепили крюки,

«Арабелла» несколько минут покачивалась на волнах, а затем начала медленно погружаться, и вскоре там, где она затонула, остались только маленькие булькающие водовороты над верхушками её мачт.

Блад молча стоял среди трупов и обломков, не сводя глаз с места исчезновения «Арабеллы». Он не слышал, как кто-то подошёл к нему, и опомнился только тогда, когда позади него раздался голос:

— Вот уже второй раз за нынешний день я должен извиняться перед вами, капитан Блад. Никогда ещё мне не приходилось видеть, как доблесть делает невозможное возможным и поражение превращает в победу!

Блад резко повернулся, и лорд Уиллогби только сейчас увидел страшный облик капитана. Шлем его был сбит на сторону, передняя часть кирасы прогнута, жалкие обрывки рукава прикрывали обнажённую правую руку, забрызганную кровью. Из-под всклокоченных волос его струился алый ручеёк кровь из раны превращала его чёрное, измученное лицо в какую-то ужасную маску.

Но сквозь эту страшную маску неестественно ярко блестели синие глаза, и, смывая кровь, грязь и пороховую копоть, катились по щекам слёзы.

Глава XXXI. Его высокопревосходительство губернатор

Дорого обошлась корсарам эта победа. Из трёхсот пиратов, вышедших с Бладом из Картахены, осталось в живых не более ста человек. «Элизабет» получила настолько серьёзные повреждения, что едва ли можно было её отремонтировать. Хагторп, так доблестно сражавшийся в последнем бою, был убит. Но ценой этих потерь корсары, значительно уступавшие французам в численности, своим умением драться и отчаянной храбростью спасли Ямайку от бомбардировки и разграбления, захватив при этом для короля Вильгельма эскадру де Ривароля и огромные ценности.

Вечером следующего дня запоздавшая эскадра ван дер Кэйлена, в составе девяти кораблей, бросила якорь на рейде Порт-Ройяла, и адмирал не замедлил тут же и в соответствующих выражениях сообщить своим голландским и английским офицерам, что он действительно о них думает.

Шесть кораблей эскадры немедленно же стали готовиться к новому выходу в море. Новый генерал-губернатор лорд Уиллогби хотел поскорее побывать в нескольких вест-индских колониях, чтобы посмотреть, как они управляются.

— А между тем, — жаловался он адмиралу, — я должен задерживаться здесь из-за этого болвана губернатора!

— Да? — сказал ван дер Кэйлен. — Но пошему этот болван долшен вас задершивать?

— Потому что я хочу наказать эту собаку и назначить на его место человека, не только понимающего свои обязанности, но и способного их выполнять.

— Ага! Но зашем вам себя задершивать, кокда француз мошет нападать на плохо зашишонный Барбадос? Ви имейт такой шеловек.

Для этоко шеловека не надо особой инструкций. Лутше, шем мы с вами, он знайт, как зашищать Порт-Ройял.

— Вы имеете в виду Блада?

— Ну да. Кто ше мошет лутше еко подкодить для эта долшность? Ви ше видели, што он за шеловек.

— Вы тоже так думаете, а? Чёрт побери! В самом деле, почему нет? Он, дьявол меня разрази, лучше Моргана, а ведь Морган в своё время был назначен губернатором.

Послали за Бладом. Он явился, нарядный и жизнерадостный, так как воспользовался пребыванием в Порт-Ройяле, чтобы привести себя в порядок. Когда лорд Уиллогби сообщил ему о своём предложении, Блад был ошеломлён. Ни о чём подобном он никогда даже и не мечтал, и его сразу же начали обуревать сомнения в своей способности справиться с таким ответственным постом.

— Что это ещё за новости? — вспылил Уиллогби. — Разве я мог бы предложить вам этот пост, если бы сомневался, что вы справитесь с ним? Если это ваше единственное возражение...

— Нет, милорд, есть и другие причины. Я мечтал поехать домой. Я соскучился по зелёным улочкам Англии... — он вздохнул, — и по яблоням в цвету в садах Сомерсета.

— «Яблони в цвету»! — Его светлость повысил голос, с явной насмешкой повторяя эти слова. — Что за дьявольщина... «Яблони в цвету»! — Он взглянул на ван дер Кэйлена.

Адмирал приподнял брови и провёл языком по толстым губам. По его лицу промелькнула добродушная усмешка.

— Да, — сказал он, — это ошень поэтишно!

Милорд повернулся к капитану Бладу.

— Вам ещё надо искупить прошлое пиратство, мой друг, — с улыбкой заметил он. — Кое-что в этом направлении вы уже сделали, проявив немалые свои способности. Вот поэтому-то от имени его величества короля Англии я и предлагаю вам пост губернатора Ямайки. Из всех людей, какие мне известны, я считаю вас наиболее подходящим человеком.

Блад низко поклонился:

— Ваша светлость очень добры. Но…

— Никаких «но»!Хотите, чтобы ваше прошлое было забыто, а будущее обеспечено? Вам представляется для этого блестящая возможность. И не относитесь к моему предложению легкомысленно из-за каких-то яблонь в цвету и прочей сентиментальной дребедени. Ваш долг — остаться здесь хотя бы до окончания войны. А потом вы сможете вернуться в Сомерсет к сидру или в родную вам Ирландию к потину[1]. Пока же примиритесь на Ямайке с её ромом.

Ван дер Кэйлен громко рассмеялся. Но Блад даже не улыбнулся. Его лицо было спокойно и почти мрачно, потому что он думал сейчас об Арабелле Бишоп. Она была где-то здесь, в этом самом доме, но после его прибытия в Порт-Ройял они ещё не виделись. Если бы только она проявила к нему хоть немного сострадания…

Его думы были прерваны лордом Уиллогби, который высоким, пронзительным голосом продолжал бранить его за колебания и несерьёзное отношение к открывшейся перед ним замечательной перспективе. Блад, опомнившись, поклонился лорду Уиллогби:

— Вы правы, милорд. Пожалуйста, не считайте меня неблагодарным. Если я и колебался, то только потому, что у меня были другие соображения, которыми я не хочу беспокоить вашу светлость.

— Наверно, опять что-нибудь вроде яблонь в цвету? — презрительно фыркнул его светлость.

На этот раз Блад засмеялся, но в его глазах всё ещё таилась грусть.

— Я с благодарностью принимаю ваше предложение, милорд, — сказал Блад. — Я постараюсь оправдать ваше доверие и

---

[1] Потин — крепкий алкогольный напиток, изготовляемый ирландцами кустарным способом.

заслужить благодарность его величества. Можете положиться на меня — я буду служить честно.

— О, господи, да если бы у меня не было в этом уверенности, разве я предложил бы вам пост губернатора!

Так был разрешён этот вопрос.

В присутствии коменданта форта Мэллэрда и других офицеров гарнизона лорд Уиллогби выписал Бладу документ о назначении его на пост губернатора и приложил к нему свою печать. Мэллэрд и его офицеры наблюдали за всей этой операцией, выпучив от изумления глаза, но свои мысли держали при себе.

— Ну, теперь мы мошем заняться нашим делами, — сказал ван дер Кэйлен.

— Мы отплываем завтра, — объявил его светлость.

Блад очень удивился.

— А полковник Бишоп? — спросил он.

— Теперь вы — губернатор, и это уже дело ваше. Когда он вернётся, вы можете поступить с ним по своему усмотрению. Можете вздёрнуть этого болвана на рее его собственного корабля. Он вполне заслуживает этого.

— Задача не очень приятная, милорд, — заметил Блад.

— Конечно. И вдобавок я оставляю ещё для него письмо. Надеюсь, оно ему понравится!

Капитан Блад немедленно приступил к исполнению своих новых обязанностей. Прежде всего следовало привести Порт-Ройял в состояние обороноспособности: восстановить разрушенный форт, отремонтировать трофейные французские корабли, которые уже были вытащены на берег. Сделав эти распоряжения, Блад собрал своих корсаров и с разрешения лорда Уиллогби передал им одну пятую часть захваченных ценностей. Он предложил недавним своим соратникам выбор: либо уехать с Ямайки, либо поступить на службу к королю Вильгельму.

Человек двадцать из них решили последовать его примеру. Среди них были Джереми Питт, Огл и Дайк, для которых, так же как и для Блада, ссылка окончилась после свержения с престола короля Якова. Только они да ещё старый Волверстон, оставшийся в Картахене, и уцелели из той группы осуждённых повстанцев, что бежали с Барбадоса на «Синко Льягас».

На следующий день утром, когда эскадра ван дер Кэйлена заканчивала последние приготовления к выходу в море, в просторный кабинет губернатора, где сидел Блад, явился майор Мэллэрд с докладом о том, что на горизонте показалась эскадра полковника Бишопа.

— Очень хорошо, — сказал Блад. — Я рад, что Бишоп возвращается ещё до отъезда лорда Уиллогби. Майор Мэллэрд, как только полковник спустится на берег, арестуйте его и доставьте ко мне сюда... Подождите, — сказал он майору и поспешно написал записку. — Немедленно передайте это лорду Уиллогби.

Майор Мэллэрд отдал честь и ушёл. Питер Блад, нахмурившись, глядел в потолок, размышляя о странных превратностях судьбы. Его размышления прервал осторожный стук в дверь, и в кабинет вошёл пожилой слуга-негр с покорнейшей просьбой к его высокопревосходительству принять мисс Бишоп.

Его высокопревосходительство изменился в лице. Сердце его тревожно забилось и замерло. Он сидел неподвижно, уставившись на негра и чувствуя, что голос у него отнялся, что он не может произнести ни слова, и ему пришлось ограничиться кивком головы в знак согласия принять посетительницу.

Когда Арабелла Бишоп вошла, Блад встал, и если он не был бледен так же, как она, то потому только, что эту бледность скрывал загар. Какое-то мгновение они молча смотрели друг на друга. Затем она пошла ему навстречу и, запинаясь, что было удивительно для такой сдержанной девушки, сказала срывающимся голосом:

— Я... я... майор Мэллэрд сообщил мне...

— Майор Мэллэрд превысил свои обязанности, — прервал её Блад. Он хотел сказать это спокойно, но именно поэтому его голос прозвучал хрипло и неестественно громко. Заметив, как она вздрогнула, он сразу же решил успокоить её: — Вы напрасно тревожитесь, мисс Бишоп. Каковы бы ни были мои отношения с вашим дядей, я не последую его примеру. Я не стану пользоваться своей властью и сводить с ним личные счёты. Наоборот, мне придётся злоупотребить своей властью, чтобы защитить его. Лорд Уиллогби требовал отнестись к вашему дяде без всякого снисхождения. Я же собираюсь отослать его обратно на его плантации в Барбадос.

Арабелла прижала руки к груди.

— Я… я… рада, что вы так поступите. Рада прежде всего за вас…

И, сделав к нему шаг, она протянула ему руку.

Он недоверчиво взглянул на неё.

— Мне, вору и пирату, не полагается касаться вашей руки, — сказал он с горечью.

— Но вы уже ни тот и ни другой, — ответила Арабелла, пытаясь улыбнуться.

— Да, но, к сожалению, не вас я должен за это благодарить. И на эту тему нам, пожалуй, больше говорить не стоит. Могу ещё заверить вас, что лорду Джулиану Уэйду меня бояться нечего. Такая гарантия, полагаю, нужна для вашего спокойствия.

— Ради вас — да. Но только ради вас самого. Я не хочу, чтобы вы поступали низко или бесчестно.

— Хотя я — вор и пират? — вырвалось у него.

В отчаянии она всплеснула руками:

— Неужели вы никогда не простите мне этого?

— Должен признаться, мне нелегко это сделать. Но после всего сказанного какое это имеет значение?

На мгновение задумавшись, она посмотрела на него своими чистыми карими глазами, а затем снова протянула ему руку:

— Я уезжаю, капитан Блад. Поскольку вы так добры к моему дяде, я возвращаюсь вместе с ним на Барбадос. Вряд ли мы с вами когда-нибудь встретимся. Может быть, мы расстанемся добрыми друзьями? Я ещё раз прошу извинить меня. Может быть... может быть, вы попрощаетесь со мной?

Он заставил себя говорить мягче, взял протянутую Арабеллой руку и, удерживая её в своей руке, заговорил, угрюмо, с тоской глядя на Арабеллу.

— Вы возвращаетесь на Барбадос, и лорд Джулиан едет с вами? — медленно спросил он.

— Почему вы спрашиваете меня об этом? — И она бесстрашно подняла на него глаза.

— Позвольте, разве он не выполнил моего поручения? Или он что-нибудь напутал?

— Нет, он ничего не напутал и передал мне всё, как вы сказали. Меня очень тронули ваши слова. Они заставили меня понять и мою ошибку и мою несправедливость к вам. Я судила вас слишком строго, хотя вообще-то и судить было не за что.

— А как же тогда лорд Джулиан? — спросил он, продолжая удерживать её руку в своей и глядя на Арабеллу глазами, горевшими, как сапфиры, на его лице цвета меди.

— Вероятно, лорд Джулиан вернётся в Англию. Здесь ему делать нечего.

— Разве он не просил вас поехать с ним?

— Да, просил, и я прощаю вам такой неуместный вопрос.

В нём внезапно пробудилась безумная надежда:

— А вы? О, благодарение небу! Вы хотите сказать... вы отказались... Да? Отказались, чтобы... стать моей женой, когда...

— О! Вы невыносимы! — Она вырвала руку и отпрянула от него. — Мне не следовало приходить... Прощайте!

Арабелла быстро пошла к двери, но Блад догнал её и схватил за руку. Лицо девушки залилось румянцем, и она горестно посмотрела на него:

— Вы ведёте себя по-пиратски. Отпустите меня!

— Арабелла! — умоляюще воскликнул он. — Что вы говорите? Разве я могу отпустить вас? Разве я могу позволить вам уехать и никогда больше не видеть вас? Может быть, вы останетесь и поможете мне перенести эту недолгую ссылку, а потом мы уедем вместе?. О, вы плачете? Почему? Что же я сказал такое, чтобы заставить тебя расплакаться, родная?

— Я думала, что ты мне никогда этого не скажешь, — произнесла Арабелла, улыбаясь сквозь слёзы.

— Да, но ведь здесь был лорд Джулиан, красивый, знатный...

— Для меня всегда был только ты один, Питер...

Им многое нужно было сказать друг другу. Так много, что губернатор Блад позабыл о всех своих обязанностях. Наконец он добрался до конца своего пути. Его одиссея кончилась.

А тем временем эскадра полковника Бишопа бросила якорь на рейде. Расстроенный полковник Бишоп сошёл на мол, где ему предстояло расстроиться ещё больше. Его сопровождал лорд Джулиан Уэйд.

Для встречи Бишопа был выстроен отряд морской полиции. Перед отрядом стояли майор Мэллэрд и ещё два человека, незнакомых губернатору: один маленький, пожилой, в тёмно-красном атласном камзоле, а другой большой, дородный, в камзоле военно-морского покроя.

Майор Мэллэрд подошёл к Бишопу.

— Полковник Бишоп! — сказал он. — Я имею приказ о вашем аресте. Вашу шпагу, сэр!

Бишоп побагровел и уставился на него:

— Что за дьявольщина... Вы говорите — арестовать... Арестовать меня?

— По приказу губернатора Ямайки, — сказал элегантно одетый маленький человечек, стоявший позади Мэллэрда.

Бишоп быстро повернулся к нему:

— Губернатора? Вы с ума сошли! — Он взглянул сначала на одного незнакомца, а затем на другого. — Но губернатор-то — я!

— Вы были им, — сухо сказал маленький человечек, — но в ваше отсутствие многое изменилось. Вы сняты за то, что покинули свой пост без уважительной причины и тем подвергли опасности колонию, за которую несли ответственность. Это серьёзная провинность, полковник Бишоп, как вам придётся убедиться. Учитывая, что на этот пост вы были назначены правительством короля Якова, возможно, вам будет предъявлено обвинение в измене. Ваш преемник сам решит вопрос — повесить вас или нет.

Бишоп, у которого почти замерло дыхание, выругался, а затем, дрожа от страха, спросил:

— А кто вы такие, чёрт побери?

— Я — лорд Уиллогби, генерал-губернатор колоний его величества короля Англии в Вест-Индии. Мне кажется, вы должны были получить уведомление о моём прибытии.

У Бишопа мгновенно испарились последние остатки его гнева. Холёное лицо стоявшего позади него лорда Джулиана побелело и вытянулось.

— Но, милорд… — начал было полковник.

— Меня не интересуют ваши объяснения, сэр! — резко прервал его Уиллогби. — Я отплываю, и у меня нет времени вами заниматься. Губернатор выслушает вас и, несомненно, воздаст вам по справедливости. — Он махнул рукой майору Мэллэрду, и охрана повела съёжившегося, совершенно разбитого полковника Бишопа.

Вместе с ним пошёл лорд Джулиан, которого никто не задерживал. Несколько придя в себя, Бишоп обрёл наконец способность говорить.

— Это ещё одно добавление к моему счёту с этим мерзавцем Бладом! — процедил он сквозь зубы. — Ох, как я разделаюсь с ним, когда мы встретимся!

Майор Мэллэрд отвернулся в сторону, чтобы скрыть улыбку. Молча он отвёл арестованного в губернаторский дом, который так долго был резиденцией полковника Бишопа. Оставив полковника под охраной в вестибюле, майор доложил губернатору, что арестованный доставлен.

Мисс Бишоп всё ещё была у Питера Блада, когда вошёл Мэллэрд. Его сообщение вернуло их к действительности.

— Ты пощадишь его, Питер? Ради меня! — умоляюще сказала она и вспыхнула, увидев выпученные от удивления глаза майора Мэллэрда.

— Постараюсь, моя дорогая, — ответил Блад, весело взглянув на обалдевшего майора, — но боюсь, что обстоятельства не позволят мне этого.

Смущённая Арабелла, сообразив, что при майоре иного ответа она и не могла услышать, убежала в сад, а майор Мэллэрд отправился за полковником.

— Его высокопревосходительство губернатор сейчас примет вас, — объявил он и широко распахнул дверь.

Полковник Бишоп, шатаясь, вошёл в кабинет и остановился в ожидании. За столом сидел незнакомый ему человек. Видна была только макушка тщательно завитого парика. Потом губернатор Ямайки поднял голову, и его синие глаза сурово взглянули на арестованного. Полковник Бишоп издал горлом нечленораздельный звук и, остолбенев от изумления, уставился на его высокопревосходительство губернатора Ямайки, узнав в нём человека, за которым он так долго и безуспешно охотился.

Эту сцену лучше всего охарактеризовал ван дер Кэйлен в разговоре с лордом Уиллогби, когда они ступили на палубу флагманского корабля адмирала.

— Это ошень поэтишно, — сказал он, и в его голубых глазах промелькнул весёлый огонёк. — Капитан Блад любит поэзию. Ви помниль яблок в цвету? Да? Ха-ха!

ХРОНИКА КАПИТАНА БЛАДА

ХОЛОСТОЙ ВЫСТРЕЛ

В судовом журнале, оставленном Джереми Питтом, немалое место уделено длительной борьбе Питера Блада с капитаном Истерлингом, и последний предстает перед нами как некое орудие судьбы, решившее дальнейшую участь тех заключенных, которые, захватив корабль «Синко Льягас», бежали на нем с Барбадоса.

Люди эти могли уповать лишь на милость случая. Изменись тогда направление или сила ветра, и вся их жизнь могла сложиться по-иному. Судьбу Питера Блада, без сомнения, решил октябрьский шторм, который загнал десятипушечный шлюп капитана Истерлинга в Кайонскую бухту, где «Синко Льягас» безмятежно покачивался на якоре почти целый месяц.

Капитан Блад вместе с остальными беглецами нашел приют в этом оплоте пиратства на острове Тортуга, зная, что они могут укрыться там на то время, пока не решат, как им надлежит действовать дальше. Их выбор пал на эту гавань, так как она была единственной во всем Карибском море, где им не угрожало стать предметом докучливых расспросов. Ни одно английское поселение не предоставило бы им приюта, памятуя об их прошлом. В лице Испании они имели заклятого врага, и не только потому, что были англичанами, а главным образом потому, что владели испанским судном. Ни в одной французской колонии они не могли бы чувствовать себя в безопасности, ибо между правительствами Франции и Англии только что было заключено соглашение, по которому обе стороны взаимно обязались задерживать и препровождать на родину всех беглых каторжников. Оставалась еще Голландия, соблюдавшая нейтралитет. Но Питер Блад считал, что состояние нейтралитета чревато самыми большими неожиданностями, ибо оно открывает полную свободу действий в любом направлении. Поэтому, держась подальше от берегов Голландии, как и от всех прочих населенных мест, он взял курс прямо на остров Тортугу, которым владела французская Вест-

Индская компания и который являлся номинально французским, но именно только номинально, а по существу не принадлежал никакой нации, если, конечно, «береговое братство» — так именовали себя пираты — нельзя было рассматривать как нацию. Во всяком случае, законы Тортуги не вступали в противоречие с законами столь могущественного братства. Французское правительство было заинтересовано в том, чтобы оказывать покровительство этим стоящим вне закона людям, дабы они, в свою очередь, могли послужить Франции, стремившейся обуздать алчность Испании и воспрепятствовать ее хищническим посягательствам на Вест-Индию.

Поэтому беглецы — бунтовщики и бывшие каторжники — почувствовали себя спокойно на борту «Синко Льягас», бросившего якорь у Тортуги, и только появление Истерлинга возмутило этот покой, вынудило их положить конец бездействию и определило тем их дальнейшую судьбу.

Капитан Истерлинг — самый отъявленный негодяй из всех бороздивших когда-либо воды Карибского моря, — держал в трюме своего судна несколько тонн какао, облегчив от этого груза голландский торговый корабль, возвращавшийся на родину с Антильских островов. Подвиг сей, как ему вскоре пришлось убедиться, не увенчал его славой, ибо слава в глазах этого пирата измерялась ценностью добычи, ценность же добычи была в этом случае слишком ничтожна, чтобы поднять капитана во мнении «берегового братства», бывшего о нем не слишком высокого мнения. Знай Истерлинг, что груз голландского купца столь небогат, он дал бы судну спокойно пройти мимо. Но, взяв его на абордаж, он почел долгом в интересах всей шайки негодяев, служивших под его командой, забрать хотя бы то, что нашлось. Если на корабле не оказалось ничего более ценного, чем какао, то в этом, конечно, была повинна злая судьба, которая, как считал Истерлинг, преследовала его последнее время, отчего ему с каждым днем становилось все труднее вербовать для себя людей.

Раздумывая над этим и мечтая о великих подвигах, он привел свой шлюп «Бонавентура» в укромную, скалистую гавань Тортуги, как бы самой природой предназначенную служить надежным приютом для кораблей. Отвесные скалы, вздымаясь ввысь, ограждали с двух сторон этот небольшой залив. Проникнуть в него можно было только через два пролива, а для этого требовалось искусство опытного лоцмана. Рука человека продолжила здесь дело природы, воздвигнув Горный форт — грозную крепость, защищавшую вход в проливы. Из этой гавани французские и английские пираты, превратившие ее в свое логово, могли спокойно бросать вызов могуществу испанского короля, к которому они все питали лютую ненависть, ибо это он своими преследованиями превратил их из мирных поселенцев в грозных морских разбойников.

Однако, войдя в гавань, Истерлинг позабыл о своих мечтах — столь удивительным оказалось то, что предстало ему здесь наяву. Это необычайное видение имело форму большого корабля, чей алый корпус горделиво возвышался среди остальных мелких суденышек, словно величавый лебедь в стае гусей. Подойдя ближе, Истерлинг прочел название корабля, выведенное крупными золотыми буквами на борту, а под ним — и название порта, к которому корабль был приписан: «Синко Льягас», Кадис. Истерлинг протер глаза и прочел снова. После этого ему оставалось только теряться в догадках о том, как этот великолепный испанский корабль мог очутиться в таком пиратском гнезде, как Тортуга. Корабль был прекрасен — весь от золоченого украшения на носу, над которым поблескивали на солнце медные жерла пушек, до высокой кормы; прекрасен и могуч, ибо опытный глаз Истерлинга уже насчитал сорок орудий за его задраенными портами.

«Бонавентура» бросил якорь в десяти саженях от большого корабля в западной части гавани у самого подножия Горного форта, и капитан Истерлинг сошел на берег, спеша найти разгадку этой тайны.

На рыночной площади за молом он смешался с пестрой толпой. Здесь шумели и суетились торговцы всевозможных национальностей, но больше всего было англичан, французов и голландцев; здесь встречались путешественники и моряки самого различного рода; флибустьеры[1], все еще остававшиеся таковыми, и флибустьеры, уже откровенно превратившиеся в пиратов; здесь были лесорубы, ловцы жемчуга, индусы, негры-рабы, мулаты — торговцы фруктами и множество других представителей рода человеческого, которые ежедневно прибывали в Кайонскую бухту — одни, чтобы поторговать, другие, чтобы просто послоняться. Истерлинг без труда отыскал двух хорошо осведомленных прощелыг, и те охотно поведали ему необычайную историю благородного кадисского судна с кучкой беглых каторжников на борту, бросившего якорь в Кайонской бухте.

Истерлинга рассказ этот не только позабавил, но и ошеломил. Он пожелал получить более подробные сведения о людях, принимавших участие в этом неслыханном предприятии, и узнал, что их всего десятка два, не больше, и что все они — политические преступники-бунтовщики, сражавшиеся в Англии на стороне Монмута и не попавшие на виселицу только потому, что вест-индским плантаторам требовались рабы. Ему доложили все, что было известно и об их вожаке Питере Бладе. Прежде он был врачом, сообщили ему, и добавили еще кое-какие подробности.

Шел слух, что Питер Блад хочет вернуться к профессии врача и потому решил вместе с большинством своих сподвижников при первой возможности отвести корабль обратно в Европу. Лишь кое-кто из самых отчаянных головорезов, неразлучных с морем, выразили желание остаться здесь и примкнуть к «береговому братству».

Вот что услышал Истерлинг на рыночной площади, позади мола, пока его острый взгляд продолжал рассматривать и изучать большой красный корабль.

---

[1] Флибустьеры — морские разбойники, грабившие преимущественно испанские суда и испанские колонии в Америке (XVII-XVIII вв.).

Будь у него такой корабль, каких бы дел мог он натворить! Перед глазами Истерлинга поплыли видения. Слава Генри Моргана, под командой которого он когда-то плавал и который посвятил его в науку пиратства, померкла бы перед его славой! Несчастные беглые каторжники, надо полагать, будут только рады продать ему этот корабль, уже сослуживший им свою службу, и, верно, не заломят за него слишком высокой цены. Хватит с них и груза какао, спрятанного в трюме «Бонавентуры».

Капитан Истерлинг погладил свою черную курчавую бороду и улыбнулся. У него-то сразу хватило смекалки сообразить, какие возможности таятся в этом корабле, который уже месяц, как стоит здесь на причале у всех на виду. Так, значит, ему и поживиться, раз он оказался умнее всех.

И он побрел через весь город мимо невзрачных домишек, по запорошенной коралловой пылью дороге — такой ослепительно-белой под ярким солнцем, что глаз человека невольно старался отдохнуть на пятнах тени, ложившихся на дорогу от росших по сторонам ее чахлых пальм.

Он так спешил к своей цели, что прошел мимо таверны «У французского короля», не обратив внимания на тех, кто окликал его с порога, и не зашел выпить стакан вина с веселой и шумной пиратской братией, разодетой причудливо и пестро. Дело влекло его в этот утренний час к господину д'Ожерону, почтенному, любезному губернатору Тортуги, представлявшему в своем лице и французскую Вест-Индскую компанию, и тем самым как бы и саму Францию и с достоинством высокого сановника обделывавшему дела сомнительной честности, но несомненной прибыточности для компании.

В красивом белом доме с зелеными ставнями, уютно укрывшемся среди ароматных перечных деревьев и душистых кустарников, губернатор — худощавый, элегантно одетый француз, принесший в дикие просторы Тортуги отзвук непринужденной галантности Версаля, — оказал капитану Истерлингу церемонно-дружелюбный прием.

Шагнув из слепящей белизны улицы в прохладу просторной комнаты, куда свет проникал лишь сквозь узкие щели между планками закрытых ставен, капитан Истерлинг в первое мгновение погрузился, как ему показалось, в кромешную тьму, и лишь постепенно глаза его освоились с полумраком.

Губернатор предложил ему сесть и приготовился его выслушать.

Что касалось груза какао, то этот вопрос не встретил никаких затруднений. Господина д'Ожерона ни в коей мере не интересовало, откуда взялся этот груз. Впрочем, он не питал на этот счет никаких иллюзий, что явствовало из цены, за которую он готов был этот груз приобрести. Он предложил примерно половину нормальной рыночной стоимости. Губернатор д'Ожерон весьма добросовестно соблюдал интересы французской Вест-Индской компании.

Истерлинг сделал безуспешную попытку поторговаться, поворчал немного, уступил и перешел к главному вопросу. Он заявил о своем желании приобрести испанское судно, стоящее в гавани на якоре. Не согласится ли господин д'Ожерон купить это судно от его имени у беглых каторжников, которые, как известно, сейчас им владеют?

Господин д'Ожерон ответил не сразу.

— Но быть может, — сказал он, подумав, — они не захотят его продать.

— Не захотят продать? Помилуй бог, зачем этим несчастным оборванцам такой корабль?

— Я лишь высказываю предположение, что и такая возможность не исключена, — заметил д'Ожерон. — Зайдите ко мне сегодня вечером, и я дам вам ответ.

Капитан Истерлинг повторил свой визит, как ему было предложено, и застал д'Ожерона не одного. Когда губернатор встал, приветствуя своего гостя, следом за ним поднялся высокий худощавый мужчина лет тридцати с небольшим; на смуглом, как у цыгана, гладко выбритом лице его невольно приковывали к себе внимание синие глаза, смотревшие твердо и проницательно. Если господин д'Ожерон манерами и платьем заставлял вспомнить Версаль, то его гость невольно приводил на память Аламеду[1]. На нем был дорогой черный костюм испанского покроя, украшенный серебряной пеной пышных кружевных манжет и жабо, и черный парик с локонами до плеч.

Господин д'Ожерон представил незнакомца:

— Вот, капитан, это мистер Питер Блад — он сам ответит на ваш вопрос.

[1] Бульвар в Мадриде.

Истерлинг был сильно обескуражен — так не вязалась внешность этого человека с тем обликом, который он заранее себе нарисовал. Капитан подумал было, что все эти красивые испанские одежды украдены, надо полагать, у бывшего командира «Синко Льягас», но тут этот необыкновенный беглый каторжник отвесил ему поклон с изысканной грацией придворного. Однако капитан Истерлинг припомнил еще кое-что.

— Ага! Как же, знаю, вы — доктор! — сказал он и рассмеялся, несколько не к месту.

Питер Блад заговорил. У него был красивый голос; чуть металлические нотки его смягчались ирландским акцентом. Однако его слова лишь пробудили нетерпеливое раздражение капитана Истерлинга — оказывается, продажа «Синко Льягас» не входила в намерения мистера Блада.

Пират принял угрожающую позу: он стоял перед элегантным Питером Бладом — огромный, волосатый, свирепый, в грубой рубахе и кожаных штанах, в желто-красном цветастом платке, стянутом узлом на коротко остриженной голове. Вызывающим тоном он потребовал у Блада объяснений; по какой причине хочет он удержать в своих руках корабль, который совершенно не нужен ни ему, ни другим беглым каторжникам, его дружкам.

Ответ Питера Блада прозвучал вежливо и мягко, что лишь усилило презрительное отношение к нему Истерлинга. Мистер Блад готов был заверить капитана Истерлинга, что его предположение несколько ошибочно. Вполне возможно, что беглецы с Барбадоса захотят использовать это судно, чтобы вернуться на нем в Европу — во Францию или в Голландию.

— Быть может, мы не совсем те, за кого вы нас принимаете, капитан. Один из моих товарищей — опытный шкипер, а трое других несли различную службу в английском королевском флоте.

— Ба! — Вся мера презрения Истерлинга выразилась в этом громогласном восклицании. — Вы что, спятили? Это опасная штука — плавать по морю, приятель. А если вас схватят? Такое ведь тоже может случиться! Что вы будете тогда делать с вашей жалкой командой? Об этом вы подумали?

Но Питер Блад был все так же спокоен и невозмутим.

— Если у нас маловато матросов, то вполне достаточно пушек и полновесных ядер. Провести корабль через океан я, быть может, и не сумею, но командовать этим кораблем, если придется принять бой, безусловно, могу. Мне преподал эту науку сам де Ритер.

Это прославленное имя на мгновение согнало саркастическую усмешку с лица Истерлинга.

— Ритер?

— Да, я служил под его командованием несколько лет тому назад.

Истерлинг был явно озадачен.

— А я ведь думал, что вы — корабельный врач.

— И врач тоже, — спокойно подтвердил ирландец.

Пират выразил свое удивление по этому поводу в нескольких щедро сдобренных богохульствами восклицаниях. Но тут губернатор д'Ожерон нашел уместным положить конец визиту:

— Как видите, капитан Истерлинг, все ясно, и говорить больше не о чем.

По-видимому, все действительно было ясно, и капитан Истерлинг угрюмо откланялся. Однако, раздраженно шагая обратно к молу и ворча себе под нос, он думал о том, что если говорить больше и не о чем, то предпринять кое-что еще можно. Уже привыкнув в воображении считать величественный «Синко Льягас» своим, он отнюдь не был расположен отказаться от обладания этим кораблем.

Губернатор д'Ожерон, со своей стороны, также, по-видимому, считал, что к сказанному можно еще кое-что добавить, и сделал это, когда Истерлинг скрылся за дверью.

— Дурной и очень опасный человек Истерлинг, — заметил он. — Советую вам, мосье Блад, учесть это.

Но Питер Блад отнесся к предостережению довольно беспечно.

— Вы меня ничуть не удивили. Даже не зная, что этот человек — пират, с первого взгляда видно, что он негодяй.

Легкое облачко досады затуманило на мгновение тонкие черты губернатора Тортуги.

— О мосье Блад, флибустьер не обязательно должен быть негодяем, и, право же, вам не стоит с чрезмерным высокомерием относиться к профессии флибустьера. Среди них немало людей, которые сослужили хорошую службу и вашей родине, и моей, ставя препоны алчному хищничеству Испании. А ведь, собственно говоря, оно-то их и породило. Если бы не флибустьеры, Испания столь же безраздельно, сколь и бесчеловечно хозяйничала бы в этих водах, где ни Франция, ни Англия не могут держать своего флота. Не забудьте, что ваша страна высоко оценила заслуги Генри Моргана, почтив его рыцарским званием и назначив губернатором Ямайки. А он был еще более грозным пиратом, чем ваш сэр Френсис Дрейк, или Хоукинс, или Фробишер и все прочие, чью память у вас на родине чтят до сих пор.

И вслед за этим губернатор д'Ожерон, извлекавший очень значительные доходы в виде морской пошлины со всех награбленных ценностей, попадавших в гавань Тортуги, в самых торжественных выражениях посоветовал мистеру Бладу пойти по стопам вышеупомянутых героев. Питер Блад, бездомный изгнанник, объявленный вне закона, обладал прекрасным судном и небольшой, но весьма способной командой, и господин д'Ожерон не сомневался, что при недюжинных способностях мистера Блада его ждут большие успехи, если он вступит в «береговое братство» флибустьеров.

У самого Питера Блада также не было на этот счет никаких сомнений; тем не менее он не склонялся к такой мысли. И, возможно, никогда бы и не пришел к ней, сколько бы ни пытались склонить его к этому большинство его приверженцев, не случись тех событий, которые вскоре последовали.

Среди этих приверженцев наибольшую настойчивость проявляли Питт, Хагторп и гигант Волверстон, потерявший глаз в бою при Сегморе. Бладу, конечно, легко мечтать о возвращении в Европу, толковали они. У него в руках хорошая, спокойная профессия врача, и он всегда заработает себе на жизнь и во Франции и в Нидерландах. Ну, а они — моряки и ничего другого, кроме мореходства, не знают. Да и Дайк, который до того, как погрузиться в политику и примкнуть к бунтовщикам, служил младшим офицером в английском военном флоте, держался примерно того же мнения, а Огл, канонир, требовал, чтобы какой-нибудь бог, или черт, или сам Блад сказали ему, есть ли во всем британском адмиралтействе такой дурак, что решится доверить пушку человеку, сражавшемуся под знаменами Монмута.

Было ясно, что у Питера Блада оставался только один выход — распрощаться с этими людьми, с которыми сроднили его перенесенные вместе опасности и невзгоды. Именно в этот критический момент судьбе и было угодно избрать своим орудием капитана Истерлинга и поставить его на пути Питера Блада.

Три дня спустя после свидания с Бладом в доме губернатора капитан Истерлинг подплыл утром в небольшой шлюпке к «Синко Льягас» и поднялся на борт. Грозно шагая по палубе, он поглядывал своими острыми темными глазками по сторонам. Он увидел, что «Синко Льягас» не только отменно построенный корабль, но и содержится в образцовом порядке. Палубы были надраены, такелаж в безупречном состоянии, каждый предмет находился на положенном месте. Мушкеты стояли в козлах возле грот-мачты, и все медные части и крышки портов ослепительно сверкали в лучах солнца, отливая золотом. Как видно, эти беглые каторжники, из которых Блад сколотил свою команду, были не такими уж рохлями.

А вот и сам Питер Блад собственной персоной — весь в черном с серебром, что твой испанский гранд; он снимает свою черную шляпу с темно-красным плюмажем и отвешивает такой низкий поклон, что локоны его черного парика, раскачиваясь из стороны в сторону, как уши спаниеля, почти закрывают ему лицо. Рядом с ним стоит Натаниель Хагторп, очень приятный с виду господин, примерно такого же возраста, как сам Блад; у него чисто выбритое лицо и спокойный взгляд благовоспитанного человека. Позади них — еще трое: Джереми Питт, молодой, светловолосый шкипер из Сомерсетшира; коренастый здоровяк Николае Дайк, младший офицер морского флота, служивший королю Якову, когда тот был еще герцогом Иоркским, и гигант Волверстон.

Все эти господа отнюдь не походят на оборванцев, какими поспешно нарисовало их себе воображение Истерлинга. Даже дородный Волверстон облек свои могучие мышцы для такого торжественного случая в испанскую мишуру.

Представив их своему гостю, Питер Блад пригласил капитана «Бонавентуры» в капитанскую каюту, огромные размеры и богатое убранство которой превосходили все, что Истерлингу приходилось когдалибо видеть на судах.

Негр-слуга в белой куртке — юноша, взятый в услужение на корабль с Тортуги, — подал, помимо обычных рома, сахара и свежих лимонов, еще бутылку золотистого канарского вина из старых запасов судна, и Питер Блад радушно предложил непрошеному гостю отведать его.

Помня предостережение губернатора д'Ожерона, Питер Блад почел за лучшее принять опасного гостя со всей возможной учтивостью, рассчитывая отчасти на то, что, почувствовав себя свободно, Истерлинг, быть может, скорее раскроет свои коварные замыслы.

Развалившись в изящном мягком кресле перед столом из черного дуба, капитан Истерлинг щедро воздавал должное канарскому вину, столь же щедро его похваливая. Затем он перешел к делу и спросил Питера Блада, не переменил ли он по зрелом размышлении своего решения и не продаст ли он судно.

— А если согласитесь продать, — добавил он, скользнув взглядом по лицам четырех товарищей Блада, — так увидите, что я не поскуплюсь, поскольку эти денежки вам придется поделить на всех.

Если капитан Истерлинг рассчитывал таким способом произвести впечатление на остальных собеседников, то следует отметить, что невозмутимое выражение их физиономий несколько его разочаровало.

Питер Блад покачал головой.

— Вы напрасно утруждаете себя, капитан. Какое бы мы ни приняли решение, «Синко Льягас» останется у нас.

— Какое бы вы ни приняли решение? — Густые черные брови на низком лбу удивленно поползли вверх. — Значит, вы еще не решили отплыть в Европу? Что ж, тогда я сразу перейду к делу и, раз вы не хотите продать судно, сделаю вам другое предложение. Давайте-ка вы с вашим кораблем присоединяйтесь к моему «Бонавентуре», и мы сообща сварганим одно дельце, которое будет не безделицей. — И капитан, очень довольный своим плоским каламбуром, оглушительно расхохотался, блеснув белыми зубами в обрамлении курчавой черной бороды.

— Благодарю вас за честь, но мы не собирались заниматься пиратством.

Истерлинг не обиделся, но и бровью не повел. Только взмахнул огромной ручищей, словно отметая нелепое предположение.

— Я вам не пиратствовать предлагаю.

— Что же тогда?

— Могу я вам довериться? — спросил он, и его взгляд снова обежал все лица.

— Как вам будет угодно, но боюсь, что при любых условиях вы только даром потратите время.

Это звучало не слишком обнадеживающе. Тем не менее Истерлинг приступил к делу.

Известно ли им, что он плавал вместе с Морганом? Совместно с Морганом он проделал большой переход через Панамский перешеек, и ни для кого не секрет, что когда подошло время делить добычу, унесенную ими из разграбленного испанского города, она оказалась куда меньше, чем рассчитывали пираты. Поговаривали, что Морган произвел дележку не по чести, что он успел заранее припрятать у себя большую часть захваченных сокровищ. Так вот, все это говорили недаром: он, Истерлинг, может поручиться. Морган в самом деле припрятал тайком жемчуга и драгоценных камней из Сан-Фелипе на баснословную сумму. Но когда об этом поползли слухи, он струсил. Побоялся, что припрятанные у него сокровища найдут, и тогда ему крышка. И однажды ночью, когда они шли через перешеек, он где-то на полпути зарыл в землю присвоенные им драгоценности.

— И только один человек на свете знал об этом, — заявил капитан Истерлинг напряженно внимавшим ему слушателям (а подобное сообщение могло заинтересовать кого угодно). — Знал тот, кто помогал ему все это зарывать, — одному-то ему во век бы не справиться. Так вот, этот человек был я.

Истерлинг помолчал, дабы грандиозность сделанного им сообщения поглубже проникла в сознание слушателей, и заговорил снова.

Он предложил беглецам отправиться вместе с ним на «Синко Льягас» в экспедицию за сокровищами, которые они потом поделят между собой по законам «берегового братства».

— Морган зарыл там ценностей самое малое на четыре миллиона реалов.

Подобная сумма заставила всех слушателей широко раскрыть глаза. Всех, даже самого капитана Блада, впрочем, совсем по иной причине.

— Право же, это очень странно, — задумчиво произнес он.

— Что кажется вам странным, мистер Блад?

Капитан Блад ответил вопросом на вопрос:

— Сколько у вас людей на борту «Бонавентуры»?

— Да что-то около двух сотен.

— И несмотря на это, двадцать человек моей команды представляют для вас такой интерес, что вы нашли для себя возможным обратиться ко мне с подобным предложением?

Истерлинг загоготал прямо ему в лицо.

— Я вижу, что вы ничего не понимаете. Люди мне не нужны, мне нужно хорошее крепкое судно, чтобы надежно поместить на нем наше сокровище. В трюме такого корабля, как ваш, оно будет спокойненько лежать себе, как в крепости, и тогда плевать я хотел на все испанские галионы, пусть они лучше ко мне не суются.

— Черт побери, теперь мне все понятно, — сказал Волверстон, а Питт, Дайк и Хагторп согласно закивали головами.

Но холодные синие глаза Питера Блада все так же, не мигая, смотрели на грузного пирата, и выражение их не изменилось.

— Это понять нетрудно, как заметил Волверстон. Но в таком случае, если делить на всех поровну, на долю «Синко Льягас» придется одна десятая всей добычи, а это ни в коей мере не может нас удовлетворить.

Истерлинг надул щеки и сделал широкий жест своей огромной лапищей.

— А какую дележку предлагаете вы?

— Мы должны это обсудить. Но, во всяком случае, наша доля не может быть меньше одной пятой.

Лицо пирата осталось непроницаемым. Он молча наклонил повязанную пестрым платком голову. Потом сказал:

— Притащите этих ваших приятелей завтра ко мне на «Бонавентуру», мы пообедаем вместе и составим соглашение.

Секунды две Питер Блад, казалось, был в нерешительности. Затем он принял приглашение, учтиво за него поблагодарив.

Но когда пират отбыл, капитан поспешил охладить пыл своих сподвижников.

— Меня предупреждали, что Истерлинг — человек опасный. Думаю, что ему польстили. Опасный человек должен быть умен, а капитан Истерлинг этим качеством не обладает.

— Сдается мне, ты что-то блажишь, Питер, — заметил Волверстон.

— Я просто стараюсь разгадать, зачем понадобилось ему заключать союз с нами, и раздумываю над тем объяснением, которое он этому дал. Вероятно, он просто не мог придумать ничего лучшего, когда ему был поставлен вопрос в упор.

— Так оно же проще простого, — решительно вмешался Хагторп. Ему казалось, что Питер Блад зря усложняет дело.

— Проще простого! — Блад рассмеялся. — Даже чересчур просто, если хотите знать. Проще простого и яснее ясного, пока вы не вдумаетесь в это хорошенько. Да, конечно, на первый взгляд он сделал нам заманчивое, даже блестящее предложение. Только не все то золото, что блестит. Надежный, как крепость, корабль, в трюме которого упрятано на четыре миллиона сокровищ, а мы с вами — его хозяева! Доверчивый же малый этот Истерлинг, слишком доверчивый для мошенника!

Помощники Блада задумались, в глазах их промелькнуло сомнение. Впрочем, Питт все еще оставался при своем мнении.

— У него нет другого выхода, и он верит в нашу честность, знает, что мы не обманем.

Питер Блад посмотрел на него с усмешкой.

— Не думаю, чтобы человек с такими глазами, как у этого Истерлинга, мог верить во что-нибудь, кроме захвата. Если он действительно хочет спрятать свое сокровище на нашем корабле (а тут, мне кажется, он не врет), то это значит, что он намерен завладеть и самим кораблем. Поверит он нам, как же! Разве может подобный человек, для которого не существует понятия чести, поверить, что мы не ускользнем от него однажды ночью, после того как примем его сокровища на борт, или даже попросту не потопим его шлюп, обстреляв его из наших орудий? Ты мне смешон, Джереми, со своими рассуждениями о чести.

Однако и Хагторпу еще не все было ясно.

— Ладно. Тогда зачем понадобилось ему искать этого союза с нами?

— Да он же сам сказал зачем. Ему нужен наш корабль! То ли для перевозки сокровища, если оно действительно существует, то ли еще зачем-то. Ведь он же пытался сначала купить у нас «Синко Льягас». Да, корабль ему нужен, это совершенно очевидно. А вот мы ему не нужны, и он постарается как можно быстрее от нас избавиться, можете не сомневаться.

И все же перспектива участвовать в дележе моргановского клада была, как заметил Питер Блад, весьма заманчива, и его товарищам очень не хотелось отвергнуть предложение Истерлинга. Стремясь к влекущей их цели, люди часто готовы идти на риск, готовы поверить в возможность удачи. Так было и с Хагторпом, и с Питтом, и с Дайком. Они решили, что Блад предубежден, что его восстановил против Истерлинга губернатор д'Ожерон, а тот мог при этом преследовать какие-то свои цели. Почему бы, во всяком случае, не пообедать с Истерлингом и не послушать, какие условия он предложит?

— А вы уверены, что он не отравит нас? — спросил Блад.

Ну, уж это он в своей подозрительности хватил через край. Товарищи прямо-таки подняли его на смех. Как это Истерлинг может их отравить, когда он сам будет пить и есть вместе с ними? Да и чего он этим достигнет? Разве это поможет ему завладеть «Синко Льягас»?

— Разумеется! Поднимется на борт с шайкой своих головорезов и захватит наших ребят, оставшихся без командиров, врасплох.

— Что, что? — вскричал Хагторп. — Здесь, на Тортуге? В этой пиратской гавани? Полно, полно, Питер! Есть же свои понятия чести даже у воров, думается мне.

— Ты волен, конечно, рассуждать так. Я же склонен думать совсем обратное. Меня как будто бы еще никто не считал боязливым, однако я предостерег бы вас всех от такого опрометчивого шага.

Однако мнение большинства было против него. Вся команда загорелась желанием участвовать в походе, когда ей сообщили о том, какое было сделано предложение.

И на другой день, как только пробило восемь склянок, капитан Блад в сопровождении Хагторпа, Питта и Дайка должен был волей-неволей подняться на борт «Бонавентуры». Волверстона оставили наблюдать за порядком на «Синко Льягас».

Истерлинг, окруженный толпой своих головорезов, шумно приветствовал гостей. Вся его команда была на корабле. Больше полутораста пиратов расположились на шкафуте, на полубаке и на корме — все до единого с оружием за поясом. Питер Блад мог бы и не обращать внимания своих спутников на эту странность: зачем пираты забрались на корабль, вместо того чтобы, как повелось, сидеть себе в тавернах на берегу? Все трое товарищей Блада уже и сами отметили про себя это подозрительное обстоятельство. Не укрылись от них и ядовитые ухмылочки этих негодяев, и у каждого мелькнула мысль, не был ли, в конце концов, прав Питер Блад в своих опасениях и не попались ли они в западню.

Но отступать было поздно. На полуюте, возле трапа, ведущего в каюту, стоял капитан Истерлинг, встречая гостей.

Питер Блад приостановился на мгновение и поглядел на ясное голубое небо и верхушки мачт, над которыми кружили чайки. Потом перевел взгляд на серую твердыню форта, утопавшую в жарком мареве на вершине скалы, на мол, пустынный в эти часы полуденного зноя, и, наконец, на большой красный корабль, мощный и величественный, отраженный в сверкающей глади залива. Его товарищам показалось, что он словно бы ищет, с какой стороны может прийти к ним помощь в случае нужды... Затем по приглашению Истерлинга Питер Блад ступил на полутемный трап, и его товарищи последовали за ним.

Каюта, как и весь корабль, запущенный и грязный, ни в коей мере не походила на капитанскую каюту «Синко Льягас». Потолок был так низок, что рослые Блад и Хагторп едва не касались его головой. Столь же убога была и обстановка каюты: несколько ларей с брошенными на них подушками вокруг простого, некрашеного стола, изрезанного ножами, давно не мытого. Невзирая на распахнутые настежь кормовые окна, воздух в каюте был спертым и удушливым: пахло канатами, затхлой трюмной водой.

Обед соответствовал обстановке. Свинина была пережарена, овощи переварены, и деликатный желудок мистера Блада положительно отказывался принимать эту с отвращением проглоченную пищу.

Под стать всему остальному была и приглашенная Истерлингом компания. С полдюжины головорезов изображали его почетную гвардию. Команда избрала их, заявил Истерлинг, чтобы они выработали и подписали соглашение от лица всех прочих. Помимо них, здесь было еще одно лицо — молодой француз, по имени Жуанвиль, секретарь губернатора д'Ожерона, присланный последним, дабы придать сделке законность. Если присутствие этого довольно никчемного субъекта с бесцветными глазками должно было в какой-то мере усыпить подозрения мистера Блада, то следует сказать, что оно только сильнее его насторожило.

Тесная каюта была заполнена до отказа. Гвардия Истерлинга расположилась за столом так, что гости с «Синко Льягас» оказались разъединенными. Питер Блад и капитан «Бонавентуры» уселись на противоположных концах стола.

К делу приступили, как только с обедом было покончено, и прислуживавший за столом негр удалился. Пока же длилась трапеза, пираты веселились на свой лад, отпуская соленые шутки, видимо претендующие на остроумие. Наконец на столе не осталось ничего, кроме бутылок, чернильницы, перьев и двух листов бумаги — одного перед Истерлингом, другого перед Питером Бладом, — и капитан «Бонавентуры» изложил свои условия, впервые позволив себе назвать капитаном и своего гостя. Без лишних слов он тут же объявил Бладу, что запрошенную им одну пятую долю добычи команда «Бонавентуры» признала непомерной.

Питер Блад оживился.

— Давайте поставим точку над «и», капитан. Вы, по-видимому, хотите сказать, что ваша команда не согласна на мои условия?

— А как же еще иначе можно меня понять?

— В таком случае, капитан, нам остается только откланяться, поблагодарив за радушный прием и заверив вас, что мы высоко ценим это приятное и столь обогатившее нас знакомство.

Однако изысканная галантность всех этих чрезмерно преувеличенных любезностей не произвела ни малейшего впечатления на толстокожего Истерлинга. Обратив к Питеру Бладу багровое лицо, он нахально уставился на него своими хитрыми глазками и переспросил, утирая пот со лба:

— Откланяться? — В хриплом голосе его прозвучала насмешка. — Я уж тоже попрошу вас выражаться точнее. Люблю людей прямых и прямые слова. Вы что ж, хотите сказать, что отказываетесь от сделки?

И тотчас двое-трое из его гвардии повторили слова своего капитана, которые в их устах прозвучали словно грозное эхо.

Капитан Блад — назовем его теперь полным титулом, присвоенным ему Истерлингом, — казалось, был несколько смущен оборотом дела. Как бы в замешательстве он поглядел на своих товарищей, быть может, ожидая от них совета, но они ответили ему только растерянными взглядами.

— Если вы находите наши условия неприемлемыми, — сказал он наконец, — я должен предположить, что вы не желаете более заниматься этим вопросом, и нам не остается ничего другого, как распрощаться.

Такая неуверенность прозвучала в голосе Питера Блада, что его товарищи были изумлены — никогда еще не случалось им видеть, чтобы их капитан сробел перед какой бы то ни было опасностью. У Истерлинга же его ответ вызвал презрительный смешок — ничего другого он и не ожидал от этого лекаришки, волею случая ставшего искателем счастья.

— Ей-богу, доктор, — сказал он, — вы бы уж лучше вернулись к вашим банкам и пиявкам, а корабли оставили людям, которые знают, как ими управлять.

В холодных синих глазах блеснула молния и мгновенно потухла. Но выражение неуверенности не сбежало со смуглого лица. Тем временем Истерлинг уже обратился к секретарю губернатора, сидевшему по правую руку от него.

— Ну, а вы что скажете, мусью Жуанвиль?

Белокурый, изнеженный французик снисходительно улыбнулся, наблюдая за оробевшим Питером Бладом.

— Не кажется ли вам, капитан Блад, что сейчас было бы вполне своевременно и разумно выслушать условия, которые может предложить капитан Истерлинг?

— Я уже слышал их. Однако, если…

— Никаких «если», доктор, — грубо оборвал его Истерлинг. — Условия мои все те же, какие я вам ставил. Все делим поровну между вашими людьми и моими.

— Но ведь это значит, что на долю «Синко Льягас» придется не больше одной десятой части добычи. — Теперь и Блад, в свою очередь, повернулся к мистеру Жуанвилю. — Считаете ли вы, мосье, такие условия справедливыми? Я уже объяснял капитану Истерлингу, что хотя на нашем корабле меньше людей, зато у нас больше пушек, а приставлен к ним, смею вас заверить, такой канонир, какой еще никогда не бороздил вод Карибского моря. Этого малого зовут Огл, Нед Огл. Замечательный канонир этот Пед Огл. Не канонир, а сущий сатана. Поглядели бы вы, как он топил испанские суда у Бриджтауна!.

Казалось, он еще долго мог бы распространяться о достоинствах канонира Неда Огла, если бы Истерлинг снова не прервал его:

— Черт побери, приятель, да на что нам сдался этот канонир! Подумаешь, велика важность!

— Да, конечно, если бы это был обыкновенный канонир. Но это совсем необыкновенный канонир. У него необычайно меткий глаз. Такой канонир, как Нед Огл, — это все равно что поэт. Один рождается поэтом, другой — канониром. Он так ловко может пустить корабль ко дну, этот Нед Огл, как другой не вырвет и зуба.

Истерлинг стукнул кулаком по столу.

— Да при чем тут ваш канонир?

— Может случиться, что будет при чем. А пока я просто хочу указать вам, какого ценного союзника приобретаете вы в нашем лице. — И Блад снова принялся расхваливать своего канонира. — Он ведь проходил службу в королевском военно-морском флоте, наш Нед Огл, и это был поистине черный день для королевского военно-морского флота, когда Нед Огл, пристрастившись к политике, стал на сторону протестантов при Сегмуре…

— Да брось ты своего Огла, — зарычал один из офицеров «Бонавентуры» — здоровенный детина по имени Чард. — Брось, не то мы эдак проваландаемся здесь целый день.

Истерлинг, крепко выругавшись, поддержал своего офицера.

Питер Блад отметил про себя, что никто из пиратов даже не пытался скрыть свою враждебность, и с этой минуты их поведение предстало перед ним в ином свете: он понял, к чему они стремятся.

Тут вмешался Жуанвиль:

— Не согласитесь ли вы, капитан Истерлинг, пойти на некоторые уступки? В конце концов доводы капитана Блада по-своему резонны. Он вполне мог бы набрать на корабль команду в сто матросов и тогда получил бы значительно большую долю.

— Тогда, может, она бы ему и причиталась, последовал грубый ответ.

— Она причитается мне и теперь, — продолжал настаивать Блад.

— Ну да, как же! — получил он в ответ вместе с щелчком пальцами перед самым носом.

Блад видел, что Истерлинг нарочно старается вывести его из себя, чтобы затем наброситься на него вместе со своими разбойниками и тут же на месте прирезать и его, и всех его товарищей. А мосье Жуанвиля он заставит потом засвидетельствовать перед губернатором, что его гости первые затеяли ссору. Ему стало теперь ясно, для чего понадобилось Истерлингу присутствие здесь этого французика!

А Жуанвиль тем временем продолжал увещевать:

— Полноте, полноте, капитан Истерлинг! Так вы никогда не достигнете соглашения. Судно капитана Блада представляет для вас интерес, а за такие вещи следует платить. Вы, мне кажется, могли бы предложить ему хотя бы одну восьмую или даже одну седьмую долю.

Прикрикнув на Чарда, который громким ревом выразил свой протест, Истерлинг внезапно заговорил почти вкрадчиво:

— Что скажет на это капитан Блад?

Капитан Блад ответил не сразу, он раздумывал. Затем пожал плечами.

— Что должен я сказать? Как вы сами понимаете, я не могу сказать ничего, пока не узнаю мнения своих товарищей. Мы возобновим наш разговор какнибудь в другой раз, после того, как я выясню их намерения.

— Что за дьявольщина! — загремел Истерлинг. — Вы что, смеетесь, что ли? Разве вы не привели сюда своих офицеров? Разве они не могут говорить за всех ваших людей, так же как мои? Что мы здесь решим, то мои ребята и примут. Таков закон «берегового братства». Значит, я имею право ждать того же самого и от вас, объясните-ка ему это, мусью Жуанвиль.

Француз мрачно кивнул, и Истерлинг зарычал снова.

— Мы тут, черт побери, не дети малые. И собрались не в игрушки играть, а договариваться о дело, и вы уйдете отсюда не раньше, чем мы договоримся, будь я проклят.

— Или не договоримся, как легко может случиться, — спокойно проронил капитан Блад. Нетрудно было заметить, что всю его нерешительность уже как рукой сняло.

— Как это — не договоримся? Какого дьявола, что это еще значит? — Истерлинг вскочил на ноги, всем своим видом изображая величайшую ярость, которая Питеру Бладу показалась несколько напускной — словно некий дополнительный штрих разыгравшейся здесь комедии.

— Я имею в виду самую простую вещь: мы можем и не договориться. — По-видимому, Блад решил, что пришло время заставить пиратов раскрыть свои карты. — Если мы с вами не придем к соглашению, что ж, значит, с этим покончено.

— Ого! Покончено, вот как? Нет, пусть меня повесят! На этом не кончится, а, пожалуй, только начнется.

— Это я и предполагал. Что же именно начнется, не угодно ли вам будет пояснить, капитан Истерлинг?

— В самом деле, капитан! — вскричал Жуанвиль. — Что вы имеете в виду?

— Что я имею в виду? — Капитан Истерлинг воззрился на француза. Казалось, он был вне себя от бешенства. — Что? — повторил он. — А вот что, послушайте, мусью. Этот докторишка Блад, этот беглый каторжник, хотел выпытать у меня тайну моргановского клада и нарочно притворился, будто решил войти со мной в долю. А теперь, когда все выпытал, начинает, как видите, отвиливать, бьет отбой. Теперь уж он вроде как и не хочет входить с нами в долю. Он хочет пойти на попятный. Мне думается, вам, мусью Жуанвиль, должно быть ясно, почему он хочет пойти на попятный, и нетрудно догадаться, почему я не могу этого допустить.

— Какое жалкое измышление! — насмешливо произнес Блад. — Что за тайна мне открыта, помимо пустых россказней о каком-то где-то зарытом кладе?

— Нет, не «где-то», а вы знаете где. Я свалял дурака, все вам открыл.

Блад искренне расхохотался, чем даже напугал своих товарищей, которые теперь уже ясно видели, что дело принимает для них худой оборот.

— Ну да, где-то на Дарьенском перешейке! Весьма точный адрес, клянусь честью! При наличии таких сведений мне остается только отправиться прямо на место и забрать клад себе! А что касается всего остального, то я прошу вас, мосье Жуанвиль, обратить внимание на то, что «отвиливать» здесь начал вовсе не я. Я еще мог бы заключить сделку с капитаном Истерлингом, если бы, как было мною предложено с самого начала, нам гарантировали одну пятую добычи. Но теперь, после того как все мои подозрения подтвердились, я не намерен вести с ним никаких дел даже за половину всего его сокровища, если предположить, что оно действительно существует, чего я лично не допускаю.

При этих словах пираты, словно по команде, повскакали с мест, готовые к драке. Поднялся дикий шум, но Истерлинг, взмахнув рукой, заставил всех приумолкнуть. Когда шум стих, раздался тоненький голосок мосье Жуанвиля:

— Вы на редкость неблагоразумный человек, капитан Блад.

— Все может быть, все может быть, — беспечно сказал Блад. — Поживем — увидим. Последнее слово еще не сказано.

— Ну, значит, пора его сказать, — возвестил Истерлинг; он внезапно стал зловеще спокоен. — Я хотел предупредить вас, что раз вам известен наш секрет, вы не уйдете с этого судна, пока не подпишете соглашения. Но какие уж тут предупреждения, когда вы открыто показали нам свои намерения.

Не вставая из-за стола, капитан Блад поднял глаза на грузную фигуру капитана «Бонавентуры», стоявшего в угрожающей позе, и трое его помощников с «Синко Льягас» заметили с недоумением и тревогой, что он улыбается. Сначала он был необычайно нерешителен и робок, а теперь вел себя так непринужденно, так вызывающе! Понять его поведение было невозможно. Он молчал, и заговорил Хагторп:

— Что вы хотите этим сказать, капитан Истерлинг? Каковы ваши намерения?

— А вот каковы: заковать всех вас в кандалы и бросить в трюм, где вы не сможете никому причинить вреда.

— Помилуй бог, сэр... — начал было Хагторп, но тут его прервал спокойный, ясный голос капитана Блада:

— И вы, мосье Жуанвиль, допустите такой произвол, не выразив со своей стороны протеста?

Жуанвиль развел руками, выпятив нижнюю губу, и пожал плечами.

— Вы сами прямо напрашивались на это, капитан Блад.

— Так, вот, значит, для чего вы присутствуете здесь — чтобы сделать соответствующее сообщение мосье д'Ожерону? Ну, ну! — И Блад рассмеялся не без горечи.

И тут внезапно полуденную тишину нарушил гром орудийного выстрела, заставивший вздрогнуть всех. Испуганно закричали всполошившиеся чайки, все с недоумением посмотрели друг на друга, и в наступившей затем тишине прозвучал вопрос Истерлинга, обращенный с тревогой неизвестно к кому:

— Это что еще за дьявольщина?!

Ответил ему капитан Блад, и при том самым любезным тоном:

— Пусть это не тревожит вас, дорогой капитан. Прогремел всего-навсего салют в вашу честь. Его произвел Огл, весьма искусный канонир, с «Синко Льягас». Я, кажется, уже сообщал вам о нем? — И Блад обвел вопросительным взглядом всю компанию.

— Салют? — повторил, как эхо, Истерлинг. — Чума и ад! Какой еще салют?

— Обыкновенная вежливость — напоминание нам и предостережение вам. Напоминание нам о том, что мы уже целый час отнимаем у вас время и не должны долее злоупотреблять вашим гостеприимством. — Капитан Блад поднялся на ноги и выпрямился во весь рост, непринужденный и элегантный в своем черном с серебром испанском костюме. — Разрешите пожелать вам, капитан, провести остаток дня столь же приятно.

Побагровев от ярости, Истерлинг выхватил из-за пояса пистолет.

— Ты не сойдешь с этого корабля, фигляр несчастный, скоморох!

Но капитан Блад продолжал улыбаться.

— Клянусь, это будет весьма прискорбно для корабля и для всех, кто находится на его борту, включая нашего бесхитростного мосье Жуанвиля, который, кажется, и в самом деле верит, что вы выплатите ему обещанную долю вашего призрачного сокровища, если он будет лжесвидетельствовать перед губернатором, дабы очернить меня и оправдать захват вами моего корабля. Как видите, я ничуть не обольщаюсь на ваш счет, мой дорогой капитан. Вы слишком простоваты для негодяя.

Размахивая пистолетом, Истерлинг изрыгал проклятия и угрозы. Однако он не пускал оружия в ход — какое-то смутное беспокойство удерживало его руку: слишком уж хладнокровно насмешлив был капитан Блад.

— Мы напрасно теряем время, — прервал его Блад. — А сейчас, поверьте мне, каждая секунда дорога. Пожалуй, вам следует уразуметь положение вещей. Огл получил от меня приказ: если спустя десять минут после этого салюта я вместе с моими товарищами не покину палубы «Бонавентуры», ему надлежит проделать хорошую круглую дыру в вашем полубаке на уровне ватерлинии и еще столько дыр, сколько потребуется, чтобы пустить ваш корабль ко дну. А потребуется не так уж много. У Огла поразительно точный прицел. Он отлично зарекомендовал себя во время службы в королевском флоте. Я, кажется, уже рассказывал вам об этом.

Снова на мгновение воцарилась тишина, и на этот раз ее нарушил мосье Жуанвиль:

— Я здесь совершенно ни при чем!

— Заткни свою писклявую глотку, ты, французская крыса! — заревел взбешенный Истерлинг. Продолжая размахивать пистолетом, он обратил свою ярость на Блада: — А ты, жалкий лекаришка!. Ты, ученый навозный жук! Ты бы лучше орудовал своими банками и пиявками, как я тебе советовал!

Было ясно, что он не остановится перед убийством. Но Блад оказался проворнее. Прежде чем кто-либо успел разгадать его намерения, он схватил стоявшую перед ним бутылку канарского вина и хватил ею капитана Истерлинга по голове.

Капитан «Бонавентуры» отлетел к переборке. Питер Блад сопроводил его полет легким поклоном.

— Сожалею, — сказал он, — что у меня не оказалось под рукой ни банок, ни пиявок, но, как видите, кровопускание можно произвести и с помощью бутылки.

Потеряв сознание, Истерлинг грузно осел на пол возле переборки. Повскакав с мест, пираты надвинулись на капитана Блада. Раздались хриплые выкрики, кто-то схватил его за плечо. Но его звучный голос перекрыл шум:

— Берегитесь! Время истекает. Десять минут уже прошло, и либо я и мои товарищи покинем сейчас ваше судно, либо мы все вместе пойдем на дно.

— Во имя всего святого подумайте, что вы делаете! — вскричал Жуанвиль, бросаясь к двери.

Однако один из пиратов, человек практической складки, уже успел, как видно, кое о чем подумать и, схватив Жуанвиля за шиворот, отшвырнул его в сторону.

— Ну, ты! — крикнул он капитану Бладу. — Лезь на палубу и забирай с собой остальных. Да поживее! Мы не хотим, чтобы нас тут потопили, как крыс!

Все четверо поднялись, как им было предложено, на палубу. Вслед им полетели проклятия и угрозы.

Пираты, остававшиеся на палубе, не были, по-видимому, посвящены в намерения Истерлинга, а, быть может, подчинялись отданному кем-то приказу, но, так или иначе, они не препятствовали капитану Бладу и его товарищам покинуть корабль.

В шлюпке, на полпути к кораблю, к Хагторпу вернулся дар речи:

— Клянусь спасением души, Питер, я уже подумал было, что нам крышка.

— Да и я, — с жаром подхватил Питт. — Что ни говори, они могли разделаться с нами в два счета. — Он повернулся к Питеру Бладу, сидевшему на корме — Ну, а если бы по какой-нибудь причине нам не удалось выбраться оттуда за эти десять минут и Огл и вправду принялся бы палить, что тогда?

— О, — сказал Питер Блад, — главная-то опасность в том и заключалась, что он вовсе не собирался палить.

— Как так, ты же это приказал!

— Да, вот как раз это я и забыл сделать. Я сказал ему только, чтобы он дал холостой выстрел, когда мы пробудем на «Бонавентуре» час. Как бы ни обернулось дело, это все равно нам не повредит, подумал я. И, клянусь честью, кажется, не повредило. Фу, черт побери! — Блад снял шляпу и, словно не замечая изумления своих спутников, вытер вспотевший лоб. — Ну и жара! Солнце так и печет.

НЕЖДАННАЯ ДОБЫЧА

Капитан Блад любил повторять, что человека следует оценивать не по его способностям задумывать великие предприятия, но по тому, как он умеет распознать удобный случай и своевременно воспользоваться им.

Захватив великолепный испанский корабль «Синко Льягас», Блад доказал, что обладает этими способностями, и подтвердил это еще раз, разрушив замыслы подлого пирата капитана Истерлинга, вознамеривавшегося завладеть этим благородным судном. Однако после того как он сам и его корабль чудом избежали гибели, стало ясно, что воды Тортуги для них опасны. В тот же день на шкафуте был созван совет, и Блад изложил на нем следующую простую философию: когда на человека нападают, ему надо либо драться, либо бежать.

— А поскольку мы не сможем драться, когда на нас нападут, а нападут на нас обязательно, следовательно, нам остается только сыграть роль трусов, хотя бы для того, чтобы остаться в живых и доказать свою храбрость впоследствии.

Все с ним согласились. Однако если и было принято решение немедля спасаться бегством, то, куда именно бежать, предстояло обдумать позднее. Пока же необходимо было уйти подальше от Тортуги и от капитана Истерлинга, в чьих коварных намерениях сомневаться больше не приходилось.

И вот в глухую полночь, звездную, но безлунную, величественный фрегат, бывший некогда гордостью верфей Кадиса, бесшумно поднял якорь и, ловя парусами попутный бриз, используя отлив, повернул в открытое море. Если скрип кабестана, лязганье якорной цепи и визг блоков и выдали этот маневр Истерлингу, стоявшему на борту «Бонавентуры» в кабельтове от «Синко Льягас», то помешать намерениям Блада он все равно был не в силах.

По меньшей мере три четверти его разбойничьей команды пьянствовало на берегу, и Истерлинг не мог идти на абордаж с пиратами, остававшимися на корабле, хотя их и было вдвое больше, чем матросов на «Синко Льягас». Впрочем, если бы даже все двести человек его команды находились на борту, Истерлинг все равно не сделал бы попытки воспрепятствовать отплытию капитана Блада. Он уже попытался захватить «Синко Льягас» в водах Тортуги с помощью хитрости, однако даже его дерзкая наглость отступила перед мыслью об открытом насильственном захвате корабля в этом порту, тем более что губернатор д'Ожерон был, по-видимому, дружески расположен к Бладу и его товарищам-беглецам.

В открытом море дело будет обстоять иначе, а потом он такую историю сочинит о том, как «Синко Льягас» попал к нему в руки, что никто в Каноне не сумеет вывести его на чистую воду.

Итак, капитан Истерлинг позволил Питеру Бладу беспрепятственно покинуть порт и был даже доволен его отплытием. Он не торопился кинуться в погоню: излишняя спешка могла выдать его намерения. Истерлинг готовился даже с некоторой медлительностью и поднял якорь лишь на следующий день, ближе к вечеру. Он не сомневался, что сумеет правильно отгадать направление, выбранное Бладом, а превосходство «Бонавентуры» в быстроходности давало ему все основания полагать, что он догонит свою добычу прежде, чем Блад успеет отойти достаточно далеко. Рассуждал он вполне логично. Ему было известно, что на «Синко Льягас» припасов недостаточно для долгого плавания, следовательно, Блад никак не мог направиться прямо в Европу.

Прежде всего Бладу нужно было пополнить запасы провианта, а так как он не посмел бы зайти ни в один английский или испанский порт, выход у него был один: попробовать счастья в какой-нибудь из нейтральных голландских колоний, причем, не имея опытного лоцмана, он вряд ли рискнул бы провести свой корабль среди опасных рифов Багамских островов. Поэтому нетрудно было догадаться, что Блад возьмет курс на Подветренные острова, чтобы зайти на Сен-Мартен, Сабу или Сент-Эустатиус. И вот, не сомневаясь, что он сумеет догнать Блада задолго до того, как тот доберется до ближайшего из этих голландских поселений, расположенных в двухстах лигах от Тортуги, Истерлинг поплыл на восток вдоль северных берегов Эспаньолы.

Однако все пошло далеко не так гладко, как рассчитывал этот пират. Ветер, вначале попутный, к вечеру задул с востока и за ночь достиг силы шторма, так что на рассвете — зловещем рассвете, занявшемся среди багровых туч, — «Бонавентура» не только не продвинулся вперед, но был отнесен на несколько миль в сторону от своего курса. К полудню ветер опять переменился, теперь он дул с севера, и еще сильнее, чем раньше. Над Карибским морем бушевал ураган, и в течение суток «Бонавентура» метался под ударами шквала, убрав все паруса и задраив люки, а грозные волны накатывались на него с кормы и швыряли с гребня на гребень как пробку.

Однако Истерлинг был не только упрямым бойцом, но и опытным моряком. Благодаря его умелому управлению «Бонавентура» нисколько не пострадал, и, едва улегся шторм и задул устойчивый юго-западный ветер, шлюп вновь кинулся за своей жертвой. Поставив все паруса, «Бонавентура» летел по все еще высокой после шторма волне.

Истерлинг ободрял своих людей, напоминая им, что ураган, задержавший их, несомненно задержал также и «Синко Льягас», а если попомнить о том, как неопытна команда бывшего испанского фрегата, так, пожалуй, буря и вовсе могла быть на руку «Бонавентуре».

Что уготовила для них буря, им предстояло узнать на следующее же утро, когда за мысом Энганьо они увидели галион, который за дальностью расстояния сочли было сперва за «Синко Льягас», но потом довольно скоро убедились, что это какое-то другое судно. Оно, несомненно, было испанским, о чем свидетельствовала не только массивность его форм, но и флаг Кастилии, развевавшийся под распятием на клотике грот-мачты. Все паруса грот-мачты были зарифлены, и, неся полными только фок-бизань и кливер, галион неуклюже продвигался левым галфиндом по направлению к проливу Моны.

Завидя этот поврежденный бурей корабль, Истерлинг повел себя, как гончая при виде оленя. «Синко Льягас» на время был забыт. Ведь совсем рядом была куда более легкая добыча.

Наклонившись над перилами юта, Истерлинг принялся поспешно выкрикивать команды. С лихорадочной быстротой с палуб было убрано все лишнее и от носа до кормы натянута сеть на случай, если в предстоящем бою шальное ядро собьет стеньгу или рею. Чард, помощник Истерлинга, коренастый силач, несмотря на свою тупость, умевший Превосходно управлять кораблем и работать абордажной саблей, встал к рулю. Канониры заняли свои места, вытащили свинцовые затычки из запальных отверстий и, держа наготове тлеющие фитили, ожидали команды. Какими бы буйными и своевольными ни были люди Истерлинга в обычное время, перед боем и в бою они свято блюли дисциплину.

Их капитан, стоя на юте, внимательно осматривал испанский корабль, который они быстро нагоняли, и с презрением наблюдал поднявшуюся на его палубе суматоху. Его опытный взгляд сразу определил, что произошло с галионом, и резким гнусавым голосом он сообщил о своих выводах Чарду, стоявшему под ним у штурвала.

— Они шли на родину в Испанию, когда их захватил ураган. Грот-мачта у них треснула, а может, они получили и еще повреждения и теперь возвращаются в Сан-Доминго залечивать раны. — Истерлинг удовлетворенно рассмеялся и погладил густую черную бороду. На багровой физиономии злорадно блеснули темные наглые глаза. — Испанец, который спешит домой, — это лакомый кусочек, Чард. Там будет чем поживиться. Черт побери, наконец-то нам повезло!

Ему действительно повезло. Он давно уже злобствовал, что его шлюп «Бонавентура» не обладает достаточной мощью, чтобы захватить в Карибском море по-настоящему ценный приз, и по этой-то причине он и стремился завладеть «Синко Льягас». Но, конечно, он никогда не рискнул бы напасть на отлично вооруженный галион, если бы не повреждения, которые лишили испанский корабль возможности маневрировать и стрелять по борту противника.

Галион первым дал залп из орудий левого борта по «Бонавентуре», тем самым подписав себе смертный приговор. «Бонавентура», повернутый к нему носом, был для него плохой мишенью и, если не считать одной пробоины в кубрике, не получил никаких повреждений. Истерлинг ответил залпом из носовых погонных орудий, целя по палубе испанца. Затем, ловко предупредив неуклюжую попытку галиона развернуться, «Бонавентура» подошел к его левому борту, пушки которого были только что разряжены. Раздался треск, тяжелый удар, скрежет перепутавшегося такелажа, грохот падающих стеньг и стук абордажных кошек, впившихся в обшивку испанца. И вот, сцепившись намертво, оба корабля поплыли вместе, увлекаемые ветром, а пираты по команде великана Истерлинга дали залп из мушкетов и, как муравьи, посыпались на палубу галиона. Их было около двухсот человек — озверелых бандитов в широких кожаных штанах; кое-кто был в рубахах, но большинство предпочитало драться голыми по пояс, и обнаженная загорелая кожа, под которой перекатывались мышцы, делала их еще ужаснее с виду.

Им противостояло от силы пятьдесят испанцев в кожаных панцирях и железных шлемах: построившись на шкафуте галиона, словно перед смотром, они спокойно целились из мушкетов, ожидая команды горбоносого офицера в шляпе с развевающимся плюмажем.

Офицер скомандовал, и мушкетный залп на мгновение задержал нападающих. Затем волна пиратов захлестнула испанских солдат, и галион «Санта-Барбара» был взят.

Пожалуй, в ту эпоху в этих морях трудно было отыскать человека более жестокого и безжалостного, чем Истерлинг, и те, кто плавал под его командой, как это обычно случается, старались во всем подражать своему свирепому капитану. Они принялись хладнокровно убивать испанских солдат, выбрасывая трупы за борт, и так же хладнокровно разделались с канонирами на батарейной палубе, несмотря на то, что эти несчастные сдались без сопротивления, в тщетной надежде спасти свою жизнь.

Через десять минут после того, как галион «Санта-Барбара» был взят на абордаж, из его команды остались в живых только капитан дон Ильдефонсо де Пайва, которого Истерлинг оглушил рукояткой пистолета, штурман и четверо матросов, в момент атаки находившиеся на мачтах. Этих шестерых Истерлинг решил пощадить, прикинув, что они еще могут ему пригодиться.

Пока его команда сновала по мачтам, освобождая перепутавшиеся снасти обоих кораблей и на скорую руку исправляя поломки, Истерлинг, прежде чем приступить к осмотру захваченного корабля, начал допрашивать дона Ильдефонсо.

Испанец, землисто-бледный, со вздувшейся на лбу шишкой — там, где его поразила рукоять пистолета, — сидел на ларе в красивой просторной каюте и, хотя руки его были связаны, пытался сохранить надменность, приличествующую кастильскому гранду в присутствии наглого морского разбойника. Но Истерлинг свирепо пригрозил развязать ему язык с помощью самого незамысловатого средства, именуемого пыткой, после чего дон Ильдефонсо, поняв, что сопротивление бессмысленно, начал угрюмо отвечать на вопросы пирата. Его ответы, как и дальнейшее обследование корабля, показали Истерлингу, что ценность захваченной им добычи превосходила самые смелые его мечты.

В руки этого пирата, в последнее время совсем не знавшего удачи, попало одно из тех сокровищ, о которых мечтали все морские бродяги со времен Фрэнсиса Дрейка. Галион «Санта-Барбара» вышел из Порто-Белло, нагруженный золотом и серебром, доставленным через перешеек из Панамы.

Галион покинул гавань под охраной трех военных кораблей и намеревался зайти в Санто-Доминго, чтобы пополнить запасы провианта, перед тем как плыть к берегам Испании. Но ураган, разбушевавшийся над Карибским морем, разлучил галион с его охраной и загнал с поврежденной грот-мачтой в пролив Мона. Теперь он возвращался назад в Санто-Доминго, надеясь встретиться там со своими спутниками или дождаться другого каравана, идущего в Испанию.

Когда горевшие алчностью глаза Истерлинга увидели слитки в трюме «Санта-Барбары», он оценил это сокровище примерно в два — два с половиной миллиона реалов. Подобная добыча может попасть в руки пирата лишь раз в жизни; теперь и он и его команда должны были стать состоятельными людьми.

Однако владение богатством всегда чревато тревогой, и Истерлинг думал сейчас только о том, как бы поскорее доставить свою добычу в безопасное место, на Тортугу.

Он перевел с «Бонавентуры» на галион призовую команду в сорок человек и, будучи не в силах расстаться со своим сокровищем, сам перешел туда вместе с ними. Затем, наспех устранив повреждения, оба корабля повернули обратно. Двигались они медленно, так как шли против ветра, а галион к тому же почти утратил ходкость, и давно уже миновал полдень, когда они вновь увидели на траверзе мыс Рафаэль. Истерлинга тревожила такая близость Эспаньолы, и он собрался было отойти подальше от берега, когда с марса «Санта-Барбары» донесся крик, и вскоре уже все они заметили то же, что и дозорный.

Не далее как в двух милях от них огромный красный корабль огибал мыс Рафаэль и шел прямо на них под всеми парусами. Истерлинг, не веря своим глазам, схватил подзорную трубу;

сомнений быть не могло, хотя это и казалось невероятным: перед ним был «Синко Льягас» — корабль, за которым он гнался и в спешке, по-видимому, перегнал.

На самом же деле «Синко Льягас» был захвачен бурей вблизи Саманы, и его шкипер, Джереми Питт, укрывшись там за мысом, в безопасном убежище переждал бурю, а затем поплыл дальше.

Истерлинг не стал гадать, каким образом «Синко Льягас» так неожиданно появился перед ним, а просто счел это знаком, подтверждавшим, что фортуна, столь немилостивая к нему прежде, теперь решила осыпать его дарами. Ведь если ему удастся завладеть этим могучим красным кораблем и перенести на него сокровища «Санта-Барбары», он сможет, ничего не опасаясь, немедленно возвратиться на Тортугу.

Нападая на судно, столь хорошо вооруженное, как «Синко Льягас», но обладающее малочисленной командой, разумнее всего было идти прямо на абордаж, и капитану Истерлингу казалось, что для более ходкого и поворотливого «Бонавентуры» это не составит труда, тем более что себя он считал опытным моряком, а своего противника — тупоголовым невеждой в морском деле, презренным докторишкой.

Поэтому Истерлинг просигналил Чарду о своих намерениях, и Чард, жаждавший свести счеты с человеком, который уже однажды посмел одурачить их всех, проскользнув ужом у них между пальцами, сделал крутой поворот и приказал своим людям готовиться к бою.

Питт вызвал из каюты капитана Блада, тот поднялся на ют и принялся наблюдать в подзорную трубу за приготовлениями на борту своего старого приятеля — «Бонавентуры». Смысл их стал ему тут же ясен. Конечно, он был морским врачом, но вовсе не таким уж тупоголовым невеждой, каким опрометчиво назвал его Истерлинг. Его служба во флоте де Ритера в те ранние бурные дни, когда он не слишком усердно занимался медициной, помогла ему постичь тактику морских сражений так основательно, как и не снилось Истерлингу. И теперь он был спокоен. Он покажет этим пиратам, что уроки, преподанные великим флотоводцем, не пропали даром.

Если «Бонавентура» мог рассчитывать на победу, только пойдя на абордаж, то «Синко Льягас» должен был полагаться лишь на свои пушки. Ведь, располагая всего двадцатью способными драться людьми, Блад не мог надеяться на благоприятный исход схватки с противником, который, по его расчетам, десятикратно превосходил их численностью. Поэтому он приказал Питту привести корабль как можно ближе к ветру, чтобы затем поставить его против борта «Бонавентуры». На батарейную палубу он послал Огла, бывшего канонира королевского флота, отдав под его начало всю команду, кроме шестерых человек, которым предстояло управлять парусами.

Чард немедленно догадался, что он задумал, и выругался сквозь зубы — ветер благоприятствовал этому маневру Блада. Кроме того, у Чарда были связаны руки — ведь он хотел захватить «Синко Льягас» целым и невредимым, а следовательно, не мог, прежде чем взять его на абордаж, предварительно расстрелять из пушек. К тому же он отлично понимал, что грозит «Бонавентуре», если на «Синко Льягас» сумеют правильно использовать свои дальнобойные крупнокалиберные пушки. А судя по всему, кто бы сейчас ни командовал этим кораблем, ему нельзя отказать ни в умении, ни в решительности.

Тем временем расстояние между кораблями быстро сокращалось, и Чард понял, что должен немедленно что-то предпринять, иначе «Синко Льягас» подойдет на пушечный выстрел со стороны его правого борта. Держать еще круче к ветру он не мог и поэтому повернул на юго-восток, намереваясь описать широкий круг и приблизиться к «Синко Льягас» с наветренной стороны.

Истерлинг наблюдал за этим маневром с палубы «Санта-Барбары» и, не поняв, в чем дело, выругал Чарда дураком. Он принялся осыпать его еще более свирепыми ругательствами, когда увидел, что «Синко Льягас» внезапно сделал левый поворот, словно намереваясь преследовать «Бонавентуру». Чард, однако, только обрадовался этому маневру и, обрасопив паруса, позволил противнику приблизиться. Затем, вновь забрав ветер всеми парусами, «Бонавентура» галсом бакштаг помчался вперед, намереваясь описать задуманный круг.

Блад догадался о его намерении и, в свою очередь обрасопив паруса, занял такую позицию, что «Бонавентура», поворачивая на север, неминуемо должен был подставить ему свой борт на расстоянии выстрела его тяжелых орудий. Чтобы избежать этого, Чард был вынужден снова идти на юг.

Истерлинг следил за тем, как оба противника в результате этих маневров уходят от него все дальше, и, побагровев от ярости, в гневе взывал к небесам и преисподней. Он отказывался верить своим глазам: Чард спасается бегством от тупоголового лекаришки! Чард, однако, и не думал бежать. Проявляя отличную выдержку и самообладание, он выжидал удобной минуты, чтобы броситься на абордаж. А Блад с не меньшей выдержкой и упрямством следил за тем, чтобы не предоставить ему этой возможности.

Таким образом, исход дела должна была решить первая же ошибка, допущенная одним из них, и ее совершил Чард. Заботясь только о том, чтобы не подставить свой борт «Синко Льягасу», он забыл о носовых орудиях фрегата и, маневрируя, подпустил его к себе на слишком близкое расстояние. Он понял свой промах в тот миг, когда две пушки внезапно рявкнули у него за кормой и ядра пронизали его паруса. Это взбесило Чарда, и от злости он приказал дать залп из кормовых орудий. Однако орудия эти были слишком малы, и их ядра не достигли цели. Тогда, совсем рассвирепев, Чард повернул «Бонавентуру» так, чтобы дать продольный бортовой залп по противнику в надежде сбить его паруса, после чего, потеряв ход, «Синко Льягас» оказался бы во власти его абордажников.

Однако из-за сильной зыби и большого расстояния его замысел потерпел неудачу, и залп прогремел впустую, оставив лишь облако дыма между ним и «Синко Льягас». Блад тотчас же повернул и разрядил все двадцать орудий своего левого борта в это облако, надеясь поразить скрытый за ним беззащитный борт «Бонавентуры». Этот его маневр также не увенчался успехом, однако он показал Чарду, с кем ему приходится иметь дело, и убедил его, что с таким противником шутки плохи. Тем не менее Чард всетаки решил рискнуть еще раз и быстро пошел на сближение, рассчитывая, что плывущие в воздухе клубы дыма скроют его от врага и он успеет захватить «Синко Льягас» врасплох. Однако для этого маневра требовалось слишком много времени. Когда «Бонавентура» лег на новый курс, дым уже почти рассеялся, Блад успел разгадать замысел Чарда, и «Синко Льягас», шедший левым галсом, мчался теперь по волнам почти вдвое быстрее «Бонавентуры», которому ветер не благоприятствовал.

Чард снова сделал крутой поворот и бросился вперед, намереваясь перехватить противника и подойти к нему с ветра. Однако Блад, отдалившийся на расстояние мили, имел в своем распоряжении достаточно времени, чтобы повернуть и в подходящую минуту пустить в ход орудия своего правого борта. Чтобы избежать этого, Чард вновь пошел на юг, подставляя под пушки Блада только корму.

В результате этих маневров оба судна постепенно отошли так далеко, что «Санта-Барбара», на юте которой бесновался, изрыгая ругательства, Истерлинг, уже превратилась в маленькое пятнышко на северном горизонте, а они все еще не вступили в настоящий бой.

Чард проклинал ветер, благоприятствовавший капитану Бладу, и проклинал капитана Блада, так хорошо использовавшего преимущества своей позиции. Тупоголовый лекаришка, по-видимому, прекрасно разбирался в положении вещей и с почти сверхъестественной проницательностью находил ответ на каждый ход своего противника. Изредка они обменивались залпами носовых и кормовых орудий, целясь высоко, чтобы сбить паруса врага, но расстояние было слишком велико, и эти выстрелы не достигали цели.

Питер Блад, стоявший у поручней на юте в великолепном панцире и каске из черной дамасской стали, принадлежавших некогда испанскому капитану «Синко Льягас», чувствовал усталость и тревогу. Хагторп, стоявший рядом с ним в таком же облачении, исполин Волверстон, для которого на всем корабле не нашлось панциря подходящего размера, и Питт у штурвала — все заметили эту тревогу в его голосе, когда он обратился к ним со следующим вопросом:

— Как долго может продолжаться такая игра в пятнашки? И как бы долго она ни продолжалась, конец все равно может быть только один. Рано или поздно ветер либо спадет, либо переменится, или же мы, наконец, потеряем силы, и тогда в любом случае окажемся во власти этого негодяя.

— Но остаются еще неожиданности, — сказал юный Питт.

— Да, конечно, и спасибо, что ты напомнил мне об этом, Джерри. Так возложим свои надежды на какую-нибудь неожиданность, хотя, право же, я не могу себе представить, откуда она может явиться.

Однако эта неожиданность уже приближалась, и даже очень быстро, но один только Блад сумел ее распознать, когда она к ним пожаловала. Длинный западный галс привел их к берегу, и тут из-за мыса Эспада менее чем в миле от них появился огромный вооруженный тяжелыми пушками корабль, который шел круто к ветру, открыв все двадцать пушечных портов своего левого борта; на его клотике развевался флаг Кастилии. При виде этого нового врага иного рода Волверстон пробормотал ругательство, более походившее на всхлипывание.

— Вот нам и пришел конец! — воскликнул он.

— А по-моему, это скорее начало, — ответил Блад, и в голосе его, недавно таком усталом и унылом, послышался смешок. Он быстро и четко отдал команду, которая ясно показала, что он замыслил. — Ну-ка, подымите испанский флаг и прикажите Оглу дать залп по «Бонавентуре» из носовых орудий, когда мы начнем поворот.

Питт переложил руль и под звон напрягшихся снастей и скрип блоков «Синко Льягас» медленно повернул, а над его кормой заплескалось на ветру пурпурно-золотое знамя Кастилии. Через мгновение загремели две пушки на его носу — вполне бесполезно в одном отношении, но весьма полезно в другом. Их залп яснее всяких слов сказал испанцу, что он видит перед собой соотечественника, который гонится за английским пиратом.

Несомненно, потом придется выдумывать какието объяснения, особенно если окажется, что испанцам известна недавняя история «Синко Льягас». Однако давать объяснения им придется лишь после того, как они разделаются с «Бонавентурой», а сейчас Блада заботило только это.

Тем временем испанский корабль береговой охраны из Санто-Доминго, который, неся патрульную службу, был привлечен звуком пушечных залпов в море и, обогнув мыс Эспада, повел себя именно так, как и следовало ожидать. Даже и без флага форма и оснастка «Синко Льягас» явно свидетельствовали о его испанском происхождении, и вместе с тем было ясно и то, что бой он ведет с английским шлюпом. Испанец без малейших колебаний вмешался в схватку и дал бортовой залп по «Бонавентуре» в тот момент, когда Чард делал поворот, чтобы избежать этой новой и непредвиденной опасности.

Когда шлюп задрожал под ударами по носу и корме и его разбитый бушприт повис на путанице снастей поперек носа, Чардом овладел безумный гнев. Вне себя от ярости он приказал дать ответный залп, который причинил некоторые повреждения испанцу, хотя и не лишил его маневренности. Испанец, охваченный воинственным пылом, повернул так, чтобы ударить по шлюпу пушками правого борта, и Чард, к этому времени уже утративший от злости способность соображать, тоже повернул, стремясь ответить на этот залп или даже предупредить его.

И только уже осуществив этот маневр, сообразил он, что разряженные пушки превратят его в беспомощную мишень для атакующего «Синко Льягас». Ибо Блад, предугадав этот удобный момент, тотчас встал к шлюпу бортом и дал по нему залп из своих тяжелых орудий. Этот залп с относительно близкого расстояния смел все с палубы «Бонавентуры», разбил иллюминаторы надстройки, а одно удачно пущенное ядро пробило нос шлюпа почти на самой ватерлинии, и волны начали захлестывать пробоину.

Чард понял, что его судьба решена, и снедавшая его злоба стала еще мучительнее, когда он сообразил, какое недоразумение было причиной его гибели. Он увидел испанский флаг над «Синко Льягас» и усмехнулся в бессильной ярости.

Однако тут ему в голову пришла отчаянная мысль, и он спустил флаг, показывая, что сдается. Рискованный расчет Чарда строился на том, что испанец, не зная численности его экипажа, попадется на удочку, подойдет к нему вплотную для высадки призовой партии и, захваченный врасплох, окажется в его власти, а он, завладев таким кораблем, сможет выйти из этой переделки благополучно и с честью.

Однако бдительный капитан Блад предвидел возможность такого маневра и понимал, что в любом случае встреча Чарда с испанским капитаном грозит ему серьезной опасностью. Поэтому он послал за Оглом, и по его приказу искусный канонир ударил тридцатидвухфунтовым ядром по ватерлинии в средней части «Бонавентуры», чтобы усилить уже начавшуюся течь. Капитан испанского сторожевого корабля, возможно, удивился тому, что его соотечественник продолжает стрелять по сдавшемуся кораблю, однако это не могло показаться ему особенно подозрительным, хотя, вероятно, и раздосадовало его, так как теперь корабль, который можно было бы взять в качестве приза, неизбежно должен был пойти ко дну...

А Чарду было уже не до размышлений. «Бонавентура» так быстро погружался в воду, что Чард мог спастись сам и спасти свою команду, только попытавшись выбросить корабль на берег. Поэтому он повернул к мели у подножия мыса Эспада, благодаря бога за то, что ветер теперь ему благоприятствовал. Однако скорость шлюпа зловеще уменьшалась, хотя пираты, чтобы облегчить его, вышвырнули за борт все пушки. Наконец киль

«Бонавентуры» заскрежетал по песку, а волны уже накатывались на его ют и бак, еще остававшиеся над водой, как и ванты, почерневшие от людей, искавших на них спасения. Испанец тем временем лег в дрейф, и его паруса лениво полоскались, а капитан с недоумением взирал на то, как в полумиле от него «Синко Льягас» уже повернул на север и начал быстро удаляться.

На борту фрегата капитан Блад обратился к Питту с вопросом, входят ли в его морские познания и испанские сигналы, а если да, то не может ли он расшифровать флаги, поднятые сторожевым кораблем. Молодой шкипер сознался в своем невежестве и высказал предположение, не означает ли это то, что они попали из огня да в полымя.

— Ну, разве можно так мало доверять госпоже фортуне! — заметил Блад. — Мы просто отсалютуем им флагом в знак того, что торопимся заняться каким-то другим делом. По виду мы — истинные испанцы. В этой испанской сбруе нас с Хагторпом не отличишь от кастильцев даже в подзорную трубу. А нам давно пора бы посмотреть, как идут дела у хитроумного Истерлинга. На мой взгляд, пришло время познакомиться с ним поближе.

Если сторожевой корабль и был удивлен тем, что фрегат, которому он помог разделаться с пиратским шлюпом, удаляется столь бесцеремонно, то заподозрить, как в действительности обстоит дело, он все же не мог. И его капитан, рассудив, что фрегат спешит куда-то по своей надобности, да и сам торопясь взять в плен команду «Бонавентуры», не сделал никакой попытки погнаться за «Синко Льягас».

И вот спустя два часа капитан Истерлинг, задержавшийся в ожидании Чарда неподалеку от берега между мысом Рафаэль и мысом Энганьо, с удивлением и ужасом увидел, что к нему стремительно приближается красный корабль Питера Блада.

Он уже давно внимательно и с некоторой тревогой прислушивался к далеким залпам, однако, когда они прекратились, сделал вывод, что «Синко Льягас» захвачен. Теперь же, увидев, как этот фрегат, целый и невредимый, быстро режет волны, он не мог поверить своим глазам. Что случилось с Чардом? «Бонавентуры» не было видно. Неужто Чард совершил какой-то глупейший промах и позволил капитану Бладу утопить себя?

Однако другие куда более неприятные размышления вскоре заслонили эти мысли. Каковы могут быть намерения этого проклятого каторжника-доктора? Будь у Истерлинга возможность пойти на абордаж, он не опасался бы ничего, потому что даже его призовая команда на «Санта-Барбаре» вдвое превосходила численностью экипаж Блада. Но как подвести искалеченный галион вплотную к борту «Синко Льягас», если Блад будет этому препятствовать? Если же после своей схватки с «Бонавентурой» Блад замыслил недоброе, то «Санта-Барбара» станет беспомощной мишенью для его пушек.

Эти соображения, достаточно гнетущие сами по себе, довели Истерлинга до исступления, когда он вспомнил, какой груз лежит в трюме корабля. Как видно, фортуна вовсе не была к нему милостива, а лишь посмеялась над ним, позволив захватить то, что ему не суждено было удержать.

И тут, словно всех этих бед было еще мало, взбунтовалась призовая команда. Предводительствуемые негодяем по имени Ганнинг, отличавшимся почти таким же гигантским ростом и такой же жестокостью, как сам Истерлинг, матросы с яростью обрушились на своего капитана, проклиная его чрезмерную слепую алчность, которая ввергла их в беду: угроза смерти или плена казалась им особенно горькой при мысли о богатстве, доставшемся им на столь краткий срок. Захватив такой приз, Истерлинг не имел права рисковать, кричали матросы, он должен был бы удержать «Бонавентуру» при себе для охраны и не зариться на «Синко Льягас» с его пустыми трюмами. Команда злобно осыпала капитана упреками, на которые он, сознавая их справедливость, мог ответить только ругательствами, что он и не преминул сделать.

Пока длилась эта перепалка, «Синко Льягас» подошел совсем близко, и помощник Истерлинга крикнул ему, что фрегат поднял какие-то сигналы. Это было требование: капитану «Санта-Барбары» предлагалось немедленно явиться на «Синко Льягас».

Истерлинг перетрусил. Его багровые щеки побледнели, толстые губы стали лиловыми. Пусть доктор Блад проваливает ко всем чертям, заявил он.

Однако матросы заверили капитана, что они отправят к чертям его самого, если он не подчинится, и притом без промедления.

Блад не может знать, какой груз везет «Санта-Барбара», напомнил капитану Ганнинг, и, значит, есть еще надежда, что этот каторжник поддастся убеждениям и позволит галиону спокойно продолжать свой путь.

Одна из пушек «Синко Льягас» рявкнула, и над носом «Санта-Барбары» просвистело ядро — это было предупреждение. Его оказалось вполне достаточно. Ганнинг оттолкнул помощника, сам встал у руля и положил корабль в дрейф, показывая, что подчиняется приказу. После этого пираты спустили ялик, куда спрыгнуло шесть гребцов, а затем Ганнинг, угрожая Истерлингу пистолетом, принудил его последовать за ними.

И когда через несколько минут Истерлинг поднялся на шкафут «Синко Льягас», лежащего в дрейфе на расстоянии кабельтова от «Санта-Барбары», в его глазах был ад, а в душе — ужас. Навстречу ему шагнул презренный докторишка, высокий и стройный, в испанском панцире и каске. Позади него стояли Хагторп и еще шестеро человек из его команды. На губах Блада играла чуть заметная усмешка.

— Наконец-то, капитан, вы стоите там, куда так давно стремились, — на палубе «Синко Льягас».

В ответ на эту насмешку Истерлинг только гневно буркнул что-то. Его мощные кулаки сжимались и разжимались, будто ему не терпелось схватить за горло издевавшегося над ним ирландца. Капитан Блад продолжал:

— Никогда не следует зариться на то, что не по зубам, капитан. Вы не первый, кто в результате оказывается с пустыми руками. Ваш «Бонавентура» был прекрасным быстроходным шлюпом. Казалось бы, вы могли быть им довольны. Жаль, что он больше не будет плавать. Ведь он затонул или, вернее, затонет, когда поднимется прилив. — Внезапно он спросил резко — Сколько у вас человек?

Ему пришлось повторить этот вопрос, и лишь тогда Истерлинг угрюмо ответил, что на борту «Санта-Барбары» находится сорок человек.

— А сколько у вас шлюпок?

— Три, считая ялик.

— Ну, этого должно хватить для ваших людей. Прикажите им спуститься в шлюпки, и немедленно, если вам дорога их жизнь. Через пятнадцать минут я открою по галиону огонь и потоплю его. Я вынужден так поступить, потому что у меня не хватит людей, чтобы послать на него призовую команду, а оставить его на плаву — значит позволить вам продолжать разбойничать.

Истерлинг яростно запротестовал, перемежая возражения жалобами. Он указывал на то, какими опасностями грозит ему и его людям высадка на Эспаньолу. Но Блад перебил его:

— С вами обходятся так милосердно, как вы, наверное, никогда не обходились со своими пленниками. Советую воспользоваться моим мягкосердечием. Если же испанцы на Эспаньоле пощадят вас, когда вы там высадитесь, возвращайтесь к своей охоте и копчению свинины — для этого вы годитесь лучше, чем для моря. А теперь убирайтесь.

Но Истерлинг не сразу покинул фрегат. Он стоял, широко расставив сильные ноги, и, покачиваясь, все сжимал и разжимал кулаки. Наконец он принял решение:

— Оставьте мне этот корабль, и на Тортуге, когда я туда доберусь, я уплачу вам четыреста тысяч испанских реалов. По-моему, это для вас выгоднее, чем пустое злорадство, если вы просто высадите нас на берег.

— Поторапливайтесь! — только и ответил ему Блад, но уже более грозным тоном.

— Восемьсот тысяч! — воскликнул Истерлинг.

— А почему не восемь миллионов? — с притворным изумлением спросил Блад. — Обещать их столь же легко, как и нарушить подобное обещание. Я в такой же мере готов положиться на ваше слово, капитан Истерлинг, как поверить, что в вашем распоряжении имеется восемьсот тысяч испанских реалов.

Злобные глаза Истерлинга прищурились. Скрытые черной бородой толстые губы плотно сомкнулись, а потом слегка раздвинулись в улыбке. Раз ничего нельзя добиться, не открыв секрета, так он промолчит. Пусть Блад утопит сокровище, которое ему, Истерлингу, во всяком случае уже не достанется.

Эта мысль доставила пирату даже какое-то горькое удовлетворение.

— Надеюсь, мы еще когда-нибудь встретимся, капитан Блад, — сказал он с притворной угрюмой вежливостью. — Тогда я вам кое-что расскажу, и вы пожалеете о том, что сейчас творите.

— Если мы с вами когда-нибудь встретимся, не сомневаюсь, что эта встреча послужит поводом для многих сожалений. Прощайте, капитан Истерлинг, и помните, что у вас есть ровно пятнадцать минут.

Истерлинг злобно усмехнулся, пожал плечами и, резко повернувшись, спустился в ожидавший его ялик, покачивавшийся на волнах.

Когда он сообщил решение Блада своим пиратам, они впали в дикую ярость при мысли, что им предстоит лишиться своей добычи. Их неистовые вопли донеслись даже до «Синко Льягас», заставив Блада, не подозревавшего об истинной причине их возмущения, презрительно усмехнуться.

Он смотрел, как спускали шлюпки, и вдруг с удивлением увидел, что эта разъяренная вопящая толпа внезапно исчезла с палубы «Санта-Барбары». Прежде чем покинуть корабль, пираты кинулись в трюм, намереваясь увезти с собой хоть частицу сокровищ. Капитана Блада стало раздражать это промедление.

— Передайте Оглу, чтобы он пустил ядро в их бак. Этих негодяев следует поторопить.

Грохот выстрела и удар двадцатичетырехфунтового ядра, пробившего высокую носовую надстройку, заставили пиратов в страхе покинуть трюм и устремиться к шлюпкам. Однако, опасаясь за свою жизнь, они сохраняли некоторое подобие дисциплины — при таком волнении шлюпке ведь ничего не стоило перевернуться.

Мокрые лопасти весел засверкали на солнце, шлюпки отплыли от галиона и стали удаляться в сторону мыса, до которого было не более двух миль. Едва они отошли, как Блад скомандовал открыть огонь, но тут Хагторп вцепился ему в локоть.

— Погодите-ка! Стойте! Смотрите, там кто-то остался!

Блад с удивлением посмотрел на палубу «СантаБарбары», потом поднес к глазу подзорную трубу. Он увидел на корме человека с непокрытой головой, в панцире и сапогах, по виду совсем не похожего на пирата; человек отчаянно размахивал шарфом. Блад сразу догадался, кто это мог быть.

— Наверное, какой-нибудь испанец, которому Истерлинг забыл перерезать глотку, когда захватил галион.

Блад приказал спустить шлюпку и послал за испанцем шестерых людей под командой Дайка, немного знавшего испанский язык.

Дон Ильдефонсо, которого безжалостно оставили погибать на обреченном корабле, сумел освободиться от своих пут и теперь, спустившись на якорную цепь, ожидал приближающуюся шлюпку. Он весь дрожал от радостного волнения: ведь и он сам и его судно с бесценным грузом были спасены! Это внезапное избавление казалось ему поистине чудом. Дело в том, что, подобно капитану сторожевого судна, дон Ильдефонсо, если бы даже и не распознал испанской постройки корабля, так неожиданно пришедшего ему на выручку, все равно решил бы, что перед ним соотечественники, так как на «Синко Льягас» продолжал развеваться испанский флаг.

И вот, не успела еще шлюпка подойти к борту «Санта-Барбары», как испанский капитан, захлебываясь от возбуждения, уже рассказывал Дайку, что произошло с его кораблем и какой груз он везет. Они должны одолжить ему десяток матросов, и вместе с теми шестью, которые заперты в трюме «Санта-Барбары», он сумеет благополучно добраться с сокровищами до Санто-Доминго.

Этот рассказ ошеломил Дайка. Однако он не утратил самообладания. Боясь, что его испанская речь позволит дону Ильдефонсо догадаться об истинном положении вещей, он ответил со всем возможным лаконизмом:

— Буэно, я передам капитану.

Затем он шепотом приказал гребцам отваливать, чтобы спешно вернуться на «Синко Льягас».

Когда Блад выслушал эту историю и оправился от первого изумления, он расхохотался:

— Так вот что собирался рассказать мне этот негодяй при нашей будущей встрече! Черт побери, я не доставлю ему этой радости!

Десять минут спустя «Синко Льягас» пришвартовался к борту «Санта-Барбары».

В отдалении Истерлинг и его команда, заметив этот маневр, опустили весла и, злобно переговариваясь, наблюдали за происходящим. Они уже понимали, что лишились даже предвкушаемого ими жалкого удовольствия видеть, как капитан Блад, ничего не подозревая, топит бесценное сокровище. Истерлинг вновь разразился проклятиями.

— Кровь и смерть! Я забыл этого чертова испанца в каюте, и он проболтался про золото. Вот к чему приводит милосердие! Если бы я перерезал ему глотку…

Тем временем капитан Блад, которого легко было принять за испанца, если бы не его синие глаза на загорелом лице, на безупречнейшем кастильском языке объяснял недоумевающему дону Ильдефонсо, почему он поставил «Синко Льягас» борт о борт с его кораблем.

Он не может одолжить матросов «Санта-Барбаре», потому что ему самому не хватает людей. А в таком случае оставить ее на плаву — значит вновь отдать в руки гнусных пиратов, у которых ему удалось ее отбить. И остается только одно: прежде чем потопить галион, перенести на борт «Синко Льягас» сокровища, которые спрятаны в трюме. Он будет счастлив предложить дону Ильдефонсо и шести его уцелевшим матросам гостеприимство на борту «Синко Льягас» и доставить их на Тортугу; или же, если дон Ильдефонсо, что весьма вероятно, этого не пожелает, капитан Блад даст им одну из своих шлюпок, и, выбрав благоприятную минуту, они смогут добраться до берега Эспаньолы.

Хотя в этот день дон Ильдефонсо уже не раз был вынужден удивляться, эта речь показалась ему самой удивительной из всего, что он когда-либо слышал.

— Тортуга! Тортуга! Вы сказали, что плывете на Тортугу? Но зачем? Во имя бога, кто вы такой?

— Меня зовут Питер Блад, а вот кто я такой — право же, я и сам не знаю.

— Вы англичанин? — в ужасе воскликнул испанец, начиная постигать какую-то долю истины.

— О нет! Я, во всяком случае, не англичанин. — Капитан Блад с достоинством выпрямился. — Я имею честь быть ирландцем.

— Ирландцы и англичане — это одно и то же.

— Отнюдь нет. Между ними нет ничего общего.

Испанец гневно посмотрел на него. Щеки его побледнели, рот презрительно искривился.

— Ирландец вы или англичанин, все равно вы — подлый пират.

Лицо Блада омрачилось, и он вздохнул.

— Боюсь, вы правы, — согласился он. — Я всячески старался этого избежать, но что делать, если судьба настойчиво навязывает мне эту роль и предлагает для подобной карьеры столь великолепное начало?

ПОСЛАНЕЦ КОРОЛЯ

Ослепительным майским утром 1690 года в порту Сантьяго острова Пуэрто-Рико появился некий господин в сопровождении негра-слуги, несшего на плече саквояж. Незнакомец был доставлен к пристани в шлюпке с желтого галиона, который стал на рейд, подняв на верхушку грот-мачты испанский флаг. Высадив незнакомца, шлюпка тотчас развернулась и пошла назад к кораблю, где ее подняли и пришвартовали к борту, после чего все праздные зеваки, толпившиеся на молу, сделали вывод, что тот, кто на ней прибыл в порт, не торопился возвращаться на корабль.

Зеваки проводили незнакомца исполненными любопытства взглядами. Впрочем, внешность его вполне оправдывала такое внимание — она невольно приковывала к себе взоры. Даже несчастные полуголые белые рабы, укладывавшие крепостную стену, и испанские конвойные, сторожившие их, и те глазели на незнакомца.

Высокий, стройный, худощавый и сильный, он был одет элегантно, хотя и несколько мрачно, — в черный с серебром испанский костюм. Локоны черного парика свободно падали на плечи; широкополая черная шляпа с черным плюмажем оставляла в тени верхнюю половину лица; обращали на себя внимание твердый, гладко выбритый подбородок, тонкий нос с горбинкой и надменная складка губ. На груди незнакомца поблескивали драгоценные камни, кисти рук утопали в кружевных манжетах, на длинной черной трости с золотым набалдашником развевались шелковые ленты. Он мог бы сойти за щеголя с Аламеды, если бы от всего облика этого человека не веяло недюжинной силой и спокойной уверенностью в себе. Равнодушное пренебрежение к неистово палящему солнцу, проявляемое незнакомцем в черном одеянии, указывало на железное здоровье, а взгляд его был столь высокомерен, что любопытные невольно опускали перед ним глаза.

Незнакомец осведомился, как пройти к дому губернатора, и командир конвоиров отрядил одного из своих солдат проводить его.

Они миновали площадь, которая ничем бы не отличалась от площади любого маленького городка старой Испании, если бы не пальмы, отбрасывавшие черные тени на ослепительно-белую, спекшуюся от зноя землю. За площадью была церковь с двумя шпилями и мраморными ступенями, а за церковью — высокие чугунные ворота, пройдя в которые незнакомец, следуя за своим провожатым, оказался в саду и по аллее, обсаженной акациями, приблизился к большому белому дому с глубокими лоджиями, утопавшему в кустах жасмина. Слуги-негры в нелепо пышных, красных с желтыми галунами ливреях распахнули перед посетителем дверь и доложили губернатору Пуэрто-Рико, что к нему пожаловал дон Педро де Кейрос — посланец короля Филиппа.

Не каждый день появлялись посланцы испанского короля в этих отдаленных и едва ли не самых незначительных из всех заокеанских владений его католического величества. Вернее сказать, это случилось впервые, и дон Хайме де Вилламарга, необычайно взволнованный этим сообщением, сам еще не понимал, должен ли он приписать свое волнение приливу гордости или страху.

Дон Хайме, обладавший, при своем среднем росте и весьма посредственном интеллекте, непропорционально большой головой и большим животом, принадлежал к числу тех государственных деятелей, которые могли бы оказать наилучшую услугу Испании, отдалившись от нее на возможно большее расстояние, и, быть может, именно в силу этих соображений и было ему уготовано назначение на пост губернатора Пуэрто-Рико. Даже благоговейный страх перед его величеством, посланцем которого явился к нему дон Педро, не мог поколебать неистребимое самодовольство дона Хайме. Важный, напыщенный, принимал он королевского гонца, и холодный, высокомерный взгляд синих глаз дона Педро отнюдь не заставил дона Хайме присмиреть. Пожилой доминиканский монах, высокий и тощий, помогал его превосходительству принимать гостя.

— Сеньор, я вас приветствую. — Могло показаться, что дон Хайме говорит с набитым ртом. — Я уповаю услышать от вас, что его величество решил почтить меня своей высокой милостью.

Дон Педро снял шляпу с плюмажем, отвесил поклон и передал шляпу вместе с тростью негру-слуге.

— Я прибыл сюда после некоторых, по счастью благополучно завершившихся, приключений, чтобы сообщить вам монаршью милость. Я только что сошел с борта «Сент-Томаса», испытав за время своего путешествия многие превратности судьбы. Теперь корабль отплыл в Санто-Доминго и возвратится сюда за мной дня через три-четыре. А на этот короткий промежуток времени мне придется воспользоваться гостеприимством вашего превосходительства. — Создавалось впечатление, что гость не столько просит оказать ему любезность, сколько заявляет о своих правах.

— Так, так, — соизволил произнести дон Хайме.

Склонив голову набок и важно улыбаясь в седеющие усы, он ждал, когда гость приступит к более подробному изложению послания короля.

Гость, однако, не проявлял торопливости. Он окинул взглядом большую прохладную комнату, роскошно обставленную резной дубовой и ореховой мебелью, доставленной сюда из Старого Света вместе с устилавшими пол коврами и развешанными по стенам картинами, и непринужденно, как человек, привыкший чувствовать себя свободно в любой обстановке, спросил, не разрешат ли ему сесть. Его превосходительство, слегка утратив свою величавость, поспешил предложить гостю стул.

Посланец короля все так же неторопливо, с легкой усмешкой, чрезвычайно не понравившейся дону Хайме, опустился на стул и вытянул ноги.

— Мы с вами в какой-то мере родственники, дон Хайме, — объявил он.

Дон Хайме уставился на него.

— Не имею удовольствия об этом знать.

— Именно поэтому я и спешу уведомить вас. Эти родственные узы возникли в результате вашего брака, сеньор. Я — троюродный брат донны Эрнанды.

— О! Моей жены! — В тоне его превосходительства явственно прозвучал оттенок пренебрежения к упомянутой выше даме и ее родственникам. — Я обратил внимание на ваше имя: Кейрос. — Его превосходительству стала теперь ясна причина жесткого акцента дона Педро, от которого страдало его в остальном безупречное кастильское произношение. — Вы, значит, португалец, как донна Эрнанда? — И снова в тоне его превосходительства проскользнуло презрение к португальцам, и особенно к тем из них, кто состоит на службе у короля Испании, в то время как Португалия уже полстолетия назад установила свою независимость.

— Наполовину португалец, разумеется. Моя семья…

— Да, да, — прервал его нетерпеливый дон Хайме. — Так с каким же поручением прислал вас ко мне его величество?

— Ваше нетерпение, дон Хайме, вполне естественно, — с оттенком иронии произнес дон Педро. — Не взыщите, что я позволил себе коснуться семейных дел. Итак, поручение, которое мне дано… Вас, вероятно, не удивит, сеньор, что слуха его величества, да хранит его бог, — дон Педро благоговейно склонил голову, принудив дона Хайме последовать его примеру, — достигают сообщения не только о вашем прекрасном, весьма похвальном управлении этим островом, именуемым Пуэрто-Рико, но и о большом усердии, проявленном вами в стремлении освободить эти моря от губительных набегов различных морских разбойников, и особенно от английских пиратов, мешающих нашему мореходству и нарушающих мирное течение жизни в наших испанских поселениях.

Да, конечно, дон Хайме не нашел в этом ничего удивительного и неожиданного. Не нашел даже после некоторого размышления. Будучи отпетым дураком, он не догадывался, что из всех испанских владений в Вест-Индии вверенный его попечению остров Пуэрто-Рико является наиболее дурно управляемым. А что до остального, то дон Хайме действительно содействовал очищению вод Карибского моря от пиратов. Совсем недавно, кстати сказать, — и совсем случайно, вынуждены мы добавить, — он весьма существенно помог достижению этой цели, о чем и не замедлил тут же упомянуть.

Задрав подбородок и выпятив грудь, он горделиво расхаживал перед доном Педро, повествуя о своих подвигах. Если его старания оценены по заслугам, это, разумеется, приносит ему глубокое удовлетворение, заметил он. Такое поощрение порождает стремление к дальнейшей усердной службе. Он не желал бы показаться нескромным, однако по справедливости должен сказать, что под его эгидой остров Пуэрто-Рико процветает. Вот Фрей Луис может засвидетельствовать, что это так. Христианская религия насаждена твердой рукой, и ни о какой ереси на Пуэрто-Рико не может быть и речи. А в отношении пиратов им сделано решительно все, что только в его положении возможно, хотя он, разумеется, и желал бы достичь большего. Однако обязанности призывают его находиться на берегу. Обратил ли дон Педро внимание на новые укрепления, которые он здесь возводит? Сооружение их уже близится к концу, и едва ли даже у этого злодея, у самого капитана Блада, хватит теперь наглости нанести ему визит. Он уже показал этому грозному пирату, что с ним шутки плохи. Несколько дней назад кучка головорезов из его пиратской шайки осмелилась высадиться на южном берегу острова. Но люди дона Хайме проявили бдительность. Он сам позаботился об этом. Вооруженный отряд всадников прибыл на место вовремя. Они налетели на пиратов и задали им хорошую трепку. При одном воспоминании об этом дона Хайме начал разбирать смех, и он не выдержал и расхохотался. Дон Педро учтиво рассмеялся вместе с ним и, проявляя вполне уместное любопытство, вежливо пожелал узнать дальнейшие подробности.

— Вы прикончили их всех до единого, разумеется? — поинтересовался он. Тон его вопроса не оставлял сомнения в том, что он исполнен презрения к этим пиратам.

— Пока еще нет. — Его превосходительство, казалось, смаковал предстоящее ему жестокое удовольствие. — Но они все сидят у меня под замком, все шестеро, которых я захватил в плен. Мы еще не решили, как лучше с ними разделаться. Вздернем, вероятно. А может, устроим аутодафе во славу божию. Они же все еретики, конечно. Мы с Фреем Луисом еще не решили этот вопрос.

— Так, так, — сказал дон Педро, которому разговор о пиратах, как видно, уже прискучил. — Желает ли ваше превосходительство услышать то, что я имею ему сообщить?

Его превосходительство был раздражен этим намеком, призывавшим его прервать свою пространную похвальбу. С надутым видом он принужденно отвесил чопорный поклон посланцу его величества.

— Прошу прощения, — произнес он ледяным тоном.

Но надменный дон Педро, казалось, даже не заметил его надутого вида. Он извлек из кармана своего роскошного одеяния сложенный в несколько раз пергамент и небольшой плоский кожаный футляр.

— Прежде всего я должен объяснить вашему превосходительству, почему этот предмет попадает к вам в таком неподобающем состоянии. Я уже имел честь сообщить — но вы, мне кажется, не обратили на это внимания, — что мое путешествие сюда было сопряжено со многими превратностями. По правде говоря, уже одно то, что мне в конце концов удалось все же попасть на этот остров, похоже на чудо. Я сам пал жертвой этого дьявола — капитана Блада. Корабль, на котором я отплыл из Кадиса, был им потоплен неделю назад. Мой двоюродный брат, дон Родриго де Кейрос, сопровождавший меня, попал в руки страшного пирата и в настоящее время находится у него в плену, но я оказался счастливее его — мне удалось бежать. Впрочем, это слишком длинный рассказ, и я не стану утомлять вас описанием всего, что произошло.

— Меня это нисколько не утомит! — вскричал его превосходительство, от любопытства теряя свою чванливость.

Однако дон Педро не пожелал вдаваться в подробности, невзирая на проявленный к ним интерес.

— Нет, нет, как-нибудь потом, если у вас еще не пропадет охота. Не столь уж это существенно. Для вашего превосходительства существенно, главным образом, то, что мне удалось бежать. Меня подобрал корабль «Сент-Томас» и доставил сюда, и я счастлив, что могу выполнить данное мне поручение. — Он протянул губернатору свернутый пергамент. — Я упомянул о моих злоключениях лишь для того, чтобы объяснить вам, как могло случиться, что этот документ так сильно пострадал от морской воды, хотя, впрочем, не настолько, чтобы стать неудобочитаемым. В этом послании государственный секретарь его величества оповещает вас о том, что нашему монарху, да хранит его бог, угодно было в знак признания ваших уже упомянутых мною заслуг одарить вас своей высокой милостью, возведя в ранг рыцаря самого высшего ордена — ордена святого Якова Компостельского.

Дон Хайме побледнел, затем побагровел. В неописуемом волнении он взял дрожащей рукой послание и развернул его. Документ и в самом деле был сильно подпорчен морской водой. Некоторые слова совсем расплылись. На месте титула губернатора Пуэрто-Рико и его фамилии было водянистое чернильное пятно, а еще несколько слов и вовсе смыло водой, однако основное содержание письма, целиком соответствовавшее сообщению дона Педро, явствовало из этого послания с полной очевидностью и было скреплено королевской подписью, которая нисколько не пострадала.

Когда дон Хайме оторвал наконец глаза от бумаги, дон Педро протянул ему кожаный футляр и нажал пружинку. Крышка отскочила, и глаза губернатора ослепил блеск рубинов, сверкавших, подобно раскаленным углям, на черном бархате футляра.

— Вот орден, — сказал дон Педро. — Крест святого Якова Компостельского — самый высокий и почетный из всех орденов, и вы им награждаетесь.

Дон Хайме с опаской, словно святыню, взял в руки футляр и уставился на сверкающий крест. Монах, приблизившись к губернатору, бормотал слова поздравления. Любой орден был бы высокой и нежданной наградой для дона Хайме за его заслуги перед испанской короной. Но награждение его самым высоким, самым почетным из всех орденов превосходило всякое вероятие, и губернатор Пуэрто-Рико на какое-то мгновение был совершенно ошеломлен величием этого события.

Однако через несколько минут, когда в комнату вошла очаровательная молодая дама, изящная и хрупкая, к дону Хайме уже вернулись его обычное самодовольство и самоуверенность.

Увидав элегантного незнакомца, тотчас поднявшегося при ее появлении, дама в смущении и нерешительности замерла на пороге. Она обратилась к дону Хайме:

— Извините. Я не знала, что вы заняты.

Дон Хайме язвительно рассмеялся и повернулся к монаху.

— Вы слышите! Она не знала, что я занят. Я — представитель короля на Пуэрто-Рико, губернатор этого острова по повелению его величества, а моя супруга не знает, что я могу быть занят, — она полагает, что у меня много свободного времени! Это же просто невообразимо! Однако подойди сюда, Эрнанда, подойди сюда! — В голосе его зазвучали хвастливые нотки. — Взгляни, какой чести удостоил король своего ничтожного слугу. Быть может, хотя бы это поможет тебе понять то, что уже понял его величество, воздав мне должное, в то время как моя супруга оказалась не в состоянии этого сделать, — король оценил по заслугам усердие, с коим несу я бремя моего поста.

Донья Эрнанда робко приблизилась, повинуясь его зову.

— Что это, дон Хайме?

— «Что это»! — насмешливо передразнил дон Хайме свою супругу. — Да всего-навсего вот что! — Он раскрыл перед ней футляр. — Его величество награждает меня крестом святого Якова Компостельского!

Донья Эрнанда чувствовала, что над ней смеются. Ее бледные, нежные щеки слегка порозовели. Но не радость, нет, породила этот румянец, и тоскующий взгляд больших темных глаз не заискрился от удовольствия при виде ордена. Скорее, подумалось дону Педро, донья Эрнанда покраснела от негодования и стыда за своего грубияна мужа, так презрительно и неучтиво обошедшегося с ней в присутствии незнакомца.

— Я очень рада, дон Хайме, — сказала она мягко. Голос ее прозвучал устало. — Поздравляю вас. Я очень рада.

— Ах, вот как! Вы рады? Фрей Алонсо, прошу вас отметить, что донья Эрнанда рада. — В своих насмешках над женой дон Хайме даже не давал себе труда проявлять остроумие. — Кстати, этот господин, доставивший сюда орден, какой-то твой родственник, Эрнанда.

Донья Эрнанда обернулась, снова взглянула на элегантного незнакомца — взглянула как на чужого. Однако она как будто не решалась заявить, что не знает его. Отказаться признать посланца короля, принесшего весть о высокой награде, да еще в присутствии такого супруга, как дон Хайме, — на это решиться нелегко. К тому же род их был очень многочислен, и могли ведь оказаться у нее и такие родственники, с которыми она не была знакома лично.

Незнакомец низко поклонился; локоны парика почти закрыли его лицо.

— Вы едва ли помните меня, донья Эрнанда. Тем не менее, я ваш кузен, и вы, без сомнения, слышали обо мне от другого вашего кузена — Родриго. Я — Педро де Кейрос.

— Вы Педро? Вот как... — Она вгляделась в него более пристально и принужденно рассмеялась. — Я помню Педро. Мы играли вместе, когда были детьми, Педро и я.

В ее голосе прозвучал оттенок недоверия. Но Педро невозмутимо произнес, глядя ей в глаза:

— Вероятно, это было в Сантарене?

— Да, в Сантарене. — Его уверенность, казалось, поколебала ее. — Но вы тогда были толстый, маленький крепыш с золотистыми кудрями.

Дон Педро рассмеялся:

— Я немного отощал, пока рос, и мне пришелся по вкусу черный парик.

— Вероятно, от этого глаза у вас неожиданно стали синими. Я что-то не помню, чтобы у вас были синие глаза...

— О боже праведный, ну не дурочка ли! — не выдержал ее супруг. — Вы же никогда ничего не помните!

Она повернулась к нему, губы ее задрожали, но глаза твердо встретили его насмешливый взгляд. Резкое слово вот-вот готово было слететь с ее губ, но она сдержалась и промолвила очень тихо:

— О нет. Есть вещи, которых женщины не забывают.

— Что касается памяти, — с холодным достоинством произнес дон Педро, обращаясь к губернатору, — то я, со своей стороны, тоже что-то не припомню, чтобы в нашем роду встречались дурочки.

— Значит, черт побери, вам нужно было попасть в Пуэрто-Рико, чтобы сделать это открытие, — хрипло расхохотавшись, отпарировал его превосходительство.

— О! — со вздохом произнес дон Педро. — Мои открытия могут не ограничиться только этим.

Что-то в его тоне не понравилось дону Хайме. Большая голова его заносчиво откинулась назад, брови нахмурились.

— Что вы имеете в виду? — вопросил он.

Дон Педро уловил мольбу в темном, влажном взгляде маленькой, хрупкой женщины, стоявшей перед ним. Снисходя к этой мольбе, он рассмеялся и сказал:

— Мне еще, по-видимому, предстоит открыть, где ваше превосходительство соблаговолит поместить меня на то время, пока я вынужден пользоваться вашим гостеприимством. Если мне позволено будет сейчас удалиться…

Губернатор резко обернулся к донье Эрнанде:

— Вы слышали? Ваш родственник вынужден напомнить нам о наших обязанностях по отношению к гостю. А вам даже в голову не пришло, что вы должны позаботиться о нем.

— Но я же не знала… Мне никто не сказал, что у нас гость…

— Прекрасно. Теперь вы знаете. Обедать мы будем через полчаса.

За обедом дон Хайме пребывал в преотличнейшем расположении духа, иначе говоря, был попеременно то невероятно важен, то невероятно шумлив, и стены столовой то и дело дрожали от его громового хохота.

Дон Педро почти не давал себе труда скрывать неприязнь к нему. Он держался с ним все более холодно и надменно и почти полностью перенес свое внимание на подвергавшуюся насмешкам супругу.

— У меня есть весточка для вас, — сообщил он ей, когда подали десерт.

— От кузена Родриго.

— Вот как? — язвительно заметил дон Хайме. — Она будет рада получить от него весть. Моя супруга всегда проявляла необычайный интерес к своему кузену Родриго, а он — к ней.

Донья Эрнанда вспыхнула, но не подняла глаз. Дон Педро легко, непринужденно тотчас пришел ей на выручку.

— В нашей семье все привыкли проявлять интерес друг к другу. Все, кто носит фамилию Кейрос, считают своим долгом заботиться друг о друге и готовы в любую минуту этот долг исполнить. —

Говоря это, дон Педро в упор посмотрел на дона Хайме, как бы призывая губернатора получше вникнуть в скрытый смысл его слов. — И это имеет прямое отношение к тому, о чем я собираюсь поведать вам, кузина Эрнанда. Как я уже имел честь сообщить его превосходительству, корабль, на котором мы с доном Родриго отплыли вместе из Испании, подвергся нападению этого ужасного пирата капитана Блада и был потоплен. Пираты захватили в плен нас обоих, однако мне посчастливилось бежать...

— Но вы не поведали нам, как вам это удалось, — прервал его губернатор. — Вот теперь расскажите.

Однако дон Педро пренебрежительно махнул рукой.

— Это не столь уж интересно, и я не люблю говорить о себе — мне становится скучно. Но если вы так настаиваете... Нет, как-нибудь в другой раз. Сейчас я лучше расскажу вам о Родриго. Он узник капитана Блада. Но не поддавайтесь чрезмерной тревоге.

Слова ободрения пришлись как нельзя более кстати. Донья Эрнанда, слушавшая его затаив дыхание, смертельно побледнела.

— Не тревожьтесь. Родриго здоров, и жизни его ничто не угрожает. Мне из личного опыта известно, что этот страшный человек, этот Блад, не чужд понятия рыцарственности. Он человек чести, хотя и пират.

— Пират — человек чести? — Дон Хайме так и покатился со смеху. — Вот это здорово, клянусь жизнью! Вы мастер говорить парадоксами, дон Педро. А что скажете вы, Фрей Алонсо?

Тощий монах угодливо улыбнулся. Донья Эрканда, побледневшая, испуганная, терпеливо ждала, когда дон Педро сможет продолжать. Дон Педро сдвинул брови.

— Парадокс не во мне, парадоксален сам капитан Блад. Этот грабитель, этот сатана в облике человека никогда не проявляет бессмысленной жестокости и всегда держит слово. Вот почему я повторяю, что вы можете не опасаться за судьбу дона Родриго. Вопрос о его выкупе уже согласован между ним и капитаном Бладом, и я взялся этот выкуп добыть. А пока что Родриго чувствует себя совсем неплохо, с ним обращаются почтительно, и, пожалуй, можно даже сказать, что у них с капитаном Бладом завязалось нечто вроде дружбы.

— Вот этому я охотно могу поверить, черт побери! — вскричал губернатор, а донья Эрнанда со вздохом облегчения откинулась на спинку стула. — Родриго всегда готов был водить дружбу с мошенниками. Верно, Эрнанда?

— На мой взгляд… — негодующе начала донья Эрнанда, но внезапно умолкла и добавила другим тоном — Я никогда этого не замечала.

— Вы никогда этого не замечали! А вы вообще когда-нибудь что-нибудь замечали, позвольте вас спросить? Так-так, значит, Родриго ждет выкупа. Какой же назначен выкуп?

— Вы хотите внести свою долю? — обрадованно и уже почти дружелюбно воскликнул дон Педро.

Губернатор подскочил так, словно его ужалили. Лицо его сразу стало хмурым.

— Я? Нет, клянусь святой девой Марией! И не подумаю. Это дело касается только семейства Кейрос.

Улыбка сбежала с лица дона Педро. Он вздохнул.

— Разумеется, разумеется! Тем не менее… Мне все же думается, что вы со своей стороны еще внесете кое-какую лепту.

— Напрасно вам это думается, — со смехом возразил дон Хайме, — ибо вас постигнет горькое разочарование.

Обед закончился, все встали из-за стола и, как повелось в часы полуденного зноя, разошлись по своим комнатам отдыхать.

Они встретились снова за ужином в той же комнате, уже в приятной вечерней прохладе, при зажженных свечах в тяжелых серебряных подсвечниках, привезенных из Испании.

Самодовольство губернатора, радость его по поводу полученной им необычайно высокой награды не знали границ; весь свой послеобеденный отдых он провел в созерцании драгоценного ордена. Он был чрезвычайно весел, шутлив и шумен, но и тут не обошел донью Эрнанду своими насмешками. Вернее, именно ее-то он и избрал мишенью своих грубых шуток. Он высмеивал свою супругу на все лады и призывал дона Педро и монаха посмеяться вместе с ним. Дон Педро, однако, не смеялся. Он оставался странно серьезен: пожалуй, даже в его взгляде, устремленном на бледное, страдальческое, трагически-терпеливое лицо доньи Эрнанды, мелькало сочувствие.

В тяжелом черном шелковом платье, резко оттенявшем ослепительную белизну ее шеи и плеч, она казалась особенно стройной и хрупкой, а гладко причесанные, блестящие черные волосы подчеркивали бледность ее нежного лица. Она была похожа на изваяние из слоновой кости и черного дерева и казалась дону Педро безжизненной, как изваяние, пока после ужина он не остался с ней наедине в одной из оплетенных жасмином, овеваемых прохладным ночным бризом с моря лоджий.

Его превосходительство удалился сочинять благодарственное послание королю и для подмоги взял с собой монаха. Гостя он оставил на попечении своей супруги, не забыв посочувствовать ему по этому случаю. Донья Эрнанда предложила дону Педро выйти на воздух, и, когда теплая тропическая ночь повеяла на них своим ароматом, супруга губернатора внезапно пробудилась к жизни и, задыхаясь от волнения, обратилась с вопросом к гостю:

— Все это правда — то, что рассказали вы нам сегодня о доне Родриго? Его действительно захватил и держит в плену капитан Блад? И он в самом деле цел и невредим и ожидает выкупа?

— Все истинная правда, от слова до слова.

— И вы… вы можете поручиться в этом? Поручиться честным словом джентльмена? Я не могу не считать вас джентльменом, раз вы посланец короля.

— Единственно по этой причине? — Дон Педро был несколько задет.

— Можете вы поручиться мне честным словом? — настойчиво повторила она.

— Без малейшего колебания. Даю вам честное слово. Почему вы сомневаетесь?

— Вы дали мне повод. Вы не слишком правдивы. Зачем, например, выдаете вы себя за моего кузена?

— Значит, вы не помните меня?

— Я помню Педро де Кейроса. Годы могли прибавить ему роста и стройности, солнце могло покрыть бронзовым загаром его лицо, а волосы под этим черным париком могут быть по-прежнему белокуры, хотя я позволю себе усомниться в этом, — но каким образом, разрешите вас спросить, мог измениться цвет его глаз? Ведь у вас глаза синие, а у Педро были карие.

С минуту он молчал, словно обдумывая что-то, а она глядела на его красивое, суровое лицо, отчетливо выступавшее из мрака в резком луче света, падавшем из окна. Он не смотрел на нее. Его взгляд был обращен вдаль, к морю, которое серебрилось под усыпанным звездами небом, отражая мерцающие огни стоявших на рейде судов. Потом его глаза проследили полет светлячка, преследующего мотылька в кустах... Дон Педро глядел по сторонам, избегая взгляда хрупкой, маленькой женщины, стоявшей возле него.

Наконец он заговорил спокойно, с легкой усмешкой признаваясь в обмане:

— Мы надеялись, что вы забудете эту маленькую подробность.

— Мы? — переспросила она.

— Да, мы с Родриго. Мы с ним в самом деле подружились. Он спешил к вам, когда все это произошло. Вот почему мы оказались на одном корабле.

— И он сам пожелал, чтобы вы явились сюда самозванцем?

— Он подтвердит вам это, когда прибудет сюда. А он будет здесь через несколько дней, не сомневайтесь. Он явится к вам, как только я смогу его выкупить, что произойдет тотчас после моего отъезда. Когда я бежал — я ведь, в отличие от него, не был связан словом, — он попросил меня явиться сюда и назваться вашим кузеном, чтобы до его прибытия служить вам, если это потребуется.

Она задумалась. В молчании они сделали несколько шагов по лоджии.

— Вы подвергали себя непростительному риску, — сказала она, давая понять, что верит его словам.

— Джентльмен, — произнес он сентенциозно, — всегда готов рискнуть ради дамы.

— Вы рискуете ради меня?

— А вам кажется, что я рискую для собственного удовольствия?

— Нет. Едва ли.

— Так зачем понапрасну ломать себе голову? Я поступаю так, как пожелал Родриго. Он явится и сам объяснит вам, зачем ему это понадобилось. А пока я — ваш кузен и прибыл сюда вместо него. Если этот мужлан, ваш супруг, будет вам слишком докучать…

— Зачем вы это говорите? — В ее голосе прозвенело смущение.

— Ведь я здесь вместо Родриго. Не забывайте об этом, больше я вас ни о чем не прошу.

— Благодарю вас, кузен, — сказала она и оставила его одного.

Прошло трое суток. Дон Педро продолжал быть гостем губернатора Пуэрто-Рико, и каждый последующий день был похож на предыдущий, если не считать того, что дон Хайме день ото дня все сильнее проникался сознанием своего величия, вследствие чего становился все более невыносим. Однако дон Педро с завидной стойкостью терпел его общество, и порой ему словно бы даже нравилось разжигать чудовищное тщеславие губернатора. Так, на третьи сутки за ужином дон Педро предложил его превосходительству отметить оказанную ему высокую монаршью милость каким-либо событием, которое запечатлелось бы у всех в памяти и нашло бы свое место в анналах острова Пуэрто-Рико.

Дон Хайме жадно ухватился за это предложение.

— Да, да. Это великолепная мысль. Что бы вы мне посоветовали предпринять?

Дон Педро, улыбаясь, запротестовал:

— Как могу я давать советы дону Хайме де Вилламарга? Но, во всяком случае, это должно быть нечто такое, что было бы под стать столь значительному и торжественному событию.

— Да, разумеется... Это верно. (Однако мозг этого тупицы был не способен родить какую-либо идею.) Вопрос в том, что именно можно считать приличествующим случаю?

Фрей Алонсо предложил устроить большой бал в доме губернатора, и донья Эрнанда зааплодировала. Но дон Педро позволил себе не согласиться с ней: по его мнению, бал останется в памяти только у тех, кто будет на него — приглашен. Надо придумать нечто такое, что произведет неизгладимое впечатление на всех жителей острова.

— Почему бы вам не объявить амнистию? — предложил он наконец.

— Амнистию? — Три пары удивленных глаз вопросительно уставились на него.

— Именно. Почему бы нет? Вот это был бы поистине королевский жест. А разве губернатор не является в какой-то мере королем — вице-королем, наместником монарха, — и разве народ не ждет от него поступков, достойных короля? В честь полученной вами высокой награды откройте ваши тюрьмы, дон Хайме, как делают это короли в день своей коронации!

Дон Хайме, ошеломленный величием этой идеи, не сразу вышел из столбняка. Наконец он стукнул по столу кулаком и заявил, что это блестящая мысль. Завтра он обнародует свое решение, отменит судебные приговоры и выпустит на волю всех преступников.

— Кроме, — добавил он, — шестерых пиратов. Населению не понравится, если я их освобожу тоже.

— Мне кажется, — сказал дон Педро, — что любое исключение сведет на нет значение всего акта. Исключений не должно быть.

— Но эти преступники сами исключение. Разве вы не помните — я рассказал вам, как захватил шестерых пиратов из тех, что имели наглость высадиться на Пуэрто-Рико?

Дон Педро нахмурился, припоминая.

— Да, да! — воскликнул он. — Вы что-то рассказывали.

— А говорил ли я вам, сэр, что один из этих пиратов не кто иной, как эта собака Волверстон.

— Волверстон? — повторил дон Педро. — Вы схватили Волверстона? — Не могло быть сомнений в том, что это сообщение глубоко его поразило, да и неудивительно: ведь Волверстон считался правой рукой капитана Блада. Испанцам он был так же хорошо известен, как сам капитан Блад, и ненавидели они его, пожалуй, не меньше. — Вы схватили Волверстона? — повторил дон Педро и в первый раз за все время поглядел на дона Хайме с явным уважением. — Вы мне этого не говорили. Ну, в таком случае, друг мой, вы подрезали капитану Бладу крылья. Без Волверстона он уже наполовину не так страшен. Теперь недолго ждать, чтобы погиб и он, и своим избавлением от него Испания будет обязана вам.

Дон Хайме с притворным смирением развел руками.

— Быть может, этим я хоть немного заслужу ту великую честь, которой удостоил меня король.

— Хоть немного! — повторил дон Педро. — Будь его величество оповещен об этом, он, быть может, почел бы даже орден святого Якова Компостельского недостаточно почетным для вас.

Донья Эрнанда бросила на него быстрый взгляд, полагая, что он шутит. Но дон Педро, казалось, говорил вполне искренне и серьезно. И даже обычное его высокомерие сейчас не так бросалось в глаза. Помолчав, он добавил:

— Да, разумеется, разумеется, этих преступников вы ни в коем случае не должны амнистировать. Это же не заурядные злодеи, это заклятые враги Испании. — Внезапно, словно придя к какому-то решению, он спросил — Как вы намерены с ними поступить?

Дон Хайме задумчиво выпятил нижнюю губу.

— Я еще до сих пор не решил, отправить ли мне их на виселицу или отдать Фрею Алонсо для предания огню как еретиков. По-моему, я уже говорил вам об этом.

— Да, конечно, но я не знал тогда, что один из них — Волверстон. Это меняет дело.

— Почему же?

— Ну как же, судите сами! Подумайте хорошенько. По некотором размышлении вы сами поймете, что вам следует сделать. Это же совершенно ясно.

Дон Хайме начал размышлять, как ему было предложено. Потом пожал плечами.

— Черт побери, сеньор, это может быть ясно для вас, но я, по правде говоря, не вижу, что тут еще можно придумать, кроме костра или веревки.

— В конечном счете так оно и будет. Либо то, либо другое. Но не здесь, не на Пуэрто-Рико. Это было бы недостаточно эффектным завершением ваших славных дел. Отправьте этих преступников в Испанию, дон Хайме. Пошлите их его величеству в знак вашего усердия, за которое он удостоил вас своей награды. Пусть это послужит доказательством, что вы действительно заслуживаете награды и даже еще более высоких наград в будущем. Так вы проявите свою благодарность монарху.

С минуту дон Хайме безмолвствовал, выпучив от удивления и восторга глаза. Щеки его пылали.

— Видит бог, я бы никогда до этого не додумался, — промолвил он наконец.

— Ваша скромность единственно тому причиной.

— Все может быть, — согласился дон Хайме.

— Но теперь вам уже самому все ясно?

— О да, теперь мне ясно. Король, конечно, будет поражен.

Но Фрей Алонсо огорчился. Он очень мечтал об аутодафе. А донью Эрнанду более всего поразила внезапная перемена, происшедшая в ее кузене: куда девалось его презрительное высокомерие, почему он вдруг стал так мягок и обходителен? Дон Педро же тем временем все подливал масла в огонь.

— Его величество сразу увидит, что таланты вашего превосходительства растрачиваются впустую в таком незначительном поселении, как здесь, на этом Пуэрто-Рико. Я уже вижу вас губернатором куда более обширной колонии. Быть может, даже вицекоролем, как знать… Вы проявили столько рвения, как ни один из наместников Испании в ее заокеанских владениях.

— Но как же я переправлю их в Испанию? — заволновался дон Хайме, уже не сомневавшийся более в целесообразности самого мероприятия.

— А вот тут я могу оказать услугу вашему превосходительству. Я возьму их на борт «Сент-Томаса», который должен прийти за мной с минуты на минуту. Вы напишете еще одно письмо его величеству о том, что препровождаете ему это живое свидетельство вашего усердия, а я доставлю ваше послание вместе с заключенными. Общую амнистию вы повремените объявлять, пока мой корабль не отвалит от пристани, и тогда это торжество ничем не будет омрачено. Оно будет совершенным, полным и весьма внушительным.

Дон Хайме был в восторге и, рассыпаясь в благодарностях перед гостем, дошел даже до такой крайности, что позволил себе назвать его кузеном.

Решение было принято как раз вовремя, ибо на следующее утро на заре жители Сантьяго были потревожены пушечным выстрелом и, пожелав узнать причину этой тревоги, увидели, что желтый испанский корабль, доставивший к берегам острова дона Педро, снова входит в бухту.

Дон Педро немедленно разыскал губернатора и, сообщив ему, что то был сигнал к отплытию, учтиво выразил сожаление, что его обязанности не позволяют ему злоупотреблять долее великодушным гостеприимством дона Хайме.

Пока негр-лакей укладывал его саквояж, дон Педро пошел попрощаться с доньей Эрнандой и еще раз заверил эту миниатюрную задумчивую женщину в том, что у нее нет оснований тревожиться за судьбу своего кузена Родриго, который в самом непродолжительном времени предстанет перед ней.

После этого дон Хайме в сопровождении адъютанта повез дона Педро в городскую тюрьму, где содержались пираты.

В полутемной камере, освещавшейся только маленьким незастекленным окошком с толстой решеткой под самым потолком, они лежали на голом каменном полу вместе с двумя-тремя десятками разного рода преступников. В этом тесном, грязном помещении стояло такое зловоние, что дон Педро отшатнулся, словно от удара в грудь, и дон Хайме громко расхохотался над его чувствительностью. Однако сам он вытащил из кармана носовой платок, благоухавший вербеной, и поднес его к носу, после чего время от времени повторял эту операцию снова и снова.

Волверстон и его пятеро товарищей, закованные в тяжелые цепи, образовали небольшую группу немного поодаль от остальных заключенных. Одни лежали, другие сидели на корточках у стены, где на пол было брошено немного гнилой соломы, заменявшей им постель. Грязные, нечесаные и небритые, так как все туалетные принадлежности были у них отобраны, они жались друг к другу, словно стремясь обрести в своем союзе силу и защиту против окружавших их жуликов и бандитов. Гиганта Волверстона по одежде можно было бы принять за купца. Дайк, в прошлом младший офицер королевского военно-морского флота, имел вид почтенного добропорядочного горожанина. Остальные четверо были в бумажных рубашках и кожаных штанах — обычной одежде всех флибустьеров — и с цветными повязками на головах.

Никто из них не шелохнулся, когда скрипнула на чугунных петлях дверь и с полдюжины закованных в латы испанцев с пиками в руках — почетный эскорт и охрана его превосходительства — вошли и стали у порога. Когда же сия высокая персона в сопровождении адъютанта и благородного гостя самолично вступила в камеру и все остальные заключенные вскочили и в почтительном испуге выстроились по стенам, корсары равнодушно продолжали сидеть на своей соломе. Однако они не были вовсе безразличны к происходящему. Когда дон Педро небрежно шагнул вперед, лениво опираясь на увитую лентами трость и похлопывая по губам носовым платком, который он тоже почел не лишним извлечь из кармана, Волверстон приподнялся на своем вонючем ложе, и его единственный глаз (второй он, как известно, потерял в битве при Сегморе) округлился от ярости.

Дон Хайме жестом указал на корсаров.

— Вот они, эти проклятые пираты, дон Педро. Глядите — сбились в кучу, словно воронье, слетевшееся на падаль.

— Эти? — надменно спросил дон Педро, ткнув в сторону корсаров тростью. — Клянусь небом, вид их вполне под стать их ремеслу.

Единственный глаз Волверстона сверкнул еще более грозно, однако корсар продолжал хранить презрительное молчание. Сразу было видно, что этот негодяй упрям, как буйвол.

Дон Педро, безукоризненно изящный в своем черном с серебром костюме — живое олицетворение гордости и величия Испании, — приблизился к корсарам. Коренастый, неуклюжий губернатор, облаченный в травянисто-зеленую тафту, шагнул вместе с ним, нога в ногу, и обратился к пленным со следующей речью:

— Ну вы, английские собаки! Почувствовали теперь, что значит бросать вызов могуществу Испании? Ничего, успеете почувствовать еще не раз, покуда вас не прикончат. Я вынужден отказать себе в удовольствии отправить вас на виселицу, как намеревался, потому что хочу дать вам возможность отплыть в Мадрид, где по вас скучает костер.

Волверстон ухмыльнулся, оскалив зубы.

— Вы благородный человек, — произнес он на скверном, но все же вразумительном испанском языке. — Благородный, как все испанцы. Вы оскорбляете людей, пользуясь их беспомощностью.

Взбешенный губернатор обозвал его всеми непечатными словами, которые мгновенно приходят на язык любому испанцу, и еще долго продолжал бы сквернословить, если бы дон Педро не остановил его, положив руку ему на плечо.

— Стоит ли зря тратить порох? — презрительно сказал он. — Вы лишь попусту задерживаете нас в этой зловонной дыре.

Корсары в каком-то изумлении уставились на него. Дон Педро резко повернулся на каблуках.

— Идемте, дон Хайме. — Голос его звучал повелительно. — Выведите их отсюда. «Сент-Томас» нас ожидает, и скоро начнется прилив.

Губернатор, казалось, был в нерешительности; затем, выпустив в корсаров еще один заряд сквернословия, он отдал распоряжение своему адъютанту и пошел следом за гостем, который уже направлялся к двери. Адъютант отдал приказ солдатам. Солдаты с бранью принялись поднимать корсаров, подталкивая их древками пик. Подгоняемые солдатами, корсары, пошатываясь, звеня кандалами и наручниками, выбрались на свежий воздух и солнечный простор. Оборванные, грязные, измученные, эти обреченные виселице люди устало побрели через площадь, мимо высоких, чуть колеблемых морским ветром пальм, мимо остановившихся поглазеть на них жителей, — побрели к молу, где покачивался на причале восьмивесельный барк.

Губернатор и его гость дожидались, пока корсары в сопровождении своих вооруженных конвоиров спустятся в барк. Затем дон Хайме и дон Педро заняли места на носу; за ними последовал негр-слуга дона Педро с его саквояжем. Барк отчалил, и гребцы, рассекая голубые волны, повели его к величавому кораблю, на мачте которого развевался испанский флаг.

Барк приблизился к желтому корпусу корабля возле трапа, и дежуривший на борту матрос приготовил отпорный крюк.

Дон Педро, стоя на носу барка, повелительно отдал приказ мушкетерам построиться на шкафуте. Над фальшбортом появилась голова в остроконечном шлеме, и последовало сообщение, что мушкетеры уже построены, после чего, неуклюже переступая ногами в кандалах, корсары, подгоняемые конвоирами, начали медленно взбираться по трапу и переваливаться один за другим через борт.

Дон Педро сделал знак своему черному слуге следовать за ним и жестом предложил дону Хайме первым подняться на борт. Сам дон Педро начал подниматься сейчас же вслед за ним, и когда наверху трапа дон Хайме внезапно остановился, дон Педро, продолжая подниматься, подтолкнул его вперед, и притом так сильно, что дон Хайме едва не полетел головой вниз на шкафут. Но дюжина проворных рук подхватила его и поставила на ноги под громкий смех и приветственные крики. Однако руки, оказавшие ему помощь, принадлежали не кому иному, как корсарам, а приветствия были произнесены на английском языке. Весь шкафут был заполнен корсарами, и некоторые из них уже спешили снять кандалы с Волверстона и его товарищей.

Разинув от удивления рот и побледнев как мертвец, испуганный дон Хайме де Вилламарга повернулся к дону Педро. Этот испанский гранд остановился на последней ступеньке трапа и, держась рукой за трос, наблюдал происходящее. На губах его играла улыбка.

— Вам совершенно нечего опасаться, дон Хайме. Даю вам слово. А слово мое крепко. Я — капитан Блад.

И он спрыгнул на палубу, а губернатор продолжал молча таращить на него глаза — он все еще ничего не понимал. Когда же слова капитана Блада проникли в его сознание, в потрясенном мозгу этого тупицы все мысли спутались окончательно.

Высокий, стройный мужчина, элегантно одетый, выступил вперед навстречу капитану, и губернатор с возрастающим изумлением узнал в нем кузена своей жены — дона Родриго. Капитан Блад дружески его приветствовал.

— Как видите, я доставил сюда ваш выкуп, дон Родриго, — сказал он, указывая на закованных в кандалы пленников. — Вы теперь свободны и можете покинуть этот корабль вместе с доном Хайме. Наше прощание, к сожалению, должно быть кратким, так как мы уже поднимаем якорь. Хагторп, распорядись!

Дону Хайме показалось, что он начинает кое-что понимать. Взбешенный, он повернулся к кузену своей жены:

— Черт побери, так вы с ними заодно? Вы были в сговоре с этими врагами Испании с целью…

Чья-то крепкая рука стиснула его плечо, откудато донесся резкий свисток боцмана.

— Мы поднимаем якорь, произнес капитан Блад. — Вам лучше покинуть этот корабль, поверьте мне. Для меня было большой честью познакомиться с вами. Отправляйтесь с богом, дон Хайме, и постарайтесь оказывать больше уважения вашей супруге.

Губернатор, подталкиваемый сзади, шагнул, словно во сне, к трапу и начал спускаться в барк. Дон Родриго, любезно распрощавшись с капитаном Бладом, последовал за губернатором.

Дон Хайме, как мешок с трухой, повалился на корму барка. Но через несколько мгновений он вскочил и вне себя от ярости принялся угрожать дону Родриго, требуя у него объяснений.

Дон Родриго старался сохранить хладнокровие:

— Постарайтесь выслушать меня спокойно. Я плыл на этом корабле, на «Сент-Томасе», и направлялся в Санто-Доминго, когда капитан Блад напал на корабль и захватил его. Всю нашу команду он высадил на берег на одном из Виргинских островов. Но меня, в соответствии с моим рангом, оставил заложником.

— И, чтобы спасти свою шкуру и свой кошелек, вы вступили с ним в эту бесстыдную сделку?.

— Я предложил вам выслушать меня. Все это было совсем не так. Он обращался со мной в высшей степени почтительно, и мы с ним в какой-то мере даже подружились. Он весьма обаятельный человек, как вы сами могли заметить. Мы много беседовали, и он мало-помалу узнал кое-что о моей личной жизни, а также и о вашей, так как между нами существует некоторая связь, поскольку моя кузина Эрнанда стала вашей женой. Неделю спустя, после того как вы захватили в плен Волверстона и еще кое-кого из тех корсаров, что сошли на берег, Блад решил воспользоваться полученными от меня сведениями, а также моими бумагами, которыми он, разумеется, завладел. Он сообщил мне о своих намерениях и пообещал, что не будет требовать за меня выкупа, если ему удастся, использовав мое имя и мои бумаги, освободить захваченных вами людей.

— А вы что же? Согласились?

— Согласился? Порой вы, в самом деле, бываете на редкость тупы. Никто и не спрашивал моего согласия. Я был просто поставлен в известность. Ваше глупое тщеславие и орден святого Якова Компостельского довершили остальное. Вероятно, он вручил его вам и так вас этим ослепил, что вы уже готовы были поверить каждому его слову.

— Так это вы везли мне орден? И пират захватил его вместе с вашими бумагами? — промолвил дон Хайме, решив, что теперь наконец он что-то уразумел.

На худом загорелом лице дона Родриго появилась угрюмая усмешка.

— Я его вез губернатору Эспаньолы, дону Хайме де Гусман. Ему же было адресовано и письмо.

Дон Хайме де Вилламарга разинул рот. Потом он побледнел.

— Как! И это тоже обман? Орден предназначался не мне? Это тоже была его дьявольская выдумка?

— Вам следовало получше рассмотреть послание короля.

— Но письмо было испорчено морской водой! — в полном отчаянии вскричал губернатор.

— Тогда вам следовало получше спросить свою совесть. Она бы подсказала вам, что вы еще не сделали решительно ничего, чтобы заслужить такую высокую награду.

Дон Хайме был слишком ошеломлен, чтобы достойно ответить на эту насмешку. Однако, добравшись до дому, он успел несколько оправиться, и у него достало силы обрушиться на жену, упрекая ее за то, что его так одурачили. Впрочем, действуя подобным образом, он лишь навлек на себя еще большее унижение.

— Как это могло случиться, сударыня, — вопросил он, — что вы приняли его за своего кузена?

— Я не принимала его за кузена, — ответила донья Эрнанда и рассмеялась в отместку за все нанесенные ей обиды.

— Вы не принимали его за кузена? Так вам было известно, что это не ваш кузен? Вы это хотите сказать?

— Да, именно это.

— И вы не сообщили об этом мне? — Все завертелось перед глазами дона Хайме, ему показалось, что мир рушится.

— Вы сами не позволили мне. Когда я сказала, что не могу припомнить, чтобы у моего кузена Педро были синие глаза, вы заявили, что я никогда ничего не помню, и назвали меня дурочкой. Мне не хотелось, чтобы меня еще раз назвали дурочкой в присутствии посторонних, и поэтому я больше не вмешивалась.

Дон Хайме вытер вспотевший лоб и в бессильной ярости обратился к дону Родриго:

— А вы что скажете?

— Мне нечего сказать. Могу только напомнить вам, как напутствовал вас капитан Блад при прощанье. Мне помнится, он советовал вам оказывать впредь больше уважения вашей супруге.

ГРОЗНОЕ ВОЗМЕЗДИЕ

Ввязавшись в морской бой с «Арабеллой», испанский фрегат «Атревида», несомненно, проявил необычайную храбрость, однако вместе с тем и необычайное безрассудство, если учесть полученное им предписание, а также значительное превосходство в огневой силе, которым обладал его противник.

Ведь что это было за судно — «Арабелла»? Да все тот же «Синко Льягас» из Кадиса, отважно захваченный капитаном Бладом и переименованный им в честь некой дамы с Барбадоса — Арабеллы Бишоп, воспоминание о которой всегда служило ему путеводной звездой и обуздывало его пиратские набеги.

«Арабелла» быстро шла в западном направлении, стремясь догнать остальные корабли капитана Блада, опередившие ее на целый день пути, и где-то в районе 19є северной долготы и 66є западной широты была замечена фрегатом «Атревида»; фрегат повернул, лег поперек курса «Арабеллы» и открыл сражение, дав залп по ее клюзам.

Командир испанского фрегата дон Винсенте де Касанегра никогда не страдал от сознания собственной ограниченности и в этом случае, как всегда, был побуждаем к действию неколебимой верой в самого себя.

В результате произошло именно то, чего и следовало ожидать. «Арабелла» тотчас переменила галс с западного на южный и оказалась с наветренной стороны «Атревиды», тем самым сразу же сведя на нет первоначальное тактическое преимущество фрегата. После этого, будучи еще в недосягаемости его носовых орудий, она открыла сокрушительный огонь из своих пушек, чем и предрешила исход схватки, а затем, подойдя ближе, так изрешетила картечью такелаж «Атревиды», что фрегат уже не в состоянии был бы спастись бегством, если бы даже благоразумие подсказало дону Винсенте такой образ действий. Наконец, приблизившись уже на расстояние пистолетного выстрела, «Арабелла» бортовым залпом превратила стройный испанский фрегат в беспомощно ковылявшую по волнам посудину. Когда после этого корабль был взят на абордаж, испанцы поспешили сохранить себе жизнь, сложив оружие, и позеленевший от унижения дон Винсенте вручил свою шпагу капитану Бладу.

— Это научит вас не тявкать на меня, когда я мирно прохожу мимо, — сказал капитан Блад. — На мой взгляд, вы не столь храбры, сколь нахальны.

Сложившееся у капитана Блада мнение ни в коей мере не претерпело изменений к лучшему, когда, исследуя судовые документы, он обнаружил среди них письмо испанского адмирала дона Мигеля де Эспиноса-и-Вальдес и узнал из него о полученных доном Винсенте наказах.

Письмо предписывало дону Винсенте как можно быстрее присоединиться к эскадре адмирала в бухте Спаниш-Кей возле Бьека с целью нападения на английские поселения на острове Антигуа. По счастью, намерения дона Мигеля были выражены в письме вполне недвусмысленно:

«Хотя, — писал он, — его величество король не ведет сейчас с Англией войны, Англия тем не менее не предпринимает никаких мер, чтобы положить конец дьявольской деятельности пирата Блада в испанских водах. Вследствие этого мы вынуждены применить репрессалии и получить известную компенсацию за все убытки, понесенные Испанией от руки этого дьявола-флибустьера».

Загнав обезоруженных испанцев в трюм — всех, кроме неосмотрительного дона Винсенте, который под честное слово был взят на борт «Арабеллы», — капитан Блад отрядил часть команды на «Атревиду», залатал ее пробоины и повел оба корабля юговосточным курсом к проливу между Анегадой и Виргинскими островами.

Изменив столь внезапно курс, Блад не преминул в тот же вечер дать тому объяснение, для чего в большой капитанской каюте было созвано совещание, на которое он пригласил своего помощника

Волверстона, шкипера Питта, канонира Огла и двух представителей от команды; один из них, по имени Альбин, был француз, и его присутствие обуславливалось тем, что французы составляли в то время примерно одну треть всех корсаров, находившихся на борту «Арабеллы».

Сообщение капитана Блада о том, что он намерен плыть к острову Антигуа, встретило противодействие.

В наиболее краткой форме противодействие это было выражено Волверстоном. Стукнув по столу окорокообразной ручищей, Волверстон заявил:

— К черту короля Якова со всеми его прислужниками! Хватит с него и того, что мы никогда не нападаем на английские суда и на английские поселения. Но будь я проклят, если мы станем защищать тех, от кого нам самим не ждать добра.

Капитан Блад дал разъяснение:

— Испанцы собираются произвести это нападение в виде компенсации за те убытки, которые якобы понесла Испания от нашей руки. Вот почему я считаю, что это нас к чему-то обязывает. Не будучи ни патриотами, ни альтруистами, как явствует из слов Волверстона, мы тем не менее можем предупредить население и оказать помощь как наемники, услуги которых оплатит гарнизон, ибо он, несомненно, будет рад нанять нас. И, таким образом, мы исполним свой долг, не упустив при этом и своей выгоды.

Последний аргумент решил спор в пользу Питера Блада.

На заре, миновав пролив, корабли легли в дрейф у южного мыса острова Горда по правому борту не более как в четырех-пяти милях от него. Море было спокойное. Капитан Блад приказал спустить на воду шлюпки с «Атревиды», и команда испанского корабля поплыла в них к берегу, после чего оба корабля продолжали свой путь к Подветренным островам.

С легким попутным ветром пройдя к югу от Саба, они к утру следующего дня приблизились к западному берегу Антигуа и, подняв английский флаг, бросили якорь в десяти саженях к северу от банки, разделяющей надвое вход в Форт-Бей.

Вскоре после полудня, когда полковник Коуртни, правитель Подветренных островов, чья губернаторская резиденция находилась на Антигуа, только что уселся за обеденный стол в обществе миссис Коуртни и капитана Макартни, ему, к немалому его изумлению, было доложено, что капитан Блад высадился в бухте Сент-Джон и желает нанести визит его высокоблагородию.

Полковник Коуртни, высокий, тощий, веснушчатый господин лет сорока пяти, заморгал красноватыми веками и обратил взгляд бесцветных глаз на своего секретаря мистера Айвиса, принесшего ему это известие.

— Капитан Блад, говорите вы? Капитан Блад? Какой капитан Блад? Надеюсь, не этот проклятый пират, не этот висельник, сбежавший с Барбадоса?

Видя, как разволновался губернатор, юный мистер Айвис позволил себе улыбнуться.

— Он самый, сэр.

Полковник Коуртни швырнул салфетку на стол и, все еще не веря своим ушам, поднялся на ноги.

— Вы говорите, он здесь? Он что, рехнулся? Может быть, у него солнечный удар? Клянусь богом, я закую его в кандалы, прежде чем сяду сегодня обедать, и отправлю в Англию, прежде чем… — Он не договорил и повернулся к своему военному коменданту — Черт побери, вероятно, нам все же следует его принять.

Круглое лицо Макартни, почти столь же красное, как его мундир, выражало не меньшее изумление, чем лицо губернатора. Чтобы такой отъявленный негодяй, за голову которого объявлена награда, имел наглость явиться днем с визитом к губернатору английской колонии, — от подобного известия капитан Макартни онемел и окончательно утратил способность что-либо осмыслить.

Мистер Айвис пригласил в просторную, прохладную, довольно скудно обставленную комнату высокого, худощавого мужчину, весьма элегантно одетого в светло-коричневый парчовый кафтан. Крупный, драгоценный бриллиант сверкал в великолепном кружеве пышного жабо, бриллиантовая пряжка поблескивала на шляпе с плюмажем, которую этот господин держал в руке, большая грушевидная жемчужина покачивалась под мочкой левого уха, тускло мерцая среди черных локонов парика. Гость опирался о черную трость с золотым набалдашником. Он был так не похож на пирата, этот щегольски одетый господин, что все в молчании уставились на его бронзовое от загара продолговатое горбоносое лицо с сардонической складкой губ и холодными синими глазами. Все больше и больше изумляясь и все меньше веря своим органам чувств, полковник наконец спросил, беспокойно дернувшись на стуле:

— Вы капитан Блад?

Гость поклонился. Капитан Макартни ахнул и пожелал, чтоб его разразил гром. Полковник произнес:

— Черт побери! — И его бесцветные глаза совсем вылезли из орбит. Он бросил взгляд на свою бледную супругу, потом поглядел на Макартни и снова воззрился на капитана Блада. — Вы храбрый мошенник. Храбрый мошенник, черт побери!

— Я вижу, что вы уже слышали обо мне.

— Слышал, но все же не ожидал, что вы способны явиться сюда. Вы же не для того пришли, чтобы сдаться мне в плен?

Пират не спеша шагнул к столу. Макартни невольно встал.

— Прочтите это послание, оно вам многое объяснит, — сказал Блад и положил перед губернатором письмо испанского адмирала. — Волею судеб оно попало в мои руки вместе с джентльменом, которому было адресовано.

Полковник Коуртни прочел, изменился в лице и протянул письмо Макартни. Затем снова поглядел на капитана Блада, и тот, как бы отвечая на его взгляд, сказал:

— Да, я явился сюда, чтобы предупредить вас и в случае необходимости сослужить вам службу.

— Мне? Службу? Какую?

— Боюсь, что у вас будет в этом нужда. Ваш смехотворный форт не выстоит и часа под огнем испанских орудий, после чего эти кастильские господа пожалуют к вам в город. А как они себя ведут в подобных случаях, вам, я полагаю, известно. Если нет, могу это описать.

— Но... разрази меня гром! — воскликнул Макартни. — Мы же не воюем с Испанией!

Полковник Коуртни в холодном бешенстве повернулся к капитану Бладу.

— Это вы причина всех наших бедствий! Ваши грабительские набеги навлекли на нас эту напасть.

— Вот поэтому-то я и явился сюда. Хотя думаю, что мои набеги скорее предлог для испанцев, чем причина. — Капитан Блад опустился на стул. — Вы, как я слышал, нашли здесь, на вашем острове, золото, и дон Мигель, вероятно, оповещен об этом тоже. В вашем гарнизоне всего двести солдат, а ваш форт, как я уже сказал, — старая развалина. Я привел сюда большой, хорошо вооруженный корабль и две сотни таких вояк, равных которым не сыщется во всем Карибском море, а может, и на всей планете. Конечно, я — проклятый пират и за мою голову назначена награда, и если вы чрезмерно щепетильны, то, вероятно, не захотите говорить со мной. Но если у вас есть хоть капля здравого смысла — а я надеюсь, что это так, — вы будете благодарить бога за то, что я явился сюда, и примете мои условия.

— Условия?

Капитан Блад разъяснил. Его люди не собираются строить из себя героев и рисковать жизнью ни за что ни про что. Кроме того, среди них очень много французов, а те, естественно, не могут испытывать патриотических чувств по отношению к английской колонии. Они захотят получить какую-либо, хотя бы незначительную, компенсацию за те ценные услуги, которые они готовы оказать.

— К тому же, полковник, — добавил в заключение капитан Блад, — это еще и вопрос вашей чести. Заключать с нами союз для вас, может быть, и неудобно, а вот нанять нас — это совсем другое дело. Когда же операция будет завершена, никто не мешает вам снова преследовать нас как нарушителей закона.

Полковник поглядел на него мрачно.

— Мой долг повелевает мне немедленно заковать вас в кандалы и отправить в Англию, где вас ждет виселица.

Капитан Блад и бровью не повел.

— Ваш первейший долг — спасти от нападения эту колонию, правителем которой вы являетесь. Вы оповещены о том, что ей угрожает опасность. И опасность эта столь близка, что вам должна быть дорога каждая секунда. Клянусь, вы поступите разумно, если не будете терять эти секунды даром.

Губернатор поглядел на Макартни. Взгляд Макартни был столь же пуст, как и его черепная коробка. Но тут неожиданно поднялась со стула супруга полковника — испуганная, молчаливая свидетельница всего происходящего. Эта дама была столь же высока и костлява, как ее супруг. Климат тропиков состарил ее до срока и иссушил ее красоту. Однако, по счастью, подумал капитан Блад, он, по-видимому, не иссушил ее мозги.

— Джеймс, как ты можешь колебаться? Подумай, что будет с женщинами?. С женщинами и с детьми, если испанцы высадятся здесь. Вспомни, что они сделали с Бриджтауном.

Губернатор стоял, наклонив голову, угрюмо насупившись.

— И тем не менее я не могу заключать союза с… Не могу входить в какие-то сделки с преступниками, стоящими вне закона. Мой долг мне ясен. Абсолютно ясен.

Полковник говорил решительно, он больше не колебался.

— Вольному — воля, спасенному — рай, — произнес философски настроенный капитан Блад. Он вздохнул и встал. —

Если это ваше последнее слово, то разрешите пожелать вам приятного окончания сегодняшнего дня. Я же отнюдь не расположен попасть в руки карибской эскадры.

— Никуда вы отсюда не уйдете, — резко сказал полковник. — Что касается вас, то мне мой долг тоже ясен. Макартни, стражу!

— Ну, ну, не валяйте дурака, полковник. — Блад жестом остановил Макартни.

— Прошу меня не учить. Я обязан исполнить свой долг.

— Неужто ваш долг призывает вас так подло отплатить мне за ту весьма ценную услугу, которую я вам оказал, предупредив о грозящей опасности? Подумайте-ка хорошенько, полковник.

И снова супруга полковника выступила в роли адвоката капитана Блада — выступила решительно и страстно, отчетливо понимая, что в этот момент было единственно существенным и важным.

Доведенный до отчаяния полковник снова упал на стул.

— Но я не могу! Не могу я вступать в сделку с бунтовщиком, с изгоем, с пиратом! Честь моего мундира... Нет... Нет, я не могу!

Капитан Блад проклял в душе тупоголовых самодержцев, которые посылают подобных людей управлять заморскими колониями.

— Считаете ли вы, что честь вашего мундира требует оказать должное сопротивление испанскому адмиралу?!

— А женщины, Джеймс? — снова напомнила ему супруга. — Право, Джеймс, раз ты в таком отчаянном положении — ведь целая эскадра собирается напасть на тебя, — его величество, несомненно, одобрит твое решение принять любую предложенную тебе помощь.

Вот какую опять повела она речь и повторяла свои доводы снова и снова, пока и Макартни не поддержал ее и не сделал попытки преодолеть ослиное упрямство его высокоблагородия. В конце концов под этим двойным нажимом губернатору пришлось принести свое достоинство в жертву целесообразности. Сумрачно и неохотно он пожелал узнать условия, предлагаемые пиратом.

— Для себя я не прошу ничего, — сказал капитан Блад. — Я приму меры к защите вашего населения просто потому, что в моих жилах течет та же кровь. Но после того как мы прогоним испанцев, я должен получить от вас по восемьсот реалов на каждого из моих людей, а у меня их двести человек.

Его высокоблагородие остолбенел.

— Сто шестьдесят тысяч! — Он едва не задохнулся от возмущения и настолько утратил свое пресловутое достоинство, что сделал попытку поторговаться.

Но капитан Блад остался холоден и непреклонен, и в конце концов его условия были приняты.

В тот же вечер Блад принялся возводить укрепления для защиты города.

Форт-Бей — узкий залив глубиной около двух миль и не больше мили в самой своей широкой части — напоминал по форме бутылку. Вдоль горла этой бутылки тянулась длинная песчаная банка, выступая из воды во время отлива и деля пролив на две части. Пролив к югу от этой банки был доступен лишь для самых мелководных судов, узкая же северная часть, у входа в которую бросила якорь «Арабелла», имела не менее восьми саженей в глубину, а во время приливов даже несколько больше и открывала таким образом доступ в гавань.

Пролив охранялся фортом, расположенным на небольшой возвышенности в северной части мыса. Это было квадратное приземистое сооружение с навесными бойницами, сложенное из серого камня: вся его артиллерия состояла из дюжины допотопных пушек и полдюжины кулеврин, бивших самое большее на две тысячи ярдов, — тех самых орудий, о которых столь презрительно отозвался капитан Блад. Эти пушки он прежде всего и заменил дюжиной более современных с борта «Атревиды».

Не ограничиваясь этим, он перевез с испанского корабля на сушу еще дюжину орудий, в том числе две тяжелые пушки, заряжавшиеся двенадцатифунтовыми ядрами. Эти орудия, однако, предназначались им для другой цели. В пятидесяти ярдах к западу от форта, на самом краю мыса, он приступил к сооружению земляных сооружений и возводил их с такой быстротой, что полковник Коуртни получил возможность проникнуть в тайны пиратских методов обороны и постичь причины их успехов.

Для возведения этих земляных укреплений капитан Блад отрядил сотню своих людей, и те, обнаженные по пояс, принялись за работу под палящим солнцем. В помощь им он пригнал сотни три белых и столько же негров, жителей Сент-Джона, — то есть все трудоспособное мужское население — и заставил их рыть, возводить брустверы и забивать землей туры, которые по его приказу должны были плести из веток женщины. Остальных своих людей он послал резать дерн, валить деревья и подтаскивать все это к возводимым укреплениям. До самого вечера кипела работа, и мыс походил на муравейник. Перед заходом солнца все было закончено. Губернатору казалось, что на его глазах совершается чудо. За шесть часов по воле Блада и по его указаниям возник новый форт, сооружение которого обычным путем потребовало бы не менее недели.

И вот форт был не только построен и оснащен оставшимися двенадцатью пушками с «Атревиды» и полдюжиной мощных орудий с «Арабеллы», — он к тому же был еще так искусно замаскирован, что, глядя со стороны моря, трудно было даже заподозрить о его существовании. Земляные валы были покрыты дерном и сливались с береговой зеленью, чему способствовали также посаженные на валах и вокруг них кокосовые пальмы, а за кустами белой акации так хорошо укрылись пушки, что их нельзя было заметить даже на расстоянии полумили.

Однако полковник Коуртни нашел, что тут потрачена впустую уйма труда. Для чего так тщательно маскировать укрепления, один вид которых мог бы остановить противника? Капитан Блад разъяснил:

— Этим мы его только насторожим, и он нападет не сразу, а когда меня уже здесь не будет и вы останетесь без защиты. Нет, я хочу либо совсем покончить с ним, либо преподать ему такой урок, чтобы никому не повадно было нападать на английские поселения.

Эту ночь Блад провел на борту «Арабеллы», которая бросила якорь у самого берега, там, где он был очень высок и отвесной стеной уходил в воду. А на заре население Сент-Джона было разбужено оглушительной орудийной пальбой. Губернатор выскочил из дома в ночной рубашке, решив, что испанцы уже напали на остров. Однако стрельбу вел новый форт: он прямой наводкой палил из всех своих орудий по «Атревиде», а та, убрав мачты, стояла точнехонько в середине судоходного пролива, поперек фарватера — носом к берегу, кормой к банке.

Губернатор, поспешно облачившись, вскочил в седло и в сопровождении Макартни поскакал на мыс к обрыву. При его приближении стрельба прекратилась. Судно, изрешеченное ядрами, медленно скрывалось под водой. Когда взбешенный губернатор спешился возле нового форта, корабль совсем ушел на дно, и волны с плеском сомкнулись над ним. Обратившись к капитану Бладу, который с кучкой своих пиратов наблюдал гибель «Атревиды», губернатор, пылая гневом, потребовал, чтобы ему во имя неба и самой преисподней объяснили, для чего совершается это безумие. Отдает ли капитан Блад себе отчет в том, что он полностью блокировал вход в гавань для всех судов, кроме самых мелководных.

— Именно к этому я и стремился, — сказал капитан Блад. — Я искал самое мелкое место пролива. Корабль затоплен на глубине шести сажен и сократил эту глубину до двух.

Губернатор решил, что над ним смеются. Побелев от негодования, он продолжал требовать объяснений: для чего отдан был такой идиотский приказ, да еще без его ведома?

С ноткой досады в голосе капитан Блад разъяснил губернатору то, что, по его мнению, было очевидно и так. Губернатор слегка поостыл. Тем не менее неизбежная для человека столь ограниченного ума подозрительность мешала ему успокоиться.

— Но если затопить судно было единственной вашей целью, то какого дьявола понадобилось вам тратить на него порох? Почему было не пустить его на дно, попросту продырявив ему борт?

Капитан Блад пожал плечами.

— Небольшое упражнение в артиллерийской стрельбе. Мы хотели одним выстрелом убить двух зайцев.

— Упражнение в стрельбе с такой дистанции? — губернатор был вне себя. — Вы что, смеетесь надо мной, приятель?

— Вам это станет понятней, когда сюда явится дон Мигель.

— С вашего позволения, я хочу понять это теперь же. Немедленно, будь я проклят! Прошу вас принять во внимание, что на этом острове пока что командую я.

Капитан Блад был слегка раздражен. Он никогда не отличался ни снисходительностью, ни терпеливостью по отношению к дуракам.

— Клянусь честью, если мои намерения вам не ясны, значит, ваше стремление командовать опережает ваше умение быстро соображать. Однако времени у нас мало, есть более важные, не терпящие отлагательства дела. — И, резко повернувшись на каблуках, он оставил губернатора возмущаться и брызгать слюной.

Обследовав берег, капитан Блад обнаружил в двух милях от форта небольшую удобную бухту, носившую название Уилоугби-Кав, в которой «Арабелла» вполне могла укрыться от глаз, находясь в то же время под рукой, благодаря чему и сам капитан и его матросы получили возможность оставаться на борту. Это была приятная весть даже для полковника Коуртни, чрезвычайно опасавшегося размещения пиратов в городе. Капитан Блад потребовал, чтобы его команду снабдили провиантом, и запросил пятьдесят голов скота и двадцать свиней. Губернатор снова хотел было поторговаться, но капитан Блад пресек его попытку в столь сильных выражениях, что это ни в коей мере не могло содействовать улучшению их взаимоотношений. Скот в запрошенном количестве был доставлен, и пираты принялись пиратствовать пока что в мирной форме: на берегу бухты запылали костры, скот закололи, туши разделали и вместе с пойманными тут же черепахами насадили на вертела.

В этих незлобивых занятиях пролетело трое суток, и губернатор уже начал терзаться сомнениями: не сыграл ли над ним капитан Блад вместе со своими пиратами злую шутку, дабы схоронить здесь концы каких-либо своих гнусных дел? Капитана Блада, однако, эта отсрочка нападения нисколько не удивляла. Дон Мигель не поднимет паруса, объяснил он, пока не потеряет надежды, что дон Винсенте де Касанегра на своей «Атревиде» присоединится к нему.

Еще четверо суток протекли в бездействии. Губернатор ежедневно скакал верхом в маленькую бухту Уилоугби-Кав и давал волю своим подозрениям, засыпая Блада ядовитыми вопросами. Эти свидания день ото дня становились взаимно все более неприятными. Капитан Блад ежедневно и все более ясно давал понять губернатору, что он не питает надежды на колониальные успехи страны, которая может проявлять так мало здравого смысла при выборе людей для управления своими заокеанскими владениями. И только появление эскадры дона Мигеля у берегов острова Антигуа предотвратило полный разрыв отношений между губернатором и его союзником-пиратом.

Весть о появлении эскадры принес в бухту Уилоугби-Кав в понедельник на рассвете один из караульных нового форта, и капитан Блад тотчас высадился на берег, взяв с собой сотню людей. Для командования кораблем был оставлен Волверстон. Грозный канонир Огл вместе со своими пушкарями уже находился в новом форте.

В шести милях от берега, прямо против входа в гавань Сент-Джон, подгоняемые свежим северо-западным ветром, умерявшим зной утренних лучей, шли под всеми парусами четыре стройных корабля, и флаг Кастилии развевался на верхушке каждой из четырех грот-мачт.

С парапета старого форта капитан Блад разглядывал корабли в подзорную трубу. Рядом стоял губернатор, убедившийся наконец воочию, что угроза нападения испанцев не была пустой выдумкой. За спиной губернатора, как всегда, торчал Макартни.

Флагманским кораблем дона Мигеля был «Виржен дель Пиляр» — одно из красивейших и весьма грозных испанских судов, на котором адмирал плавал с тех пор, как капитан Блад несколько месяцев назад потопил его «Милагросу». «Виржен дель Пиляр» был большой черный галион с сорока орудиями на борту, в числе которых имелось и несколько тяжелых пушек, бивших на три тысячи ярдов. Из трех остальных кораблей эскадры два, хотя и поменьше, были тоже весьма могучими тридцатипушечными фрегатами, и лишь четвертый представлял собой всего-навсего шлюп с десятью пушками на борту.

Капитан Блад опустил подзорную трубу и распорядился привести в боевую готовность старый форт. Новый форт не должен был пока что принимать участия в обороне острова.

Сражение разыгралось через полчаса.

Действия дона Мигеля были не менее стремительны, чем все его прежние, давно знакомые капитану Бладу набеги. Он не сделал попытки взять рифы, пока не приблизился на две тысячи ярдов, видимо, полагая, что его нападение застигнет город врасплох, а допотопные пушки форта ни на что уже не пригодны. Он считал необходимым полностью разгромить форт, прежде чем войти в гавань, и чтобы быстрее и вернее достигнуть этой цели, продолжал идти вперед, пока, по расчетам капитана Блада, до входа в гавань осталось не более тысячи ярдов.

— Клянусь честью, — сказал капитан Блад, — он, видно, хочет приблизиться на расстояние пистолетного выстрела, а может, и считает, что этот форт вообще не способен оказать сопротивление. Ну-ка, Огл, прочисти ему мозги! Дай салют в его честь.

Команда Огла давно зарядила свои пушки, и двенадцать жерл, взятые с «Атревиды», неотступно следили за приближающейся эскадрой. Подносящие с фитильными пальниками, шомполами и ведрами с водой стояли возле своих орудий.

Огл дал команду — и над морем разнесся оглушительный залп двенадцати пушек. С такого близкого расстояния даже пятифунтовые ядра этих сравнительно небольших орудий нанесли кое-какой урон двум кораблям испанской эскадры. Однако моральное воздействие этого неожиданного залпа на тех, кто сам собирался сыграть на неожиданности и получил отпор, было куда существеннее. Адмирал тотчас отдал приказ кораблям сделать поворот оверштаг. Разворачиваясь, корабли дали один за другим несколько бортовых залпов по форту, который мгновенно превратился в вулкан. В воздух полетели осколки разбитых укреплений, и к небу поднялся плотный столб дыма и пыли. Сквозь эту густую завесу корсары не могли видеть, что делают испанские корабли. Но капитан Блад и не видя довольно ясно это себе представлял и во время короткой передышки, последовавшей за первыми бортовыми залпами, приказал всем покинуть форт и укрыться за ним.

Когда отгремели новые залпы, Блад вернул всех в разбитую крепость на время следующего промежутка между залпами и велел привести в действие все старые пушки форта. Орудия палили наугад в серую дымную пелену с единственной целью — показать испанцам, что форт еще не разгромлен до конца. А когда пыль осела и дым развеялся, по две, по три заговорили другие пушки и прицельным огнем дали залп по уже приведенным к ветру кораблям, послав в них пятифунтовые ядра. Урон опять оказался невелик, но главная цель — не давать испанцам спуску — была достигнута.

Тем временем судовая команда спешно перезаряжала пушки с «Атревиды». Их охладили водой из ведер, и щетки, пыжи и шомпола снова пошли в ход.

Губернатор, не принимавший участия в этой лихорадочной деятельности, пожелал наконец узнать, для чего столь бесполезно расходуется порох на эти горе-пушки, в то время как в новом форте имеются дальнобойные орудия, которые могут ударить по испанцам двадцатичетырех — и даже тридцатифунтовыми ядрами. Получив уклончивый ответ, он перестал спрашивать и начал отдавать распоряжения, после чего ему было предложено не путаться под ногами — оборона-де строится по тщательно разработанному плану.

Конец пререканиям положили испанские корабли, возобновившие атаку, и все повторилось сначала. Корабельные орудия снова ударили по форту, и на этот раз было убито несколько негров да с полдюжины корсаров ранило летящими камнями, хотя капитан Блад и распорядился удалить всех из форта, прежде чем корабли дадут залп.

Когда вторая атака испанцев была отбита и они снова отошли, чтобы перезарядить орудия, капитан Блад решил убрать пушки из форта, так как достаточно было еще нескольких бортовых залпов, и пушки были бы погребены под обломками. Корсары, негры и антигуанская милиция — все были привлечены к этому делу и встали к лафетам. И все же прошло не менее часа, прежде чем им удалось извлечь пушки из-под обломков и установить их за фортом, подальше от берега, где Огл со своей командой снова принялся тщательно их наводить и заряжать. Вся эта операция производилась под прикрытием форта и осталась не замеченной испанцами, которые повернули и пошли в атаку в третий раз. Теперь уже оборонявшиеся не открывали огня, пока очередной чугунный шквал не обрушился на остатки разбитого, но уже совершенно пустого форта. Когда шквал утих, на месте форта громоздилась лишь бесформенная груда камня, и кучка его защитников, укрывшихся позади этих руин, слышала, как возликовали испанцы, уверенные, что сопротивление сломлено, поскольку в ответ на их бомбардировку не было сделано ни единого выстрела.

Гордо, уверенно дон Мигель пошел вперед. Теперь не было нужды отходить, чтобы перезаряжать орудия. Время далеко перевалило за полдень, он успеет до наступления ночи расквартировать свои команды в Сент-Джоне. Однако пелена дыма и пыли, скрывшая защитников города и новое расположение их орудий от взора неприятеля, не была столь же непроницаемой для острых глаз корсаров, находившихся от нее на более близком расстоянии. Флагманский корабль стоял в пятистах ярдах от входа в бухту, когда шесть орудий, заряженных картечью, прошлись смертоносным шквалом по его палубам и сильно повредили оснастку. И почти следом открыли огонь картечью еще шесть других пушек, и если нанесенный ими урон оказался менее значительным, то, во всяком случае, он усилил смятение и испуг, порожденные столь неожиданным нападением.

Во время наступившей вслед за этим паузы обороняющиеся услышали рев трубы флагманского корабля, передававший приказ адмирала остальным кораблям эскадры. Спеша произвести поворот оверштаг, испанские корабли на какой-то момент повернулись к противнику бортом, и тогда по знаку капитана Блада еще не стрелявшие орудия пятифунтовыми круглыми ядрами дали залп по рангоуту испанских кораблей. Почти все ядра достигли цели, а одно, особенно удачливое, сбило грот-мачту фрегата. Получив такое повреждение, фрегат потерял управление и надвинулся на шлюп, снасти кораблей перепутались, и пока оба судна старались освободиться друг от друга, чтобы последовать за остальными отходившими судами, охлажденные водой и поспешно перезаряженные пушки противника снова и снова поливали продольным огнем их палубы.

Когда орудия выполнили свою задачу и огонь временно прекратился, капитан Блад, стоявший, нагнувшись над орудием, рядом с канониром, выпрямился, поглядел на длинное, торжественно-угрюмое лицо губернатора и рассмеялся:

— Да, черт подери, как всегда, снова страдают невинные.

Полковник Коуртни кисло усмехнулся в ответ:

— Если бы вы поступили так, как я полагал целесообразным…

Капитан Блад перебил его довольно бесцеремонно:

— Силы небесные! Вы, кажется, опять недовольны, полковник? Если бы я поступил по вашему совету, мне бы уже давно пришлось выложить все карты на стол. А я не хочу открывать своих козырей, пока адмирал не сделает тот ход, который мне нужен.

— А если адмирал и не подумает его сделать?

— Сделает! Во-первых, потому, что это в его характере, а во-вторых, потому, что другого хода у него нет. Словом, вы теперь можете спокойно отправиться домой и лечь в постель, возложив все ваши надежды на меня и на провидение.

— Я не считаю возможным ставить вас на одну доску с провидением, сэр, — ледяным тоном заметил губернатор.

— Тем не менее вам придется. Клянусь честью, придется. Потому что мы можем творить чудеса — я и провидение, — когда действуем заодно.

За час до захода солнца испанские корабли легли в дрейф милях в двух от острова и заштилели. Все антигуанцы — и белые и черные — с разрешения капитана Блада разбрелись по домам ужинать. Осталось только человек сорок, которых Блад задержал на случай какой-либо непредвиденной надобности. Затем корсары уселись под открытым небом подкреплять свои силы довольно изрядными порциями пищи и довольно ограниченными дозами рома.

Солнце окунулось в нефритовые воды Карибского моря, и мгновенно, словно погасили свечу, сгустился мрак, бархатистый, пурпурно-черный мрак безлунной ночи, пронизанный мерцанием мириадов звезд.

Капитан Блад встал, втянул ноздрями воздух. Свежий северо-западный ветер, который на закате солнца совсем было стих, поднимался снова. Капитан Блад приказал потушить все костры и не зажигать никакого огня, чтобы не спугнуть тех, кого он ждал.

А в открытом море, в роскошной каюте флагманского корабля испанцев, именитый, гордый, храбрый и несведущий адмирал держал военный совет, менее всего похожий на таковой, ибо этот флотоводец пригласил к себе капитанов эскадры только для того, чтобы навязать им свою волю. В глухую полночь, когда защитники Сент-Джона уснут, уверенные, что до утра им не приходится опасаться нападения, испанские корабли, миновав форт, с потушенными огнями незаметно войдут в бухту. Восход солнца застанет их уже на якоре в глубине бухты, примерно в миле от форта, и жерла их орудий будут наведены на город.

Так они сделают шах и мат антигуанцам!

Согласно этому плану испанцы и действовали: поставив паруса к ветру, который им благоприятствовал, и взяв рифы, чтобы идти бесшумно, корабли медленно продвигались вперед сквозь бархатистый мрак ночи. Флагманский корабль шел впереди, и вскоре вся эскадра приблизилась к входу в бухту, где мрак был еще более непроницаем и в узком проливе между высокими отвесными берегами вода казалась совсем черной. Здесь было тихо, как в могиле. И ни единого огонька. Лишь вдали, там, где волны набегали на берег, тускло белела фосфоресцирующая лента прибоя, и в мертвой этой тишине чуть слышен был мелодичный плеск волн о борт корабля. Флагманский галион был уже в двухстах ярдах от форта и от того места, где затонула «Атревида». Команда в напряженном молчании выстроилась у фальшборта: дон Мигель стоял на юте, прислонившись к поручням, неподвижный, словно статуя. Галион поравнялся с фортом, и дон Мигель в душе уже праздновал победу, когда внезапно киль флагмана со скрежетом врезался во что-то твердое: корабль, весь содрогаясь, продвинулся под все усиливающийся скрежет еще на несколько ярдов и стал — казалось, лапа какого-то морского чудища пригвоздила его корпус к месту. А наполненные ветром паруса недвижного корабля громко хлопали и гудели, мачты скрипели, и трещали снасти.

И тогда, прежде чем адмирал успел понять, какая постигла его беда, вспышка пламени озарила левый борт судна, и тишина взорвалась ревом пушек, треском ломающегося рангоута и лопающихся снастей: орудия, снятые с «Арабеллы» и безмолвствовавшие до этой минуты за хорошо замаскированными земляными укреплениями, выпустили свои тридцатидвухфунтовые ядра с убийственно близкого расстояния в испанский флагманский корабль. Беспощадная точность попадания должна была бы открыть полковнику Коуртни, почему капитан Блад не пожалел пороха, чтобы затопить «Атревиду», — ведь теперь, уже имея точный прицел, он мог палить во мраке наугад.

Лишь один ответный беспорядочный залп бортовых орудий дал куда-то в темноту флагманский корабль, после чего адмирал покинул свое разбитое судно, только потому еще державшееся на воде, что киль его крепко засел в остове затопленного корабля. Вместе с уцелевшими остатками своей команды адмирал поднялся на борт «Индианы» — одного из фрегатов, который, не успев вовремя сбавить ход, врезался в корму флагмана. Так как скорость была невелика, фрегат не особенно пострадал, разбив себе только бушприт, а капитан фрегата не растерялся и тотчас отдал приказ убрать те немногие паруса, что были уже поставлены.

На счастье испанцев, береговые пушки в этот момент перезаряжались. Во время этой короткой передышки «Индиана» приняла на борт спасшихся с флагмана, а шлюп, который шел следом за «Индианой», быстро оценив положение, сразу же убрал все паруса, на веслах подошел к «Индиане», оттянул ее за корму от флагмана и вывел на свободное пространство, где второй фрегат, успевший лечь в дрейф, палил наугад по умолкшим береговым укреплениям.

Впрочем, он достиг этим лишь одного: открыл неприятелю свое местонахождение, и вскоре пушки загрохотали снова. Ядро одной из них довершило дело, разбив руль «Индианы», после чего фрегату пришлось взять ее на буксир.

Вскоре стрельба прекратилась с обеих сторон, и мирная тишина тропической ночи могла бы снова воцариться над Сент-Джоном, но уже все население города было на ногах и спешило на берег узнать, что произошло.

Когда занялась заря, на всем голубом пространстве Карибского моря не видно было ни единого корабля, кроме «Арабеллы», стоявшей на якоре в тени отвесного берегового утеса и принимавшей на борт снятые с нее для защиты города пушки, да флагманского галиона, сильно накренившегося на правый борт и наполовину ушедшего под воду. Вокруг разбитого флагманского корабля сновала целая флотилия маленьких лодок и пирог — корсары спешили забрать все ценности, какие были на борту. Свои трофеи они свезли на берег: орудия и оружие, нередки очень дорогое, золотые и серебряные сосуды, золотой обеденный сервиз, два окованных железом сундука, в которых, по-видимому, хранилась казна эскадры — около пятидесяти тысяч испанских реалов, — а также много драгоценных камней, восточных ковров, одежды и роскошных парчовых покрывал из адмиральской каюты.

Вся эта добыча была свалена в кучу возле укреплений для последующего дележа, согласно законам «берегового братства».

Когда вывоз трофеев с затопленного корабля был закончен, на берегу появилась упряжка мулов и остановилась возле драгоценной кучи.

— Что это? — спросил капитан Блад, находившийся поблизости.

— От его благородия губернатора, — отвечал негр, погонщик мулов. — Чтобы, значит, перевезти все это.

Капитан Блад был озадачен. Оправившись от удивления, он сказал:

— Весьма обязан — и распорядился нагружать добычу на мулов и везти на край мыса к лодкам, которые должны были доставить сокровища на борт «Арабеллы».

После этого он направился к дому губернатора.

Его пригласили в длинную узкую комнату; на одной из стен портрет его величества покойного короля Карла II сардонически улыбался собственному отражению в зеркале напротив.

В комнате стоял тоже длинный и тоже узкий стол, на котором лежало несколько книг и гитара; в хрустальной чаше благоухали ветки белой акации. Вокруг стола были расставлены стулья черного дерева с прямыми спинками и твердыми сиденьями.

Появился губернатор в сопровождении Макартни. Лицо губернатора за ночь словно бы еще больше вытянулось в длину.

Капитан Блад, с подзорной трубой под мышкой и широкополой шляпой с пышным плюмажем в руке, отвесил низкий поклон.

— Я пришел проститься с вами, полковник.

— А я только что собирался послать за вами. — Бесцветные глаза полковника встретили прямой, твердый взгляд капитана Блада и убежали в сторону. — Мне стало известно о крупных ценностях, снятых вами с разбитого испанского судна. Затем я получил сообщение, что вы погрузили эти ценности на борт вашего корабля. Отдаете ли вы себе отчет в том, что эти трофеи являются собственностью его величества короля?

— Мне это неизвестно, — сказал капитан Блад.

— Вот как? В таком случае ставлю вас об этом в известность.

Капитан Блад, снисходительно улыбаясь, покачал головой.

— Это военная добыча.

— Вот именно. А военные действия велись от имени его величества и для защиты колонии его величества.

— Все правильно, но я-то не состою на службе у его величества.

— Когда я, уступив вашему настоянию, согласился нанять вас и ваших людей для обороны острова, при этом само собой подразумевалось, что вы временно поступаете на службу его величества.

Капитан Блад с удивлением посмотрел на губернатора; казалось, этот разговор его забавляет.

— Чем вы занимались, сэр, прежде чем получить назначение на пост губернатора Подветренных островов? Вы были стряпчим?

— Капитан Блад, вы позволяете себе говорить со мной в оскорбительном тоне!

— Не отрицаю, но вы заслужили даже худшего. Так вы соизволили меня нанять? Какое великодушие! Что было бы сейчас с вами, не окажи я вам эту помощь, которую вы так великодушно от меня приняли?

— Я попрошу вас не уклоняться от темы нашей беседы. — Полковник говорил холодно и чопорно. — Поступив на службу короля Якова, вы тем самым приняли на себя обязательство исполнять действующие в его армии законы. Присвоение вами ценностей с испанского флагманского корабля — это акт разбоя, и, согласно вышеупомянутым законам, вы должны понести за него суровую кару.

Капитан Блад находил, что положение с каждой минутой становится все более комичным. Он усмехнулся.

— Мой долг с полной очевидностью требует от меня, чтобы я вас арестовал, — продолжал губернатор.

— Но вы, я надеюсь, не собираетесь этого сделать?

— Нет, если вы поспешите воспользоваться моей снисходительностью и уберетесь отсюда без промедления.

— Я уберусь отсюда, как только получу сто шестьдесят тысяч реалов — сумму, за которую вы меня наняли.

— Вы предпочли получить вознаграждение в другой форме, сэр. И нарушили при этом закон. Наш разговор окончен, капитан Блад!

Блад посмотрел на него прищурившись. Неужели этот человек такой непроходимый дурак? Или он просто бесчестен?

— О, да вам пальца в рот не клади! — Блад рассмеялся. — По-видимому, я должен теперь провести остаток дней, вызволяя из беды английские колонии! Но тем не менее я не сойду с этого места, пока не получу свои сто шестьдесят тысяч. — Он бросил шляпу на стол, пододвинул себе стул, сел и вытянул ноги. — Жаркая сегодня погодка, полковник, не правда ли?

Глаза полковника гневно сверкнули.

— Капитан Макартни, стража ждет в галерее. Будьте добры позвать ее.

— Вы что же, хотите меня арестовать?

— Само собой разумеется, сэр, — угрюмо отвечал полковник. — Это мой священный долг. Я должен был это сделать в ту самую минуту, когда вы ступили на берег. Ваши поступки доказали мне, что я должен был это сделать, невзирая ни на что! — Он махнул рукой солдату, остановившемуся в дверях. — Капитан Макартни, будьте добры заняться этим.

— О, одну секунду, капитан Макартни! Не спешите так, полковник! — Блад поднял руку. — Это равносильно объявлению войны.

Полковник презрительно пожал плечами.

— Можете называть это как угодно. Сие несущественно.

У капитана Блада полностью развеялись всякие сомнения насчет честности губернатора. Полковник Коуртни был просто круглый дурак и не видел дальше своего носа.

— Наоборот, это весьма существенно. Раз вы объявляете мне войну, значит, будем воевать. И предупреждаю: став вашим противником, я буду к вам столь же беспощаден, как, защищая вчера вас, был беспощаден к испанцам.

— Черт побери! — воскликнул Макартни. — Мы его держим за глотку, а он, слыхали, как разговаривает!

— Другие тоже пробовали держать меня за глотку, капитан Макартни. Пусть это не слишком вас окрыляет. — Блад улыбнулся, потом добавил — Большое счастье для вашего острова, что война, которую вы мне объявили, может завершиться без кровопролития. В сущности, и сейчас вам должно быть ясно, что она уже ведется, и притом с большим стратегическим перевесом в мою пользу, так что вам не остается ничего другого, как капитулировать.

— Мне это ни в коей мере не ясно, сэр.

— Это лишь потому, что очевидное не сразу бросается вам в глаза. Я прихожу к заключению, что такое свойство, по-видимому, считается у нас на родине совершенно не обязательным для губернатора колонии. Минуту терпения, полковник. Я прошу вас отметить, что мой корабль находится вне вашей гавани. На его борту — две сотни крепких, закаленных в боях матросов, которые с одного маха уничтожат весь ваш жалкий гарнизон, а сорока моих пушек, которые за какой-нибудь час могут быть переправлены на берег, за глаза хватит, чтобы еще через час от Сент-Джона осталась лишь груда обломков. Мысль о том, что это английская колония, никого не остановит, не надейтесь. Я позволю себе напомнить вам, что примерно одна треть моих людей — французы, а остальные — такие же изгои, как я. Они с превеликим удовольствием разграбят этот город, во-первых, потому, что он назван в честь короля, а имя короля всем им ненавистно, и во-вторых, потому, что на Антигуа стоит похозяйничать хотя бы ради золота, которое вы тут нашли.

Макартни побагровел и схватился за эфес шпаги, однако тут не выдержал полковник. Бледный от гнева, он взмахнул костлявой веснушчатой рукой и заорал:

— Бесчестный негодяй! Пират! Беглый каторжник! Ты забыл, что ничего этого не будет, потому что мы не выпустим тебя обратно к твоим проклятым разбойникам!

— Может быть, нам следует поблагодарить его за предупреждение, сэр? — съязвил капитан Макартни.

— О боже, вы совершенно лишены воображения, как я заметил еще вчера! А увидав ваших мулов, я понял, чего можно от вас ожидать, и соответственно с этим принял меры. О да! Я приказал моему адъютанту, когда пробьет полдень, считать, что мы находимся в состоянии войны, переправить пушки на берег и расположить их в форте, наведя жерла на город. Я предоставил ему для этой цели ваших мулов. — Бросив быстрый взгляд на часы над камином, он продолжал — Сейчас почти тридцать минут первого. Из ваших окон виден форт. — Он встал и протянул губернатору свою подзорную трубу. — Взгляните и убедитесь, что все, о чем я говорил, уже приводится в исполнение.

Наступило молчание. Губернатор с лютой ненавистью смотрел на Блада. Затем, все так же молча, схватил подзорную трубу и шагнул к окну. Когда он отвернулся от окна, лицо его было искажено бешенством.

— Но вы тоже кое-чего не учли. Вы-то еще в наших руках! Я сейчас сообщу вашей разбойничьей шайке, что при первом их выстреле вы будете повешены. Зовите стражу, Макартни. Хватит болтать языком!

— Еще минуту, — сказал Блад. — Как вы досадно поспешны в своих умозаключениях! Волверстон получил от меня приказ, и ничто, никакие ваши угрозы не заставят его уклониться от этого приказа хотя бы на йоту. Можете меня повесить, воля ваша. — Он пожал плечами. — Если бы я дорожил жизнью, разве бы я избрал ремесло пирата? Однако учтите: после того как вы меня повесите, мои матросы не оставят от города камня на камне. Мстя за меня, они не пощадят ни стариков, ни женщин, ни детей. Подумайте хорошенько и вспомните ваш долг перед королем и вверенной вам колонией — долг, который вы по справедливости считаете первостепенным.

Бесцветные глаза губернатора сверлили Блада, словно стремясь проникнуть в самую его душу. Блад стоял перед губернатором неустрашимый, спокойный, и его спокойствие было пугающим.

Полковник поглядел на Макартни, словно ища у него поддержки, но не получил ее. Наконец, поборов себя, он произнес сквозь зубы:

— О будь я проклят! Поделом мне — нечего было связываться с пиратом! Я выплачу вам ваши сто шестьдесят тысяч, чтобы отделаться от вас, и убирайтесь отсюда ко всем чертям! Прощайте!

— Сто шестьдесят тысяч? — Капитан Блад изумленно поднял брови. — Это вы должны были заплатить мне как своему союзнику. Такое соглашение было заключено нами до объявления войны.

— Какого же дьявола вам еще нужно?

— Поскольку вы сложили оружие и признали себя побежденным, мы можем теперь перейти к обсуждению условий мирного договора.

— Каких таких условий? — Раздражение губернатора все возрастало.

— Сейчас я вам скажу. Прежде всего за оказанную вам помощь вы должны уплатить моим людям сто шестьдесят тысяч. Затем еще двести сорок тысяч — выкуп за город, чтобы избавить его от разрушения.

— Что? Ну, клянусь богом, сэр!.

— Затем, — безжалостно продолжал капитан Блад, — восемьдесят тысяч — выкуп за вас лично, восемьдесят тысяч — за вашу семью и сорок тысяч — за всех прочих почтенных граждан этого города, включая и капитана Макартни. Все это вместе составит шестьсот тысяч, а сумма эта должна быть выплачена в течение часа, иначе будет поздно.

На губернатора страшно было смотреть. Он попытался что-то сказать, но не смог и тяжело упал на стул. Когда дар речи наконец вернулся к нему, голос его дрожал и звучал хрипло:

— Вы… вы напрасно испытываете мое терпение. Вы, может быть, думаете, что я не в своем уме?

— Повесить его надо, полковник, и все тут, — не выдержал Макартни.

— И сровнять с землей этот город, спасти который любой ценой — заметьте, любой ценой! — ваш долг, — присовокупил капитан Блад.

Губернатор потер рукой потный бледный лоб и застонал.

Так продолжалось еще некоторое время, и всякий раз они возвращались к тому же и повторяли то, что уже было не раз сказано, пока полковник Коуртни неожиданно не рассмеялся довольно истерично.

— Будь я проклят! Остается только поражаться вашей скромности. Вы могли потребовать и девятьсот тысяч и даже девять миллионов…

— Разумеется, — сказал капитан Блад. — Но я вообще очень скромен по натуре, а кроме того, имею некоторое представление о размерах вашей казны!

— Но вы же не даете мне времени! — в отчаянии воскликнул губернатор, показывая тем самым, что он сдался. — Как могу я собрать такую сумму за час?

— Я не стану требовать невозможного. Пришлите мне деньги до захода солнца, и я уведу свой корабль. А сейчас я позволю себе откланяться, чтобы задержать открытие боевых действий. Счастливо оставаться!

Они позволили ему уйти — им ничего больше не оставалось. А на вечерней заре капитан Макартни подъехал верхом к пиратскому форту. За ним следовал слуга-негр, ведя в поводу мула, навьюченного мешками с золотом.

Капитан Блад один вышел из форта им навстречу.

— От меня бы вам этого не дождаться, — проворчал сквозь зубы желчный капитан.

— Я постараюсь запомнить это на случай, если вас когда-нибудь поставят управлять колониями. А теперь, сэр, к делу. Что в этих мешках?

— По сорок тысяч золотом в каждом.

— В таком случае сгрузите мне четыре мешка — сто шестьдесят тысяч, которые я должен был получить за оборону острова. Остальное можете отвезти обратно губернатору вместе с поклоном от меня. Пусть это послужит уроком ему, а также и вам, дорогой капитан, чтобы вы поняли: первый, основной долг каждого человека — это долг перед самим собой, перед собственной совестью и честью, а не перед должностью, и остаться верным этому долгу, одновременно нарушая данное вами слово, нельзя!

Капитан Макартни засопел от изумления.

— Чтоб мне сдохнуть! — хрипло пробормотал он. — Но вы же пират!

— Я — капитан Блад, — холодно прозвучал в ответ суровый голос флибустьера.

ЦЕНА ПРЕДАТЕЛЬСТВА

Капитан Блад был доволен жизнью, другими словами, он был доволен собой.

Стоя на молу в скалистой Кайонской бухте, он смотрел на свои суда. Не без чувства гордости оглядывал он пять больших кораблей, составлявших его флотилию, — ведь когда-то все они, от киля до верхушек мачт, принадлежали Испании. Вон стоит его флагманский корабль «Арабелла» с сорока пушками на борту; красный его корпус и золоченые порты сверкают в лучах заходящего солнца. А рядом — бело-голубая «Элизабет», не уступающая флагману по мощности огня, и позади нее — три корабля поменьше, на каждом — по двадцать пушек, все три захваченные в жаркой схватке, у Маракайбо, откуда он их на днях привел. Этим кораблям, именовавшимся прежде «Инфанта», «Сан-Филипе» и «Санто-Нинно», Питер Блад присвоил имена трех парок[1] — «Клото», «Лахезис» и «Атропос», как бы давая этим понять, что отныне они станут вершителями судеб всех испанских кораблей, какие могут им повстречаться в океане.

Проявив в этом случае юмор пополам с ученостью, капитан Блад, как я уже сказал, испытывал довольство собой. Его команда насчитывала около тысячи человек, и при желании он мог в любую минуту удвоить это число, ибо его удача уже вошла в поговорку, а что может быть драгоценней удачи в глазах тех, кто в поисках рискованных авантюр очертя голову следует за вожаком? Даже великий Генри Морган в зените своей славы не обладал такой властью и авторитетом. Нет, даже Монтбар, получивший от испанцев прозвище «Истребитель», не нагонял на них в свое время такого страха, как теперь дон Педро Сангре — так звучало по-испански имя Питера Блада.

---

[1] Парки — богини судьбы в римской мифологии.

Капитан Блад знал, что он объявлен вне закона. И не только король испанский, могуществу которого он не раз бросал вызов, но и английский король, не без основания им презираемый, — оба искали способа его уничтожить. А недавно до Тортуги долетела весть, что последняя жертва капитана Блада — испанский адмирал дон Мигель де Эспиноса, особенно жестоко пострадавший от его руки, — объявил награду в восемьдесят тысяч испанских реалов тому, кто сумеет взять капитана Блада живым и передать ему с рук на руки. Обуреваемый жаждой мщения, дон Мигель не мог удовлетвориться простым умерщвлением капитана Блада.

Однако все это отнюдь не запугало капитана Блада, не заставило его утратить веру в свою звезду, а посему он вовсе не собирался похоронить себя заживо в надежной бухте Тортуги. За все страдания, которые он претерпел от людей — а претерпел он немало, — ему должна была заплатить Испания. При этом он преследовал двойную цель: вознаградить себя и в то же время сослужить службу если не презираемому им Стюарту, то Англии, а следовательно, и всему остальному цивилизованному миру, которого алчная, жестокая и фанатичная Испания с присущим ей коварством пыталась лишить всяких связей с Новым Светом.

Питер Блад спускался с мола, где уже улеглась шумная и пестрая вседневная сутолока, когда из шлюпки, доставившей его к пристани, раздался оклик боцмана с «Арабеллы»:

— Ждать тебя к восьми склянкам, капитан?

— Да, к восьми склянкам! — не оборачиваясь, крикнул Блад и зашагал дальше, помахивая длинной черной тростью, как всегда изысканно-элегантный, в темно-сером, расшитом серебром костюме.

Он направился к центру города. Большинство прохожих кланялись, приветствуя его, остальные просто глазели. Он шел по широкой немощеной Рю дю Руа де Франс, которую заботливые горожане обсадили пальмами, стремясь придать ей более нарядный вид. Когда он поравнялся с таверной «У французского короля», кучка корсаров, торчавших у входа, вытянулась в струнку. Из окон доносился приглушенный гул голосов, обрывки нестройного пения, визгливый женский смех и грубая брань, а на фоне этих разнообразных звуков равномерно и глухо стучали игральные кости и звенели стаканы.

Питеру Бладу стало ясно, что его корсары весело спускают золото, привезенное из Маракайбо. Ватага каких-то головорезов, вывалившись наружу из дверей этого дома бесчестия, встретила его приветственными криками. Разве не был он некоронованным королем всех отщепенцев, объединившихся в великое «береговое братство»?

Он помахал тростью, отвечая на их приветствия, и прошел мимо. У него было дело к господину д'Ожерону, губернатору Тортуги, и это дело привело его в красивый белый дом, стоявший на возвышенности в восточном предместье города.

Капитан Блад, человек осторожный и предусмотрительный, деятельно готовился к тому дню, когда смерть или падение короля Якова II откроют ему путь обратно на родину. С некоторого времени у него вошло в обычай передавать часть своих трофеев губернатору в обмен на векселя французских банков, которые тот переправлял для хранения в Париж. Питер Блад был всегда желанным гостем в доме губернатора, и не только потому, что сделки эти были выгодны д'Ожерону; у губернатора были на это и более глубокие причины: однажды капитан Блад оказал ему неоценимую услугу, вырвав его дочь Мадлен из рук похитившего ее пирата. С того дня и сам д'Ожерон, и его сын, и двое дочерей считали капитана Блада самым близким другом своей семьи.

Поэтому не было ничего удивительного в том, что, как только было покончено с делами, мадемуазель д'Ожерон-старшая пожелала прогуляться с гостем по душистой аллее отцовского сада и проводить его до ворот.

Мадемуазель д'Ожерон, жгучая брюнетка, с матово-бледным лицом, высокая и стройная, одетая богато, по последней парижской моде, славилась не только своей романтической красотой, но и романтическим складом характера. И когда в сгущающихся вечерних сумерках она грациозно скользнула в сад за капитаном, ее намерения, как выяснилось, носили к тому же несколько романтический оттенок.

— Мосье, я умоляю вас быть начеку, — с легкой запинкой произнесла она по-французски. — Вы приобрели себе слишком много врагов.

Питер Блад остановился и, сняв шляпу, так низко склонился перед мадемуазель д'Ожерон, что длинные черные локоны почти закрыли его точеное, бронзовое, как у цыгана, лицо.

— Мадемуазель, ваша забота чрезвычайно мне льстит. О да, чрезвычайно. — Он выпрямился, и его дерзкие глаза, казавшиеся совсем светлыми под черными как смоль бровями, с веселой усмешкой встретили ее взгляд. — Вы правы, у меня нет недостатка во врагах. Но это — цена известности. Лишь тот, кто ничего не стоит, не имеет врагов. Однако здесь, на Тортуге, у меня врагов нет.

— Вы вполне в этом уверены?

Тон ее вопроса заставил его задуматься. Он нахмурился и сказал, пристально вглядываясь в ее лицо:

— Вам что-то известно, мадемуазель, как я догадываюсь?

— Почти ничего. Не больше того, что сообщил мне сегодня один из наших слуг. Он сказал, что испанский адмирал назначил награду за вашу голову.

— У адмирала просто такая манера — делать мне комплименты, мадемуазель.

— И еще он сказал, что Каузак грозился во всеуслышание, что заставит вас пожалеть о том, как вы обошлись с ним в деле у Маракайбо.

— Каузак?

Это имя заставило капитана Блада подумать, что он, пожалуй, поторопился, заявив, будто у него нет врагов на Тортуге. Он совсем забыл про Каузака. Но Каузак, как видно, отнюдь не склонен был забыть про капитана Блада. Он был с Бладом в деле при Маракайбо, но они не поладили, и Каузак по доброй воле откололся от него и крепко на этом просчитался. Однако, как всякий самовлюбленный тупица, он во всем винил капитана Блада, который якобы обвел его вокруг пальца. После этого он никогда даже не пытался скрыть свою необоснованную ненависть к Бладу.

— Вот как, он грозит мне? — промолвил капитан Блад. — Ну, это несколько опрометчиво и даже нескромно с его стороны. К тому же всем известно, что его никто не обижал. Когда ему показалось, что угрожавшая нам опасность слишком, велика, пожелал отколоться от нас, и мы не стали его удерживать.

— Но он при этом лишился своей доли добычи, и с тех пор над ним и его командой смеется вся Тортуга. Разве вы не понимаете, какие чувства должен испытывать к вам этот негодяй?

Они уже подходили к воротам.

— Вы будете его остерегаться? — с мольбой спросила девушка. — Постарайтесь держаться от него подальше.

Капитан Блад улыбнулся, тронутый ее заботой.

— Я должен это сделать хотя бы для того, чтобы иметь возможность служить вам. — И он церемонно склонился в поцелуе над ее рукой.

Однако он не придал особого значения ее словам. Что Каузак вынашивает планы мщения — этому он легко мог поверить. Но чтобы Каузак здесь, на Тортуге, решился открыто ему угрожать — это казалось маловероятным: такой трусливый тупица едва ли мог отважиться на столь опасное бахвальство.

Питер Блад вышел за ворота и быстро зашагал в теплом бархатистом полумраке надвигающейся ночи и вскоре вышел на залитую огнями Рю дю Руа де Франс. Он уже приближался к концу этой почти безлюдной в вечерний час улицы, когда какая-то тень скользнула ему навстречу из проулка.

Он насторожился и замедлил шаг, но тут же увидел, что перед ним женщина, и услышал ее негромкий оклик:

— Капитан Блад!

Он остановился. Женщина подошла ближе и заговорила быстро, взволнованно, с трудом переводя дыхание:

— Я видела, вы проходили здесь два часа назад, да было еще светло, ну я и побоялась заговорить с вами у всех на глазах. Решила: подожду, покуда вы вернетесь. Не ходите дальше, капитан, — вы идете навстречу опасности, навстречу смерти!

Он был озадачен и только сейчас узнал ее. Перед глазами его возникла сцена, разыгравшаяся неделю назад в таверне «У французского короля». Двое пьяных головорезов сцепились из-за женщины — жалкого обломка, вышвырнутого судьбой из Европы и прибитого к островам Нового Света. Эта несчастная, сохранившая еще некоторую миловидность, но столь же грязная и потрепанная, как ее полуистлевшие лохмотья, пыталась вмешаться в свару, причиной которой была она сама, но один из головорезов отвесил ей хорошую затрещину, и тогда Блад в порыве рыцарского гнева сбил негодяя с ног и вывел женщину из притона.

— Они устроили на вас засаду вот там, недалеко отсюда, — говорила женщина. — Они хотят вас убить.

— Кто — они? — спросил Питер Блад, мгновенно вспомнив предостережение мадемуазель д'Ожерон.

— Их там десятка два. И если только они узнают... если они увидят, как я вас тут остановила... мне сегодня же ночью перережут глотку.

Она пугливо озиралась по сторонам в темноте, голос ее дрожал от страха, который, казалось, все возрастал. Внезапно она хрипло вскрикнула:

— Да не стойте же здесь! Идите за мной, я укрою вас до утра в безопасном месте. Утром вы вернетесь на свой корабль и хорошо сделаете, если не будете его покидать или хотя бы станете ходить не один, а с товарищами. Идемте! — Она потянула за рукав.

— Спокойней, спокойней! — сказал Питер Блад, высвобождая свой рукав. — Куда это ты меня тащишь?

— Ах, да не все ли равно куда, раз вы этим избежите опасности! — Она снова с силой потянула его за рукав. — Вы были добры ко мне, и я не могу позволить, чтобы вас убили. А нас обоих зарежут, если вы не пойдете со мной!

Уступив наконец ее уговорам — скорее ради ее безопасности, нежели ради своей, — Питер Блад позволил женщине увлечь его за собой с широкой улицы в узкий проулок, из которого она выбежала, чтобы перехватить его. По одной стороне этого проулка стояли на довольно большом расстоянии друг от друга деревянные одноэтажные хибарки, по другой — тянулась ограда какого-то участка.

Возле второй хибарки женщина остановилась. Низенькая дверь была распахнута настежь, внутри тускло мерцал огонек медной керосиновой лампы.

— Входите, — шепнула женщина.

Две ступеньки вели в хибарку, пол которой был ниже улицы. Питер Блад спустился по ступенькам и шагнул в комнату.

В ноздри ему ударил тяжелый, тошнотворный запах табачного перегара и коптящей лампы. И прежде чем он успел оглядеться по сторонам в этом тусклом свете, страшный удар по голове, нанесенный сзади каким-то тяжелым предметом, оглушил его, и в полуобморочном состоянии он повалился ничком на грязный земляной пол.

Женщина пронзительно взвизгнула, но визг, внезапно оборвавшись, перешел в хриплый, сдавленный стон, словно ее душили, и снова наступила тишина.

Капитан Блад не успел пошевелиться, не успел даже собраться с мыслями, как чьи-то ловкие жилистые руки быстро принялись за дело: ему скрутили руки за спину, сыромятными ремнями стянули кисти и лодыжки, затем подняли, пихнули на стул и крепко-накрепко привязали к спинке стула.

Коренастый, похожий на обезьяну человек склонил над ним свое мощное туловище на уродливо коротких кривых ногах. Рукава голубой рубахи, закатанные выше локтя, обнажали длинные мускулистые волосатые руки. Маленькие черные глазки злобно поблескивали на широком, плоском, как у мулата, лице. Красный в белую полоску платок был повязан низко, по самые брови. В огромное ухо было продето тяжелое золотое кольцо.

Питер Блад молча смотрел на него, стараясь подавить закипавшее в нем бешенство, которое все усиливалось, по мере того как прояснялось его сознание. Инстинкт подсказывал ему, что гнев, ярость никак не помогут ему сейчас и любой ценой следует их обуздать. Он взял себя в руки.

— Каузак! — с расстановкой произнес он. — Какая приятная, но неожиданная встреча!

— Да, вот и ты сел наконец на мель, капитан, — сказал Каузак и рассмеялся негромко, злобно и мстительно.

Питер Блад отвел от него глаза и поглядел на женщину, которая извивалась, стараясь вырваться из рук сообщника Каузака.

— Уймись ты, шлюха! Уймись, не то придушу! — пригрозил ей тот.

— Что вы хотите сделать с ним, Сэм? — визжала женщина.

— Не твое дело, старуха.

— Нет, мое, мое! Ты сказал, что ему грозит опасность, и я поверила тебе, поверила тебе, лживая ты скотина!

— Ну да, так оно и было. А теперь ему тут хорошо и удобно. А ты ступай туда, Молли. — Он подтолкнул ее к открытой двери в темный альков.

— Не пойду я!. — огрызнулась она.

— Ступай, тебе говорят! — прикрикнул он. — Смотри, хуже будет!

И, грубо схватив женщину, которая упиралась и брыкалась что было мочи, он поволок ее через всю комнату, выпихнул за дверь и запер дверь на задвижку.

— Сиди там, чертова шельма, и чтоб тихо было, не то я успокою тебя на веки вечные.

Из-за двери донесся стон, затем заскрипела кровать — как видно, женщина в отчаянии бросилась на нее, — и все стихло.

Питер Блад решил, что ее участие в этом деле теперь для него более или менее ясно и, по-видимому, закончено. Он поглядел на своего бывшего сотоварища и улыбнулся с наигранным спокойствием, хотя на душе у него было далеко не спокойно.

— Не проявлю ли я чрезмерную нескромность, если позволю себе спросить, каковы твои намерения, Каузак? — осведомился он.

Приятель Каузака, долговязый, вихлястый малый, тощий и скуластый, сильно смахивающий на индейца, рассмеялся, навалившись грудью на стол. Его одежда изобличала в нем охотника. Он ответил за Каузака, который молчал, насупившись, не сводя мрачного взгляда с пленника:

— Мы намерены передать тебя в руки дона Мигеля де Эспиноса.

И, наклонившись к лампе, он оправил фитиль. Пламя вспыхнуло ярче, и маленькая грязная комната словно увеличилась в размерах.

— C'est ca[1], — сказал Каузак. — А дон Мигель, надо полагать, вздернет тебя на нок-рее.

— А, так тут еще и дон Мигель затесался! Какая честь! Верно, это цена, назначенная за мою голову, так раззадорила вас всех? Что ж, это самая подходящая для тебя работенка, Каузак, клянусь честью! Но все ли ты учел, приятель? У тебя впереди по курсу есть кое-какие подводные рифы. Хейтон со шлюпкой должен встретить меня у мола, когда пробьет восемь склянок. Я и так уже запоздал — восемь склянок пробило час назад, если не больше, и сейчас там поднимается тревога. Все знают, куда я шел, и отправятся туда искать меня. А ты сам знаешь, ребята, чтобы меня найти, перетряхнут и вывернут наизнанку весь этот город, как старый мешок. Что ждет тебя тогда, Каузак? Ты подумал об этом? Вся твоя беда в том, что ты начисто лишен воображения, Каузак. Ведь это недостаток воображения заставил тебя удрать с пустыми руками из Маракайбо. И если б не я, ты еще по сей день потел бы на веслах на

---

[1] C'est ca — так, так (фр.).

какой-нибудь испанской галере. А ты вот обозлился на меня и, как упрямый болван, не видишь дальше собственного носа, думаешь только о том, чтобы выместить на мне свою злобу, и сам на всех парусах летишь к своей погибели. Если в твоей башке есть хоть крупица здравого смысла, приятель, тебе бы надо сейчас поскорее убрать парус и лечь, пока еще не поздно, в дрейф.

Но Каузак в ответ лишь злобно покосился на Блада и принялся молча обшаривать его карманы. Его товарищ наблюдал за этим, усевшись на трехногий сосновый табурет.

— Который час, Каузак? — спросил он.

Каузак поглядел на часы Питера Блада.

— Без минуты половина десятого, Сэм.

— Сдохнуть можно! — проворчал Сэм. — Три часа ждать еще!

— Там, в шкафу, есть кости, — сказал Каузак. — А тут у нас найдется, что поставить на кон.

И он ткнул большим пальцем через плечо на стол, где появилась кучка разнообразных предметов, извлеченных из карманов капитана Блада: двадцать золотых монет, немного серебра, золотые часы в форме луковицы, золотая табакерка, пистолет и, наконец, булавка с крупным драгоценным камнем, которую Каузак вынул из кружевного жабо капитана. Рядом лежали шпага Блада и его серый кожаный патронташ, богато расшитый золотом.

Сэм встал, подошел к шкафу и достал оттуда кости. Он бросил их на стол и, пододвинув свой табурет к столу, сел. Монеты он разделил на две одинаковые кучки. К одной кучке прибавил шпагу и часы, К другой — пистолет, табакерку и булавку с драгоценным камнем.

Питер Блад, внимательно и настороженно следивший за ними, почти не чувствуя боли от удара по голове — так напряженно искал он в эти минуты какого-либо пути к спасению, — заговорил снова. Страх и отчаяние сжимали его сердце, но он мужественно не позволял себе в этом признаться.

— И еще одного обстоятельства ты не учел, — медленно, словно нехотя процедил он сквозь зубы. — А что, если я пожелаю дать за себя выкуп, значительно превосходящий ту сумму, которую испанский адмирал предлагает за мою голову?

Но это не произвело на них впечатления. А Каузак даже поднял его на смех.

— Tiens![1] А ты же был уверен, что Хейтон явится сюда освободить тебя. Как же так?

И он расхохотался, а за ним и Сэм.

— Это вполне вероятно, — сказал капитан Блад. — Вполне вероятно. Но полной уверенности у меня нет. Ничего нет абсолютно верного в этом неверном мире. Даже и то, что испанец заплатит вам эти восемьдесят тысяч реалов, то есть ту сумму, в которую он, как мне сообщили, оценил мою голову. Со мной ты можешь заключить более выгодную сделку, Каузак.

Он умолк, но его острый, наблюдательный взгляд успел уловить алчный блеск, мгновенно вспыхнувший в глазах француза; успел заметить он и хмуро сдвинутые брови второго бандита. Помолчав, он продолжал:

— Ты можешь заключить со мной такую сделку, которая вознаградит тебя за все, что ты потерял у Маракайбо. Потому что за каждую тысячу реалов, обещанную адмиралом, я предлагаю тебе две.

Каузак онемел с открытым ртом, выпучив глаза.

— Сто шестьдесят тысяч? — ахнул он, не скрывая своего изумления.

Но огромный кулак Сэма обрушился на шаткий стол. Сэм грубо выбранился.

— Хватит! — загремел он. — Как я договорился, так и сделаю. А не сделаю, мне несдобровать... да и тебе, Каузак, тоже. Да неужто ты, Каузак, такая курица, что поверил этому беркуту? Ведь он заклюет тебя, как только ты выпустишь его на свободу!

---

[1] Tiens! — Вон как! (фр.).

— Каузак знает, что я сдержу слово, — сказал Блад. — Мы с ним плавали вместе. Он знает, что мое слово ценится дороже золота даже испанцами.

— Ну и пусть. А для меня оно не имеет цены. — Сэм угрожающе приблизил к капитану Бладу свое скуластое злое лицо с тяжелыми, набрякшими веками и низким, покатым лбом. — Я пообещался доставить тебя сегодня в полночь в целости и сохранности куда следует, а когда я берусь за дело, я его делаю. Понятно?

Капитан Блад посмотрел на него и, как это ни странно, широко улыбнулся.

— Ну еще бы, — сказал он. — Ваше разъяснение не оставляет места для загадок.

И он действительно так думал. Ибо теперь для него стало ясно, что это именно Сэм вошел в сделку с испанцами и не осмеливается нарушить договор, опасаясь за свою жизнь.

— Тем лучше для тебя, — заверил его Сэм. — И если не хочешь, чтобы тебе опять забили кляп в рот, так попридержи свой вонючий язык еще часика три. Уразумел?

И он снова приблизил к лицу пленника свою скуластую физиономию и уставился на него с угрозой и насмешкой.

Да, капитан Блад уразумел все. И, уразумев, перестал отчаянно цепляться за единственную соломинку, дававшую ему какой-то проблеск надежды. Он понимал, что должен сидеть здесь, беспомощный, прикрученный к стулу ремнями, и ждать, когда его передадут с рук на руки кому-то еще, кто доставит его к дону Мигелю де Эспиноса.

О том, что произойдет дальше, он старался не думать. Он знал чудовищную жестокость испанцев, и для него не составляло труда представить себе, как будет неистовствовать адмирал. Холодный пот прошиб его при одной мысли об этом. Неужто его феерическая, головокружительная карьера должна оборваться столь бесславно? Неужто ему, победителю, горделиво бороздившему воды Мэйна, суждено безвестно сгинуть, барахтаясь в грязной воде какого-нибудь трюма! Он не мог возлагать никаких надежд на поиски, уже сейчас, вероятно, предпринятые Хейтоном. Да, конечно, ребята перевернут вверх дном весь город — в этом он нисколько не сомневался. Но он не сомневался и в том, что, когда они доберутся сюда, будет уже слишком поздно. Они могут выследить этих двух предателей и жестоко отомстить им, но ему это уже не поможет.

От страстного, неистового желания вырваться на свободу в голове у него мутилось, отчаяние парализовало ум и волю. Тысяча преданных ему душой и телом людей были здесь, рядом, — стоило, казалось, только крикнуть... но он был бессилен призвать их на помощь и вскоре будет отдан во власть мстительного кастильца! Эта мысль, сколько бы он ни гнал ее от себя, настойчиво возвращалась к нему снова и снова; она стучала в висках, качалась, словно маятник, в его мозгу, мешала сосредоточиться...

А затем внезапно ему удалось овладеть собой.

Мозг прояснился и заработал деятельно и четко, почти сверхъестественно четко. Питер Блад знал цену Каузаку — это был алчный, продажный прохвост, готовый предать любого ради своей корысти. И этот Сэм тоже, вероятно, не лучше, а может, даже и хуже; ведь его-то толкнула на это дело одна только жажда наживы — проклятые испанские деньги, цена его, Питера Блада, жизни. Питер Блад пришел к заключению, что он слишком рано оставил попытки перещеголять в щедрости испанского адмирала, перебить его цену. Можно еще попытаться бросить кость этим двум грязным псам, чтобы они перегрызли из-за нее друг другу глотку.

Некоторое время он молча наблюдал за ними, подмечая злобный и жадный блеск глаз, то следивших за падением костей, то поглядывавших на жалкие кучки золота, оружие и прочие предметы, от которых негодяи очистили его карманы и за обладание которыми сражались теперь, коротая время в ожидании назначенного часа за игрой в кости. А затем он услышал свой собственный голос, громко нарушивший тишину:

— Вы тут тратите время на игру из-за какого-нибудь полпенса, а стоит вам протянуть руку, и каждый из вас станет богачом.

— Ты опять за свое? — заворчал Сэм.

Но капитан Блад и ухом не повел и продолжал дальше:

— К той цене крови, которую назначил испанский адмирал, я делаю надбавку в триста двадцать тысяч. Покупаю у вас мою жизнь за четыреста тысяч реалов.

Сэм, разозлившись, вскочил было на ноги, да так и окаменел, пораженный грандиозностью названной суммы; Каузак поднялся тоже, и они стояли друг против друга по обе стороны стола, дрожа от возбуждения; ни тот, ни другой не произнес еще ни слова, но глаза их уже загорелись алчным огнем. Наконец француз нарушил молчание:

— Боже милостивый, четыреста тысяч! — Он вымолвил это медленно, с трудом ворочая языком, словно стремясь, чтобы огромная цифра проникла в его мозг и дошла до сознания его соучастника. Он повторил: — Четыреста тысяч, по двести тысяч на каждого! Разрази меня гром! За такие денежки стоит рискнуть, а, Сэм?

— Куча денег, что и говорить, — задумчиво проговорил Сэм. Потом он вдруг опомнился — Чума на тебя! Так ведь это слова! Кто им поверит? Попробуй освободи-ка его, как ты тогда заставишь его платить, да он…

— О нет, я заплачу, — сказал Блад. — Каузак может подтвердить, что я всегда плачу. Учтите, — добавил он, помолчав, — что такая сумма, даже если ее поделить, сделает каждого из вас богачом, и вы до конца дней своих будете жить припеваючи, в полном достатке. — Он рассмеялся. — Ну же, ребята, не валяйте дурака!

Каузак облизнул пересохшие губы и поглядел на своего компаньона.

— Давай рискнем, — заискивающе пробормотал он. — Сейчас еще десяти нет, и мы до полуночи успеем удрать так далеко, что испанцам нас ни в жизнь не догнать.

Но переубедить Сэма было нелегко. Он размышлял. И хотя приманка была велика, Сэм никак не мог решиться принять это соблазнительное предложение, ибо ему мерещилась в нем двойная опасность. Связавшись с испанцами, он теперь боялся отступиться от них: ему казалось, что тогда его неминуемо ждет гибель, либо от руки разъяренных испанцев, которых он предаст, либо от руки самого Блада, который, если его освободить, конечно, ничего им не простит. Так лучше уж без особого риска взять верные сорок тысяч, чем гоняться за какими-то призрачными сотнями тысяч, раз это к тому же сопряжено с такой опасностью.

— Не бывать этому, и все! — сердито закричал он. — А ты, капитан, заткнись! Я, кажется, тебя предупреждал.

— А, черт! — хрипло выругался Каузак. — А я говорю, что стоит рискнуть! Стоит!

— Ты говоришь? А ты-то чем рискуешь? Испанцы даже не знают, что ты ввязался в это дело. Тебе легко, приятель, говорить «стоит рискнуть!», когда тебе и рисковать-то не придется. Вот мне — другое дело. Если я надую испанца, он сразу смекнет, чем тут пахнет. Да что толковать! Я дал слово, а я своему слову хозяин. И хватит об этом.

Решительный, свирепый, он стоял напротив Каузака по другую сторону стола, и Каузак, хмуро глянув на тощее непреклонное лицо, вздохнул с досадой и снова опустился на табурет.

Блад ясно видел, что в душе француза клокочет злоба. Несмотря на мстительную ненависть, которую этот корыстный мошенник питал к Бладу, завладеть деньгами своего врага было для него соблазнительнее, чем лишать его жизни, и нетрудно было догадаться, какую досаду испытывает он, видя, что возможность крупной наживы уплывает у него из-под носа только потому, что для его компаньона это сопряжено с риском.

Некоторое время эта достойная парочка хранила молчание. Молчал и Блад, считая, что ему пока не следует ничего добавлять к уже сказанному, так как сейчас это не принесет плодов. Вместе с тем он все же испытывал некоторое удовлетворение, видя, что ему удалось посеять рознь между компаньонами.

Когда же он наконец заговорил, нарушив нависшее в комнате угрюмое молчание, его слова, казалось, имели мало связи со всем предыдущим.

— Хотя вы, по-видимому, твердо решили продать меня испанцам, это еще отнюдь не причина, чтобы я умирал тут у вас от жажды. В горле у меня пересохло, как в солончаковой пустыне, ей-богу.

И хотя мучившая его жажда служила для него лишь предлогом, чтобы достичь своей цели, тем не менее она была отнюдь не притворной, и надо сказать, что его тюремщики так же сильно от нее страдали. Воздух в этой комнате с запертыми наглухо дверями и окнами был нестерпимо удушлив. Сэм провел рукой по влажному лбу и стряхнул капельки пота.

— Дьявол! Ну и жарища! — пробормотал он. — Мне тоже пить охота.

Каузак облизнул воспаленные губы.

— А здесь в доме нет ничего? — спросил он.

— Нету. Да тут до таверны два шага. — Сэм поднялся со стула. — Пойду принесу кувшин вина.

Душа Питера Блада снова взмыла ввысь на крыльях надежды. Произошло именно то, чего он добивался. Зная пристрастие этих подонков к бутылке, он рассчитывал, что разговор о жажде легко повлечет за собой желание ее удовлетворить, а это, в свою очередь, приведет к тому, что один из них отправится за вином, и, если повезет, это будет Сэм. А уж с Каузаком-то он договорится в два счета — в этом капитан Блад не сомневался.

И тут этот кретин Каузак проявил излишнее нетерпение и тем испортил все дело. Он тоже вскочил на ноги.

— Кувшин вина! Вот это дело! — заорал он. — Давай ступай скорей! Я сам прямо помираю — так в глотке пересохло.

Голос его задрожал от волнения, и ухо Сэма сразу уловило эту нетерпеливую дрожь. Он приостановился, внимательно вгляделся в своего компаньона и как в открытой книге прочел на лице этого мелкого жулика все его коварные намерения.

Губы его скривились в усмешке.

— Я что-то передумал, — медленно произнес он, — Лучше уж ты ступай, а я здесь покараулю.

У Каузака отвалилась челюсть; он даже побледнел. И капитан Блад уже в третий раз проклял в душе его непроходимую глупость.

— Ты что — не доверяешь мне? — проворчал Каузак.

— Да нет… Не то чтобы… — последовал уклончивый ответ. — Только уж лучше я останусь.

Тут Каузак и в самом деле рассвирепел:

— Ах, так! Да пошел ты к дьяволу! Если ты мне не доверяешь, так я тебе тоже не доверяю.

— А тебе незачем мне доверять. Ты знаешь, что меня его посулы не соблазняют. Значит, мне его и сторожить.

Минуты две эти гнусные союзники молча сверлили друг друга взглядом и только сопели сердито. Затем Каузак угрюмо отвел глаза в сторону, пожал плечами и отвернулся, словно поневоле признавая, что против доводов Сэма не поспоришь. Он постоял еще немного, прищурившись, о чем-то размышляя. И, как видно приняв внезапно какое-то решение, произнес:

— Да ладно, пойду! — повернулся и быстро вышел из комнаты.

Когда дверь за французом захлопнулась, Сэм опустился на табурет. Блад прислушивался к быстро удаляющимся шагам, пока они не замерли вдали. И неожиданно громко расхохотался, заставив вздрогнуть своего стража.

Сэм подозрительно на него поглядел:

— Что это тебя так разбирает, капитан?

Блад, как мы знаем, предпочел бы иметь дело с Каузаком. С тем он мог действовать наверняка. Добиться чего-нибудь от Сэма представлялось маловероятным, ибо он явно боялся испанцев как огня. И тем не менее испробовать надо было все, любую, самую ничтожную возможность.

— Меня забавляет твоя беспечность, — отвечал капитан Блад. — Сторожить меня ты ему не доверил, а за вином отпустил…

— Так что ж за беда?

— А если он вернется не один? — загадочно проронил капитан Блад.

— Чума на него! — вскричал Сэм. — Пусть он только попробует со мной такие шутки шутить, пристрелю, как собаку! Я с этими шутниками не церемонюсь.

— Тебе так и так нужно от него избавиться, Сэм. Это же мерзавец и предатель, мне ли его не знать. Ты ему стал сегодня поперек дороги, и он тебе этого не забудет. Сам бы мог понять — ты же видишь, как он предал меня. Да только ты все равно ничего не понимаешь. У тебя есть глаза, Сэм, но ты видишь не больше, чем слепой щенок. И голова у тебя вроде есть, но ее вполне могла бы заменить и тыква, иначе ты не стал бы колебаться между испанцем и мной.

— А, ты опять про это!

— Да, разумеется. Предлагаю тебе четыреста тысяч и ручаюсь честью, что не буду помнить зла и мстить тебе. Даже Каузак пытался тебе втолковать, что моему слову можно верить, — он-то не колебался принять мое предложение.

Питер Блад умолк. Бандит-охотник молча смотрел на него, размышляя. Лицо у него посерело от волнения, пот крупными каплями выступил на лбу.

— Четыреста тысяч, говоришь? — прохрипел он наконец.

— Ну, а то как же? Зачем тебе делиться с этим французом? Думаешь, он стал бы делиться с тобой? Он бы, уж конечно, постарался всадить тебе нож в спину, а все денежки положить себе в карман. Ну же, Сэм, смелей, не упусти своего счастья! К дьяволу испанцев! Чего ты их боишься! Ты боишься каких-то призраков. Я защищу тебя от них! На борту моего флагманского корабля ты будешь в полной безопасности.

Сэм оживился, глаза его сверкнули, но тут же потухли снова, затуманенные тревогой.

— Четыреста тысяч... Да больно уж риск велик...

— Да какой же риск — ровным счетом никакого, — сказал капитан Блад. — Вполовину меньше риска, чем продавать меня испанцам. Ведь рано или поздно эта сделка выйдет наружу, и тогда, приятель, тебе живым из Тортуги не уйти. И даже если ты отсюда улизнешь, мои ребята разыщут тебя и на дне морском.

— Да откуда они про меня узнают?

— Найдется кто-нибудь, кто им донесет, — так всегда бывает. Дурак ты был, что взялся за это дело, и дважды дурак, что связался с Каузаком, он же повсюду кричал, что рассчитается со мной. Так на кого же в первую очередь падет подозрение, как не на него? И как только его схватят — а уж схватят его как пить дать! — он тут же выдаст тебя, можешь не сомневаться.

— Провалиться мне, а ведь ты верно говоришь! — вскричал Сэм, когда все эти соображения, совсем не приходившие ему на ум, проникли наконец в его сознание.

— И все остальное, что я тебе говорю, тоже верно, Сэм, уж ты не сомневайся.

— Постой, дай мне подумать.

Питер Блад и на этот раз почел за лучшее ограничиться сказанным. Пока что в этом разговоре с Сэмом он достиг такого успеха, на который даже не смел надеяться. Сомнение в душе Сэма посеяно — оставалось ждать, чтобы оно дало всходы.

Минуты бежали. Сэм, положив локти на стол, опустив голову на скрещенные руки, сидел неподвижно, погруженный в свои думы. Когда он наконец поднял голову, Питер Блад при желтоватом свете лампы заметил, как побледнело его блестевшее от пота лицо. «Как глубоко проник в душу Сэма влитый по капле яд?» — думал пленник. Внезапно Сэм вытащил из-за пояса пистолет и обследовал затравку. Питеру Бладу эти его действия показались довольно зловещими, и особенно потому, что Сэм не сунул пистолет обратно за пояс. Он продолжал возиться с пистолетом; изжелта-серое лицо его было мрачно, губы твердо сжаты.

— Сэм, — негромко окликнул его капитан Блад. — Ну, что ты надумал?

— Я не дам этому ублюдку одурачить меня.

— А дальше что?

— А дальше там видно будет.

Питер Блад с трудом подавил в себе желание подстрекнуть этого дубину еще раз.

В полном молчании, нарушаемом лишь тиканьем часов Питера Блада, лежавших на столе, время тянулось бесконечно. Наконец где-то далеко в переулке послышался звук шагов. Шаги приближались, звучали все громче, дверь распахнулась, и на пороге возник Каузак с большим черным бурдюком вина в руках.

Сэм уже вскочил на ноги, правую руку он держал за спиной.

— Куда это ты провалился? — проворчал он. — Почему так долго?

Каузак был бледен и запыхался, словно бежал бегом. Мозг Питера Блада, работавший в эти минуты с поразительной точностью, мгновенно отметил, что Каузак и не думал бежать. В чем же причина его состояния? Видимо, оно являлось следствием волнения или страха.

— Я торопился, — сказал француз, — да уж больно пить захотелось. Задержался малость, чтобы прополоскать глотку. Вот твое вино.

Он плюхнул бурдюк на стол.

И в то же мгновение Сэм почти в упор выстрелил ему прямо в сердце.

Картина, которая предстала взору Питера Блада в клубах ядовитого дыма, заставившего его закашляться, запечатлелась в его памяти на всю жизнь. Каузак лежал на полу ничком, тело его судорожно подергивалось, а Сэм, перегнувшись через стол, смотрел на него, и на тощем лице его играла хищная усмешка.

— Я с тобой, французская скотина, не желаю попадать впросак, — дал он свое запоздалое объяснение, словно убитый мог еще его слышать.

Затем он положил пистолет и потянулся к бурдюку. Запрокинув голову, он вылил изрядное количество вина в свою пересохшую глотку. Громко чмокнул, облизнул губы, опустил бурдюк на стол и скорчил гримасу, словно почувствовав во рту горький привкус. Внезапно страшная догадка сверкнула в его мозгу, и в глазах отразился испуг. Он снова схватил бурдюк и понюхал вино, громко, точно собака, втягивая ноздрями воздух. Лицо его посерело, расширенными от ужаса глазами он уставился на Питера Блада и сдавленным голосом выкрикнул одно-единственное слово:

— Манзанилла!

Схватив бурдюк, он швырнул его в распростертое на полу мертвое тело, изрыгая чудовищную брань.

А в следующее мгновение он уже скорчился от боли, схватившись руками за живот. Забыв о Бладе, обо всем, кроме сжигавшего его внутренности огня, он собрал последние силы, бросился к двери и пинком распахнул ее.

Это усилие, казалось, удесятерило его муки. Страшная судорога согнула его тело пополам, так что колени почти уперлись в грудь, и сыпавшаяся с его языка брань перешла в нечленораздельный, звериный вой. Наконец он рухнул на пол и лежал, обезумев от боли, извиваясь, как червяк.

Питер Блад угрюмо смотрел на него. Он был потрясен, но не озадачен. К этой загадке, собственно, не требовалось подбирать ключа — единственное членораздельное слово, произнесенное Сэмом, полностью проливало на нее свет.

Едва ли еще когда-нибудь возмездие столь своевременно и быстро настигало двух преступных негодяев. Каузак подбавил в вино сок ядовитого яблока, раздобыть который ничего не стоило на Тортуге. Желая отделаться от своего компаньона, чтобы ударить по рукам с капитаном Бладом и забрать себе весь выкуп, он отравил сообщника в ту минуту, когда сам уже пал от его руки.

Острый ум капитана Блада выручил его и на этот раз из беды, однако в известной мере он должен был благодарить за избавление от смерти и свою счастливую звезду.

Корчившийся на полу человек мало-помалу затих. Теперь он лежал совершенно неподвижно на пороге распахнутой двери.

Капитан Блад, безуспешно пытавшийся порвать путы, чтобы оказать ему помощь, услышал стук в дверь, ведущую в альков; тут он вспомнил о женщине, бессознательно завлекшей его в эту западню. Как видно, звук выстрела и вопли Сэма побудили ее к действию.

— Постарайтесь выломать дверь! — крикнул ей капитан Блад. — Здесь теперь никого нет, кроме меня.

Жидкая дощатая дверь быстро поддалась, когда женщина налегла на нее плечом. Растрепанная, с одичалым взором, она ворвалась в комнату и, взвизгнув, приросла к месту при виде представшей ее глазам картины.

— Перестань визжать, голубушка! — резко прикрикнул на нее Блад, чтобы сразу привести ее в чувство. — Тебе нечего их теперь страшиться. Они не больше могут причинить тебе вреда, чем эти табуретки. Мертвецы еще никому не делали зла. Вон там валяется нож. Возьми и разрежь эти чертовы ремни.

Через минуту он был уже на ногах и отряхивал свой помятый плюмаж. Потом взял шпагу, пистолет, часы и табакерку. Золотые монеты он сгреб в одну небольшую кучку на столе и присоединил к ним булавку с драгоценным камнем.

— Буду рад, если это поможет тебе вернуться на родину, — сказал он женщине. — Ведь где-нибудь-то родина у тебя есть?

Женщина разрыдалась. Капитан Блад взял шляпу, поднял валявшуюся на полу трость и, пожелав женщине доброй ночи, вышел из хибарки.

Десять минут спустя он столкнулся на молу с возбужденной толпой корсаров с горящими факелами в руках. Это была поисковая партия, которую Хагторп и Волверстон отрядили прочесать город. Единственный глаз Волверстона яростно сверкнул при виде капитана Блада.

— Где ты околачиваешься, дьявол тебя раздери? — спросил Волверстон.

— Пытался выяснить, приносят ли счастье деньги, полученные ценой предательства, — отвечал капитан Блад.

ЗОЛОТО САНТА-МАРИИ

Флотилия корсаров — пять больших кораблей — мирно стояла на якоре у западного берега Дарьенского залива. В кабельтове от нее прозрачно-голубые волны, пронизанные опаловым сиянием утренних лучей, чуть слышно набегали на серебристый полумесяц отлогого песчаного пляжа, за которым отвесной стеной высился лес, сочно-зеленый после только что выпавших дождей. На опушке, среди пламенеющих рододендронов, подобно сторожевому форпосту джунглей, окаймлявших леса, темнели палатки и наспех сколоченные, крытые пальмовыми листьями бревенчатые хижины лагеря корсаров. Разбив здесь свой бивуак, матросы капитана Блада производили кое-какую починку и запасались провиантом — мясом жирных черепах, которых на этом берегу было видимо-невидимо. Пестрое пиратское воинство, насчитывавшее свыше восьмисот человек, шумело, как потревоженный улей. Здесь преобладали англичане и французы, но встречались также голландцы и было даже несколько индейцев-метисов. Сюда стекались искатели счастья из Эспаньолы, лесорубы из Кампече, беглые матросы и беглые каторжники, рабы с плантаций и прочие изгои и отщепенцы как из Старого Света, так и из Нового, объявленные у себя на родине вне закона.

Было ясное апрельское утро. Трое индейцев вышли из леса и вступили в лагерь. Впереди шел высокий широкоплечий индеец с длинными руками и горделивой осанкой. Одежду его составляли штаны из недубленых шкур и красное одеяло, накинутое на плечи, как плащ. Обнаженная грудь была расписана черными и красными полосами. Золотая пластинка в форме полумесяца, продетая в нос, покачивалась над верхней губой, в ушах поблескивали массивные золотые кольца. Пучок орлиных перьев торчал в иссиня-черных гладких и блестящих волосах. В руке он держал копье, опираясь на него, как на посох.

Он спокойно, без тени замешательства, вступил в толпу глазевших на него корсаров и на весьма примитивном испанском языке объявил им, что он — кацик Гванахани, прозванный испанцами Бразо Ларго[1], и попросил отвести его к капитану, которого он также назвал на испанский лад — дон Педро Сангре.

Корсары подняли его на борт флагманского корабля «Арабелла», где в капитанской каюте ему оказал любезный прием высокий худощавый человек, одетый элегантно, как испанский гранд; его бронзово-смуглое мужественное лицо с резко очерченными скулами и орлиным носом могло бы принадлежать индейцу, если бы не пронзительно-синие глаза.

Бразо Ларго, без лишних слов, ввиду незначительности их запаса, тотчас приступил прямо к делу:

— Вы идите со мной, я вам давать много испанский золото. — И добавил несколько неожиданно и не совсем к месту: — Карамба!

Синие глаза капитана взглянули на него с интересом. Рассмеявшись, он ответил на отличном испанском языке, которым овладел еще в те далекие годы, когда его разрыв с цивилизацией не был столь полным:

— Вы явились как раз вовремя. Карамба! Где же находится это испанское золото?

— Там! — Индеец неопределенно махнул рукой куда-то в западном направлении. — Десять дней ходу.

Капитан Блад хмуро сдвинул брови. Ему вспомнился поход Моргана через перешеек, и он спросил наугад:

— Панама?

Но индеец покачал головой, и на суровом его лице отразилось нетерпение.

— Нет. Санта-Мария.

На корявом испанском языке он стал объяснять, что на берег реки, носящей это название, свозится все золото, добываемое в окрестных горах, а оттуда его потом переправляют в Панаму. И как

[1] В переводе с испанского — Длинная Рука.

раз в это время года золота скапливается там очень много, но скоро его увезут. Если капитан Блад хочет захватить это золото, а его сейчас там видимо-невидимо — это Бразо Ларго хорошо известно, — надо отправляться туда тотчас же.

У капитана Блада ни на секунду не возникло сомнения в искренности этого касика и в отсутствии у него злого умысла. Лютая ненависть к Испании горела в груди каждого индейца и бессознательно делала его союзником любого врага испанской короны.

Капитан Блад присел на крышку ларя под кормовыми окнами и поглядел на гладь залива, искрившуюся в лучах солнца.

— Сколько потребуется на это людей? — спросил он.

— Сорок десять. Пятьдесят десять, — ответил Бразо Ларго, из чего капитан Блад вывел заключение, что потребуется человек четыреста — пятьсот.

Он подробно расспросил индейца о стране, через которую им предстояло пройти, и о Санта-Марии — о его оборонительных укреплениях. Индеец обрисовал все в самом благоприятном свете, решительно отметая всякие затруднения, и пообещал, что не только сам поведет их, но и даст им носильщиков, чтобы помочь тащить снаряжение. Глаза его сверкали от возбуждения, он без конца твердил одно:

— Золото. Много-много испанский золото. Карамба! — Он, словно попугай, так часто испускал этот крик, так явно горел желанием увлечь Блада своей затеей, что тот уже начал спрашивать себя, не слишком ли большую заинтересованность проявляет индеец, чтобы быть правдивым до конца.

Его подозрения вылились в форме вопроса:

— Ты очень хочешь, чтобы мы отправились в эту экспедицию, друг мой?

— Да, вы пойти. Пойти. Испанцы любят золото. Гванахани не любит испанцев.

— Ты, значит, хочешь насолить им? Да, похоже, что ты их крепко ненавидишь.

— Ненавидишь! — как эхо повторил Бразо Ларго. Губы его искривились; он издал резкий гортанный звук: — Гу! Гу! — словно подтверждая: «Да, да!»

— Ладно, я должен подумать.

Капитан Блад крикнул боцмана и поручил индейца его попечению. С квартердека «Арабеллы» рожок проиграл сигнал к сбору на военный совет, который собрался тотчас, как только все, кому положено было на нем присутствовать, поднялись на борт.

Как и подобало представителям этого необычного воинства, раскинувшего свой лагерь на берегу, корсары, собравшиеся вокруг дубового стола в капитанской каюте, являли глазам довольно пестрое зрелище. Во главе стола сидел сам капитан Блад, похожий на испанского гранда в своем роскошном мрачном одеянии, черном с серебром, в пышном черном парике, длинные локоны которого ниспадали на воротник; бесхитростная простодушная физиономия Джерри Питта и его простая домотканая одежда изобличали в нем английского пуританина, каким он, в сущности, и был; Хагторп, суровый, коренастый, крепко сбитый, в добротной, но мешковато сидевшей одежде, был настоящий морской волк с головы до пят и легко мог бы сойти за капитана любого торгового флота; геркулес Волверстон, чей единственный глаз горел свирепым огнем, далеко превосходящим свирепость его натуры, медно-смуглый, живописно-неряшливый в своей причудливой пестрой одежде, был, пожалуй, единственным корсаром, внешность которого соответствовала его ремеслу; Маккит и Джеймс имели вид обычных моряков, а Ибервиль — командир французских корсаров, соперничавший в элегантности костюма с Бладом, — внешностью и манерами больше походил на версальского щеголя, нежели на главаря шайки отчаянных, кровожадных пиратов.

Адмирал — титул этот был недавно присвоен капитану Бладу его подчиненными и приверженцами — изложил совету предложение Бразо Ларго. От себя он добавил только, что поступило оно довольно своевременно, ибо они в настоящую минуту сидят без дела.

Предложение, как и следовало ожидать, пришлось не по душе тем, кто по натуре своей прежде всего были моряками, — Джерри Питту, Маккиту и Джеймсу. Каждый из них по очереди указывал на опасности и трудности большого похода в глубь страны. Хагторп и Волверстон, окрыленные тем, что они смогут нанести испанцам весьма чувствительный удар, сразу ухватились за предложение и напомнили совету об удачном набеге Моргана на Панаму. Ибервиль, француз и гугенот, осужденный и изгнанный за свою веру и пылавший одним желанием — перерезать горло испанским фанатикам, где, когда и кому безразлично, также высказался за поход в выражениях столь же изящных и утонченных, сколь жесток и кровожаден был их смысл.

Так голоса разделились надвое, и теперь от решения Блада зависел исход спора. Но адмирал колебался и, в конце концов, предоставил командам решать самим. Если желающих наберется достаточно, он поведет их на перешеек. Остальные могут оставаться на кораблях.

Командиры одобрили его решение, и все тотчас сошли на берег, взяв индейца с собой. На берегу капитан Блад обратился с речью к своим корсарам, беспристрастно изложив им все «за» и «против».

— Сам я пойду с вами в том случае, — сказал он, — если среди вас наберется достаточно охотников. — Вытащив из ножен свою рапиру, он, как некогда Писарро, провел острием линию на песке. — Все, кто хочет идти со мной на перешеек, встаньте с наветренной стороны.

Не меньше половины корсаров шумными возгласами выразили желание отправиться в поход. В первую очередь, это были беглецы с Эспаньолы, привыкшие сражаться на суше, самые отчаянные головы этого отчаянного воинства, а за ними — почти все лесорубы из Кампече, не страшившиеся ни джунглей, ни болот.

Бразо Ларго, медное лицо которого сияло от удовольствия, отправился за своими носильщиками и пригнал их на следующее же утро — пятьдесят здоровенных рослых индейцев. Корсары были уже готовы двинуться в путь. Они разделились на три отряда — под командованием Волверстона, Хагторпа и Ибервиля, сменившего свои кружева и банты на кожаные штаны охотника.

Впереди шли индейцы, тащившие все снаряжение: палатки, шесть небольших медных пушек, железные ящики с зажигательными ядрами, хороший запас продовольствия — лепешки и сушеную черепашину — и ящик с медикаментами. С палуб кораблей рожок протрубил им прощальный сигнал; Питт, оставшийся за главного, дал — из чистого озорства — орудийный залп, и джунгли поглотили искателей приключений.

Десять дней спустя, покрыв около ста шестидесяти миль, отряды остановились в волнующей близости от цели своего похода. Первая половина пути оказалась наиболее тяжелой: шесть дней пробирались отряды среди скалистых круч, преодолевая один перевал за другим. На седьмой день они расположились на отдых в большом индейском поселении, где вождь касиков, уведомленный Бразо Ларго о цели похода, оказал им торжественный прием. Произошел обмен подарками: одна сторона преподнесла ножи, ножницы и бусы, другая — бананы и сахарный тростник. Отсюда отряды двинулись дальше, получив значительное подкрепление в лице индейцев.

На рассвете они вышли к реке Санта-Мария, где погрузились в приготовленные для них индейцами пироги. Поначалу этот способ передвижения показался им далеко не столь легким и приятным, как они ожидали. То и дело, не покрыв и расстояния, на которое летит брошенный от руки камень, приходилось останавливаться и перетаскивать свои челны через скалистые пороги или поваленные поперек потока деревья, и так продолжалось целые сутки, а на следующие сутки повторялось снова. Но вот наконец река стала глубже, раздалась вширь, и индейцы, бросив шесты, с помощью которых они управляли пирогами, взялись за весла.

Глубокой ночью они приблизились к поселению Санта-Мария на расстояние пушечного выстрела. Город был скрыт за излучиной реки, но до него оставалось не больше полумили.

Корсары принялись выгружать оружие и амуницию — пушки, мушкеты, ящики с патронами, пороховницы, сделанные из рогов, — все, что было надежно упаковано и укреплено в пирогах. Они не решились раскладывать костры, чтобы не выдать своего присутствия, и, выставив дозорных, легли отдохнуть до рассвета.

Капитан Блад рассчитывал захватить испанцев врасплох и, прежде чем они успеют принять меры к обороне города, взять его без кровопролития. Эти расчеты, однако, не оправдались: на заре из города стала доноситься стрельба и барабаны забили тревогу, предупреждая корсаров, что их приближение не осталось незамеченным.

Волверстону выпала честь возглавить авангардный отряд, состоявший из сорока корсаров, вооруженных самодельными гранатами — цилиндрическими жестянками, заполненными порохом и смолой. Остальные корсары тащили пушки, находившиеся под командой Огла — канонира с флагманского корабля. Отряд Хагторпа шел вторым, Ибервиль со своим отрядом двигался в арьергарде.

Быстрым шагом они прошли через лес, за которым начиналась саванна, и примерно в четверти мили от опушки леса увидели свой Эльдорадо[1].

Вид этого поселения разочаровал их. Вместо богатого испанского города, рисовавшегося их воображению, они увидели несколько деревянных одноэтажных строении, крытых пальмовыми листьями или тростником, сгрудившихся вокруг часовни и охраняемых фортом. Поселок, в сущности, представлял собой лишь пересыльный пункт, куда свозилось золото, добываемое в окрестных горах, и население его состояло почти

[1] В XVI веке — сказочная страна сокровищ, которую разыскивали первые испанские завоеватели. Теперь употребляется в переносном смысле.

исключительно из гарнизона и рабов, занятых добычей золота на приисках. Глинобитный форт, повернутый лицом к реке, боком к саванне, растянулся почти на длину поселка. Кроме того, для защиты от враждебно настроенных индейцев Санта Мария был окружен крепким частоколом футов в двадцать высотой, с бойницами для мушкетов.

Дробь барабанов затихла, но когда корсары, прежде чем двинуться к городу, выслали из леса на разведку несколько лазутчиков, те отчетливо услышали шум и движение за частоколом. На бруствере форта стояла небольшая кучка людей в кирасах и шлемах. За частоколом, колыхаясь, поднимался к небу дымок — значит, испанские мушкетеры не дремали, и их запальные фитили уже начали тлеть.

Капитан Блад приказал выдвинуть вперед пушки, решив пробить брешь в северо-восточном углу частокола, где штурмующие были бы менее всего уязвимы для обстрела из пушек форта. В соответствии с этим приказом Огл двинул вперед свою батарею под прикрытием выступающего клином леса. Но легкий восточный бриз донес дым их запалов до форта, выдал их присутствие и вызвал на них огонь испанских мушкетеров. Пули уже свистели и щелкали среди ветвей, когда Огл дал первый залп из своих пушек. Пробить брешь в частоколе, никак не способном противостоять орудийному огню, да еще с такого близкого расстояния, было делом совсем несложным. Испанский гарнизон, руководимый не слишком умелым командиром, был направлен на защиту этой бреши и тотчас отброшен назад беспощадным огнем пушек, после чего Блад приказал Волверстону атаковать:

— Зажигательные банки в авангард! Приближайтесь перебежками, рассыпным строем. Да хранит тебя бог, Нэд! Вперед!

Низко пригнувшись к земле, корсары бросились на штурм и пробежали больше половины расстояния, прежде чем испанцы накрыли их мушкетным огнем. Корсары залегли, распластавшись ничком в невысокой траве, дожидаясь, когда стрельба ослабеет; затем вскочили и, пока испанцы перезаряжали свои мушкеты, снова ринулись вперед. Огл же тем временем, повернув жерла своих пушек, бомбардировал город пятифунтовыми ядрами, расчищая путь атакующим.

Семеро волверстоновских солдат остались лежать на земле, еще десятерых настигли пули во время второй перебежки, но Волверстон с остальными уже ворвался в пролом. Полетели зажигательные банки, сея ужас и смерть, и прежде чем испанцы успели опомниться, страшные пираты, с дикими криками выскочив из клубов дыма и пыли, схватились с испанцами врукопашную.

Командир испанцев, храбрый, хотя и недальновидный офицер, по имени дон Доминго Фуэнтес, сумел воодушевить своих солдат, и схватка длилась еще минут пятнадцать: корсаров то отбрасывали за частокол, то они снова прорывались в брешь.

Однако не существовало таких солдат на свете, которые в рукопашном бою могли бы долго противостоять крепким, выносливым и безрассудно смелым корсарам. Мало-помалу изрыгающие проклятия испанцы были неумолимо отброшены назад корсарами Волверстона, плечом к плечу с которыми рубились уже все остальные корсары под командой самого капитана Блада.

Все дальше и дальше отступали испанцы под этим бешеным натиском, оказывая отчаянное, но бесплодное сопротивление, и наконец их ряды дрогнули. Испанцы разбежались кто куда, а затем, соединившись снова, отступили, сражаясь, к форту и укрылись в нем, оставив город во власти неприятеля.

Под защитой форта дон Доминго Фуэнтес созвал совет своего гарнизона, от трехсот защитников которого осталось в живых двести перепуганных солдат, выкинул флаг перемирия и послал к капитану Бладу парламентера, соглашаясь сдаться на милость победителя, но на почетных условиях, то есть с сохранением оружия.

Однако благоразумие подсказало капитану Бладу, что подобные условия для него неприемлемы. Он знал, что его солдаты будут все, без изъятия, пьяны еще до захода солнца, и иметь при этом под боком две сотни вооруженных испанцев было бы слишком рискованно. Вместе с тем, будучи противником всякого бессмысленного кровопролития, он стремился как можно скорее положить конец этой драке и ответил дону Доминго, что гарнизон должен сложить оружие: тогда он гарантирует ему, так же как и всему населению Санта-Марии, полную свободу и безопасность.

Испанцы сложили оружие на большой площади в центре форта, и корсары с развернутыми знаменами вошли в форт, трубя в рог. Испанский командир выступил вперед, чтобы отдать победителям свою шпагу. За его спиной стояли двести безоружных солдат, а позади них — немногочисленное население города, искавшее в форте прибежища от неприятеля. Жителей было человек шестьдесят, и среди них около дюжины женщин, несколько негров и три монаха в черно-белом одеянии ордена святого Доминика. Почти все цветное население города, состоявшее из рабов, находилось, как выяснилось, на приисках в горах.

Дон Доминго, высокий мужчина лет тридцати, красивый, представительный, с черной остроконечной бородкой, еще более удлинявшей его продолговатое лицо, облаченный в кирасу и шлем из вороненой стали, разговаривал с капитаном Бладом свысока.

— Я поверил вам на слово, — сказал он, — потому что хотя вы разбойник, пират и еретик и во всех отношениях человек, лишенный чести, но тем не менее о вас идет такая молва, будто слово свое вы умеете держать.

Капитан Блад поклонился. Вид его, прямо надо сказать, оставлял желать лучшего. В схватке он был ранен в голову, одежда на спине висела клочьями. И все же, невзирая на кровь, пот и пороховой дым, ни осанка, ни манеры его не утратили своего благородства.

— Ваша любезность обезоруживает меня, — сказал он.

— Моя любезность не распространяется на грабителей и пиратов, — отвечал непреклонный кастилец, и Ибервиль, самый яростный ненавистник испанцев, тяжело дыша, выступил вперед, но капитан Блад его остановил.

— Я жду, — невозмутимо продолжал дон Доминго, — чтобы вы объяснили мне причину вашего разбойничьего появления здесь. Как вы, английский подданный, осмелились напасть на испанское население, в то время как ваша страна не ведет с Испанией войны?

Капитан Блад усмехнулся:

— Клянусь честью, это все соблазн золота, соблазн, столь же могущественный для пиратов, как и для более высокопоставленных негодяев, одинаково действующий во всех уголках земного шара, — тот самый соблазн, который заставил вас, испанцев, построить этот город в такой удобной близости от золотых приисков. Короче говоря, капитан, мы явились сюда, чтобы освободить вас от последнего снятого вами на приисках урожая, и чем быстрее вы его нам передадите, тем быстрее мы, в свою очередь, освободим вас от нашего присутствия.

Испанец рассмеялся и оглянулся на своих солдат, словно приглашая их разделить его веселье.

— Ей-богу, вы, кажется, принимаете меня за дурака, — сказал он.

— Надеюсь, ради вашего же собственного благополучия, вы мне докажете, что это не так.

— Неужели вы думаете, что я, будучи предупрежден о вашем появлении, продолжал держать золото здесь, в Санта-Марии? — с издевкой спросил капитан. — Вы опоздали, капитан Блад. Золото сейчас уже находится на пути в Панаму. Еще ночью мы погрузили его в пироги и отправили отсюда под охраной сотни солдат. Вот почему мой гарнизон оказался в таком плачевном состоянии и вот почему я без колебаний решил сдаться вам.

И он снова рассмеялся, заметив разочарование, отразившееся на лице капитана Блада.

Возмущенный ропот пробежал по рядам корсаров, они ближе придвинулись к своему главарю. Весть облетела всех, словно искра, попавшая в порох, и казалось, взрыв неминуем. Грозно зазвенело оружие, раздались яростные проклятия, и корсары уже готовы были броситься на испанского командира, который, как им казалось, одурачил их, и прикончить его тут же на месте, но капитан Блад их опередил: встав перед доном Доминго, он прикрыл его своим телом, словно щитом.

— Назад! — крикнул он, и голос его был подобен звуку рога. — Дон Доминго — мой пленник, и я дал слово, что ни один волос не упадет с его головы.

Чувства всех выразил Ибервиль, вскричавший вне себя от злобы:

— Ты будешь держать слово, данное этому испанскому псу, который нас обманул? Вздернуть его на сук, и все!

— Он только выполнил свой долг, и я не позволю вешать человека, если в этом вся его вина.

Яростный рев на какой-то миг заглушил голос капитана Блада, но он спокойно стоял, не меняя позы, его светлые глаза смотрели сурово, поднятая вверх рука удерживала на месте разъяренную толпу.

— Замолчите и слушайте меня! Мы только напрасно теряем время. Дело еще поправимо. Они опередили нас с этим золотом всего на несколько часов. Ты, Ибервиль, и ты, Хагторп, сейчас же сажайте своих людей в лодки. Вы нагоните испанцев, прежде чем они достигнут пролива, и даже если это вам не удастся, вы, во всяком случае, успеете перехватить их еще задолго до берегов Панамы. Отправляйтесь! А Волверстон со своими людьми будет дожидаться вас здесь вместе со мной.

Это был единственный способ обуздать их ярость и помешать им убить безоружных испанцев. Повторять приказ дважды не пришлось. Корсары устремились вон из форта и из города еще быстрее, чем проникли туда. Недовольство выражала только та сотня людей из волверстоновского отряда, которая получила приказ оставаться на месте. Всех испанцев согнали в один из бараков форта и заперли там, после чего корсары разбрелись по городу, надеясь хоть чем-нибудь поживиться и раздобыть пищи.

А капитан Блад занялся ранеными, которых поместили — и корсаров и испанцев, всех вместе — в другом бараке, уложив их на подстилки из сухих листьев. Раненых оказалось человек около пятидесяти, из них корсаров меньше половины. Всего убитыми и ранеными испанцы потеряли свыше ста человек, а корсары — около сорока.

Взяв себе в помощь шестерых людей, в том числе одного испанца, обладавшего кое-какими познаниями по части медицины, капитан Блад принялся вправлять суставы и обрабатывать раны. Погруженный в это занятие, он не прислушивался к шуму, долетавшему снаружи — с той стороны, где расположились индейцы, попрятавшиеся во время сражения, — как вдруг пронзительный вопль заставил его насторожиться.

Дверь барака распахнулась, и какая-то женщина, прижимая к груди младенца» с отчаянным воплем бросилась к капитану Бладу, называя его на испанский лад:

— Дон Педро! Дон Педро Сангре!

Нахмурившись, он шагнул к ней навстречу, а она, задыхаясь, судорожно вцепившись рукой в ворот своей одежды, упала перед ним на колени.

— Спасите его! Они его убивают, убивают! — как безумная выкрикивала она по-испански.

Это было совсем еще юное создание, почти девочка, едва успевшая стать матерью, по виду и одежде похожая на испанскую крестьянку. Такие иссиня-черные волосы, смуглая кожа и влажные черные глаза не редкость и среди андалузок. Лишь широкие скулы и характерный сероватый оттенок губ выдавали ее истинное происхождение.

— Что случилось? — спросил Блад. — Кого убивают?

Чья-то тень легла на пол, и на пороге распахнутой двери с видом мрачным и решительным возник исполненный достоинства Бразо Ларго.

Оцепенев от ужаса при виде его, женщина скорчилась на полу. Испуг сковал ей язык.

Бразо Ларго шагнул к ней. Наклонившись, он положил руку ей на плечо, быстро произнес что-то на своем гортанном языке, и хотя Блад не понял ни единого слова, суровый тон приказания был ему ясен.

В отчаянии женщина устремила полубезумный взгляд на капитана Блада.

— Он велит мне присутствовать при казни. Пощадите меня, дон Педро! Спасите его!

— Кого спасти? — крикнул капитан Блад, выведенный всем этим из себя.

Бразо Ларго объяснил:

— Моя дочь — эта. Капитан Доминго — он приходил селенье год назад — уводил ее с собой. Карамба! Теперь я его на костер, а ее домой. — Он повернулся к дочери — Вамос, ты идти со мной, — приказал он ей на своем ломаном испанском языке. — Ты глядеть, как враг умирать, потом идти домой селенье.

Капитан Блад нашел это объяснение исчерпывающим. Ему мгновенно припомнилось необычайное рвение, с которым Гванахани старался увлечь его в эту экспедицию за испанским золотом, — рвение, показавшееся ему несколько подозрительным. Теперь он понял все. Этот набег на Санта-Марию, в который Бразо Ларго вовлек его вместе с другими корсарами, был нужен индейцу, чтобы вернуть себе похищенную дочь и отомстить капитану Доминго Фуэнтес. Но вместе с тем капитану Бладу стало ясно и другое. Если похищение и заслуживало кары, то дальнейшее поведение испанца по отношению к этой девушке, которая, быть может, даже не была похищена, а последовала за ним по доброй воле, было таково, что побуждало ее оставаться с ним, и она, обезумев от страха за него, молила сохранить ему жизнь.

— Он говорит, что дон Доминго соблазнил тебя. Это правда? — спросил ее капитан Блад.

— Он взял меня в жены, он мой муж, и я люблю его, — отвечала она страстно, а влажный взор ее больших темных глаз продолжал его молить. — Это наш ребенок. Не позволяйте им убивать его отца, дон Педро! А если они убьют Доминго, — вне себя вскричала она, — я покончу с собой!

Капитан Блад покосился на угрюмое лицо индейца.

— Ты слышал? Этот испанец был добр к ней. Твоя дочь хочет, чтобы мы сохранили ему жизнь. А если, как ты сам сказал, вина его в том, что он обидел ее, значит, она и должна решить его участь. Что вы сделали с ним?

Оба заговорили одновременно: отец — злобно, возмущенно, почти нечленораздельно от гнева, дочь — захлебываясь слезами пылкой благодарности. Вскочив на ноги, она потянула Блада за рукав.

Но Бразо Ларго, продолжая протестовать, преградил им дорогу. Он заявил, что капитан Блад нарушает их союз.

— «Союз»! — фыркнул Блад. — Ты использовал меня в своих целях. Ты должен был откровенно рассказать мне о ссоре с доном Доминго, прежде чем я связал себя словом, обещав ему полную неприкосновенность. Ну, а теперь…

Он пожал плечами и стремительно вышел из барака вместе с молодой матерью. Бразо Ларго, задумчивый и хмурый, поспешил за ними.

У выхода из форта капитан Блад столкнулся с Волверстоном, возвращавшимся из города вместе с двумя десятками своих молодцов. Блад, приказав всем следовать за ним, сообщил, что индейцы хотят прикончить испанского капитана.

— Туда ему и дорога! — проворчал Волверстон, который был уже изрядно под хмельком.

Тем не менее и он и его солдаты последовали за капитаном, так как, в сущности, речи их были всегда кровожаднее, чем их дела.

Возле пролома в частоколе толпа индейцев, человек сорок — пятьдесят, раскладывала костер. На земле лежал дон Доминго — беспомощный, связанный по рукам и ногам.

Женщина бросилась к нему, нежно лопоча какието ласковые испанские слова. Улыбка осветила его бледное лицо, еще не совсем утратившее свое презрительное высокомерие. Капитан Блад подошел следом за ней и без дальних слов разрезал ножом сыромятные ремни, которыми был связан пленник.

Индейцы злобно зашумели, но Бразо Ларго мгновенно их успокоил. Он быстро произнес несколько слов, и они с разочарованным видом примолкли. Солдаты Волверстона стояли наготове, с мушкетами в руках, дуя на запальные фитили.

Под их охраной дон Доминго был доставлен обратно в форт. Его юная жена шагала рядом с ним и на ходу давала капитану Бладу разъяснения по поводу немало удивившей его готовности, с какой индейцы повиновались ее отцу.

— Он сказал, что ты дал Доминго слово сохранить ему жизнь и должен свое слово сдержать. Но ты скоро уйдешь отсюда. Тогда они вернутся и разделаются с Доминго и с остальными испанцами.

— Ну, мы им этого не позволим, — заверил ее капитан Блад.

Когда они возвратились в форт, испанский командир выразил желание поговорить с капитаном Бладом.

— Дон Педро, — сказал он, — вы спасли мне жизнь. Мне трудно выразить свою благодарность в словах.

— Прошу вас, не утруждайте себя, — сказал капитан Блад. — Я сделал это не ради вас, а потому, что не люблю нарушать слово. Ну, и ваша малютка жена тоже сыграла в этом не последнюю роль.

Испанец задумчиво улыбнулся, скользнув по индианке взглядом, и она подняла на него глаза, в которых светились любовь и обожание.

— Я был неучтив с вами сегодня утром, дон Педро. Приношу вам свои извинения.

— Я более чем удовлетворен.

— Вы очень великодушны, — с достоинством сказал испанец. — Могу ли я поинтересоваться, сеньор, каковы ваши намерения по отношению к нам?

— Как я уже сказал, мы не посягаем на вашу свободу. Когда мои люди возвратятся, мы уйдем отсюда и освободим вас.

Испанец вздохнул:

— Именно этого я и опасался. Ряды наши поредели, оборонительные заграждения разрушены, и когда вы уйдете, мы окажемся во власти Бразо Ларго и его индейцев, которые тотчас всех нас прирежут. Будьте уверены, они не покинут Санта-Марии, пока не разделаются с нами.

Капитан Блад нахмурился.

— Вы, несомненно, вызвали на себя гнев Бразо Ларго, соблазнив его дочь, и он будет мстить вам беспощадно. Но что могу сделать я?

— Дайте нам возможность отплыть в Панаму тотчас же, немедля, пока вы еще здесь и ваши союзники-индейцы не посмеют на нас напасть.

У капитана Блада вырвался нетерпеливый жест.

— Послушайте, дон Педро! — сказал испанец. — Я бы не обратился к вам с этой просьбой, если бы ваши поступки не убедили меня в том, что вы, хотя и пират, человек широкой души и рыцарь. Кроме того, поскольку вы, по вашим словам, не покушаетесь на нашу свободу и не намерены держать нас в плену, то я, в сущности, ничего сверх этого у вас и не прошу.

Высказанные испанцем соображения были справедливы, и, поразмыслив над его словами, капитан Блад решил, что и ему станет легче без этих испанцев, которых приходилось одновременно и стеречь и защищать. Словом, прикинув так и эдак, Блад дал согласие. Волверстон, однако, колебался. Но на вопрос Блада, чего они могут достигнуть, задерживая испанцев в Санта-Марии, Волверстон вынужден был признаться, что он и сам не знает. Единственное его возражение сводилось к тому, что не верит он ни единому испанцу на земле, но этот довод нельзя было счесть достаточно веским.

Словом, капитан Блад отправился искать Бразо Ларго и нашел его на дощатой пристани неподалеку от форта; он сидел там в угрюмой задумчивости совсем один.

При его приближении индеец встал. Лицо его выражало подчеркнутое безразличие.

— Бразо Ларго, — сказал капитан Блад, — твои индейцы посмеялись над моим честным словом и едва не нанесли непоправимый ущерб моей чести.

— Я не понимать, — сказал индеец. — Ты стал другом испанский веры?

— Почему другом? Нет. Но когда они сдавались в плен, я пообещал им полную неприкосновенность. Это было условием сдачи. А ты и твои люди нарушили это условие.

Индеец поглядел на него с презрением:

— Ты мой не друг. Я привел тебя здесь к испанский золото, а ты пошел против меня.

— Здесь нет никакого золота, — сказал Блад. — Но я не хочу ссориться с тобой из-за этого. Ты должен был сказать мне, прежде чем мы пустились в путь, что я нужен тебе, чтобы помочь освободить твою дочь и покарать испанца. Тогда я не давал бы слова дону Доминго. Но ты обманул меня, Бразо Ларго.

— Гуу! Гуу! — произнес Бразо Ларго. — Я больше не говорить ничего.

— А я еще не все сказал. Теперь насчет твоих индейцев. После того, что случилось, я не могу им доверять. А данное мною слово требует, чтобы испанцы находились в безопасности, пока я здесь.

Индеец склонил голову.

— Так! Пока ты здесь. А потом?

— Если твои индейцы опять что-нибудь затеют, мои ребята могут взяться за оружие, и я не поручусь, что в кого-нибудь из твоих воинов не угодит пуля. Я буду сожалеть об этом больше, чем о потере испанского золота. Этого нельзя допустить, Бразо Ларго. Ты должен собрать своих людей, и я пока что запру их на время в одном из бараков форта — для их же собственной пользы.

Бразо Ларго задумался. Потом кивнул. Этот индеец отличался большим здравым смыслом. Его людей загнали в форт, и Бразо Ларго, терпеливо улыбаясь, как человек, который умеет ждать своего часа, согласился запереть их в один из бараков.

Кое-кто из корсаров ворчал, и Волверстон выразил всеобщее неодобрение.

— Ты что-то больно далеко заходишь, капитан! Ради этих скотов-испанцев готов уже нажить себе врагов среди индейцев.

— О нет, вовсе не ради них. Но я дал испанцу слово. И мне жаль этой маленькой индианочки с грудным младенцем. Испанец был добр к ней, и, кроме того, он человек мужественный.

— Ну, ну, смотри! — сказал Волверстон и отвернулся в негодовании.

Час спустя испанцы уже отчалили от маленькой пристани. С земляных укреплений форта корсары наблюдали за их отплытием; оно было им весьма не по душе. Испанцы погрузили в лодки всего несколько охотничьих ружей — единственное оружие, которое разрешил им взять с собой капитан Блад. Но зато провизией они запаслись вдоволь, и особенную заботу осмотрительный дон Доминго проявил о запасе пресной воды. Он сам проследил за тем, чтобы бочонки с водой были погружены в пироги. После этого он подошел проститься с капитаном Бладом.

— Дон Педро, — сказал испанец. — У меня нет слов, чтобы достойно отблагодарить вас за ваше великодушие. Я горжусь, что вы оказали мне честь быть моим врагом.

— Скажем лучше, что вам просто повезло.

— И повезло тоже, конечно. Теперь я буду говорить всюду и везде — и пусть меня слышат все испанцы, — что дон Педро Сангре — подлинный рыцарь.

— Я бы на вашем месте не стал этого делать, — сказал капитан Блад. — Ведь никто вам не поверит.

Продолжая бурно протестовать, дон Доминго спустился в пирогу, где уже сидела его индианка-жена со своим младенцем-метисом. Пирогу оттолкнули от берега, и капитан Доминго поплыл в Панаму, снабженный письмом за личной подписью капитана Блада, содержащим приказ Ибервилю и Хагторпу беспрепятственно пропустить обладателя этого письма, буде они с ним повстречаются.

Когда свечерело и из леса повеяло прохладой, корсары расположились на площади форта под открытым небом подкрепить силы пищей. В городе им удалось обнаружить изрядные запасы битой птицы и несколько туш диких козлов, а в хижине доминиканских монахов — бурдюки с превосходным вином. Капитан Блад сел ужинать с Волверстоном и Оглом в довольно комфортабельном домике бывшего испанского командира и, поглядывая в окна, с удовлетворением наблюдал, как пируют и веселятся его корсары. Только по-прежнему мрачно настроенный Волверстон не разделял его благодушия.

— Держись-ка ты лучше моря, капитан, вот что я тебе скажу, — проворчал он, набивая себе рот пищей. — Там уж, если ты подошел на расстояние пушечного выстрела, так золото от тебя не уплывет в пироге. А что здесь? Отмахали мы десять дней через чащу, а теперь еще десять дней надо отмахать обратно. И скажи спасибо, если так же благополучно выберемся отсюда, как пришли сюда, и если вообще выберемся, потому как, сдается мне, нам еще не миновать иметь дело с Бразо Ларго. Да, наломал ты тут дров, капитан.

— Эх, если бы твои мозги были под стать твоим мускулам, Нэд!. — со вздохом сказал капитан Блад. — Никаких я тут дров не наломал. А что касается Бразо Ларго, так это вполне здравомыслящий индеец, да, да, можешь мне поверить, и он будет дружить с нами хотя бы только потому, что ненавидит испанцев.

— Ну, а ты что-то больно их полюбил, — сказал Волверстон. — Стоило поглядеть на твои ужимочки, когда ты расшаркивался перед проклятым испанцем, который выкрал у нас золото, душа с него вон!

— Нет, ты не прав, пусть он испанец, однако очень храбрый малый, — сказал Блад. — А то, что он поспешил сплавить отсюда золото, когда узнал о нашем приближении, так это был его долг. Будь он не столь благороден и отважен, он бы не остался на посту, а удрал бы вместе со своим золотом. На благородные поступки отвечают тем же. Больше мне нечего сказать.

И тут, прежде чем Волверстон успел открыть рот, резкий чистый звук рожка долетел со стороны реки, заглушая шум пиршества корсаров. Капитан Блад вскочил на ноги.

— Хагторп и Ибервиль возвращаются! — воскликнул он.

— Даст бог, с золотом на этот раз! — сказал Волверстон.

Они выскочили из дома и бросились к брустверу, куда устремились уже и остальные корсары. Блад взбежал на бруствер в ту минуту, когда первая из возвратившихся пирог уже пришвартовалась, и Хагторп поднялся на пристань.

— Вы быстро обернулись! — крикнул капитан Блад, спрыгивая с бруствера навстречу Хагторпу. — Ну как? С удачей?

Хагторп, высокий, широкоплечий, с желтой повязкой на голове, остановился перед капитаном Бладом в сгущающихся сумерках.

— Если и с удачей, так это не твоя заслуга, капитан, — загадочно произнес он.

— Вы что, не догнали их?

На пристань поднялся Ибервиль. Он ответил за своего товарища:

— Некого было и догонять-то, капитан. Он одурачил тебя, этот лживый испанец. Он сказал тебе, что отправил золото в Панаму, но это ложь. А ты поверил ему — поверил испанцу!

— Может быть, вы наконец скажете, что произошло? — спросил капитан Блад. — Вы говорите, что он не отправлял отсюда золота? Так что ж, значит, оно все еще здесь? Это вы хотите сказать?

— Нет, — отвечал Хагторп. — Мы хотим сказать, что после того, как он одурачил тебя своими баснями, ты, не потрудившись даже произвести обыск, отпустил его на все четыре стороны и дал ему возможность увезти золото с собой.

— Что ты плетешь! — прикрикнул на него капитан. — И откуда это может быть тебе известно?

— А мы примерно в десятке миль отсюда проплывали мимо индейского поселка, и у нас хватило смекалки остановиться и порасспросить насчет испанских пирог, которые должны были пройти тут раньше нас. Так вот, индейцы сказали нам, что никаких пирог тут не проплывало ни сегодня, ни вчера и вообще ни разу после осенних дождей. Ну, мы, конечно, сразу поняли, что твой благородный испанец соврал, тут же порешили повернуть обратно и на полпути напоролись прямо на дона Доминго. Встреча с нами порядком его ошеломила. Он никак не ожидал, что мы так быстро все разнюхаем. Он был все такой же обходительный и держался как ни в чем не бывало, разве что стал еще любезнее. Сразу же откровенно признался в своем обмане, но сказал, что, после того как мы отплыли, он передал золото тебе в виде выкупа за себя и за тех, кто его сопровождал, а ты якобы велел ему передать нам приказ немедленно возвращаться. Потом он еще показал нам свою охранную грамоту, написанную твоей рукой…

Тут вмешался Ибервиль и закончил рассказ:

— Ну, а поскольку у нас, не в пример тебе, нет такого доверия к испанцам, мы решили, что кто раз обманул, тот обманет снова, высадили их всех на берег и обыскали.

— И неужто вы нашли золото? — совершенно потрясенный, спросил капитан Блад.

Ибервиль улыбнулся и ответил не сразу:

— Ты позволил им забрать с собой вдоволь всякого провианта на дорогу. А не заметил ты, из какого источника наполнял дон Доминго водой свои бочонки?

— Бочонки? — переспросил капитан Блад.

— В этих бочонках было золото. Фунтов шестьсот — семьсот, никак не меньше. Мы его привезли с собой.

Когда ликующий рев, вызванный этим сообщением, мало-помалу стих, капитан Блад уже успел оправиться от нанесенного ему удара. Он рассмеялся.

— Ваша взяла, — сказал он Ибервилю и Хагторпу. — И в наказание за то, что я позволил так бессовестно себя одурачить, мне остается только отказаться от причитающейся мне доли добычи. — Помолчав, он спросил уже без улыбки — А что вы сделали с доном Доминго?

— Я бы пристрелил его на месте за такое вероломство, — свирепо заявил Хагторп, — если бы не Ибервиль... Да, Ибервиль — кто бы это подумал! — Ибервиль распустил сопли и так ко мне пристал, что я велел испанцу убираться на все четыре стороны.

Молодой француз отвернулся, пристыженный, избегая встречаться взглядом с капитаном, который смотрел на него с вопросительным удивлением.

— Ну, чего вы хотите? — не выдержал наконец Ибервиль и с вызовом поглядел на Блада. — Там же была женщина, в конце-то концов! Там была эта маленькая индианка, его жена!

— Клянусь честью, о ней-то я сейчас и думал, — сказал капитан Блад.

— И вот ради нее — да и ради нас самих тоже — нам следует, пожалуй, сказать Бразо Ларго, что дон Доминго и его жена убиты в схватке за золото. Бочонки с золотом отлично подкрепят наши слова. Так будет спокойнее для всех да и для самого старика индейца.

Итак, хотя корсары и вернулись из этого похода с богатой добычей, он был записан ими в счет личных — весьма редких — неудач капитана Блада. Впрочем, сам он расценивал это несколько иначе.

ЛЮБОВНАЯ ИСТОРИЯ ДЖЕРЕМИ ПИТТА

История любви Джереми Питта, молодого шкипера из Сомерсетшира, судьба которого одной богатой трагическими событиями ночью накрепко сплелась с судьбой Питера Блада, относит нас к тем великим для капитана Блада дням, когда под его командой находилось пять кораблей и свыше тысячи людей различной национальности, добровольно пришедших на службу к этому искусному флотоводцу, зная, что ему всегда сопутствует удача.

И на этот раз он только что вернулся из удачного набега на испанскую флотилию ловцов жемчуга у Рио-дель-Хача. Он возвратился на Тортугу, чтобы произвести необходимый ремонт судов, и нельзя сказать, чтобы это было сделано преждевременно.

В Кайонской бухте стояло в это время на якоре еще несколько пиратских кораблей, и маленький городок гудел от их шумного бражничания. Таверны и лавчонки, торговавшие ромом, процветали; кабатчики и женщины всех национальностей, белые и полукровки, представлявшие столь же пестрое людское сборище, как сами пираты, легко освобождали грабителей от значительной части их добычи, отнятой у испанцев, которые, в свою очередь, нередко мало чем отличались от грабителей.

Это было, как всегда, беспокойное время для господина д'Ожерона — представителя французской Вест-Индской компании и губернатора Тортуги.

Губернатор д'Ожерон, как мы знаем, неплохо вел свои дела, собирая дань с пиратов путем портовых пошлин, а также различными другими способами. Губернатор имел, как мы тоже, конечно, помним, двух дочерей: стройную жизнерадостную Люсьен и статную пышноволосую брюнетку Мадлен, которая однажды, пав жертвой пиратских чар некоего Левасера, позволила себя похитить, затем была вырвана из хищных рук этого негодяя капитаном

Бладом и доставлена к отцу целой-невредимой и несколько отрезвевшей.

С того времени господин д'Ожерон стал с особой осторожностью и разбором принимать гостей в своем большом белом доме, утопающем в ароматной зелени сада и расположенном на высоком холме в предместье города.

Капитан Блад после столь ценной услуги, оказанной им этому семейству, был принят в нем почти как свой. А поскольку его офицеров никак нельзя было причислить к разряду обыкновенных пиратов, так как все они были политическими бунтарями и лишь изгнание заставило их примкнуть к «береговому братству», им также оказывался в доме губернатора хороший прием.

Отсюда возникали новые трудности. Если двери дома губернатора были открыты для корсаров, сподвижников Блада, губернатор не мог, не нанеся обиды, закрыть их для других командиров пиратских кораблей, и ему приходилось терпеть посещения некоторых лиц, не пользовавшихся ни доверием его, ни симпатией, — терпеть, невзирая на протесты некоего почетного гостя из Франции — деликатного и утонченного мосье де Меркера, никак не расположенного встречаться в гостиной с пиратами.

Де Меркер был сыном одного из директоров французской Вест-Индской компании и по приказу отца путешествовал по принадлежащим ей колониям, знакомясь с положением дел и набираясь ума. Фрегат «Сийнь», доставивший его к берегам Тортуги неделю назад, все еще стоял на якоре в Кайонской бухте, ожидая, когда сей юноша почтет для себя удобным возвратиться на борт. Отсюда легко можно было заключить, что гость — важная птица, и, следовательно, губернатору надлежало со всем возможным усердием идти навстречу его желаниям. Но как пойдешь им навстречу, когда приходится иметь дело хотя бы с таким чванливым и нахально-грубым парнем, как капитан Тондер с «Рейн Марго»? Губернатор д'Ожерон не видел никакой возможности закрыть перед этим пиратом двери своего дома, как того желал де Меркер. Он не мог решиться на это даже после того, как стало совершенно очевидно, что негодяя Тендера привлекает сюда общество мадемуазель Люсьен.

Другой жертвой тех же чар пал молодой Джереми Питт. Впрочем, Питт был человеком совсем иного склада, и если знаки внимания, которые он оказывал мадемуазель Люсьен, и вызывали у д'Ожерона некоторое недовольство, то это не шло ни в какое сравнение с той тревогой, которую порождал в нем Тондер.

А Джереми Питт, казалось, самой природой был создан, чтобы возбуждать к себе любовь. Ясные голубые глаза, прямой, открытый взгляд, нежная кожа, правильные черты лица, золотые кудри и стройная атлетическая фигура в ладно пригнанном, аккуратном костюме — все это не могло не привлекать к нему сердца. Мужественность и сила сочетались в нем с женственной мягкостью натуры. Трудно было представить себе человека, более не похожего на политического заговорщика, коим он когда-то был, или на пирата, коим он теперь, в сущности, являлся. Приятные манеры и хорошо подвешенный язык, а порой, в минуты вдохновения, уменье изъясняться красноречиво и даже поэтически завершали этот портрет идеального любовника.

Что-то неуловимое, проскальзывавшее в ласковом обращении с ним девушки (а быть может, это просто нашептывали ему его мечты), заставляло Джереми думать, что он ей не безразличен, и однажды вечером, гуляя с ней под душистыми перечными деревьями в саду ее отца, он открылся ей в любви и, прежде чем она успела прийти в себя от этого ошеломляющего признания, обнял ее и поцеловал.

— Мосье Джереми... как вы могли?. Вы не должны были этого делать, — вся дрожа, пролепетала Люсьен, получив наконец возможность перевести дух. (Джереми увидел, что в глазах у нее стоят слезы.) — Если мой отец узнает...

Джереми не дал ей договорить.

— Конечно, он узнает! — с жаром воскликнул юноша. — Я и хочу, чтобы он узнал. Узнал тотчас же.

Вдали показались де Меркер и Мадлен, и Люсьен направилась к ним, но Джереми, ни секунды не медля, бросился разыскивать губернатора.

Д'Ожерон, изящный, элегантный, принесший с собой на эти туземные острова Нового Света всю изысканную учтивость Старого Света, не сумел скрыть, что он крайне огорчен. Сколотив немалое состояние за время своего губернаторства, он строил честолюбивые планы для своих рано лишившихся матери дочерей и мечтал в самом недалеком времени отправить их во Францию.

Все это он и изложил мистеру Питту — не резко и не грубо, но в самой деликатной форме, всячески щадя его чувства, — и в заключение добавил, что Люсьен уже помолвлена.

Джереми был поражен.

— Как так! Почему же она ничего не сказала мне? — воскликнул он, совершенно забывая о том, что сам не дал ей для этого ни малейшей возможности.

— Может быть, она не вполне отдает себе в этом отчет. Вы же знаете, как подобные браки принято заключать во Франции.

Мистер Питт попробовал было горячо выступить в защиту естественного отбора, но Д'Ожерон прервал его красноречивую тираду раньше, чем он успел основательно развить свою мысль.

— Дорогой мой мистер Питт, друг мой, прошу вас, поразмыслите хорошенько, вспомните, какое положение занимаете вы в обществе. Вы — флибустьер, искатель приключений, Я говорю это не в осуждение и не в обиду вам. Я просто хочу указать на то, что ваша жизнь зависит от удачи. Девушке, получившей самое утонченное воспитание, вы должны предложить обеспеченное существование и надежный кров, а разве вы в состоянии это сделать? Если бы вы сами имели дочь, отдали бы вы ее руку человеку, чья судьба была бы подобна вашей?

— Да, если бы она полюбила его, — сказал мистер Питт.

— Ах, что такое любовь, друг мой?

Джереми, считая, что после только что пережитого упоения и внезапного стремительного погружения в бездну горя ему это куда как хорошо известно, не сумел тем не менее облечь приобретенные им познания в слова. Д'Ожерон снисходительно улыбнулся, наблюдая его замешательство.

— Для влюбленного все исчерпывается любовью, я понимаю вас. Но для отца этого мало — ведь он ответствен за судьбу своего ребенка. Вы оказали мне большую честь, мосье Питт. Я в отчаянии, что вынужден отклонить ваше предложение. Уважая чувства друг друга, нам не следует, думается мне, касаться в дальнейшем этой темы.

Общеизвестно, однако, что когда какой-либо молодой человек делает открытие, что не может жить без той или иной молодой особы, и если он при этом со свойственным всем влюбленным эгоизмом верит, что и она не может без него жить, едва ли первое возникшее на пути препятствие заставит его отказаться от своих притязаний.

Впрочем, в настоящую минуту Джереми был лишен возможности стоять на своем, ввиду появления величавой Мадлен в сопровождении де Меркера. Поискав глазами Люсьен, молодой француз осведомился о ней. У него были красивые глаза и красивый голос, и вообще он был, несомненно, красивый мужчина, безукоризненно одетый и с безукоризненными манерами, довольно рослый, но столь хрупкого, деликатного сложения, что казалось — подуй ветер посильнее, и он поднимет его на воздух словно былинку. Впрочем, держался мосье де Меркер весьма уверенно, что странно противоречило его почти болезненно-изнеженному виду.

Он, по-видимому, был удивлен, не обнаружив мадемуазель Люсьен в кабинете ее отца. Мосье де Меркер хотел, по его словам, умолять ее спеть ему еще раз те провансальские песенки, которыми она услаждала его слух накануне вечером. И он жестом указал на стоявшие в углу клавикорды. Мадлен отправилась разыскивать сестру. Мистер Питт встал и откланялся. В его теперешнем состоянии духа у него едва ли хватило бы терпения слушать, как мадемуазель Люсьен будет петь провансальские песенки для господина де Меркера.

И Питт отправился излить душу капитану Бладу, которого он нашел в его просторной каюте на флагманском корабле «Арабелла».

Питер Блад отложил в сторону порядком потрепанный томик Горация, дабы выслушать горестную жалобу своего молодого шкипера и друга. Полулежа на подушках, брошенных на крышку ларя под кормовым окном, капитан Блад был исполнен сочувствия и безжалостно суров.

— Д'Ожерон, безусловно, прав, — заявил он. — Твой образ жизни, Джереми, не дает тебе права обзаводиться семьей. И это еще не единственная причина, почему ты должен выкинуть такую вздорную идею из головы, — добавил он. — Другая причина в самой Люсьен: это очаровательное, соблазнительное дитя, но слишком легкомысленное и ветреное, чтобы обеспечить душевный покой супругу, который не всегда будет находиться возле нее и, следовательно, не сможет ни оградить ее от опасности, ни остеречь. Этот малый, Тондер, что ни день таскается в дом губернатора. А тебе, Джереми, не приходило в голову поинтересоваться, что его туда влечет? А этот субтильный хлыщ, этот французик де Меркер, почему он до сих пор торчит на Тортуге? И, поверь мне, есть еще и другие, которые, как и ты, получают восхитительную усладу в обществе этой молодой особы, всегда готовой с охотой выслушивать любовные признания.

— Чтоб отсох твой гнусный язык! — загремел влюбленный Питт, весь кипя от праведного гнева. — По какому праву позволяешь ты себе говорить подобные вещи?

— По праву здравого смысла и не затуманенного любовью зрения. Не ты первый поцеловал нежные губки мадемуазель Люсьен и не ты последний будешь их целовать, даже если женишься на ней. Будь благодарен судьбе, что ее папаша не на тебе остановил свой выбор. Хорошенькие девчонки, вроде этой Люсьен Д'Ожерон, существуют только для того, чтобы приносить беды и тревоги в мир.

Джереми не пожелал больше слушать подобные богохульства. Он сказал, что только такой человек, как Блад — без веры, без идеалов, — может столь низко думать о самом нежном, самом чистом, самом святом создании на земле. И он выбежал из каюты, оставив капитана Блада в обществе его любимого Горация.

И все же слова Блада заронили крупицу ядовитого сомнения в сердце влюбленного. Ревность, получившая основательное подтверждение своих подозрений, может убить любовь наповал, но ревность, питаемая одними сомнениями, лишь жарче разжигает пламя любви. И ранним утром мистер Питт, весь горя в любовной лихорадке, презрел полученный от господина д'Ожерона отказ и отправился в белый губернаторский дом на холме. На сей раз он явился туда ранее обычного и нашел владычицу своего сердца прогуливающейся в саду. Она гуляла в обществе капитана Тондера — человека, пользующегося весьма дурной славой. Говорили, что он был когда-то первым фехтовальщиком в Париже и, убив кого-то на дуэли, бежал за океан, спасаясь от мести семьи погибшего. Он был невысок ростом, жилист, а его стальная мускулатура производила обманчивое впечатление сухощавости. Одевался он с несколько кричащей элегантностью и двигался удивительно проворно и легко. Внешность его можно было бы назвать банальной, если бы не маленькие, черные, круглые, как бусины, глазки, взгляд которых был необычайно пронзителен. В настоящий момент взгляд этот довольно нагло пронзал Джереми Питта, как бы предлагая ему убраться туда, откуда он пришел. Правая рука капитана обвивала талию мадемуазель Люсьен. При появлении мистера Питта рука продолжала оставаться в том же положении, пока сама мадемуазель в некотором замешательстве не высвободилась из этих полуобъятий.

— А, это мосье Джереми! — воскликнула она и добавила (ни с того ни с сего, как показалось мистеру Питту): — Я вас не ждала!

Джереми почти машинально поднес к губам протянутую ему руку, бормоча приветствие на своем плоховатом французском языке. Последовал обмен несколькими банальными фразами, затем наступила неловкая пауза, и Тондер сказал, насупив брови:

— Если дама говорит мне, что она меня не ждала, я делаю отсюда вывод, что мое появление для нее нежелательно.

— Охотно верю, что вам не раз приходилось делать подобный вывод.

Капитан Тондер улыбнулся. Завзятые дуэлянты, как известно, отличаются завидным самообладанием.

— Но не выслушивать дерзости. Не всегда благоразумно позволять себе говорить дерзости. Порой за это приходится довольно чувствительно расплачиваться…

Тут вмешалась Люсьен. Взгляд у нее был испуганный, голос дрожал:

— Что это такое? О чем вы говорите? Вы не правы, мосье Тондер. С чего вы взяли, что появление мосье Джереми для меня нежелательно? Мосье Джереми — мой друг, а появление друга всегда желательно.

— Возможно, для вас, мадемуазель. Но для других ваших друзей оно может быть крайне нежелательным.

— И опять вы не правы. — Теперь она говорила ледяным тоном. — Я не могу считать своим другом того, кому кажется нежелательным появление моих друзей.

Капитан закусил губу, и это дало маленькое удовлетворение Джереми, которого обдало жаром, когда он увидел руку капитана на талии девушки, чьи губы он целовал еще вчера. Беспощадные слова капитана Блада невольно всплыли в его памяти в этот миг.

Появление д'Ожерона и де Меркера положило конец этой маленькой стычке. Оба эти господина слегка запыхались — казалось, они спешили сюда со всех ног, но, увидав, кто находится в саду, облегченно сбавили шаг. Д'Ожерон, по-видимому, предполагал застать несколько иное общество и был приятно удивлен, словно безопасность Люсьен обеспечивалась главным образом количеством ее поклонников. Появление новых лиц разрядило атмосферу, но капитан Тондер, как видно, не стремился к миролюбивому общению и удалился. Прощаясь с Джереми, он произнес многозначительно, с недоброй улыбкой:

— Я буду с нетерпением ожидать случая, мосье, возобновить наш с вами занимательный спор.

Вскоре и Джереми хотел откланяться, но Д'Ожерон задержал его:

— Повремените еще минуту, мосье Питт.

Ласково взяв молодого человека под руку, он увлек его в сторону от де Меркера и Люсьен. Они прошли до конца аллеи и углубились под своды апельсиновых деревьев, привезенных сюда из Европы. Здесь было тенисто и прохладно, спелые плоды поблескивали, словно фонарики, в темно-зеленой листве.

— Мне не понравились слова капитана Тондера, сказанные вам на прощанье, мосье Питт, и его улыбка тоже. Это очень опасный человек. Будьте осторожны, берегитесь его.

Джереми Питт вспыхнул:

— Уж не думаете ли вы, что я его боюсь?

— Я думаю, что вы поступили бы благоразумно, стараясь держаться от него подальше. Повторяю, он очень опасный человек. Это негодяй! И он навещает нас слишком часто.

— Зачем же вы ему позволяете, будучи о нем такого мнения?

Д'Ожерон скорчил гримасу.

— Будучи о нем такого мнения, как могу я ему воспрепятствовать?

— Вы боитесь его?

— Признаться, да. Но не за себя я боюсь, мосье Питт. За Люсьен. Он пытается ухаживать за ней.

Голос Джереми задрожал от гнева:

— И вы не можете закрыть для него дверь вашего дома?

— Могу, конечно. — Д'Ожерон криво усмехнулся. — Я проделал нечто подобное однажды с Левасером. Вам известна эта история?

— Да, но... но... — Джереми запнулся, испытывая некоторое замешательство, однако все же преодолел его. — Мадемуазель Мадлен была обманута, она позволила Левасеру увлечь себя... Вы же не допускаете, чтобы мадемуазель Люсьен...

— А почему я не могу этого допустить? Известного обаяния он не лишен, этот каналья Тондер, и у него даже есть некоторые преимущества перед Левасером. Он вращался в хорошем обществе и умеет себя держать, когда ему это нужно. Наглому, предприимчивому авантюристу ничего не стоит соблазнить такое неопытное дитя, как Люсьен.

У Джереми упало сердце. Он сказал, совершенно расстроенный:

— Но что дает такая проволочка? Ведь рано или поздно вам все равно придется отказать ему. И тогда... что будет тогда?

— Я сам задаю себе этот вопрос, — мрачно сказал Д'Ожерон. — Но всегда лучше отсрочить беду. Глядишь, какой-нибудь случай и помешает ей нагрянуть. — Внезапно он заговорил другим тоном — Однако я прошу у вас прощения, мой дорогой мосье Питт. Наша беседа слишком отклонилась в сторону. Отцовская тревога! Я просто хотел предостеречь вас и очень надеюсь, что вы прислушаетесь к моим словам.

Мосье Питту все было ясно. Д'Ожерон, видимо, считал, что Тондер почувствовал в Джереми своего соперника, а такие люди, как он, не останавливаются ни перед чем, когда им нужно убрать кого-нибудь со своего пути.

— Очень вам признателен, мосье Д'Ожерон. Я могу постоять за себя.

— Надеюсь. От всего сердца надеюсь, что это так.

На том их беседа закончилась, и они расстались.

Джереми вернулся на «Арабеллу» и после обеда, прогуливаясь вместе с капитаном Бладом по палубе, поведал ему о том, что произошло утром в саду губернатора.

Блад выслушал его с задумчивым видом.

— У него было достаточно оснований предостеречь тебя. Странно только, почему он дал себе труд этим заниматься. Я повидаюсь с ним, да, да, непременно. Возможно, моя помощь будет ему небесполезна, хотя мне пока еще не ясно, в чем она может проявиться. А ты, Джереми, будь благоразумен и посиди лучше на корабле. Можешь, черт побери, не сомневаться, что Тондер будет искать встречи с тобой.

— А я, что ж, должен ее избегать? — презрительно фыркнул Джереми.

— Да, если ты не дурак.

— Иначе говоря — если я трус.

— А не кажется ли тебе, что живой трус лучше мертвого дурака, каковым ты неизбежно окажешься, если позволишь Тондеру сводить с тобой счеты? Не забывай, что этот человек — первоклассный фехтовальщик, ну, а ты... — Капитан Блад присвистнул. — Это пахнет самым обыкновенным убийством. А какая доблесть в том, что тебя заколют, как барана?

Питт в глубине души чувствовал, что капитан прав, но признаться в этом было бы слишком унизительно. Поэтому он пренебрег советом Блада, на другой же день сошел на берег и отправился вместе с Хагторпом и Волверстоном в таверну «У французского короля», где его и обнаружил Тондер.

Время приближалось к полудню, и в большом зале таверны было полным-полно пиратов, матросов с французского фрегата, искателей жемчуга, а также всевозможных жуликов и бродяг обоего пола, которые, подобно хищным акулам, всегда вьются вокруг моряков, а пуще всего — вокруг пиратов, зная их привычку сорить деньгами. В плохо освещенном зале воздух был удушлив от едкого табачного дыма, винного перегара, испарений человеческих тел.

Тондер вошел небрежной, ленивой походкой; левая рука его покоилась на эфесе шпаги. Отвечая на поклоны, он протискался сквозь толпу и остановился перед сидевшим за столиком Джереми.

— Вы позволите? — спросил он и, не дожидаясь ответа, пододвинул себе табурет и сел. — Какая удача, что мы можем так скоро возобновить наш маленький спор, который был вчера, к сожалению, прерван.

Джереми сразу понял, куда он клонит, и поглядел на него в некотором замешательстве. Его товарищи, не знавшие, о чем идет речь, тоже уставились на француза.

— Мы, мне помнится, обсуждали вопрос о том, что появление некоторых лиц порой бывает нежелательным и что у вас не хватает сообразительности понять, в какой мере это относится к вам.

Джереми наклонился вперед.

— Не важно, что мы обсуждали. Вы пришли сюда, как я понимаю, чтобы затеять со мной ссору?

— Я? — Капитан Тондер поднял брови, потом нахмурился. — С чего вы это взяли? Вы мне не мешаете. Вы просто не в состоянии ничем мне помешать. Если б вы оказались на моем пути, я бы раздавил вас, как блоху. — И он презрительно и нагло рассмеялся прямо в лицо Джереми, чем сразу и достиг своей цели — этот смех задел Джереми за живое.

— Смотрите не ошибитесь, принимая меня за блоху.

— Ах, вот как? — Тондер встал. — В таком случае поостерегитесь докучать мне снова или, предупреждаю, я раздавлю вас одним щелчком! — Он говорил намеренно громко, чтобы все могли его слышать. Его резкий голос привлек к себе внимание, и шум в зале затих.

Тондер презрительно повернулся к Джереми спиной, но застыл на месте, услыхав:

— Нет, постой, грязный пес!

Капитан Тондер обернулся. Его брови поползли вверх. Злобный оскал приподнял кончики тоненьких усиков. А дородный силач Волверстон, все еще не понимая, что происходит, инстинктивно старался удержать Джереми, который тоже вскочил с табурета.

— Пес? Так, так! — с расстановкой проговорил Тондер. — Пес, сказали вы? Вполне уместное сочетание — пес и блоха. Но тем не менее пес — это мне не нравится. Не будете ли вы столь любезны взять пса обратно? И притом немедленно! Я не отличаюсь терпеливостью, мосье Питт.

— Разумеется, я возьму его обратно, — сказал Джереми. — Зачем обижать животное.

— Под животным вы подразумеваете меня?

— Я подразумеваю пса. Надо было бы сказать не пес, а...

— Крыса, — резко произнес чей-то голос за спиной Тондера, заставив его обернуться.

На пороге, небрежно опираясь на свою черную трость, высокий, элегантный, в черном, расшитом серебром костюме стоял капитан Блад. Его горбоносое, обожженное солнцем и ветром лицо было обращено к капитану Тондеру, холодные синие глаза смотрели на него в упор. Он неторопливо направился к французу.

— Крыса, на мой взгляд, как-то лучше определяет вашу сущность, капитан Тондер, — непринужденно и бесстрастно проговорил он и остановился, ожидая, что скажет тот.

Раздался дружный взрыв хохота. Когда он смолк, прозвучал ответ Тондера:

— Понимаю, понимаю. Крошка шкипер находится под надежной защитой. Папаша Блад встревает не в свое дело, дабы спасти этого трусишку.

— Само собой разумеется, я должен взять его под защиту. Разве я могу допустить, чтобы какой-то наглец бретер заколол моего шкипера? Конечно, я должен вмешаться. И вы могли это предвидеть, капитан Тондер. Вы не только презренный негодяй, но и жалкий трус — вот почему я сравнил вас с крысой. Вы рассчитываете на свое уменье владеть шпагой, но решаетесь пускать ее в ход только против тех, кого считаете не слишком искушенными в этом ремесле. Так поступают лишь трусы. Ну, и, разумеется, убийцы. Ведь, насколько мне известно, убийцей заклеймили вас во Франции.

— Это ложь! — сказал Тондер, побелев как полотно.

Капитан Блад, обернувший оружие Тондера против него самого, намеренно стараясь разжечь его ярость, невозмутимо возразил:

— А вы попробуйте доказать мне это на деле, и я возьму свои слова обратно, прежде чем проколю вас шпагой… или после того. По крайней мере вы получите возможность закончить с честью бесчестно прожитую жизнь. Здесь есть еще одна комната, довольно просторная и пустая, мы можем…

Но Тондер, злобно усмехнувшись, перебил его:

— Ну нет, со мной эти штучки не пройдут. У меня разговор не с вами, а с мистером Питтом.

— Это подождет. Сначала решим наш спор.

Тондер взял себя в руки. Он побледнел еще сильнее и тяжело дышал.

— Послушайте, капитан Блад. Ваш шкипер нанес мне оскорбление: он назвал меня грязным псом в присутствии всех этих людей. Вы намеренно стараетесь ввязаться в ссору, которая не имеет никакого отношения к вам. Так не по правилам, и я призываю всех в свидетели.

Это был ловкий ход, и он оправдал себя. Присутствующие оказались на стороне Тондера. Матросы из команды капитана Блада угрюмо молчали, а остальные закричали, что француз прав. Даже Хагторп и Волверстон и те могли только молча пожать плечами, а Джереми сам окончательно погубил дело, поддержав своего противника:

— Капитан Тондер прав, Питер. Наши с ним дела тебя не касаются.

— Вы слышите? — закричал Тондер.

— Нет, касаются. Мало ли что он говорит. Вы замыслили убийство, негодяй, и я этого не допущу. — Капитан Блад, отбросив свою трость, положил руку на эфес шпаги.

Но дюжина крепких рук тотчас схватила его, со всех сторон раздались гневные крики протеста, и, лишенный поддержки своих товарищей, он вынужден был уступить. Ведь даже верный Волверстон, неизменный его сторонник, шептал ему в ухо:

— Остановись, Питер! Во имя бога! Ты же всех взбунтуешь против нас из-за такой безделицы. Ты опоздал. Парень сам виноват — зачем лез на рожон?

— А вы что здесь делали? Почему вы его не удержали? Ну вот, глядите! Он пошел драться, идиот безмозглый!

Джереми уже направлялся в соседнюю комнату: он был похож на ягненка, покорно шагающего на бойню и даже ведущего за собой своего мясника. Хагторп шел рядом с ним, Тондер — сзади, остальные замыкали шествие.

Капитан Блад, с трудом удерживаясь, чтобы не броситься на Тондера, присоединился вместе с Волверстоном к толпе зевак.

В просторной полупустой комнате столы и табуреты быстро сдвинули к стене. Помещение это представляло собой, в сущности, пристройку — нечто среднее между навесом и сараем, с земляным полом и длинным отверстием в одной из стен, которая не доходила до потолка фута на три. В эту щель лились жаркие лучи послеполуденного солнца.

Противники, обнаженные по пояс, со шпагой в руке, стали друг против друга: Джереми — высокий, статный, мускулистый, Тондер — худощавый, жилистый, проворный и гибкий, как кошка. Хозяин таверны и все его помощники присоединились к толпе зрителей, расположившихся вдоль стен.

Несколько молоденьких девчонок, самых отчаянных, тоже пришли поглядеть на поединок, но большинство женщин остались в общем зале.

Капитан Блад и Волверстон остановились в глубине комнаты возле стола, на который были свалены различные предметы с других столов: кружки, кувшины, бурдюк с вином и пара медных подсвечников с круглыми, похожими на блюдца подставками. Пока дуэлянты готовились к схватке, Питер Блад, побледневший, несмотря на свой загар, рассеянно перебирал в руках валявшиеся на столе предметы, и в глазах его вспыхивал зловещий огонек, словно ему хотелось запустить одним из этих предметов кому-то в голову.

Секундантом Джереми вызвался быть Хагторп. Секундантом Тондера оказался Вентадур, лейтенант с «Рейн Марго». Противников поставили в противоположных концах комнаты, боком к солнцу, и Джереми, занимая позицию, поймал взгляд Блада. Он улыбнулся своему капитану, а Блад, лицо которого было сосредоточенно и хмуро, сделал ему знак глазами. На секунду во взгляде Джереми отразилось недоумение, затем блеснула догадка.

Вентадур скомандовал:

— Начинайте, господа!

Со звоном скрестились шпаги, и почти в то же мгновение, повинуясь полученному от своего капитана сигналу, Джереми прыгнул в сторону и атаковал Тондера с левого бока. Это заставило Тондера повернуться лицом к нему и к солнцу и дало Джереми некоторое преимущество перед противником, а именно этого и добивался Блад. Джереми изо всех сил старался удержать Тондера в этой позиции, но тот был слишком искусным для него противником. Опытный фехтовальщик, он умело отражал все удары, а затем, сделав ответный выпад, воспользовался моментом, чтобы, в свою очередь, отскочить в сторону и вынудить противника поменяться с ним местами. Теперь каждый из них занимал ту позицию, в которой находился его противник в начале схватки.

Блад скрипнул зубами, увидав, что Джереми потерял свое единственное преимущество перед этим бретером, твердо намеренным его убить. Однако, против ожидания, поединок затягивался. Потому ли, что на стороне Джереми была сила, молодость, высокий рост? Или рука опытного дуэлянта стала менее искусной, так как давно не держала шпаги? Но ни то, ни другое не давало достаточного объяснения происходящему. Тондер атаковал, его шпага описывала сверкающие круги перед самой грудью противника, мгновенно нащупывая слабые стороны в его неуклюжей защите: он давно уже мог прикончить Джереми… и не делал этого. Забавлялся ли он, играя с ним, как кошка с мышью, или, быть может, побаиваясь капитана Блада и возможных последствий столь откровенного убийства его шкипера у всех на глазах, намеревался не убивать, а лишь искалечить его?

Зрители, наблюдавшие поединок, недоумевали. Их недоумение усилилось, когда Тондер, еще раз отскочив в сторону, оказался спиной к солнцу и вынудил своего беспомощного противника занять то невыгодное положение, в котором сам Тондер находился в начале поединка. Такой прием со стороны Тондера производил впечатление утонченной жестокости.

Капитан Блад, к которому Тондер повернулся теперь лицом, взял со стола один из медных подсвечников. Никто не смотрел на Блада; все глаза были прикованы к дуэлянтам. Блад же, казалось, утратил всякий интерес к поединку. Его внимание было целиком поглощено подсвечником. Он поднял его и, разглядывая углубление для свечи, привел блюдцеобразное основание подсвечника в вертикальное положение. И в ту же секунду рука Тондера внезапно дрогнула, и шпага его, промедлив какой-то миг, не сумела отразить неловкий выпад Джереми, продолжавшего механически обороняться. Не встретив сопротивления, шпага Джереми вонзилась в грудь Тондера.

Пораженные зрители еще не успели прийти в себя от столь неожиданного завершения поединка, а капитан Блад уже опустился на одно колено возле распростертого на земляном полу тела. Теперь он был хирург, все остальное отступило на задний план. Он велел принести воды и чистых полотняных тряпок. Джереми, пораженный больше всех, стоял возле и отупело глядел на сраженного противника.

Когда Блад начал обследовать рану, Тондер, на мгновение лишившийся сознания, пришел в себя. Глаза его открылись, и взгляд остановился на склоненном над ним лице капитана Блада.

— Убийца! — пробормотал он сквозь стиснутые зубы, и голова его бессильно свесилась на грудь.

— Совсем напротив, — сказал капитан Блад и с помощью Вентадура, поддерживавшего безжизненное тело, принялся ловко бинтовать рану. — Я ваш спаситель. Он не умрет, — добавил он, обращаясь к окружающим, — хоть его и проткнули насквозь. Через месяц он будет хорохориться и бесчинствовать снова. Но дня два-три ему следует полежать, и за ним нужно поухаживать.

Поднявшись на борт «Арабеллы», Джереми был как в тумане. Все происшедшее стояло перед его глазами, словно видения какого-то странного сна. Ведь он уже смотрел в лицо смерти, и все же он жив. Вечером за ужином в капитанской каюте Джереми позволил себе пофилософствовать на эту тему.

— Вот доказательство того, — сказал он, — что никогда не надо падать духом и признавать себя побежденным в схватке. Меня сегодня совершенно запросто могли бы отправить на тот свет. А почему? Исключительно потому, что я был не уверен в себе — заранее решил, что Тондер лучше меня владеет шпагой.

— Быть может, это все же так, — проронил капитан Блад.

— Почему же тогда мне запросто удалось продырявить его?

— В самом деле, Питер, как могло такое случиться? — Этот вопрос, волновавший всех присутствовавших, задал Волверстон.

Ответил Хагторп:

— А просто дело в том, что этот мерзавец бахвалился всюду и везде, что он, дескать, непобедим. Вот все ему и поверили. Так частенько создается вокруг человека пустая слава.

На том обсуждение поединка и закончилось.

Наутро капитан Блад заметил, что не мешало бы нанести визит д'Ожерону и сообщить о происшедшем. Его, как губернатора Тортуги, следует поставить в известность о поединке: по закону дуэлянты должны дать ему свои объяснения, хотя, по существу, этого, может быть, и не требуется, так как он лично знаком с обоими. Джереми же всегда, под любым предлогом стремившийся в дом губернатора, в это утро стремился туда особенно сильно, чувствуя, что победа на поединке придает ему в какой-то мере ореол героя.

Когда они в шлюпке приближались к берегу, капитан Блад отметил, что французский фрегат «Сийнь» уже не стоит у причала, а Джереми рассеянно отвечал, что, верно, Меркер покинул наконец Тортугу.

Губернатор встретил их чрезвычайно сердечно. Он уже слышал, что произошло в таверне «У французского короля». Они могут не затруднять себя объяснениями. Никакого официального расследования предпринято не будет. Ему прекрасно известны мотивы этой дуэли.

— Если бы исход поединка был иным, — откровенно признался губернатор, — я бы, конечно, действовал иначе. Прекрасно зная, кто зачинщик ссоры, — не я ли предостерегал вас, мосье Питт? — я вынужден был бы принять меры против Тондера и, быть может, просить вашего содействия, капитан Блад. В колонии тоже должен поддерживаться какой-то порядок. Но все произошло как нельзя более удачно. Я счастлив и бесконечно благодарен вам, мосье Питт.

Такие речи показались Питту хорошим предзнаменованием, и он попросил разрешения засвидетельствовать свое почтение мадемуазель Люсьен.

Д'Ожерон поглядел на него в крайнем изумлении.

— Люсьен? Но Люсьен здесь уже нет. Сегодня утром она отплыла на французском фрегате во Францию вместе со своим супругом.

— Отплыла... с супругом?. — как эхо, повторил Джереми, чувствуя, что у него закружилась голова и засосало под ложечкой.

— Да, с мосье де Меркером. Разве я не говорил вам, что она помолвлена? Отец Бенуа обвенчал их сегодня на заре. Вот почему я так счастлив и так благодарен вам, мосье Питт. Пока капитан Тондер преследовал ее как тень, я не решался дать согласие на брак. Памятуя о том, что проделал однажды Левасер, я боялся отпустить от себя Люсьен. Тондер, без сомнения, последовал бы за ней, как когда-то Левасер, и в открытом море мог бы отважиться на то, чего он не решался позволить себе здесь, на Тортуге.

— И поэтому, — сказал капитан Блад ледяным тоном, — вы стравили этих двух, чтобы, пока они тут дрались, третий мог улизнуть с добычей. Это, мосье д'Ожерон, ловкий, но не слишком дружественный поступок.

— Вы разгневались на меня, капитан! — Д'Ожерон был искренне расстроен. — Но я ведь должен был в первую очередь позаботиться о своей дочери! И притом я же ни секунды не сомневался в исходе поединка. Наш дорогой мосье Питт не мог не победить этого негодяя Тендера.

— Наш дорогой мосье Питт, — сухо сказал Блад, — руководимый любовью к вашей дочери, очень легко мог лишиться жизни, убирая с пути препятствия, мешающие осуществлению желательного для вас союза. Ты видишь, Джереми, — продолжал он, беря под руку своего молодого шкипера, который стоял, повесив голову, бледный как мел, — какие западни уготованы тому, кто любит безрассудно и теряет голову. Пойдем, дружок. Разрешите нам откланяться, мосье д'Ожерон.

Он чуть ли не силой увлек молодого человека за собой. Однако капитан Блад был зол, очень зол и, остановившись в дверях, повернулся к губернатору с улыбкой, не предвещавшей добра.

— А вы не подумали о том, что я ради мосье Питта могу проделать как раз то самое, что мог бы проделать Тондер и чего вы так боитесь? Вы не подумали о том, что я могу погнаться за фрегатом и похитить вашу дочь для моего шкипера?

— Великий боже! — воскликнул д'Ожерон, мгновенно приходя в ужас при одной мысли о возможности такого возмездия. — Нет, вы никогда этого не сделаете!

— Вы правы, не сделаю. Но известно ли вам, почему?

— Потому, что я доверился вам. И потому, что вы — человек чести.

— Человек чести! — Капитан Блад присвистнул. — Я — пират. Нет, не поэтому, а только потому, что ваша дочь недостойна быть женой мистера Питта, о чем я ему все время толковал и что он теперь сам, я надеюсь, понимает.

Это была единственная месть, которую позволил себе Питер Блад.

Рассчитавшись таким образом с губернатором д'Ожероном за его коварный поступок, он покинул его дом, уведя с собой убитого горем Джереми.

Они уже приближались к молу, когда немое отчаяние юноши внезапно уступило место бешеному гневу. Его одурачили, обвели вокруг пальца и даже жизнь его поставили на карту ради своих подлых целей! Ну, он им еще покажет!

— Попадись он мне только, этот де Меркер! — бушевал Джереми.

— Да, воображаю, каких ты тогда натворишь дел! — насмешливо произнес капитан Блад.

— Я его проучу, как проучил этого пса Тендера.

Тут капитан Блад остановился и дал себе посмеяться вволю:

— Да ты сразу стал записным дуэлянтом, Джереми! Прямо грозой всех шелковых камзолов! Ах, пожалуй, мне пора отрезвить тебя, мой дорогой Тибальд[1], пока ты со своим бахвальством не влип снова в какую-нибудь скверную историю.

Хмурая морщина прорезала высокий чистый лоб юноши.

— Что это значит — отрезвить меня? — сурово опросил он. — Уложил я вчера этого француза или не уложил?

— Нет, не уложил! — снова от души расхохотавшись, отвечал Блад.

— Как так? Я его не уложил? — Джереми подбоченился. — Кто же его тогда уложил, хотелось бы мне знать? Кто? Может быть, ты скажешь мне?

— Скажу. Я его уложил, — сказал капитан Блад я снова стал серьезен. — Я его уложил медным подсвечником. Я ослепил его, пустив ему солнце в глаза, пока ты там ковырялся со своей шпагой... — И, заметив, как побледнел Джереми, он поспешил напомнить — Иначе он убил бы тебя. — Кривая усмешка пробежала по его гордым губам, в светлых глазах блеснуло что-то неуловимое, и с горькой иронией он произнес — Я же капитан Блад.

---

[1] Персонаж из трагедии Шекспира «Ромео и Джульетта».

ИСКУПЛЕНИЕ МАДАМ ДЕ КУЛЕВЭН

Граф дон Жуан де ля Фуэнте из Медины, полулежа на кушетке возле открытых кормовых окон в своей роскошной каюте на корабле «Эстремадура», лениво перебирал струны украшенной лентами гитары и томным баритоном напевал весьма популярную в те дни в Малаге игривую песенку.

Дон Жуан де ля Фуэнте был сравнительно молод — не старше тридцати лет; у него были темные, бархатистые глаза, грациозные движения, полные яркие губы, крошечные усики и черная эспаньолка; изысканные манеры его дополнял элегантный костюм. Лицо, осанка, даже платье — все выдавало в нем сластолюбца, и обстановка этой роскошной каюты на большом, сорокапушечном галионе, которым он командовал, вполне соответствовала его изнеженным вкусам. Оливково-зеленые переборки украшала позолоченная резьба, изображавшая купидонов и дельфинов, цветы и плоды, а все пиллерсы имели форму хвостатых, как русалки, кариатид. У передней переборки великолепный буфет ломился от золотой и серебряной утвари. Между дверями кают левого борта висел холст с запечатленной на нем Афродитой. Пол был устлан дорогим восточным ковром, восточная скатерть покрывала квадратный стол, над которым свисала с потолка массивная люстра чеканного серебра. В сетке на стене лежали книги — «Искусство любви» Овидия[1], «Сатирикон»[2], сочинения Боккаччо[3] и Поджо[4], свидетельствуя о пристрастии их владельца к классической литературе. Стулья, так же как и кушетка, на которой возлежал дон Жуан, были обиты цветной кордовской кожей с тисненым золотом

[1] Публий Овидий Назон — римский поэт, живший на рубеже новой эры.

[2] «Сатирикон» — произведение римского писателя Петрония (I в. н. э.).

[3] Боккаччо — итальянский писатель XIV века, автор «Декамерона».

[4] Поджо Браччолини — итальянский писатель (XIV-XV вв.).

узором, и хотя в открытые кормовые окна задувал теплый ветерок, неспешно гнавший галион вперед, воздух каюты был удушлив от крепкого запаха амбры и других благовоний.

Песенка дона Жуана восхваляла плотские утехи и сокрушалась о тяжелой участи его святейшества папы римского, обреченного среди окружающего его изобилия на безбрачие.

Дон Жуан исполнял эту песенку для капитана Блада; тот сидел возле стола, опершись о него локтем, положив ноги на стоявший рядом стул. Улыбка, словно маска, под которой он прятал отвращение я скуку, застыла на его смуглом горбоносом лице. На нем был серый камлотовый, отделанный серебряным, кружевом костюм, извлеченный из гардероба самого, дона Жуана (оба они были примерно одного роста и возраста и одинакового телосложения), и черный парик, добытый из того же источника.

Целая цепь непредвиденных событий привела, к возникновению этой совершенно невероятной ситуации: заклятый враг Испании оказался почетным гостем на борту испанского галиона, неспешно режущего носом воды Карибского моря, держа курс на север, с Наветренными островами милях в двадцати на Траверзе. Оговоримся сразу: томный дон Жуан, услаждавший слух капитана Блада своим пением, ни в малейшей мере не догадывался о том, кого именно он развлекает.

Историю о том, как Питер Блад попал на этот галион, пространно и добросовестно, с утомительными подробностями изложенную старательным Джереми в судовом журнале, мы постараемся описать здесь вкратце, ибо — позволим себе еще раз напомнить читателю — в этой хронике мы предлагаем его вниманию лишь отдельные эпизоды или звенья бесконечной цепи приключений, пережитых капитаном Бладом во время его совместного плавания с бессменным шкипером и верным другом Джереми Питтом.

Неделю назад на острове Маргарита, в одной из уединенных бухт которого производилось кренгование флагманского корабля «Арабелла», с целью очистки его киля от наросшей на нем дряни, кто-то из дружественных капитану Бладу карибских индейцев принес ему весть, что в бухту Кариако пришли испанцы — ловцы жемчуга — и собрали там довольно богатый улов.

Противостоять такому соблазну было слишком трудно. В левом ухе капитана Блада поблескивала крупная грушевидная жемчужина, стоившая баснословных денег и представлявшая собой лишь незначительную часть фантастической добычи, захваченной его корсарами в подобного же рода набеге на Рио-дель-Хача. И вот, снарядив три пироги и тщательно отобрав сорок наиболее подходящих для этой операции людей, капитан Блад однажды ночью неслышно миновал пролив между островом Маргариты и Мэйном и простоял на якоре под прикрытием высокого берега почти весь день, а когда свечерело, неслышно двинулся к бухте Кариако. И тут их заметила испанская береговая охрана, о присутствии которой в этих водах они и не подозревали.

Пироги повернули и помчались что есть духу в открытое море. Но сторожевое судно в еще не сгустившихся сумерках устремилось за ними в погоню, открыло огонь и разбило в щепы утлые челны. Все, кто не был убит и не утонул, подали в плен. Блад всю ночь продержался на воде, уцепившись за большой обломок. Свежий южный бриз, подувший на закате, гнал его вперед всю ночь, а на заре его подхватило приливом и, вконец измученного, окоченевшего и хорошо просоленного после столь долгого пребывания в морской воде, как в рассоле, выбросило на берег небольшого островка.

Островок этот, имевший не более полутора миль в длину и меньше мили в ширину, был, в сущности, необитаем. На нем росло несколько кокосовых пальм и кустов алоэ, а населяли его лишь морские птицы да черепахи. Однако судьбе было угодно забросить Питера Блада на этот остров именно в то время, когда там нашли себе пристанище еще двое людей — двое потерпевших кораблекрушение испанцев, бежавших на парусной пинассе из английской тюрьмы в Сент-Винсенте. Не обладая никакими познаниями по мореходству, эти горемыки доверились морской стихии, и месяц назад их случайно прибило к берегу в тот момент, когда, истощив все свои запасы провизии и пресной воды, они уже видели себя на краю гибели. После этого они не отваживались больше пускаться в море и кое-как влачили свои дни на острове, питаясь кокосовыми орехами, ягодами и диким бататом, вперемежку с мидиями, крабами и креветками, которых ловили на берегу между скал.

Капитан Блад, не будучи уверен в том, что испанцы, даже находящиеся в столь бедственном положении, не перережут ему глотку, узнав, кто он такой, назвался голландцем с потерпевшего кораблекрушение брига, шедшего с Кюрасао, и, помимо отца-голландца, присвоил себе еще и мать-испанку, дабы сделать правдоподобным не только имя Питера Вандермира, но и свое почти безупречное кастильское произношение.

Пинасса казалась в хорошем состоянии, и, загрузив в нее изрядный запас батата и черепашьего мяса, собственноручно прокопченного им на костре, и наполнив имевшиеся на ней бочонки пресной водой, капитан Блад вышел в море вместе с обоими испанцами. По солнцу и по звездам он держал курс на восток к Тобаго, рассчитывая найти пристанище у тамошних голландских поселенцев, не отличавшихся враждебностью. Впрочем, осторожности ради он сказал своим доверчивым спутникам, что они держат путь на Тринидад.

Но ни Тринидада, ни Тобаго им не суждено было увидеть. На третий день, к великой радости испанцев и некоторой досаде капитана Блада, их подобрал испанский галион «Эстремадура». Делать было нечего, оставалось только положиться на судьбу и на то, что плачевное состояние одежды сделает его неузнаваемым. На галионе он повторил ту же вымышленную историю кораблекрушения, снова назвался голландцем, снова добавил себе испанской крови и, решив, что если уж нырять, так поглубже, до самого дна, и раз он выбрал себе в матери испанку, то почему бы не выбрать ее из самых именитых, заявив, что ее девичья фамилия Трасмиера и она состоит в родстве с герцогом Аркосским.

Смуглая кожа, темные волосы, надменное, спокойное выражение тонкого горбоносого лица, властная манера держаться, невзирая на свисавшие с плеч лохмотья, а превыше всего — довольно беглая и утонченная кастильская речь заставили поверить его словам. А так как единственное желание этого испанского гранда сводилось к тому, чтобы его высадили на берег в одной из голландских или французских гаваней, откуда он мог бы возобновить свое путешествие в Кюрасао, не было никаких оснований подозревать его в чрезмерном бахвальстве.

На командира корабля «Эстремадура» — дона Жуана де ля Фуэнте, с сибаритскими наклонностями которого мы уже успели познакомиться, рассказы этого потерпевшего кораблекрушение испанского гранда о его могущественных связях произвели сильное впечатление; он оказал ему радушный прием, предоставил в его распоряжение свой богатый гардероб и каюту рядом со своей и держался с ним на равной ноге, как с человеком, занимающим столь же высокое положение, как он сам. Этому способствовало еще и то обстоятельство, что Питер Вандермир явно пришелся по сердцу дону Жуану. Испанец заявил, что будет называть Питера — дон Педро, как бы желая подчеркнуть этим его испанское происхождение, и клялся, что кровь Трасмиеров, без сомнения, должна была полностью подавить кровь каких-то Вандермиров. На эту тему он позволил себе несколько вольных шуток. Шутки такого сорта вообще обильно сыпались у него с языка, а четверо молодых офицеров знатных испанских фамилий, обедавшие за одним столом с капитаном, охотно их подхватывали.

Питер Блад снисходительно прощал распущенность языка еще не оперившимся юнцам, считая, что, поумнев с возрастом, они и сами остепенятся, но в человеке, уже перешагнувшем рубеж третьего десятка, она показалась ему отталкивающей. За элегантной внешностью и изысканными манерами испанца угадывался повеса и распутник. Однако Питер Блад должен был затаить эти чувства в своей груди. Безопасности ради ему нельзя было испортить хорошее впечатление, произведенное им на капитана, и, приноравливаясь к нему и к его офицерам, он держался столь же развязного тона.

И все это привело к тому, что пока испанский галифе, почти заштилевший у тропиков, еле-еле полз к северу, поставив всю громаду парусов, часто совсем безжизненно свисавших с рей, между доном Жуаном и доном Педро завязалось нечто вроде дружбы. Многое восхищало дона Жуана в его новом приятеле: сразу бросавшаяся в глаза сила мышц и крепость духа дона Педро; его глубокое знание света и людей; его остроумие и находчивость; его чуточку циничная философия. Долгие часы вынужденного досуга они ежедневно коротали вместе, и их дружба крепла у росла со сказочной быстротой, подобно буйной флоре тропиков.

Вот как случилось, что Питер Блад уже шестой день путешествовал на положении почетного гостя на испанском корабле, который должен был бы везти его закованным в кандалы, догадайся кто-нибудь о том, кто он такой. И пока командир корабля, стараясь его развлечь, докучал ему своими игривыми песенками, Питер Блад забавлялся в душе, рассматривая с юмористической стороны немыслимую эту ситуацию и мечтая вместе с тем при первой же возможности положить ей конец.

Когда пение оборвалось и дон Жуан, взяв из стоявшей рядом серебряной шкатулки перувианскую конфету, отправил ее в рот и принялся жевать, капитан Блад заговорил о том, что занимало его мысли. Пинассу, на которой он спасался вместе с беглыми испанцами, галион тащил за собой на буксире, и Питер Блад подумал, что настало время снова ею воспользоваться.

— У нас сейчас на траверзе Мартиника, — заметил он. — Мы находимся в шести-семи лигах от берега, никак не больше.

— Да, и все из-за этого проклятого штиля. Я бы сам мог надуть паруса крепче, чем этот бриз.

— Я понимаю, конечно, что вы не можете ради меня заходить в порт, — сказал Блад. Франция и Испания находились в состоянии войны, и Блад догадывался, что это было одной из причин, почему дон Жуан оказался в этих морях. — Но при таком спокойном море я легко могу добраться до берега в той же пинассе. Что вы скажете, дон Жуан, если я распрощаюсь с вами сегодня вечером?

Дон Жуан был явно огорчен.

— Почему вдруг такая спешка? Разве мы не договорились, что я доставлю вас на Сен-Мартен?

— Да, конечно. Но, подумав хорошенько, я вспомнил, что корабли редко заходят в эту гавань, и когда-то еще мне удастся найти там судно, которое идет в Кюрасао, в то время как на Мартинике...

— Нет, нет, — капризным тоном прервал его хозяин. — Вы прекрасно можете сойти на берег и на Мари-Галанте, куда я должен зайти по делам, или, если хотите, на Гваделупе, что, мне кажется, даже лучше. Но, клянусь, раньше этого я вас не отпущу никуда.

Капитан Блад перестал набивать трубку душистым табаком из стоявшего на столе сосуда.

— У вас есть дела на Мари-Галанте? — Он был так удивлен, что на секунду отвлекся от основной темы разговора. — Что может связывать вас с французами в такое время, как сейчас?

Дон Жуан загадочно улыбнулся.

— Дела военные, друг мой. Я же командир военного корабля.

— Так вы собираетесь напасть на Мари-Галанте?

Испанец ответил не сразу. Пальцы его мягко перебирали струны гитары. Полные яркие губы все еще улыбались, но в этой улыбке промелькнуло что-то зловещее, а темные глаза блеснули.

— Гарнизоном Бассетерре командует некая скотина, по фамилии Кулевэн. У меня с ним свои счеты. Вот уже год, как я собираюсь разделаться с этим господином, и теперь день расплаты близок. Война открыла передо мной эту возможность. Одним ударом я устрою свои дела и сослужу службу Испании.

Питер Блад молча раскурил трубку. Использовать большой военный корабль, для того чтобы напасть на такое незначительное поселение, как Мари-Галанте, с его точки зрения, это была совсем плохая услуга Испании. Но он не выдал своих мыслей и не стал настаивать, чтобы его высадили на Мартинике.

— Я еще никогда не был на борту судна во время военных действий — это расширит мой кругозор. Думаю, что запомню это надолго... Если, конечно, пушки Бассетерре не пустят нас ко дну.

Дон Жуан рассмеялся. При всей своей распущенности он вместе с тем, по-видимому, не был трусом, и предстоящее сражение его не пугало. Мысль о нем скорее даже вдохновляла испанца. Он пришел в отличнейшее расположение духа, когда к заходу солнца ветер наконец посвежел и корабль прибавил ходу. В этот вечер в капитанской каюте «Эстремадуры» царило шумное веселье, то и дело раздавались взрывы хохота, и было выпито немало хмельного испанского вина.

Капитан Блад пришел к заключению, что велика должна быть задолженность французского управителя Мари-Галанте дону Жуану, если предстоящее сведение счетов вызывает такое бурное ликование испанца. Личные же симпатии Блада оставались на стороне французских поселенцев — ведь им уготовано было одно из тех чудовищных нападений, коими так прославились испанцы, возбудив к себе заслуженную ненависть в Новом Свете. Но он был бессилен пальцем пошевельнуть в их защиту, бессилен даже поднять голос; он вынужден был принимать участие в этом дикарском веселье по поводу предстоящей резни, вынужден был поднимать тост за то, чтобы все французы вообще и полковник де Кулевэн в частности провалились в тартарары.

Утром, выйдя на палубу, капитан Блад увидел милях в десяти — двенадцати по левому борту длинную береговую линию острова Доминика, а впереди на горизонте неясно выступали из туманной дымки очертания серого массива, и он догадался, что это гора, возвышающаяся в центре круглого острова Мари-Галанте. Значит, ночью, миновав Доминику, они вышли из Карибского моря в Атлантический океан.

Дон Жуан в отличном настроении — ночное бражничание, по-видимому, нисколько его не утомило — присоединился к Бладу на корме и сообщил ему все то, что Блад уже знал сам, хотя, разумеется, и не подавал виду.

Часа два они продолжали держаться прежнего курса, идя прямо по ветру с укороченными парусами. Милях в десяти от острова, который теперь уже зеленой стеной вырастал из бирюзового моря, отрывистые слова команды и пронзительные свистки боцмана привели в действие матросов. Над палубами «Эстремадуры» натянули сети для падающих во время сражения обломков рангоута, с пушек сняли чехлы, подтащили к ним ящики с ядрами и ведра с водой.

Прислонясь к резным поручням на корме, капитан Блад с интересом наблюдал, как мушкетеры в кирасах и шлемах выстраиваются на шкафуте, а стоявший рядом с ним дон Жуан тем временем все продолжал разъяснять ему значение происходящего, не подозревая, что оно понятно его собеседнику лучше, чем кому-либо другому.

Когда пробило восемь склянок, они спустились в каюту обедать. Дон Жуан теперь, перед приближающимся сражением, был уже не столь шумен. Лицо его слегка побледнело, движения тонких, изящных рук стали беспокойны, в бархатистых глазах появился лихорадочный блеск. Он ел мало и торопливо, много и жадно пил и еще сидел за столом, когда несший вахту офицер, плотный коренастый юноша по фамилии Верагуас, появился в каюте и сообщил, что капитану пора принимать команду.

Дон Жуан встал. Негр Абсолом помог ему надеть кирасу и шлем, и он поднялся на палубу. Капитан Блад последовал за ним, не обращая внимания на предостережение испанца, советовавшего ему не выходить на палубу без доспехов.

Галион находился уже в трех милях от порта Бассетерре. Корабль не выкинул флага, не желая по вполне понятным причинам лишний раз оповещать о своей национальности, которую, впрочем, и без того нетрудно было установить по линиям его корпуса и оснастке. На расстоянии мили дон Жуан уже мог обозреть в подзорную трубу всю гавань и заявил, что не обнаружил там ни единого военного корабля. Значит, в предстоящем поединке им придется иметь дело с одним только фортом.

Ядро, ударившее точно в нос «Эстремадуры», показало, что комендант форта как-никак знает свои обязанности. Невзирая на это ясно выраженное требование лечь в дрейф, галион продолжал идти вперед и был встречен залпом двенадцати пушек. Не получив особых повреждений, корабль не уклонился от курса и не открыл огня, и дон Жуан заслужил в эту минуту молчаливое одобрение капитана Блада. Продолжая двигаться навстречу второму залпу, корабль выдержал его и открыл огонь лишь после того, как приблизился на расстояние, с которого он мог бить прямой наводкой. Тогда он дал бортовой залп, искусно сделал поворот оверштаг, дал второй бортовой залп и, держась круто к ветру, отошел, чтобы перезарядить пушки, стоя к французским канонирам кормой и тем уменьшив возможность попадания.

Когда он развернулся, чтобы атаковать снова, за его кормой, кроме пинассы, сослужившей службу капитану Бладу, покачивались еще три шлюпки, спущенные на воду с утлегаря.

На этот раз во время атаки на «Эстремадуре» была повреждена бизань-рея и красивые резные украшения полубака разбиты в щепы. Но это нимало не расстроило капитана, и он, продолжая весьма искусно управлять кораблем и вести бой, обрушил на форт два мощных бортовых залпа, из двадцати пушек каждый, и притом с таким точным прицелом, что заставил форт на какое-то время умолкнуть.

Затем галион снова отошел на безопасное расстояние, а когда вернулся, в лодках, которые он тянул на буксире, уже находились мушкетеры. Корабль остановился в сотне ярдов от высокого утеса, закрывающего от форта часть бухты, и, став под таким углом, чтобы пушкам было несподручно по нему бить, остался там, прикрывая высадку мушкетеров на берег. Отряд французов, устремившийся из полуразбитой крепости к берегу, чтобы помешать высадке, был скошен, как косой, картечью с корабля. Через несколько минут испанцы были уже на берегу и взбирались по отлогому склону с целью напасть на форт с суши, а шлюпки повернули назад к кораблю за новым подкреплением.

Галион тем временем снова продвинулся вперед и дал еще один бортовой залп по форту, чтобы отвлечь внимание от нападающих с суши и увеличить панику. Ему ответил огонь четырех-пяти пушек, и двадцатифунтовое ядро расщепило фальшборт. Но галион тут же отошел снова, не получив больше никаких повреждений, и двинулся на сближение со своими лодками. Лодки еще не были полностью загружены, когда мушкетная перестрелка на берегу прекратилась. Затем над морем разнеслись ликующие крики испанцев, и почти вслед за этим резкие удары молотов по металлу возвестили, что пушки беззащитного порта выведены из строя.

До этой минуты капитан Блад был лишь бесстрастным наблюдателем событий, о которых он мог судить с большим знанием дела. Но теперь мысли его невольно обратились к тому, что должно было последовать за победой, и этот бесстрашный, закаленный в боях корсар содрогнулся, зная, как ведет себя испанская солдатня при подобных набегах и что за человек ее командир. Война была профессией капитана Блада, и в жестоком бою с беспощадным противником он сам мог быть беспощаден. Но когда поселения мирных колонистов предавались безжалостному разграблению грубой, разъяренной солдатней, возмущение и гнев сжигали его душу.

Однако было совершенно очевидно, что изнеженный испанский гранд дон Жуан де ля Фуэнте ни в какой мере не разделяет щепетильности капитана Блада. Дон Жуан с загоревшимся взором сошел на берег вместе со своим новым пополнением, чтобы самолично руководить нападением на город. Он со смехом предложил своему гостю принять участие в столь редком и увлекательном развлечении, утверждая, что это чрезвычайно обогатит его жизненный опыт. Самообладание не изменило капитану Бладу, он остался внешне совершенно спокоен.

— Моя национальность делает это для меня невозможным, дон Жуан. Голландия не воюет с Францией.

— Да кому будет известно, что вы голландец? Станьте на минуту настоящим испанцем, дон Педро, и повеселитесь вместе с нами вволю. Кто будет об этом знать?

— Я сам, — ответил Блад. — Это вопрос чести.

Дон Жуан посмотрел на него, как на смешного чудака.

— Что ж, придется вам пасть жертвой вашей чрезмерной щепетильности, — сказал он и, продолжая смеяться, спустился по забортному трапу в ожидавшую его шлюпку.

Капитан Блад остался на юте, откуда ему был хорошо виден весь городок, раскинувшийся на берегу всего в какой-нибудь миле от корабля, уже бросившего якорь на рейде. Из офицеров на борту остался один только Верагуас и с ним человек пятнадцать матросов. Но порядок соблюдался, матросы несли вахту, и один из них, опытный канонир, в случае чего готов был открыть огонь.

Дон Себастьян Верагуас, оставленный на корабле, проклинал свою несчастную судьбу и со смаком расписывал развлечения, которых он лишился. Это был невысокий, крепко сбитый мужчина лет двадцати пяти, с мощным, мясистым носом и не менее мощным подбородком. Он молол языком не умолкая, с чрезвычайно самонадеянным видом, а капитан Блад не сводил глаз с небольшого поселения на берегу. Даже на таком расстоянии до корабля долетали крики и шум — в городе уже бесчинствовали ворвавшиеся в него испанцы, и многие дома стояли объятые пламенем. Капитану Бладу было слишком хорошо известно, что творят там руководимые испанским грандом солдаты, и он дорого бы дал, чтобы иметь сейчас под рукой сотню своих корсаров, с которыми он мог бы в два счета смести с лица земли всю эту испанскую нечисть. Он смотрел на город, и лицо его было мрачно и хмуро. Как-то раз он уже был свидетелем такого набега и поклялся тогда, что ни один испанец не будет знать у него пощады. Он нарушил эту клятву, но теперь давал себе слово, что отныне всегда будет ей верен.

А тем временем стоявший рядом с ним молодой испанец, которому он с радостью свернул бы шею, клял на чем свет стоит всех богов и все небесное воинство за то, что они лишили его возможности повеселиться там, на берегу, в этом аду.

Грабители вернулись под вечер той же дорогой, какой ушли — мимо умолкнувшего порта, — и лодки доставили их по изумрудно-зеленой воде к стоявшему на якоре кораблю. Они возвращались шумно, с песнями, с ликующими возгласами, разгоряченные вином и ромом; некоторые щеголяли окровавленными повязками, и все, как один, были нагружены трофеями. Они отпускали мерзкие шутки, рассказывая о произведенном ими опустошении, и похвалялись своими омерзительными подвигами.

Никакие пираты на свете, думал капитан Блад, не смогли бы состязаться с ними в грубости и жестокости. Набег их увенчался полным успехом; потеряли они не больше пяти-шести человек и беспощадно отомстили за их смерть.

Наконец в последней лодке возвратился на корабль дон Жуан. Впереди него по трапу поднялись двое матросов; они несли на плечах какой-то узел. Когда они спрыгнули на палубу, капитан Блад увидел, что они несут женщину, закутанную с головой в плащ. Из-под темных складок плаща выглядывал край шелковых нижних юбок и брыкающиеся ноги в шелковых чулках и изящных туфельках на высоком каблуке. С возрастающим изумлением капитан Блад убедился, что похищенная женщина, по-видимому, дама из высшего общества.

Следом за матросами по трапу поднялся дон Жуан. Потное лицо его и руки были черны от пороха. Стоя на верхней ступеньке трапа, он скомандовал:

— Ко мне в каюту!

Блад видел, как женщину пронесли по палубе мимо скаливших зубы, отпускавших шутки матросов, и она скрылась на плече одного из своих похитителей на продольном мостике, ведущем к внутреннему трапу.

По отношению к женщинам капитан Блад был всегда истинным рыцарем без страха и упрека. Отчасти, быть может, во имя некой прелестной дамы с Барбадоса, для которой он, по его мнению, был ничем, но память о которой вдохновляла его на самые благородные поступки, никак, казалось бы, не совместимые с его пиратской деятельностью. Этот рыцарский дух заговорил в нем сейчас с новой силой. Ослепленный гневом, он готов был броситься на дона Жуана, но обуздал свой порыв, понимая, что этим сразу лишит себя возможности прийти на помощь несчастной пленнице. Ее присутствие на корабле не осталось тайной ни для кого. Она была личным трофеем испанского повесы, командира корабля, и при одной мысли об этом капитан Блад похолодел.

Тем не менее, когда он, спустившись с юта, шагал по палубе к продольному мостику, лицо его было спокойно, на губах играла улыбка. В этом узком проходе он столкнулся со старшими офицерами, из которых трое сопровождали дона Жуана в его экспедиции на берег; четвертый был Верагуас. Все они громко смеялись и перебрасывались шутками по адресу твоего распутного капитана.

Они с шумом ввалились в капитанскую каюту. Блад вошел последним. Негр-слуга накрыл к ужину стол, поставив, как всегда, шесть приборов, и зажег большую серебряную люстру, ибо солнце уже село и быстро сгущались сумерки.

Дон Жуан появился на пороге одной из кают левого борта. Затворив за собой дверь, он несколько мгновений продолжал стоять, прислонившись к ней спиной, взглядом, исполненным подозрительности и недоверия, окидывая пожаловавших к нему в каюту офицеров. Их присутствие, по-видимому, побудило его запереть дверь боковой каюты и положить ключ в карман. Из каюты, где, как нетрудно было догадаться, находилась похищенная дама, не доносилось ни звука.

— Она утихомирилась наконец, благодарение богу, — со смехом произнес один из офицеров.

— Должно быть, устала визжать, — сказал другой. — Боже милостивый! Это же какая-то дикая кошка! Как она сопротивлялась! Бешеный характер, судя по всему. Настоящий маленький бесенок, которого стоит приручить. Я завидую тебе, Жуан.

Верагуас заявил, что столь блестящий флотоводец, как дон Жуан, достоин высокой награды, и среди терпких шуток и поддразниваний командир корабля с довольно угрюмой миной предложил всем сесть за стол.

— Мы поужинаем сегодня на скорую руку, если вы ничего не имеете против, — сказал он, снимая свои доспехи, чем вызвал новую бурю веселья по поводу его торопливости и новый град шуток по адресу несчастной жертвы, которую он держит под замком.

Когда все уселись за стол, капитан Блад позволил себе обратиться к дону Жуану с вопросом:

— Ну, а как ваши дела с полковником де Кулевэном?

Красивое лицо капитана омрачилось.

— А, будь он проклят! Его не было в Бассетерре — он организует оборону в Ле Карм.

Капитан Блад, подняв брови, сказал тоном легкого соболезнования:

— Значит, вам так и не удалось свести с ним счеты, несмотря на всю вашу решимость и отвагу?

— Не вполне, не вполне.

— Клянусь небом, ты не прав! — крикнул кто-то со смехом. — Мадам де Кулевэн воздаст тебе за все сторицею.

— Мадам де Кулевэн? — переспросил капитан Блад без особой нужды, ибо взгляды, устремленные на запертую дверь маленькой каюты, делали подобный вопрос праздным. Блад рассмеялся. — Вот оно что... Не знаю, какое вам было нанесено оскорбление, дон Жуан, но отомстили вы весьма тонко и умело. — И, посылая его в душе в преисподнюю, он негромко рассмеялся с деланным одобрением.

Дон Жуан пожал плечами и вздохнул:

— Тем не менее я жалею, что не поймал его и не заставил заплатить мне за все сполна.

Капитан Блад продолжал развивать эту тему:

— Если ваша ненависть к нему столь велика, подумайте, на какую муку вы его обрекли, предполагая, разумеется, что он любит свою жену! Могильный покой — ничто по сравнению с этими терзаниями.

— Может быть, может быть. — Дон Жуан был сегодня несловоохотлив. То ли его сжигало нетерпение, то ли он был не в духе из-за своей частичной неудачи. — Налей мне вина, Абсолом. Боже праведный, какая жажда!

Негр налил всем вина. Дон Жуан одним глотком осушил свой бокал. Блад последовал его примеру, и бокалы были наполнены снова.

Блад произнес цветистый тост в честь командира корабля. Не будучи большим знатоком морских сражений, сказал Блад, он все же после того, что ему пришлось наблюдать сегодня, позволяет себе думать, что ни один флотоводец на свете не мог бы более искусно провести бой, чем сделал это дон Жуан.

Командир корабля улыбкой выразил свою признательность. Тост был встречен шумным одобрением, и бокалы снова наполнились вином. Все болтали, смеялись, а капитан Блад задумался.

Вот сейчас, размышлял он, как только ужин закончится, дон Жуан разгонит их всех по своим каютам. Капитану Бладу была отведена каюта по правому борту, смежная с каютой капитана. Но допустит ли сейчас капитан, чтобы гость находился там, в столь непосредственной близости от него? Если ему дадут возможность остаться в своей каюте, думал Блад, он еще может вызволить эту несчастную женщину из беды. У него даже созрел уже план, как это сделать. Но что, если его переместят в другую каюту на эту ночь?

Он заставил себя встряхнуться и пустился в оживленный разговор; потом шумно потребовал еще вина, а когда оно было выпито, повторил свое требование, в чем его охотно поддерживали все, изнывая от жажды после жаркой схватки. Затем он снова принялся превозносить до небес искусство и отвагу дона Жуана, причем было замечено, что язык у него слегка заплетается, речь стала не совсем внятной; раза два он икнул и, глупо ухмыляясь, несколько раз повторил одно и то же.

Это вызвало насмешки окружающих, что чрезвычайно раздосадовало Блада, и, обратясь к дону Жуану, он попросил его объяснить этим захмелевшим и не в меру развеселившимся господам, что он-то, сам по крайней мере, вполне трезв. Эти свои протесты он излагал все более и более косноязычно.

Когда Верагуас заметил капитану Бладу, что он пьян, Блад пришел в ярость и напомнил всем присутствующим, что он как-никак ирландец, а следовательно, принадлежит к нации великих выпивох. Он берется перепить любого моряка на всем пространстве Карибского моря, заявил Блад. Продолжая куражиться, он потребовал, чтобы подали еще вина, дабы он мог доказать им это на деле, выпил бокал и внезапно замолчал. Отяжелевшие веки его опустились, тело обмякло, и, к шумному удовольствию всех бражников, этот бахвал свалился со стула и остался лежать на полу, не делая ни малейших попыток подняться.

Верагуас презрительно и грубо пихнул его ногой. Капитан Блад не подавал признаков жизни. Он лежал неподвижный, как бревно, и вскоре раздался оглушительный храп.

Дон Жуан порывисто поднялся из-за стола.

— Отнесите этого болвана в постель. И вы все убирайтесь тоже. Все пошли вон.

Бесчувственного дона Педро со смехом и не слишком деликатно оттащили в его каюту. Развязав его шейный платок, чтобы он не задохнулся, офицеры ушли и притворили за собой дверь, после чего, подчиняясь снова повторенному приказу командира убираться ко всем чертям, с грохотом полезли вверх по трапу, и дон Жуан запер за ними дверь своей каюты.

Оставшись один, он медленно подошел к столу и постоял с минуту, прислушиваясь к оживленным голосам и нетвердым шагам офицеров. Потом взял свой до половины наполненный бокал и выпил. Поставив бокал на место, он не спеша вытащил из кармана ключ от каюты, в которой была заперта пленница. Он направился к двери, вставил ключ в замочную скважину и повернул его. Но прежде чем он успел отворить дверь, какой-то шорох за спиной заставил его оглянуться.

Пьяный гость стоял в дверях своей каюты, прислонившись к переборке. Одежда его была в беспорядке, глаза смотрели тупо, он едва держался на ногах, и казалось, при малейшем крене судна того и гляди рухнет на пол. Он сделал гримасу, словно его тошнило, и прищелкнул языком.

— К... который час? — задал он идиотский вопрос.

Напряженно-сердитый взгляд дона Жуана смягчился. Он даже улыбнулся, хотя и чуточку нетерпеливо.

Пьяный гость продолжал лепетать:

— Я... я... я что-то не помню... — Он умолк. Потом качнулся вперед.

— Тысяча чертей! Я... я хочу пить!

— Ступайте в постель! В постель! — крикнул дон Жуан.

— В постель? Да, да... разумеется, в постель. Куда же еще... Верно? Но сначала... стакан вина.

Он двинулся к столу, покачнулся, увлеченный вперед собственной тяжестью, и, чтобы не упасть, уперся руками в стол как раз напротив испанца, который смотрел на него злобно и презрительно. Капитан Блад взял бокал и тяжелый серебряный, инкрустированный эмалью кувшин с длинным горлышком и двумя ручками, напоминавший по форме амфору, налил себе вина и выпил. Ставя бокал на стол, он опять покачнулся, и правая его рука, ища опоры, опустилась на горлышко серебряного кувшина.

Выть может, дон Жуан, нетерпеливо и высокомерно наблюдавший за ним, успел в какую-то долю секунды уловить холодный, жесткий блеск светлосиних глаз под темными бровями, только что глядевших бессмысленно и тупо. Но в следующее мгновение, прежде чем сознание успело осмыслить то, что запечатлел взгляд, серебряный кувшин со страшной силой обрушился на голову капитана «Эстремадуры».

Капитан Блад, все опьянение которого как рукой сняло, быстро обошел вокруг стола и опустился на одно колено возле поверженного им человека. Дон Жуан лежал недвижим на пестром восточном ковре; его красивое лицо помертвело, из раны на лбу сочилась струйка крови. Капитан Блад созерцал дело своих рук, не испытывая ни сожаления, ни раскаяния. Ведь не за себя страшился он, нанося испанцу внезапный удар, которого тот не ждал, — он поступил так из страха за беспомощную женщину. Из-за нее он не мог рисковать, не мог позволить дону Жуану поднять тревогу, что тот наверняка сделал бы, предложи ему Блад встретиться в честном поединке. Нет, этот жестокий, распутный повеса не заслуживал лучшей участи.

Капитан Блад наклонился над безжизненным телом испанца, просунул руки ему под мышки и подтащил к открытому кормовому окну, за которым плыла теплая, бархатистая тропическая ночь. Подняв дона Жуана на руки, словно ребенка, он встал вместе со своей ношей на крышку ларя и, наклонившись, резким рывком бросил тело за борт. Ухватившись за пиллерс, он далеко перегнулся вперед и проследил глазами падение тела.

Негромкий всплеск заглушило журчание волн в кильватере корабля. Когда тело коснулось фосфоресцирующей поверхности моря, его силуэт на какойто миг резко очерченным темным пятном лег на сверкающую воду. Затем пенистые кильватерные струи сомкнулись, фосфоресцирующие пузыри поднялись на поверхность и лопнули, и море за кормой приняло прежний вид.

Капитан Блад все еще стоял, наклонившись вперед и глядя на воду, словно стремясь проникнуть взглядом в глубину, когда позади него раздался голос, заставивший его вздрогнуть. Он выпрямился и насторожился, но не обернулся. Вернее, он уже хотел обернуться, но замер, держась левой рукой за пиллерс, по-прежнему стоя спиной к каюте.

Он услышал голос женщины, и голос этот звучал нежно, мягко, призывно:

— Жуан, Жуан! Где же ты? Что ты там делаешь? Я жду тебя, Жуан!

Слова эти были произнесены по-французски.

Изумление капитана Блада сменилось раздумьем. Он стоял не двигаясь, выжидая, стараясь понять, что произошло. Женщина заговорила снова, более настойчиво на этот раз:

— Жуан! Ты слышишь меня, Жуан?

Капитан Блад обернулся и увидел, что она стоит на пороге своей каюты: высокая, очень красивая женщина лет двадцати пяти; распущенные золотистые волосы пышным плащом окутывали ее полуобнаженные плечи. Воображению капитана Блада эта женщина рисовалась объятой ужасом, беспомощно скорчившейся на полу в углу каюты, быть может, связанной по рукам и ногам. Его рыцарственная натура не вынесла этой душераздирающей картины, и он совершил то, чему мы были свидетелями. А теперь несчастная пленница появилась перед ним, свободно, по собственной воле перешагнув порог каюты, и призывала к себе дона Жуана так, как призывают только возлюбленного.

Капитан Блад оцепенел от ужаса. От ужаса при мысли о том, что он содеял, какую чудовищную ошибку совершил, поспешив в своем донкихотском угаре сыграть роль провидения и убив человека.

А затем мысли капитана Блада обратились к женщине, чья душа неожиданно раскрылась перед ним, и ужас, еще более глубокий, заглушил все остальные чувства. Этот страшный набег на Бассетерре был организован только для того, чтобы под его прикрытием совершилось похищение этой женщины, и, быть может, она даже была всему зачинщицей. Да и самое это насильственное похищение было лишь отвратительной комедией, которую она разыграла — разыграла на фоне пожаров, убийств и насилий, оставаясь при этом столь бездушно жестокой, что спокойно могла теперь ворковать подобно голубке, нежно призывающей к себе голубка!

И ради этой фурии, равнодушно шагающей к своей цели по крови и трупам сотен людей, он обагрил кровью руки! Рыцарский его поступок превращался в низкое, подлое деяние.

Дрожь пробежала по его телу. А женщина, внезапно увидев перед собой это суровое горбоносое лицо и светлые, холодные, как сталь, глаза, ахнула и, отпрянув в смущенье, порывисто запахнула на груди тонкое шелковое одеяние.

— Кто вы такой? — изумленно спросила она. — Где дон Жуан де ля Фуэнте?

Капитан Блад спрыгнул на пол. Женщина всматривалась в его хмурое лицо, и в душу ее заползал безотчетный страх: изумление сменялось тревогой.

— Вы мадам де Кулевэн? — спросил капитан Блад по-французски. На этот раз не должно было быть осечки.

Женщина кивнула.

— Да, конечно. — Она говорила нетерпеливо, но в глазах ее стоял страх. — Кто вы такой? Почему вы допрашиваете меня? — Она топнула ногой.

— Где дон Жуан?

Капитан Блад знал, что путь истины — кратчайший путь, и он избрал его. Жестом показав на открытое окно, он сказал:

— Минуту назад я бросил его за борт.

Онемев, она глядела в это красивое, холодное лицо, отчетливо читая в нем приговор столь грозный, столь беспощадный, что у нее не зародилось сомнения в правдивости его слов.

Крик отчаяния вырвался из ее груди. Но он не смутил капитана Блада, не тронул его. Он заговорил снова, и, подчиняясь нестерпимо пронзительному взгляду этих холодных глаз, она слушала его, притихнув.

— Вы, по-видимому, принимаете меня за одного из соратников дона Жуана. Возможно, даже думаете, что я убил его, позавидовав захваченной им ценной добыче, чтобы самому завладеть ею. Это очень далеко от истины. Обманутый, как и все остальные, разыгранной вами комедией, поверив, что вы доставлены на борт этого корабля силой, и считая вас несчастной жертвой распутника и сластолюбца, я проникся глубоким сочувствием к вам и убил его, чтобы спасти вас от уготованной вам страшной участи. А теперь, — добавил он с горькой усмешкой, — я вижу, что вас вовсе не следовало спасать, что я покарал вас не меньше, чем его. Вот что происходит, когда человек присваивает себе роль провидения.

— Вы убили его! — воскликнула женщина. Она пошатнулась, побелев как полотно; казалось, она вотвот лишится чувств. — Вы убили его! О боже! Вы убили моего Жуана! — Она тупо повторяла это снова и снова, словно стараясь уяснить себе то, что не укладывалось в сознании. Потом внезапно ею овладела ярость. — Убийца! Грубое животное! — взвизгнула она. — Вы ответите за это! Я подниму тревогу на корабле! Видит бог, вы поплатитесь за это…

Метнувшись к двери капитанской каюты, она принялась колотить в нее кулаками. Рука ее уже поворачивала ключ в замке, но капитан Блад опередил ее. Она сопротивлялась, как дикая кошка, стараясь вырваться из его крепких рук, и громко взывала о помощи. Он оттащил ее от двери и отшвырнул от себя. Затем отобрал у нее ключ и положил его в карман.

Она лежала на полу возле стола, куда он ее отбросил, и издавала отчаянные вопли, надеясь поднять тревогу на корабле. Капитан Блад холодно наблюдал за ней.

— Ну что ж, поупражняйте свои легкие, моя прелесть, — насмешливо сказал он. — Вам это пойдет на пользу, а мне не причинит вреда.

Он сел на стул, ожидая, когда ее силы иссякнут и она утихнет. Но его слова уже отрезвили ее. Она подняла на него расширенные от ужаса глаза. Он криво усмехнулся, отвечая на ее немой вопрос.

— Ни один человек на корабле пальцем не пошевельнет, чтобы помочь вам, даже не обратит внимания на ваши крики — разве что они кого-нибудь позабавят. Уж таких людей подобрал в свою команду дон Жуан де ля Фуэнте.

Отчаяние, отразившееся в ее глазах, подтвердило капитану Бладу, что женщина поверила его словам. Он кивнул головой, и губы его снова скривила горькая ироническая усмешка, от которой у женщины захолонуло сердце.

— Да, да, мадам. Вот как обстоит дело. Советую вам трезво обдумать ваше положение.

Она поднялась с пола и стояла, прислонившись к столу. Ее глаза, устремленные на него, горели жгучей ненавистью.

— Если они не придут ко мне на помощь сегодня ночью, то придут завтра. Рано или поздно они должны прийти. Я не знаю, кто вы такой, но знаю, что, когда они придут, вам несдобровать.

— Вероятно, так же, как и вам, — спокойно произнес капитан Блад.

— Почему мне? Я никого не убивала.

— Вас и не будут в этом обвинять. Но в лице дона Жуана вы утратили единственного защитника на этом корабле. Вам должно быть понятно, какая участь ожидает вас, когда вы, одинокая, беззащитная женщина, окажетесь во власти этих веселых испанских молодчиков? Ведь вы для них — военный трофей, добыча, захваченная в жестоком набеге.

— Боже милостивый! — Женщина в ужасе прижала руки к груди.

— Успокойтесь, — презрительно сказал капитан Блад. — Я не затем спасал вас от одного хищника, чтобы бросить на растерзание целой стае. Ничего с вами не случится, если, конечно, вы сами не предпочтете такую участь возвращению к вашему супругу.

— К моему супругу?! — вне себя вскричала женщина. — О нет, нет! Никогда! Никогда!.

— Ну что ж, либо ваш супруг, либо… — Он кивнул на дверь. — Либо эта шайка. Я не вижу для вас другого выбора.

— Кто вы такой? — спросила женщина. — Вы сатана! Почему вы погубили мою жизнь да еще продолжаете мучить меня?

— Я не губил вас: наоборот, я вас спас. Ваш супруг будет считать — так же как считают все остальные, — что вы были похищены против вашей воли. Это, между прочим, необходимо и для его душевного покоя. Он нежно примет страдалицу-супругу в свои объятия, радуясь, что кончились его терзания, и постарается вознаградить вас за все муки, которые вы, как будет думать этот бедняга, претерпели.

Женщина истерически расхохоталась.

— Нежные объятия моего супруга? О боже! Если бы он хоть сколько-нибудь был нежен ко мне, я бы не очутилась на этом корабле! — Внезапно, к удивлению капитана Блада, ей захотелось что-то объяснить ему, как-то оправдать себя: — Человек, за которого меня выдали замуж, — тупое, грубое, бездушное животное. Вот что такое мосье де Кулевэн. Это тупица, который, промотав все свое состояние, вынужден был принять пост здесь, в этой дикой глуши, куда он притащил с собой и меня. Вы, конечно, думаете обо мне очень худо. Вы считаете меня легкомысленной женщиной, утратившей добродетель. Но я хочу, чтобы вы знали правду.

Через несколько месяцев после свадьбы, когда я была уже в полном отчаянии, в нашем доме в По, в Гасконии, на родине моего мужа, появился дон Жуан де ля Фуэнте, который в то время путешествовал по Франции. Мы полюбили друг друга с первого взгляда. Дон Жуан понял, как я несчастна, ибо это было ясно каждому. Он молил меня бежать с ним в Испанию, и, видит бог, как сожалею я сейчас, что не уступила тогда его мольбам, — ведь это положило бы конец моим страданиям. К несчастью, я осталась непреклонной. Чувство долга не позволило мне изменить данному мной обету. Я рассталась с доном Жуаном. С тех пор чаша моих страданий и позора переполнилась, и когда уже здесь, в Бассетерре, накануне войны с Испанией, я получила от дона Жуана письмо я узнала, что его благородное, преданное сердце по-прежнему мне принадлежит, что он любит меня и верен мне, я ответила ему и в своем отчаянии попросила его приехать как можно скорее и увезти меня…

Она умолкла. Слезы струились по ее щекам, полный муки взгляд был прикован к лицу капитана Блада.

— Теперь вы знаете, что вы натворили: вы погубили меня, разбили мою жизнь.

Взгляд капитана Блада смягчился, и голос его, когда он заговорил, звучал уже менее сурово:

— Ваша жизнь не погублена, мадам, вам это только кажется. Вы мечтали из ада попасть в рай, в действительности же вы только сменили бы один ад на другой, еще более страшный. Вы не знаете этого человека, не знаете «благородного, преданного сердца» дона Жуана де ля Фуэнте. Его показной блеск ослепил вас, и за этим блеском вы не разглядели гнили. А душа этого человека прогнила насквозь, и, доверив ему свою судьбу, вы обрекли бы себя на позор и бесчестье.

— Чью совесть хотите вы убаюкать — мою или вашу, клевеща на человека, которого убили?

— Я не клевещу на него, мадам, о нет! Все, что я говорю, не требует доказательств. Разве вы не видели, что творилось в Бассетерре сегодня? Вы же не могли не заметить, что кровь лилась там ручьями, что там убивали беззащитных людей, издевались над женщинами…

Она перебила его неуверенно:

— Но это же… Война есть война…

Капитан Блад вскипел:

— При чем тут война! Не обманывайте себя. Взгляните правде в глаза, даже если вы прочтете там приговор вам обоим. Для чего нужен Испании Мари-Галанте? И ведь, напав на город, испанцы даже не подумали удержать его в своих руках. Это нападение было нужно только вашему возлюбленному, и только как предлог. Он бросил свою оголтелую матросню на этот почти беззащитный остров лишь потому, что получил от вас письмо и шел навстречу вашим желаниям. Все эти мужчины, которые были убиты сегодня, все женщины, подвергшиеся надругательствам, спокойно спали бы сейчас в своих постелях, если бы не вы и не ваш жестокий возлюбленный. Только ради вас…

Женщина не дала ему договорить. Она слушала его, закрыв лицо руками, и тихонько стонала, раскачиваясь из стороны в сторону. Внезапно она вскочила и поглядела на него с яростью.

— Замолчите! — закричала она исступленно. — Я не желаю вас слушать! Все это ложь! Вы выворачиваете все наизнанку, чтобы оправдать свой мерзкий поступок!

Блад пристально смотрел на нее; лицо его было сумрачно и сурово.

— Люди такого сорта, как вы, — с расстановкой произнес он, — всегда верят только тому, что для них выгодно. Мне кажется, что я не должен сочувствовать вам. Я знаю, что не причинил вам никакого зла, и вполне удовлетворен тем, что вам предстоит теперь искупить свои заблуждения. Вы сами изберете себе форму этого искупления. Хотите вы, чтобы я вас оставил здесь, в обществе этих молодцов, или предпочтете отправиться вместе со мной к вашему супругу?

Она растерянно глядела на него; грудь ее бурно вздымалась. Она начала бессвязно молить его о чем-то, но он ее прервал:

— Не мне решать вашу судьбу. Вы уготовили ее себе сами. Я лишь указываю вам два пути, а вы свободны сделать свой выбор.

— Но как… каким образом можете вы доставить меня в Бассетерре? — спросила она вдруг.

Это он тут же объяснил ей и, не спрашивая более ее согласия, зная теперь, что оно последует, быстро принялся за дело. Собрав остатки еды в салфетку, он взял небольшой бочонок пресной воды и бурдюк с вином, связал их вместе веревкой, которую разыскал у себя в каюте, и спустил на веревке в пинассу, подтянув ее за буксирный канат к кормовому свесу судна.

Укоротив буксирный канат и захлестнув его за один из пиллерсов, он предложил мадам де Кулевэн спуститься с его помощью по канату в пинассу.

Мадам де Кулевэн пришла в ужас. Но он все же заставил ее побороть страх и стать на край окна. Затем, соскольснув вниз, он повис, держась за канат, она, повинуясь его приказу, вся трепеща, тоже уцепилась руками за канат и стала ему на плечи, а потом, не отпуская каната, скользнула ниже, и он, цепко обхватив ее одной рукой, стал осторожно спускаться в пинассу.

С палуб доносились крики, шум и пение матросов, распевавших хором какую-то разудалую испанскую песню.

Наконец нога капитана Блада нащупала планшир пинассы. Он подтолкнул пинассу ногой ближе к корпусу корабля и спрыгнул на форлюк. Его спутница висела, уцепившись за канат. Подтянув пинассу еще ближе к кормовому свесу, Блад осторожно помог мадам де Кулевэн спуститься в лодку. После этого он одним ударом перерубил ножом буксирный канат, и корабль, шедший под свежим ветром в крутой бейдевинд, начал быстро удаляться, сияя во мраке ярко освещенным кормовым окном и тремя большими трюмовыми фонарями и оставив пинассу тихонько покачиваться на его кильватерной волне.

Капитан Блад, немного отдышавшись, усадил мадам де Кулевэн на кормовой люк, поднял парус, обрасопил его по ветру и, бросив взгляд на ярко сверкавшие в темном тропическом небе звезды, взял курс на Бассетерре, куда при попутном ветре он рассчитывал попасть до восхода солнца.

Женщина, сидевшая на корме, тихонько всхлипывала. Час искупления для нее уже настал.

БЛАГОДАРНОСТЬ МОСЬЕ ДЕ КУЛЕВЭНА

Теплой тропической ночью пинасса, гонимая легким южным бризом, стойко бороздила морскую гладь. Потом взошла луна, и море заискрилось расплавленным серебром.

Капитан Блад сидел у румпеля. Рядом с ним на крышке люка

скорчилась женщина; она временами бормотала что-то бессвязное — то жалобно, то гневно, — потом умолкала. О благодарности, которую капитан Блад, как ему казалось, заслужил, не было и речи. Но, будучи человеком отзывчивым и снисходительным, он не чувствовал себя уязвленным. Положение мадам де Кулевэн, что ни говори, было не из легких, и у нее, в конце концов, не было особенных оснований испытывать благодарность к людям или к судьбе.

Ее сумбурные, противоречивые чувства не удивляли капитана Блада. Он понимал источник этой ненависти, которая звенела в ее голосе, когда из мрака до него доносились ее упреки, — ненависти, которой пылало ее бледное лицо в свете занимавшейся зари.

Теперь до острова оставалось не более двух миль. Уже появилась на горизонте темная полоска леса, увенчанная единственной горной вершиной. Слева от пинассы бороздил волны высокий корабль, держа путь к открывавшейся впереди бухте, — английский корабль, как определил капитан Блад по его оснастке и линиям корпуса. Заметив свернутый марсель, Блад решил, что капитан корабля, по-видимому, новичок в здешних водах и потому осторожно нащупывает свой путь. Это предположение укрепилось при виде матроса, который стоял у фокаван путенсов правого борта и, перегнувшись через поручни, измерял глубину лотом. Над золотящейся в утренних лучах водной гладью далеко разносились его монотонно-певучие выкрики.

Мадам де Кулевэн, задремавшая, скорчившись на корме, проснулась и с испугом поглядела на фрегат, на его пламенеющие в лучах зари паруса.

— Не бойтесь, мадам. Это не испанский корабль.

Она подняла на Блада еще затуманенные дремотой, распухшие от слез глаза. Полные губы скривила горькая усмешка.

— Чего мне теперь бояться? Что может быть страшнее той участи, которую вы мне уготовили?

— Я, мадам? Не мной решалась ваша участь. Ее решили ваши собственные поступки.

— Какие мои поступки? — резко возразила она. — Разве этого я добивалась? Чтобы вернуться назад к мужу?

Капитан Блад устало вздохнул:

— Неужели мы должны начинать все сначала? Неужели я должен напоминать вам, что вы сами отвергли предложенную вам возможность — сдаться на милость храбрых испанских матросов — и вместо этого возвращаетесь к вашему супругу, пребывающему в приятном заблуждении, что вы были похищены насильно.

— Но ведь вы, убийца, вынудили меня к этому...

— Если бы не я, ваша участь, мадам, была бы еще плачевней. Много плачевней того, что вы мне описали.

— Плачевней ничего не может быть! Ничего! Ведь этот низкий человек, который завез меня сюда, в эти варварские места, завез потому, что бежал от долгов, от позора, потому, что ему уже не было места на родине, этот... Ах, зачем я вам все это говорю! Вы же не хотите ничего понимать из упрямства, вам бы только осуждать!

— Мадам, я не хочу осуждать вас. Я хочу, чтобы вы осудили себя сами за те бедствия, которые навлекли на Бассетерре. И если вы примете то, что вас ждет, как искупление за содеянное, это поможет вам обрести душевный покой.

— Душевный покой! О чем вы говорите! — вырвалось у нее со стоном.

Капитан Блад произнес нравоучительно:

— Искупление очищает совесть. И тогда покой нисходит на душу.

— Я не желаю слушать ваши проповеди! Кто вы такой? Флибустьер, морской разбойник! Как смеете вы проповедовать то, о чем не имеете ни малейшего понятия! Мне нечего искупать. Я никому не причинила зла. Я была доведена до отчаяния жестоким, подлым деспотом, пьяницей, бесчестным игроком, шулером! Да, да, бесчестным! У меня не было другой возможности спастись. Могла ли я знать, что дон Жуан такой человек, каким вы его изображаете? Известно ли мне это даже теперь?

— Вот как? — произнес Блад. — Разве вы не видели разграбленных домов и пепелищ Бассетерре? Не видели всех этих ужасов, всех страшных бесчинств, творимых там матросами по его повелению? И вы все еще сомневаетесь в том, что это за человек? Взирая на весь этот ужас, содеянный ради того, чтобы вы могли упасть в объятия своего возлюбленного, вы еще осмеливаетесь говорить, что не причинили никому зла? Вот, мадам, что требует искупления! А все то, что было между вами и вашим мужем или доном Жуаном, ничтожно по сравнению с этим.

Но ее ум не мог этого вместить; она отказывалась верить и продолжала негодовать. Капитан Блад перестал ее слушать. Он занялся парусом, обрасопил его бейдевинд, дав пинассе резкий крен, и повел ее прямо к гавани.

Часом позже они бросили якорь у мола. Там уже причалил баркас, и английские матросы с фрегата, стоявшего на рейде, сходили на берег.

Мужчины и женщины, черные и белые, толпившиеся на пристани, перепуганные, еще не оправившиеся от страшных потрясений вчерашнего дня, не веря своим глазам, смотрели на мадам де Кулевэн, которую на руках вынес из лодки на берег статный мужчина с суровым лицом, в мятом сером камлотовом костюме, шитом серебром, и черном парике, заметно нуждавшемся в завивке.

Кучка людей в изумлении двинулась им навстречу — медленно сначала, затем все быстрее и быстрее. И вот они уже окружили тайную виновницу всех их бед, приветствуя ее, радуясь чудесному ее избавлению.

Капитан Блад, молчаливый и угрюмый, стоя в стороне, окинул взглядом разбросанные на большом пространстве дома поселка, еще не залечившего свои раны — разбитые окна, двери, висящие на одной петле, тлеющие головни пепелищ на месте, где еще вчера стояли дома, предметы домашнего обихода, валяющиеся под открытым небом… С невысокой, обсаженной акациями колокольни на площади долетел заунывный похоронный звон. Внутри церковной ограды царило зловещее оживление: негры-могильщики деятельно трудились там, действуя мотыгами и лопатами.

Холодные синие глаза капитана Блада быстро охватили взглядом и это, и многое другое. Затем он довольно решительно вывел свою спутницу из толпы сочувствующих, засыпавших ее удивленными вопросами и никак не подозревавших, в какой мере она является виновницей их бедствий. Они поднялись по отлогому склону — мадам де Кулевэн указывала Бладу путь. Им повстречалась кучка английских матросов, наполнявших бочонки пресной водой у запруды на ручье. Они прошли мимо церкви и кладбища, где кипела работа, мимо отряда городской милиции, занятого тренировкой; на солдатах были синие мундиры с красным кантом. Полковник де Кулевэн привез это пополнение из Ле Карм, когда Бассетерре был уже разграблен.

По пути им не раз приходилось останавливаться, так как прохожие снова и снова бросались с удивленными восклицаниями к мадам де Кулевэн, вдруг неизвестно откуда появившейся на улице в сопровождении высокого сурового незнакомца. Но вот наконец по широкой пальмовой аллее они прошли через пышно цветущий сад и приблизились к длинному приземистому бревенчатому зданию на каменном фундаменте.

Здесь не было заметно ни малейших повреждений. Испанцы, ворвавшиеся вчера в этот дом (если только они действительно в него врывались), оставили здесь все в полной сохранности, ограничившись похищением жены губернатора.

Дверь отворил старый негр. При виде своей хозяйки в измятом шелковом платье, с растрепанными волосами он завопил истошным голосом. Он и смеялся, и плакал. Он возносил мольбы к господу богу. Он прыгал вокруг нее, точно преданный пес, и схватив ее руку, покрыл ее поцелуями.

— Вас здесь, по-видимому, любят, мадам... — сказал капитан Блад, когда они наконец остались вдвоем в столовой.

— А вас это, конечно, удивляет, — промолвила она, и уже знакомая ему язвительная усмешка скривила ее полные губы.

Дверь резко распахнулась, и высокий грузный мужчина с крупными, резкими чертами болезненножелтого лица, испещренного глубокими морщинами, застыл в изумлении на пороге. Его синий с красными выпушками военный мундир топорщился от золотых галунов. Темные, налитые кровью глаза удивленно расширились при виде жены. Смуглое от загара лицо его побледнело.

— Антуанетта! — запинаясь, промолвил он. Нетвердой походкой он приблизился к жене и взял ее за плечи. — Это и в самом деле ты… Мне, мне сообщили… Да где же ты была целые сутки?

— Тебе же, вероятно, сообщили где. — Голос ее звучал устало, безжизненно. — На счастье или на беду, этот господин спас меня и доставил сюда целую и невредимую.

— На счастье или на беду? — повторил ее супруг и нахмурился. Губы его скривились. Неприязнь к жене отчетливо читалась в его взгляде. Сняв руки с ее плеч, он обернулся к капитану Бладу. — Этот господин? — Глаза его сузились. — Испанец?

Капитан Блад с улыбкой посмотрел на его хмурое лицо.

— Голландец, сэр, — солгал он. Впрочем, дальнейшее его повествование не отклонялось от истины. — По счастливому стечению обстоятельств, я оказался на борту испанского судна «Эстремадура». Меня подобрали в открытом море после кораблекрушения. Получив доступ в капитанскую каюту, где командир корабля держал взаперти вашу супругу, я положил конец его любовным притязаниям. Короче говоря, я убил его. — За этим последовал сжатый рассказ о том, как им удалось бежать с испанского судна.

Полковник де Кулевэн выразил свое удивление божбой и проклятьями. Потом задумался, стараясь получше уяснить себе все, что ему пришлось услышать, и снова разразился проклятьями. Капитан Блад приходил к заключению, что полковник де Кулевэн — грубая, тупая скотина, и женщина, которая его покидает, достойна снисхождения. Если полковник де Кулевэн испытывал какие-либо нежные чувства к жене или благодарность к тому, кто спас ее от позорной участи, он эти чувства держал при себе. Впрочем, он довольно бурно сокрушался по поводу бедствий, постигших город, и капитан Блад уже готов был отдать ему в этом смысле должное, но тут выяснилось, что губернатора беспокоят не столько страдания жителей Бассетерре, сколько те последствия, которые может все случившееся иметь лично для него, когда французское правительство призовет его к ответу.

Бледная, измученная мадам де Кулевэн, красота которой несколько пострадала от плачевного состояния ее прически и туалета, прервала жалобы супруга, напомнив ему о том, чего требовала от него простая учтивость.

— Вы еще не поблагодарили этого господина за столь героически оказанную нам услугу.

Капитан Блад уловил иронию этих слов и понял скрытый в них двойной смысл. На мгновение в его сердце закралось сострадание к этой женщине: он понял, какое отчаяние владело ею, когда она, не задумываясь над судьбой других людей, была готова на все, лишь бы спастись от этого грубого эгоиста.

Полковник де Кулевэн принес свои запоздалые извинения, после чего мадам удалилась: она еле держалась на ногах от усталости. Старый негр, стоявший поодаль, бросился к своей госпоже, чтобы предложить ей руку, а появившаяся на пороге встревоженная негритянка поспешила заботливо отвести хозяйку в спальню.

Де Кулевэн проводил жену тяжелым взглядом. Суховатый голос капитана Блада вывел его из задумчивости:

— Если вы предложите мне завтрак, я буду считать себя полностью вознагражденным.

— А, будь я проклят! — выбранился губернатор. — Какая рассеянность! Все эти волнения, мосье… Разрушения, произведенные в городе… Похищение моей жены… Это так ужасно! Вы должны меня понять. Все это выбивает человека из седла.

Прошу извинить меня, мосье… К сожалению, я не имею чести знать вашего имени.

— Вандермир. Питер Вандермир к вашим услугам.

— А вы вполне уверены в том, что это ваше имя? — произнес за его спиной чей-то голос по-французски, но с резким английским акцентом.

Капитан Блад стремительно обернулся. На пороге соседней комнаты, откуда ранее появился полковник де Кулевэн, он увидел не старого еще человека в красном мундире, шитом серебром. Капитан Блад узнал пухлую румяную физиономию своего старого знакомца капитана Макартни, который командовал гарнизоном на Антигуа, когда несколько месяцев назад Бладу удалось ускользнуть оттуда под самым носом англичан.

Удивление капитана Блада при виде его было мимолетным — он тотчас вспомнил английский фрегат, обогнавший его пинассу, когда они приближались к Бассетерре.

Английский офицер злорадно улыбнулся:

— Доброе утро, капитан Блад. На этот раз у вас нет под рукой ни ваших пиратов, ни кораблей, ни пушек — вам нечем запугать нас.

Столь явная угроза прозвучала в его голосе, столь прозрачен был намек и столь очевидны намерения, что рука капитана Блада инстинктивно потянулась к левому боку. Англичанин расхохотался.

— У вас нет даже шпаги, капитан Блад.

— По-видимому, ее отсутствие и окрылило вас настолько, что ваша наглость одержала победу над вашей трусостью.

Тут вмешался полковник:

— Капитан Блад, говорите вы? Капитан Блад! Но не тот же флибустьер? Не…

— Вот именно: флибустьер, пират, бунтовщик и беглый каторжник, за голову которого английское правительство положило награду в тысячу фунтов стерлингов.

— В тысячу фунтов! — Де Кулевэн с шумом втянул в себя воздух. Взгляд его темных, с красноватыми белками глаз вонзился в спасителя его супруги. — Что такое, что такое? Это правда, сэр?

Капитан Блад пожал плечами.

— Разумеется, это правда. Как вы полагаете, разве кто-нибудь другой мог бы проделать то, что, как я вам уже докладывал, было проделано сегодня ночью.

Полковник де Кулевэн продолжал глядеть на него с возрастающим изумлением.

— И вам удалось выдать себя за голландца на этом испанском корабле?

— Да. И этого тоже никто другой, кроме капитана Блада, не сумел бы проделать.

— Боже милостивый! — воскликнул де Кулевэн.

— Надеюсь, вы, невзирая на это, все же угостите меня завтраком, дорогой полковник?

— На борту «Ройял Дачес», — со зловещей шутливостью произнес Макартни, — вы получите тот завтрак, какой вам положено.

— Премного обязан. Но я еще раньше имел удовольствие воспользоваться гостеприимством полковника де Кулевэна, после того как оказал небольшую услугу его супруге.

Майор Макартни — он получил повышение после своей последней встречи с капитаном Бладом — улыбнулся.

— Что ж, я могу и подождать, пока вы разговеетесь.

— А чего именно намерены вы ждать? — спросил полковник де Кулевэн.

— Возможности исполнить свой долг, который повелевает мне арестовать этого проклятого пирата и отправить его на виселицу.

Полковник де Кулевэн, казалось, был поражен.

— Арестовать его? Вы изволите шутить, я полагаю. Вы находитесь здесь на французской земле, сэр. Ваши полномочия не распространяются на французские владения.

— Возможно, что и нет. Однако между Францией и Англией существует соглашение, по которому обе стороны обязуются незамедлительно выдавать любого преступника, бежавшего с каторги. И посему, мосье, вы никак не можете отказаться выдать мне капитана Блада.

— Выдать его вам? Выдать вам моего гостя? Человека, столь благородно оказавшего мне услугу, которая и привела его под мой кров? Нет, сэр, нет... Об этом не может быть и речи! — Так говорил полковник, демонстрируя перед капитаном Бладом некоторые остатки порядочности.

Но Макартни оставался серьезен и невозмутим.

— Я понимаю вашу щепетильность. И уважаю ее. Но долг есть долг.

— А я плевать хотел на ваш долг, сэр.

Майор заговорил более сухо:

— Полковник де Кулевэн, разрешите напомнить вам, что я располагаю кое-какими средствами, чтобы подкрепить мое требование, и мой долг заставит меня прибегнуть к ним.

— Что такое? — Полковник де Кулевэн был ошеломлен. — Вы угрожаете мне применением оружия здесь, на французской территории?

— Если вы будете упорствовать в вашем неуместном донкихотстве, у меня не останется другого выбора, как высадить здесь своих солдат.

— Позвольте... Гром и молния! Это же равносильно открытию военных действий! Это может привести к войне между нашими державами!

Но Макартни отрицательно покачал своей круглой головой.

— Это, несомненно, приведет только к тому, что полковник де Кулевэн будет отозван со своего поста, ибо на него падет ответственность за этот вынужденный акт. Мне кажется, — добавил майор с язвительной улыбкой, — что после вчерашних событий ваше положение и без того стало довольно шатким, мой дорогой полковник.

Де Кулевэн был уже весь в поту. Он тяжело опустился на стул, вытащил носовой платок и утер лоб. В полном расстройстве он обратился к капитану Бладу:

— Будь я проклят! Что же мне делать?

— Боюсь, — сказал капитан Блад, — что доводы майора безупречны. — Он откровенно подавил зевок. — Прошу прощения. Мне не пришлось поспать сегодня ночью, я ведь провел ее в открытом море. — С этими словами он тоже уселся на стул. — Не расстраивайтесь, мой дорогой полковник. Судьба частенько наказывает тех, кто пытается взять на себя роль провидения.

— Но что же мне делать, сэр, что же мне делать?

У капитана Блада был очень сонный вид, казалось, он вот-вот задремлет, но мозг его работал с лихорадочной быстротой. Он уже давно убедился в том, что почти все офицеры колониальной службы делятся на две категории: одни, подобно де Кулевэну, попали сюда, промотав на родине все свое состояние, другие, будучи младшими сыновьями в майоратствах, вовсе этого состояния не имели. И капитан Блад решил, как он объяснял это впоследствии, забросить лот, дабы промерить глубину незаинтересованности Макартни и бескорыстность его намерений.

— Вам, разумеется, придется выдать меня ему, мой дорогой полковник. В награду вы получите от английского правительства тысячу фунтов стерлингов — сорок тысяч реалов.

Оба офицера привскочили от неожиданности, и у обоих почти одновременно вырвалось недоуменное восклицание.

Капитан Блад пояснил:

— Так оно получается по условиям соглашения, на соблюдении которого настаивает майор Макартни. Награда за поимку любого беглого преступника вручается тому, кто передает этого преступника в руки властей. Здесь, на французской территории, таким лицом являетесь вы, мой дорогой полковник. Майор же Макартни в этом случае всего лишь представитель власти, сиречь английского правительства, которому вы меня передадите.

Лицо англичанина вытянулось, оно даже слегка побледнело; рот у него приоткрылся, дыхание участилось. Капитан Блад не напрасно закинул свой лот. Это дало ему возможность прощупать душу Макартни до самого дна, и тот стоял теперь перед ним онемевший, обескураженный: тысяча фунтов стерлингов, которую он уже считал своей, внезапно уплыла у него из рук, но приличие не позволяло ему протестовать.

Однако разъяснение, данное капитаном Бладом, имело и другие последствия. Полковник де Кулевэн тоже был сильно поражен. Перспектива получить столь круглую сумму странным образом повлияла на него, почти так же, как на майора Макартни — ее воображаемая утрата. И это создавало совершенно непредвиденные осложнения для наблюдавшего за ними капитана Блада. Впрочем, он тут же вспомнил слова мадам де Кулевэн, утверждавшей, что ее муж — азартный игрок, преследуемый кредиторами. Теперь в нем пробудился интерес; он старался представить себе, что должно будет произойти, когда придут в столкновение эти развязанные им злые силы, а в душе его уже затеплилась надежда, что именно тут и откроется ему путь к спасению, как уже случилось однажды в сходной ситуации.

— Что же я могу еще прибавить, мой дорогой полковник? — лениво процедил он сквозь зубы. — Обстоятельства оказались сильнее меня. Я понимаю, что проиграл, а раз так, значит, надо платить. — Он снова зевнул.

— А пока что я был бы вам очень признателен, если бы вы дали мне возможность немного поесть и отдохнуть. Может быть, майор Макартни предоставит мне отсрочку до вечера? А тогда пусть приходит со своими солдатами и забирает меня.

Макартни отвернулся и нервно зашагал по комнате, поглядывая в раскрытое окно. Все его самодовольство и уверенность в себе как рукой сняло. Плечи его поникли, и даже колени согнулись.

— Ладно, — сказал он угрюмо и, оборвав свое бессмысленное топтание, повернулся к двери. — Я вернусь за вами в шесть часов... — На пороге он приостановился. — Вы не выкинете со мной какой-нибудь подлой штуки, капитан Блад?

— Какую же штуку могу я выкинуть? — Капитан Блад меланхолично улыбнулся. — У меня нет под рукой ни моих пиратов, ни корабля, ни пушек. Нет даже шпаги, как вы изволили заметить, майор. А единственная штука, которую я мог бы еще выкинуть... — Он умолк, потом внезапно заговорил совсем другим, деловым тоном: — Впрочем, майор Макартни, поскольку вы не можете заработать тысячи фунтов, захватив меня, вы, вероятно, не будете настолько глупы, чтобы отказаться от тысячи фунтов, которую можете получить, отпустив меня? Забыв, что вы вообще меня видели.

Макартни побагровел.

— Что вы имеете в виду, черт побери?

— Не лезьте в бутылку, майор. Обдумайте все хорошенько, у вас есть время до вечера. Тысяча фунтов стерлингов — это куча денег. Вы на своей службе у короля Якова не заработаете такой суммы в один день и даже в один год. И вы уже отлично понимаете теперь, что, схватив меня, вы тоже ничего на этом не заработаете.

Макартни закусил губу и испытующе покосился на полковника де Кулевэна.

— Это... это просто неслыханно! — возопил он. — Вы, что ж, думаете, что меня можно подкупить! Нет, это поистине неслыханно! Если об этом станет известно...

Капитан Блад хмыкнул.

— Вот что вас беспокоит? А откуда же это станет известно? Полковник де Кулевэн обязан мне, по меньшей мере, молчанием.

Это вывело полковника де Кулевэна из задумчивости:

— О, разумеется, по меньшей мере, по меньшей мере, сэр. Можете быть совершенно спокойны на этот счет.

Макартни переводил взгляд с одного лица на другое. Соблазн был явно слишком велик. Он хрипло выругался.

— Я возвращусь в шесть часов, — резко сказал он.

— Со стражей, майор? Или один? — задал коварный вопрос капитан Блад.

— Это... там видно будет.

Майор вышел, и они услышали за дверью его тяжелые шаги. Капитан Блад подмигнул полковнику и встал:

— Спорю на тысячу фунтов, что он вернется без стражи.

— Не могу принять вашего пари, ибо я сам того же мнения.

— Вот это очень прискорбно, потому что мне понадобятся деньги, а я не вижу другой возможности их добыть. Может быть, он согласится взять с меня расписку?

— Пусть этот вопрос вас не беспокоит.

Капитан Блад внимательно вгляделся в грубую, хитрую физиономию полковника. Полковник улыбнулся подчеркнуто сердечно. И все же эта улыбка не располагала к себе.

А улыбка все ширилась, она так и сверкала дружелюбием.

— Вы можете поесть и отдохнуть со спокойной душой, сэр. Я улажу это дело с майором Макартни, когда он вернется.

— Как можете вы его уладить? Вы внесете за меня эти деньги?

— Я обязан вам значительно большим, мой дорогой капитан.

Капитан Блад окинул полковника быстрым испытующим взглядом, потом поклонился и в самых высокопарных словах выразил свою благодарность. Подобное великодушие было просто невероятным. А в устах проигравшегося в пух и прах, преследуемого кредиторами игрока оно казалось тем более неправдоподобным; если бы кто-нибудь и мог попасться на эту удочку, то уж никак не умудренный жизненным опытом капитан Блад.

Подкрепив свои силы едой, Блад, несмотря на усталость, долго лежал без сна на мягкой постели под пологом, которую приготовил ему негр Абрахам в просторной светлой комнате на втором этаже. Лежал и перебирал в памяти все события этого дня. Ему припомнилась внезапная, едва уловимая перемена, произошедшая в поведении де Кулевэна при сообщении о том, что ему должна достаться награда; припомнилась и слащавая улыбка, игравшая на его губах, когда он вдруг пообещал уладить дело с майором Макартни. Нет, полковник де Кулевэн отнюдь не из тех, кому можно доверять, или же капитан Блад совсем не знает людей. Блад понимал, что его персона представляет довольно солидную ценность, за которую многие готовы будут драться. Английское правительство высоко оценило его голову. Но было также общеизвестно, что испанцы, не ведавшие от него пощады, заплатят в три и даже в четыре раза больше, лишь бы заполучить его живым, чтобы затем иметь удовольствие зажарить его на костре во славу божию. Быть может, этот низкий человек де Кулевэн внезапно сообразил, что судьба, забросив на этот остров избавителя его жены, дает ему тем самым возможность исправить свои пошатнувшиеся дела? Если хотя бы половина тех жалоб, что изливались из груди мадам де Кулевэн во время ночного путешествия в пинассе по морю, соответствовала действительности, не было ни малейшего основания предполагать, что какие-либо соображения щепетильности или чести могут остановить полковника де Кулевэна.

И чем глубже вдумывался капитан Блад в свое положение, тем сильнее росла его тревога. Он чувствовал себя в ловушке. И уже начал даже подумывать, не подняться ли ему сейчас с постели и, невзирая на огромную усталость, не попробовать ли пробраться к пристани, разыскать свою пинассу, уже сослужившую ему однажды хорошую службу, и отдаться на милость океана? Но куда можно доплыть в этой утлой посудине? Только до близлежащих островов, а это все были либо английские, либо французские владения. На английской земле его ждали арест и виселица, да и французская, видимо, не сулила ему добра, если здесь, на этом острове, правитель которого был столь многим ему обязан, его подстерегала гибель. Единственное, что могло бы его спасти, — это деньги. Тогда, если в открытом море его подберет какое-либо судно, он, располагая достаточной суммой, может рассчитывать на то, что шкипер, без лишних расспросов, согласится высадить его на Тортуге. Но денег у него не было. И, кроме крупной жемчужины, украшавшей его левое ухо и стоившей примерно четыре тысячи реалов, не было и никаких ценностей.

Он готов был проклинать этот злосчастный поход на пирогах, этот набег на ловцов жемчуга, который, окончившись столь плачевно, разлучил его с кораблем и заставил носиться на каком-то обломке по воле волн. Однако, поскольку проклятия по адресу былых бед, ни в коей мере не помогают предотвратить беды грядущие, капитан Блад решил, что, как говорится, утро вечера мудренее, а посему прежде всего необходимо восстановить свои силы сном.

Он положил себе проснуться в шесть часов, так как к этому времени должен был возвратиться майор Макартни, и благодаря многолетней тренировке, проснулся, как всегда, минута в минуту. Положение солнца на небе с достаточной точностью оповестило его о том, который час. Он соскочил с постели, разыскал свои башмаки, тщательно начищенные Абрахамом, кафтан, также приведенный им в порядок, и, наконец, парик, который этот добрый негр не преминул причесать. И едва успел он облачиться во все вышепоименованные предметы, как в раскрытое окно до него долетел звук голосов. Сперва послышался голос Макартни, а затем — полковника Кулевэна, сердечно приветствовавшего майора:

— Прошу вас, сэр, входите, входите.

«Я проснулся как раз вовремя», — подумал Блад и решил, что это хорошее предзнаменование. Он начал осторожно, крадучись, спускаться вниз. Ни на лестнице, ни в коридоре никого не было. Перед дверью, ведущей в столовую, он остановился и прислушался. Оттуда доносились приглушенные голоса. Но собеседники находились где-то слишком далеко — по-видимому, в следующей комнате. Капитан Блад бесшумно приотворил дверь и шагнул через порог. В столовой, как он и предполагал, тоже никого не было. Дверь в соседнюю комнату была прикрыта неплотно, и оттуда доносился смех майора. Затем Блад услышал голос полковника:

— Будьте покойны. Он у меня в руках. Испания, как вы сами сказали, заплатит за него втрое, а может, и вчетверо больше. Значит, он будет рад дать за себя хороший выкуп, ну, скажем... раз в пять больше суммы, назначенной англичанами. — Полковник довольно хмыкнул и прибавил: — У меня есть преимущества перед вами, майор: я могу требовать с него выкуп, а вам, английскому офицеру, это никак невозможно. Так что, если все это прикинуть и учесть, то вы, поразмыслив хорошенько, должны быть довольны, что и вам перепадет тысчонка фунтов.

— Силы небесные! — в праведном гневе, порожденном черной завистью, возопил Макартни. — Вот как, значит, вы платите долги! Вот как хотите вы отблагодарить человека, который спас жизнь вашей супруге! Ну, черт побери, я счастлив, что вы мне ничем не обязаны.

— Может быть, мы не будем отвлекаться от дела? — угрюмо произнес полковник.

— Охотно, охотно. Платите деньги — и я избавлю вас от своего присутствия.

Послышался звон металла, он повторился дважды, словно кто-то положил на стол один за другим два мешочка с золотом.

— Золото в рулонах, по двадцать двойных луидоров в каждом. Хотите пересчитать?

Последовало довольно продолжительное и невнятное бормотание. Потом снова раздался голос полковника:

— Теперь подпишите эту расписку, и дело с концом.

— Какую расписку?

— Сейчас я вам прочту: «Сим свидетельствую и подписью своей удостоверяю, что мною получена от полковника Жерома де

Кулевэна денежная сумма в размере тысячи фунтов в виде компенсации за данное мною согласие воздерживаться от каких бы то ни было враждебных действий по отношению к капитану Бладу как в настоящий момент, так и впредь, до тех пор, пока он остается гостем полковника де Кулевэна на острове Мари-Галант или где-либо еще. Подписано 10 июля 1699 г. собственноручно».

Голос полковника еще не успел замереть, как Макартни взорвался:

— Сто чертей и ведьм, полковник! Вы что — рехнулись или принимаете меня за сумасшедшего?

— А что вам не нравится? Разве я не вполне точно изложил суть дела?

Макартни в бешенстве ударил по столу кулаком.

— Да вы же надеваете мне петлю на шею!

— Только в том случае, если вы захотите меня надуть. А иначе какая у меня гарантия, что вы, взяв деньги, не пойдете на попятную.

— Я даю вам слово, — высокомерно заявил вспыльчивый Макартни. — Моего слова должно быть для вас достаточно.

— Ах, вот оно что! Ваше слово! — Француз явно издевался над ним. — Ну нет. Вашего слова никак не достаточно.

— Вы оскорбляете меня!

— Полно! Давайте рассуждать по-деловому, майор. Сами-то вы стали бы заключать на слово сделку с человеком, роль которого в этой сделке бесчестна?

— Что значит бесчестна, мосье? Что, черт побери, имеете вы в виду?

— Вы же соглашаетесь нарушить свой долг и берете за это взятку. Разве это не называется бесчестным поступком?

— Силы небесные! Любопытно услышать это из ваших уст, учитывая ваши собственные намерения!

— Вы сами на это напросились. К тому же я ведь не разыгрывал из себя оскорбленной невинности. Я был даже излишне откровенен с вами, вплоть до того, что мог показаться вам жуликом. Но у меня-то ведь нет нужды нарушать закон, как приходится вам, майор.

За этими словами, сказанными примирительным тоном, последовало молчание.

Затем Макартни произнес:

— Тем не менее я эту бумагу не подпишу.

— Вы ее подпишете и приложите к ней печать или я не выплачу вам денег. Чего вы опасаетесь, майор? Даю вам слово…

— Вы даете мне слово! Чума и мор! Чем ваше слово надежнее моего?

— Обстоятельства делают его надежнее. У меня не может возникнуть искушения его нарушить, как у вас. Я на этом ровно ничего не выгадаю.

Капитану Бладу было уже совершенно ясно, что раз майор Макартни до сих пор не влепил французу пощечины за все полученные от него оскорбления, значит, он кончит тем, что подпишет бумагу. Только совершенно отчаянная нужда в деньгах могла довести англичанина до столь унизительного положения. Поэтому Блад ничуть не был удивлен, услыхав ворчливый ответ Макартни:

— Давайте сюда перо. Покончим с этим.

Снова на некоторое время наступила тишина. Потом раздался голос полковника:

— Теперь приложите печать. Вашего перстня будет достаточно.

Капитан Блад не стал ожидать, как развернутся дальше события. Высокие узкие окна, выходившие в сад, были распахнуты. За окнами быстро надвигались сумерки. Капитан Блад бесшумно перешагнул через подоконник и исчез среди пышно разросшихся кустов. Гибкие лианы, словно змеи, обвивали стволы деревьев. Капитан Блад вынул нож и срезал одну тонкую плеть у самого корня.

Но вот на тенистой пальмовой аллее, где уже совсем сгустился мрак, появился капитан Макартни с увесистыми кожаными мешочками в каждой руке; тихонько напевая что-то себе под нос, он сделал несколько шагов, споткнулся на какую-то, как показалось ему, веревку, протянутую поперек аллеи, и, громко выругавшись, растянулся на земле плашмя.

Оглушенный падением, он еще не успел прийти в себя, как на спину ему навалилась какая-то тяжесть, и чей-то приятный, мягкий голос прошептал у него над ухом по-английски, но с заметным ирландским акцентом:

— У меня нет здесь моих пиратов, майор, нет корабля, нет пушек и, как вы изволили заметить, нет даже шпаги. Но руки у меня есть и голова тоже, и этого вполне достаточно, чтобы справиться с таким презренным негодяем, как вы.

— Вас вздернут за это на виселицу, капитан Блад, богом клянусь! — прорычал полузадушенный Макартни.

Он яростно извивался, пытаясь вырваться из сжимавших его тисков. В этом положении шпага не могла сослужить ему службы, и он старался добраться до кармана, где лежал пистолет, но тем самым только выдал свои намерения капитану Бладу, который тотчас и завладел его пистолетом.

— Лежите тихо, — сказал капитан Блад, — или я продырявлю вам череп.

— Подлый Иуда! Вор! Пират! Так-то ты держишь свое слово?

— Я тебе не давал никакого слова, грязный мошенник. Ты заключил сделку с этим французом, а не со мной. Он подкупил тебя, чтобы ты изменил своему долгу. Я в этой сделке не участвовал.

— Ты лжешь, пес! Вы оба отпетые негодяи, клянусь преисподней, и работаете на пару.

— Вот это уже незаслуженное оскорбление, и крайне нелепое притом, — сказал капитан Блад.

Макартни снова разразился бранью.

— Вы слишком много говорите, — сказал капитан Блад и с большим знанием дела легонько стукнул его два раза рукояткой пистолета по голове.

Майор обмяк, голова его свесилась набок; казалось, он внезапно задремал.

Капитан Блад поднялся на ноги и вгляделся в окружающий его мрак. Вокруг все было тихо. Он нагнулся, подобрал кожаные мешочки, оброненные Макартни во время падения, связал их вместе своим шарфом и повесил себе на шею. Затем приподнял бесчувственного майора, взвалил его на спину и, слегка пошатываясь под этой двойной ношей, зашагал по аллее и вышел за ворота.

Ночь была теплая, душная. Макартни весил немало. Капитан Блад изрядно вспотел. Но он продолжал упорно шагать вперед и поравнялся с кладбищенской оградой как раз в ту минуту, когда начала всходить луна. Взгромоздив свою ношу на стену, он перебросил ее за ограду, а потом перелез сам. Под прикрытием ограды он при свете луны проворно связал майору руки и ноги его собственным кушаком. Вместо кляпа он использовал несколько локонов его же парика и закрепил этот неаппетитный кляп шарфом майора, позаботившись оставить свободными ноздри.

Он уже заканчивал эту операцию, когда Макартни открыл глаза и свирепо уставился на него.

— Да, да, это я — ваш старый друг, капитан Блад. Я стараюсь устроить вас поудобнее на ночь. Утром, когда вас здесь обнаружат, вы будете иметь возможность преподнести вашим освободителям любую ложь, которая спасет вас от необходимости объяснить то, что ничем объяснить невозможно. Доброй ночи и приятных сновидений, дорогой майор.

Он перепрыгнул через ограду и быстро зашагал по дороге к морю.

На пристани бездельничали английские моряки с «Ройял Дачес», доставившие майора в шлюпке на берег и дожидавшиеся теперь его возвращения. Несколько местных жителей помогали разгружать рыбачий баркас, вернувшийся с уловом. Никто не обратил ни малейшего внимания на капитана Блада, который направился к концу мола, где он утром пришвартовал свою пинассу. В ларе, куда он опустил мешочки с золотом, еще оставалось немного пищи, захваченной им прошлой ночью с «Эстремадуры». Пополнять этот запас он не рискнул. Только наполнил два небольших бочонка водой из колодца.

Затем он прыгнул в пинассу, отшвартовался и сел на весла. Ему предстояло провести еще одну ночь в открытом море. Впрочем, как и в прошлую ночь, на море был штиль, а налетавший порой легкий бриз благоприятствовал его пути на Гваделупу, которую он избрал своей целью.

Выйдя из бухты, он поставил парус и взял курс на север вдоль берега, где невысокие утесы отбрасывали иссиня-черные тени на серебрившуюся под луной морскую зыбь. Пинасса мягко рассекала это жидкое мерцающее серебро, и вскоре остров остался позади. Впереди было открытое море и десятимильный переход.

Неподалеку от Гранд-Терр, самого восточного из двух главных островов Гваделупы, капитан Блад решил переждать до рассвета. Когда занялась заря и ветер посвежел, он миновал Сент-Энн, где не встретил ни одного судна, обогнул остров, поплыл на северо-восток и часа через два приблизился к Порт дю Меуль.

В гавани стояло с полдюжины кораблей, и капитан Блад долго и внимательно к ним приглядывался, пока его внимание не привлекла к себе черная бригантина, пузатая, как фламандский олдермен, что наглядно выдавало ее национальность. Капитан Блад подогнал пинассу к борту бригантины и уверенно поднялся на палубу.

— Мне нужно как можно быстрее добраться до Северного побережья Французской Эспаньолы, — обратился он к суровому шкиперу. — Я хорошо заплачу вам, если вы доставите меня туда.

Голландец окинул его не слишком приветливым взгляд ом.

— Если вы так спешите, поищите себе другой корабль. Я иду в Кюрасао.

— Я ведь сказал, что хорошо вам заплачу. Сорок тысяч реалов должны компенсировать вам эту задержку.

— Сорок тысяч? — Голландец поглядел на него с удивлением. Эта сумма превышала все, что он надеялся заработать за целый рейс. — Кто вы такой, сэр?

— Какое это имеет значение? Я тот, кто готов заплатить сорок тысяч.

Шкипер бригантины покосился на него, прищурив свои маленькие голубые глазки.

— Платить будете вперед?

— Половину вперед. Остальное я должен получить там, куда направляюсь. Но вы можете задержать меня на борту до тех пор, пока я не выплачу вам всех денег.

Боясь, как бы голландец его не надул, Блад решил не говорить ему, что у него все деньги при себе.

— Ну что ж, сегодня ночью можно и отвалить, — с расстановкой произнес шкипер.

Блад тотчас вручил ему один из своих мешочков. Второй он спрятал на дне бочки с водой в ларе пинассы, и там он и пролежал до тех пор, пока четырьмя днями позже бригантина не вошла в пролив между Эспаньолой и Тортугой.

Тут капитан Блад заявил, что теперь он намерен сойти на берег, уплатил шкиперу бригантины остальные деньги и спустился в свою пинассу. Когда шкипер увидел, что пинасса взяла курс не на Эспаньолу, а на север, в сторону Тортуги, этого оплота пиратства, подозрения, шевельнувшиеся в его душе, полностью подтвердились. Впрочем, с виду он остался все так же невозмутим. Он был единственным, кто, кроме самого Блада, оказался не внакладе в результате сделки, заключенной на острове Мари-Галант.

Так капитан Блад возвратился наконец на Тортугу, к своему пиратскому воинству, которое уже оплакивало его гибель.

А месяцем позже вместе со всей флотилией, состоявшей из пяти больших кораблей, он снова направился в Бассетерре, чтобы повидаться с полковником де Кулевэном, с которым, как он полагал, у него были кое-какие счеты.

Его появление в гавани во главе такой мощной флотилии взволновало не только население, но и гарнизон. Однако он явился слишком поздно. Полковника де Кулевэна его визит уже не мог взволновать, ибо полковник был посажен под арест и отправлен во Францию.

Эти сведения капитан Блад получил от нового военного коменданта острова Мари-Галант, полковника Сансэра, который принял капитана Блада со всеми почестями, подобающими флибустьеру, поставившему на рейде пять хорошо вооруженных кораблей.

Капитан Блад разочарованно вздохнул, услыхав эту новость.

— Как жаль! А мне надо было сказать ему несколько слов. Уплатить небольшой должок.

— Небольшой должок в сорок тысяч реалов, как я догадываюсь, — сказал француз.

— О, вы неплохо осведомлены, черт побери!

— Когда главнокомандующий французскими вооруженными силами в Америке прибыл сюда, чтобы выяснить обстоятельства нападения испанцев на Мари-Галант, он обнаружил, что полковник де Кулевэн ограбил французскую колониальную казну на эту сумму. Доказательством послужила расписка, найденная в делах мосье де Кулевэна.

— Так вот где он взял эти деньги!

— Да, как видите. — Лицо коменданта было серьезно. — Грабеж — тяжкое преступление и позорное деяние, капитан Блад.

— Мне это известно. Я немало занимался этим и сам.

— И, конечно, нет никакого сомнения, что его вздернут на виселицу, этого беднягу мосье де Кувэна.

Капитан Блад кивнул.

— Ни малейшего сомнения, разумеется. Но мы побережем наши слезы, дорогой полковник, чтобы пролить их над чьим-либо более достойным прахом.

РИФ ГАЛЛОУЭЯ

Теперь уже не представляется возможным установить, получил ли Риф Галлоуэя свое наименование после тех событий, о которых я сейчас поведу свое повествование, или оно бытовало и раньше среди мореплавателей. Джереми Питт в своем судовом журнале не обмолвился об этом ни словом, и местонахождение столь миниатюрного островка трудно теперь определить с абсолютной точностью. Однако нам достоверно известно — сведения эти мы почерпнули все из того же судового журнала, который Питт вел на борту «Арабеллы», — что остров этот принадлежит к архипелагу Альбукерке и расположен между двенадцатью градусами северной широты и восьмьюдесятью пятью западной долготы, примерно в шестидесяти милях к северо-востоку от Порто-Белло.

Это всего-навсего скалистый риф, посещаемый только морскими птицами да черепахами, которые откладывают свои яйца в золотистом песке окаймленной скалами лагуны на восточной стороне островка. Песчаный берег здесь, круто обрываясь, уходит под воду на глубину шестидесяти сажен, и проникнуть в лагуну, окруженную амфитеатром отвесных скал, можно лишь через узкий, похожий на ущелье пролив шириной не более двадцати ярдов.

В эту безлюдную, уединенную гавань и зашел капитан Истерлинг одним апрельским днем в году 1688 на своем тридцатипушечном фрегате «Авенджер» в сопровождении еще двух кораблей, составлявших его флотилию: двадцатишестипушечного фрегата «Гермес» под командованием Роджера Галлоуэя и двадцатипушечной бригантины «Велиэнт» под командованием Кросби Пайка, плававшего прежде под началом капитана Блада и начинавшего уже понимать, какую он совершил ошибку, уйдя от него к другому капитану.

Читатель, разумеется, не забыл мошенника Истерлинга, который пытался однажды померяться силами с Питером Бладом, когда тот еще не вступил на путь пиратства, не забыл и то, к каким плачевным для мистера Истерлинга последствиям это привело: корабль его был пущен ко дну, а сам он высажен на берег.

Однако с терпением и упорством, столь же присущим дурным людям, сколь и порядочным, Истерлинг мало-помалу завоевал себе прежнее положение и снова появился на просторах Карибского моря, и даже во главе более мощной, чем прежде, флотилии.

По словам Питера Блада, это был обыкновенный морской разбойник, кровожадный и беспощадный, лишенный даже той крупицы элементарной честности, какой не обделены и воры. Его приспешникиматросы являли собой разнузданную толпу головорезов различных национальностей, не признающих никакой дисциплины и никаких законов, кроме одного-единственного — закона справедливого дележа добычи. Грабили они без разбора всех. Они нападали на английские и голландские торговые суда совершенно так же, как на испанские галионы, действуя во всех случаях с одинаковой жестокостью.

И все же, несмотря на дурную славу, которой он пользовался даже среди пиратов, Истерлингу как-то удалось залучить к себе одного из капитанов Питера Блада — отважного и решительного Кросби Пайка с его двадцатипушечной бригантиной и отлично вымуштрованной командой в сто тридцать матросов. Приманкой послужила все та же старая легенда о сокровище Моргана, которую Истерлинг пустил уже однажды в ход, безуспешно пытаясь заманить в ловушку капитана Блада.

И вот он снова повторил свой обветшалый рассказ о сокровище Моргана, зарытом где-то на Панамском перешейке, на берегу реки Чагрес, в местечке, известным только одному ему, Истерлингу, да еще покойному Моргану.

В свое время Питер Блад отнесся к этой истории с ироническим презрением, однако Пайк все же попался на удочку, несмотря на то что Питер Блад откровенно выражал сомнение в существовании этого клада и предостерегал Пайка от содружества с таким отчаянным негодяем, как Истерлинг.

Питер Блад искренне жалел доверчивого Пайка и не затаил на него злобы; скорее он даже сокрушался о своем бывшем товарище, боясь, что тому придется испытать тяжелые последствия своего отступничества.

Сам Питер Блад в это время обдумывал поход на Дарьен, но решил благоразумия ради отложить его на некоторое время, так как появление Истерлинга на перешейке могло насторожить испанцев, и потому пять больших кораблей Блада пока что бороздили море без определенной цели. Так обстояло дело в начале апреля 1688 года, когда было наконец принято решение своей флотилии собраться к концу мая у островов Москито, чтобы заново обсудить поход на Дарьен.

«Арабелла», идя к югу через Наветренный пролив, свернула затем к востоку вдоль южного побережья Эспаньолы и примерно в двадцати милях от мыса Тибурон наткнулась на потерпевшее кораблекрушение английское торговое судно. Море было спокойно, и благодаря этому команде, перетащившей все пушки и прочие тяжести на левый борт, чтобы волны не могли захлестнуть зияющие пробоины в правом борту, еще удавалось кое-как держать судно на плаву. Расщепленная грот-мачта и поломанные, снесенные реи достаточно красноречиво говорили о том, какого рода бедствие здесь произошло, и Блад решил, что это работа испанцев. Однако, поспешив на помощь тонущему судну, он узнал, что оно накануне подверглось нападению капитана Истерлинга, который, ограбив судно, перерезал больше половины команды и жестоко расправился с капитаном за то, что тот не сдался ему по первому требованию.

«Арабелла» взяла судно на буксир и дотянула его до Порт-Рояла, где и оставила милях в десяти от берега, не решаясь подойти ближе, дабы не привлечь к себе внимания ямайской эскадры. Отсюда пострадавшее судно уже могло собственными силами дотянуть до гавани.

После этого, однако, «Арабелла» — не повернула снова к востоку, а продолжала идти на юг, к Мэйну. Вот что сказал Питер

Блад своему шкиперу Джереми Питту о причинах, побудивших его изменить курс:

— Надо поглядеть, чем там занимается этот негодяй Истерлинг. Да, Джерри, да… А может, и не только поглядеть.

И они поплыли на юг, ибо в этом направлении скрылся Истерлинг. Его россказням о сокровище Моргана Блад, как мы знаем, не придавал веры. Он считал, что все это басни с целью одурачить таких доверчивых малых, как Пайк, и заманить их в свою шайку. На сей раз, однако, он ошибся, как это вскоре и выяснилось.

Пройдя вдоль островов Москито, Блад нашел уютную и спокойную стоянку для своего корабля в маленькой бухточке одного из бесчисленных островков в лагуне Чирикуи. В этой бухточке, хорошо укрытой от глаз, он и решил бросить на некоторое время якорь и с помощью дружественных индейцев с Москито, служивших ему разведчиками, понаблюдать за действиями Истерлинга, расположившегося отсюда милях в двадцати. Индейцы сообщили ему, что Истерлинг стал на якорь к западу от устья реки Чагрес, высадил на берег триста пятьдесят своих матросов и направился с ними в глубь перешейка. Зная примерно численность всех команд Истерлинга, Блад прикинул, что для охраны кораблей оставлено не больше сотни матросов.

Тем временем капитан Блад решил немного отдохнуть. Растянувшись на камышовой кушетке, поставленной на корме под сооруженным на скорую руку балдахином (ибо зной становился нестерпим), он погружался в чтение стихов Горация или прозы Светония[1], находя в них достаточно увлекательную пищу для своей фантазии. Когда же у него возникало желание поупражнять помимо мозга еще и мышцы, он плавал в прозрачной, изумрудно-зеленой воде лагуны или, выбравшись на окаймленный пальмами песчаный берег этого необитаемого островка, помогал своим матросам

[1] Светоний — римский историк I века н. э.

ловить черепах и валить деревья для костров, на которых они жарили сочное черепашье мясо.

Порой от его индейских лазутчиков к нему поступали новые вести: у Истерлинга произошла схватка с отрядом испанцев, до которых, по-видимому, дошли слухи о высадке пиратов. Затем Бладу сообщили, что Истерлинг повернул и возвращается обратно на берег. Дня через два поступило известие о новой стычке между Истерлингом и испанцами, во время которой пираты понесли большой урон, хотя им и удалось отбить нападение. Наконец пришла весть о третьем сражении; на этот раз — от одного из непосредственных участников его, и притом с некоторыми, очень ценными для капитана Блада подробностями.

Это известие принес матрос из команды Пайка — старый морской волк, по имени Кэнли, бывший лесоруб, еще в молодости бросивший свое ремесло и ушедший в море. Во время сражения пуля раздробила ему бедро, и Истерлинг, отходя к берегу, оставил его, раненого, на верную смерть. Испанцы его не заметили, и ему удалось уползти в кусты, где его и подобрали наблюдавшие за исходом схватки индейцы. Они оказали раненому помощь и очень заботливо ухаживали за ним, стараясь сохранить ему жизнь, чтобы он мог рассказать все, что ему известно, капитану Бладу. На своем ломаном испанском языке они убеждали его, что ему не следует ничего бояться, так как они доставят его к Дону Педро Сангре.

Индейцы осторожно подняли раненого на борт «Арабеллы», где Питер Блад применил все свое искусство хирурга, чтобы обработать страшную гноящуюся рану. После этого в офицерской каюте, превращенной на время в лазарет, Кэнли с горечью поведал Бладу о своих злоключениях.

Сокровище Моргана существовало на самом деле. И ценность его даже превзошла все россказни Истерлинга. А сейчас пираты тащили этот клад к берегу, где их ждали корабли. Но добыт он был дорогой ценой, и особенно дорого пришлось заплатить за него людям капитана Пайка — вот почему Кэнли рассказывал об этом с такой горечью. На пути туда и обратно им приходилось неоднократно выдерживать стычки с испанцами, а один раз на них напали еще и индейцы. Число их редело от лихорадки и других болезней во время этого ужасного похода через тропики, где москиты прямо-таки съедали их живьем. По подсчетам Кэнли выходило, что после последней стычки, в которой он был ранен, из трехсот пятидесяти человек, высадившихся на берег, в живых осталось не больше двухсот. И, что самое обидное, из команды капитана Пайка выжило всего двадцать человек. А ведь Пайк по приказу Истерлинга высадил на берег сто тридцать человек — много больше, чем каждый из капитанов двух других кораблей, — и оставил на борту «Велиэнта» каких-нибудь два десятка матросов, в то время как с других кораблей сошло на берег лишь по пятьдесят человек команды.

Истерлинг на протяжении всего пути заставлял Пайка с его людьми идти в авангарде, поэтому при каждом нападении им приходилось принимать на себя главный удар. Ясно, что Пайк возмущался и протестовал. И чем дальше заходило дело, тем решительнее он возмущался и протестовал, но Истерлинг при поддержке своего сподвижника Роджера Галлоуэя, командира «Гермеса», так прижал Пайка, что заставил его в конце концов подчиниться. И люди Пайка тоже не могли ничего поделать, так как их было мало и становилось все меньше, и остальные, подавляя их численным превосходством, диктовали им свою волю. Если даже все, кто еще остался в живых, благополучно доберутся до берега, в команде Пайка будет теперь не больше сорока матросов, а на тех двух кораблях вместе — человек около трехсот.

— Вот, капитан, видали, как обошелся с нами этот Истерлинг? — угрюмо заключил свой рассказ Кэнли. — Обвел нас вокруг пальца. А нынче он с этим Галлоуэем — оба мерзавцы, каких свет не видывал, — такую забрали силу, что Кросби Пайк и пикнуть против них не смеет. Видать, в черный день поднял наш «Велиэнт» якорь, чтобы уйти от вас, капитан, к этому подонку Истерлингу, чтоб ему пропасть со своим сокровищем!

— Да, — задумчиво промолвил капитан Блад. — Боюсь, что для капитана Пайка это сокровище действительно пропало.

Он упруго поднялся со стула, стоявшего возле койки раненого, — высокий, стройный, полный сил и грации, в коротких черных штанах до колен, туго обтягивающих бедра, в шитом серебром камзоле с пышными белыми рукавами из льняного батиста. Свой черный с серебром кафтан он скинул, прежде чем приступить к обязанностям хирурга. Жестом отослав негра в белом халате, державшего чашку с водой, корпию и пинцет, и оставшись наедине с Кэнли, он принялся расхаживать по каюте из угла в угол. Тонкие пальцы его задумчиво перебирали черные локоны парика, в светло-синих глазах появился холодный отблеск стали.

— Думается мне, что Истерлинг проглотит Пайка, как мелкую рыбешку, и не подавится.

— В самую точку, капитан. Этого сокровища, чума на него, не видать нам как своих ушей — ни мне, ни другим ребятам с «Велиэнта», ни самому капитану Пайку. Хорошо еще, если они выберутся из этой передряги живыми. Вот я как считаю, капитан.

— И я того же мнения, клянусь честью! — сказал капитан Блад. Но упрямая складка залегла в углах его сурово сжатого рта.

— А не можете вы подсобить в этом деле, капитан, чтобы все было по чести, по справедливости, как положено по закону нашего «берегового братства»?

— Вот об этом-то я и думаю сейчас. Будь у меня здесь мои корабли, я отправился бы туда немедля и не дал бы ему бесчинствовать. Но с одним кораблем... — Блад пожал плечами. — У Истерлинга слишком большой перевес. Однако я погляжу, что можно предпринять.

Не один только Кэнли считал, что «Велиэнт» присоединился к шайке Истерлинга в черный день. Это мнение разделял теперь каждый из оставшихся в живых членов команды, и в том числе и сам капитан Пайк. Он уже был исполнен самых мрачных предчувствий, и они полностью оправдались в то утро, когда, покинув устье реки Чагрес, их корабли бросили якорь в лагуне у Рифа Галлоуэя, о котором было уже упомянуто выше.

«Авенджер» Истерлинга первым вошел в эту миниатюрную полукруглую бухту и встал на якорь у берега. Вторым за ним шел «Гермес». «Велиэнт», замыкавший теперь тыл, вынужден был за недостатком места бросить якорь в узком проливе. Таким образом, в случае нападения команда Пайка снова оказывалась в наиболее опасном положении: его корабль должен был, словно щитом, прикрывать собою остальные корабли.

Помощник Пайка — Тренем, молодой упрямый корнуэлец, с самого начала протестовавший против решения Пайка присоединиться к Истерлингу, понимал, к чему может привести такое расположение кораблей, и не нашел для себя зазорным предложить Пайку, воспользовавшись темнотой, поднять ночью якорь и, пока с ними не стряслось беды похуже, бросить Истерлинга вместе с его сокровищами. Но Пайк был столь же несговорчив, сколь храбр, и отверг этот трусливый совет.

— Черт побери, да Истерлингу только того и надо! — воскликнул он. — Нет, мы заработали свою долю добычи и никуда без нее не уйдем.

Благоразумный Тренем покачал белокурой головой.

— Ну, это как Истерлинг рассудит. Он сейчас достаточно силен, чтобы навязать нам свою волю, а уж злой воли у него и подавно хватит, чтобы выкинуть любую подлость, или я полный дурак и ничего не смыслю.

Но Пайк поклялся, что он не побоится и двадцати таких, как Истерлинг, и Тренем замолчал.

На следующее утро, получив сигнал с флагманского корабля, Пайк все с таким же решительным видом поднялся на борт «Авенджера».

В капитанской каюте, кроме Истерлинга, разряженного в пух и прах, Пайка ждал еще и Галлоуэй, одетый в широкие кожаные штаны и простую рубашку — повседневный костюм пирата.

Истерлинг, огромный, грузный, загорелый, казался еще сравнительно молодым; у него были красивые глаза, пышная черная борода и белые зубы, ослепительно сверкавшие при каждом взрыве хохота. Галлоуэй же, коренастый, приземистый, был до крайности похож на обезьяну: непомерно длинные руки, короткие мускулистые ноги и морщинистое лицо с маленькими злыми блестящими глазками под низким, изборожденным складками лбом — совсем как обезьянья мордочка.

Оба капитана приняли Пайка с подчеркнутым дружелюбием, усадили за свой неопрятный стол, налили ему рома и выпили за его здоровье, после чего капитан Истерлинг перешел к делу.

— Мы послали за тобой, капитан Пайк, потому как у нас теперь один, как говорится, общий интерес — вот эти ценности. — Он указал на ящики, в которых хранился клад. — Их надо поделить поскорее, без лишней проволочки, и тогда каждый из нас может отправляться, куда кому надобно.

При столь многообещающем начале у Пайка отлегло от сердца.

— Вы что ж, думаете, значит, распустить флот? — равнодушным тоном спросил он.

— На что он мне теперь, когда дело сделано? Мы с Роджером решили покончить с пиратством. Думаем податься с этими денежками домой. Я не прочь обзавестись фермой где-нибудь в Девоне. — Истерлинг удовлетворенно ухмыльнулся.

Пайк усмехнулся тоже, но ничего не сказал. Он был вообще небольшой охотник переливать из пустого в порожнее, о чем выразительно свидетельствовало его худое суровое обветренное лицо.

Истерлинг откашлялся и заговорил снова:

— Так вот, мы с Роджером порешили, что, по справедливости, следует внести кое-какие изменения в наш договор. У нас ведь было положено, что я беру себе одну пятую, а потом все остальное делится поровну на три части между тремя командами наших кораблей.

— Да, так было положено, и, по мне, это правильно и справедливо, — сказал Пайк.

— А вот мы, Роджер и я, хорошенько обдумали все и теперь другого мнения.

Пайк открыл было рот, чтобы возразить, но Истерлинг его перебил:

— Мы с Роджером никак не согласны, что ты получишь одну треть на своих тридцать ребят, а мы тоже получим по одной трети, когда у каждого из нас по сто пятьдесят человек команды.

Капитан Пайк вскипел:

— Так вот, значит, зачем ты все старался подставлять головы моих ребят под испанские пули! Тебе надо было, чтобы их всех поубивали! А теперь, ясное дело, у нас осталось меньше четверти всей команды!

Черные брови Истерлинга сошлись на переносице, глаза злобно сверкнули.

— Что такое ты тут мелешь, капитан Пайк? Какого дьявола, будь любезен объясниться.

— Это клевета, — холодно произнес Галлоуэй. — Грязная клевета.

— Никакая не клевета, а чистая правда, — сказал Пайк.

— Чистая правда, вот оно что?

Истерлинг улыбался, и тощий, жилистый решительный Пайк почуял недоброе. Блестящие обезьяньи глазки Галлоуэя приглядывались к нему с какой-то странной усмешкой. Казалось, в самом воздухе этой душной, неопрятной каюты нависла угроза. Перед мысленным взором Пайка промелькнули картины жестокости и зверств — бессмысленной жестокости и зверств, свидетелем которых он был не раз за время своего плавания с Истерлингом. Ему припомнились слова капитана Блада, предостерегавшего его от содружества с этим низким, коварным человеком. Если прежде у него еще не было полной уверенности в том, что Истерлинг сознательно подставлял под удары его матросов, то теперь он уже больше в этом не сомневался.

Пайк чувствовал себя как лунатик, который, внезапно пробудясь, видит, что только один шаг отделяет его от пропасти. Чувство самосохранения заставило его сбавить тон — ведь иначе пуля может уложить его на месте, он это понимал. Откинув с покрывшегося испариной лба взмокшие волосы, он заставил себя ответить спокойно:

— Я хочу сказать одно: если мы потеряли много людей, то для общего же дела. Оставшиеся в живых скажут, что будет не по чести менять теперь условия дележа…

Пайк привел и другие доводы. Он напомнил Истерлингу существующий в «береговом братстве» обычай, согласно которому каждые двое его членов по обоюдному согласию являются как бы компаньонами и наследниками друг друга. Уже по одному этому многие из его команды, потерявшие своих компаньонов, будут считать себя обманутыми, если изменятся условия дележа и они лишатся причитающейся им доли наследства.

Истерлинг слушал его, погано осклабившись, потом нахмурился.

— А что мне за дело до твоей паршивой команды? Я — ваш адмирал, и мое слово — закон.

— Вот это верно, — сказал Пайк. — И словом твоим скреплен договор, который мы с тобой подписали.

— К дьяволу договор! — зарычал капитан Истерлинг.

Он вскочил — огромный, как башня, почти касаясь головой потолка каюты, угрожающе шагнул к Пайку и произнес с расстановкой:

— Я уже сказал: после того как мы подписали этот договор, обстоятельства изменились. Мое решение поважней всяких договоров, а я говорю: «Велиэнт» может получить десятую долю добычи, и все. И советую тебе соглашаться, пока не поздно, а то знаешь, как говорится: никогда не зарься на то, что тебе не по зубам.

Пайк смотрел на него, тяжело дыша. Он побледнел от бешенства, но благоразумие все же взяло верх.

— Побойся бога, Истерлинг… — Пайк умолк, не договорив.

Истерлинг поглядел на него исподлобья.

— Ну что ж, продолжай! — рявкнул он. — Говори, что ты хотел сказать.

Пайк уныло пожал плечами.

— Ты же знаешь, что я не могу согласиться на такой дележ. Мои ребята голову мне оторвут, сам понимаешь, если я соглашусь, не посоветовавшись с ними.

— Тогда бегом ступай советуйся, пока я для наглядности не разукрасил синяками твою прыщавую физиономию в поучение тем, кто думает, что с капитаном Истерлингом можно шутки шутить. И передай твоим подонкам, что, если у них хватит нахальства не принять мое предложение, они могут не трудиться присылать тебя сюда. Пусть подымают якорь и убираются к черту на рога. Напомни им, что я сказал: «Никогда не зарься на то, что тебе не по зубам». Ступай, капитан Пайк, доложи им это.

Лишь на борту своего судна дал Пайк волю бушевавшей в нем ярости. Не меньшую ярость вызвало его сообщение и у матросов, когда остатки команды собрались на шкафуте. А Тренем еще подлил масла в огонь:

— Если эта скотина решил изменить своему слову, вы думаете, он остановится на полпути? Как только мы согласимся на одну десятую, так, будьте спокойны, он тут же найдет предлог, чтобы вовсе ничего нам не дать. Капитан Блад был прав. Мы не должны были связываться с этим негодяем и доверять ему.

Настроение команды выразил один из матросов:

— Но раз уж мы ему поверили, надо заставить его сдержать слово.

Пайк был всецело согласен с Тренемом и считал, что дело это безнадежное, он подождал, пока возгласы одобрения утихнут.

— Может, вы скажете мне, как это сделать? Нас сорок человек, а их три сотни. У нас двадцатипушечная бригантина, а у них два фрегата и больше пятидесяти пушек, потяжелее наших.

Это заставило их задуматься. Потом выступил вперед еще один смельчак:

— Он говорит: одна десятая или ничего. А мы ему отвечаем: одна треть, и никаких. Есть закон — закон «берегового братства», и мы требуем, чтобы этот грязный вор сдержал слово, чтобы он произвел дележку на тех условиях, которые сам подписал, когда вербовал нас.

Вся команда, как один, поддержала его.

— Ступай обратно и скажи наш ответ капитану.

— А если он не согласится?

Ответ неожиданно дал Тренем:

— Есть способы его заставить. Скажи ему, что мы поднимем против него все «береговое братство». Капитан Блад заставит его поступить по справедливости. Капитан Блад не очень-то его жалует, и ему это хорошо известно. Ты напомни это Истерлингу, капитан. Ступай, скажи ему.

Пайк хорошо понимал, что это действительно крупный козырь, но пойти с этого козыря ему как-то не улыбалось. А матросы обступили его, осыпали упреками. Ведь это он уговорил их перейти к Истерлингу. И кто же, как не он, не сумел с самого начала защитить их интересы? Они свое дело сделали. Теперь он должен позаботиться о том, чтобы их не обманули при дележе.

И капитан Пайк спустился в шлюпку со своего «Велиэнта», стоявшего на якоре у самого входа в гавань, и отправился передать капитану Истерлингу ответ его команды и припугнуть его законами «берегового братства» и именем капитана Блада. В груди его теплилась надежда, что это имя поможет и ему уцелеть.

Свидание состоялось на шкафуте «Авенджера» в присутствии всей команды и капитана Таллоуэя, все еще находившегося на борту этого корабля. Оно было кратким и бурным.

Когда капитан Пайк заявил, что его команда настаивает на выполнении условий договора, Истерлинг рассмеялся, и его матросы рассмеялись вместе с ним. Некоторые из них начали выкрикивать насмешки по адресу Пайка.

— Ну, раз это их последнее слово, приятель, — сказал Истерлинг, — пусть подымают якорь и катятся отсюда ко всем чертям. У меня с ними больше дел нет.

— Если они подымут якорь и уйдут, это может обернуться хуже для тебя, — твердо сказал Пайк.

— Да ты, никак, еще угрожаешь мне, разрази тебя гром! — Тело великана заколыхалось от ярости.

— Я только предупреждаю тебя, капитан.

— Вот оно что! О чем же это ты меня предупреждаешь?

— Предупреждаю, что все «береговое братство», все пираты поднимутся против тебя за измену слову.

— За измену слову? — В голосе Истерлинга послышались визгливые нотки. — Как ты смеешь, паршивый ублюдок, бросать мне в лицо такие слова! «Измена слову»! — Истерлинг выхватил из-за пояса пистолет. — Вон с моего корабля и скажи своей своре, что, если к полудню твоя паршивая посудина все еще будет торчать здесь, я ее пущу ко дну. Отправляйся!

Пайк весь дрожал от негодования. Оно придало ему храбрости, и он пошел со своего главного козыря.

— Что же, прекрасно, — сказал он. — Тогда тебе придется иметь дело с капитаном Бладом.

Пайк рассчитывал взять капитана Истерлинга на испуг, но никак не ожидал, что этот испуг может принять подобные размеры, и не учел, на что способен такой человек, как Истерлинг, когда, охваченный паникой, ослепленный яростью, он очертя голову ищет выхода.

— Капитан Блад? — повторил Истерлинг и скрипнул зубами; лицо его налилось кровью. — Значит, ты побежишь жаловаться капитану Бладу? Так ступай жалуйся сатане в аду! — И он в упор выстрелил капитану Пайку в голову.

Пираты в ужасе отпрянули в сторону, когда тело Пайка рухнуло на решетку люка. Истерлинг хрипло рассмеялся: видали, мол, слюнтяев! Галлоуэй невозмутимо взирал на происходящее, его обезьяньи глазки остро поблескивали.

— Уберите эту падаль! — Истерлинг дымящимся пистолетом махнул в сторону неподвижного тела. — Вздерните его на нок-рею. — Пусть эти свиньи там, на «Велиэнте», знают, что ждет всякого, кто посмеет перечить капитану Истерлингу.

Протяжный крик, полный ужаса, скорби и гнева, разнесся над палубами бригантины, когда ее команда, столпившаяся у левого фальшборта, увидела сквозь сетку снастей «Гермеса» безжизненное тело своего капитана, повисшее на нок-рее «Авенджера». Это зрелище настолько приковало к себе все взоры, что никто не заметил, как к правому борту бригантины неслышно скользнули две индейские пироги, и высокий мужчина» в черном, расшитом серебром костюме, поднялся по трапу на палубу. Пираты обнаружили его присутствие, лишь когда у них за спиной прозвучал его ясный, твердый голос:

— Я, кажется, немного опоздал.

Все обернулись и увидели, что капитан Блад стоит на крышке люка, положив левую руку на эфес шпаги; увидели его лицо, затененное широкими полями шляпы с плюмажем, и его глаза, в которых горело холодное, чистое пламя гнева. Пораженные, они смотрели на него, словно на привидение, не веря своим глазам, спрашивая себя, как он очутился здесь.

Наконец Тренем бросился к нему, глаза его возбужденно сверкали на потемневшем от горя лице.

— Капитан Блад, это в самом деле ты? Откуда же?.

Капитан Блад легким взмахом тонкой, гибкой руки, утопавшей в пене кружев, прервал его:

— Я все время был поблизости от вас, после того как вы высадились на перешейке, и знаю, что с вами произошло. Да ничего другого я и не ждал. Но надеялся все же, что успею предотвратить беду.

— Но ты покараешь вероломного убийцу?

— Да, и притом немедля, можешь не сомневаться: такое чудовищное преступление требует мгновенного воздаяния. — Голос капитана Блада звучал мрачно, столь же мрачно было и его чело. — Пошли вниз всех, кто умеет наводить орудия.

Начавшийся прилив повернул бригантину корпусом вдоль пролива; она стояла теперь носом к другим кораблям, и потому открытие бортовых орудийных портов могло пройти незамеченным.

— А на что нам сейчас пушки, капитан? — удивился Тренем. — Мы же не можем вступать в бой. У нас и людей мало и орудий.

— Хватит на то, что от вас потребуется. Такого рода дела решаются не только людьми и пушками. Истерлинг поставил вас в этом проливе, чтобы вы послужили щитом для его кораблей. — Блад коротко, сухо рассмеялся. — Скоро ему придется уразуметь, насколько это невыгодно для него стратегически. Да, да, придется. Пошли своих канониров вниз. — И он тут же начал быстро отдавать другие распоряжения: — Восемь человек пусть спустятся в шлюпку. За кормой стоят две пироги, полные людей, — они помогут нам верповать судно для бортового залпа, когда настанет время. Отлив нам поможет. Всех остальных матросов до единого пошли в рангоут, чтобы отдать паруса, как только мы выйдем из пролива. Ну, живее, Тренем, шевелись!

И он спустился вниз на батарейную палубу, где орудийная прислуга уже готовила пушки. Его слова и уверенный вид вдохнули бодрость в людей, и они повиновались ему беспрекословно. Они не понимали, что он затевает, но верили в него, и это укрепляло их дух; они знали, что капитан Блад отомстит Истерлингу за убийство их капитана и за все нанесенные им обиды.

Когда пушки были в боевой готовности и фитили задымились, капитан Блад снова поднялся наверх.

Две пироги с индейцами и большая шлюпка бригантины стояли за ее кормовым свесом и не были видны с других кораблей. Буксирные, тросы принайтовили, и в лодках ждали только команды.

По предложению Блада Тренем не стал поднимать якоря, но только выпустил якорную цепь, и все налегли на весла. Отлив облегчил верпование судна, и бригантина стала медленно поворачиваться корпусом поперек пролива. А капитан Блад тем временем уже снова спустился вниз и давал указания канонирам правого борта. Пять пушек навели на румпель «Гермеса», остальные пять должны были смести его ванты.

Когда бригантина начала поворачиваться, и это было замечено на других кораблях, там пришли к заключению, что напуганная участью, постигшей их капитана, команда почла за лучшее убраться восвояси, и с палубы «Гермеса» в адрес уходящего корабля полетели насмешливые напутствия и улюлюканье. Но не успели эти возгласы замереть, не успели их подхватить на «Авенджере», как рев десяти пушек, стрелявших прямой наводкой, послужил им ответом.

Под этим внезапным мощным бортовым залпом «Гермес» покачнулся, задрожав от носа до кормы, и отчаянные вопли людей потонули в хриплых криках вспугнутых птиц, тревожно закруживших над кораблем.

А Блад уже был на верхней палубе, которая еще дрожала от залпа. Он вгляделся в поднявшееся над кораблем облако дыма и пыли и улыбнулся. Румпель «Гермеса» был разбит в щепы, грот-мачта сломана, и верхушка ее повисла на вантах, а в фальшборте бака зияла большая пробоина.

— Ну, а дальше что? — с нескрываемым волнением и тревогой спросил Тренем.

Капитан Блад поглядел по сторонам. Бригантина хотя и медленно, но упорно двигалась вдоль узкого пролива: еще немного — и она выйдет в открытое море. С севера задувал свежий бриз.

— Поднимай якорь, ставь паруса и веди ее по ветру.

— Но они погонятся за нами, — сказал молодой моряк.

— Да, я надеюсь. Но не сразу. Погляди, в какое положение они попали.

Только тут Тренем понял до конца, — что сделал капитан Блад. «Гермес», у которого был разбит руль и сломана грот-мачта, стал неуправляем и забаррикадировал пролив; теперь капитан Истерлинг, сколько бы он ни бесился, был лишен возможности атаковать бригантину.

Да, Тренем понял все и был восхищен искусством Блада, но тем не менее далек от того, чтобы праздновать победу.

— Ну что ж, погоню ты, конечно, сумел отсрочить. Однако рано или поздно она начнется, и рано или поздно нас всех потопят, как крыс. Ведь этот дьявол Истерлинг только об этом и мечтает.

— Да, конечно, надеюсь, что так. Во всяком случае, я сильно распалил это его желание.

Матросов с большой шлюпки подняли на борт, а пироги с индейцами были уже далеко. Они взяли курс прямо на север, держась вдоль берега. Бригантина шла под ветром, и Риф Галлоуэя, маленький островок за ее кормой, становился все меньше. Вся команда была на палубе. Капитан Блад на полуюте прислонился к поручням рядом с Тренемом. Он сказал, обращаясь к матросу, стоявшему внизу у румпеля:

— Клади руля, мы делаем поворот оверштаг. — Заметив тревогу, отразившуюся на лице Тренема, он улыбнулся. — Не волнуйся. Доверься мне и пошли людей к пушкам левого борта. Они там на своих кораблях еще не выпутались из этой ловушки, и мы отсалютуем им на прощание. Клянусь честью, ты можешь мне довериться. Это ведь не первый морской бой для меня, а болвана, которого мы должны проучить, я знаю вдоль и поперек. Ему никогда и в голову не придет, что у нас может хватить нахальства вернуться. Спорю на всю твою долю моргановского клада, что он даже не открыл еще свои порты.

Все произошло так, как предсказал капитан Блад. Когда они, идя в крутой бейдевинд, приблизились к бухте, «Гермес» только еще кончили верповать, чтобы дать проход «Авенджеру», и тот на веслах, пользуясь отливом и поставив блинд, медленно продвигался к проливу.

Истерлинг, вероятно, не поверил своим глазам, когда бригантина, которая, по его мнению, должна была на всех парусах спасаться бегством, вновь появилась перед ним. И как же заскрипел он своими ослепительно белыми зубами, когда она, хлопая парусами, замерла на мгновение на месте и дала бортовой залп по его кораблю, прежде чем взять прежний галс на северо-восток. В спешке Истерлинг ответил ей беспорядочной пальбой из своих носовых пушек, совершенно не достигшей цели, и, на скорую руку убрав обломки и залатав пробоины, пустился, пылая местью, в погоню, с твердым решением потопить наглое судно со всей его командой.

Бригантина успела отдалиться примерно на милю к северо-востоку, когда Тренем увидел, что «Авенджер» выбрался наконец из узкого пролива в открытое море и, подняв все паруса на всех реях, взял курс прямо на их корабль. Это выглядело довольно устрашающе. Тренем повернулся к капитану Бладу.

— Ну, а что дальше, капитан? Что мы теперь будем делать?

— Поворот оверштаг, — прозвучал поразивший Тренема ответ. — Вели рулевому держать курс на северную оконечность острова.

— Но мы тогда приблизимся к «Авенджеру» на расстояние выстрела.

— Не важно. Мы проскочим сквозь его огонь. Или скроемся за мыс. Но этого, думаю, не потребуется.

Бригантина сделала поворот оверштаг и снова пошла на сближение с «Авенджером». Капитан Блад в подзорную трубу пристально вглядывался в скалистые очертания островка. Тренем, переминаясь с ноги на ногу от волнения, стоял рядом с капитаном.

— Что ты там высматриваешь, Питер? — спросил он с проблеском надежды в голосе.

— Моих друзей-индейцев. Они развили хорошую скорость и уже скрылись из глаз. Все будет в порядке.

«Что-то не похоже!» — подумалось Тренему. «Авенджер» повернул на румб к ветру, чтобы быстрее перехватить их судно. Из его носового порта грохнула пушка, и круглое ядро подняло фонтан брызг примерно в кабельтове от кормы «Велиэнта».

— Он берет прицел, — бесстрастно промолвил капитан Блад.

— Ясное дело, — подтвердил Тренем; в голосе его прозвучала горечь. — Мы беспрекословно повинуемся тебе, капитан, а какой будет конец?

— Конец, сдается мне, очень близок — он идет под всеми парусами, — сказал Блад, указывая кудато вдаль своей подзорной трубой.

Из-за северной оконечности островка появился большой красный корабль, увенчанный громадой белоснежных парусов. Огибая мыс и поворачивая к югу, он величественно шел под ветром, залитый ослепительными лучами полуденного солнца. Он был уже на траверсе бригантины — между нею и островом, — когда пораженный Тренем обрел наконец дар речи, а над палубой «Велиэнта» разнеслись ликующие крики матросов.

Бледный от волнения, с горящим взором, Тренем повернулся к капитану Бладу.

— «Арабелла»!

Блад насмешливо улыбнулся.

— А ты, верно, думал, что я добрался сюда просто вплавь или пересек океан в пироге и моя единственная цель — дать Истерлингу возможность позабавиться, погонявшись за мной немного по морю и утопив меня под конец? А может быть, ты просто не подумал о том, откуда я тут взялся? Ну вот и Истерлинг об этом не подумал. Зато теперь ему придется подумать. И подумать крепко, клянусь честью! Верно, он и сейчас уже задумался.

Однако капитан Блад ошибался: Истерлинг не задумывался ни над чем, он потерял всякую способность соображать. Обезумев от ужаса при виде этого грозного корабля, который шел прямо на него, сопутствуемый благоприятным ветром, он в отчаянии сделал попытку укрыться снова в гавани, из которой его так ловко выманили. Если бы ему это удалось, узость пролива и пушки «Гермеса» послужили бы для него надежной защитой против любого нападения. Однако он должен был бы понимать, что ему не видать этой гавани как своих ушей, что никто не позволит его кораблю скрыться туда. И когда ядро ударило сбоку в нос фрегата, Истерлинг не подчинился этому требованию сдаться, и тотчас бортовой залп двадцати тяжелых пушек по борту корабля, прямо подставленному под огонь противника, нанес ему такие повреждения, что он был лишен возможности дать хотя бы ответный залп. «Арабелла» же, которой командовал старина Волверстон, проворно сделала поворот оверштаг и дала второй бортовой залп с еще более близкого расстояния, чтобы довершить начатое. Получивший огромные пробоины в наиболее уязвимых местах, «Авенджер» начал погружаться носом в воду.

И тут над палубами бригантины разнесся жалобный, скорбный вопль, похожий на причитания над мертвецом, заставивший вздрогнуть капитана Блада.

— Что такое? Кого они оплакивают? — с недоумением спросил он.

— Они оплакивают клад! — ответил ему Тренем. — Моргановский клад.

Капитан Блад нахмурился.

— Да, Волверстон, как видно, чересчур увлекся и забыл про него. — Затем чело его прояснилось, он вздохнул и пожал плечами. — Что ж, ничего не поделаешь. Теперь клад уже на дне моря. Значит, туда ему и дорога.

«Арабелла» легла в дрейф и спустила шлюпки, чтобы подобрать барахтавшихся в воде матросов с затонувшего корабля. Истерлинг, у которого не хватило отваги пойти на дно вместе со своим фрегатом, был выловлен наряду с остальными и по приказу капитана Блада доставлен на борт «Велиэнта». Казалось, трудно было бы сильнее уязвить его душу, и все же он был уязвлен еще глубже, когда, ступив на палубу бригантины Пайка, увидел перед собой капитана Блада. Так, значит, слова Пайка были не простой угрозой. Истерлинг попятился. Он был испуган — быть может, в первый и последний раз в своей жизни. Темные глаза его на побелевшем от ужаса лице вспыхнули бессильной яростью, как у затравленного зверя.

— А, так это был ты! — пробормотал он.

— Если ты имеешь в виду, что это я занял место убитого тобой Пайка, то ты не ошибся. Было бы лучше для тебя, если бы ты честно, без обмана рассчитался с ним. Вероятно, ты мог бы почерпнуть из школьных прописей, что обман никогда не ведет к добру. Хотя я не уверен, что ты когда-нибудь посещал школу. Но существует ведь еще одна поговорка, которой я обучил тебя много лет назад и которую, как говорят, ты любил повторять: «Никогда не зарься на то, что тебе не по зубам».

Он ждал ответа, но его не последовало. Истерлинг, ссутулив могучие плечи, понурив голову, мрачно глядел на него исподлобья и молчал.

Капитан Блад вздохнул.

— Мне в общем-то нет до тебя дела. Пусть тобой занимаются эти люди, которых ты обманул, капитана которых ты убил. Они должны судить тебя и решить твою судьбу.

Он направился к забортному трапу, спустился в шлюпку, только что доставившую на борт Истерлинга, и возвратился на свою «Арабеллу». Дело было завершено, и его затянувшийся поединок с Истерлингом пришел к концу.

Часом позже «Арабелла» и «Велиэнт» бок о бок устремили свой бег на юг. Очертания Рифа Галлоуэя быстро таяли на горизонте за кормой. На борту поврежденного «Гермеса», застрявшего в заливе, как в ловушке, Галлоуэю и его команде оставалось только думать и гадать о том, что произошло в открытом море за скалистыми утесами острова, и пытаться собственными силами выпутаться из беды.

ОГЛАВЛЕНИЕ

www.ingramcontent.com/pod-product-compliance
Lightning Source LLC
Chambersburg PA
CBHW060613310726
48982CB00003B/545

* 9 7 8 1 7 6 3 8 2 2 3 1 3 *